화두 2

최인훈 전집 15

화두 2

초판 1쇄 발행 2008년 11월 13일
초판 5쇄 발행 2024년 3월 11일

지은이 최인훈
펴낸이 이광호
펴낸곳 ㈜**문학과지성사**
등록번호 제1993-000098호
주소 04034 서울 마포구 잔다리로7길 18(서교동 377-20)
전화 02) 338-7224
팩스 02) 323-4180(편집) / 02) 338-7221(영업)
전자우편 moonji@moonji.com
홈페이지 www.moonji.com

ISBN 978-89-320-1930-7 04810
ISBN 978-89-320-1928-4(전 2권)
ISBN 978-89-320-1914-7(세트)

최인훈 전집

15

.
.

화두 2

문학과지성사
2008

일러두기

1. 『최인훈 전집』의 권수 차례는 초판 발행 연도를 기준으로 했다.
2. 이 책의 맞춤법 및 외래어 표기는 국립국어연구원의 『표준국어대사전』을 따랐다. 다만, 일부 인명(러시아말)과 지명, 개념어, 단체명 등의 표기와 맞춤법, 띄어쓰기는 작가와 협의하에 조정하였다.
3. 인용문은 원본 그대로 표기하는 것을 원칙으로 하였으나, 경우에 따라 현행 맞춤법에 맞게 옮겼다.
4. 속어, 방언, 구어체, 북한어 표기 등은 작가가 의도한 바를 그대로 따랐다.
    예) 낮아분해 보이다/더치다/좀체로/어느 만한/클싸하다 등.
5. 단편과 작품명, 논문명, 예술작품명 등은 「   」, 장편과 출간된 단행본 및 잡지명, 외국 신문명 등은 『   』 부호 안에 표기했다. 국내 신문은 부호 표기를 생략했다.
6. 말줄임표는 ……로 통일하였고, 대화문이나 직접 인용은 "   "로, 강조나 간접(발췌) 인용은 '   '로 표기하였다.

차례

화두 2

1

1989년 초여름의 어느 날 아침, 나는 잠에서 깨었다. 잠에서 깨는 참에 내 머릿속에 무엇인가 두루마리 같은 것이 두르르 펼쳐졌다가 곧 사라졌다. 나는 그것을 대뜸 알아보았다. 그것은, 오늘 하루 내가 치러야 할 일과였다. 다른 누구도 알아보랄 것 없고 나만 알면 그만이었던 만큼 그 두루마리는 눈 깜박할 사이에 사라졌다. 나는 잠에서 깬 다음에도 그대로 침대에 누워 있었다.

까치까치, 하고 까치가 운다. 가지 끝에 앉아서 목청이 울릴 때마다 꼬리를 까닥까닥하고 있을 그 새의 모습을 나는 떠올렸다. 그러자 역시 늘 그런 것처럼 나는 서글퍼졌다. 나는 특별히 비과학적인 소설가는 아닌데도 아침에 우는 까치 소리에는 매우 미신적이었다. 나는 시골에서 자란 것도 아닌 자기가 그와 같은 토속土

俗의 마음을 가지고 있는 것은 어쩐 일인가, 하고 생각하였다. 그러자, 서글펐던 마음은 사라지고 말았다. 늘 이렇단 말이야, 하고 나는 다른 모양의 서글픔을 느꼈다. 까치 소리가 서글프다는 것은 이런 뜻이었다. 까치가 울면 좋은 일이 있다고 한다. 나는 까치 소리를 들을 때마다, 기계적으로 언제나, 틀림없이, 그 생각이 떠오른다. 떠오른다기보다, 절로 그렇게 된다. 그 느낌은 나의 어떤 사상思想보다도 뚜렷하다. 자기가 정말 믿고 있는 것이란 까치 소리 하나쯤인지도 모른다, 하는 감상적인 생각을 그때마다 하는데, 영락없이 그러면 나는 가슴인가 머릿속인가 어느 한 군데에 까치알만 한 작은 구멍이 뽀곡 뚫리면서 그 사이로 송진 같은 싸아한 슬픔이 풍겨나오는 것을 맡는 것이었다. 이런 감상感傷을 생활에 그대로 옮기려고 할 만큼 나는 이미 젊지도 않고, 그렇게까지 비과학적인 사람은 아니므로, 그 슬픔은 그저 그만한 것에 지나지 않았고 별 탈이 없는 것이었다. 그런데 그만한 미신까지도 캐내어보면서 내 속의 토속土俗은, 하고야 마는 또 한 사람의 나의 차가운 마음이, 다른 한 사람의 나를 슬프게 한 것이었다. 벌거숭이 된 내 마음, 진실이란 병에 걸려 벌거숭이 된 내 마음, 하고 나는 중얼거렸다. 그만 하자. 나는 오늘 하루 기다리고 있는 많은 일을 생각하고, 아침의 이때를 더는 까다로운 생각의 놀이를 위해 쓰지는 말기로 마음먹었다.

하이든의 「시계」가 들려온다. 아침상을 보아놓았다는, 아내가 보내는 신호다. 한참 있다가 아내가 나가는 소리가 난다. 요즘 수영 클럽에 나간다. 우리 집은 산 옆에 지어져 있는데 이 산은 그린

벨트 지역에 속한다. 오늘은 오전 둘째 시간에 강의가 있는 날이지만 좀 일찍 나가기로 한다.

　집에서 지하철역까지 가는 사이는 그만그만한 집들이 연이어 있다. 한동안 건설붐이 밀려와서 좀 시끄러웠으나 지을 만한 집들은 다 지었는지 건축 공사 중인 현장은 없었다. 사실은 예전대로 그만한 집들이 그대로 있는 것이 그런대로 괜찮은 것인데, 당국에서 부추기고 당사자들이 집을 늘이고 싶어 하니 말릴 재주가 없는 일이다. 어느 건축물이나 건축법을 이리저리 어기면서 지어놓기 때문에 결과로 남는 것은 답답한 앉음새들이 되고 있다. 터가 미어터지게 집을 앉힐 궁리만 한 듯싶은 데서 빚어지는 답답함이다. 아마 당국도 그런 사정을 다 알면서 눈감아주고 모른 체하는 것이리라. 큰 잇속을 차리기에 정신이 없기 때문에, 작은 사람들이 가진 작은 물건을 제 손으로 뻥튀기를 해서 즐겁다면 장삼이사로 얼마든지 장단을 맞춰주겠다는 속셈일 게다. 타락하건 말건 당장만 제 흥에 겨워서 정신이 없어준다면, 그 사이에 챙길 것을 챙기겠다는 정치도 하루이틀이 아니고 보면 그러려니 하고 사는 세월이다.
　다세대 주택이라는 이름의 그 벌통집들이 여기저기 끼어든 골목을 지나서 큰길에 이른다. 이 길은 이 구역의 등뼈길인데 지하철역은 이 길을 건너가서 더 가야 있다. 여기서부터는 온통 가게들이다. 길을 건넌다. 여기도 길가는 모두 가게들이다. 몇 해 사이에 이 가게들의 치장도 조금씩 달라졌다. 문들이 반듯해지고, 물건 벌여놓은 본새에 머리를 쓰는 자국이 뚜렷하다. 그래서 전반은 아

직도 뒤지고 절반은 모양을 낸 것이 이 도시 그것처럼 신분 상승에
기를 쓰는 농촌으로부터의 이주자의 과도기 모습이다. 헌책방에
들러보기로 한다. 책방은 옆길에 들어서서 두어 집 만이다.

"학교 나가시는군요."

쌓아올린 책무더기 저 안쪽에 앉아 있던 주인이 일어서면서 인
사한다.

"안녕하세요."

나는 비좁은 사이를 걸어가서 그의 앞에 이른다.

"뭐 있습니까?"

주인은 자기가 앉은 뒤쪽을 뒤지더니 대여섯 권 되는 책을 내민
다. 그중 한 책이 이용악의 『오랑캐꽃』이었다.

까치는 공연시리 운 것은 아니었다.

주인은 만오천 원을 불렀다. 나는 침착하게 지갑을 꺼내 만 원
짜리 한 장과 천 원짜리 다섯 개를, 그윽한 애정을 담은 눈길로 그
를 주시하면서 — 그가 갑자기 이유 없는 적의를 나에게 느끼면서
책을 거둬들이는 일이 있어서는 안 되므로 — 그에게 건네면서 아
주 아무렇지도 않게 그 책을 내 손에 옮겼다.

지하철은 그다지 붐비지 않았다. 이 무렵에는 언제나 이만하다.
나는 자리에 앉아서 눈을 감는다. 마주 바라보게 된 구조 때문에
그것이 제일 편한 방법이다. 뉴욕의 지하철은 그 점에서는 잘돼
있었다. 기차의 객차 모양으로 돼 있어서 마주 봐야 하는 상대가
적기 때문이다. 나는 무릎 위에 얹은 숄더백을 추스르면서 바로잡
는다. 그 속에 『오랑캐꽃』이 있다. 생각 같아서는 꺼내보고 싶지만

참는다. 책이 많이 낡아 있어서 조심스러웠기 때문이다.

충무로에서 갈아타고 한 정거장을 지나서 내린다.

땅 위로 올라오면 퇴계로 한국전력회사 앞이 된다. 이 건물은 내가 이 학교에 근무하게 되었을 때는 없던 건물이다. 10여 년 전 일이다. 건물의 오른쪽으로 난 길에 들어선다. 조금 가다가 길은 두 갈래가 된다. 오던 대로 곧장 가면 저 앞에 돌계단이 나온다. 처음에는 이쪽으로 다녔는데(학생들이 그쪽으로 가고 있다) 언제부턴가 그 가파름이 귀찮아서 지금은 그쪽으로 다니는 일은 드물고 계단 못 미쳐 왼쪽으로 갈라지는 길로 다닌다. 이 길은 전력회사 뒤쪽이 되는데 느슨한 오르막길이어서 걸음새를 바꾸지 않으면서 갈 수 있다. 이 길은 그리 길지 않다. 곧 큰길과 마주치게 되는데, 이 길은 남산으로 올라오는 차도다. 마주친 데서 오른쪽으로 돌아서 걸어간다. 그러면 걸어가는 오른쪽에 적십자본부가 길가에 있다. 적십자회담으로 이름난 강력한 기관이다. 이 건물 현관쯤 되는 곳 앞에 횡단보도가 있는데, 거기를 건너서 맞은편 보도에 들어가서 오른쪽으로 10미터쯤 가면 거기가 내가 오는 곳, 내가 근무하는 학교다. 나는 학교 정문으로는 들어가지 않고, 정문 바로 옆에 있는 빌딩으로 들어서서 계단을 올라간다. 학교에서 세 들어 있는 건물이다. 아주 가파른 계단을 층계참 세 군데를 거쳐 올라간다. 처음에는 꽤 힘들었는데 지금은 그런 줄 모르고 다닌다. 세 번째 계단을 마저 올라가서 왼쪽에 있는 좁은 복도를 지나 마지막으로 한 번 더 왼쪽으로 꺾이면 몇 걸음 만에 나의 방문이 있다. 내 방으로 가는 그 짧은 복도의 왼쪽에 또 한 사람 동료 선생의 방으로 들어가는 문이 있다. 그 방에 동료가 있는지 없는지는 대개 느낌으로 알 수 있다. 그러나 말할 것도 없이 아주 꼭 맞힐 수는 없다. 방에 있고 없고를 알리는 문패를 달아놓는 일은 없으므로 더욱 그렇다.

나는 내 방으로 들어가는 문을 연다. 하기는, 바르게는 이 문은 아직 내 방문이라고 할 수는 없다. 내가 방 안에 들어서면 창가에 이쪽을 보고 놓인 책상 너머에서 표정이 쾌활하고 몸가짐이 반듯한 조교가 일어서면서 인사를 한다. 즉, 이 방은 학과의 사무실이다. 나는 조교에게 마주 인사하면서 방을 가로질러 내 방문(이번에는 정말)을 열고 들어가서 숄더백을 거기 있는 책상 위에 얹으면서 의자에 앉는다. 조교인 김 양이 커피를 가져다준다. 나는 혼자서 끓여 먹을 테니 그러지 말라고 타이르는데도 김 조교는 완강히 거부하면서 이 차 끓여다주기를 속행하고 있다. 내가 사무실에 들어설 때만 해도 일어서지 말기를 그렇게 신신당부하는데도 그녀는 전혀 나의 부탁을 받아들이지 않는다. 이 중대한 이데올로기적 대립은 위기의 상태대로 지속돼오는 터이다. 그러나 비록 제자(그녀는 이 과의 졸업생이다)이기는 하나 그녀도 어엿한 성인인바에는 — 제자라고 해서 어떠해야 한다는 것도 아님은 물론이지만 — 나의 주장만을 일방적으로 강요할 수는 없다. 이 세상 모든 일이 많든 적든 모순을 지닌 바에는 이런 일에서도 그 법칙은 어김이 없다. 나는 버릇이 된 동작으로 그녀에게 고맙다는 눈인사를 하면서 커피잔을 입으로 가져간다. 굴복의 잔은 쓰디쓰지만 그러나 거기에는 체념의 달콤한 평화의 맛도 있다. 즉, 커피의 맛이다. 그녀는 알릴락 말락 승리자의 잔인한 웃음을 비치면서, 내 앞에 서류뭉치를 내놓고 방에서 나간다.

2.5평쯤 되는 방이다. 그러니까 큰 방이라고는 할 수 없지만 그렇다고 불편한 일은 없다. 이 방에는 양쪽 벽에는 책장이 있고 다른 두 측면은 벽의 위쪽 절반이 창으로 되어 있다. 블라인드를 올린 이 창문으로 방금 걸어온 길이 내려다보인다. 내가 온 길은 남산 차도로 나오는 데까지가 보인다. 전력회사가 막아서서 지하도 입구는 보이지 않고, 전력회사 옆으로 퇴계로 찻길이 드러나 있고 큰 호텔이 마주 보인다. 그 호텔 뒤쪽이 명동이다. 이 호텔 너머로 멀리 삼각산까지 죽 내다보인다. 직선으로 보이는 데가 거기까지고 이 직선을 축으로 좌우로 반원을 그리는 부분이 엇비슷이 눈에 들어온다. 서울의 강북 지역의 중심 부분이 다 시야에 들어오는 셈이다. 그래서 이즈막까지 이 남산 지역에는 건물의 높이 제한, 증·신축 금지, 개축허가제와 같은 통제가 실시되었고, 어떤 경우에는 삼각산 쪽으로 난 창문에 대해서도 통제가 있다는 소문이었다. 삼각산 자락에 있는 옛 일본 총독의 사무실을 관측과, 가능한 공격으로부터 지키기 위한 조처라고 한다. 바로 밑에 내려다보이는 퇴계로는 그 위쪽에 자리 잡은 몇 대학들에서 시위가 있을 적마다 학생들이 시내로 밀고 나오는 길이어서 지난 십여 년간 그 길은 그때마다 최루가스로 덮였고 그럴 때면 이 방에서도 견디기 힘들었다. 지하철 계단의 입구마다 서 있는 전투경찰이라는 이름의 상설 계엄부대 병사들의 모습과 함께 이 도시의 일상적인 환경이 된 지 오래다. 어떤 비정상적인 일도 계속해서 강요되면 그것은 일상

적인 것이 되고, 일상적이라는 것만으로는 정당성을 대신할 수 없으련만 그 자신의 타성을 만들어낸다 — 서울 거리는 상상했던 바와는 달리 평온하였다 — 외국 기자들은 그렇게 쓰고 만다. 하루이틀이 아닌 오랜 세월을 꼬리에 꼬리가 달리고 가지에 가지가 뻗는 이 정당하지 않은 일상 속에서 아주 그것의 일부가 되는 일은 없이 견디는 저마다의 생활의 기술을 지니는 것, 그것이 이 시대의 생활자들의 화두話頭인 셈이다. 이 화두는, 그런 화두가 없다고 생각하는 사람에게는 없고, 있다고 생각하는 사람에게도 풀린 대도 가지각색으로 풀리거나, 전혀 풀리지 않는 사람도 있을 수 있는 그런 화두다.

차를 한 모금 마시면서 다른 창문 쪽을 내다본다. 그쪽에는 이 학교 정문을 지나서 올라가면서 오른쪽에 영화진흥공사가 있고 골목을 사이에 두고 그다음 집은 레스토랑이다. 이 학교 사람들은 거기서 차를 마시거나 식사를 하는 일이 많다. 학교와 잇대어서 옛 방송국 자리였던 건물이 있고 조금 더 올라가면 국민학교와 여자 전문대학이 있다. 계속해서 올라가면 남산 케이블카 타는 곳이 나오고 거기를 지나 오르막길이 끝나면서 오른쪽으로 시야가 트여 시내가 넓게 굽어보이는 자리에서 길이 갈라진다. 왼쪽 길은 김구 선생 동상 앞을 지나, 식물원 밑을 돌아, 하얏트 호텔 쪽으로 가는 길이다. 오던 길을 곧장 가면 길은 내리막이 되면서 그 끝에서 남대문 앞에 이르는 오른쪽 길과, 후암동으로 통하는 왼쪽 길이 갈라진다. 그러니까 이 학교는 남산의 서북쪽 자락에서 조금 올라온 어름에 있다. 남산 자체를 중심으로 말한다면, 남산 꼭대기에서 사방으로 뻗친 줄기의 서북쪽 산줄기의 끝자리 가깝게 놓여 있다. 이 줄기들 사이가 골짜기가 되고 이 골짜기도 주택과 상가로 메워져 있다.

이 학교에서 10년 넘어 가르치고 있다. 원래 연극학교였으나 차츰 규모가 커지면서 현재는 예술 각 분야를 가르치는 전문대학이 되어 있는데 문예창작과도 생기게 되어 여기서 '소설창작'이라는 과목을 맡고 있다. 소설 말고도 시와 희곡의 창작법을 가르치고 근래에는 편집 실기에도 힘을 기울이고 있다.

문예창작이라는 분야를 대학 과정에서 가르친다는 것은 옛날에는 없던 일이다. 과연 '창작'이라는 것을 가르칠 수 있느냐, 하는 근본적인 의문을 가질 수 있지만, 가르친다는 일과 창작이라는 것의 개념을 어떻게 정리하느냐에 따라서 대답은 달라질 수 있다. 국민학교에서 고등학교까지 줄곧 '국어'와 '문학'이라는 과목을 학생들은 배우고 있다. 한국말에 의한 표현의 훈련을 그토록 오래 받아온다. 다만 그동안의 대학입학 시험제도의 형식 때문에 학생들이 그토록 오랫동안의 '국어'나 '문학' 교육을 '표현'이라는 입장에서 즐기고, 자기훈련하는 몸에 밴 움직임을 익힐 수 없었다는 점에 문제가 있다. '작문'이라는 과목이 있는데도 아마 가장 소홀하게 다루는 과목이 되어 있는 실정이 그 사정을 잘 말해준다. 이런 실정에서 대체로 학생들은 '표현'은 그만두고 '읽기'조차도 몹시 기계적인 과정으로 받아들이기 쉽기 때문에 그런 바탕 위에서 '글짓기'를 지도한다는 것은 아주 어렵게 되었다는 것이 국어 교육의 현황에 대한 문제로 지적되어왔다.

이러한 관찰은 대체로 맞는 것 같다. 그러나 학생 모두를 두고 지켜봤을 때의 일반론으로서만 맞는 그림이다. 글을 짓는다는 것도 전문적인 솜씨에 이르자면 그 또한 다른 데서나 마찬가지로 소질과 적성의 차이와 만나게 된다. 여전히 새 소설가, 새 시인이 나오는 것을 보면 오늘날과 같은 국어 교육의 현실에서도 언어 표현의 능력은 사람마다 다르게 형성됨을 알 수 있다. 같은 교육을 받고도 다르게 받아들인다는 결과를 보고 있다. 당장 이 학교에서 가르쳐오는 경험을 가지고 말한다면, 그런 현상은 뚜렷하다. 글재주를 가진 젊은이가 이렇게 많은가 싶은 게 그동안에 가지게 된 느낌이다. 이 학교는 전문학교이기 때문에 고도의 이론보다는 실기를 위주로 하라는 것이 지정된 교육 목표다. 그것도 글짓기에는 썩 다행한 원칙이다. 문학이론가가 아니고 창작가가 되자면 부지런히 '읽고—쓰고—고치고,' 하는 과정을 되풀이하는 것이 기본 리듬이다. 고등학교까지의 국어 교육에서는 사실상 실천할 수 없었던 표현 습관을 비로소 중심 목표로 삼게 된다. 교수가 하는 일이란 것은 학생들의 이 '읽고—쓰고—고치기'의 과정에서 도움을 주는 일인데, 그 도움도 학생 스스로가 나타내는 힘과 경향을 방해하지 않도록 조심해야 한다. 그럴듯한 글 한 줄을 짓는다는 것은, 지금껏 다른 사람이 하지 않은 방식으로 표현하는 일이기 때문에 무엇보다 먼저 본인 당자가 '신명'이 나야 하고, 그 신명을 '말'로 나타내고 싶어져야 한다. 가르친답시고 학생들이 짐스러워하고 흥미를 잃게 해서는 안 된다. 그럴 바에는 많이 가르치기보다는 적게 가르치려는 노력이 더 중요하다. 그들의 마음속에 진지한 문제가 있어야 비로소 만사는 거기서 시작된다. 그 '문제'는 '읽기'에 의해서 깊어지고, 넓어지고, 다듬어져야 한다. 읽는 것이 쓰기 못지않게 큰 몫이다. 2년 과정에서 읽는 양도 그쯤일 수밖에 없지만, 그야 어떤 일이든 한정이란 것이 없는 일은 없다. 사람은, 만일 그가 하루에 하는 일을 거기 드는 시간으로 따진다면 불가능하다고 할 수밖에 없을 만큼 다양한 일을 처리한다. '읽기─쓰기─고치기'도 마찬가지다. 읽는 데도 시간이 모자라고, 쓰는 데도 시간이 모자라고, 고치는 것도 한없이 고친달 수는 없다는 일반론이 틀리지 않으면서도, 여전히 학생들은 2년 동안에 성장을 보여준다. 이런 사실을 얼핏 희한해하는 것은 가르친다는 일을 과대하게 생각하는 탓이다. 사람은 로봇이 아니라 스스로 배우는 것인데 이 자기학습이라는 현상의 능률에는 어떤 기준을 정하기 어렵다. 더구나 자신이 좋아하는 일일 때 그 능률은 거의 예측이 불가능하다.

나도 처음에는 무엇인가 정확한 것을 많이 가르쳐야 한다는 강박관념에 사로잡혀 있었다. 소설쓰기를 가르치는 직업을 가지리라고는 생각해본 적이 없었다. 내가 미국에서 돌아왔을 때 마침 이 학교에 이 학과가 생겨서 손에 잡은 일을 10년 넘어 하게 되리라고는 더욱 생각도 못 했다. 인생이란 이런 것이었다. 아무튼 나에게는 고마운 직업이고 보람 있는 일이었다. 무엇인가를 알고 있다면 그 중 잘 아는 일이고, 그것도 손에 익어서 아는 일이 글짓기이고 보면 인생에 이런 큰 행복도 그리 많지 않을 것이었다. 그래서 가르치기 시작했을 무렵의 나는 무척 의욕 과잉이었던 것 같은데 차츰 나는 방식을 바꾸게 되었다. 무엇보다 먼저, 내가 가르치려고 하는 내용이 다 전달된다고 할 수 없다. 학생들의 현재 상태에 적절하지 않을 수도 있고 나의 교수 방식이 반드시 맞춤하다고도 볼 수 없다는 것을 나는 돌아보게 되었다. 내 앞에 와 있는 시점에서 형성되어 있는 그들의 정신의 상태에 잘 들어맞는 내용이어야 하기 때문에 늘 그들을 눈여겨봐서 그들이 누구인가를 알아야 한다. 한두 해 지나고 보니, 같은 시대에 같은 교육을 받은 그들에게는 어떤 공통점이 있다. 그 공통점 언저리에서 너무 벗어나지 않는 것이 전달에 능률적이다. 또 한 가지는 내가 그들의 서당 선생이나, 독獨 선생이 아니라는 사실의 다짐이었다. 이 과에는 나 말고도 전임교수가 넷이나 있다. 그들 모두가 나만 한 열성과 경험을 가지고 있다. 학생은 이 모든 경험자들에게서 영향을 받는다. 게다가 전공 이외의 선택과목을 가르치는 비전임 강사들이 여러 명 된다. 이들도 다양한 내용을 전달한다. 학생들은 겹겹으로 이런 영향 아래에 있다. 그들은 취사선택을 한다. 영향을 종합하고 그것들 사이에 원래는 의도되지 않았던(정확히 의도하기란 불가능하다) 구성을 스스로 만들어낸다.

이렇게 교육은 진행된다. 그래서 어떻게 되었는가. 현재 내가 가르치는 몸가짐으로 말할 것 같으면 일종의 자기―연기演技라고나 부를 그런 것이다. '글쓰기'라는 것을 자기를 모델로 삼아서 그 과정을 연기해 보이는 것이다. '나'라고 하지만 '나'는 기계가 아니기 때문에 '글 쓰는 나'와 '그저 나'는 자동적으로 일치하지 않는다. '그저 나'는 어디까지이고 '글 쓰는 나'는 어디까지인가. 그

두 가지 '나'는 어떻게 서로 옮아가는가를, 그리고 '글 쓰는 나'를 강화하기 위해서 나는 어떻게 하는가를 학생들 앞에서 연기해 보여주는 것이 글짓기의 교육이라는 것이라고 나는 이해하게 되었다. 이때, 나 말고도 다른 교실의 다른 시간에 학생들은 나 말고도 그러한 다른 '연기'를 만나게 되기 때문에 나 아닌 나까지를 연기하려고 애쓰지 않아도 된다는 사실을 알게 되었다. 이것은 반드시 쉬운 일은 아니다. 만일 글짓기를 가르친다는 일을 하지 않는다면, 작가는 '글 쓰는 자기'를 이런 식으로, 즉 '글 쓰는 자기'를 생체해부하는 식으로까지 의식할 필요까지는 없다. 쓴다는 일은 무의식에 의해 진행될 수 있고, 그 무의식 속에 '쓰는 나'는 의당 전제되어 있기 때문이다. 그렇게 해서 작가는 굳이 '자기 그림자'를 따로 뒤밟지 않아도 된다. 자기가 만들어내는 이야기가 곧 자기 그림자에 다름 아니기 때문이다. 주인공에게 어떤 성격을 주든 그 인물은 작가 자신의 이른바 '분신分身'이다. 그 순간 작가가 취한 자기 마음의 그림자다. 그는 한없이 사람을 만들어내고, 사건을 만드는 데만 빠져 있으면 된다. '쓰는 자기'는 눈이 제 눈을 보지 않아도 사물을 볼 수 있는 것처럼, 의식하지 않아도 재미있는 이야기를 얼마든지 쓸 수 있다. 많은 작가들이 그렇게 썼고, 그렇게 쓰고 있다. '쓰는 자기'를 의식했다고 해서 소설이 더 잘 씌어지는 것도 아니다. 되레 반대다. 분열된 자기── '자기가 만든 인물'과 '만들고 있는 자기'는 일마다 가로 걸려서 이야기의 걸음을 방해하고 서로에게 양해를 구하느라고 이야기가 나가지 못하게 된다.

　이야기는 아직 내용을 자기만 알고 독자는 모른다는 전제에서 풀어내는 것인데, 자신이 독자를 겸하게 되면 아는 일을 전개시킬 필요가 어디 있겠는가. 이런 반론이 있을 수 있다. 그 이른바 '안다'는 것이 함정이다. 작자 자신이 쓸 때까지는 '모른다'고 봐야 한다. 뜻하지 않은 한마디, 한마디가 쓰는 대목에 비로소 나오게 되는데, 어떤 사물이 나오기 전에 나와 있다는 것은 모순이다, 이렇게 볼 수도 있다. '안다'는 것을 기계적으로 해석하지 말아야 한다는 의미에서 이것은 옳은 말이지만, '써놓았다'고 해서 그것이 끝난 것은 아니다. 그것은 얼마든지 바꿀 수 있다. '씌어진 나'와 '쓰는 나'는 도장과, 종이에 찍힌 도장 자리처럼 되어 있는 것이 아니라, 오히려 아무리 찍어도 원도장 같지 않은 도장 자리에 견주어보는 것이 옳겠다. 도장처럼 정해진 '나'를 가진 것 같지 않을 때는 자꾸 찍어보는 수밖에는 없다. 그때마다 다른 나를 만드는 일이 된다. 이런 일이 언제부턴가 글 쓰는 일을 잡고 있는 사람들 사이에 일어났고 안타깝게도 나 역시 그 소용돌이에 말려들어 지금껏 거기서 헤어나지 못하고 있다. 가르친다는 일이 바로 그런 일과도 얽혀 있다는 것도 차츰 알게 되었다. '자기'를 '연기'한다지만, 그 '자기'가 결코 매 학기, 매년, 같은 '자기'가 아님을 알았을 때의 갑자기 닥쳐드는 헛갈림은 컸다. 쓰는 것을 가르친다는 일이 무슨 공식을 가지고 있어서 그 공식의 쓰임새를 가르치는 일이라면 그토록 쉬운 일이 없을 것이다. 그러나 생각할수록 글쓰기란 그런 성격의 것이 아니다. 더욱 글이 높은 표현성을 지니게 한다는 것은 그런 법칙과의 대립과 긴장에서만 생겨난다는 것을 더 믿게 되면서는 가르친다는 것은 더 어려워진다. 그래도 방법은 하나밖에 없다. 이런 사정까지도 드러내서 연기해 보이는 방식이다. 이렇게만 말한다면 퍽 혼란스러운 것 같아도 사실은 그렇지만도 않다. 이런 사정이 학생들에게 어느쯤은 전달된다. 왜냐하면, 그들도 실지로 글을 쓰다 보면 부딪히는 사정이기 때문이다. 그럴 뿐만 아니라, 글쓰기를 자기 분석하는 논리가 학생들의 현재의 상태에 너무 큰 혼란이 되는 일을 자제하는 것까지도 교사로서의 '연기'에 속한다. 이런 한 쾌로 엮인 일들도 미리 그런 준비가 있어서가 아니라 시간이 지나면서 터득된 경험이다.

참으로 가르친다는 것은 배운다는 것과 안팎을 이룬다는 말이 헛말이 아니었다. 미국에서 돌아온 1970년대 후반을 희곡을 쓰는 일로 보내고, 1980년대 모두를 지금 1989년의 초여름까지 나는 한 편의 소설도 쓰지 않고 지냈다. 말 그대로라면 한 편을 쓰기는 썼다. 「소년병의 달」이라는 짧은 소설로서 그 한 편이 1980년대의 오늘 현재의 소설 창작의 전부다. 그러나 그 일만을 가지고 1980년대를 허송세월했다는 느낌은 전혀 없다. 이 학교에서 가르친 이후 나는 월남해서 처음 경제적으로 안정된 상태를 가졌다. 내가 직접 책임이 있었던 부모형제를 나라 밖으로 보낸 다음에야 그런 처지가 주어졌다는 일이 뼈아픈 느낌이 든다. 그러나 어찌할 수 없는 일이다. 그보다 못한 처지를 당한 사람도 많다는 일을 생각할 수밖에 없다. 다달이 정한 수입이 있다는 것이 이렇게 편한 일인가? 살기 위해서 써야 한다는 급박한 무의식이 분명 해체되었으리라. 게다가 가르친다는 일은 저 혼자 알고 있다는 것과는 다른 활동이기 때문에 자신의 지식이 객관화돼야 한다. 나의 지난 10여년은 아는 일을 되짚어보고 모르는 일은 끝까지 따져보는 생애 처음의 환경을 허락해주었다. 먹고사는 일에 쫓기지 않으면서 생각에 생각을 거듭하는 일이 이 난세에서 허락되다니. 나는 이 운명이 나의 생애에서 가지는 보람을 무겁게 받아들이려고 노력해왔다.

나는 귀국 후 몇 편의 에세이를 쓸 수 있었는데 그것들은 대개 문학이란 무엇인가, 예술이란 무엇인가를 생각해본, 예술 원론이라고 분류할 수 있는 글들이다. 어느 시기 이후로 나는 기존의 그런 유類의 글들의 문맥을 따라가는 일을 그만두고 나 자신의 창작의 경험을 반성하고, 그 새김질의 결과를 되도록 기존의 문학이론에서 쓰이는 개념에 기대지 않고 기록하는 방법에 기댔다. 무엇보다도 나 자신을 설득할 수 있어야 했다. 소설도 희곡도 쓰지 않고 오직 한 목표, 예술을 개념이라는 형식으로 정의한다는 생각이 나의 모든 시간을 차지했다. 이것이 시대를 견디고, 역사를 사는 한 방식이라고 나는 생각하려고 노력하였다. 그것이 제일 훌륭한 방법이라는 말이 아니라, 내 직업이 글 쓰는 일인 바에는 글 쓰는 일을 반성하는 일은 나에게는 가장 자연스러운 구체적 역사의식이라는 말이다. 귀국해서 쓴 에세이 「문학과 발생학」에서 나는 이렇게 썼었다. ── '화두話頭'라는 것이 옛날 지식인들에게 어떤 의미였던가를 알 것 같다. 대개 어느 문명에서나 그 문명의 중심 개념 몫을 하는 말이 있기 마련인데, 동아시아 문명의 우리가 속한 지난 2천 년쯤의 기간에 우리 선배 지식인들의 정신생활의 소식을 가장 안의 움직임이 살아 있게 옮길 수 있는 말이 이 '화두'라는 말이라고 나는 생각하고 싶다. '너 자신을 알라'라든지, '견신見神'이라든지,

'회심回心'이라든지, '변증법'이라든지, 'Cogito ergo sum'이라든지, '의식의 지향성志向性'이라든지 하는 서양의 사고 생활이 전해오는 열쇠 개념 모두를 떠올리는 힘이 '화두'라는 말에서는 옮아온다. 마음이 벗어놓은 허물들, 마음이 머물다 간 거푸집인, 이미 틀지어진 기성의 개념들을 벗어나서 마음의 생성과 변화를 거슬러 가보려는 결의가 내비치는 말이다. 생물학에서의 발생發生의 개념을 의식에 적용하려는 태도다. 이 '발생'이라는 개념으로 의식 현상을 이해하는 것이 지금의 나에게는 제일 생산적으로 느껴진다. 의식의 발생과정의 가장 분명한 궤적이 언어라는 생각이다. 언어 이전에도 의식은 있었지만, 언어의 발생을 분수령으로 해서 의식은 동물의 감각과 갈라진다. 그러나 동물의 감각과 끊어지는 것이 아니다. 아마도 변모metamorphosis했다거나, 지양止揚되었다고 보인다. 그런 사정을 화두話頭라는 개념은 잘 전하고 있다.

'발생'과 '물질대사'는 발생한 것이 유지된다는 선후관계가 중요한 것이 아니라, '물질대사란, 발생의 압축된 반복'이라고 불러야 할 것 같다. 생활의 매 '순간'이 생명의 진화과정 '전체'의 고속도 반복이라는 이미지. 물질대사 자체가 계통발생의 반복이며, 다만 발생이라는 단계를 매개로 삼고 있는 것이다. 공전하면서 자전하는 지구의 운동처럼. 마음은 변화하면서 변화하지 않는다. 이 모순을 표현하자면 마음은 '발생'하고 '발생'을 반복한다고 하면 되지 않을까. 계통발생—개체발생(계통발생의 되풀이)—물질대사(발생된 개체의 유지라는 형식으로 metamorphosis된 개체발생의 되풀이). 하느님은 매일 '창조'한다는 표현처럼. 민주주의란 매일 치르는 국민투표란 말처럼…… 안정되고 세련된 고전적인 교양의 경험을 갖지 못한 마음은 이처럼 생물학이라는 거울 속에서 겨우 자기를 발견한다. 그것이 나의 시간이라면 그 시간을 외면하지 말아야지, 하고 생각한다.

김 조교가 가져다 놓은 서류들을 처리한다. 벌써 학기말 행사에 관한 사항들이 많다.

서류 처리를 마치고 수업 준비를 한다. 교재는 학생들이 지난 학기에 제출한 작품을 묶은 작품집이다. 학기말에 작품을 제출하면 '기말 작품발표회'라는 행사가 있게 된다. 발간된 작품집을 모든 학생이 미리 읽고 참석해서 토론하고 교수가 지도하는 모임이다. 이 작품집은 다음 학기의 교재가 된다는 전제가 있기 때문에 발표회에서의 토론은, 작품의 작자인 학생들이 자기 작품에 대한 평가를 간결하게 받아보는 기회를 가지는 것과, 다른 사람들의 작품의 인상을 개관해보는 자리가 된다. 방학 동안에 그들은 자기와 남의 작품 모두를 더 자세히 검토하는 시간을 가지게 될 것이다. 교수는 대개 이런 식으로 전원의 작품에 대해 언급한다. 더 전개. 관찰의 구체성 필요/애쓴 흔적, 경험 속의 세부 더 이용/ '나'의 현재를 더 묘사. 어휘 사용에 더 주의. '귀향'의 주제 좋으나 평범/ 이야기를 마무리할 것. 첫부분 수정 필요/정혜, 명혜 등 이름 부르기 재고. 설명, 묘사 모두 압축 필요/이 주제에 대한 가장 효과적 접근법 더 연구. '나'를 더 부각/자기 객관화에 유의. 감정 억제. 슬프게 보이기 위해서는 자기연민 억제/끝 장면 더 연구. 진행 처리 적절. 장면 제시 구체적임. 소재를 잘 알고 있는 느낌/폐결핵 걸린 동생 얘기를 중심으로 했더라면. 생활과 시의 섞어짜기 같은 느낌/문제를 좀더 실제적으로 접근할 것. 수사에만 의존 말고 생활하는 사람의 구체성으로. 힘있는 문장임/ '나'를 더 내용 있게. 도착한 곳에서 곧 돌아선다는 결말 재고. 여행의 목적 살리는 효과 미흡. 할아버지 내력(발견)/거지의 등장 효과적. 거지와의 교섭 통해 주제 탐구 필요/분열된 자기를 사실적으로 추구하고 있음. 의식 자체를 분석하는 요령 있음/구성 효과적. 한용 부분 약함/동네 사람들의 관찰만으로 썼더라면. 내부 시점 효과 방해/다루기 힘든 소재/상대방의 실체가 너무 없는 느낌. 구체적 갈등 장치 필요/완성 필요. 두 가지 소재의 유사성 유의, 주제 적절/구체적인 좋은 소재. 좀더 분량 필요. '나'의 과거, 현재 더 묘사/좋은 소재. 전개를 좀더 느리게, 묘사 위주로/자기 자신을 객관적으로 보는 느낌이 들게 구성할 때 비로소 호소력 있음/중간에 노인의 인상이라든지, 삽화가 더 필요, 너무 급히 끝났음.

── 이런 식인데 본인들은 다 알아듣는다. 읽어본 사람이면 남의 작품에 대한 평도 알아들을 수 있다. 뜻이 잘 전달되지 않으면 그들은 질문한다. 다시 설명한다. 대개 그것으로 전해져야 할 내용은 전해진다. 이 발표회 시간은 학기 중 어느 시간보다도 긴장한 시간이다. 그 기간에 다른 과에서는 전시회, 무용발표회, 음악회, 연극공연, 방송시연회 등을 연다. 그것이 그들의 학기말 작품 발표 형식이다. 많은 작품을 한꺼번에 그것도 자세하게 읽어야 하는 일이 힘들기는 하지만 학생이나 교사 모두에게 가장 구체적인 자리가 되기 때문에 이찌 보면 학기가 이날을 위해 있는 것이나 마찬

가지다. 소박한 장정이기는 하지만, 책의 형식으로 자기 작품을 대하게 되는 데서 받는 효과도 있을 것이다.

작품집을 들고 방을 나선다. 과사무실을 지나 복도에 나온다. 복도 한옆으로 미술과에서 관리하는 물건인 듯싶은 캔버스들과 포스터들이 벽에 기대서 쌓여 있다. 높은 천장과 어우러져서 연극무대의 뒤쪽 같은 분위기를 만들고 있다. 연극. 무대의 뒤쪽. 내려가는 계단이 있는 곳은 거기서 더 위층으로 올라가는 계단참인데 큰 창문이 있고, 거기서 나는 잠깐 멈춰 서서 창문으로 내다본다. 계단을 내려가기 전에 대개 그렇게 한다. 본교사의 뜰과 뜰 저쪽의 극장, 그리고 왼쪽으로 본관의 일부가 보인다. 이 뜰이 이 학교에서 가장 넓은 뜰인데 아주 좁다. 그 뜰 옆으로 담에 붙여 마련된 의자에 학생들이 빽빽하게 앉아서 책을 읽거나, 담배를 피우거나, 이야기하거나 하고 있다. 지금은 수업 시간이 되어서 그런지 듬성듬성 앉아 있다. 마치 그런 광경을 확인할 생각이었던 것처럼 안심하면서 계단을 내려간다. 올라올 때는 힘이 들고 내려갈 때는 조심해야 할 만큼 가파른 계단이다. 좁은 대지에 층을 많이 올린 탓이다. 이 건물은 원래 영화 관계의 무슨 단체의 간판이 붙어 있던 집으로 한 20년쯤 전에 봤을 때는 그래도 꽤 멋져 보이던 건물이다.

첫번째 계단. 두번째 계단. 세번째 계단. 건물 밖으로 나온다. 건물 앞에는 승용차 한 대를 세워둘 만한 땅이 있고 그 끝에 대문이 있다. 이 대문을 나서면 남산으로 계속 올라가는 차도 옆의 인도가 된다. 왼쪽으로 몇 걸음 가면 거기가 학교의 정문이다. 정문에는 큰 두쪽문과 그 옆에 작은 외쪽문이 있다. 두 문 모두 열려 있다. 큰 문 쪽으로 학교 안에 들어선다. 마주 보이는 둥근 모자 차양 모양의 발코니가 달린 정면을 가진 건물이 '대극장'이라고 불리는 이 학교의 주요 건물이다. 그 이름 그대로 이 건물은 1960년대 초에 극장으로 지어졌고, 그 무렵의 연극 활동의 중심이 되었다. 신극운동의 선구자의 한 사람에 의해 건립된 이 극장은 명동에 있던 국립극장과 함께 당시에는 연극 공연의 귀중한 공간이었을 뿐만 아니라, 연극에서의 실험적인 운동을 위한 장소로서도 귀중하였다. 처음부터 연극전용 극장으로 출발하였기 때문에 무대시설이 그 당시로는 뛰어나게 전문화돼 있었다. 건물의 지하층 모두가 극장을 위한 온갖 시설 — 배우 대기실, 소도구, 의상실, 극단 사무실, 기계실 등으로 되어 있다. 지금도 연극 공연을 위해서는 큰 흠이 없는 공연 장소로서의 자리를 지키고 있는 것만 봐도 처음 선을 보였을 때의 연극계 내외의 기대와 흥분이 미루어 짐작이 간다. 공연장만 그렇게 나타난 것이 아니라, 이 극장과 함께 연극학교가 출발했는데 공연을 있게 하는 인간 요소인, 배우, 연출자, 무대기술자, 희곡작가를 동시에 길러내는 것을 복석으로 시작한 교육기관이었는데, 그때까지 없었던 장기적 연극 교육의 터전을 마련하였고 여기를 거친 사람들이 지금은 연극계에서 폭넓게 퍼져 있다. 해방 후에 가장 영향력 있는 연극운동의 하나이자, 눈에 보이는 기여를 한 것이다. 이 연극학교가 발전해서 지금의 예술전문 교육기관이 되었다.

극장은 연극 공연에도 쓰이지만 연극과의 실습 장소이기도 하며, 각과 종합 강의는 여기서 행해지고, 그 밖의 전교 행사, 입학 및 졸업식이 여기서 이루어지는 건물이다. 다목적 건물이 된 셈이지만 여전히 대극장이라고 불리는데, 또 하나 작은 규모인 '소극장'이라고 부르는 공연장을 두고 부르는 명칭이기도 하다. 이 극장을 향해 걸어간다. 극장의 왼쪽과 본관의 오른쪽 사이에서, 본관쪽 모서리를 돌면 건물벽에 잇대어 붙은 계단이 있다. 이 계단을 올라간다. 계단에는 한쪽에 쇠난간이 붙어 있는데 붉은 칠이 되어 있다. 칠은 군데군데 허물이 벗겨져 있다. 벗겨진 자리는 쇳빛도 아니고 붉은빛도 아닌, 검불그레한 빛이다. 벗겨지지 않은 부분의 색깔이 햇빛을 강하게 반사한다. 한번은 그 빛깔이 공연히 그럴듯해 보인 적이 있다. 이 계단은 가파르달 만한 것은 아니어서 난간을 짚는 듯 마는 듯하면서 올라간다. 밀치고 앞질러 올라가거나, 위에서 덮치면서 내려와서 밀어붙이면서 내려가는 학생들이 있는가 하면, 한옆으로 비켜주는 시늉을 하는 학생들도 있다. 여기도 계단참을 두 개 오르고 세번째 계단을 올라가면 오른쪽에 학교 신문사 사무실이 있고, 왼쪽으로 들어서면 짧은 복도가 있는데, 바로 들어서서 문이 하나 있고, 복도의 왼쪽 끝에 또 하나 문이 있다. 각각 두 개의 교실로 들어가는 문이다. 문예창작과에서 제일 많이 쓰는 교실이다. 나는 들어서면서 바로 거기인 문으로 들어간다.

— ……입니다.

— 그렇게도 보이는군.

— 오히려 효과적으로 보이기도 하는데요.

— 효과적?

— 네, 이 부분을 간략하게 다루었다면 긴축된 감은 있었겠지만 말입니다.

— 나는 앞사람의 의견에 찬성입니다. 그러나 좋은 지적입니다. 적절한 속도가 어느쯤인가 하는 것을 머리에 둔다는 일이…… 다른 화제로 넘어갑시다.

— 차 안에서 벌어지는 장면이 좀 약한 듯합니다.

— 약하다니.

— 일방적인 느낌이……

— 다르게 생각합니다.

— 다르게?

— 일방적이기보다 적절한 느낌이 듭니다.

— 이 작품이 원래 그렇게 나가는 식이니까?

— 그렇습니다. 처음부터 다른 분위기였다면 몰라도 여기서 갑자기 복잡하게 묘사한다면.

— 복잡하게라는 뜻이 아닙니다.

— ……? ……

— 반드시 복잡 단순의 문제가 아니라……

— 그럼?

— 여기까지 오는 흐름을 유지하면서도 두 사람이 대립하고 있는 구조가 부각돼야 한다는 점을 말한 것입니다.

— 원칙으로서는 맞습니다. 이 대목이 그렇게 흠잡을 만하다고는 보이지 않지만 원칙에 대한 충실성은 무한한 것이니까, 더 개

선할 여지가 없다고 말할 수는 없겠지요.

— 그렇게 말하면 작품의 완결성이라는 이야기는 할 수 없게 됩니다.

— 완결성이라……

— 그렇습니다. 이 작품은 일단 충분하지 않은가 하는 의견입니다.

— 일단?

— 그렇습니다. 그런대로 마무리가 되었다고 봅니다.

— 마무리?

— 네.

— 일단, 마무리?

— 나름대로요.

— 나름대로? (모두 웃음)

— 좋습니다. 마무리를 인정하지 않으면 다른 작품이 되라는 데까지 주장할 수도 있으니까요. 무엇이 모자라는가보다 무엇이 보아 넘겨서는 안 될 만큼 성과를 거뒀는가를 평가해야겠지요.

— 그런 정도면 됐습니다.

— 처음부터 끝까지 일관된 흐름이 느껴져서 좋았습니다.

— 동감입니다, 그 흐름의 성격 자체는 어떻습니까?

— ……성격 자체?

— 흐름이 뚜렷한 것은 사실인데, 그 흐름을 지탱하고 있는 필자의 입장이 마음에 드는가 말입니다.

— 아, 네, 무난하다고 생각합니다.

── 무난?

── 저항을 느끼지 못할 만한……

── 그런 것 같지요?

── 중간쯤에서 시간의 경과가 느껴지는 맛이 있었으면, 하는 아쉬움도 있습니다.

── 저도 그렇게 생각합니다.

── 저도 그렇게 봅니다.

── 저도요.

── 거의 의견이 일치하는 점이 발견된 것 같군요. 나도 그렇게 생각합니다. 어떻게 하면 시간의 경과가 표현될 것 같습니까?

── 행간을 두는 방식이 있을 수 있습니다.

── 삽화를 하나 만들어 넣는다든지……

── 시간이 지났음을 언급한다든지……

── 흔히 생각할 수 있는 일입니다. 일기를 넣든지, 편지를 쓰는 일도 가능하겠지요, 될수록 타성적이 아닌 방법일수록 긴장을 가져올 수 있겠지요.

── 다른 점을 얘기해보겠습니다.

── 좋습니다.

── 잘 아는 소재를 다룬 데서 작품의 힘이 나온 것 같습니다.

── 소재를 잘 파악했다는?

── 그렇게 말해도 좋습니다. 잘 안다는 것과 잘 파악한다는 것이 반드시 같은 말은 아니지만……

좋은 표현입니다. 그리고, 잘 표현한다는 것도 같은 말은 아니라고 해야 하겠지요.

— 그렇습니다.

— 잘 안다는 것, 잘 파악한다는 것, 잘 표현한다는 것을 편의상 같은 뜻으로 쓰는 것은 어쩔 수 없지만 쓰는 사람의 머릿속에서 구별이 돼 있는 것이 필요하다, 가장 주의할 결론 한 가지가 나왔군요.

— 첫번째, 그, 잘 안다는……

— 잘 안다는 것.

— 네, 좀 구체적으로……

— 좋습니다. 여기서 안다는 말은, 어떤 사실에 대한 '정보'를 가지고 있다는 말입니다. 정보는 필요한 만큼은 가지고 있어야 하겠지요.

— 잘 파악한다는 것은?

— 가지고 있는 정보는 체계화되어 있다고만은 할 수 없겠지요. 그저 순서 없이 일정한 양의 부분들의 집합인 상태일 수도 있고, 더 주의할 점은 정보 자체는 어떤 기준에서건 이미 체계화된 기준에서 선택된 것일 수밖에 없는데, 기성의 기준이라든지, 선택 자체를 자기 입장에서 충분히 소화하는 것이 필요하고 더 바라자면, 그 기준이라든지, 선택을 다른 모양으로 변화시키는 단계를 말합니다.

— 다른 모양입니까?

— 자기 말로 옮겨서 이해한다는 뜻입니다.

— 주체적으로 말입니까?

——자기 생각의 틀에다 옮긴다는 뜻입니다.

——비유 같은 것입니까?

——비유? 좋습니다, 자기의 비유체계란 말입니다.

——자기……의 말씀인가요?

——상투화되지 않은 개인 양식이지요.

——즉 신선해야 된다는……

——그렇습니다, 결과적으로 신선하겠지요.

——잘 표현한다는 것도.

——마저 합시다. 앞의 두 가지는 작가 자신이 자기 머리에서 정보를 처리하는 방식입니다. 그러나 혼자서는 아무리 신선한 처리방식으로 정보를 유지하고 있을망정, 이것을 남에게 전달하는 것은 다른 문젭니다. 앞의 두 가지가 자기 안에서의 정보들의 대화라고 부른다면, 세번째, 잘 표현한다는 것은, 그 앎이 밖에 내놓여서 너와 나 사이에 놓였을 때의 존재형식을 말하는 것입니다.

——좀 어렵습니다.

——어렵지 않습니다. (모두 웃음)

——이런 밀입니다. 표현형식이 시가 되느냐, 소설이 되느냐, 희곡이 되느냐, 수필이 되느냐, 논문이 되느냐에서부터 시작해서, 그것이 간결체냐 만연체냐 하는 문체까지 포함되며, 제일 직접적으로는 작품의 전개 순서가 어떻게 되느냐, 어느 장면까지 먼저오고 어느 장면이 다음에 오느냐……

——구성 말씀인가요?

——구성보다도 더 구체적인 표현의 순섭니다.

── 전갠가요?

── 표현이라는 것은 어차피 정보의 전량을 방출하는 것은 아니기 때문에……

── 선택입니까?

── 선택, 선택, 좋습니다, 선택입니다. 표현이란, 표현 내용의 선택적 객관화라고 하면 되겠습니다. 선택입니다. 그러니까 좋은 표현이란 것은 이 선택의 순서가 상투적이어서는 안 되는 것입니다. 그 작품에서 처음 만나는 선택이어야 합니다.

── 개성적이라는?

── 그런 비개성적 표현은 피하고 싶습니다. (모두 웃음)

── 그 선택에 비로소 그 작품을 그 작품이게 하는, 그런 '흐름의 선택'입니다.

── 어렵습니다.

── 쉬운 일이 어디 있습니까.

── 결국 좁은 문으로 들어가야 되는군요.

── 좁고 넓은 데는 상관없습니다, 어느 것이건 선택이면 정당합니다. 그런 똑같은 좁음, 똑같은 넓음은 없다는 것이지요.

── 같은 것은…… 없습니까?

── 없습니다, 이렇게 여러분의 작품이 모두 다르지 않습니까?

── 그러면 토론의 전제가 없는 것이 되지 않습니까, 공동의, 즉 같은 기준이 없다면.

── 모두 다르되, 정당하게 달라야 한다, 이것이 기준입니다.

── 다르되, 정당하게……?

—— 필연은, 낱낱의 우연에 의해 표현된다, 이렇게 이해해도 됩니다.

—— 좋은 말인데요, 교수님. (모두 웃음, 받아 적는 웅성거림)

수업이 끝나고 계단을 내려온다. 본관 건물로 들어선다. 들어서서 오른쪽에 있는 사무실은 학생문제연구소다. 그 앞을 지나 오른쪽으로 복도를 걸어간다. 왼편 첫방이 교무과 사무실이다. 이 학교에서는 제일 큰 사무실이자 제일 분주한 곳이다. 학생들이 창구 앞에 몰려 있는 뒷모습이 보인다. 교무과 다음 방은 원래 문예창작과 사무실이어서 거기서 10년 가까이 지낸 곳인데 지금은 교무과에 달린 컴퓨터실이 되어 있다. 이 방 앞을 지날 때마다 그 방 안에 있는 자신이 얼핏 떠오른다. 이 환각은 자동적이기 때문에 피할 수 없다. 강렬한 환각은 아니지만 언뜻 마음의 눈에 밟히는 것이다. 그 방의 맞은편이자 걸어가고 있는 복도의 오른쪽은 서무과 사무실과 경리실이다. 봉급이 온라인이 아니고 직접 지급되던 시절에는 편리한 위치였다. 복도의 막다른 곳에 문이 있다. 이 문을 들어가면 거기가 학장 비서의 사무실이다. 서류 상자가 한쪽 벽에 빽빽한 한옆에 비서의 책상이 놓여 있다. 비서는 젊은 여성인데 대개 타자를 하고 있다. 오늘도 그녀는 타자기 건너편에서 들어서는 나에게 머리를 숙여 인사한다.

"오셨습니까?"

"아직 시간이 안 됐습니다."

그녀 말대로 5분쯤 남았다. 오늘 학장실에서 회의가 있다. 나는 학장실로 들어가는 문을 연다. 학장실은 들어서면서 안으로 길게 장방형이 되어 있으며 그 끝은 창살 없는 넓은 한 장짜리 유리로 막은 창이 있으며 오른쪽에 ㄱ자의 팔 모양으로 쑥 들어간 공간이 있는데 거기에 책상이 놓여 있고 그 책상에서 서류를 보고 있던 사람이 일어서면서 장방형 공간 쪽으로 걸어나왔다. 큰 편인 키에 온화한 느낌을 주는 쉰 안팎의 사람이다.

"어서 오십시오"

하고 그 인물, 학장이 말했다.

"제가 맨 먼저군요."

"다들 오신다고 연락이 왔습니다. 아직 점심 전이시죠?"

"네, 점심을."

"점심을 함께하면서 말씀 나누려고 합니다."

"네."

우리는 방의 두 벽에 붙여놓은 소파의 창에 가까운 모서리에 앉는다.

"좋은 말씀들 들려주십시오."

"뭐 도움될 만한 얘기를 할 수 있을지."

"그럴 리가 있습니까?"

오늘 회의는 이 학교의 이전 계획에 따른 새 캠퍼스에 대한 각 학과의 요구사항을 내놓기 위한 준비 모임이다. 과를 대표해서 한 사람씩 나와서 현재 진행되고 있는 계획을 듣고 그것을 바탕으로 각과의 의견을 받겠다는 뜻이다. 학장은 그 자신이 연극 연출가이기도 하다. 지금은 학교 일에 밀려서 연출 일에서 전처럼 활발하게 움직이지는 못하지만, 그를 볼 때마다 언제나 안쓰러운 생각이 든다. 이 학교가 원래 연극학교였고, 그 자신이 처음에는 연출가로 알려졌을 뿐 아니라, 1970년대에는 연극계에 신선한 충격을 준 좋은 작업을 많이 했을 뿐 아니라, 지금도 연출 일을 하고 싶어 하면서도 학장 직책이 좀체로 그렇게 되지 못하게 만드는 사정을 잘 아는 터이므로 안쓰럽다는 생각이 더하다. 사실은 누구 걱정할 처지가 못 되는데 어쩌면 그의 모습에서 나 자신을 보기 때문인지도 모르겠다. 실지로 그는 나의 희곡을 한 편 여기 극장에서 연출했었는데 그때 함께 일한 과정은 유쾌했고 결과도 평이 좋았다. 그 이후론 다시 그런 기회를 피차 가지지 못하고 있다. 그가 연출가이기도 하다는 것은 아마 나뿐이 아니라, 어느 교수에게나 자연스럽게 에누리 없는 동료의식을 갖게 하는 데 도움이 된 것이었다. 학장 자리에 교육행정의 전문가가 와야 한다고 그는 가끔 말하곤 하는데 그 말이 뜻하는 바를 모르지는 않지만, 이 학교의 대부분의 전임교원과 같은 종류의 신분인, 예술창작가라는 조건에도 버리기 어려운 장점이 있을 성싶다. 행정 전문가를 말해보기는 하지만, 예술학교의 행정에 대한 전문가라면 무엇보다 먼저 예술 자체에 대한 밀착한 경험자일 필요가 있다. 즉, 그 자신이 예술가일 때 제일 중요한 자격이 갖춰지지 않을까, 하는 의견이다. 이 학교처럼 역사가 아직 얕은 창업기의 조직에서는 행정 경험보다 소박한 열정이 먼저 귀중하다. 예술의 현장에 대한 개인적 의욕과 그 의욕을 교육에까지 연장시켜 보겠다는 박력이 필요한 단계인 학교다.

교수들이 들어오기 시작하고 회의가 시작되었다. 미리 맞춰두었던 라면이 배달되어 각자의 앞에 놓여 있었으므로 식사의 시작이기도 하였다. 학교 이전의 실무를 맡아보고 있는 사무처의 사람이 신축 교사의 설계도를 벽에 걸어놓고 설명해주었다. 확정된 설계라기보다 1차 시안으로 작성된 것이라는 말이었다. 이전이 예정되고 있는 자리는 서울 외곽에서 한 시간쯤 남쪽에 있는 곳으로 이미 형성된 소도시에 이웃한 임야라는 것이었다. 나는 아직 가본 적이 없지만 위치는 대개 짐작이 갔다. 공간은 넉넉하기 때문에 건물의 형식이라든지 녹지의 비율을 이상적으로 맞춤할 수 있다고 한다. 설계를 맡은 회사에서는 학교에서 구체적인 요구를 밝혀주기를 바라고 있다. 보통 교사와는 달리 예술 교육의 자리를 마련하는 것이므로 직접 당사자인 학교의 요구를 전제로 삼고 일을 진행시키고 싶다는 것, 이 학교 교육 내용을 아는 각 과의 요구사항이 결국 학교의 요구이기 때문에 나누어 드린 기초자료를 잘 살펴보시고 과 전체의 의견을 내주시면 그것을 종합적인 구도에 반영하고 토론을 앞으로도 계속 가지려는 것이라고 한다. 우리는 설명을 들으면서 식사를 했다. 식사가 끝나고도 회의는 이어졌다. 가까운 날짜를 잡아서 현장을 둘러보기로 하겠다고도 했다. 설계도만 보고는 느낌이 오지 않는다는 말에 대한 답이었다. 그림에 의하면 그터는 널찍한 입구를 가진 항아리 모양의 생김새로서 안으로 들어가면서 퍼진 골짜기였다. 꽤 높은 산으로 둘러싸여 있다고 한다.

이 학교의 현재의 공간은 이미 포화 상태를 넘어서 있다. 출발했을 때의 교육 규모가 차츰 커진 탓인데 자리가 시내 한가운데인 대목이 좋기는 하지만 옮겨가는 일은 당면과제다. 급한 대로 길 건너에 별관을 쓰고 있기는 하다. 남산 산길을 조금 올라가면 이 즈막까지 국립도서관이 있었고 지금도 시립도서관이 그 자리에 남아 있어서 이 학교 학생들은 잘 이용한다. 역시 지금은 이사했지만 학교와 담 하나 사이로 방송국 본부가 있었고, 길 건너에는 영화진흥공사가 있다. 마치 영화과와 방송과, 문예창작과를 위한 교육 보조시설이 저절로 마련돼 있는 셈이었다. 학교에서 나와 퇴계로 지하도만 건너가면 거기가 먹거리나 입을거리를 비롯한 온갖 가게가 있는 명동이어서 학생들의 휴식이나 생활에도 편리하였고 젊은 연극인과 연극 애호가들에게 오랫동안 친근한 공간을 제공해 온 창고극장이 명동성당 뒤쪽에 있고 그 가까이에 중앙극장이 있다. 사실 학교라는 것이 건물을 의미하는 것도 아니고, 운동장을 의미하는 것도 아니고, 도서관만을 의미하는 것도 아니기는 하다. 지금의 이 학교의 환경처럼 공교롭게도 학습과 학생 생활에 편리한 시설이 집중돼 있는 지역의 구성도 중요하다. 터를 넓게 잡는다고 해서 이 모든 것을 학교에서 다 갖출 수는 없는 일이다. 이 학교의 모든 과에 공통되는 특징이 있다면, 움직인다는 것, 몸이 움직인다는 것, 머리와 함께 몸이 단련된다는 것을 제일 중하게 여긴다는 것이다, 라고 할 수 있겠다.

극장이 모태가 된 이 학교의 전통이 작용한다고 말해도 틀린 표현은 아니겠지만, 굳이 연극이라는 한 분야라든지 연극과라는 한 과하고만 관련된 일은 아니다. 현대예술의 흐름 자체에 이미 모든 예술행동을 넓은 의미의 '연기'로 파악하려는 경향이 정착돼 있다. 연극은 물론이지만 미술, 음악, 방송, 무용이 모두 광대, '놀이'

등 몸이 움직이는 각각의 형식이다. 완결되지 못하는 점이 있더라도, 먼저 움직이는 것이 중요하고 끝에 가도 역시 움직임의 끝을 완성 혹은 작품이라고 부르자면 부를 수도 있다, ── 이 학교에서 가르치는 사람들은 대개 그렇게 생각하고 있고 학생들의 분위기도 그렇다. 문예창작과만은 좀 다른 말을 할 수 있는지는 몰라도 적어도 나는, 모든 예술행동은 연기다, 하는 생각에 전적으로 공감한다. 일련의 희곡 창작과 그 공연에 동참하는 과정을 통해서 나에게는 그런 믿음이 자연스럽다. 연극은 공동체의 행사行事에서 비롯되었고, 행사에서는 '말'도 했던 것이다. '행사' 자체가 연극이었던 것이다. 이후의 이른바 '연극'이 Drama라면 '행사'는 DRAMA였던 모습이 떠오른다. Drama의 해부는 DRAMA의 해부를 위한 열쇠인 셈이다. 글쓰기도 마찬가지다. 자기와의 대화라는 말이 아니라, 앞글과 뒷글, 앞의 말과 뒤의 말 사이의 대화라는 말을 가지고도 미흡하다. 글자 하나, 말 한 낱이 그 스스로 속에 연극의 구조를 가진다고 하면 가까운 생각이 든다. 굳은 것, 상투성에서 벗어나려는 몸짓, 그 몸짓 속에 간신히 긴장이 느껴지고 표현성이 엿보인다. 강의를 하다가 어떤 때는 연극과 학생들이 뒤뜰에서 대사 연습을 하는 것이 좀 시끄럽게 들릴 때가 있다. 그럴 때 교실 안이 잠깐 멈칫한다. 그러다가 다시 수업은 계속된다. 그들도 그들이 할 일을 하고 있다, 는 사정을 양해하는 분위기가 된다. 좀 있으면 그 소리는 귀에 들리지 않게 된다. 우리도 말을 하기 때문이다.

한 과를 졸업하고 ── 이를테면 문예창작과를 졸업하고 연극과에 재입학하거나, 연극과를 졸업하고 문예창작과에 또 들어오는 경우가 가끔 있다. 원래 하나로 어울려야 할 교육이 그렇게만은 되지 못하기 때문에 학생 쪽의 결심으로 그런 방법이 택해진다. 좁은 공간에서 북적거리는 학교지만 활기가 있고 남의 일도 궁금해하는 기운이 있다. 여러 조건이 어울려서 스스로 이루어진 이런 기운이 행여 새 교사로 옮겨간 다음에 바람직스럽지 못한 쪽으로 바뀌지는 않을까, 하는 점이 현재 모든 사람이 은근히 걱정하는 바인데, 학교가 좁아진 현실에는 대응해야 한다는 것은 움직일 수 없는 방향이고 보면 이 두 가지 조건을 채우는 일이 여간 어렵지 않다. 그런 사전 작업의 하나가 오늘 회의의 주제가 돼 있다. 옮기는 데서 생길 이점은 잘 알고 있다. 처음부터 각과의 특성에 맞게 실습실과 강의실, 공동 시설을 설계할 수 있고 그것도 넉넉한 넓이를 보장받는다는 점이다. 목표는 각과의 특성을 살리는 공간을 저마다 확보하면서도 학과 간 연계가 현재보다 더 활발해지게 — 즉 닫혀 있으면서도 열려 있게 한다는 원칙이다. 운동장도 마음껏 잡을 수 있고, 무엇보다 먼저, 도서관을 제대로 가질 수 있다는 것이 기대를 가지게 된다. 현재의 도서관 규모는 너무 허술하다. 편법으로 도서실을 두 군데 여기 말고 따로 운영하고 있다. 도서관에 지닐 자리가 없어서 대극장 지하실에 적잖은 도서가 쌓여 있다. 공연 관계의 자료들은 영사실이 꼭 있어야 하는데, 현재의 그것은 좁은 강의실만 하고, 게다가, 한 팀이 이용하고 있으면 접근이 불가능하다. 여러 조가 동시에 이용할 수 있게 영사실의 수가 늘어야 한다. 이런 일도 새 교사에서는 어렵잖게 풀리리라 한다. 나는 설명 자료의 빈자리에다 설명자의 보충설명을 적어넣기도 하고 다른 과

교수들의 발언 중에서 참고가 됨직한 말을 적기도 한다. 회의 중에 한두 사람이 자리를 뜬다. 강의가 있는 것이다. 오늘은 더 시간이 들지 않은 나는 마지막까지 남는 쪽이 된다.

저녁식사를 마친 후 나는 잠깐 눈을 붙이고 나서 『오랑캐꽃』을 비로소 천천히 살펴볼 수 있었다. 이 시인의 작품을 읽어본 적은 없지만 이름은 알고 있었다. 그리고 그가 월북한 시인이라는 것도 알고 있었다. 작년에 월북 문인들 대부분에 대한 그때까지의 금기가 풀리고부터 그들에 대한 정보가 여러 형태로 쏟아져나오는 형편이었다. 생각해보면 그토록 오래 이들의 작품이 우리 문학의 현대사에서 논의할 수 없는 사항이 되었다는 것은 뒷날의 사람들에게는 믿어지지 않을지도 모른다. 그들은 해방에서 1950년도 전후에 이르는 시기에 북쪽으로 간 사람들인데 북쪽에서의 창작품들이 남쪽 문학계에서 금서가 된 것이 아니었다. 그것들은 남북의 그동안의 교통 단절 때문에 알려질 도리가 없었다. 그들이 해방 이전 일본군 점령시절에 발표한 일체의 문장들이 그동안 여기서는 발간은 물론이요, 정식으로 논의도 해서는 안 되는 상태가 유지되었던 것이다. 일부의 문학사에서 꼭 필요할 때면 이○준이니 김○천이니 임○니 하는 식으로 표기해서 처리되었다. 그 동그라미가 표현하고 있는 것은 '단절' '기억상실' '부조리' '상식 이전의 상황' — 그동안의, 이른바 '해방' 이후의 우리가 살아온 생활의 본질을 눈으로 보게 나타내는 괴기한 표시물이다. 뒷날의 이 땅 사람들은 인쇄물 속에 있는 그런 부분에서 지금 우리가 받는 무게를 과연 무게만큼 알아차릴 수 있을까? 우리가 옛 문헌을 해석하는 경우의 한계가 그 대답이라 생각해도 될 것이다. 아무튼 작년 이래— 사실은 그 몇 해 전부터 차츰 풀린 것이지만— 월북 문학자들을 공식으로 논의하는 일은 아무 제한도 없게 된 이래 그들의 작품들이 간행되기 시작했고 연구 문건도 흔하게 제공되고 있다. 그런 어느 문장에서 '이용악'이라는 이름은 자주 눈에 띄었고, 대강의 경력이며 작품의 성격도 소개받아온 것이었는데 지금 그의 시집이 내 손에 들어온 것이다.

시집은 국판이라고 부르는 제일 흔한 판형으로 되어 있고, 많이 낡았다. 표지는 앞뒤 모두 붙어 있지만 떨어져나가기 직전이고, 앞표지 아래쪽 3분의 1쯤은 찢겨 없어진 것을 두꺼운 종이를 뒤판 삼아 그 위에 붙여놓았다. 뒤쪽 표지는 전면이 남아 있지만 역시 뒤판을 대서 나달나달한 종이를 지탱하고 있다. 이 두 표지 사이를 이어야 할 등은 페이지가 노출돼 있다. 원래는 이런 뒤판은 없었던 것이다. 뒤쪽 발행사항이 있는 페이지를 본다. 오른쪽 위로 '같은 저자의/詩集〔分水嶺〕— 一九三七年(絶版) / 詩集〔낡은 집〕— 一九二八年(絶版)' 이렇게 인쇄돼 있는 왼쪽에 점선으로 큼지막한 장방형 표시 위에 '오랑캐꽃'이라고 가로쓰기로 표시되고, 이 점선 장방형 밑변 아래에 역시 가로쓰기로 1947年 4月 15日 印刷/1947年 4月 20日 發行, 이렇게 두 줄로 표시했다. 그 인지란에 가장자리가 우편인지 모양으로 톱날 자국처럼 된 넉넉한 크기의 회색 인지가 약간 비스듬히 붙어 있다. 인지에는 중간 크기의 둥근 도장이 인주 빛깔이 어지간히 뚜렷하게 인지 위쪽으로 찍혀 있다. 인지를 살펴본즉 회색 바탕에 흰 선으로 달팽이 문양이 있다. 그 모양으로 보니 인지는 아래위가 거꾸로 붙어 있는 것이다. 그러니까 찍는 사람은 인지의 아래쪽에 도장을 찍은 것이다. 렌즈를 가져다 대고 보니 '李庸岳'이라고 똑똑히 보인다. 인지 부분 아래쪽에 세로쓰기로 제작자, 발행자, 인쇄인, 인쇄소 표시가 왼쪽으로 나가면서 인쇄되었고 그것이 끝난 다음 세로줄로 구분을 짓고 발행소, 라고 적은 아래에 고딕체의, 다른 활자들보다 큰 호수로 '雅文閣'이라 되어 있고 이 세 글자 오른쪽에 '서울市供平洞一二番地'라 인쇄하고, 아문각 왼쪽에 '電話光化門③三0八0番'이라고 돼 있다. 이것이 발행 제원諸元을 표시한 페이지에 적힌 전부다. 1947년 발행이라는 날짜가 조금 걸린다. 1947년이면 이미 남한에서의 좌익 세력의 합법적 공간은 봉쇄된 다음이다. 1946년 한 해 동안에 좌익으로서는 결정적인 사건이 모두 일어나 버린 다음인데 1947년에도 저자는 남한에 있었던 모양이다.

오른쪽 페이지에 "'오랑캐꽃'을 내놓으며"라는 제목으로 "여기 모은 詩는 一九三九年부터 一九四二年까지 新聞 혹은 雜誌에 發表한 作品들이다. 초라한 대로 나의 셋쨋번 詩集인 셈이다. 一九四二年이라면 붓을 꺾고 시굴로 내려가든 해인데 서울을 떠나기 전에 詩集 '오랑캐꽃'을 내놓고저 했으나 뜻을 이루지 못했을 뿐만 아니라 그 이듬해 봄엔 某事件에 얽혀 原稿를 모조리 咸鏡北道警察部에 빼앗기고 말았다. 八·一五 이후 이 詩集을 다시 엮기에 一年이 더 되는 세월을 보내고도 몇 篇의 作品은 끝끝내 찾어낼 길이 없어 여기 넣지 못함이 서운하나 위선 모여진 대로 내놓기로 한다. 끝으로 원고 모으기에 애써주신 辛夕汀 兄과 金光現·柳呈 兩 君에게 感謝하여 마지않는다. ── 一九四六年 겨울 著者"라는 글이 실려 있다.

책은 이 무렵의 다른 책들처럼 아주 원시적인 제본으로서 두 개의 제본용 쇠침으로 묶여 있다. 표지 바탕에는 표제시인「오랑캐꽃」의 첫 부분이 앞뒤 표지 모두에 가득 깔려 있고 왼쪽에 '李庸岳 詩集/오랑캐꽃'이라고 두 줄로 찍혀 있는데 오랑캐꽃 부분은 붉은색으로 인쇄했다. ……꽃, 한 자는 찢어져서 없다. 앞쪽 겉표지를 열면 속표지가 나오고 속표지를 넘기면 속표지 뒷면에 '裝幀 金浩顯'이라 찍혀 있다. 다음 페이지에서 차례가 시작되고 있다. 차례는 'I, II, III, IV, V, VI, VII, VIII'로 나누고 '★' 표시를 한다음 " '오랑캐꽃'을 내놓으며"라고 되어 있다. 전권 94페이지다.

책의 모양새를 이렇게 다 살펴보고 난 다음 나는 두 손으로 책을 받쳐들고 바라보았다. 허름한 모습이지만 석기시대의 돌칼을 비웃지 못하는 풍격이 있다. 아직도 내 마음은 귀한 책을 얻었다는 생각의 언저리에 있었다. 그 시절의 시집은 어쩌다 손에 들어온 정지용 시집이 있을 뿐이고 특별히 시집에 관심을 가져보지 못했다. 시집에 비하면 해방 전 발행의 소설집은 몇 권 가지고 있는 정도인 나는 옛 책 모으는 취미도 실적도 보잘것이 없다. 이 책도 우연히 사게 된 것이었고 한국 시에 대해서 정신 차려서 들여다볼 여유도 가져오지 못하였다.

I이라 표시된 페이지를 넘긴다. 첫 작품이 오랑캐꽃이다. ── 긴 세월을 오랑캐와의 싸흠에 살았다는 우리/의 머언 조상들이 너를

불러 '오랑캐꽃'이라 했/으니 어찌 보면 너의 뒷모양이 머리태를 드리인 오/랑캐의 뒷머리와 같은 까닭이라 전한다 — 이렇게 앞엣말이 있고 나서 본문이 한결 큰 활자로 시작된다. 안악도 우두머리도 돌볼새 없이 갔단다/도래샘도 띳집도 버리고 강 건너로 쫓겨 갔단다/고려 장군님 무지 무지 처 드러와/오랑캐는 가랑잎처럼 굴러 갔단다/구름이 모혀 골짝 골짝을 구름이 흘러/백 년이 몇 백 년이 뒤를 니어 흘러 갔나/너는 오랑캐의 피 한 방울 받지 않았건만/오랑캐꽃/너는 돌가마도 털메투리도 몰으는 오랑캐꽃/두 팔로 햇빛을 막아줄게/울어보렴 목놓아 울어나보렴 오랑캐꽃……

세로쓰기의 큼직한 활자마다 꿈틀거린다. 대뜸 나는 시의 세계에 들어와 있는 나를 발견한다. 누르튀튀한 종이에 찍힌 2연 11행의 글씨들이야말로 부적처럼 영험하였다. 나는 신들린 사람처럼 읽어나갔다. 거의 모든 시가 좋았다. 하기는 특별한 중에도 특별한 사정도 있었다. 이것은 내 고향의 풍경이었다. 압록강 어름도 아니고 바로 두만강 이쪽과 저쪽의 이야기였다. H읍과 북간도의 술막이 그 속에 들어앉은 듯하다. 어느 객줏집 함속 같은 방에서 누워서 마주 보이는 벽에 나타나는 그림들을 '날라리 불며 모혀드는 옛적 사람들'이라 노래한다. 활자가 찍힌 누르디한 종이가 그대로 시 속의 벽이 된다. '검푸른 풀섶을 헤치고 온다/배암이 알까는 그윽한 냄새에 붉으스레/취한 얼골들이 해와 같다'라고 표현하고 있다. '배암이 알까는 그윽한 냄새'라니. '취한 얼골들이 해와 같다'라니. 해 같은 얼골,이라니. 해와 같다면 거룩한 신들이 되신 것이다. 그러나 '배암이 알까는 그윽한 냄새'를 그윽하게 즐기는

'불그레 취하'는 그런 건강한 신들이 된 조상님들이 시름 많은 자손의 타향 땅 외로운 베개맡에 이렇게들 현신하신다는 것이다.

1939년부터 1942년 사이에 썼다는 이 시들. 우리나라 현대시는 그 무렵에 이런 수준에 도달하였던 것이다. 조상들과 이렇게 틀림없이 상통하고 있었다. 일본의 여기저기 노동판도 흘러다닌 시 속의 인물. 북쪽 국경 가까운 어느 항구를 떠도는 가족. 해방 전 적군이 점령한 자기 땅에서 밀려나서 만주로, 러시아 땅으로 유랑길을 헤맨 민중의 현장이 이토록 눈에 밟히는 표현력에 의해 마술 같은 말의 힘으로 보존돼 있다. 나는 아직껏 그 무렵 북방의 소식을 이렇게 뛰어나게 그려놓은 시를 보지 못했다. 문학 안에서나 문학 밖에서나 온갖 어려움이 있었을 텐데 이 시인은 어쩌면 이토록 단단히 자기 모습을 응시할 수 있었을까. 문득 이런 생각이 든다. 나는 이 시가 쓰인 지 반세기도 넘어서 이 시를 대하고 있지만 이 시인은 자기 당대를 기록한 것이라고. 그렇기는 하다. 그리 먼 옛날 이야기라고 할 수는 없다. 그러나 그의 동시대인 가운데서도 이 비슷한 시인이 얼핏 생각나지 않는다. 내가 그 무렵 시에 밝지 못한 것은 사실이긴 하지만 일반 독자의 입장에서 어느 정도는 짐작이 가야 할 텐데. 그 무렵의 훌륭한 시인이 한둘이 아니지만, 이런 경향 이런 소재는 생각나지 않는다. 소월도 아니고, 육사도 아니고, 영랑도 아니고, 윤동주도 아니고. ― 그 누구와도 견줄 수 없다.

다시 읽고 또 읽는다. 연마다 멈춰 서고 행마다 서성거린다. '오래 오래 옛말처럼 살고 싶었다'는 그 '두메산곬'이 종잇장 안으로 잡아끌기 때문이다. 한국 문학의 역사에서 이 지방의 정서를 이런 수준으로 정착시킨 사람이 있음을 지금에야 알다니 부끄러운 일이었다. 이 미묘한 어휘 선택, 기본적으로 표준말을 쓰고 있는데도 사투리로 쓰기나 한 것 같은 효과는 지방 고유의 사물에 대한 명칭을 적절히 사투리로 표현했기 때문이다. 장소의 구체적 명시와 어울려서 일으키는 환각이다. 그 고장에서, 그 고장 사람들이, 그 고장 말로 말하는 착각이 책에 넘쳐흐른다. 책이 이만큼 헐고, 종잇장이 이만큼 찌들고, 세로쓰기에, 주먹만 한 활자가 빚어내는 효과도 엄청나다. 연극으로 말하면 뛰어난 무대조건이다. 극장도 좋고, 조명도 좋고, 기계 장치도 좋은 무대에 ─ 라기보다 한 작품을 위해 특설된 극장이라고나 해야 하겠다.

시나 소설은 '책'이 '극장'이다. 민속예술의 현대적 계승에서 치명적인 문제점이다. 민속연예도 마찬가지 사정이다. 원래 장터라든지 갯가의 공터 같은 데서 이루어졌고, 밤이면 연기가 피어오르는 광솔불을 켜놓고 하던 볼거리며 들을 거리를 말쑥한 현대극장에서 공연하게 되면, 형식에 변화가 있다는 정도가 아닌 내용의 변질이 있게 된다. 공연 장소는 '공연'의 '장소'일 뿐 아니라, '공연 내용'이기도 하다는 사정을 나는 나의 희곡 공연을 통해서 알 수 있었다.

아무튼 이 시인은 언어 선택이 적절하다. 이보다 사투리를 더 쓰는 것도 위태롭고, 덜해도 맛을 내기가 어려웠지 싶다. 이 시인의 다른 시들은 어떤 것이었는지, 그리고 시작 활동 이외의 경력이 어떤지는 모르겠지만, 이 시집만 가지고 말한다면 좌니 우니 매김할 수 없는 시풍이다. 그러나 시집에 나타난 풍물이나 인물이 모두 식민지체제의 전 중량을 몸으로 떠받치고 있는 부분인 것으로 보면 그 시절의 좌익문학 유파에 자동적으로 편입되어도 무리는 없었을 것이다. 여기에는 가장 시달리고 억눌린 민중의 모습은 생생하지만, 그 민중들은 싸우는 민중들은 아니며, 싸우려는 내색을 보이고 있는 민중들도 아니다.「강ㅅ가」같은 시는 그 점에서 이 시집의 유일한 예외다. 청진감옥에서 나오게 된 아들을 마중하러 가게 된 늙은이를 소개하고 있는 시다. 그 밖의 시들은 그나마 태어난 곳에서 시달리는 대물린 가난의 환경에서조차 밀려나서 타향을 떠도는 사람들이다. 그들은 식민지에서의 우리 사람들 모두의 생활의 본보기다. 주인이 종이 되고 손님이 주인이 된 마당에서 고향에 살건 타향에 살건, 고향이 이미 타향이 되었던 현실에서, 유랑민을 소재로 삼는다는 것은 현실 전체를 전형적으로 표현한 것이라 볼 수 있다. 마침 그의 고향이 민족의 그러한 국외 탈출의 길목이었다는 지리적 조건을 시인은 자기 시의 장면으로 받아들인 것이리라. 적이 이미 온 국토를 점령한 조건에서 산다는 것. 임진왜란 때처럼 피차의 사회적 진화 단계가 동질의 조건에서 점령당하는 것이 아니라, 선후의 차가 생긴 시점에서 적에게 점령당한다는 것. 점령이 동시에 상위 문명의 전파이기도 하다는 헷갈리게 하는 조건 아래에서 산다는 것. 점령 부분과 문명개화 부분을 가르는 것이 언제나 쉽지는 않다는 사정. 거기서 생겨나는 반응의 갈리기. 적에게 적극적으로 협력하는 것과 적극, 소극적으로 저항을 멈추지 않는다는 것과 맥없이 무릎 꿇는 것. 이 시가 다루고 있는 반응은 맨 나중 갈래다. 어떤 의미에서도 대들 힘이 없는 국민의 부분이다. 시인은 그들을 기록하였다. 저항하지 못하는 민중을 '반영'한 시는 따라서 저항을 하지 않은 것인가? 그렇게 말할 수는 없다. 저항할 힘까지 빼앗긴 사람들이 현실로 있었으니 그들에게 주목한 것은 시인의 선택이다. 그러한 민중의 창출 자체가 점령자들의 억압의 가혹함에 대한 증거이며, 그 민중을 선택한 사실이 그에 대한 고발을 이루고 있다고 해석해야 할 것이다. 그 선택이 시인에게는 저항의 형식이다. 그 저항을 어느 등급으로 매기느냐는 그 다음의 일이다. 이런 형식의 저항. 온 집단이 통째로 노예로 된 다음에, 그 노예의 시간을 사는 방식의 분화. 거기서 이 시인은 값있는 길을 걸었다. 걷기 어려운 길이었으리라. 시로 미루어보건대 스스로 걸어본 길인 것 같다. 그러지 않고는 쓰기 어려운 어름이다.

식민지체제에서 살았던 선배 문학자들의 여러 갈래 모습이 언제부턴가 남의 일 같아 보이지 않는다. 그들을 거울삼아 나를 짐작하는 일이 가장 실감나는 자기 파악일 것 같다는 생각. 언제부턴지 이끌리게 된 그런 식의 관심의 시야에 들어온 사람이 내 경우에는 소설가 박태원이었고 그래서 쓰게 된 소설이 「소설가 구보씨의 별 볼일 없는 하루」였다. 그의 모든 단편들이 마음에 들었고, 그의 『천변풍경』이 좋았다. 특히 「소설가 구보씨의 일일」이 대뜸 그 안에 나를 들여앉히고 싶은 그릇으로 좋았다. 그것은 저항할 수 없는 인력이었다. 어떤 세대를 사는 인간집단은 운명공동체임은 분명하다. 식민지체제 아래에서의 우리 민족이라는 표현을 할 수 있다. 식민지체제라는 조건을, 우리 민족이라는 단위가 공동으로 짊어지고 있다는 상황의 표현이다. 그런데 우리 민족은 이미 원시사회가 아니었기 때문에 민족은 그 속에서 일몫의 나누기가 이루어져 있다. 민족 속의 각기 다른 부분이라는 자격으로 그 조건과 운명을 맞는 것이기 때문에 그에 대응해서 운명의 모습도 분화된다.

「소설가 구보씨의 일일」에서는 소설가라는 신분을 가지고 식민지체제를 살고 있는 한 인물의 생활을 그리고 있다. 민족 전체의 입장과 그 속의 한 계층의 입장과 이렇게 이중으로 그는 운명에 관계한다. 이 두 입장이 겹칠 때도 있고 상대적으로 구별되는 경우도 있다. 이 사정은 역사의식이라는 말을 쓸 때에도 관계된다. 민족에 공통되는 역사의식도 있고, 그 공동 속에서 자기가 속한 계층에 고유한 역사의식도 있다. 문학자의 경우에 이 고유한 역사의식이란 것은 문학사의식이다. 우리나라 문학이라는 표현물의 흐름을 연속된 사물로 의식하고, 자기 자신을 그 표현공동체의 살아있는 인격화로 생각하는 자기 파악의 위상이, 작가의 구체적 역사의식으로서의 문학사의식이다. 그래서 선행하는 문학작품이라는 표현물과 그 작품의 표현인격인 문학자는 후속하는 작가에게는 자기를 들여다보는 거울이 된다. 문학사의식은 그 문학사가 이미 원시신화나 설화의 단계를 벗어나 있다면, 그 속에서 다시 분화돼있을 것이 당연하다. 그것을 유파流派라 불러도 좋을 것이다. 이 유파는 다시 그 속에 개인 경향에 의한 분화의 모양을 가진다. 이렇게 역사의식은 여러 겹으로 된 동심원의 도형에 비유할 수 있다. 박태원의 「소설가 구보씨의 일일」에서 나는 이 여러 겹의 구체적 분화의 모든 고리에서 동질성을 느끼게 하는 보기를 만난 것이었다. 그것은 1차적으로 친근성이었지, 가장 높은 가치를 기준한 가치평가는 아니었다. 분화라는 말의 생물학적 원뜻에 충실하자면 분화라는 것은 유기체가 진화 과정에서의 미분화적 통합에서 기능적 분업으로 옮겨온 것이기 때문에 분화의 각 측면 사이에 우열 관계는 성립할 수 없다. 필요해서 있을 것이 있게 된 상태다. 다만 기본적 규제가 있다. 전체에 대해 유해해서는 안 된다는 원칙이다. 유해한 분화가 있을 수 있기 때문에 생긴 원칙이다. 이 원칙에 위배되는 분화가 생겼을 때, 즉 바람직하지 않은 돌연변이라든가, 조직의 이상 증식 같은 현상이 일어나면 생물의 세계에서는 그 개체가 사망한다는 최후의 수단으로 원칙이 갈 데까지 가고야 만다. 그런 경우가 아닌 정상 분화된 모든 측면은 동등하고 불가결이다. 사람의 사회에서도 마찬가지다. 집단의 공동이익에 어긋나지 않는다는 조건을 지키면, 한 집단 속의 각 계층은 평등하고 불가결이다. 그런데 여기서도 '돌연변이'나 '이상 증식'이 일어난다. 집단에 대한 정치적 불충성, 집단에 대한 경제적 불공정이 그것이다. 독재와 독점이다. 예술은 집단의 이런 논리의 순기능만 남기고 역기능을 걸러낸 본보기로 기능한다. 예술의 여러 유파는 다른 유파를 가지고 가름할 수 없는 그것만이 가지는 기능 때문에 분화하였고, 그것들은 다른 것들의 공존을 방해하지 않는다는 원칙만 지키면 된다. 우리 문학사의 입장에서는 우리 문학의 연속성을 해치지 않는다는 조건이다. 우리 문학의 연속성 ― '민족'의 존립과 '민족어'의 존립이다. 존립이란 우선 이것들의 생존을 긍정하는 것이고, 다른 것들의 노예가 되지 않는다는 존재방식이므로 생명의 원칙 그것이다.

내가 읽어본 작품의 범위에서는 박태원은 이 연속성에 어긋나게 보이지 않았고, 그런 다음에 그가 나에게 가지는 의미는 그의 「소설가 구보씨……」에서 표현된 동업자로서의 친근함이었다. 그 상황하에서 나도 그쯤한 삶을 보냈을 것 같은 생각이 들게 한다. 그런 관심을 가졌을 듯하고, 그렇게 걸어다녔을 듯했다. 그의 경우에도 힘없는 사람들 — 힘없는 문학자들인데 이용악의 시에 나오는 민중에 해당한다. 싸울 힘도 없고, 싸울 내색도 보이지 않는 문학자들이다. 그런 문학자들을 '반영'한 표현이므로, 그의 작품은 저항하지 않은 행동일까? 이용악에게 적용한 원칙을 여기서도 적용한다면 그렇게 볼 수 없다. 그가 묘사한, 자기를 포함한 동료 문학자들의 초상은 적극적, 소극적으로 저항하는 사람들은 아니지만 점령자들에게 적극적으로 협력하고 있는 사람들도 아니다, 눌린 사람들, 저항할 힘조차 빼앗긴 사람들이다. 누가 빼앗았는가를 알 수 있게 하는 붓길이다. 그들의 가난, 그들의 우울, 그들의 권태 — 그런 표정의 초상이 과연 선택을 거치지 않은 표현일 수 있을까? 적들이 점령한 땅에서 발행되는 자리에서 쓸 수 있는 한계와 싸우고 있는 긴장이 보인다. 그 긴장이 문학예술에서는 이른바 '예술성'이다. 나라 밖으로 나가지 않고, 표현 활동을 계속하자면 이렇게 굴절될 수밖에는 없지 않았겠는가? 그러나 굴절은 굴복은 아니다. 그리고 굴절과 굴복의 구별은 완벽한 추상적인 기준을 정할 수는 없는 일이며 구체적으로 작품 하나하나마다 따져보면 감별이 불가능하지는 않을 것이다.

나는 박태원에 대해 대강 이런 생각을 가지면서 1970년 한 해 동안 「소설가 구보씨의 별 볼일 없는 하루」라는 연작소설을 썼다. 박태원은 이 제목으로 한 편을 썼지만, 나는 그 분위기가 그렇게 끝나기에는 아까운 형식으로 보였다. 그가 북쪽에서 이 제목을 다시 사용할 가능성은 없다고 나는 판단했다. 가령 사용해서 그의 손에서 제2, 제3의 「소설가 구보씨……」 속편이 나온다고 해도 남쪽의 우리 눈에 띄지는 못할 것이었다. 마지막으로 해방 전의 그의 원전原典 「소설가 구보씨……」도 가까운 장래에 남쪽에서 햇빛을 볼 가능성에 대한 기대는 1970년 현재에서는 환상으로 보였다. 그러니까 1970년 현재에서 볼 때 「소설가 구보씨……」는 과거에도, 현재에도, 미래에도(물론 수긍할 만한 미래 말이다), 우리 문학사에는 없는 존재라는 현실에서 우리는 살고 있기 때문에 「소설가 구보씨……」라는 이름으로 모작을 씀으로써 나는 우리 문학의 연속성의 단절에 항의하고, '민족의 연속성'을 지킨다는 역사의식을, 문학사의식의 문맥에서 실천하고 싶었다. 그것이 나의 구체적인 역사의식이었다. 그뿐만 아니라, 일련의 고전 명칭 차용 작품들을 쓴 나의 미학적 문제의식과도 관련된 표현행동이었다. 문학사의 연속성이라는 것은 선후 작품들 사이에서 부르고, 받고, 그렇게 대화하는 관계 — 하나하나의 문학작품들이 등장인물이 된 드라마의 형식으로 존재한다는 믿음이다. '문학사' 전체가 끝날 줄 모르는 열린 미완의 작품이라는 생각. '미완'이란 말은 결코 소극적 의미가 아닌, 진화론적 열림의 뜻으로 그렇게 부르고 싶다는 것. 문학사에서의 한 시대의 모습은 다음 시대에서 메타모르포시스되는 것이라는 생각. 문학사를 채우는 작품들은 다음 시대의 다른 작품으로 메타모르포시스된다는 생각. 문학사는 자기 자신을 프로테우스Proteus처럼 한없이 변모시켜가는 푸가fuga 같다는 생각. 선행, 후행하는 작품들은 자기들끼리 서로 알아보고, 시간과 배경을 건너뛰면서 부르고 화답하는 과거와, 현재와 미래가 공존하는 환상의 생태계라는 생각. 시대의 저편에서 부르는 소리. 시대의 저편에 걸린 거울에 비친 내 얼굴.

그것이 박태원이었다. 그리고 오늘 또 한 개의 거울을 발견한다. 『오랑캐꽃』이용악. 만나보지 못한 사람들이 이렇게 가깝다는 소식. 가깝게 느끼는 조건이 그들이 자기가 살고 있는 사회의 본질을 알기를 그르치지 않았다는 그 사실이다. 그들의 글을 점잖게 만들고 있는 그 조건이다. 자신들이 노예임을 알고 있다는 것. 그 앎이 그들의 글을 사람다움의 소식으로 만들고 있다. 사람은 나고 늙어가고, 병들고, 죽는다. 봄, 여름, 가을, 겨울, 비가 오고 눈이 오고, 꽃이 피고 열매가 익고. 사랑하고 결혼하며, 아이를 낳고, 만나고 헤어진다. 이것이 인생의 기본 가락이다. 적이 우리 땅을 점령하건 말건, 성군聖君과 애국자가 정치를 하건 말건 여전히 진행되는 삶의 모습이다. 그런데도 식민지체제 아래에서의 선배들에게는 우리 땅이 적군의 총칼 아래 놓였다는 감각에 눈을 감고서는 꽃도 꽃이 아니며, 열매도 열매가 아니었다. 사랑도 결혼도 그 울타리 안에서의 일이었고 눈도 비도 노예의 땅에 내리는 눈비는 마땅히 노예의 냄새가 났다. 이 사실을 없는 것처럼 여기고 이러저러하게 비켜가면서 부른 노래는, 결국 노래가 되지 못하고 만다는 것을 구보나 이용악은 잊어버릴 수 없었다.

　그들은 그런 사람들에 속한다. 이 감각은 결국 옳다. 이 감각을 비켜가면서도 노래의 형국이 빚어지기는 한다. 그러나 얼마나 힘이 없는가, 그 노래들은, 조금만 시간이 지나면, 지금쯤 돌이켜보면. 해해거리는 노예. 즐겁기만 한 노예. 이렇게까지 퇴화된 삶을 살 수밖에 없는 사람들. 그러나 그런 '현실'을 그려내는 '노래'까지도 그렇게 얼이 빠져서는 그것은 노래가 아니라고 말하지 않을 수 없는 감각. 그것이 「소설가 구보씨……」나 「오랑캐꽃」이다. '세월'이 '역사'를 가려버리지 못하는 의식을 가지고 만 사람들. 아슬아슬하게지만 이상李箱도 '세월'만을 살지는 못한 사람이다. 그러기에 그렇게 권태에 못 견뎌 한 것이라고 해석할 수 있을 만큼 그의 권태는 치명적이다. 해해거리는 사람이 왜 그토록 권태롭겠는가. '세월'이 한스러운 것이 아니라, 옳지 않은 '역사' 속에서 세월은 한스럽다는 구조를 알게 된 사람들이었다. 알면서도 어찌해볼 수 없는 사람들이었다. 그것을 알 수 있다. 그것이 보인다. 이용악의 시처럼, '벽을 향하면' 그들이, 구보가 용악이 '날라리 불며 모혀'오는 것이다. 그것이 보이는 나이가 되었고 그것이 두렵게 보이는 삶밖에 살지 못해오는 일도 두렵다. 글을 쓰는 삶을 살지 않았더라도 책임은 덜할 수 있었을 것을. 너무 좋은 말만 입에 달고 살다 보니 그 환상을 정말 살아야 하는 벌을 피할 수 없게 되는 삶. 하는 소리인 줄만 알던 말이, 정말 있는 무서움의 소식이라는 소식.

　근래에 나온 전집에서 이태준의 글 모두를 읽을 수 있었던 것은 행복이었다. 살다 보면 이런 일도 겪게 되다니. 그의 모든 단편소설이 다 좋았다. 그러나 장편소설은 모두 좋지 않았다. 『사상思想의 월야月夜』 한 편만이 장편에서의 예외다. 그의 모든 단편에서는 작자는 이상적인 자기를 지키고 있다. 어떤 하찮은 일도 뜻 깊어 보이는 것은 뜻 깊은 작가의 눈길에 쌓여 있기 때문이다. 작가의 이상적 자아의 전 내용은 도저히 모두 풀려나올 수 없기 때문에 언제나 작품의 근경近景의 저쪽에 남는다. 그 원근법에서 긴장이 생긴다. 그 긴장은 작가의 현실적 자아와 이상적 자아 사이에도 있다. 힘없는 자기를 내세우고 면죄하는 것이 아니라, 힘없는 현실의 자아조차도 딱하다고 생각하는 자아가 따로 있는 것이다. 다만 사실은 상관없는 두 시선이 한 몸뚱아리 안에 있다는 것뿐이다. 장편에서는 이런 이중구조가 형성되어 있지 못하다. 작품 속에서 작가의 분신 노릇을 하는 인물이 곧 작가 자신이기도 하다. 분신에게 나누어주고도 남는 자아가 없다. 그 많은 장편에서 단 한 편도 읽을 만한 것이 없다는 일은 처절하기까지 하다. 아마 이런 것을 통속소설이라 불러도 좋으리라. 그런데 단편들은, 그 많은 단편들은 어느 것 하나 버릴 것이 없다. 적당한 분량의 작가의 자아가 작중인물들에게 주어지고 남은 자아는 이편에서 그들을 바라보고 있다. 그 거리가 모든 작품을 예술이게 하고 있다. 그 눈길은 비판일 때도 있고, 사랑일 때도 있고, 동정일 때도 있다. 힘이 없기로는 다 별스럽지 않은 사람들이기 때문에 작가는 자기의 모두를 그들에게 옮길 수가 없기 때문에 자기미화에서 자동적으로 벗어난다. 작가 자신이 등장할 때도 이 절제는 지켜지고 있다. 별수 없이 점령자들이 짜놓은 그물 안에서 가능한 움직임밖에 안 하기 때문에 작가가 등장해봐야 다른 등장 인물 이상의 신통한 가치를 만들어내지 못한다. 등장인물로서의 작가의 뒤에, 보이지 않는 서술자로서의 작가가 숨어 있는 낌새가 역력하다. 그래서 작가가 출연하는 단편은 「소설가 구보씨의 일일」을 빼다박은 것 같은 분위기를 만든다. 친구들을 찾아 신문사에 들르는 장면 같은 것은 서로 바꾸어놓아도 탈이 없을 것 같다. 이태준은 「소설가 구보씨……」에 발문을 쓰고 있기도 하다. 그런 사귐의 마당이 형성돼 있던 그 무렵의 이야기인 것이다.

상허尚虛의 모든 단편의 인물들 역시 저항할 힘이 없는 사람들, 굴복한 사람들, '역사'가 아니라 '세월'을 사는 사람들이다. 그러나 유독 그런 사람들만을 골라서 그려내는 작가의 소재 '선택' 자체는 세월의 바람만 쐬는 붓길이라 할 수 없다. 드러내지 못하는 슬픔의 기운이 있는 붓끝이다. 그래서 그의 단편의 모든 인물들은 이용악의 시에 나오는 인물들의 이웃인 것을 우리는 알아보게 된다. 이쪽은 유랑할 팔자도 못 돼서 그저 살던 자리에 있을 뿐이다. 하기는 그의 단편들에도 유랑민들은 나오기는 한다. 다만 유랑민 전문은 아니다. 어찌 보면 상허가 슬픔을 즐기고 있는 것이 아닌가 하는 의심이 들 때도 없지 않아 있기도 하다. 그러나 좀더 생각해보고 싶다. 순수한 '열락悅樂'이라는 것을 말하기가 조심스러운 강팍한 사회에 삶을 받았다는 조건 때문에, 윤리적 면책을 보장하는 예술적 장치가 되어 있는 쾌락조차도 물리치는 것은 아닌가, 하는 의심도 들기 때문이다. 만일에 그런 생각에 곧이곧대로 충실하다면 예술은 성립하지 않기 때문이다. 예술은 슬픔이 아니라 묘사와 감상의 기쁨이며, 고통이 아니라 고통을 푸넘하는 표현의 기쁨이기 때문이다.

이튿날 나는 서점에 가서 이용악의 다른 시집들이 나와 있는지 알아보았다. 있었다. 식민지시대 좌익 작가들의 소설과 시를 기획한 작품집에 그의 시집 세 권 ─ 『분수령』 『낡은 집』 『오랑캐꽃』이 3년 전에 모두 나와 있었다. 정식으로 금지가 풀리기 전에 책부터 나왔던 것이다. 1980년대에 비로소 뚜렷해진 출판 경향이었다. '해방'에서 대한민국 출발 사이에 합법, 비합법으로 개방되던 역사의 진보적 흐름과 그 흐름 속에서도 정치적 흐름이 막힌 다음에도 비교적 융통성이 살아 있던 좌파 언론은, 6·25전쟁을 고비로 완전히 금기禁忌사항이 되었다가, 4·19에서 5·16군대반란 사이에 다시 살아났다가, 5·16 이후 1960년대와 1970년대 전부를 통해 다시 최대의 금기사항이 되었던 것이었다. 이 세기의 초기 10년, 그러니까 1910년부터 식민지 전 기간과, 해방 후에서 남북전쟁에 이르는 기간을 이 땅에서 산 사람들 속에서 많은 사람들이 그 생각을 등불로 삼아서 인생을 경영한 사실이, 모든 공적인 처리와 논의에서, 없었던 일처럼 다루어졌었다. 그 이념에 따라 북쪽에 현실로 건설된 정권과 전쟁 중이라는 현실 때문이었다. 좌익 이념은 해방 전처럼 이념이 아니고 현실이 된 때문이었다. 이 논리 앞에 아무도 이의를 제기할 수 없었다. 모든 자본주의 국가에 좌익 정당이 있다는 사실도 이 금기에 대한 이의 제기가 되지 못하였다. 자본주의 국가의 좌익 정당은 폭력을 배제하고 투표에 의한 개혁을 택한 정당이어서 우리 땅의 북쪽에 있는 정권처럼 남한에 대한 행동에서 어떤 제한도 약속한 바 없는 좌익과는 다르다는 판단이었고, 이 판단은 현실 정권의 논리로서는 정당했기 때문이었다. 식민지 체제 시기의 좌익에는 이 논리는 해당하지 않아야 하지만, 식민지 체제에서도 좌익이라는 사상이 유령처럼 떠돌아다닌 것이 아니라, 그 사상을 지닌 '사람'들이 행동하고, 말하고, 쓰고 했을 수밖에 없고, 그 사람들은 거의 모두 북쪽 정권이 수립되자 그쪽으로 가버렸기 때문에, '북쪽 정권'이란 것이 아직 없던 시절의 표현과 행동조차도 소급해서 금기사항이 되고 말았다. 자본주의가 금과옥조로 삼는 법 운영에서의 '불소급의 원칙'은 이 문제에서는 폐기된 셈이다. 그런데 그 금기禁忌가 이렇게 풀리고 있다.

1980년대는, 미국 군함이 서해바다에서 뒷짐을 지고 망을 보는 가운데, 광주 한 고을을 겹겹이 둘러싸고 본때를 보이는 피잔치를 벌인 끝에 얻어낸 공포의 우산 밑에서 출발하였다. 1961년에 군사반란을 일으킨 자가 1979년에 자기 부하에게 사살되었을 때 국민은 엄청난 대가를 치르면서 역사가 낭비되기는 했을망정, 새 시대가 열리는 줄 알았었다. 그 새 시대를 여는 과도기를 처리할 절차만을 관리를 할 기득권 세력들이 우물쭈물하면서 수상한 움직임을 보였을 때, 국민들은 초조하고, 우려하고, 화가 났다. 광주에서는 그런 국민적 움직임이 전형적으로 강하였다. 천인공노할 군사반란정권의 민족분열 정책 탓으로 그곳에서는 세월과 역사는 하나였다. 3·1운동이나 4·19처럼 역사적인 것이지만 자연발생적인 모습을 띠고 있었다. 그 시점 광주에서는 시민 전체가 정치적으로 깨어 있었다. 반란정권의 계승자들은 이 점을 역으로 이용하여 광주를 포위해서 고립시키고, 온갖 의도적 악성 풍문을 유포시켜가면서 한 도시를 도발하고 유인해서 불필요한 조급성을 가장하면서 표본적인 잔인성을 가지고 시민을 학살하였다. 독립국가인 타국의 군대의 지휘권을 가져온 미국은 이 학살군에 대한 지휘권만은 5·16에서처럼 이번에도 '우리 사람 몰라 했다'였다. 5·16에서도 이런 잔인성은 피했었다. (아니 그럴 필요는 없었다. 음모자들은 지불보증 서명을 받은 작전 명령에 따라 행동한 것이지만, 공화국 체제 아래에서 군대가 정부를 점령한다는 처음 겪는 사태에 국민은 판단 마비에 걸렸고 그 마비는 마음의 깊은 곳에서 그런 사실이 감히 벌어졌다는 사실이 전하는 뜻을 감지한 데서 오는 공포와 연결돼 있었다) 그러니 보통 같으면 '세월'이 지났으니 좀 개명한 수법은 예상할망정 이것은 뜻밖의 사태 진전이었다. 그러나 그런 심정은 언제나 그런 것처럼 먹고살기 바빠서 그 속에 별다른 의식의 진전을 기대하기 어려운 '세월'을 산 민중의 의식과, 이 또한 언제나 억압자들의 교과서에만 있는 '문명'의 수사학 용어들을 현실로 착각하는 식민지 지성인들의 염치없는 거지 근성에서만 있는 법인 심정이었다.

세계를 경영해오는 자들의 참모부의 작전 방침에는 전시대적이고 후시대적이고가 없었다. 겨울 다음에는 봄이라는 말은 웃기지도 않는 말이었다. 그들이 언제나 효력을 확인할 수 있었던 비방일 것도 없는 만병통치약이었다. 정말 말상대를 해주는 줄 알고 아무리 똑똑한 해명을 해도 다 듣고 나서 '그래? 그래도 니를 먹어야 하겠다'고 대답하면 그만이었다. 라틴아메리카에서도, 아랍에서도, 아프리카에서도 아시아에서도 그렇게 헤쳐놓았다가 쓸어 모았다가 하노라면, 한 세기 두 세기는 꿈결처럼 지나가고 세상은 잘 돌기만 하던 것이었다. 손에 익은 연장이요 이에 신물이 나게 불러오는 흘러가지 않는 옛 노래였다. 살기 바쁜 버러지 같은 무지렁이들이 잘도 속아주는 끗발 나는 약방문이었다.

그렇게 공포의 시대는 부활하였다. 동포의 피로 가득 채운 학살의 욕조에서 공포의 피거품 속에서 악의 육체는 아름답게 청춘을 회복하면서 일어났다. 1980년대는 그렇게 시작하였다. 올림픽 체육대회라는, 세계 체육 필름에만 있는 줄 알던 행사를 어찌어찌 배당받아 와서 제 나라 온 국민을 들볶으면서 공진회 보따리를 준비하는 것이 세상에 태어난 보람이기나 하는 것처럼 몰아붙이면서 10년을 거뜬히 넘겨온다. 그들은 야간통행 금지제도를 폐지했다. 식민지시대의 상시 계엄령의 상징 같던 제도였다. 그것을 없앴다. 언제나 새 시대, 새 역사, 새 사회, 새 생활…… 새 자 돌림으로만 살아야 하는 이 국민은 이번에는 밤중에도 거리를 돌아다녀야 하는 생활을 사는 팔자에까지 이르렀다. 나는 '밤길을 다니고 싶은 사람들'이라는 제목의 연작소설을 1960년대 한때 열을 내서 쓴 바 있었다. 자, 다녀봐, 하고 말하는 것 같았다. 밤길을 다녀봐야 별 수 없었다. 공연히 온 밤을 헤매본 것은 그래도 기념 삼아 그래 본 것밖에는 달리 소득이 없었다. 머리카락 길이도 제한하고 여자들 치마 길이도 제한하던 것도 그만뒀다. 중고등학생들 교복입기도 폐지하였다. '무단武斷정치' 다음에 '문화文化정치'를 하는 셈인 모양이었다. 그 사이에 3·1학살이 있었던 것처럼, 이번에는 '5월 광주'가 있었다. 이번에도 그것은 겉치레일 뿐이었다. 산업화가 한 단계 높게 진행되면서, 농촌은 이제 노인들이 1차 산업을 유지하는 곳이 되었고 압도적인 인구가 도시에 살면서 값싼 임금을 최대 무기로 삼는 전국 공장화의 시대가 되어간다. 이것도 아무 새로울 것이 없는 일이었다. 식민지체제에서 당시 작가들도 자기 환경의 변화를 오늘의 우리와 꼭 마찬가지 성격으로 보았던 것이다. 그리고 그 시대에는 그 수준이 절대현실이었고 절박한 것이었다. 앞으로도 그럴 것이다.

사회적 진화라는 과정에 들어선 인류는 이 '변화'의 운명에서 벗어날 수 없게 된 데까지는 우리도 알고 있다. 이것은 석기시대에서 비롯한 사회적 운동형식이며, 근대문명의 특징은 이 변화가 어느 문명 주기週期보다 속도가 빠르고, 당연히 생활을 개선하면서 연속성과 안정을 동시에 유지하기가 어렵다는 데까지도 우리는 알 수 있을 만큼은 알고 있다. 여기에는 진선진미한 길이 없다는 것도 알고 있다. 이것이 참을 수 있는 형식이 되자면, 거기서 오는 생활의 질적 개선의 혜택과 그 개선을 위해 치르는 고통이 고루 나뉘어야 한다. 이것도 공자님 이래 부처님 이래 다 알고 있는 문자요, 염불이다. 이 문자와 염불이 허례와 공염불이 되지 않게 되는 장치가 국민이 자기를 스스로 관리하는 규칙인 '자치自治'라는 형식이다. 생활의 모든 분야에서의 자치이다. 모든 시대의 기득권 세력은 그들의 기득권에 제일 해가 안 될 부분에 대해서는 약간의 자치를 허락하고, 자기들의 기득권을 내놓아야 할 부분에서는 언제나 폭력적으로 독점을 유지하고 그 부분에서는 자기들만 자치하고, 그 밖의 구성원들에게는 그 부분을 금기禁忌로 선포한다. 그 선포에 항의하면 주기적으로 '광주'를 실시한다. 이것도 식민지체제를 살면서 그때 작가들이 알게 되었던 일이었다.

한 개인에게는 자기가 사는 시대라는 환경은 절대적이다. 우리가 과거의 사람들을 판단할 때의 함정은 우리에게는 이미 파악된 정보를 가지고 지난날의 환경 속에 자기를 놓는 일이다. 그래서 자동적으로 옛사람들보다 현명한 사람들이 된다, 이것은 야바위다. 그들은 캄캄한 밤 속에서 열심히 찾고 있는 중이었다. 한 치 앞을 내다보기 어려운 어둠 속을 가고 있는 중이다. 지평선은 보여도 한 치 앞은 보이지 않는 것이 역사다. 그래서 별자리가 제일 잘 보인다. 그들과 우리 사이에 바른 대응 관계를 찾자면, 우리 환경에 대한 우리 태도를 객관화시키는 작업을 해야 한다. 그럴 때의 대수적代數的 거울로서 옛사람 ── 옛 시대는 도움이 된다. 나에게 박태원의 「소설가 구보씨……」는 그런 거울이었다. 그 거울 속에 비친 나를 그려본 것이 나의 「소설가 구보씨……」였다. 두 구보씨가 너무 비슷한 것이 나를 두렵게 한다. 겁이 난다. 그들도 어느 시점에서 겁이 났을 것이다. 아니, 겁이 났다.

이태준의 「해방전후」를 나는 이 관점에서 이해한다. 「해방전후」에서 주인공 ── 작가 자신 ── 은 해방 직전에 시골로 내려간다. 전쟁이 일본에게 불리하게 되자, 지배자들은 작가들에게 더 명확한 협력을 요구한다. 굴복하고 있는 것만으로 용서하지 않고, 적극적으로 협력할 것을 강요한다. 저항이라는 것은 이 시점에서는 주인공을 비롯한 그 무렵의 지식인들의 의식에서는 이미 시야 밖의 일이다. 전국의 작가들을 한데 묶어 어용단체를 만들고 이데올로기 교육의 한 요원들이 되어 전투력 강화, 국민의 전시태세 강화의 좀더 조직적 도구 구실을 시키자는 정책을 실행한다. 전쟁의 종말이 심상치 않을 예감을 가지고, 한 발씩 협력의 늪에 빠지는 데서 피하기 위해서는 서울을 벗어나는 것이 유리하다고 생각한 주인공은 연고를 찾아 시골로 내려간다. 이 시골에서 주인공은 '해방'을 맞는다. 그는 서울 집을 잡힌 돈으로 시골 살림을 하면서 낚시를 다니기도 하고, 거기서 만난 '김직원金直員'이라는 옛 선비와 어울리기도 한다. 이 김직원은 '대한제국'의 회복을 바라는 사람이다. 그것이 그의 민족의식, 역사의식, 정치의식, 선비 의식, 지식인 의식, 인간성의 표현이다. 이 노인의 경우에는 우리 역사의 구체성과 노인 자신의 성품의 구체성이 어우러져 한 덩어리가 되어 이것들은 살아 있는 형상이 되어 있는데, 그 형상이 곧 '김직원' 노인이다. 왕손을 다시 한 번 황제의 자리에 모신 세상에서 살아보고 싶다는 바람이 이 노인의 인간성의 구체적 표현이다. 그의 인격은 '한일합방'의 시점에서 동결돼 있다. 그에게 구체적 전쟁인식이 있는 것은 아니다. 막연한 기대가 전부이다. 주인공인 소설가에게는 어느 만한 구체적 전망이 있었을까? 그에게도 구체적이라고 할 만한 전망은 표현되어 있지 않다. 독립을 암시하는 듯한 대목은 과연 이태준의 사실 인식을 전했는지 의심스럽다.

일본의 '패망'이라는 말이 곧바로 조선의 독립에 이어졌으리라는 추측을 당시의 국내 거주자들에 대해서 할 수 있을까? 패망은 그 자체 속에서 상대적 차별성을 가지고 있다. 패망은 연합군과의 강화조약 체결을 우선 의미할 수 있으며, 그 다음이 '항복'이고, 항복에도 여러 구별이 있을 수 있고, '무조건'일 때도 스스로 한계가 있다. 일본 전역을 식민지로 삼는 데서부터, 자치령으로, 반독립국으로, 언제까지, ― 모두 미정이다. '일본국가'의 영역은 어디까지라고 인정할 것인지, 태평양의 모든 점령지에서 철수하고, 중국 본토에서도 철수하고, 괴뢰국가였던 '만주제국'에서도 철수하는 것까지 생각할 수 있어도 조선에서까지 물러가게 될지는 그 시점의 국제정치 개념에서는 반드시 불을 보듯 환한 일은 아니다. 필리핀이 미국 식민지고, 인도가 영국 식민지고(비록 셰익스피어하고 바꾸지는 않을망정), 인도네시아가 네덜란드의 식민지, 지금의 베트남―라오스―캄보디아가 한묶음으로 '인도차이나'라는 이름으로 불리면서 프랑스의 식민지였던 시점에서의 일이다. 지구의 아시아 쪽만 숨 가쁘게 짚어봐도 말이다. 대만까지도 중국에게 돌려준다 치고도 '조선'까지 내놓기를, 연합국이 내놓으라고 할지를 국내에 있던 거주자들이 무슨 수로 확신할 수 있었겠는가? 그렇다면 「해방전후」의 주인공이 예견한 '파국'의 내용도 역시 막연한 것이었다고 해야 맞을 것이다.

해방에 관해 이후에 쓰어진 많은 회고 기록들에서 자주 눈에 띄는 표현이 '갑작스러웠다'는 것이다. 어떤 필자는 '도적처럼' 이르렀다고까지 표현한다. 대부분의 사람들에게는 예견하지 못한 시간이었다는 말이 된다. 상해임시정부의 수반조차도 그 시기를 의외로 빠른 것으로 받아들이고 있다. 연합국의 일원인 중국의 항전

사령부의 담 밑에서 살고 있던 임시정부의 수반조차도 그러했다면 국내 거주자들의 위기에 대한 당시의 시간의식을 짐작할 만하지 않은가? 「해방전후」의 주인공도 이 울타리 안에서 산 사람이었으므로 그에게도 그것은 뜻밖이었다. 점령자들의 패망의 시기와 내용은 갑작스럽고, 극단적인 것이었다.

그는 허둥지둥 서울로 온다. 와서도, 경천동지라고 해야 할 이 사태를 맞은 동료 문학자들 중의 어느 누구보다도 과감한 처신을 한다. 그래서 문단에서도 놀라고, 김직원 노인은 노하기까지 한다. 각각의 관련자들이 반응하는 이 사정이 손에 잡힐 듯이 보인다. 언제부터 저토록 시국(즉 '역사'다)에 민감했으며, 한편으로 골동품 타령만 하던 사람이 공산당은 또 무어냐 하는 여론이 그를 둘러싼다. 미묘한 문제다. 먼저 언제부터냐 문제부터 살핀다면 아주 처음부터 그랬다고도 보이고 갑작스럽다고도 보인다. 그에게 유리할 수 있는 점은 언제부터라는 기준보다도 그가 동참한 조직이 내세운 이데올로기가 더 많은 설명을 해줄 것 같다. 즉, 해방된 조국에서의 정치적 강령은 사실상 좌우합작으로까지 갈 수 있는 노선이어야 한다는 이데올로기다. 그 후의 일을 가지고 당시의 이 명분을 미리 깎아내려서는 안 될 것이다. 살아 움직이는 역사는, 당연히 인간의 의지와 창의성의 매개를 거쳐서 현상하는 운동이므로 역사의 운동장에 미리 직선으로 그어놓은 궤도를 달려온 것일 수는 없다. 그 당시에 폭넓은 합작의 노선은 호소력도 있고, 이성적이기도 하였다. 투항하는 자들이 언제나 이상주의를 비웃는 것을 이성이라고 생각하는 법이지, 일이라고 할 만한 일은 언제나 이상주의에서 비롯되고, 그것에 의해 추진되고, 그것이 현실화되는 것이며, 그것을 바라보고 나간다는 형식 말고 다른 무엇일 수 있겠는가? 그것이 밀림이 아닌, 인류사회의 역사란 것이 아닌가? 「해방전후」의 주인공이 받아들인 노선은 당시로서 그렇게 말이 안 되는 것은 아니다. 그렇다면 「해방전후」에 대해 할 말은 다 한 것이 될까? 그럴 것 같지는 않다. 주인공이 해방 직전에 지녔던 역사 감각에 관대하고, 해방 직후의 사상적 입장을 호의적으로 시인할 수 있으면서 한 가지 걸리는 것이 있다. 지금 눈앞에 벌어진 사태와, 해방 직전까지의 자기의 처신(의식 속에서와 현실에서의) 사이의 격차에 대한 감각이 부족하지 않은가 하는 점이다. 좀 계면쩍어야 하지 않았을까? '이상적 현실─이상적 자아'라는 대응식式이 떠오른다. 완전식이다. 그의 장편소설에서의 환경과 주인공들(작가를 대변하는)의 결합형식이다. 그곳에는 또 한 걸음 물러선 자아의 시선이 없었다. 그래서 섭섭하게도 장편소설들은 통속소설이라고 부르는 것이 합당했다. 지금 현실에서 이태준은 이 장편 속의 자기 분신들을 연기하려 한다. 그의 단편 속에서 뛰어난 예술적 조작으로만 가능했던 일을 그는 현실에서 어떻게 감당하려고 했을까?

그는 『문장강화文章講話』라는 그의 명저에서 자신의 글을 인용하고 있다. 제목은 '在外革命同志歡迎文'이다. "……오오! 屈辱의 三十六年! 民族의 永遠으로는 一瞬間이었으나, 人生一生으로는 靑春을 오롯이 바치고도 모자라는 長期間이었다. 同志들 가운데는 이미, 家眷이 보아 모르도록 빈발의 빛을 달리한 이도 있을 것이요, 敵彈에, 或은 獄苦에, 혹은 病魔에, 오늘 이 感激을 기다리지 못한 채, 千秋의 恨을 품은 채, 殊方異域에 孤魂된 이도 한두 분이 아닐 것이다./오오! 거룩한 同志여! 正義의 烈士여 동지들 있으므로 말미암아 오늘 이 땅에 아침이 오는 것이며, 同志들 있으므로 말미암아 우리 民族의 名譽가 世界에 維持 되는 것이며, 同志들 있으므로 말미암아 아직 우리에게 저 花郎과 忠武公의 피가 綿綿히 흐름을 알지로다! 우리 三千萬은 머리털을 깎아 同志들 말굽 아래에 편들, 어찌 同志들의 偉功大勳에 萬에 一인들 報答할 것인가!/더욱 생각하면, 우리는 얼굴 둘 곳이 없노라. 希臘의 어떤 哲人은 禽獸가 아니라 人間으로 태어난 것, 野蠻이 아니라 希臘人으로 태어난 것을 運命의 神에게 感謝하노라 하였다. 敵의 가지가지 奸策과 暴政下에, 우리는 敵을 爲하는 銃을 들어야 했고, 우리는 피처럼 아픈, 뜻아닌 말과 글을 배앝아야 했다. 呼訴할 곳이 없이 蹂躪될 대로 蹂躪된 民族의 貞操, 오오, 우리는 차라리 禽獸와 蠻人으로 못 태어났음을 얼마나 恨하였던가! 이제 무슨 낯으로 聖汗에 젖은 同志들의 偉容을 우러러볼 것인가!/그러나 兄弟여 거룩한 指導者여 이것은 하늘이 준 한때 우리 民族의 試驗이었다. 우리의 이 悔恨의 눈물과 쓰린 魂膽의 傷處를 씻어주고 가리워줄 손도 亦是 同志들을 떠나 없는 것이다. 兄弟여 指導者여 어서 우리 三千萬의 앞을 서라. 우리 庸劣하나 同志들의 義烈에 純化될 것이요, 우리 지둔하나 同志들의 鮮血로 편 建國大道를 滿腔의 尊敬과 信賴로 따라 나아가리다." —— 이 글에서 그의 이싱적 자아는 온몸을 드러내고 말히고 있다. 애국자들의 인격, 그것이 그의 이상적 자아의 내용이다. 그들 사이의 차이는 애국자들의 이상적 인격과 현실적 인격은 통일돼 있는 데 비하여, 화자의 이상적 인격과 현실적 인격은 분열돼 있다는 사실이다. 그러니 이 표현이 성립하고 있는 것이다. 그는 이 분열을 잊지 말아야 했다.

「해방전후」에서 이 이상적 자아에서 현실적 자아로 나가는 과정의 설명은 허술하다. 해방이 되었으니 다 건국사업에 나서야 한다는 이상이 아니다. 그가 「해방전후」의 후반 부분인 해방 후의 현실에서 맡고 있는 공직은 그가 말하는 '동지同志'들이나 맡아야 할 자리일 듯하다. 그런 동지 중에서도 신분이 작가인 사람이어야 제격이라고 덧붙여야 할 것이다. 그런 사람은 그때 두 사람밖에 없었다. 중국의 연안으로 가서 공산군과 함께 일본군과 싸운 소설가 김사량과 국문학자 김태준이었다. 해방 전후의 시기에는 이 두 사람은 아직 나라 밖에 있었다. '합방'에서부터 셈해서 36년 동안에 작가로서 망명한 사람의 경우가 그처럼 희귀하였다. 아마 그런 사정도 작용했으리라.

소설의 주인공 자신도 말하고 있다. "……해방 전에 내가 제법 무슨 뚜렷한 태도를 가졌던 것도 아니구요, ……나는 해방 후에도 의연히 처세만 하고 일하지 않는 덴 반댑니다." 이렇게 말한다. 일? 작가가 글을 쓰는 일 외에 다른 일은 안 하는 것을 '일하지 않는' 것이라고 표현해서 될까? 그는 또 말한다. "……혐의는커녕 위험이라도 무릅쓰고 일해야 될, 민족사 가장 긴박한 시기라고 생각합니다." 그러자 김직원이 "아모튼 사람이란 명분을 지켜야

72

합니다. 우리가 무슨 공뢰 있소? 해외에서 일생을 우리 민족 위해 혈투해온 그분들께 그냥 순종해 틀릴 게 조금도 없습네다"고 말하는데 이 말 속에는 순리가 있지 않은가? 그런데 주인공은 그 말에 대해, "저는 그분들의 풍상을 굳이 헐하게 알려는 것도 결코 아닙니다. 지역은 해외든, 해내든, 진심으로 우리를 위해 꾸준히 싸워온 이면 모두가 다같이 우리 민족의 공경을 받아 옳은 것이고, 풍상이라 혈투라 하나, 제 생각엔 실상, 악형에 피가 흐르고, 추위에 손발이 얼어터지고 한 것은 오히려 해내에서 유치장으로 감방으로 끌려다니며 싸워온 분들이 몇 배 더 했으리라고 생각합니다. 육체적 고초뿐이 아니었습니다. 정신적으로 매수하는 가지가지 유인과 협박도 한두 번이 아니어서, 해내에서 열 번을 찍히어도 넘어가지 않고 싸워낸 투사라면 나는 그런 어른이 제일 용타고 생각합니다."

여기서는 『문장강화』 속의 자신의 글과는 다른 울림의 이상적 자아 쪽으로 올 수 있는 논리를 지닌 울림이 들린다. 해외든 해내든 아무리 애국자들을 '존경하는 말'을 한다고 해서 그 말이 그만한 '애국'을 한 것은 되지 않을 텐데도 어느덧 옳은 사람들의 과거와 현재를 칭송하는 것이 자신의 과거까지도 함께 면죄받는 결과가 될 위험이 있는 울림이다. 식민지체제 아래에서의 처신을 좀더 무겁게 생각했다면, 그는 자기 자신의 그 주옥같은 단편소설 속의 인물들처럼 독자들의 유보 없는 이해와 사랑을 기대할 수 있었으리라. 이렇게 말을 해놓고 보지만 「해방전후」는 운명적으로 중요하고, 뛰어나기도 한 작품이다. 그 시점에서 그린 신분에 있던 사람에 의해서 기록될 수 있었던 시대의 분위기가 포착돼 있고, 중편 분량이라고는 하나 그 안에는 해방 후 그 무렵의 중요한 장면이 솜씨 있게 배치돼 있기 때문에 그의 단편소설에서 받는 읽는 기쁨을 맛보게 한다. 뛰어난 문장가의 손에서 이루어진 내용, 형식 모두 풍부한 작품이다.

저항자들이 국내에 있었느냐, 국외로 나갔느냐의 문제는 이태준 개인의 인생 테두리를 벗어나는 20세기 한국 역사의 움직임에 중요하게 관계되는 요인 중의 하나다. 그만한 수의 저항들이 해외에서 움직이지 않았다면, 적들이 점령한 기간의 저항운동은 우선 그만큼(해외 부분만큼) 가난해졌을 것이고, 국내의 저항운동에도 나쁜 환경을, 즉 더 어려운 조건이 되었을 것이다. 국내의 저항은 차츰 힘을 잃어 해방이 될 무렵에는 완전히 제압당하고 말았다. 국내에서의 저항은 그런 진행이 운명지어졌던 것이다.

그 사정은 문학 창작에서도 마찬가지였다. 우파는 체제 내의 개량운동의 선에서 머물거나, 산업화의 과정에서 겪는 갈등을 심리적으로 분석하는 쪽으로 나갔고, 그 심리적 갈등을 입체적으로, 즉 외적 요인을 시야에 넣으면서까지 전개하는 데 성공한 경우는 예외적이었다. 많은 경우에 심리적 탐구는 체제와는 무관한 도시인 풍속을 감각적으로 설명하는 기계적인 장치가 되고 말았다. 이태준 같은 사람조차 장편에서는 피하지 못한 길이었다. 채만식이나 염상섭이 아니었더면 쓸쓸할 뻔한 문학사지만, 그들의 작품조차도 영혼을 뒤흔들 만한 것은 아니었다. 나는 그 중요한 이유가 그들이 국내에서 합법 공간에서 창작한 탓이라고 보고 싶다. 만일에 수많은 문인이 망명한다는 현실이 있었더라면 어떻게 되었을까? 우선 당대 한국의 현실이 유보 없이 풍부하게 다루어진 방대한 작품들을 가지게 되었을 것이 아닌가? 이름 없는 저항자들의 인생이 소설이나 시라는 형식으로, 비교할 수 없는 사실적 깊이를 지니고 정착되었을 것이다. 이것은 당대가 아니고서는 포착이 불가능한 측면이다. 이렇게 말할 때 혁명운동의 현장 기록성만을 말하는 것이 아니다.

문학은 역사와 갈라진 이후, 자기 속에 고유한 현실 초월의 내부적 자장磁場을 지니고 있다. 제정祭政 일치 단계가 지난 다음부터는 정政과 직접 하나인 모양을 계속 지닐 수 없게 된 제祭는, 그 속에 종교적 상징주의, 정치적 이상주의, 유희적 장식주의라는 스펙트럼을 가지게 된다. 빛의 나뉨처럼. 제祭를 이루고 있던 각기 가닥들도 저마다 이 분화를 따르거니와 문학도 그렇다. 문학의 해부는 제정일치 사회의 해부를 위한 열쇠다. 이 스펙트럼에서 저항자들이 선택하는 파장波長은 정치적 이상주의라는 부분이다. 노예의 언어가 아닌 저항자의 언어에는 인간성의 가능성에 대한 낙관주의와 적당한 쾌락주의, 활달한 창의성, 끝까지 추구되는 논리적 강인성 — 이런 모든 측면도 꽃피었을 것이라는 말이다. 환경에 대한 '반영'론을 넘어서 환경에 의해 촉발되는 인간정신 자체의 적극성이 망명이라는 조건 아래에서는 국내에서보다 더 생산적이었으리라는 가정이다.

한국의 지식인에게 '지식'이란 언제나 계몽적인 성격의 것이었다. 그것은 이미 앞선 고장에서 만들어진 것이었다. '개화'에서는 말할 것도 없고 '혁명'에서도 그 '혁명'의 이념—즉 그것도 지식인데, 혁명의 지식 또한 이미 만들어져 있는 것이었다. 그럴 때 인간은 혁명에서도, 로봇, 괴뢰가 될 수 있다. 인간은 의식하는 존재이고 혁명은 가장 의식적인 행동일 텐데도, 의식을 생략하고 이루어질 가능성이 있다. 망명한 문학자에게는 그런 발상은 불가능할 것이다. 그의 이상적 자아는 자기가 만족할 만큼 날아오를 것이다.—이런 창조적 환경으로 망명자의 환경을 생각한다면, 우리가 '개화'라고 부르는 내용은 먼저 개화한 사람을 따라간다거나, 이론적으로는 '개화'는 이미 설계되어 있다, 는 '지식'관은 그리 손쉽게 통하지는 못할 것이다. '지식'조차도 운명으로 받아들이는 태도는 문학의 경우에는 더구나 무력했을 것이다. 고난의 시기는 계몽적인 수준 이상의 지식인을 키우는 시기도 되었을 것이다. 신채호의 문장의 기백과 논리는 이런 말이 희망만이 아님을 말해줄 듯하다.

국내의 좌파문학은 1930년대에는 완전히 억압당했다. 다만 임화 개인이 도달한 지점은 놀랄 만하다. 그의 굴복이 말해지지만, 그의 『조선신문학사』 연작은 그의 최고의 달성임은 명백한 듯싶고, 그 저작이 해방 직전의 시점에서 씌어지고 있다는 것은 그의 이성이 얼마나 깨어 있었고, 논리의 형식으로 역사에 봉사하겠다는 결의 속에 있었음을 간단히 증거하고 있다. 이 마지막 지적 걸작을 포함해서 그의 전 작품—시편들과, 실천 평론들과, 문학사 서술에 전제되고 있는 이론적 체계로 구성된 의식의 생산물은 해방 전 우리 문학의 최고 업적이다. 사람이 노예살이를 하면서, 폐병쟁이 노릇을 하면서도 이런 내면을 유지할 수 있다는 것은 그 이상 위안이 없고, 그가 동업의 선배라는 것은 그렇게 즐거울 수 없다. 그러나 그조차도 그의 재능을 다 꽃피우지는 못하였다. 망명자들의 활동은 이론 이전에 스스로 정당했으나, 그 활동의 내면적 이론화가 활동 자체의 사실적 위대성만큼은 병행된 것은 아니었기 때문에, 이 사정은 '사실'의 일방적 독주에 주박呪縛당할 소지가 되었다. 그가 해방 후 이태준을 설득했던 논리 — 정치적으로는 자본주의를 포섭한 사회주의라는 논리를 미학적으로도 이론화하는 작업이, 어쩌면 그에게 더 좋은 환경이 보장되었다면 가능하지 않았을까, 하는 꿈을 꾸어 본다.

원시사회까지를 포함해서 문명이라는 형식을 가지게 된 포유동물의 사회인 인간사회에서의 인간 개체의 행동은, 동물의 본능(쾌, 불쾌) 같은 행동—동기 사이의 투명한 동일성은 성립할 수 없고, 문명인의 행동에는 언제나 그 배후에 시간과 공간의 구체적 변수가 계산된 인공의 이론적 동기가 전제되어 있다는 사정에 대한 자각이 부족하면, 풍속風俗을 분해해서 그것을 외형과 방법으로 분해하고, 관념일 수밖에 없는 '의식으로서의 외형(이미지)'과, '의식으로서의 방법(기운氣運)'을 관념 자체로 연구하는 노력을 생략해도 될 줄 알고, 박해하기까지 한다.

개화기 지성에게 특히 두드러진 이 경향에서 스스로 벗어난 최초의 지식인의 모습이 임화에게서 보인다. 그의 마지막 저작 속에서, 그가 받아들인 체계의 노예가 아니라 그 체계의 주인이 될 수 있는 경지에 접근해갈 수 있는 유연성이 엿보이기 때문이다. 그가 갔던 곳, 북한 땅을 망명지로 생각하고, 그 땅이 현실로 그러했던 것과는 다른 풍토였다면 하는 가정을 해보면서. ── 이런 백일몽하고는 상관없이 해방 당시의 현실의 역사에서는 망명 문인이 둘뿐이고 모든 문인이 국내 거주자였다. 거기서 외형적으로도 정치와 문학의 균형은 문학 쪽에 불리하였다. 임화의 그 후의 운명도 그가 국내에서만 활동하였다는 사실에 의해 결정된 것이었다.

하기는 망명 문학자는 또 한사람 있기는 있었다. 그가 조명희다. 소설 「낙동강」의 작가다. 그는 해방 전인 1920년대 말에 소련으로 망명해서 그곳에서 사망하였으므로 실지로 돌아온 사람은 김사량과 김태준, 두 사람이었다. 조명희는 조선에서의 좌파문학의 개척자 중의 한 사람으로, 그의 최고 작품인 「낙동강」을 남겨놓고, 더 이상의 국내 활동의 전망에 회의를 느끼고 망명했던 모양이다. 망명지에서 사망했으므로 그는 해방 이후의 역사로부터 깨끗한 순수 좌익 문학자로서 문학사에 남게 되었고, 나는 그런 존재인 그의 작품 「낙동강」을 고등학교 문학 시간에 배우게 된 것이었다.

나중에 딴소리가 나오기 시작하지만, 『문장강화』에 실린 이태준의 글에는 해방이라는 격변을 맞는 당시의 한국 지식인의 정치적 무의식이 가림 없이 드러나 있다. 저항의 논리적 귀결이 국외탈출─망명이었음을 이 글은 솔직하게 고백하고 있다. 초심初心의 진리가 감동적으로 표현되어 있다. 이것은 이태준이 이 글을 실으면서 분류한 '식사문式辭文'이 갖출 자격으로서의 '심각한 인상'이라는 수사학적 특징 이상의 것이다. 실지로 심각한 일을 이태준은 발언한 것이다. 언제나 그런 것처럼 이 경우에도 첫마음이 진리였다. 역사는 아직 뜨겁게 달아 있었다. 역사의 횃불은 환히 현실을 비추고 있었다. 사람답게 살려는 눈에 판국은 너무 괴상한 모습을 보이고 있었다. 식민체제의 현지인 담당자들이 적이 물러간 자리에 턱턱 앉아 있는 모습을 어떻게 받아들일 수 있었겠는가. 방금까지의 이리가 유모 노릇을 하겠다면서 '자유'의 젖병을 들고 나선다면 믿을 수 있겠는가? 그래서 이태준은 월북했고 그는 같은 길을 간 많은 사람 중 하나였다. 그들은 잘못을 되풀이하고 싶지 않았을 게다. 적이 만들어놓은 우리 안에서, 다람쥐 쳇바퀴 돌 듯했던 지난날의 판단 착오를 뉘우치면 뉘우칠수록, 다행스럽게도 아직 기력이 있는 동안에 주어진 이 참회와 속죄의 기회에 또 한 번 잘못해서는 안 된다고 생각했을 것이다.

이태준 자신이 말하고 있다. '우리 지둔하나 동지들의 선혈로 편 건국대도를 만강의 존경과 신뢰로 따라가리라.' 이것을 그저 '식사式辭'로 돌리기에는, 그 말을 한 입술의 침이 덜 말랐고, 그들의 양심이 덜 식었고, 역사의 대세라는 횃불이 아직 덜 사윈 시점이었다. 이런 사정을 나는 동시대인과 마찬가지로 지루하게 오랜 세월— 즉 나의 지금까지의 생활 기간을 통해서 조금씩 자료에 접하게 되고, 이해하는 데 시간을 들이며 살아왔다.

사람이 사회적 인격이 된다는 것은, 자기가 속한 사회의 과거 일체를 우선 '정보'의 형식으로 상속한다는 형식을 취한다. 그 '과거' 속에는 생활의 모든 것이 포함된다. 그 사회가 도달한 기술 정보, 그 사회가 '정보'의 형식으로 도달한 일체의 '기호 정보,' 그 사회에서의 권력의 행사에 관련된 '정보'— 등등으로, 열거하기보다, 정보가 '개방'돼 있다고 표현하는 것이 편리할 것이다. 이 개방된 정보의 내용이 사람이라는 존재의 사회적 인격의 내용이다. 그렇게 해서 사람은 '사회화'된다. 어떤 약속 아래에서, 어떤 수준으로 움직여왔고, 움직이고 있는 사회가 자기가 속한 사회인가를 알 수 있게 되고, 그 기준에 따라 행동할 수 있게 된다. 이 정보가 숨겨지고, 개작되고, 왜곡되면, 말 그대로의 뜻에서의 사회생활은 불가능해진다. 말 그대로의 뜻이란, 선험적으로 준법 집단인 '사회'의 모습을 볼 수 없는 그 사회의 성원은, 우선 살기 위해 적당히 살 수밖에 없고, 다음에는 눈치껏, 그다음에는 알아서, 그다음에는 명의만의 법을 악용하고, 그다음에는 범죄가 일상화된다. 소신에 따라 범죄의 등급은 사람의 숫자만큼 구체적이 된다. 어느덧 그런 것이 사는 것이라는 인생 애환의 논리가 몸에 밴다. 범죄가 어느덧 인생 애환과 영고성쇠로 둔갑한다. 이런 사정은 IQ만 가지고 알아질 리 없고 살며 생각하며, 따라서 시간이 들어야 하고 사람은 시간이 지나면 늙는다. 어느 날 문득, 늙은 자신과 늙기까지에 자기가 살아온 실적을 돌아보게 된다.

해방에서 6·25내전까지의 시기를 북한에서 지낸 나는, 학교의 상급 형님들의 문학 그룹에도 끼지 못하는 나이여서 사실상 자기가 사는 사회의 본질에 대한 지식적 이미지를 가지지는 못했지만, 감각적으로는 강렬한 기억을 가지게 되었고, 그 사회의 권력이 억압하는 계급의 가정에 태어났다는 사정 때문에 북한에서의 생활은 결코 보통 세월이나 보통 소년기일 수 없는 극적인 파악을 할 수밖에 없게 되었다. 그곳에서 지낸 생활은 자동적으로 망각을 뿌리치고 되풀이해서 나타나면서 그 의미가 규정되기를 요구하는 그런 기억으로 나를 지배해왔다. 내가 나이를 먹으면 먹을수록, 나에게 사후에 얻은 지식이 늘어나면 날수록, 북한 생활의 기억은 더 구조화되고, 더 극劇화된 모습으로 나타난다. 이에 비하면, 해방― 6·25 사이의 남한의 이미지는, 그야말로 처음부터 이미지이며, 지식이다. 이것은 어찌할 수 없는 한계다.

나의 전공인 문학과 관련해서 말한다면, 문학의 유파 중에서도, 작품 속의 풍속과 작가의 서술인격 사이에 풍속적 연속성을 요구하는 계열의 입장에서 본다면, 해방 후 그 무렵의 남한 생활은 나에게는 근접 불가능 ― 즉 현실감의 성취가 아마 원천적으로 봉쇄된 신성 지역이 된다. 이것은 분명히 과장된 논리 전개다. 그 이른바 상상력은 어디다 쓰려는가 하는 말이 나올 법하다. 상상력이란 이런 틈을 메우는 정신의 능력임에는 틀림없다. 그래서 이 말 앞에 겸손해지는 뜻에서, 한 발 물러서서 원천적으로 봉쇄됐다느니 하는 말은 물리기로 하자. 그렇게 말하면 역사소설은 불가능할 텐데, 실지로 좋은 역사소설이 있다. '불가능'의 의미를 객관적인 곳에서 주체적인 욕망 쪽으로 옮긴 표현이라고나 해볼까. 역사소설이라는 보기는 마땅치 않다. 그것은 처음부터 한정된 조건에서 상상력을 내는 분야다. 작가에게서 멀지 않은 과거이면서 눈으로 보지 못한 풍속이 문제인 것이다. 그것도 경험이 아닌 2차 자료에 의해서 상상의 힘으로 개인적 경험의 환상에 접근할 수는 있다. 다만 흥이 덜 나는 것이다. 심리적인 안정감이 나기가 어렵다. 안정감까지 상상으로 만들어내야 하기 때문이다.

소설을 쓰기 위해서라기보다, 내가 북한에서 자신이 등장인물이었으면서도 깊은 통찰에까지 이르지 못한 경험을 조명해주는 빛으로서, 해방 후 남쪽에서 전개된 상황은 내게는 절실한 정보였다. 그렇게 해서 바로 이해된 남쪽 사람들의 생활을 통해서라는 에움길을 거쳐서 나는 북쪽의 해방 후 역사를 비로소 현장에 있는 사람답게 깊이 이해할 수 있을 것이었다. 1980년대의 정보 공개는 나에게 그런 빛을 제공했고, 그 빛의 도움을 받으면서 내 기억의 공간에 의미 있게 떠오르는 장면이 둘이 있다.

방과 후의 교실이다. 밤이다. 교탁 위에 촛불이 있다. 또 정전인 모양이다. 소년들 넷이 교탁 앞에 바싹 붙은 맨 앞줄 책상에 앉아 있다. 이 소년들 뒤에 몇 줄 건너서 교사 한 사람이 교탁을 향해 앉아 있다. 교탁의 촛불 뒤에는 학생이 한 사람 서 있다. 방과 후 청소를 마친 학생들이 집으로 간 다음에 시작되어 계속되고 있는 장면이다. 이야기는 꼬리에 꼬리를 물고 길어지고 있다. 앞줄에 앉은 소년들이 엇바꿔가면서 질문하는데 가끔씩, 뒤에 앉은 교사가 거든다. 그의 질문은 소년들의 질문을 중간 요약하기도 하고, 새 방향을 가리키기도 한다. 그런데 질문의 흐름의 어느쯤한 고비부터였을까, 집안 이야기를 건드리기 시작한다. 질문은 촛불 너머 소년이 이 학교에 전학 오기 전 고향에서의 일을 건드리고 있다. 소년은 강요된 회상을 하고 있다. 회상은 소년 자신의 거기서의 학교생활에 머무르지 않는다. 아버지는 거기서 무얼 했는가. 일제 시대의 아버지의 직업은 무엇인가. 왜 거기를 떠나서 이곳으로 왔는가. 이렇게 집안 이야기에 질문이 미친다. 이 점이 불안하다. 점점 불안하다. 아버지에게 해를 끼쳐서는 안 된다. 그러나 교사에게 거짓말을 해서도 안 된다. 솔직하지 못하다고, 교사는 주의했다. 그러나 조심해야 한다고 생각한다. 말이 잘못 나갈까 두렵다. 어떤 말을 숨기고 어디까지 말해야 할지 그때마다 판단해야 하고, 그러면서도 천진하게 말하는 것처럼 꾸며야 한다. '자아비판회'라는 이 시간을 교사는 언제 끝낼 작정일까? 소년은 이제 무죄를 주장하기를 포기하였다. 교사가 깔아놓은 길을 따라 교사에게 협력하는 착한 학생이 되어야 한다. 대단치 않은 일을 가지고 왜 이럴까 하던 처음 생각은 다 달아나고 없다. 지금은 어떻게 하면 교사의 화를 풀 수 있을까 그것이 마음을 꽉 채운 바람이다. 그런데 교사는 자꾸 더 화를 낸다. 그 화는 점점 진지해진다. 어쩐지 이 자리에 없는 아버지한테 더 화를 내는가 하면, 소년에게로 다시 초점이 돌아오고, 이런 식으로 어느덧 밤중이 된 것이다.

   이것이 나의 기억 속에서 세월이 지날수록 더 무거운 의미를 키워오는 첫 장면이다. 촛불 뒤의 소년은 물론 나다. 그날 이후 한동안 나는 아버지를 배신한 것 같은 죄의식에 시달렸다. 한껏 애썼지만, 그런 말을 해서 좋았을까, 거기까지 요구하지도 않았는데 앞지르지 않았는가, 그런 뉘우침에 시달렸다. 나는 집에 와서 이날 일을 말하지 않았다. 당장에 말하지 못한 일은 끝내 말하지 못하고 말았다. 이날의 결과는 얼마 뒤에 학급 벽신문 주필을 내놓은 것이 구체적으로 확인할 수 있는 전부였고 중학교를 졸업할 때까지 다시는 그런 자리도 없었고, 연관된 듯한 아무 일도 없었다. 그러나 그 한 번으로 충분하였다. 나는 그 자리를 재판처럼 느꼈다. 변호인이 없는 재판 자리였다.

소년단 지도교사의 처사는 두 가지 점에서 이해할 수 없었다. 첫째로 그는 너무 깊이 나의 자아 속으로 들어오려고 했다. 그것은 남 앞에서 옷 벗기를 요구하는 것과 같았다. 남 앞에서 벌거숭이가 되는 것은 어려운 것인데, 그는 벌거숭이를 드러낼 것을 원했다. 둘째로 그는 내가 가지고 있지 않은 '자아'를 내놓으라고 원했다. 옷을 벗었는데도 맨몸인 나를 보고 진짜 몸을 감추고 있는 듯이 다루었다. 몸속에다 다른 몸을 어떻게 숨긴단 말인가? 이후에 '자아自我'란 말은 나에게는, 철학 용어도 아무 것도 아니고 그 밤에 그들과 내가 캐내려고 그렇게 밤을 지낸 어떤 것이 되었다. 그것은 적대계급에 속한 반역자 재판 비슷하기도 하였다. 사회를 대표한 검사에 의한 추궁 같았다. 검사는 적의를 가지고 대하였다. 단순한 실수에 지나지 않는 것을 의도된 것처럼 해석했다. 그 의도는 가족관계에 뿌리를 가진 것처럼 확대했다. 학교는 감옥이 아닐 테고, 훈계는 범죄 수사가 아닐 텐데도 그런 방식으로 진행되었다. 소년들끼리는 개구쟁이 피장파장일 텐데도 갑자기 요술처럼 판단력이 증대된 보조 검찰관처럼 처신하는 것이 허용되었다. 자존심 깨지는 일이어서 부끄러웠다. 부끄럽다는 것은, 그런 지경에 이른 자신의 무능을 깨닫는 순간이었다. 너는 사회의 공적이다, 하는 정치적 경고요, 판결이었다. 지도원 교사를 통해서 사회는 나를 부정하고 있었다. 나의 '자아'는 부정당했던 것이다.

　　이후의 나의 무의식 속에서는, 이 장면은 제한 없는 무급심無級審으로, 상시 계류 상태인 재판 같았다. 생애를 두고 나는 이 재판의 계류자요, 피고로 자신을 느꼈다. 나의 무의식 속으로 관할이 옮겨진 재판이었으므로 그것은 언제나, 어디서나 열릴 수 있었고, 나이를 먹고 신분이 달라져도 여전히 나의 '자아'는 나의 '자아'였기 때문에 시효도 없는 재판이었다. 이 재판이 나를 떠나지 않는 더 중요한 까닭은 이후의 나의 생애 전체를 통하여 내가 성인으로 살아가는 현실도 이 재판의 모습으로 진행되었고, 나의 직업상의 경력도 이 재판을 빼다꽂은 듯한 유사성을 가지고 진행되었다.

　나는 이 의식 속의 재판에서 묘하게 처신하였다. 나는 자신의 무죄를 변명하는가 하면, 자신을 단죄하기도 하였다. 나의 '자아'를 지키려고 하는가 하면, 나의 '자아'를 그들이 요구하는 '자아'에 가깝게 만들려고 노력하였다. 나는 검찰관을 되받아치는가 하면, 검찰관을 웃돌아 나 자신에 대한 검찰관이 되려고 하였다. 야릇한 재판이었다. 나는 나의 소설 『잿빛 의자에 앉아서』와 『서쪽으로 가는 이야기』에서 이 재판을 다루었다. 거기서 나는 그때 자리에서 생각할 수 있는 데까지 가보려고 하였다. 그러나 재판을 끝낼 수 없었다. 재판은 현실에서도 진행되었기 때문이며 나날의 생활이, 나의 작가로서의 생활까지를 포함해서 모두 그 재판과 관련된다는 의미에서도 그렇지만, 더 간략한 표현을 한다면, 검찰관은 '북쪽 정권'이라는 모습으로 엄존하고 있다는 뜻이다. 그것을 아버님은 미국에서 나에게 이렇게 표현했던 셈이다. '또 무슨 일이 있으면, 그 사람들이 월남한 사람들을 가만두겠느냐' 그러니 미국에서 사는 문제를 신중히 생각해보라는 말씀이었다. 과연 그날 밤의 검찰관은 유능한 공화국의 일꾼이었다. 그는 '증거를 예언'한 능력까지 있었던 것이다. 그렇다면 내가 미국 영주를 택하지 않은 것은 이 밤의 검찰관에게 반격하기 위한 소송 전술이었단 말인가? 그가 요구하는 '자아'에 가까운 자아가 됨으로써 그의 소추를 무력화시키고, 마침내 승소하자는 것인가? 완전히 승소하는 길은 그렇다면, 그의 자아를 '완전히' 받아들이는 것, 즉 '그'가 되는 길이다. 그러나 나는 그렇게 하지 못해오고 있다. 그 까닭은, 나의 의식의 세계에서 첫째 장면과 맞먹는 세력으로 완강하게 지속돼온 다른 기억의 장면 하나와 관련된다.

교실이다
창밖에 큰 오동나무가 있다
젊은 교사가 교단에 서 있다
출석 부르기를 막 끝냈다
고등학교 1학년 문학 시간이다
교사는 교원대학의 제복을 그대로 입고 있다

교 사 ── ……그러면, 먼저 이 작문을 읽어보기로 하겠습니다, ── 동무, 나와요

창가의 줄 앞에서 두번째 책상에 앉았던 학생 나온다

교 사 ── (들고 있던 작문 원고를 주면서) 읽어요

학생 걸어나와 원고를 받아

학생들 쪽으로 돌아서서

읽기 시작한다.

교사 단에서 내려와서

밖을 등지고

창턱에 기대선다

오동나무 그림자가

그의 몸을 감싸고 물결친다

초여름이다

학생 읽어간다

「낙동강」의 독후감이다

교실 모두 듣고 있다

교사 가끔 고개를 끄덕인다

읽기 끝난다

교사 단에 오르면서

교　사 —— 들어가도 좋아요

　　　　　동무들, 어떻습니까?

학생들 —— 잘 썼습니다

교　사 —— 어디가 좋습니까?

학생들 —— …… (술렁거릴 뿐) ……

교　사 —— 네, 말해요

학생 1 —— 과수원을 잘 그렸습니다

교　사 ── 과수원

학생 1 ── 저희 집도 과수원이거든요

(교실 웃음)

교　사 ── 아, 그래요? 또,

학생 2 ── 정말 이야기 같습니다

교　사 ── 어디가 그렇습니까?

학생 2 ── 다 그렇습니다

(교실 웃음)

교　사 ── 구체적으로 생각해봐요

학생 3 ── 서로 얘기한 데가 좋습니다

교　사 ── 어떻게?

학생 3 ── 정말 같습니다

(교실 웃음)

교　사 ── 정말이 또 나오는군요

　　　　　　좋습니다, 또 말해봐요

학생 4 ── 작문 속에 나오는 여학생이

　　　　　　「낙동강」의 '로사' 같습니다

교　사 ── 그래요? 로사는 어른인데?

　　　　　　국민학교 선생인데?

학생 4 ── 그래도……

교　사 ── 그래도?

학생 4 ── 느낌이 비슷합니다

토론 진행된다

학생들 계속 발언한다

교사 싱글거리면서

교단 위에서 왔다 갔다 한다

오동나무 그림자

교사 쪽으로 오고 싶어

허우적거린다

창가의 소년들 위에서는

자신 있게 술렁거린다

그 속에 작문의 집필자의

달아오른 얼굴이 있다

교　사 — 좋습니다. 동무들은 모두

　　　　훌륭한 문학평론갑니다

　　　　동무들의 작문도

　　　　잘 썼습니다

　　　　모두 좋은 점수를 주겠습니다

(학생들 와 소리 지르며

손으로 책상을 두드린다)

교　사 — (손을 들어 그만을 하면서)

　　　　다들 잘 썼습니다

다들 훌륭한 평론가들입니다

그런데

지금 읽은 ……동무의 작문은

조금 다릅니다

역시 잘 썼는데

그 잘 쓴 방식이 다릅니다

이것은 작문이 아니라

소설입니다

(조용해지는 교실)

교 사 ── 소설입니다

나는 여러분에게

「낙동강」을 읽고 느낀 것을

써오라고 했습니다

동무들은 그대로 했습니다

잘 써왔습니다

그런데 ……동무는

과수원 하는 친구집에 놀러가서

거기서 어떤 여학생 동무를 만나고

이렇게 셋이서

「낙동강」을 배우면서 느낀

이야기를 하는

이야기를 꾸몄습니다

이 점이 다릅니다

「낙동강」에 대한 감상이

또 하나 이야기가 된 것입니다

……

    이것이 나의 기억의 공간에서 사라지지 않을 뿐만 아니라, 시간이 지날수록 선명해지고 극적인 깊이를 더해가는 다른 한 장면이다.

    이 장면에서 나는 「낙동강」의 세계를 시인하고 있다. 시인하는 입장에서 작문을 써냈기 때문이다. 즉 주인공 '박성운'을 시인했다. 그는 작문의 필자인 그때의 나를 위한 이상 '자아'의 모델이다. 그가 죽은 다음에는 '로사'가 그를 대신한다. 로사가 죽은 다음에는? 소설이므로 로사는 죽는 장면이 소설 속에 없으므로 죽을 수 없고, 박성운도 페이지만 펼치면(상상 공간에서는) 언제나 산 사람의 몸으로 보석되어 낙동강을 건너와야 하고, 병석에 누워서 그의 생애를 요약하고 있어야 하며 그러고는 죽는데, 그 죽음은 로사에게 이어진다. 박성운은 작품 속에서조차 죽지 않는다. 로사의 몸을 빌려 부활한다는 것이 로사가 구포역에서 떠나는 상징적 의미이기 때문이다. 그 박성운에게 작문의 필자는 자기를 일체화시킨다. 박성운은 필자의 이상적 자아다. 그런 입장에서 그는 작문을 써낸다. 그 작문이 선생님에 의해 극찬된다. ……동무는 훌륭한 작가가 될 거요. 치명적인 예언을 듣는다.

초여름 오동나무 잎사귀가 버스럭거리는 창가에서 그는 이야기 속의 인물들과 운명적 인연을 맺는다. 그것은 다른 사람들의 이야기지만 그들에 대해서 쓴 이야기는 자기가 쓴 이야기고, 그렇게 이야기를 엮어낸 사실 때문에 그 소년의 그 나이에 이르는 과정에서 최고의 시인을 받는다. 선생님이라는, 사회를 대표하는 권위로부터. 이 두 겹 세 겹의 든든한 자기 확보. 이 기득권을 지키는 것이 소년에게는 가장 유리한 인생이 될 것이다. 소설 읽기에 빠져서 집안의 사회적 몰락도 치명적인 상처로 받아들일 수 없었던 소년에게 주어진, 이 자기 힘으로 얻은 자격 — 의 예언, 배멀미처럼 온 존재를 뒤집는 경험이다. 소명召命의 의식이 그날 치러졌던 것이다 — 라고, 나는 이후의 시간 속에서 점점 이 기억을 증폭시킨다. 그리고 실지로 나는 작가로 일생을 살게 된다.

이 축복된 소명의 의식과 위협적인 재판의 전과 사이의 모순이 나의 생애를 두고 나의 무의식과 나의 이성의 공간, 나의 의식의 모두를 지배하려고 싸운다. 한 장면은 피고로서의 나를 확보하려 한다. 다른 장면은 가치 있는 재능으로서의 나를 축복해준다. 게다가 이 두 장면에서 단죄하고 축복하는 이유가, 죄의 증거와 축복의 원인이 같은 사물이다. 같은 것을 놓고 한편에서는 탄핵하고 다른 쪽은 축복한다.

「낙동강」의 주인공이 살아서 해방된 조국에 돌아왔다면, 그는 소년단 지도원 선생이 됐을 것이 아닌가, 이를테면 말이다. 그야 그런 경력이면 더 높은 직위를 가졌음에 틀림없지만, 상징적으로는 박성운=지도원 선생이라는 등식은 성립한다. 그런데, 박성운이 살아서 돌아와서 성공한 혁명정권의 참가자가 되었다면 지도원 선생 같은 교사가 되었을까? 그런 작풍으로 사업했을까? 반드시 그랬으리라는 보장은 없다. 어쨌든 박성운은 그런 기회를 '현실'로서는 가지지 못했으므로. 박성운과 지도원 선생 사이에 등식이 성립하는 것은 그들이 전제하는 사상의 동일성이라는 매개를 통해서일 뿐이다. 사상이 같으면 꼭 같은 인간인가? 규격이 같은 나사처럼, 사상은 인간의 '규격'을 표시하는 개념인가? 실지로 작문 선생은 어떤가? 작문 선생도 박성운의 사상을 지지한다는 전제에서 모든 이야기를 진행시켰을 테고, 그 점에서 지도원 선생과 다를 바 없다. 작문 선생은 작문에서 표현된 나의 '자아'를 칭찬해주지 않았는가? 그 '자아'는 나의 자아이자, 박성운의 자아이기도 한 것이다.

지도원 선생과 작문 선생, 어느 쪽이 '박성운'의 뜻을 대변하는 부활인물인가? 나의 마음의 법정에서 두 사람은 서로 나의 영혼을 차지하려고 싸우는 메피스토펠레스와 천사 같았다. 마음속의 이 싸움은 현실에서도 진행되고 있었다. 숱한 작가 시인들이 해방 후—6·25 기간에 북쪽으로 갔다. 그들에게서 나는, 인간의 사회적 출신이 결코 사자가 사자고 독수리가 독수리인 것 같은, 생물적 정체성처럼 선험적 운명이 아니며, 선택하고, 교정하고, 부활하는 고유하게 인간적인 '자아'의 존재형식에 대한 신념을 어쨌거나 실천하려는 운동을 본다. 그런데 그들이 어찌 되었는가? 그들은 거의 모두 거기서 처형되었다고 한다. 미국의 간첩이었다고 한다. 간첩? 미국은 그렇게 철저한 간첩 그물을 그토록 오래전부터

이 나라의 예술가들 속에 유지해왔단 말인가. 그것은 국가권력이 들어갈 데 안 들어갈 데 가림 없이 개인의 내면의 어디까지도 들어설 권리가 있다고 생각하는 작풍에서만 나올 수 있는 표현이며, 그들 예술가들의 내면에 있지도 않은 '자아'를 보이지 않는 사정을 '숨겼다'고까지 추정하면서 내린 추궁처럼만 느껴진다. 없는 적성敵性 자아가 있다고 추적하고, 없으면 없는 대로 숨겼다고 가정하는 태도. 그 밤의 재판에서 지도원 선생에게서 받았던 추궁의 방식 그대로였다. 그렇게 그들은 처형되었다고 한다.

그것은 지도원 선생의 사업 작풍과 닮아 있었고, 결코 작문 선생의 방식 같지는 않았다. 작문 선생은 표현된 자아를 본인이 선택한 자아의 증거로 인정해주었고, 그 자아가 형성된 조건의 성질까지는 따지지 않았다. 꽃이 있으므로 꽃을 인정했지, 그 꽃이 돌밭에서 피었는지 진흙 구덩이에서 피었는지는 묻지 않았다. 그것은 다른 문제요, 여러 가지일 수 있다는 전제를 시인하는 태도였다. 그래야 인간은 운명에서 벗어날 수 있을 것이 아닌? 그러나 현실로 '박성운'을 대표하고 있는 것은 지도원 선생이지, 작문 선생 쪽이 아니다.

박성운은 소설 속에만 있는 '이상자아'인가? 박성운의 현실의 창조자인 「낙동강」의 작자 조명희는 현실이지 않았는가? 1920년대에 「낙동강」의 박성운과 실질적으로 마찬가지 저항을 하다가 1920년대 말이라는 시점에서 그는 국경을 넘었다. 국내에서의 탄압에 맞서면서 싸워나갈 미래가 어떻게 될지에 대해 불안했던 것이다. 국내 잔류가 옳으냐, 망명이 옳으냐 사이에서 양자택일의 평가는 해서는 안 되리라. 그때는 결과론으로 어떤 국내저항인가, 어떤 망명저항인가, 그 내용에 달려 있다. 식민지시대 기간을 통틀어 세 사람밖에 없었던 망명저항의 형식을 첫번째(이른 시기에) 실천한 작가이고 보면, 그는 저항의 순수형식의 한 표본인 셈이며, 그 점에서 그의 신념에 대한 충성심은 누구보다 의심할 바 없다. 식민체제에 대한 어떤 의미의 합리화나 타협도 자기 생애에서 배제하려고 한 것이라 해석할 수 있다. 그런 그가 해방된 조국에 돌아왔다면, 자기의 옛 동료들을 그렇게 대우했을까? 지도원 선생처럼, 증거와 추궁 사이에 있는 그토록 엄청난 거리를 태연히 무시하고, 과장된 추궁을 밀고 나가는 그런 생활풍속의 실천자가 되었을까? 해결이 없는 의문으로서만 남는다.

어쨌든 그 '박성운,' 그 조명희가 그 밑에서 죽어도 좋기로 한 깃발을 지키고 있는 것은, '박성운'도 조명희도 작문 선생도 아닌, 지도원 선생네 쪽이다. 이것은 20세기의 생각 있는 사람들이 소비에트 러시아에 대해, 그 정권이 존재한 이후 해결을 보지 못한 문제였다. 전 세계가 소상하게 알게 된(알게 되는 것을 그들은 두려워하지 않았기에 그들은 그 기괴한 '모스끄바 재판'을 외국 기자들에게 방청시켜 전 세계에 공개했다) 그 숙청재판의 괴기함에도 불구하고, 유럽의 양심의 한 표현이기도 한 그 깃발을 지키고 있는 것은 여전히 그들 — 소비에트 러시아의 말하자면 지도원 선생님네 쪽이었다. 나의 사적私的인, 마음속의 재판과 축복의 의식을 20세기의 지구 규모에서 벌어지고 있는 현실의 드라마의 미니어처라는 형식으로 작가로서, 의식하는 생활의 영위자로서의, 나 자신의 생애의 상징이라고 파악하게 되는 나를 발견한다.

　그러나 지금까지 서술된 내용에 따른다면 결국 지도원 선생은 현실로 존재한다는 자격을 가졌을 뿐, 부정되어야 옳지 않은가 하는 생각을 해본다. 그러나 이 문제는 간단치 않다. 현실로 존재한다는 것은 다소간에 그만한 까닭 없이는 가능하지 않다. 어떤 이상도 현실로 존재하자면 굴절을 면할 수 없다. 굴절이 어느 정도에 이르면 한계라고 봐야 하는가를 추정하는 일도 쉽지 않다. 굴절 속에는 언제나 탄력이 숨어 있기 마련이어서, 저항이 늦춰지면 제 본모습으로 뻗으려는 힘이 있다. 굴절된 모습이 마지막 모습이 아닌 것이다. 정치라든지 권력이라는 것도 그것은 온갖 사물이 서로가 서로에 대한 저항과 마찰의 원인으로 작용하는 세계에 존재하는 것이기 때문에 명분상의 순수 형태로 존재할 수는 없다. '외교에는 교섭의 상대가 있다'는 그 사정이다. 지도원 선생만 하더라도 언제나 그런 작풍이었는지, 그때 무슨 특별한 전후 사정이 있어서 나를 다룬 그 사건은 특별한 경우였는지. 그 후에 있은 일이지만 교실에 걸린 김일성의 사진이 찢겨 있는 것이 발견되어 한때 학교가 뒤숭숭한 적이 있었다. 그런 무슨 유사한 사건이 나를 다루던 그때 지도원 선생의 주변에 있었던 것인지. 그 밖에 무슨 까닭이 있었는지. 일단은 부당했다고 할 수밖에 없는 그의 행위조차도 정당화할 수 있는 사정이 '절대'로 없었다고 단정할 수는 없다.

　더 큰 행동 주체인 국가 수준에서는 이 사정은 더욱 분명하다. 그런 집단은, 상당 기간에 걸쳐서 상식에 어긋나는 행동을 계속하면서도 그것을 정당화할 수 있는 이유를 가지고 있을 가능성도

'절대'로 배제하기는 힘들다. 더구나 그 이유 자체의 공개가 사태에 영향을 미칠 수 있으므로 정보를 공개할 수 없다고 변명한다면, 그야말로 그 정보가 공개되기 전에는 '절대적' 규탄으로 대응할 수 없다. 그 공개의 시기 또한 얼마든지 같은 이유로 연장할 수 있다. 그뿐이랴. 공개하면서 정보를 인멸, 축소, 개작, 창조하면 어떻게 되는가? 정보에 대응하는 물질적 형태 또한 같은 조작이 가능하며 권력주체인 경우 그들은 모든 수단을 가지고 있다. 현존하는 권력은 마치 신학상의 섭리攝理에 맞먹는 논리를 주장할 수 있다. 공익公益을 위해서 공개할 수 없는, 언제 공개할지 기한도 정할 수 없는, 그러나 틀림없이 정당한 이유가 있다고 주장할 수 있는 위치에 있다. 신의 섭리와 다른 점은, 신의 섭리는 인간 중에 아는 사람이 하나도 없지만, 권력이 주장할 수 있는 공익상의 비밀은 몇 사람, 경우에 따라 최소한 한 사람은 알고 있다는 점인데, 대부분의 사람에게는 결과적으로 신의 섭리와 마찬가지다.

이렇게 해서 지도원 선생의 정당성에 대한 정확한 판정은 그에게서도 미정이고, 그의 확대된 모습인 더 큰 권력에서도 미정이다. 그가 살아 있는 한 그는 변할 수 있고, 그가 입을 열기까지는 그가 어떻게 변할 작정인지 알 수 없다. 상대가 로봇이 아닌 이상 그것은 그의 권리이기도 하다. 상대방에게 완전히 이기기 위해, 완전한 공정성을 실천하는 검객처럼, 상대방의 논리 구축에 힘을 보태려고 하는 마음들이 있다. 그 귀여운 것을 제 손으로 키우지 못하는 코제트의 엄마처럼. 혁명은 잘 자라고 있다고 그들은 말한다. 코제드는 한창 예쁩니다. 나날이 예뻐지고 있습니다. 그런데 돈이 좀 필요합니다. 그저 가벼운 감기, 걱정 마십시오. 데날디에의 편지를 한없이 믿고 싶은 코제트의 엄마처럼. 공장 생활이 어려울수록, 자신의 병이 깊어질수록, 남의 손에 맡긴 코제트의 행복을 믿고 싶다.

그런데 코제트는 건강한가? 살아 있는가?

2

첫 기억이 언제였던가를 가끔 생각해본다. 그때마다 같은 순서로 떠오르는 기억들이 있다.

나는 길인지 공터인지 그런 데 서 있다. 내 앞에는 내 또래 여자 어린이가 서 있다. 우리는 마주 보고 있다. 여자아이와 나는 그저 마주 보고 있을 뿐인데 들판에서 서로 관계없는 작은 동물이 우연히 만난 장면 같다. 우리를 둘러싸듯 어른들이 서 있는데 그들은 우리를 내려다보고 있다. 그들의 무릎쯤이 나의 눈높이에 있다.

이것이 전부다. 생전에 어머님이, 그 일이 생각나니, 그게 어느 공턴데 그 애가 아무개였느니라, 하고 말씀하신 적이 있었다. 오래전에 하신 말씀이라 어떤 공터였는지, 아무개가 누구였는지는 이제는 알 길이 없이 되었다. 둘러서 있던 어른들은 모두 아낙네들이었다고 한다. 어머니, 할머니, 그리고 여자 어린이의 보호자인 누구였다고 하신 기억은 분명하다. 나한테 남은 맨 처음 기억을 떠올려볼 때마다 언제나 이 기억이 처음에 나온다. 그러니 첫 기억이라 해야 하겠다. 전에는 이 기억보다 앞선 기억을 유지하고 있었는지 어쩐지는 생각이 나지 않으니 현재 기준으로 첫 기억이다. 이 기억은 아무리 되풀이 떠올리고 그때마다 새 사실이 발견될까 싶어 들여다봐도 새 사실은 그 속에 없는 모양이다. 둘러선 어른들이 굉장히 키가 커 보인다. 올려다 보이는 느낌이 강렬하다. 그런가 하면 공터에서 두 아이를 둘러싸고 들여다보고 있는 한 무리의 사람들,이라는 구성으로도 보인다. 원근법을 갖춘 이 시선은 본인의 직접 체험일 수 없고, 원래 기억을 떠올리게 된 다음부터 이 기억의 직접 형태인, 어른들이 만든 원 안에서 어른들을 둘러봤을 상황에 덧붙여진 기억이리라. 어머니에게서 들은 사후 설명도 이 시선의 형성에 참가하고 있을 것이다. 기억은 이처럼 원기억과 그것의 회상이라는 과정에서 생기는 2차기억의 복합물인 모양이다. 원기억을 A라 하고 2차기억을 a라 하면 '기억＝$A \cdot a1, 2, 3 \cdots n$' 이렇게 된다. 이 일은 세 살 때쯤의 일이었다고 어머니는 말씀하셨다.

다음에 오는 기억은 몇 년 건너뛴다. 학교 같은 곳의 교문을 바로 들어선 장소다. 운동장이 보이고, 나무 운동틀이 보인다. 바로 앞에 건물이 있다. 나무로 된 건물이다. 나는 건물에 들어가는 문에 가까운 마당에 서 있다. 앞에는 작은삼촌이 내 위에 몸을 굽히면서 타이르고 있다. 건물 안으로 들어가라는 것이다. 나는 움직이지 않는다. 꽤 오래 이러고 있는 느낌이다. 마침내 삼촌이 분통이 터진다. 나를 잡아끌고 교문(인 듯) 밖으로 나오면서 내 가슴에 달았던 길쭉한 이름표 헝겊을 잡아떼어 교문 앞에 있는 쓰레기통 안에 집어던진다. 이 절정으로 기억은 끝난다. 이것은 예닐곱살 적 일이고 장소는 유치원이다. 무언극 자체가 명시하듯 유치원 입학식인데 당자의 거부로 끝내 파토가 나는 광경이다. 이 유치원은 그 후에도 늘 보는 장소였기 때문에 이 기억에서의 세부에서 A와 a의 경계는 매우 불명확하지만 첫 기억에 비해 A의 내용이 훨씬 큰 것만은 분명하다. 여자아이들과 함께 춤추기 싫다, 는 것이 본인의 거부 이유였다고 한다.

　세번째 기억은 두번째 것과 시기가 전후한다. 아마 뒤였던 듯싶다. 이번에도 막내삼촌이 등장한다. 우리는 길 위에 서 있다. 넓은 길이다. 우리 말고는 통행자가 없다. H역 앞 광장에서 갈라져 전기회사 앞으로 오는 큰길과, H역에서 산림서 앞을 지나는 큰길을 도중에서 이어주는 길이다. 삼촌은 이번에도 내 머리 위로 몸을 굽혀 열심히 얘기하고 있다. 이번은 화기애애한 분위기다. 우리는 지금 몇 걸음 떨어져 있는 개인 병원에서 막 나온 참이다. 내가 감기가 들었던가 해서 거기서 지금 주사를 맞혀가지고 나오는 길이다. 미혼인 막내삼촌이 조카의 이런 등속의 뒷바라지를 좋아서 하는 것이다. 어느 병원에서나처럼 거기서 간호부가 주사를 놔주었다. 그 간호부가 어떻더냐고 삼촌은 묻고 있는 것이다. 유치원 때하고는 달리, 나는 최대한의 찬사를 그 여성에게 바친다. 굉장히 이쁘다고 말한다. 삼촌의 얼굴에 회심의 미소가 번진다. 집으로 오면서도 삼촌은 몇 번씩 다짐한다. 집에 와서 나는 삼촌의 입회 아래 할머니 앞에서 간호부가 얼굴도 하얗고 굉장히 이쁘다고 증언한다. 사주받은 대로지만 신념이기도 하다. 간호부는 빠른 시일 안에 막내삼촌의 아내, 즉 나의 작은엄마가 되었다.

넷째 번 기억은 이 작은엄마에게 만화를 읽어달라고 조르고 있는 장면이다. 아마 국민학교 진학 직전인 듯싶다.

다섯째 번은 인간이 아니라 책이 주요 등장인물이다. 아버지 책장에서 발견한 그 책은 편집실용 사전 종류였던 모양이다. 그 책장에는 온갖 형태의 도안이 있었다. 도안은 물건, 동식물, 사람, 문자로 크게 나눌 수 있겠다. 산이나 강 같은 자연, 짐승, 물고기, 새 종류, 온갖 나이와 성별, 직업의 사람, 한문, 일본어, 영어 등의 문자의 각종 글자 모양. 이런 것들이 모두 약화略畵와 도안(圖案, 디자인)의 형식으로 실려 있었다. '풍성함'이라는 인상을 받은 첫 겪음이었던 듯하다. 특히 실루엣이 감동적이었다. 그중 어떤 것은 지금도 눈에 선하다. 실물이 아니라 실물의 그림자가 더 인상적이었던 모양이다. 그 밖에도 각종 문양도 실려 있었다. 그 책을 들여다보노라면 시간 가는 줄 몰랐다. 속을 새카맣게 칠했는데도 그렇게 분명하게 알아볼 수 있는 실루엣이라는 것. 현실의 실루엣이 있었기에 생긴 화법이지만, 흰 바탕 위에 있는 실루엣이란 것은 현실에는 없다. 실루엣이 되자면 그 물체 주변이 어슴푸레하거나, 강한 역광이래도 물체의 구체성이 아주 지워지지는 않는다. 실루엣은 아마 약화와 문자의 중간 형태일 것이다. 내가 감동한 첫 책은 이렇게 그림책이었다. 이 책이 내가 기억하는 첫 책이고 이 책으로 문자 해득 전의 나의 기억은 끝난다.

문자 해득 이전의 기억이 뜻밖에 캄캄한 사실에 언제나 새삼스레 놀란다. 기억의 유지와 문자 해득 사이에 무슨 관련이 있을 것 같다. 그러면 문자가 없는 민족의 경우에는 어떻게 되는 것일까? 얼핏 생각나기론 그들 사회의 '행사行事'의 의미가 이 문제와 관계 있을 듯 추측된다. '행사'를 비롯한 '금기禁忌,' 불필요한 듯한 규칙, 우리 눈에 '생활의 의식화儀式化'라고 여기게 되는바, 생활의 세부에 이르기까지 지배하는 절차 ─ 유교儒敎가 '예禮'라고 부르는 온갖 치레, 이런 것들의 실질적 의미는 기억의 보조 수단, 기억의 거푸집이 아닐까, 하는 생각이다. 언어에 의한 생활의 정리가 있기 전에, 생활 자체가, ─ 다만 양식화란 강제를 받아들임으로써─언어의 기능을 한 것이다. 생활은 언어이기도 했던 것이다. 신체의 운동과, 의도적 신체 운동인 몸짓이 겹쳐 있는 상태. 언어의 발생에 이르는 정통의 형식으로서의 습관화된 동작. 단순히 습관을 소홀히 한 동작이 의도되지 않은 의도를 전하는 경우가 생기게 된다. 그런 오해의 여지를 줄이기 위해서 더욱 번문욕례에 집착한다는 순환循環. 이 순환의 어느 단계에서 비약이 이루어진다. 아마도 약화略畵, 약호略號 등 인간 신체 이외의 기호記號의 도움을 받으면서. 문명사회의 어린이는 원시 사람들과 같은 상태에서 출발하면서 그들이 세대를 이어 치른 계통발생(언어발생)의 단계를 건너뛰어 바로 그 계통발생의 결과인 기성 언어의 영역으로 인도된다. 그렇게 해서 그는 취학 1년 만이면 원시 조상들과 갈라진다. 그래서 문자해득 이전의 아동들의 즉물적卽物的 생활은 중요하다.

아쉽기는 하지만 문명인류의 계통발생 과정을 연습하기 위해 주어진 기간이다. 문자해득의 시기로 속성 진입하는 것은 좋기만 한 일은 아니다. 내가 애독한 그 사전은, 학교 이전과 학교 사이에서, 다리 노릇을 해준 듯싶다. 그 책에 대한 그때의 나의 집착을 그렇게 풀어본다. 이렇게 해서 나의 의식의 흐름은 가는 데마다 발생론發生論이라는 물길을 만난다.

내일 이 주제를 학생들에게 말해줘야겠다.

3

　우연하게 이루어진 방문이었다.

　나는 삼선교에서 택시를 내려보니 참 오랜만에 이 동네에 오는구나 하는 느낌이 일었다. 삼선교 길을 흐르던 냇물이 있던 자리는 포장이 되어 있었다. 다리 저편과 이편의 지형을 간직하고 있던 기억 속의 풍경에 순식간에 그림(지금 모양) 한 장이 겹치는 운동이 생생하게 실감된다.

　거기는 그저 로터리가 되어 있어서 네 갈래 큰길 가운데 휑뎅그렁한 빈터일 뿐이었다. 삼선교 자체는 그렇다 하고 다릿목이었던 지점에 이르기 바로 전에 오른쪽에 있던 그 집도 없어지고 넓은 주차장이 되어 있었다. 그 집에서 서너 집 건너 있던 중국 음식점도 그 주차장 가장자리의 어느 부분이 된 모양이어서 그것도 없어져 있다. 하기는 1953~1954년쯤이므로 벌써 40년 전 일이다. 그런데도 그 집 언저리만 뽕나무 밭이 바다가 되었다는 느낌에 가까울 뿐, 그리고 삼선천이 포장돼 있는데도 여전히 주변 일대는 낯익었다. 건물들도 그 무렵 것이 그대로 서 있는 것이 아니겠지만, 스카이라인의 변화를 가져올 만한 개발은 없었다. 혜화동에서 삼선교까지 오는 거리와 삼선교에서 둘러본 사방 풍경은 그렇게 세월을 덜 타 보였다. 아마 그 집 말고는 특히 눈에 익힌 어느 건물이나 모퉁이가 있는 것도 아니었기 때문인 듯하다. '그 집'이라 함은 '바울 정신병원'을 말한다. 주차장이 되어 있는 자리에 그 병원이 있었는데 내 친구가 이 병원의 보조의사로 근무했었다.

약속한 다방 간판이 길 건너 맞은편 쪽에 보였다. 나는 길을 건너 2층인 그 다방으로 올라가서 창가 자리에 앉았다. 눈 아래 저편에 주차장이 보인다. 어찌된 셈인지 꽤 넓은 터에는 차 두 대가 서 있을 뿐, 한참 짙어가는 여름 햇빛이 나머지 공간을 채우고 있다. 나는 가져온 차를 마시면서 햇빛이 가득한 그 하얀 공허를 바라보았다. 바라보는 눈길에 대답하려는 듯, 그 현실의 빈 터 위에, 나지막한 2층 타일집의 환상이 들어앉아보려고 안간힘을 쓴다. 타일의 노란 색상도 기왕이면 제 색상을 띠어 보이려고 기를 쓴다. 상하층 창마다 붙어 있던 쇠창살에 칠해졌던 청색도 그 운동에서 빠지지 않는다. 1층 중간에 나 있던 두쪽 출입문도, 제자리에 들어서려고 움직이고 있다. 그 출입문 위쪽에 가로로 걸려 있던 '바울 정신과 병원'이라는 간판도. 나는 그 움직임이 안쓰러웠다. 괜찮네, 들, 알았다니까, 그렇게, 들리게, 그쪽으로 소리쳐주고 싶었다. 그러나 내지도 않은 내 소리를 어떻게 짐작도 못 했으련만 그 움직임들은 배시시 사그라지는 듯하더니 마침내 단념한 듯 실오라기 하나 마땅히 숨을 데가 있을 법도 않은 환한 공허의 저쪽으로 마치 어둠 속으로 빨려 들어가는 그림자처럼 뒷모습마저 사라져버렸다.

혜화동 고개 너머에 있는 대학에 다니던 나는 빈 시간이면 자주 친구를 찾아 이 병원으로 왔다.

친구는 나보다 한 해 손위였고 졸업하자마자 이 병원에서 일하고 있었다. 그는 영문과 졸업생이었는데 어떻게 정신과 병원의 보조 의사로 채용되었는지 알 수 없었는데, 그 당시에도 그런 점에 큰 관심을 가진 바는 없고, 나의 의견을 말하자면 안 되는 말은 아니지 싶다. 병원의 책임은 원장에게 있었을 테고, 친구 말고도 젊은 선임 의사가 한 사람 있었다. 그는 의대 정통의 의사인 모양이었다. 원장과 이 선임 의사가 의학상의 정규 처리를 하고, 그들의 지시에 따라 친구가 정해진 의료 방침을 시행하는 작업 분담인 듯하였다. 간호부婦도 있고 간호부夫도 있었다. 1층에 치료실, 약국, 원장실, 의사 두 사람이 있는 방, 주방이 있고, 1층의 나머지와 2층 전부가 입원실이었다. 입원 환자는 열 명 안쪽인 모양이었다.

친구가 진찰 중일 때 나는 입구에 들어서면 왼쪽에 있는 외래 환자 대기실에서 대기했다. 낯이 익은 후로는 들락거리는 간호부들이 지나치면서 '좀 기다리시래요' 하고 알려주곤 했다. 기다리고 앉았노라면 진찰을 기다리는 사람들과 합석할 때도 있고, 어떤 때는 입원 환자들을 만날 때도 있었다. 어느 쪽이긴 닌폭하게 구는 환자는 보지 못하였다. 그들은 보호자라든가 병원 사람들에게 환자답게 굴려고 협조하고 있는 얌전한 사람들처럼 보였다. 자신들이 결코 아무렇지 않은 사람들이 아니고, 여기 있는 사람들의 수고를 끼쳐야 하는 사람들인 줄 알고 있다는 것을 성의껏 표시하겠다는 준비가 되어 있는 사람들처럼 보였다. 자기와 남 모두에 대하여 종잡지 못해서 방황하던 그때의 나에게 그들의 표정은 당황스러웠다. 그들은 자기가 누구인 줄 아는 사람들처럼 보였으므로 자신이 누구인지 알려는 일에 온 정력을 들이고 있던 나에게는 특별한 종류의 사람들처럼 보였다.

이윽고 친구가 나오면 우리는 다방에 가거나 중국집에 갔다. 친구도 그때 장차 무슨 일을 해야 할지 모르는 대로 전공과 상관없는 이 직장에 몸담고 있는 형편이었다. 지금 회고해봐도 우리는 환자들에 대해서 구체적인 화제를 나눈 것 같지 않고 막연히 문학과 관계되는 이야기를 한 것 같다. 어느 편도 작가나 그런 것이 되겠다는 생각은 없었고 읽은 책에 대하여, 요즘 생각하고 있는 일에 대하여 중대한 정보를 나누거나 하는 것처럼 주고받았다. 피차의 상태에 대하여 정신과 보조 의사인 그가 어느 만한 객관적 인식을 가졌는지는 의심스럽다. 내 기억만에 의지한다면 이렇다. 그는 비록 보조 의사이기는 하나, 다소간에 지식이 있달 수밖에는 없는 정신의학상의 전문 지식 같은 것은 그 건물 안에서 환자하고 대화하기 위한 특수한 언어일 뿐이고, 자신이나 친구인 나에 대해서는 그런 것은 아무 상관없는 듯이 굴었다. 이것이 나에게 남아 있는 인상이다. 그래서 우리 사이의 대화는, 그만한 교육을 받았고, 문학이 가장 중요한 인간행동이기나 한 것처럼 생각하는 젊은이들의 분위기에 공통하는 그런 것이었다. 그는 책을 많이 읽는 사람이었다. 본가는 시골이었고 서울에서 혼자 살고 있었다. 정신과 병원의 보조 의사라는 자격이 나에게는 희한해 보여서 처음에는 그의 직업에 호기심을 가졌던 나는 차츰 그를 보통 문학 친구들처럼 대하였다. 우리가 이야기하고 있노라면 병원에서 전화가 걸려오기도 하였다. 그러면 나는 그가 들어갔다가 다시 나오기까지 기다리거나 그것으로 방문을 마치고 헤어지거나 하였다.

한동안 어느 친구를 늘 만나지 않고는 못 견디는 젊은 날의 그런 시기에 만나고 있는 사이였다. 들어온 대학에 흥미를 잃고 지내는 나에게는 그 무렵은 괴로운 시절이었다. 아버지는 그때 좋은 회사에 계셨기 때문에 나는 서울에서 별 걱정 없이 고향 사람네에 하숙을 하고 있으면서 싫은 학교를 다니고 있었다. 피난 온 가족의 맏이로, 다니기 어려운 대학을 그런 식으로 다녔다는 것이 지금 생각하면 딱하기도 하지만, 그것은 지금 생각이고 그 무렵에 나는 그런 자각이 없었다. 나 자신과 세상과 책과 남의 구별이 어디서 어디부터인지 알지 못해서, 자기가 남이 되었다가 세상이 되었다가 책이 되었다가 하는 것이 나의 내면 풍경이었다. 누구의 시집 제목을 빌려 표현한다면 '나와 남과 세상과 책'이라고 이름 붙이면 좋을 그런 혼돈 상태의 의식을 주체하지 못하고 있었다. 만일에 몸담은 학과에 진작에 흥을 잃지 않고 충실히 공부할 수 있었더라면, 그 학과가 인문 계열이든 자연과학 계열이든 나는 좀더 빨리, 시간과 정력의 낭비 없이 자기확립을 할 수 있었을 테고, 그것은 경제적인 안정에도 직결될 수 있었음에 틀림없다.

교육을 받은 때문에 생기는 이 혼란은 옛날 같으면 웬만한 사람에게는 없는 인생 문제다. 자기확립이라는 것은 가업을 계승하는 일과 일치하는 사회에서는 발생할 조건이 없는 인생 과정이다. 그런 사회가 해체되고, 장차 무슨 직업을 가지고 살아갈지는 미정인 채로 청년기를 보내는 사회 형태가 시작된 이후의 청년 문제가, 이 젊음의 미로라는 것이다. 그럴수록 스승의 지도를 받으면서, 확립된 방법에 따라 자기 정신을 키워가는 것이 제일 효력이 큰 방법일 테고, 대학이야말로 그러자는 장소일 텐데, 들어간 과에 흥미를 잃은 사실이 나를 그 장소의 위력 있는 베풂에서 스스로 달아나게 만들었다.

이 사정을 더 악화시킨 것이 문학에 치중한 그때까지의 책읽기의 경력이었다. 당시의 나의 능력의 형편에서는 소설이며 철학이며 하는 형식의 책은 읽으면 읽을수록 혼란을 가중시켰다. 내 마음속의 혼란 말이다. 나는 내 안에 미궁迷宮을 하나 가지고 있는 이동 미궁이었다. 미궁이 미궁을 정리해보겠다고 책을 읽는데 그 책인즉 그런 이름의 또 하나 미궁이어서 미궁에도 등급이 있다면 더 복잡한 미궁이 되고 마는 것이었다. 소설에 나오는 주인공들이 십자를 긋는다든지, 나무관세음보살, 한다든지 하는 대목이 유별나게 주의를 끌어당기는 것이었다. 그렇게 되어야 하는 것이 내가 찾아내려는 상태인 것처럼 보였다. 그러나 소설은 그것을 읽는다는 간단한 행동으로 그토록 강력한 경험을 선사하지만, 이 형식 자체는 다른 문화양식들이 그런 것처럼 인류생활의 오랜 기간을 거쳐서 차츰 다듬어진 행동형식이어서 그 안에는 복잡한 구조가 숨어 있다는 사실은 자각하지 못한 채, 그저 읽기만 하는 방식이 가져오는 결과는 책의 숫자만 한 세계를 더 살아야 하는 의식의 고달픔이었다.

소설이라는 표현형식은 그 안에만 들어서면 ─ 읽고 있는 동안에는 ─ 세상과 자신이 하나인 상황이지만 읽고 있는 상태에서 빠져나오자마자, 의식은 여전히 더 정리되지도 않고, 세상이 더 알아지는 것도 아닌 그런 경험이었다. 아편을 하는 동안에는 세상이 내 것인데, 약 기운이 끊어지면 그뿐이고, 세상을 살기에는 그만큼 해쳐버린 몸과 마음을 남기는 것과 같았다. 몸에도 좋고 기분도 좋은 그런 음식을 찾고 있는 사람과 같은 의식생활자가 나였다. 의사 학교에 들어왔으면 교수들의 지시에 따라 해부학 교실의 실습대 옆에서 교수의 손길을 참을성 있게 관찰하고, 자기 차례가 되면 가르치는 대로 지시를 따라야 사람 몸의 비밀을 알 수 있을 것이었다. 의과 학생이 수업을 빼먹고 철학책이나 소설책을 읽거나, 명상에 잠기거나 사람 자신을 직접 관찰한다거나 해봐야, 인류역사의 온 기간에 걸쳐 쌓여온 체계적인 지식과 방법이 무엇인지 모르는 불필요한 일이며 우스운 일을 하고 있는 것밖에 다른 것이 아니다. 그런데도 그때의 나는 소설읽기로 이 미로에서 벗어나려고만 했다. 인간의식의 계통발생의 전 기간을 실지 시간대로 반복하기나 할 작정인 것처럼 무모한 시간 보내기였다.

그렇다. 그것은 시간이 지천으로 있다는 지겨운 실감 속에 사는 젊음의 계절의 일이었다. 그때의 무모함을 지금 자리에서 비웃고 싶은 생각은 없다. 아편은 피워보지 않고는 그 상태를 알 수 없다. 그의 상태를 보고 짐작으로 알 수는 있어도 피워봐야만 알 수 있는 구석은 남는다. 깊은 바다에 내려간 잠수부의 실감과 그의 보고가 옮기는 말을 듣고 쓰는 연구 보고서 사이에도 이 틈은 있게 된다. 우리가 아는 것처럼 교과서에 있는 내용은 대개 진리이다. 그러나 그 표현은 접는칼처럼 경험이 요약된 형식이라는 사실을 언제나 스쳐지나갈 위험이 있는 형식이다. 의식의 발생을 가장 실지에 가깝게 연습하는 형식으로서의 소설에 빠지는 경험은 자비 부담자들의 호기심에 의해서 그렇게 경험되고 대물려진다. 위험한 일이기는 하였다. 거기서 저를 거두지 못하는 경우 그저 그만한 시간의 낭비일 수도 있는 일에서 어느 만한 맥락을 알게 되고 그것이 가장 믿을 수 있는 자기 삶의 뿌리로 남을 수 있었다는 것은 다행한 일이었다. 방금 휴전이 된, 부서진 도시에서 이루어지는 생활의 소용돌이 속에서, 사실은 그만한 낭비가 말도 안 될 가정 형편의 배경 아래 이루어졌다 해도.

W시의 중학교와 고등학교 교실에서 '자아비판회'와 '문학시간'이라는 형식으로 나에게 나타나서 내 넋을 차지하려고 겨루게 된 두 가지 화두話頭에 대응하려는 응답이었던 나의 책읽기. 사람마다 업業이 다르듯, 그 업에 대답하는 형식도 다른 모양이었다. 그 응답이 생활고와 싸우는 생활 자체일 수도 있고, 승방僧房에서 화두로 파악되는 경우도 있고, 연구자의 실험실에서의 가설의 검증일 경우도 있겠다. 푯대도 없고 앞뒤도 없는 책읽기란 지극히 원시적인 방법이 그렇다면 학교들에서 받은 화두에 대한 나의 해결 노력

의 형식이었다. 그 형식에 길이 보이고 지형이 보이기까지는 아직도 까마득한 미궁 속의 길 가기 같던 시절의 내 모습의 배경으로 가장 잘 어울리는 집이 있던 자리가 지금 길 건너 눈앞에 있었다.

삶이 묻는 말에 대답하다가 지친 사람들. 쇠창살이 달린 2층 창문에 사람 얼굴이 보이는 적이 가끔 있었다. 그 얼굴이 나의 것이 아니었던 것은 그러고 보면 분명히 우연에 지나지 않았다. 문단에 데뷔하고 나서 세번째 작품으로 「꿈꾸는 사람들의 집」이라는 제목으로 나는 저 건물에 드나들던 시절을 모델로 쓴 적이 있었건만 이 집을 여태껏 잊어버리고 있었다. 오늘 이쪽으로 오지 않았더라면 아마 그런대로 지냈을 것이다. 기억의 낭비. 자연과 역사가 보여주는 엄청난 규모의 낭비를 어쩔 수 없이 닮게 되는 이 개인 생애에서의 낭비. 자연에서나 역사에서나 운동의 기본 형식은 '낭비'다. 아니 운동이란 낭비 그 자체. 역사가 할 수 있는 일은 이 낭비를 줄이는 노력이다. 낭비 자체를 없앨 수는 없다. 그것은 운동을 없앤다는 말이기 때문에 의미 없는 말이다. 말로만 있을 수 있는 발언이지 현실이 될 수 없는 표현이다. 역사에서 그런 것처럼 개인의 생애에서도 이 낭비는 피할 수 없다. 자연의 아들인 역사의 또 아들인 개인은, 낭비된 생애의 보상을 어디에 가서 청구할 수 없다. 그가 자청한 것은 아니지만, 자기가 당사자로 참가하고 있는 생명운동에서 모든 비용은 그의 자기부담이다. 자기가 지불할 수 있는 '시간'이라는 비용이 무한정이기나 한 것처럼 살았던 시절에 드나들던 집이 있던 자리가 거기 있었다.

기다리고 있는 사람이 문을 열고 들어서는 것이 보였다.

그녀는 곧 나를 알아보고 걸어왔다.

"제가 늦었습니다……"

"아니, 내가 좀 일찍 온 거지."

그녀는 앞에 와서 앉았다.

"이쪽으로 와보셨어요?"

"그럼, 요즈음은 아니지만…… 바쁠 텐데 괜찮은가?"

"바쁘긴요, 다 제 시간인데요."

그녀는 5년 전의 졸업생으로, 소설로 등단한 이후 한동안 잡지
사에서 일하다가 지금은 자유기고가로 글을 쓰는 생활을 하고 있
었다.

"선생님 모시고 좋은 공부하게 되었는데요, 뭘."

"그렇다면 마음 편하군."

"가실까요."

"그 차나 마시구."

"네."

"이렇게 모처럼 앉아 있는 것도 좋잖아?"

"그럼요."

"이 근처에 오래 사는가?"

"네, 지금 집에서 났어요."

"아, 그렇구만. 이곳 토박인가 보지?"

"그렇진 않아요, 저를 낳기 전에 이사 오셨나 봐요, 아버님이
계시던 집이라 해서 어머니가 떠나기 싫어하셔요."

"그럴 만하시지."

"아파트가 편리하다고 설득해도 어머니는 움직이려고 안 하셔요."

그녀는 어머니와 이사 문제를 둘러싼 이야기를 해주었다.

"어머니로서야 무리가 아니지만, 두 사람 살림인데 단독주택일 필요가 없거든요."

"자네야 얼마든지 다른 집에서 살 기회가 있지 않겠나, 당장 결혼만 해도……"

"그래서 늘 제가 지지요, 어머니 말씀도 그 말씀이구."

"그래야 할 것 같군."

"저도 뭐 꼭 옮겨야 한다는 건 아니구요, 어머니가 좀 편하셨으면 싶어서 그러는 것이지요."

"당자가 편한 게 편한 거 아니겠나?"

"그것도 어머니 말씀이셔요."

"별로 달라져 보이지 않는데……"

나는 거리를 내다보면서 말했다.

"……오랜만에 와보는데도 낯설지 않군."

"네, 저한테는 더 그렇게 보여요."

"그게 안 좋은가?"

"좀 지겹기도 하고요."

"그런 사정도 있겠군…… 부러운 일이야."

"선생님은 참, 고향을 떠나 계시니 생각이 다르시겠어요, 고향 생각나시지요?"

"고향 생각……"

"고향에서 산다는 건 행복으로 보이세요?"

"생각 나름이겠지, 고향이라면 대개 서울 이외의 곳이 연상되는데, 사람들은 서울에 오게 되고 그러는데, 서울이 고향인 사람은 좀 다르긴 하겠군, 우리가 고향 생각하는 것하고는……"

"그런 사정이 있는 것 같아요, 선생님."

교실에 앉아 있었을 때하고 조금도 다르지 않군, 얼핏 그런 생각이 스쳤다. 위험한 일은 여기에도 있었다. 한창 나이의 사람들을 오랜만에 만나도 그저 그때 같은 사실에다 자신도 끼워넣을 염려가 있었다. 늘 젊은 사람들만 대하고 있다는 환경은 위험한 일이었다. 교실에 앉아 있는 학생들은 언제나 그 또래들이니까.

"선생님, 가보실까요?"

"응, 그게 좋겠어."

"잠깐요, 전화하겠어요."

그녀는 일어나 전화기 있는 데로 갔다. 그녀가 전화를 마치고 돌아선다.

우리는 밖에 나와서 조금 가다가 왼편 산 쪽으로 들어가는 길에 들어섰다. 넓은 길이 조금 앞에서 두 갈래가 되어 있는데 그녀 — 강 양은 왼쪽으로 이끌었다.

멀리 안쪽 맞은편에 산이 바라보이는 아늑한 동네였다. 서울의 이쪽은 아직 이만한 여유를 보이고 있다.

그녀가 사는 동네에 상허尙虛 이태준이 살던 집이 있다는 말은 지난해에 듣고 있었다. 그 말을 하던 그때 우연히 알게 되었다는 얘기였다. 그때는 그렇게만 들었다가, 그 후에 만났을 때 또 그 얘기가 나온 끝에 관심이 있으시면 방문하실 수 있게 자기가 알아보겠다고 한 적이 있었다. 그것이 올해 정월이었는데, 방문 교섭이 되었다는 것이었다.

「해방전후」에서 상허는 적고 있었다. "……현은 정말 살고 싶었다. 살고 싶다기보다는 견디어내고 싶었다. 조국의 적일 뿐 아니라 인류의 적이요 문화의 적인 나치스의 타도를 오직 사회주의에 기대하던 독일의 한 시인은 몰로토프가 히틀러와 악수를 하고 독소중립조약이 성립되는 것을 보고는 그만 단순한 생각에 절망하고 자살하였다 한다. '그 시인의 판단은 경솔하였던 것이다. 지금 독·소는 싸우며 있지 않은가? 미·영·중도 일본과 싸우며 있다. 연합군의 승리를 믿자! 정의와 역사의 법칙을 믿자! 정의와 역사의 법칙이 인류를 배반한다면 그때는 절망하여도 늦지 않을 것이다.' 현은 집을 팔지는 않았다. 구라파에서 제이전선이 아직 전개되지 않았고 태평양에서 일본군이 아직 라바울을 지킨다고는 하나 멀어야 이삼 년이겠지 하는 심산으로 집을 최대한도로 잡혀만 가지고 서울을 떠난 것이다." 이렇게 떠났다가 해방이 되자 돌아와서 「해방전후」를 집필한 그 집으로 가고 있다.

"아늑한 동네군."

"좋으세요?"

"좋아요. 강 양은 좋은 데 사는군."

"……저희 집으로 먼저 모셔야 하는데, ……저희 집은, 아까 갈라진 데 있지요, 그쪽 안이에요."

"그래시는 실례지."

"아니에요, 누추한 곳이라……"

"그런 얘기가 아니고, 강 양이 이제 상허 선생만 한 작가가 된 다음에, 이런 식으로 찾아가야지, 물론 생존 중인……"

"오래 사신다는 말씀으로 알고 사양하지 않을래요."

우리가 이런 말을 주고받으며 안으로 들어갈수록 지형이 넓어지고 더 아늑한 동네가 들어앉아 있었다.

"저기 동회 보이시죠?"

"어디?"

"저기요."

"응, 응."

"그 뒤쪽이에요."

"다 왔군."

동회 앞은 넓지 않은 주차장이 되어 있었다. 주차장 옆으로 난 골목길 어귀에 있는 잡화 가게에서 강 양이 꽃을 한 묶음 샀다.

그 골목에 들어서자 한 집 건너서 오른쪽으로 돌로 쌓은 기초 위에 조금 높게, 흰 석회 바탕에 돌이 박힌, 기와 얹은 담이 있었다. 담의 온 길이의 가운데쯤 되는 곳에서 담이 휘어져 들어갔다가 다시 저쪽으로 이어지는 곳에 돌 기초 높이만큼 계단이 있고 계단을 올라선 곳에 기와지붕이 얹힌 두쪽 나무대문이 보였다. 강 양이 대문 기둥에 붙은 벨을 눌렀다. 곧 사람이 나와서 문을 열어주었다. 강 양이 그 중년 부인에게 인사를 하면서 나를 소개했다.

"들어오세요."

부인이 말했다.

우리는 그제서야 대문 안으로 들어섰다. 집은 대문을 들어서면서 오른쪽에 있고 건물 앞으로 집 자리만 한 넓이의 뜰인데 그곳에 우물과 나무가 있었다. 집을 향해서 왼쪽은 또 그만한 넓이의 터가 그냥 뜰로 되어 있었다.

"번거롭게 해드려서 죄송합니다."

"괜찮아요."

그 부인은 수수하게 웃었다.

"그럼."

"네, 둘러보세요, 안에도 들어와보시구요."

"고맙습니다."

　앞뜰의 우물은 몇 단 계단을 내려가 있는데 뚜껑을 덮어놓았고 지금은 쓰지 않는다고 한다. 그 계단 옆에 굵은 감나무가 있고 그 옆이 장독대였다. 장독대 옆으로 담 구석에 단풍나무가 있다. 부인이 쟁반에다 우유 담긴 컵을 얹어가지고 왔다. 우리는 마루 끝에 걸터앉아서 우유를 마시면서 마당을 살펴보았다. 담 밖에서 보인 나뭇가지는 저 감나무였다. 이 부인네는 세 들어 사는 사람들이라 한다. 우유를 다 마시고 우리는 집 안팎을 자세히 둘러보았다.

　누樓가 달려서 ㄱ자가 된 남향집인데 이 누의 남쪽 정면에 '聞香樓'라 새긴 나무 현판이 걸려 있다. 이 누는 집을 향해 오른쪽 끝이고 ㄱ자의 가로 부분이 대청과 건넌방이다. 이 대청은 댓돌에서 올라선 곳이 바깥마루고, 그 안쪽에 유리 낀 창살문들로 막힌 그 안쪽이었다. 겨울에 따뜻한 대청이었을 것이다. 대청마루를 막은 유리문들 위에 나무 현판이 둘 걸렸는데, 하나는 '耆英世家'라

새겼는데 김정희金正喜 낙관이 보이고, 다른 하나는 '壽硯山房'이라 새겼다. 이 대청마루에 들어서면 오른쪽이 안방이고 왼쪽이 건넌방이다. 방은 크지 않았다. 방문마다 위에 현판이 걸렸다. 대청마루 뒷벽은 아래 반쪽이 벽이고 위쪽은 유리문이 죽 끼어 있다. 이 대청마루 왼쪽으로 좁고 짧은 복도가 돌아 들어간 끝에 뒷방문이 있다. 이 뒷방은 매우 작은 방이었다. 밖으로 향한 작은 창이 열려 있다. 대청 오른쪽이 안방인데 누 마루방과 붙어 있다. 누로 나가자면 안방을 통하게 된다. 이 누에는 사면에 모두 유리문이 달려 있었다. 남향이므로 여기도 겨울 해가 들면 따뜻했을 것이다. 건넌방은 대청마루의 다른 끝에 있는데 퇴창 밖이 툇마루고, 마루 끝에 난간이 둘려 있다. 이 창을 열면 뜰이 보이고 담 너머 산과 하늘이 보이는 방이다. 안방 뒤쪽에 벽을 사이하고 부엌이 있다. 부엌문을 지나 집의 맨 뒷부분에 화장실이 있다.

이렇게 집 안을 다 살펴본다. 그의 몇 단편들에 묘사된 집이 이 집이다. 그는 이 집을 짓는 이야기를 수필로 쓰기도 했다. 그의 수필도 모두 읽을 만하지만 그중에서도 훈훈한 이야기였다. 이제 집 안을 다 둘러보고 장독대 앞에 있는 의자에 와 앉아서 집을 바라본다. 집은 그 시절의 규모로도 결코 큰 것이라 할 수 없으나, 그가 수필에서 구식 목수들의 인품을 칭송한 끝에 "……이들의 손에서 제작되는 우리 집은 아모리 요새 시체집이라도 얼마쯤 날림끼는 적을 것을 은근히 기뻐하며 바란다"고 한 그 바람을 잘 이루고 있어 보인다. 작아서 아담하고 구석구석 알뜰해 보인다. 그는 '시체집'이라 했지만 벌써 반세기 너머 저편의 일이다. 게다가 옛날식으로 일하는 구식 목수들이 지은 집은 보이지 않는 구석까지 알뜰하게 지었음을 짐작할 만하다. 그런저런 사정을 모르고 보는 눈에게도 포근한 기운을 내보일 법하다.

이것이 상허 선생의 집이었다. 여기서 그는 그 구슬 같은 단편들을 다듬어냈고 격동하는 시기의 숨결을 귀중하게 증언한 「해방전후」를 썼고, 일본 패망 직전에 시골로 가면서도 팔지 않은 이 집을 뒤로 하고 다시 돌아오지 못할 길을 떠난 것이다. 여기 사시던 분이 지은 글은 W시의 고등학교 교실에서 배웠다. '영월 영감'은 거기서 말하고 있었다. " '……넌 너의 아버질 너무 닮는구나! 전에 너의 아버지께서 고석을 좋아하셔서 늘 안협으로 사람을 보내 구해오셨지…… 그런데 난 이런 처사취미엔 대반대다' '왜 그러십니까?' '더구나 젊은이들이…… 우리 동양 사람은, 그중에도, 우리 조선 사람이지, 자연에들 너무 돌아와 걱정이야' '글쎄올시다' '자연으루 돌아와야 할 건 서양 사람들이지. 우린 반대야. 문명으루, 도회지루, 역사가 만들어지는 데루 자꾸 나가야돼……' 이렇게 영월 영감은 목소리가 더 우렁차지며 얼굴이 더 붉어지며 가을비에 이끼 끼는 성익의 집 마당을 부산하게 나섰다." 마당을 지나 저 대문을 나갔다고 했다. 그 영월 영감이 섰던 자리에 이렇게 서 있다니. "……가을비에 이끼 끼는 성익의 집 마당을 부산하게 나섰다"는 대목이 그때 교실에서 읽던 누군가의 그 목소리대로 귀에 들리는 듯했다. 어쩐 일인지 「영월 영감」을 배우던 때 생각을 하면 이 대목이 선명하게 떠오르곤 했다. 고등학교 1학년 문학교실의 뒤끝이 이렇게 길 줄이야. 교실에서 배운 글의 현장에까지 와서 등장인물의 목소리를 듣고, 그가 밟던 이끼 낀 마당을 밟는 실습 과정을 거치게 되는 것이 국어 공부일 줄이야. 영월 영감이 자연을 너무 생각하는 취미를 나무라자, 주인공이 글쎄요, 라고 대답하게 했던 그 소설의 작가는 얼마 지나지 않아 밀어닥친 운명의 대변동을 맞고는, '역사가 만들어지는 데루 자꾸 나가는' 자신의 부산한 모습을 보게 된다. 그의 귀에 영월 영감의 목소리가 들리지 않았을 리가 없다. 이토록 아담한 집에서 처사 취미에 묻혀 세월을 즐길 수 있기나 할 것처럼 생각한 나, 그런 느낌이 아니었을까?

그의 작품 『사상의 월야』에 묘사된 바와 같은 인생 경력을 한 그가 마침내 들어선 이만한 안정. 그의 부지런함과 그의 재능이 자연히 가져온 중간 결산이었을 것이다. 이 집에서 보낸 그의 시절은. 꼭 무엇을 버리고 도피해서 얻은 것이라고만 할 수는 없지 않겠는가. 높은 요구를 하려고 들면 끝도 한도 없는 일. 그런 기준을 가져다 대면 그는 적들이 점령한 나라 안에 있어서는 안 되었던 것이다. 그렇게까지 요구하지 않더라도, 그가 「해방전후」에서 주인공 현의 입으로 말하게 한 것처럼, 자기를 결코 편하지 못하게 살자면 그 역시 끝도 한도 없이 스산한 삶의 자리야 얼마든지 있었으리라. 그러나 어쨌든 이 집을 지을 무렵, 그의 삶은 이 집에 오기까지에 그려온 그런 걸음을 걸었다. 그 끝이 이 집이었다. 그때까지의 그의 과거는 저 골목에 들어서서, 저 대문으로, 이 뜰에 들어섰다.

6·25전쟁 이후 상허에 대한 공식 소식은 일체 알려진 바 없고,

휴전된 후, 함흥에 있는 고철 수집소에서 수집원으로 일하고 있었다는 미확인 증언이 있을 뿐이다. 상허 아니라 누구라도, 운명의 명령이면 고철 수집소 아니라 어디라도 설 수밖에. 그러나 고철 수집소. 그러고 보면 전쟁 전 그때, 북조선의 고등학교 학생들은 엄청난 사람들의 글만 배웠다. 조국의 반역자, 인민의 적들의 글만 배웠으니. 그 학생들은 이후의 인생에서 그 문학 시간을 어떻게 정리했을까? 공식적인 정리의 방침은 물론 하달되었겠지. 그들의 마음속에서는? 마음속이라는 것은 없다? 그렇겠군.

평양작가동맹 사무실의 어느 방. 폭격으로 한쪽이 허물어진 건물의 어느 방이거나, 아주 동굴 사무실 같은 데서 촛불을 켜놓고 둘러앉은 동료 작가들이 퍼붓는 질문에 대답하고 있는 상허. 「해방전후」에서 동무는…… 「영월 영감」에서 동무는…… 「복덕방」에서 동무는…… 「달밤」에서 동무는…… 「가마귀」에서 동무는…… 모든 작품에 걸쳐서 예술적 자질을 곧장 정치적 성향에 직결시키고, 그때에 없었던 의도를 소급해서 추측하고, 그 인물의 능력에 상관없이 역사의 극한 요구사항을 아무에게나 적용하여 행동을 심판하고, 공화국의 수상 동지에게 묻는 책임과 소설가 동무에게 묻는 책임 사이에 가감이 없는 그런 심판의 자리에서 이태준은 이 집의 비 오는 날이면 이끼 끼는 마당을, 지친 끝에 가물가물하는 의식 속에 떠올리면서 질문자들이 가장 원하는 대답을 찾아 헤맸을 것이다. 그것은 그의 글을 소리 높이 낭독했던 고등학생이 겪은 자아비판회의 광경과 다르지 않다. 고철 수집소에 있었다면 그 사실은 이런 과정을 거쳤음을 말한다. 그에게 내려진 판결은 적정했는가? 그 밖의 사람들의 경우는?

역사가 마지막 말을 할 때까지는 아무도 마지막 진실을 알 수 없다. 역사에 마지막 말이란 시간이 있는가? 아마 그런 것은 없을 것이다. 그들이 권력으로 존재한다는 사실에서만 가능한 권위를 가지고 그들은 말할 뿐이다. 권력은 그 말에 책임을 진다고 말한다. 왜냐하면 그들만이 여러 사람의 운명에 영향을 끼치는 힘을 가지고 있기 때문이다. 그 힘을 가지지 않은 사람들은 그들의 가슴속에만 묻혀 있을 그 '큰 의도'를 알 수 없으므로, 피고의 행적이 어느 만큼 반역적인지 알 수 없다. 신 앞에서 무죄를 주장할 수 없는 사정과 같다. 그때까지는 이태준 자신도 자기 작품에 대해 최종적인 변명을 할 수 없다. 하물며 그의 작품을 가지고 배운 학생의 공부는 끝나지 못한다.

이런 재판을 받은 대부분의 사람들은 재판관이나 검찰관과 공정성을 겨루는 데 있어서 결코 지고 싶지 않은 사람들뿐이기가 쉬웠으므로, 그들은 덮어놓고 자신들에게 내려진 형벌이 가혹하다고 불평하지는 않거나, 않으려고 자신을 몰아세운다. 자신들도 검찰관만큼 무자비하기를 바란다. 자기 자신에 대해서. 만일 검찰관과 재판관이, 피고와 공유하는 대의大義에 대하여 충성하기만 하다면 피고인 자신은 언제나 많든 적든 유죄다. 검찰관과 재판관의 대의에 대해 지니고 있는 충성이 엄청난 것이라면, 그 정도만큼 피고는 엄청난 태만분자며 반역자며, 결과적으로 적을 위한 스파이다. 아니 나는 스파인 줄조차 몰랐다. 몰랐기 때문에 내 죄가 가벼워지는 것이 아니라, 되레 그 몰랐다는 일이 나의 죄의 증거다. 나는 자신에게조차 내 죄를 숨겼던 것이다. 나는 내 속에 있는 이 적을 숨겨주고 있었던 것이다. 이렇게 나는 이중으로 적에게 봉사하였다. 첫째로 적으로서 인민을 해쳤으며, 그 적을 숨겨주고 있는 자로서 인민을 반역하였다. 내 기술이 너무 교묘하였기 때문에 나는 더욱 인민을 해치기 위한 유리한 지위를 차지할 수 있었다.

　나는 예술창작을 위한 탐미적 쾌락 같은 가장 나쁜 경지에서도 한발 더 나갔다. 나에게는 이미 그런 것조차 없어진 지 오래였다. 그것은 내가 나 자신의 범죄적 의도를 몰랐을 초기 단계의 착각이었을 뿐이다. 이윽고 나는 공화국의 전복과 수령 동지에 대한 살의와 전 세계의 진보적 인민을 불행의 낭떠러지로 밀어넣기 위해서, 한마디로 역사에 반역하기 위해서만 창작했습니다. 제가 「영월 영감」에서 "……역사가 만들어지는 데루 자꾸 나가야 돼……"라고 쓴 것은 바로 이런 뜻이었습니다. 부지불식간에 저는 실토를 했던 것입니다. 또 저는 「해방전후」에서 해외 망명에서 돌아온 위대한 동지들을 깎아내리면서 "풍상이라 하나, 제 생각엔 실상, 악형에 피가 흐르고, 추위에 손발이 얼어터지고 한 것은 오히려 해내에서 유치장으로 감방으로 끌려다니며 싸워온 분들이 몇 배 더 했으리라고 생각합니다……" 이렇게 썼던 것입니다. 여기서 '오히려'니, '몇 배 더'니라고 쓴 점에 주목해주십시오. 이것은 누구를 높이고 누구를 낮출 목적으로 썼는지 너무나 명백하지 않습니까? 피고는 자기를 검찰관보다 더 가혹하다 못해 이성을 뛰어넘어 공격한다. 피고는 대의명분에 대한 충성심에서 검찰관에게 지고 싶지 않은 것이다.

대문을 나서서, 이 집 담이 끝나는 언저리에서 돌아본다. 상허 선생님, 허락도 없이 이렇게 왔다 갑니다. 용서하십시오. 돌아보는 시능 속에 누군가 얹히는 느낌이다. 그가 이 집을 마지막으로 나섰을 때도 아마 이렇게 돌아보았을까. 지금은 골목이 되어 있지만 그의 단편을 읽으면 주변의 대부분의 집은 그때 없었던 모양이며, 시내로 들어가는 큰길에 나서자면, 지금은 복개된 냇물을 건너야 했을 것이다. 집 뜰에 서서 건너다 보이는 맞은편에도 인가는 있었던 듯하다. 「색시」의 묘사를 보면 그렇다. 그러나 지금처럼 동네가 넓게 들어앉은 분위기는 아니다. 건너편 방향을 묘사할 때 가장 힘주는 대목은 산줄기를 타고 뻗은 옛 성벽과 그 산줄기에서 화려한 저녁노을이다. 지금 보는 언저리 생김새하고는 전혀 다르게, 성문 밖 골짜기에 들어와서 개울 건너 산자락에 터 잡은, 조촐한 뒤뜰을 거느리고 누樓까지 달린 조선집이었다. 역사는 조선의 한 문사가 한양성 밖의 산골짝에 마련해본 이만한 평화도 허락지 않았다. 그는 대역죄인으로 고변되어 북변의 고철 수집소에서 쇠 넝마를 줍는 신세가 되었다. 혁명재판소의 탄핵은 추상같았다. 그러나 그들은 재판 기록을 공개하지 않는다. 대신에 그들은 재판소 지붕 꼭대기에 휘날리는 혁명의 깃발을 가리킨다. 저 깃발 밑에서 이루어지는 송사를 의심하는가! 그것은 피고도 선택한 깃발이며, 피고는 이 깃발 밑에서 진행된 재판에서 유죄를 인정하였다. 저 깃발이 있는 동안 피고의 유죄는 명백하지 않은가. 이 동어반복의 저편에 이 집의 옛 주인은 갇혀버렸다.

우리는 동회 앞을 지나 큰길로 나왔다. 여기서도 한 번 더 돌아보게 된다. 왔던 길을 돌아나간다.

"강 양 덕분에 좋은 공부를 했네."

"제가 드릴 말씀인데요."

"친절하군, 그 세 든 사람."

"그렇군요, 선생님 모시고 오겠다고 부탁했을 때도 선선하길래 연락드렸어요."

"강 양 이 근처를 잘 알겠지."

"네, 눈에 설지는 않지만, 저희 집은 훨씬 저쪽이거든요, 이쪽으로 와보기는 저도 오래간만이에요."

"그건 그렇겠군."

　멀리는 가도 옆동네 산책이란 것도 별일 없이는 안 하는 일이다. 우리는 삼선교까지 천천히 걸어나왔다. 일을 마친 걸음에 마음이 한가해야 하련만 꼭 그렇지도 않은 심정이 강 양에게까지 미쳐서는 안 되었다.

"강 양 수고 많았어."

"그게 아니라니깐요, 선생님."

"하긴 강 양한테도 흥미가 있자면 있는 일이니까."

"저도 그분 작품을 읽어봤어요."

"잘했군."

"좋던데요."

"자네들 감각에도 그런가?"

"ㄱ 시내를 생각해서 읽으니, 실감이 나더군요."

"그렇게 읽는 게 아마 옳겠지?"

"깔끔하고 깊은 맛이 있어요."

"반갑군."

"선생님이 반가우세요?"

"반가우니 이렇게 찾아왔지."

"선생님을 도울 수 있어서 기쁩니다."

"도왔구말구."

삼선교에 다 왔다.

"자, 어떻게 한다?"

"선생님 고단하시지요?"

"고단할 거 있나, 안내 받아 좋은 구경하고 오는 길인데, 고단하면 자네가 그렇겠지."

"이만한 외출이 뭐, 동넨데요, 그럼, 선생님, 저기서 차 한 잔 더 하시지요."

"좋아요."

우리는 다방으로 올라갔다. 우리가 앉았던 창가 자리가 비어 있었다. 우리는 그리로 가서 아까처럼 마주 앉았다. 강 양이 싱긋 웃었다. 나도 따라 웃었다. 차를 가져온다. 마신다. 길 건너 주차장에 지금은 차가 한 대도 없다. 그저 허허한 빛나는 비어 비기. 시멘트 바닥에 반짝거리는 부분이 있다. 그것을 뜻 없이 바라본다. 오늘 두 집을 찾아본 셈이 된다. 저 빈자리에 있던 집에 드나들었을 때는 지척에 두고도 거기 있는 줄 몰랐던 집에 가서 주인 없는 집 이 방 저 방을 살펴보고, 뜰에서 서성거리다 온다. 두 집끼리는 모르는 일이다. 그나마 한 집은 이미 없다. 조선식 집의 틀을 간직하고 있어서 보호건물로 올라 있다니 잘된 일이다. 저 건너 있던 집을 드나들던 사람들. 환자와 의사와, 내 친구와 그리고 나. 사람마다 자기자신에게는 보호존재가 된다. 그래도 그 기억을 가진 사람이, 집이 사라진 자리에서, 그 없는 집을, 그 집이 모르던 다른 집과 맺어놓아본다. 이것이 산다는 것인가.

"조용하지."

"네, 조용해요."

4

    퇴근해서 집으로 가는 방법은 세 가지가 있다. 택시를 타는 것. 버스를 타는 것. 지하철을 타는 것. 오늘은 버스를 타기로 한다. 버스는 프린스 호텔 앞에서 탄다. 이 버스는 짬이 좀 뜬다. 그러나 좌석버스이고 여기가 시발점이기 때문에 매우 편하다. 요즈음 버스는 좌석버스도 운전사가 그러고 싶으면 언제든지, 얼마든지 사람을 태운다. 그래서 좌석 없는 좌석버스를 타게 되는 일이 보통이다. 좌석 없는 좌석버스. 참으로 시적이고, 비유적이고, 철학적이며 종교적이다. 표현으로만 이 말을 대하는 한 그렇다. 그러나 사실은 위에서 설명한 대로이다.

    휴전이 된 것이 1953년이니까 아득한 세월이 이후에 흘렀다. 전쟁난리 동안에는 되는 일도 없고 안 되는 일도 없을 뿐 아니라, 안 되는 일을 되게 하는 능력의 대소에 따라 생존이 결정되었다. 그건 언제나, 어디서나 그렇고, 앞으로도 난리가 나면 즉시 여전히 그럴 것이다. 그럴 때의 표정의 하나가 교통수단의 이용 경쟁이다. 유명한 피난열차의 모습이 그것이다. 기차 지붕에 올라앉아서라도 기차를 타고 안전 쪽으로 이동해야 했다. 즉, 교통수단에서 정원제나 안전은 피차간에 지켜지지 않는다. 교통수단의 정상성이 일상화되지 않고 있는 사회 — 그것이 피난 시절이고 전쟁 기간이다. 이런 기준에서 보면 지금 우리는 여전히 전쟁 기간이며, 우리 생활은 피난생활이라고 해도 전혀 틀리지 않는다. 좌석버스조차 그러니 일반버스는 말할 것도 없다. 운행 시간이 지켜지고, 정원제가 지켜지고, 주행 규칙이 지켜지고, 요컨대 정상적인 교통문화가 있는 나라를 여행할 때 느끼는 쾌적감이 여기서 온다. 사회 간접 자본의 질이 생활의 질이 되고 사람이 평안해지고 표정도 부드러워진다.

1989년 현재의 서울은 아직 전쟁 중인 도시의 피난생활 수준이다. 버스가 도착하면 사람들은 달려간다. 서로 앞다퉈 타려고 한다. 사리를 삽고 앉은 사람늘은 피난열차의 찻간에 올라선 사람들의 표정이 된다. 전쟁 중이고 피난 중이다. 그러기도 할 것이다. 여기서 조금 북쪽으로 가면 잔뜩 무장한 휴전의 드러난 현장이 있다. 우리는 아직 그런 생활을 하고 있다 — 이 정류장에 서 있노라면 그런 관찰을 하지 않을 수 없다. 잊고 살다가도, 아, 이렇구나 아직 이렇구나, 이런 환경이 우리들을 마음속 깊은 데서 상당히 움직이겠구나 싶어진다.

그 버스는 어쨌든 왔다. 버스를 탄다. 버스가 떠난다. 언제나처럼 자리는 거의 비어 있다. 좀 기다리는 게 지루해서 그렇지 이 버스는 이 기분이다(사실 비 오는 날이라든지, 겨울철이면 10분 이상 기다리는 것은 여간 괴롭지 않다. 그래서 지하철을 타게 된다).

버스는 퇴계로를 대한극장 못 미친 십자로에서 좌회전해서 스카라 극장 길로 들어선다. 스카라 극장은 옛날의 수도극장이다. 그러고 보면 나는 전에는 영화를 얼마 보지 않으면서 지냈다. 전에는, 이라고 말하는 것은 요즘은 TV 때문에 가끔 보게 된다는 말이다. 극장이 집 안에 들어앉았으니 전보다 기회가 많아진 것이다. 전에는 — 이라는 것은 1950년대, 1960년대를 말하는 것인데 영화를 보겠다고 극장에 찾아간다는 것은 나에게는 어지간히 드문 일이었다. 그래서 그런지 영화관 앞을 지날 때면 언제나 이국적인 신선함이 있다. 그렇다고 해서 영화나 영화관에 대해 적의를 가지고 있지는 않다. 오히려 그 반대다.

일본시대인 H시절에 막내삼촌과 함께 봤던 영화 두 편이 내가 영화를 본 첫 기억의 자리를 차지하고 있다. 아마 소학교 취학 이후인 듯한데, 보호자와 함께 들어가는 것은 괜찮았던지 — 아니, 아니, 그 영화 종류 때문이었던 게 분명하다. 이런 귀중한 기억의 안팎을 이제야 생각하다니. 그 영화는 「서유기」였고 만화영화였다. 어린이 입장을 막았을 리가 없다. 게다가 색채 만화영화였다. 그 현란함이라니. 소가 신통력을 부려서 마귀 노릇을 하는 대목이 보인다. 갑옷을 입고 칼을 휘두르는 뿔 난 머리가 보이고 아마 틀림없이 불길이 화면을 몰아치다 못해 화면 밖으로 확확 내뿜었다.

총천연색으로 말이다. 장관이었다. 움직이겠다, 만화겠다, 사람도 아닌 소겠다, 모두 그런 공상의 동물과 사건이 이 세상에 없는 강렬한 색깔을 띠고 숨 가쁘게 벌어지는 만화 색채영화「서유기」를 본 기억이 내 머릿속에서 영화관람의 2대 첫 기억의 자리를 차지하고 있다. 이후에 이만큼 충격으로 영화를 느낀 적은 없다. '첫'이 무섭기는 무섭다. 둘째 번 영화는 역시 삼촌과 함께 봤는데 일본 역사극 영화였다. 이것은 희극영화였다. 이 영화는 내용이 크게 감동적일 것은 없다. 쫓고 쫓기면서 웬 부채(그 부채가 무슨 까닭이 있는 부채인 듯)를 서로 뺏고 빼앗기는 그런 줄거리였다. 마지막에 주인공이 사건을 해결하고(혹은 해결당하고?) 길을 떠나는 장면이 지금도 보인다. 긴 다리 위를 저편으로 멀리 멀리 사라지는 장면이다. 영화의 별나지도 않은 끝장면이 이토록 오래 남는 것도 별난 일이 아닌 것은 아니기는 하다. 우스운 영화여서 그럴까? 아니면 이것도 그 '첫'이어서 그럴까?

우스운 영화라면 또 한 가지 관람 기억이 있다. H의 누님이 W에 왔던 그 마지막 방문 때, 누님과 함께 관다리 옆 극장에서 본「볼가의 뱃노래」라는 소련 영화다. 이것도 색채영화였고 희극이었다. 볼가 강의 유람선이 무대가 된 희극영화였다. 줄거리는 전혀 떠오르지 않고 되게 우스웠던 것은 사실이다. 내가 너무 우스워서 혼났다고 돌아와서 누님이 식구들에게 말하기까지 했으니, 꽤 우스웠고, 꽤 우스워한 것은 사실이다. 그 영화 보기를 얼마나 잘한 일이냐, 그 영화를 보지 않았더라면 추억의 그 자리는 비어 있었을 터인즉 그렇게 다행일 수 없다, 이런 엉뚱한 감회가 문득 이는 것이다. 잘한 일이었다, 참 잘한 일이었다. 우리가 본 그「볼가의 뱃노래」는 아무도 앗아갈 수 없다. 그때 우리가 웃는 웃음과, 내가 너무 웃는 바람에 조마조마했다는 그 기억은 아무도 지울 수도 가져가지도 못한다.

　이만해도 내가 영화며 영화관에 대해 결코 적의를 가질 이력의 소유자가 아님은 확실하다. 대학시절 전후에 영화를 보지 않는 생활을 한 듯이 느끼는 것은 아마 책읽기에 대비되어 이루어진 콤플렉스인 것 같다. 스카라 극장에서도 분명 한번쯤은 무슨 영화인지 본 것 같은데 영 생각나지 않는다. 언젠가 생각나는 때가 있다면 굉장히 기쁠 것 같다. 보았다면 필시 돈이 든 기억인데 그만한 돈을 버렸다는 것이 되지 않는가? 버렸다고까지는 말하지 못해도 필름 번호를 몰라서 꺼낼 수 없으니 아쉬운 일이다. 대학시절의 한 친구는 영화를 굉장히 좋아했었다. 아마 그 친구하고 자신을 대비한 결과인지. 영화를 안 보면서 지난 세월이었다고 생각하는 것은. 학교 근처의 변두리 극장에서 영화를 몇 편 본 일도 있구나. 그만 하면 봤지 누군 영화관에서 살까. 아무튼 스카라 극장 앞을 지날 때마다 내 생애의 영화 이력서가 또 하나의 자작 영화처럼 머릿속에서 빠르게 영사된다. 이 영사는 언제나 불완전하다. 회상 자체가 충분치 못한 것과 버스가 지나가는 속도 때문이다. 이 언저리가 정류장이기 때문에 그 점은 약간 유리하다. 정체될 때 같은 때면 더 여유가 생긴다. 내 안의 극장의 총상연 종목은 늘어나지 않는데도 그때마다 개봉 상연을 보기나 하는 것처럼 만족한다. 그 영화들의 옆자리에는 지금은 거기서밖에는 만날 길 없는 그리운 사람들이 있는 탓이겠지.

　여기를 지나서 버스는 청계천으로 들어온다. 여기는 서울에서 제일 변하지 않은 곳이 아닌가 싶다. 나는 청계천이 아직 덮이지 않은 것을 본 세대다. 역시 1950년대다. 덮이지 않은 청계천 가에는 물속에 버팀막대가 박힌 판잣집이 연달아 동대문까지 이어져 있었다. 어머니하고 장 보러 나왔다가 이 근처 그런 판잣집 어디쯤에서 순댓국을 사 먹던 일이 생각난다. 어머니가 좋아하시는 음식은 국수와 순대였다. 자랄 때 친정 입맛 그대로였던 모양이다. 북쪽 지방의 순대요리는 장관이다. 큰 가마솥 가득 풍부한 속을 넣은 순대가 들어앉고 뚜껑을 열고 숟갈로 찔러보시던 어느 장면도 기억 속에 있다. 솥 주변에는 훙건하고 구수한 냄새가 진동하는 가운데 기다란 그것을 끌어내서 도마 위에서 자르면 살코기며 내장을 다져넣은 빽빽한 속을 드러내며 순대는 도마 위에 쌓이고, 어머니는 그 첫토막을 옆에 앉아 감독하고 계시던 시어머니 입에 넣어드린다. 잘됐다, 할머니는 그렇게 말씀하시면서 이번에는 내 입에 한 토막 넣어주신다. 입 안이 덴다고 호들갑을 떤다. 그때 순대를 맛있는 음식이라고 생각했다는 말이 아니다. 지금 비로소 그 맛이 내 혀의 진짜 미각 지점에 도달했다는 말이다. 순대 맛을 제대로 알자면 한평생이 걸린다. 순대란 결코 만만한 존재가 아니다. 모두 이 모양이니, 한정된 평생에 인류문화의 계통발생을 개체발생시킬 수 있는 가짓수가 과연 얼마나 되겠는지, 하고 걱정해본다. 그런 진짜 순대보다는 필시 못했겠지만, 어머니는 아주 맛나게 드셨고 나는 처음에는 약간 쭈뼛거리다기도 역시 어머니 옆에서 고향의 맛을 즐겼다. 그러나 이때의 순대 맛도 지금 버스를 타고 청계천을 지나면서 떠올려보는, 고향집에서 어릴 적에 가마솥간에서 입에 물리던 그 맛보다는 못하다.

청계천의 그 판잣집들에서는 온갖 것을 팔았던 듯싶다. 음식, 옷가지, 잡화, 문방구, 기계류, 목재, 전기 기구, 종이, 그런 것들이 뚜렷이 떠오르는 종목이고 내가 전 종목을 다 봤을 리는 없다. 이 청계천에서 W고등학교 때의 친구네가 장사를 하고 있었다. 그 집에서는 친구의 할아버지가 W에서부터 그런 기계붙이 장사를 하던 집안인데, 피난지 부산에서도 그 장사를 하고 있었다. 부산에서 피난 나와 처음 그를 만났을 때는 굉장히 반가웠다. 내가 대학 1학년인데 그 친구는 고등학교 3학년이었다. 누가 월남했는지 그렇게 만나야 비로소 너도 왔구나 하고 알게 되는, 아직 동향 친목회 명부도 만들 수 없는 그런 시기의 부산이었다. 친구네도 가족이 고스란히 배를 타고 나왔다고 한다. 친구네는 범일동에 큰 노천 창고를 벌여놓고 있었는데, 철조망으로 울타리를 친 그 창고에는 온갖 쇠붙이들이 산처럼 쌓여 있었다. 쓸 것, 못 쓸 것, 모두 일단 사서는 분류해서 각기 처리하는 모양이었다. 내가 단독 판잣집 생활을 하던 천마산 중턱에서 범일동 선창 가까운 친구네 창고는 그리 멀지 않았다.

그 친구는 W고등학교에서는 한반이 아니었다. 또 중학도 그와 나는 다른 중학을 다녔다. 원래 같으면 반이 다른 고등학교 기간에 알게 되기가 어려웠겠는데, 우리는 집이 한동네여서 방학 동안의 문맹퇴치 사업에서 만나 알게 되었다. 방학 동안에 전 W시 중

고등, 전문학교 학생들은 거주 지역마다 조직되어 구역 내 문맹퇴치에 동원되었다. 우리는 대개 두 사람이 한 짝이 되어 지정받은 집에 가서 그 집의 문맹자를 '퇴치'하는 것이었다. 그때 한 짝이 된 학생이 친구였다. 우리가 맡은 문맹자는 젊은 여성이었는데, 어떤 신분이었는지 떠오르지 않는다. 우리는 그녀가 어떤 사람인지 흥미가 없었던가 보다. 방학이 끝날 때쯤에는 성과는 있기는 있었다. 피교육자는 더듬거리면서 한글 교본을 읽을 수 있었다. 길갓집의 봉창이 있는 길갓방, 왜 그랬던지 몹시 어두운 조명 아래에서 교본을 가운데 놓고 마주 앉은 우리 셋이 보인다.

그렇게 알게 되고는 우리는 친구가 되었다. 고등학교에서 사귄 가장 친한 친구 중 하나면 대단한 친구다. 그도 책을 많이 읽는 소년이어서 우리는 서로 바꿔 읽고, 읽은 이야기를 나누고 그렇게 지냈다. 그의 집도 장사하는 집안이므로 사회의 1등성분 집안은 아니었으나, 그러나 마나 그때 북조선은 아직 소시민과 공존하겠다는 정책이었으므로 살림이 편한 집안이었고 W시 토박이이었다. 그의 집은 마당이 넓은 조선 기와집이었다. 그들은 시장에 가게를 가지고 있어서 가장인 할아버지가 그의 아버지와 삼촌을 데리고 가게를 보았다. 가족 가게였던 것이다. 그때 우리가 주고받은 말은 모두 책에서 읽은 것이었던 듯싶다. 소년들의 성향도 각각이므로 책 얘기만 해도 물리지 않는 상대를 만나기란 쉽지 않은 법인데 우리의 만남은 그것만으로도 틀림없이 소년 시대의 한 가지 행복이었다. 우리는 학교에서 배우는 것과, 자기 뜻으로 읽는 책과 그리고 집안이 처한 사회적 위치 사이에 틀림없이 있었던 모순에 대하여 자각하지 못했다. 책─교과서─집안, 이 세 가지 일이 각각 색깔이 다른 줄 알면서도 그것들 중 어느 하나도 버린다거나 틀렸다는 느낌은 없었다. 햇빛의 스펙트럼처럼, 모두 어우러져 하나인 어떤 것의 각각의 얼굴이기나 한 것처럼, 우리는 그것들을 즐겼다. 고등학교에 올라와서는 중학교에서 있었던 그 밤의 일 같은 그런 일은 없었기 때문에 우리는 즐겁게 지냈다. 사회적 변동보다 더 깊은 데서 진행되는 시간, 인류학적 시간을 살고 있는 소년기의 친구가 그였다. 그런 친구를 부산 피난지에서 만났으니, 우리는 소년기를 두 번 맞는 것 같았다.

범일동 일대는 완전히 피난민들의 거리였다. 국제시장에 비하면 이곳은 좀더 서민적이었다. 물건들도 그만한 차이가 있어 보였다. 국제시장에는 장사하는 친척 되는 사람이 있어서 가끔 가보게 되는 곳이었다. 대청동 큰길가 미국공보원을 끼고 조금 내리막이 되는 옆길로 들어선 곳에 대학 본부가 따로 나와서 들어 있는 벽돌 건물이 있었고 바로 거기서부터 국제시장이었다. 제5육군병원 앞에 일제시대 말엽에 만든 방공호에서 살고 있는 동향 사람네가 있었다. 판잣집보다 훨씬 좋은 단독 주거인 셈이어서 속은 편리하게 꾸며져 있었고 국제시장에서 재미 보는 장사를 하는 그 집에서는 어쩌다 찾아가면 호화스런 음식을 대접해주었다. 게다가 바로 옆이 시청이고 반대편으로 조금 가면 부산역이 되는 시내 한복판 교통의 요지여서 거기서 국제시장은 또 로터리 하나 건너 들어가면 되는 거리였다. 모두 부러워하는 주거 환경이었다. 그런 시대였다. 내가 부산에서 대신동의 대학에 다니던(아무튼 소속되었던) 때가 저 '부산 정치파동'도 있던 때여서 야당 지도자가 항구에 정박한 국제적십자 선박에 피신하고, 국회의원들이 헌병들에게 강요받아 버스로 납치되는가 하면, 또 한 사람의 야당 지도자가 정부의 도발에 유인되어 군인을 사살하는가 하면, 마구잡이로 징집한 젊은이들을 제대로 건사하지 않아서 얼어 죽고 굶어 죽고 병들어 죽게 한 사건이 폭로되는 등 큰일들이 벌어지고 있었지만, 나도 그렇고 친구도 그렇고 그런 일은 자갈치시장이나 국제시장의 그때 혼잡보다 머나먼 이야기였다. 썩 나중에 차차 알게 된 피난지에서의 정치적 혼란일 뿐이었다. 혼란 ── 우리가 본 것은 혼란뿐이었다. 그 대범한 한마디면 그때 부산에서 살던, 세상에 대한 우리의 감각을 나타내기에 족했다.

우리는 W시대의 독서감 교환을 이곳에서 다시 시작하는 것이었다. 자갈치시장의 왁자한 비린내 속에서 우리는 『쿠오 바디스』를 또다시 흥분해서 되뇌면서 그의 집으로 찾아가는가 하면, 그는 나의 천마산 판잣집으로 풍성한 미군 군용식품을 한 꾸러미씩 싸들고는 찾아왔다. 친구네는 그런 물건도 다루었다. 집에 가보면 우리 눈에 아직도 신기한 포장에 쌓인 물건이 지천이었다. 세상은 세상대로 우리는 우리대로였다. 그 거리, 그 무관계, 그 소외, 얼마나 호사스런 무관심이었던지. 대통령 이름 정도나 알까, 신문 1면에 나는 그 시시콜콜한 이렇고 저렇다는 이름은 우리에게는 없는 사람들이었다. 숨은 힘에 조종되는 쇳가루 부스러기들. 이후에는 다시는 찾을 수 없는 생애의 시절이었다. 아무 참여도 못 하면서 신문에 나는 이름들의 움직임이 사뭇 그렇게 관심을 기지면 무엇이 어떻게 되기나 하는 것처럼 눈여겨보게 된 뒷날의 나이에 비하면, 전쟁 마당에 끌려나간 것도 아닌 그때 부산은, 갑자기 혼란해졌을 뿐 W시에서의 책읽기가 중요 사건이던 그 연장이었다. 게다가 하늘에는 폭격기도 없었다. 그런가 하면 나는 천마산 판잣집에서 『머나먼 강』이라는, H읍을 다룬 소설을 쓰고 있었다. 그 소설은 일제 패망 직전에 시작해서 해방을 거쳐, 급기야 남한으로까지 무대가 번지게 되는 몇 가족을 중심으로 하는 대하소설이 될 것이었다. 그런 소설이고 보면, 신문에서 벌어지고 있는 눈앞의 대사건 보도가 결코 무관한 일이 아니건만, 그 소설의 발단에서 시대적으로 너무 떨어져서 그랬는지, 가족의 끈끈한 일상사를 통해서만 소설의 실체를 구축하겠다는 방법적 의도 때문이었는지, 아니면 소설의 그 부분의 주요 인물인 소년의 세계에 탐닉해서 그랬는지 ─ 그 소설을 쓰는 나와 눈앞의 세계 사이에도 맞뚫린 통로는 없었고, 이 소설에 대해서는 친구하고만 조금 대화의 길이 열려 있었다. 친구는 그때, 소설읽기의 세계에서 떠나 요량 못 할 어떤 비약을 감행해서 소설쓰기라는 자리에 도달한 나에 대하여 자기 일 같은 애정을 느꼈던 듯싶다. 그는 내 원고를 주의 깊게 읽고, 짧게 감탄하고, 진행을 궁금해하여주었다. 1년 후에 어려운 대학의 철학과에 진학한 친구에게 남의 일 같지 않은 몸부림으로 비쳤을 것이다.

그 친구와 만나보지 못한 지도 어느덧 15년 가까이 된다. 그 친구를 15년이나 보지 않고도 살 수 있다니! 이 근처 그 집 가게에 마지막 찾아갔을 때 그들의 가게 문은 닫혀 있었고 옆 가게에서도 소식을 알아내지 못했다. 그 후에 언젠가 동창회에서 물어봐도 아는 사람이 없었다. 그러고는 다시 찾아나서지 못하고 있다. 아마 무슨 그럴 만한 사정이 있을 것이다. 일삼아 찾아나서지 않는 마음속에는 희미한 망설임이 없는 것은 아니다. 즐거우면서도 무엇인지 허망한 동창회 참석 때마다의 뒤끝과 매우 닮은 그런 심정 때문인가 보았다. 다시 열어보기가 두려운 옛날의 보물상자. 분명 나이 어린 시절의 그 휘황한 보물들이 행여 뚜껑을 여는 순간 연기처럼 사라져버릴세라 필경 그런 두려움이 없지 않은 때문인 듯하다. 그러나 언젠가 또 만나겠지.

청계천을 지나 종묘로 빠지는 골목 앞을 지난다. 이 근처는 길가의 건물 한 꺼풀 뒤가 옛날의 기와집들이 들어찬 동네다. 궁宮자에 관계되는 사람들이 살던 동네라고 한다. 이 골목에 절이 있는데 오래전 그 절에 있는 스님을 알고 지낸 적이 있다. 아마 언제부터라고 헤아리기 어렵게 오랫동안 스님이며 절에 대하여 가까워졌다 멀어졌다 해본다. 그 스님한테 드나들던 때가 그런 움직임의 밀물 때였다. 웬만한 불경 읽기와 관계된 생각들을 해온 끝의 사귐이어서 그저 스님을 보러 찾아가는 것이라 해야 옳았다. 속세의 사람을 만나면서 사는 생활 속에서 그런 특별한 인연을 지니고 사는 사람들이 그리워지는 한때가 있었다. 일에는 일마다 각각 길이 있는 줄을 어렴풋이 알기까지는 어쩌다 빠져든 길에서 온갖 해결을 다 구하려 하는 시절이 있는가 보았다. 그 길에서 물어도 부질없는 일을 그 길에서 만난 사람에게 묻고 싶어진다. 언젠가 밤늦게 찾아갔더니 그 스님의 동료승 한 분이 매우 못미땅해하는 경우를 당했다. 분명 나의 잘못이었다. 알지 못하는 사이에 불교의 옛 스승들의 전설적 거동이나 본뜨는 심정이 되었던지, 그쪽 사정을 헤아리는 조심성을 잃은 것이었다. 공동생활을 하는 절간에 어느 한 스님을 지목하여 만나러 가는 것은 그럴 수도 있겠지만, 아직 통행금지 제도가 있던 그 무렵 시간이 늦어 찾아간 것은 그 스님을 난처하게 만들었다. 그 이후로 스님을 찾기가 거북하였고, 끝내 발길이 끊어지고 말았다. 생각할수록 부끄러운 일이었다. 버스를 타고 이 지점을 지날 때마다 마지막 그 밤의 스님 표정을 떠올리고 용서를 빈다. 그렇게 무엇인가를 배우라는 인연인가 보다, 하고 끄덕여보기도 한다. 스님은 결코 탓하는 빛도 없었고 긴 말도 없었다. 그러나 절간 안으로는 인도하지 않고, 골목 안쪽의 여관으로 안내해주었다. 비슷한 나이의 그 스님은 예사 친구와 사귈 때하고는 다른 경험을 시켜주었다.

가끔, 스님이라는 신분을 가진 사람들이 무엇인가를 구하려고 자기 곁에 오는 사람을 느끼는 심정은 어떨까 짐작해보려고 할 때가 있다. 보통 스승들하고 공통되는 점도 있겠지만, 좀 다르기도 하리라. 보통 스승이면 자기를 보여줄 수밖에 없다. 그것이 지식이든, 인품이든. 스님도 그런 점이 있기는 하다. 그가 불교에 대해 닦은 지식으로 대하는 면이 있다. 그러니 스님을 존경해 부르기를 선지식善知識이라고 한다. 이때 그 '지식'이라는 말은 이미 불교 특유의 문맥에서는 단순한 지식이라고 새겨지는 일은 없는 것이 사실이지만. 그러면 성품일까? 그것도 있으리라. 괴로움에서 벗어나자는 것은 산 사람 하나를 편안하게 하는 구체적 사건 하나를 이루자는 것이지, 무슨 연구처럼 대를 이으면서 지식을 걷어모으자거나, 체계를 완성해간다거나 하는 활동과는 다르다. 지금, 여기, 당장 괴로운 마음의 불이 꺼지느냐, 마느냐, 발등에 떨어진 불이 아니라, 마음에 지핀 불을 꺼달라는 것이고, 도움을 주고 못 주는 일이다. 승려의 인품이 그대로 약이 될 수도 있는 일이기에 스님들의 인품은 그들의 사업에서 살아 있는 가르침이다. 그래도 한 가지쯤 더, 스님에게 바라고, 스님들도 베풀어야 하려니 생각할 만한 한 가지가 더 있지 않을까. 지식도 아니고, 그렇다고 성품도 아닌.

소식消息이라고나 말해볼까. 객관적 지식도 아니고, 스님 자신의 인품도 아니고, 그런 것을 거칠 수밖에 없지만 그 너머에서 전달돼오는 '숨결'이다. 한 바퀴 돌아 제자리에 오는 그런 탑돌이의 소식. 그런 것이 있을 듯하여 헤매던 시절의 그 스님. 생각에 지친 마음이 찾아가는 쉼터.

H에서 살 때, 우리 할머니가 절에 다니시는 분이어서 몇 번 따라간 일이 있다. 역광장을 지나서 철로를 옆으로 낀 길을 걸어가노라면 큰 다리가 나온다. 그 다리를 건너고도 한참을 가다가 거기서부터는 산길을 올라가서 백천사白泉寺라는 절이 있다. 절은 대웅전 앞에 그리 크지 않은 마당이 있고, 대웅전과 ㄱ자로 자리 잡은 칠성당이 대웅전 처마 높이만큼 올라간 위치에 있었다. 대웅전 옆으로 많은 사람들이 들어앉을 만한 큰 건물이 있었다. 그 건물은 사방문을 터놓아서 시원하였다. 천장이 높은 그 큰 방을 가득 메우고 앉아 있던 부인네들이 보인다. 절 음식은 언제나 맛있다.

꽤 높은 산속의 꼭대기 가까운 데까지 올라온 다음에 나오는 음식이라 맛이 없지 못했을 것이다. 대개 절에 가면 거기서 하룻밤 자게 돼 있었다. 아마 사월 초파일 때가 아니었는지 모르겠다. 취학 전에 그만한 거리를 갈 수 있었을 것 같지는 않고, 학교에 들어간 후라면 초파일이 꼭 토요일이었는지 그 점도 지금에는 알 길이 없다. 부처님은 대웅전에 계시고, 칠성님은 칠성당에 계시고, 하얀 밥에 나물 반찬이 맛있고, 할머니며 아주머니들이 집에서보다 더 상냥해 보이고, 점잖은 스님들이 뜰을 오가는 그 세계는 정말 의젓해 보였는데. 세상은 든든하고 모두 있을 만해서 있었고 이 모든 일을 어른들이 다 경영하고 있었다. 세상이란 깊고 깊은 것이고 든든하고 든든한 것이며 아주 정갈한 곳이기도 하다는 실감은 거기서 아마 절정이 아니었나 싶다. 그리고 마지막이기도 했다. 얼마 후면 그곳이 주는 인상과 정반대의 곳이 이 세상이고, 자기와 세상이 각기 제 몸뚱아리와 삭막한 물질 한 꺼풀밖에는 없는 극장무대 같은 것에 지나지 않는다고 느끼는 세월이 바로 앞에 닥쳐와 있는 줄은 모르는 사람들이 있는 장면이다. 이 장면의 몸뚱아리들 뒤에 그 산의 물질들 뒤에 무엇이 있었을까. 지금은 되찾을 수 없는 무엇이 있었을까? 그런 것이 있는 줄도 모르고 지내던 세상을 뒤로한 다음에야 그 무엇은 저절로 있는 것도 아니게 되었고 숨쉬듯 그 속에 있으면 되는 것도 아니고, 찾아야 하는 어떤 것이 되고 말았다. 그것은 몰랐을 때는 그렇게 당연하던 것이, 찾아야 할 무엇이 되고부터는 그렇게 종잡을 수 없는 것이 되고 말았다. '지식'도 되고, '인품'일 것 같기도 한가 하면, '소식'일 법하기도 하고, 그도 저도 아니기도 한 무엇인가가 되고 말았다. 그것이 사회라는 것인가? 일단 안정된 사회라는 것인가? 그런 사회 속의 어쨌거나 일단 안정된 신분이란 말인가? 상허가 성북동 그 집에서 누리려고 한 그런 세월일까? 비가 오면 이끼 낀다고 굳이 자기 집 마당을 깨달아야 할 그런 것인가? 그런 사정은 금방 깨지지 않았는가? 그 뜰을 남겨두고 역사가 만들어지는 자리로 자꾸자꾸 나가야 하지 않았는가? 한번 잃어지면 자꾸자꾸 나가는 수밖에는 없도록 만드는 그것은 무엇인가? 그것은 어떤 '무엇'이 아니라 그저 '소식'인가? 그러나 '무엇'의? 아마 그 무엇이 있을까 싶어 저 절의 스님을 찾아다니던 마음. 그렇겠다. 할머니, 어머니 손을 잡고 다니던 그 절 나들이 역시 단번에는 끝나지 않는단 말인가 보군. 어릴 적 절 나들이의 뒤끝 역시 이렇게 기다랗다는 말이로군. 그렇지. 그 밤의 비판회에서 이 절간 얘기까지 나왔었지. 종교가 무엇이냐구, 집에서 믿는. 그때 나는 할 말이 없었다. 산속이 조용했다는 말도 스님들이 점잖았다는 말도 하지 않았다. 그저 절에 따라가본 일이 있다고만 말했다. 할머니의 소일거리였기 때문에 나는 사실대로 말한 것이었다. 달리 할 말이 없었다. 산속이 조용했다는 것이 무슨 보고해야 할 일이었겠는가? 참 그 밤의 의식에서는 별 얘기가 다 오고 갔다, 그러고 보면. 지도원 선생님은 절간이 있는 산속의 고요함과 밤의 적막을 보고받으면, 대신에 무엇을 줄 수 있었을까? 그는 이 세상 어떤 것에 대해서도 판단할 수 있고, 이 세상 어떤 것도 보상해줄 수 있다고 믿고 있었을 것이다. 그가 속한 그들도. 그는 아직도 내 마음의 저 안에 그의 법정을 옮겨놓고 마음 내키면 언제든지 나를 부른다. 자아비판회는 한 번으로 끝나지 못한다면서. 나의 소설 『서쪽으로 가는 이야기』에서 나는 이렇게 썼었다.

아아 내 교실이구나 그는 탈옥했던
죄수가 다시 자기 감방에 붙잡혀 왔을
때의 헝클어진 느낌을 가졌다

지도원 — 독고준 동무는 어떤 점이 불만이었습니까?

독고준 — 어떤 점이라뇨?

지도원 — 감추지 않아도 됩니다. 여기서는 탓하지 않겠으니 할
　　　　말 해봐요

독고준 — 글쎄요

역　장 — 괜찮아요

독고준 — 저는 무서웠습니다

지도원 — 무섭다니?

독고준 — 저는 있을 수 없는 일이라고 생각합니다

지도원 — 생각합니까? 생각했습니까?

독고준 — 그때 느낌을 지금 반성해보면 그렇다는 말입니다

지도원 — 그러니까 과겁니까? 현잽니까?

독고준 — 과거이기도 하고 현재이기도 합니다

지도원 — 그러니까 그때가 지금이나 마찬가지라는 말이군요

독고준 — 말하자면 그렇습니다

지도원── 말하자면이라니! 그런가 아닌가 잘라서 대답해요

독고준── 그렇다고 해도 좋습니다

지도원── 좋다니? 그렇다는 것이군?

독고준── 그렇습니다

지도원── 기록해주십시오. 그러면 다시 돌아가서 무서웠다는 것
　　　　은 무슨 말입니까?

독고준── 그저 무서웠습니다

지도원── 누가 무서웠습니까? 내가 무서웠던가요?

독고준── 그렇습니다

지도원── 왜 무서웠습니까?

독고준── 무서웠기 때문입니다

지도원── 나는 동무가 훌륭한 소년단원이 되게 하기 위하여 동무
　　　　의 과오를 고쳐주려고 노력하였습니다. 그것이 무서웠
　　　　던가요?

독고준── 당신은 나를 사랑하지 않았습니다

지도원── 당신은 인간이 인간을 사랑해야 한다고 믿습니까?

독고준── 어떤 경우에는 그래야 한다고 생각합니다

지도원── 어떤 경웁니까?

독고준── 그때의 저와 선생님 간의 사이 같은 것입니다

지도원── 구체적으로

독고준── 저는 선생님의 생도이지 죄수가 아니었습니다

지도원── 누가 죄수라고 했습니까?

독고준── 선생님은 저를 적으로 생각했습니다

지도원 ─ 그것은 과장하는 것이 아닌가?

독고준 ─ 과장한 것은 선생님입니다

지도원 ─ 내가 왜 과장했는가?

독고준 ─ 했습니다. 선생님은 제가 이 세상의 악惡을 만들어낸
것처럼 얘기했습니다

지도원 ─ 악이란, 각 개인이 책임질 일이지, 그러면 어느 하늘을
날아다니는 괴물인 줄 아는가?

독고준 ─ 이승만 정부는 내가 만들어낸 것이 아닙니다. 그러니
내가 책임질 수 없습니다

지도원 ─ 누가 이승만 정부를 책임지라고 했는가? 동무의 과오
를 자기비판하라고 하지 않았는가?

독고준 ─ 저더러 썩은 부르주아라고 했습니다

지도원 ─ 동무가 과오에서 나오려고 하지 않는 한 동무는 썩은
부르주아임에 틀림없소

독고준 ─ 저는 피교육자의 권리를 주장합니다

지도원 ─ 피교육자의 권리란 무엇인가?

독고준 ─ 피교육자는 적으로 취급되어서는 안 된다는 권리입니다

지도원 ─ 아무 일을 해도 내버려두라는 것인가?

독고준 ─ 아닙니다. 비록 과오가 있더라도 그것은 이데올로기적
으로 해석해서는 안 된다는 말입니다

지도원 ─ 왜 그런가?

독고준 ─ 아동은 미완성품이기 때문입니다

지도원 ─ 무슨 말인가? 그러니까 형무소에 보내지 않고, 자기비

판회에서 비판을 시키는 것이 아닌가?

독고준 —— 그것은 나에게 형무소였습니다

지도원 —— 그것이란 뭔가?

독고준 —— 학교 말입니다

지도원 —— 학교가 왜 형무소였는가!

독고준 —— 학교란 인간이 되는 곳입니다

지도원 —— 공화국의 시민이 되는 곳이다

독고준 —— 공화국 시민이란 이름의 인간이 되는 곳입니다

지도원 —— 그렇게 말을 바꿔서 무슨 다름이 있는가?

독고준 —— 인간이 된다는 것은 그 아동이 살고 있는 사회의 약속을 배워나간다는 말입니다. 그러므로 아동은 그 사회의 약속을 모른다는 것을 전제하여야 하며, 약속을 모르는 자가 저지른 실수는 비판이 아니라, 숙달통보熟達通報를 반복함으로써 시정되어야 할 것입니다. 그런데 선생님은 마치 약속을 잘 아는 사람이 일부러 어긴 것처럼 공박하고, 인민의 적이며 부르주아라고 협박하였습니다. 당신은 공화국의 벗을 만들어내는 것이 임무였음에도 불구하고 공화국의 적을 만들어냈습니다. 그것도, 있지도 않은 적을 말입니다

지도원 —— 벗이 아니면 적일 것이 아닌가?

독고준 —— 당신은 제 말을 알아듣지 못하고 계십니다. 벗도 적도 아닐 수 있습니다

지도원   그런 것은 어떤 것인가?

독고준 — 피교육잡니다. 아이들입니다

지도원 — 아이들이란 무엇인가?

독고준 — 인간의 재룝니다

지도원 — 아이들은 옳고 그름을 판단 못 한다는 말인가?

독고준 — 초등학교 1학년 아이들은 글자도 판단하지 못합니다

지도원 — 생활에서 느끼는 것도 판단이라고 할 수 있지 않겠는가?

독고준 — 어떤 생활 말입니까?

지도원 — 공화국 북반부의 민주적 생활을 그 속에서 사는 것 말
        이다

독고준 — 만일 사는 것이 그렇게 간단하다면 왜 학교가 있습니까?

지도원 — 더 좋은 삶을 위해서다

독고준 — 더 좋은 삶이 어떤 것인가는 학교에서 배워주는 것이지
        동상처럼 눈에 보이는 것이 아닙니다

지도원 — 그것이 동무가 썩은 부르주아들에게서 배운 인식론인
        가?

독고준 — 썩은 부르주아라뇨?

지도원 — 남반부의 한줌도 못 되는 썩은 부르주아들 말이다

독고준 — 남반부에서는 한줌은커녕 한 오라기의 썩은 부르주아
        조차 만나본 적이 없습니다

지도원 — 무슨 말인가?

독고준 — 남반부의 한줌도 못 되는 부르주아들이란, 당신이 만
        들어낸 허깨빕니다. 그런 건 없습니다

지도원 — 이승만 괴뢰집단이 없단 말인가?

독고준 —— 없습니다. 철옹성 같은 북반부의 민주기지라는 허깨비
　　　　　속에서 당신들이 보고대회 때마다 만들어내는 인민의
　　　　　단결이 허깨빈 것처럼, 모두 허깨빕니다

지도원 —— 허깨비란 무엇인가?

독고준 —— 허깨비란 것은 있지 않은 것입니다. 즉 허깨빕니다

지도원 —— 잠시 휴정한다. 독고준은 그동안에 정신 감정을 받으라

　그날 밤, 지도원 선생님과 나의 대화는 이런 용어를 쓰면서 이
처럼 질서 있게 진행된 것은 아니었다. 글자 그대로의 의미에서는
이런 대화는 이루어진 적이 없다. 그러나 실지로 주고받은 말의
의미는 이런 것이었다. 나는 그 소설의 환상적 설정에 의지해서
우리가 주고받은 대화를 그 설정에 걸맞게 번역하였던 것이다. 이
소설은 1969년에 씌어졌는데 그 연도는 지금의 나로서는 아득한
시간인데도 달리 보탤 말이 생각나지 않을 만큼 여전히 절실하다.
여기서 피고는 왜 자기를 적으로 대했느냐고 항변하고 있다. 소년
은 선생님의 적이기를 원하지 않았다. 왜냐하면 그들은 학교에 속
한 사람들이었기 때문이라고 소년은 생각한다. 학교에서 가르치는
일이 거짓말일 수 있는가, 말도 안 된다. 무릇 소년들은 그렇게 생
각해왔다. 그래서 그들은 학교에 오는 것이며, 학교에 못 다니는
것이 그렇게 서러운 것이다. 학교를 단념한다면 그는 중대한 결심
을 한 것이 된다. 학교를 그저 무슨 기술을 배우러 오는 데라고 생
각하게 될 수 있는 것은 훨씬 나중 인생에서 일어나는 풍속이다.
소년의 시절에는 그것은 불가능하다. 학교는 신성한 곳이다. 지구

역사의 어디에서나 학교라는 것이 신학교, 승려 양성기관이라는 형식으로 출발한 것을 보면, 학교라는 것이 오늘날에는 이미 무리한 목표가 되고 만 전인격적 형성이 목표였음을 짐작할 만하다. 옛날 신학교에서는 원칙으로 합숙 공동생활이었다. 집에서 육신의 형제들과 생활하고, 학교에서 영혼의 형제들과 생활하면서 발생기의 이념을 유지할 수 있을 듯이 생각하는 환상은 오늘날의 학교라는 집단에서 이뤄지기 어렵다. 스승과 생도, 큰스님과 제자 승려, 부모와 자녀, 왕과 신하, 사령관과 병사, 자본가와 노동자, 신과 피조물, 자연과 생명 — 이들 이미 둘이 된 것들은, 그 발생적 뿌리인 서로가 하나인 상태를 역사적 한계 안에서 상대적으로 약해진 수준에서지만 여전히 유지하고 있는 탓으로 끊임없는 헷갈림에 빠진다. 웬만해서는 이 착란錯亂 아닌 착란이 깨끗이 가라앉는 상태를 바라기는 어렵다. 그럭저럭 아슬아슬한 고삐를 다잡으면서 집단들은 혼돈을 모면한다. 운동은 평형이 유지돼 있기 때문에 일어나는 것이 아니라, 아직 없는 평형(하나됨과 둘됨 사이의)을 유지하기 위해서 피할 수 없이 일어난다. 왼발이 나갔으면 오른발이 나가주지 않으면 넘어지게 될 수밖에.

이 소설의 주인공과 지도원 선생님의 대화 속에 나타나는 '역장'은 변호인이다. 소설의 그 장면에서는 중학교 수학여행에서 석왕사釋王寺를 갔던 장면이 등장하고, 석왕사 역장이 등장한다. 아마 실지로 목격한 역장의 모습이 스며들어 있겠지만 실지로는 그 이상 아무 근거가 없는 인물이다. 작품의 환상적 분위기에 맞추기 위해서 설명 없이 등장시킨 인물이었을 것이다. 그 자리는 작문 선생님이 차지해도 됐을 터이고, 조명희가 차지해도 됐을 터이고, 박성운이 차지해도 됐겠고, 로사가 차지해도 됐을 터이고 하느님이나 부처님이 차지해도 됐을 터이고 아버님이 차지해도 됐을 터이고…… 그런 존재들의 자리다. 학교라는 것은 이런 환상이 지배하는 곳으로서 출발하였고, 인간이 짐승을 벗어나서 그 이상의 무엇이 되려고 하는 과정에서 있게 된 제2의 자기발생의 모태다. 아기집 속에 든 태아와 그 태아를 밴 어머니가 싸운다는 장면을 그려볼 수 있겠는가? 자연에서는 그런 일은 일어나지 않는다. 나의 소설에서는 그런 일이 일어나고 있다. 실지의 인간사회에서는 그런 일이 일어나기 때문이다. 그러나 실지의 학교도 인류문명의 아기집으로서의 학교의 그 신성성에서 아무래도 다 풀려나지 못한다. 학교가 그럴 수 있는가, 선생이 그럴 수 있는가, 학생으로서 그럴 수 있는가, 그렇게들 말하는 표현 속에 그 신성성은 살아 있다. 이 아기집을 제 몸에 지닌 실지의 어머니만 한 존재가 학교에서 발견되기는 힘들다. 그런 착각이 가끔 일어나게 된다. 지구문명의 어느 지역에서나 볼 수 있는 스승 숭배의 강력한 전통들. 학교에서 이 전통은 갈등을 일으킨다. 현실의 교사에게서 생도들은 그 순수형을 발견하려는 충동에 지배받는다. 인물이 그 비슷한 조짐을 지닌 교사는, 그가 무슨 과목을 가르치는 입장이건, 그런 사실에 상관없이 생도의 가슴에 생애를 통해 흩어지지 않고 늘 거기에 있게 될 무엇인가를 전달한다. 생도는 교사가 가르치는 교과서의 내용을 그의 육신에 옮겨서 터득하려고 하기가 쉽다. 그것은 「낙동강」의 '박성운'일 수도 있고, '로사'일 수도 있고, 아르키메데스일 수도 있다. 우리는 고등학교 시절에 기하학 선생님을 피타고라스라고 불렀었다.

'박성운'을 변호인으로 삼지 못한 까닭은 그가 소설의 주인공에 지나지 않는다는 생각이 미친 것일까? 역장은 아무튼 실재의 인물이었으므로, 아무 논리적 관련이 없는 인물에게 그 무거운 자리를 주었던 모양이다. '실재했다'는 자격만으로. 소설 속의 인물들은 소설 속에서는 절대적이고 실재적이다. 소설 속의 '박성운'을 긍정하면서도 그가 소설 밖의 인물인 지도원 선생에게 대항할 수는 없다고 『서쪽으로 가는 이야기』를 쓸 때의 나는 생각했던 모양이다. 그러나 이것은 우스운 이야기다. 실지의 지도원 선생은 W시에만 있는 존재였다. 『서쪽으로 가는 이야기』 속의 지도원 선생은 소설 속에만 있는 사람이다. 두 사람은 다 소설 속의 인물이 되었다. 나는 그들을 한 소설 속에서 만나게 해도 괜찮으리라고 지금은 보고 싶다. 게다가 박성운은 조명희라는 실재한 창조자를 가지고 있다. 지도원 선생은 혼자서 두 몫을 하고 있지만, 조명희는 소설에는 자기 분신을 보내놓고 있다. 지도원 선생보다 조명희는 더 강력하지 않은가? 그렇다. 지도원 선생과의 일이 있었을 때 나는 아직 「낙동강」을 배우지 않았었다. 그래서 고지식하게 박성운을 그 자리에 불러올 수 없다고 생각한 모양이다. 그럴 것은 없겠다고 지금은 생각한다. 내 마음에 있는 그들은 서로 통하는 공간에 있는 사람들이다. 그러나 조명희의 허락 없이 '박성운'은 내 편이 되어 줄까? 나는 아직도 그 매듭을 풀지 못했다. 식민지 조선이라는 조건에서 조선인이 취해야 할 마음가짐과 행동의 모범을 흠잡을 여지없이 문학자의 입장에서 대표하는 인물로서의 조명희. 작품의 주인공에게 공감했기 때문에 그 주인공을 대신하는 작문 선생에게서 인정받은 독자인 나는, 그렇다고 해서 그 작품의 작가로부터의 공감을 받을 수 있을지에 대해서는 자신이 없다는 이 사정. 그런데 조명희는 망명지에서 이미 죽었다. 그를 불러올 수는 없다. 막다른 골목이다.

그러나 역사에는 막다른 골목이 없었다.

5

이해(1989년) 가을의 어느 날 밤, 독일 사람 하나가 한국을 방문해서 TV에 나와 사회자와 이야기를 나누고 있었다.

이 독일 사람은 이름을 빌리 브란트라고, 지금은 서독 사회민주당의 평당원이지만, 그 전에는 그 당의 당수로 서독 수상을 지냈고, 또 그 이전에는 서베를린 시장을 지낸 정치가였다. 서베를린 시장을 지내던 1940년대 후반과 1950년대에 이름난 '베를린 봉쇄'를 겪으면서 세계적으로 눈길을 모으게 된 정치가였다. '베를린 봉쇄'는 냉전_{冷戰}의 본보기 사건이었다. 2차대전이 히틀러 독일의 완전한 패배로 끝나면서 독일 서울인 베를린은 소련이 그 도시의 동쪽 절반을, 영·미·프 세 나라가 나머지인 서쪽인 절반을 차지하기로 되어 소련 지역을 동베를린, 3국 지역을 통틀어 서베를린이

156

라 부르게 되었는데, 이 서베를린 시장이 브란트였다. 그런데 이 동서 베를린 자체는 독일 전체로 봐서는 소련 점령지역인 동부 독일 안에 들어 있었으므로 소련으로서는 서베를린이 목에 걸린 가시요, 동부를 소련이 차지했다고는 하나 낚싯바늘이 달린 채 물고기를 물고 있는 형국이었다. 서방측은 이 서부 베를린이라는 바늘을 움직임으로써 동부 독일 전체를 흔들 수 있고, 나아가서는 소련이 지배하는 동유럽 전체, 또 더 나가서 말한다면 소련 자체를 이리저리 흔들어놓을 수 있는 지역이 되고 말았다. 이 가시를 뽑아버리려고 시도한 소련의 행동이 '봉쇄'였다. 서베를린은 동독의 내부 깊숙이 들어와 있으므로 자기가 속한 서부 독일과의 교통은 동독 영토 속을 지나가는 긴 복도와 같은 협정 노선을 이용하고 있었는데, 소련이 이 도로의 사용을 막아버린 것이었다. 서베를린은 사회주의 동독 속에 갇혀버렸다. 고립된 서베를린의 항복을 요구한 것이나 마찬가지였다. 그때 서방측은 '공수空輸'라는 방법으로 이에 맞섰다. 비행기로 서베를린에 물자를 실어 나른 것이다. 비록 육로는 아니지만, 동독 영공을 침공하는 것이므로 이것을 막자면, 소련 비행기가 서방 수송기를 격추하는 길밖에 다른 길이 없겠으나, 소련은 그렇게까지는 하지 못했다. 결국 소련이 다시 육상 통로를 열어줌으로써 봉쇄는 실패하고 소련의 힘의 한계와 서방의 단호한 서베를린 유지 의사의 과시, 공로 수송을 통한 힘과 경제력의 시위 등의 결과를 내고 사태는 끝났다. 봉쇄 실패 후 소련은, 동·서 베를린 경계선에 철조망을 두른 벽돌 장벽을 쌓고 감시 무력을 배치하였다. 시일이 지나면서 서독이 '기적'이라 불린 경제번영을 이루어가자, 서베를린은 동부 독일의 코앞에 차려놓은 서독 번영의 상설 전시장 같은 것이 되었고, 동독 사람들의 탈출은 장벽이 쳐지고도 꾸준히 이어졌다. '봉쇄'를 전후한 그 극적인 동서의 힘겨루기의 현장에서 서베를린 시장의 자격으로 활약한 사람이 빌리 브란트였고, 이 경력이 그를 서독 사회민주당 당수, 서독 수상의 자리로 올려놓은 기동력이 되었다. 그는 서독 수상이 된 다음에는, 그 전임자들의 반소·반동독 정책을 고쳐 '동방정책'이라고 불린 대소·대동독 평화정책으로 서독 외교의 방향을 바꿨다. 이 정책은 냉전의 완화, 동서독의 재통일을 위한 멀리 내다본 포석으로서, 국제정치에서의 패전 독일의 자리를 뚜렷하게 높여놓고, 독일 민족의 장래에 대해서 희망을 세워놓았다는 평가를 받았다. 그는 소련과의 교섭을 통해서 2차대전 후에 독일에 불리하게 그어진 동유럽 공산권과 독일의 국경을 받아들임으로써 소련의 대서독 적대감을 누그러뜨리고, 동독에 대해서는 경제원조를 주는 대신 동서 지역 독일인의 방문, 서신 교환을 비롯한 재교류의 성과를 얻어내는 데 성공하였다. 전쟁이 끝났을 때 온 나라 구석구석까지 부서져 있었던 경제를 다시 일으켜 '라인 강의 기적'이라는 이름을 얻은 공로가 아데나워라는 수상에서 시작하는 보수당의 공로라면, 이 경제력을 바탕으로 소련의 정치군사적 압력을 달래고, 동독에게서는 민족주의 차원의 개방을 얻어낸 공로는 2차대전 종결 당시의 감각이라면 상상도 할 수 없는 또 하나의 기적을 이루어 낸 것이었다. 그러나 그 자신은 말대로 위업이라 할 만한 이런 국제적, 민족적 정책의 성공의 절정에서 갑자기 권력을 내놓는 비운을 맞았다. 그의 비서실에서 오랫동안, 동독 간첩이 활약해왔다는 사실이 드러났던 것이다. 브란트에게는 직접 책임이 없는 일이었으나 그는 정치적 책임을 지겠다고 뜻을 밝히고 자리에서 물러났다. 그 진퇴 결정이 정치가의 바른 모범이라고 그는 또 한 번 명예와 칭송의 표적이 되었다. 이후 그는 소속당인 사회민주당의 고문격으로 정치의 표면에서는 물러났지만, 서독 정치에서는 물론이고 국제정치에서도 가장 영향력 있는 정치가의 한 사람으로서, 시간이 지날수록 국력을 바탕으로 국제적 지위가 높아가는 서독의 대표적 정치가며 서방세계라고 부르는 냉전체제의 한쪽 세력의 공동 지도자의 한 사람이 되어오고 있었다. ― 지금, 1989년 가을 어느 날 밤, 서울의 TV 대담프로에서 사회자와 진솔하게 대담하고 있는, 60대의 장대한 체격의 독일 사람 빌리 브란트란 이런 사람이었다.

그의 이야기는 자연히 앞에서 쓴 그의 인생 이력을 따라서 진행되었다. 세계가 이 지구 위에 살게 된 사람들의 삶을 어떻게 조직할 것인가에 대해서 자각적인 목표를 가지고 다투게 된 이 20세기의 국제정치에서 행복한 성공자인 그와 같은 사람인 경우에 공적인 생활은 자연스럽게 그의 전 인격에 대해서 말하는 분위기를 주었다. 공적인 것과 사적인 것의 구별을 잊게 하는 그런 종류의 인물이었다. 장개석이라든가, 프랑코라든지, 모택동이라든지 그런 사람들과 한 부류인 정치가임을 느끼게 한다. 그는 이야기 첫머리부터 독일이 민족의 재통일을 위해서 닦아온 길에 대해서 말했다. 현재의 동서 독일의 재결합은 한국의 남북의 재결합보다 유리한 상황에 있다고 그는 아무렇지 않게 말한다. 그 점이 내 마음에 좀 걸렸다. 그러나 이야기는 진행돼나갔다. 쉬운 문제부터 해결했다고 그는 말한다. 동서독의 생활의 이질화가 더 오래 끌어서는 안 된다고 생각했노라 한다. 헬싱키 조약이라는 것으로 유럽 공동의 이념이라는 틀을 만든 것은 서방의 외교적 성공이었으며, 그 조약으로 독일의 분단에 대하여 인도적인 문제라는 조명을 할 수 있게 됐다는 뜻일 듯싶다. 패전의 대가를 당연히 치르고 있다는 불리한 틀을 깬 것이 되기 때문이다. 그것이 벌써 1975년의 일이었다. 헬싱키 조약은 동유럽 공산권 내부에서 자유화를 지원하고 독일의 재통일을 위한 서방과 소련의 의무를 약속하게 한 것이나 마찬가지 결과를 가져왔다는 것이다. 이 조약 체결에서 서독이나 자신이 어떤 적극적인 역할을 했는지 하는 문제는 그의 얘기에 나오지 않는다.

이야기는 좀더 가까워진다. 이미 오랫동안 동독을 지배한 동독 공산당 당수 호네커가 사임하고 크렌츠가 그 자리에 있다는 사실에 말을 미치면서, 통일까지는 그러나 시간이 걸릴 것이라고 말한다. 이해에 동독에서는 '게르만 민족의 대이동'이라고 보도매체들이 부른, 동독 사람들의 서독으로의 대탈출이 계속되고 있었다. 처음에는 오스트리아, 헝가리로 관광 여행을 간 동독 시민들의 서독으로의 탈출로부터 시작한 이 국민들의 국외 탈출 사태는 걷잡을 수 없이 불어나, 처음에는 여권 내주기를 멈추고 국경을 닫는 강경 조치를 취하더니, 국내에서 소요가 일어나고 라이프치히 같은 대도시에서 자유를 요구하는 시민 집회가 열리는 등 사회적 불만이 한꺼번에 터져나오자, 국외로 나갈 사람은 막지 않는다, 그래도 사회주의를 지킬 국민의 숫자 때문에 염려할 필요는 없을 것이라고 정책을 바꾸자 탈출은 내놓은 흐름이 되고, 당국은 속수무책인 가운데 동독 공산당 서기장의 교체가 있은 것이었다. 새 서기장은 정치와 경제에서의 여러 가지 개혁을 약속하고 있었다. 또 이해 초에 폴란드의 공산정권과 오랫동안 견거니틀거니 해왔던 자유노조가 합법화되어, 폴란드도 격심한 혼란에 빠져 있었다. 헝가리도 당의 운영 형식의 변화와 경제에서의 자유화 쪽으로 움직이고 있었고, 체코슬로바키아에서도 체제는 심각한 위기에 직면해 있었고 루마니아도 소련으로부터 내정 개혁을 하라는 압력을 받고 있었다. 동유럽 공산권 전체가 흔들리는 가운데 분단이라는 상처를 가진 독일에서 동독 시민의 서독으로의 탈출이라는 가장 극적인 움직임이 나타난 것이었다.

브란트는 또 말한다. 그러나 동서 독일의 통일은, 오늘내일 실현될 일은 아니라고 말한다. 독일의 이웃 나라들은 강력한 통일독일을 걱정하는 것이 사실이며 독일 민족은 그런 걱정에 대해 해명하고 독일과 그 이웃 나라의 이해관계를 미리 손보는 외교노력을 꾸준히 해나간다면, 비록 속으로 독일 통일에 내켜 하지 않는 나라들도 차츰 도와주게 될 것이라고 한다. 그리고 동서독은 이미 '위성국가'들이 아니라고 강조한다. 그러면서 이른바 이번의 '게르만 족의 대이동'에 대해 미국의 전 국무장관인 키신저는 동서독의 통일이 가져올 세계질서의 급격한 변화에 대해 우려하면서 동서 독일의 통일운동은 천천히 나가야 한다는 의견을 내놓았다는 보도에 언급하고, 한편 부시는 동서독 통일을 반대 않는다고 언명했다는 것, 최근에 소련 외상이 나토 체제와 바르샤바 체제의 소멸을 희망하며, 동유럽으로부터 소련 군대를 철수하기를 희망한다고 한 발표에 언급한다(소련 외상의 이 말은 동유럽의 현상을 힘으로 지키겠다는 의사를 포기한다는 말이라 할 수밖에 없다).

질문자가 말한다, 당신은 라이프치히에서 수십만이 시위하리라고 예언했는데 그것이 현실로 나타났다. 그런 능력은 어떻게 가능한가?

브란트의 대답— 상상력이 필요하다. 탈출한 동독 시민들의 서방에서의 정착 문제도 중요하지만, 동독 잔류 국민들의 미래가 걱정이다. 현재의 움직임은 동독체제를 위협하고 있는데, 유럽 전체의 안정에 어떤 모양의 힘을 미칠 것인가를 숙고해야 할 것이다. 독일 문제는 동서의 강대국 사이의 군사 균형을 조정하고, 미국의 영향력이 적절히 조절된다면, 독일의 통일은 결코 인접 국가들에게 위협이 되지 않을 것이다.

소련의 당 서기장 고르바초프의 정치적 앞날을 어떻게 생각하는가?— 고르바초프하고는 네 번 만났다. 그는 지금 경제 문제, 소수민족 문제를 해결하려 하고 있다. 그의 성패에 대해 지금 알 수는 없다. 그의 전임자들보다는 능력 있는 것 같다. 그러나 알 수 없다. 좌절 없는 역사는 없다. 성공의 보장은 없다. 그는 너무 많은 문제에 손을 대고 있다. 지난번 만났을 때 그런 점을 말했더니, 그의 말이 한두 가지를 고치는 것만으로는 안 된다, 경제는 정치와 관련되어 있고 정치는 경제와 관련되어 있다고 말했다. 고르바초프가 실패한다면 후임자에 의해 개혁은 계속될 것인가 아니면 후퇴할 것인가? ─ 누가 알겠느냐? 농업을 맡은 리가초프의 말에 의하면 생산이 증가하려면 5년에서 7년이 걸린다는데 국민들이 그렇게 참아줄지 알 수 없다. 소련은 진정한 연방의 이념이 실현된 적이 없다. 소수민족의 지위를 존중하려는 노력이 성과를 내게 될지 어떨지. 소련의 개혁 노력이 좌절될지 이어질지 알 수 없다. 서독은 소련, 동유럽과의 관계 정상화를 이룬 다음에 동독과의 관계를 정상화하고 함께 유엔에 들어갔다. 한국의 헝가리, 폴란드와의 관계 개선 노력에 주목한다(좋은 정책이라는 말인 듯). 지난주에 모스크바를 방문했을 때 소련 사람들이 한국과의 관계 개선에 대해 관심을 가진 것을 알았다 ─ 이 점을 고려하는 것이 필요할 것이다. 앞으로 수개월 사이에 체코슬로바키아에서 대변화가 있을 것이다. 다시 강조한다. 체코슬로바키아에서 대변화가 있을 것이다. 북한이 변화하리라 보는가? ─ How could I know? 서독에서 동독 출판물의 유통에 대해 문제된 적이 있다. 그러나 출판물 몇 개를 읽고 공산주의자가 될 시민이 있겠는가. 언제나 불순분자는 있다. 간첩도 언제나 있다. 다 막을 수는 없다. 자기 시민을 믿어야 한다. 민주체제에 대한 확신을 가지고 상대방에 대해 융통성 있게 대처해야 하리라 본다. 한국의 통일 전망에 대해 주제 넘는 예언을 삼가겠다. 한국 통일을 기원한다. 남북문제는 10년 안에 큰 변화가 있을 것 같다. 독일은 한국보다 통일에 더 접근해 있다고 본다.

주변국들의 반대는? ─ 1970년에 소련과 관계 정상화를 했을 때, 통일 문제는 공식 논의의 대상에서 밀려났다. 그래서 우리는 각서의 형식으로 우리의 견해를 끼워붙여놓는 데 성공했다(어쨌든 독일 통일 문제를 표면화시켰다는 뜻인 듯). 지난주 고르바초프를 만났을 때, 그의 말이, 미국은 소련이 독일 카드를 쓸까 우려한다, 고 했다. 독일이 통일돼서 존재하기는 200년밖에 안 되고 늘 이웃들의 영향력이 독일 문제를 좌우했다. 그러나 독일 사람들의 정당한 요구는 이웃과의 조화를 통해 실현될 수 있을 것이다. 마지막으로 한국민에게. 한국의 경제성장을 세계가 인정하고 있으며 1988년 서울올림픽은 한국을 세계 사람들의 안방에 끌어들였으며, 정치인뿐만 아니라 일반인에게까지 한국에 대한 인식을 높였다. 계속 힘써 민주주의의 꽃을 피우고, 불필요하고 부자연한 분단을 이겨내기 바란다.

큰 눈과 깊이 팬 주름, 장대한 허우대를 가진 이 독일 사람은, 그의 조국과 비슷한 민족의 과제를 짊어진 나라의 시청자들에게 그렇게 인사를 보낸다.

1917년에, 제정帝政 러시아가 지배하던 판도에 소비에트 러시아라는 나라가 건국한 순간까지, 이 지구 사회의 인간 생활은 자본주의 열강의 사냥터였다. 유럽의 일부와 그 연장인 미국으로 이루어진 이 열강列強의 힘은, 18세기~19세기를 통하여 진행된 산업혁명에서 나온 것이었다. 이 시기에, 이들 나라의 산업에 자연과학의 정보가 비로소 의도적으로 적용되어, 그 이전처럼 장기간에 걸친 기술적 진보라는 형식의 생산력 발전의 리듬이 질적으로 증폭되어 짧은 기간에 문명의 새 단계라고 할 만한 생산력이 현실화되기에 이르렀다. 지구상의 다른 지역과 마찬가지로 농업사회였던 유럽은 산업혁명의 과정을 거치면서 인구의 도시 이동, 국민생산에서의 공업의 우위를 가져왔고, 농업노동에 종사하던 농민 인구는 공장지대에 집결되어, 공업노동에 종사하는 공업 노동자가 생산의 주요 부분이 되었고, 이 노동을 조직하고 관리하는 것은 이미 지주가 아니고 생산수단을 소유하는 자본가였다. 산업혁명은 그 기술적 우수성, 분업조직, 유통의 원활성 등으로 전에 없이 대량의 우수한 생활물자를 생산하고 공급하는 능력을 가지게 되었다. 이 같은 조건 위에서 유럽은 세계의 다른 지역으로 그들이 새로 조직한 생활체제를 넓혀나갔다. 그것은 처음에는 무역의 형식으로 시작되었다. 인류문명의 그때까지의 발전 속도와 리듬 아래에서 산업혁명 이전의 생산력을 가지고 생활하고 있던 유럽 바깥의 지역은 유럽의 무역선이 싣고 온 생활물자 앞에서 전통적인 산업이 무너지는 것을 보게 되었다. 경제의 지배는 정치적 지배로 이어졌고 저항이 있으면 진압되었다. 산업혁명의 기술적 측면은 무기체계에도 적용되어 유럽의 무기와 토착사회의 무기는 유럽의 상품과 토착사회의 생활물자의 차이만큼이나 위력에 격차가 있었기 때문에 저항은 어디서나 분쇄되었고 세계지도는 유럽과 그들의 식민지로 확연히 나뉘게 되었다. 식민지가 된 지역은 유럽이 산업혁명을 거치면서 겪은 과정을 더욱 가혹한 조건 아래에서 겪어야 했다. 유럽은 갈수록 부유해지고 그 밖의 지역은 장구한 세월에 걸쳐 구축된 민족공동체가 제공해온 문화적 안정성마저 파괴당한 채 세계 규모가 된 자본주의적 질서 속에서 식민지 원주민이라는 불리한 입장의 생활을 강요당했다. 자본주의는 순수통상이나 평화적 국제 경쟁을 통해 정착된 것이 아니라, 침략과 약탈, 억압과 잔인함, 종족 차별과 문화적 교만함을 수단으로 지구상의 인간 생활을 그들의 이해 관계를 위주로 재편성했다.

세계는 식민 모국들과 그들의 식민지들로 편성되었고, 모국은 인류역사상 유례없는 풍요를 누리고, 식민지는 그 풍요를 생산하기 위해서 물질적 빈곤과 정신적 파괴를 강요당해야 했다.

그러나 이러한 유럽의 자본주의 문명은, 모국과 식민지 사이의 비인도적 관계보다 더 근원적인, 모국―식민지 관계조차도 거기서 필연적으로 나온 가지요 잎사귀라고 말해야 할, 비인도성을 이른바 모국 안에 지닌 문명이었다. 유럽 자본주의는 그 기원에서 보면, 국가이념이나 국가정책과 같은 형식으로 계획되고 심사숙고된 행동양식으로 출발된 공동체 단위의 의사 표시로 시작된 것은 아니었다. 인류가 거쳐온 다른 모든 문명 단계의 처음 과정처럼 자본주의는 공동체 내부의 어느 한 부분이 구사회의 인습의 틀을 과감히 깨고 기술과 인간관계의 새 틀을 채택함으로써 그 실용적 효율의 우수성으로 결과된 실력으로 마침내 구사회의 권위와 경제적 우위를 무너뜨린 사회변화였기 때문에, 자본주의의 운동 주체들은 처음에는 다수의, 서로 연락 없는 주체들에 의한 활동이었다. 서로 사이에 조정이 없고, 그들이 속한 더 큰 공동체와의 조정도 시야에 없었다. 자본주의 이론가들에 의해 '자연의 섭리'라고 불린 무계획성, 무정부성, 이기주의가 그 행동양식의 특징이었다.

자본가들은 그들 손에 축적되는 부富는 자본가 말고는 아무에게도 간섭받지 않는 것을 자연스럽게 인식하였다. 옛날의 수공업자가 그렇게 했듯이. 자본가 혼자서 만들어내는 것이 아닌 부가 자본가 혼자서 처리할 수 있는 물건이 되어버린 것이었다. 사회적 생산물에 대해서 이것은 인류가 일찍이 알지 못한 처리방식이었다.

예전 사회에서는, 가난한 자들과 그 아래에 있는 자들도 그들이 공동체의 형제이며 생존할 권리가 있다는 의식이 아득한 거의 생물공동체 시절부터의 감각적 유전을 통해 살아 있었다. 자본주의 사회에서는 가난뱅이는 그 자신의 무능 말고는 자신의 생존의 권리를 주장할 아무 공동체적 이유도 주어지지 않았다. 자본의 소유주가 아닌 생활자는 공동체의 일부가 아닌 외톨박이 자유인이 된다.

실업은 옛 사회에서의 공동체로부터의 '추방'에 맞먹는 인간에 대한 존재론적 공포의 상태를 만들어낸다. 게다가 불황의 주기적 발생에 대처하기 위해서 자본주의 경제는 실업을 제도적으로 유지해야 한다. 가격의 균형을 위해서 생산물을 바다에 내다버릴망정 굶주리고 헐벗은 사람들에게 거저 줄 수는 없다는 현상은 생명의 원리에서 보면 소름끼치는 광경이었다. 식민지보다 조건이 낫다고 해야 할 식민지 모국에서도 이 근본적인 부조리는 그 체제의 발생 이래 엄연히 살아 있었고, 산업혁명의 전 기간과 그 이후를 통해 노동의 진행과 성과에 대한 참여에서 소외된 사람들의 비판과 저항은 거센 불길 같았고, 그 시정을 위한 연구와 이론의 구축이 계속돼왔다. 그것이 일반적으로 유럽에서 '사회주의'라는 이름으로 불린 사회개혁 운동이다. 그러나 자본주의 필연에 의해 유럽 안에서 생성된 이 운동은 식민모국 어디에서도 체제의 근본적 구조를 바꾸는 데는 이르지 못하였다.

식민모국의 체제는 이미 그 초창기와는 달리, 국가 안의 일부 산업 분야에 종사하는 사인私人들의 생업이 아니라 자본주의 체제는 국가권력의 이념이 되었고, 국가권력이 힘으로 방위하는 공식 체제가 되었기 때문이었다. 자본주의는 그 모국의 국경 안에서 단일 국민 안에서의 순수 배양培養 현상이 아니라 모국—식민지라는 국제관계에서의 운동이었으므로, 모국에서의 체제적 모순은 식민지 쪽으로 끊임없이 전가되었으며, 이렇게 해서 인류는 비약적으로 발전한 생산력을 가지고도 민족 안에서도 그렇고 민족끼리도 약육강식이라는, 다른 짐승들이 모르는, 같은 종種의 개체들 사이에 먹이사슬이 형성된다는 인류사회의 특이한 습성에서 해방되지 못한 채 20세기를 맞이하였다.

제1차대전은 식민모국 사이의 식민지 재분할 전쟁이었다. 열강이란 이름의 맹수들이 사냥터의 기득권의 수호와 재분할 요구를 앞세워 전 세계 규모로, 그리고 당연히 인류사상 최고의 파괴력을 동원하면서 동종同種 죽이기를 벌였다.

이 전쟁에 참가하고 있던, 사회적 진화의 후진성 때문에 '자본주의의 약한 고리'라고 불린, 제정 러시아에서 혁명이 일어나고, 제정을 전복한 새정권은 사회주의를 국가이념으로 선포하고, 일방적으로 독일과 강화하여 전쟁에서 빠져나왔다.

그것이 1917년 11월이었다.

혁명을 주도한 세력은 자신들을 볼셰비키라고 부르고 유럽 사회주의 체계에서 마르크스와 엥겔스에 의해 구축된 이론 틀을 중심으로 삼고, 그 실천 방안으로 자연발생적이 아닌 직업 혁명가의 전위조직에 의한 계획적 혁명 추진과 경제 투쟁에 그치지 않는 정권 획득에 의한 국가 단위의 체제 변화를 목표로 삼았다. 그 목표의 실현이 10월혁명이었다.

'전위'라고 스스로를 부르며 그들이 대행하고 있다고 주장한 계층은 노동계급으로서, 산업혁명기의 현실을 반영하여 그들이 말하는 노동계급은, 공장 노동자이며, '노동'은 공장 작업에서의 육체적 형식의 노동을 의미했다. 그 밖의 노동형태는 적어도 이후의 소비에트 러시아의 공식 입장에서는 육체노동 계급의 이익에 순응해야 할 부차적 위치가 주어졌다. 노동의 분화 과정에 비추어 문제가 있는 자리매김이지만, 그 도덕적 입장과 초기 산업사회에서의 노동계급의 실상이라는 문맥에서 가지는 거부하기 어려운 인도적 측면에는 의문의 여지가 없었다.

소비에트 러시아는 외국 군대의 간섭과 고립 속에서 사회 재편을 진행시키고 2차대전에서 독일군에 의한 대파괴를 겪으면서도 체제를 수호하고, 2차대전 후에는 동유럽에 동맹국가 그룹을 형성시키고, 아시아에서는 중국 본토, 한반도의 북부, 베트남에 같은 형태의 체제를 성립시킴으로써 지구사회를 두 개로 갈라 '동·서' 세력의 한쪽이 되어, 자본주의 국가와 대응한 핵전쟁 능력을 갖추고 대립하기에 이르렀다. 이것이 겉보기의 형세였다.

그런데 1980년대에 들어서면서 유럽의 공산권이 동요를 보이면서 소비에트 러시아의 위성국 안에서 비판 세력이 경제와 국가 운영에 대한 개혁을 요구하여, 권력에 의한 탄압 속에 운동의 소장消長

을 거듭하면서도 꾸준히 세력을 키워 마침내 폴란드에 비사회주의 정권을 탄생시키고, 그 밖의 위성국에서도 시장경제의 도입과 공산당의 1당 체제를 부인하는 개혁이 정도의 차는 있을망정 1989년 현재 일반화되기에 이르렀다. 이들 동유럽권은 한국과의 외교적 관계 정상화에도 서슴지 않고 있다. 공산권에 대해서는 쇄국 상태에 놓여 있던 한국 사람들에게는 어리둥절한 일이었다. 마침내 1989년 지금 상황은 브란트와의 대담에서처럼 독일에서 큰 소요가 일어나 국경을 넘어가는 자기 국민을 동독 당국이 통제하지 못하고 체제가 흔들리는 사태에까지 이르고 있다. 이 모든 것은 공산권의 인민 자신, 그러니까 그 인민의 주요 부분인 노동계급 자신의 운동에 의한 것이었다. 어떻게 된 것일까? '노동계급의 나라'에서 왜 '노동계급'이 반란을 일으키고 있는가? '자기'가 '자기'에게 반란을 일으킨다는 이 모순은 다만 문자 위의 모순일 뿐 현실에서는 그만한 이유가 있어서 벌어진 일일 것만은 분명하다.

벌써부터 얘기돼오는 일이었다. 소비에트 정권의 성립 순간부터, 당의 운영방식은 '대행代行주의'란 이름으로 비판되어 유럽 사회주의자들을 양분시켰고, 비판적인 유럽 사회주의자들은 러시아에 이념을 같이하는 정권이 들어섰다고 인식하지 않고 되레 자국의 자본주의 체제와 협력하여 소련의 영향력의 저지, 자국 노동계급의 과격화를 무마하는 세력이 되었다. 볼셰비키들이 정권을 독점한 것일 뿐, 노동계급은 자본가들의 수탈 대상으로부터 새 계급인 볼셰비키 관료들의 수탈 대상이 되었다는 인식이었다. 1당 독재를 넘어서 개인숭배라는 현상에 이른 정치문화는 그것이 의미하는 소련 사회의 생활의 질을 상징하는 것이라는 비판. 수백만에 이른다고 할 불필요할 정도로 잔인한 듯한 정치적 숙청. 그만한 숫자의 사람들이 정치적 이유로 수용소에 억류되어 있다는, 차츰 확실해진 사실. 모든 것이 잘되고만 있다는 발표가 누적시킨 체제의 공신력의 저하. 정보와 통행의 비공개성에도 불구하고 차츰 드러나게 된 물질생활의 빈곤(합리적 생산조직을 위해 치러진 혁명의 이해할 수 없는 결과!).

 이런 일들은 이미 상식화된 정보가 되어왔다. 논의의 공평을 위해 말한다면, 부조리에는 규탄은 규탄대로 해도 참작할 만한 그만한 까닭이 없지 않았다. 제정 러시아와 같은 후진 자본주의 국가에서 볼셰비키가 택한 길은 결국 현명한 결단이었는지도 몰랐다. 프랑스 혁명과 영국 혁명과 미국 독립전쟁은 토론으로 이루어진 것도 아니었고, 그 지도부가 일반 비밀선거로 선출된 것도 아니었다. 사회적 위기 속에서 필요한 인간적 자원이 비일상적 형식으로 등장하였고 사회는 필요할 만큼 그들을 사용한 후에는 퇴장시켰다. 어디에나 있는 사회 변화기의 행동 형식의 러시아판일 뿐이었다. 러시아인들만 그러지 말라는 법이 있는가. 가혹한 정치문화도 그것이 적대세력에 의해 포위된 혁명국가일 경우 결코 볼셰비키만의 특징이 아니었다. 물질생활의 낙후성도 제한된 자원을 자본주의 세력과의 군비경쟁의 강요 밑에서, 소비재에 대한 자원의 분배가 제한되어 있다는 사정이 있다. 그것은 혁명기 이래의 현실이다. 그 속에서도 생산력의 발전은 있어왔다. 신흥 자본주의 국가인 일본제국주의 군대에게조차 패전한 러시아의 무력은 지금 자본주의 국가의 무력과 균형을 이루고 있다. 게다가 소련과 그 동맹국에서는 실업이 존재하지 않고 사회보장제도가 마련되어 있다. 혁명 수출은 단념하고 자본주의와의 공존을 외교의 원칙으로 삼고 있는 것은 벌써 오래전부터의 일이다.

유럽 자본주의 국가에서는 끝내 공산혁명이 일어나지 않았다는 것이, 공산체제의 허위와 자본주의의 우월성으로 논의되지만, 그것은 유럽 자본주의 국가들의 노동계급이 전 세계의 일하는 형제들과 빵을 나누기보다는 자신들의 주인들이 그 형제들에게서 빼앗아온 빵을 나누는 쪽을 택한 탓이기도 한 것이어서, 유럽 노동계급이 영웅적이 아니었다(아무나 영웅적이 될 수 있는 것은 아니므로)고 탓할 수는 없으므로(제 발등이 제일 뜨겁다, 형제간에도) 그들을 탓할 수는 없는 대신, 그렇다고 해서 인류형제의 감각에까지 유럽 노동계급의 의식이 성숙하지 못한 일이 위대한 자질인 것은 아닐 것이다. 그러나 여기까지도 어쨌건 팔자 좋은 식민지 모국의 노동계급의 이야기다.

식민지 대중의 눈에 비친 소비에트 러시아는 그들의 의식에 무엇을 전달했을까? 소련은 그 존재의 개시 이래 식민지 국민들에 대해 자신들의 억압 상태로부터의 해방을 위해 유리한 큰 압력으로 비쳤고, 그 존재에 의해 고무받았다고 해서 조금도 잘못이 없을 것이다. 그것이 식민지하 조선의 저항자들의 인식이었다.

그곳에 대해 떠도는 불길한 풍문에 대해 모름지기 식민지 노예들의 마음은 고뇌하고 의아하면서도 그것을 과소평가하려는 유혹에 대해 저항하지 못했다. 그들의 현실이 너무 가혹했기 때문이다.

전 세계의 문명국가가 모두 식민지 소유주일 때, 오직 한 국가만이 공공연히 그러한 지구사회의 질서가 인류의 정상적인 질서일수 없고, 자신들은 그 질서의 해체를 위해서만 존재하고, 그에 도움이 된다면 어려운 국내 사정에도 불구하고, 돈이든 힘이든 도움이 되겠다고 할 때, 노예들은 그것을 어떻게 받아들인다고 상상하는 것이 정당한 추리일까? 식민지 조선의 저항자들은 소련을 그런 문맥에서 인식하였다.

「해방전후」에서 한 인물은 말한다 "현 형? 내 솔직한 고백이오. 적색 데모란 우리가 얼마나 두고 몽매 간에 그리던 환상이리까? 그걸 현실로 볼 때, 나는 이성을 잃고 과분했던 거요. 부끄럽소……" 노예들이므로 환상은 더욱 치열할 수 있었다. 그래서 일본군에 의한 식민지 상태가 해소되고 조국의 북쪽에 그 환상의 나라를 본뜬 체제가 형성되자, 그들은 식민지하에서의 그들의 부끄러운 처신을 또다시 되풀이해서는 자신을 용서할 수 없다고 생각하고 그 체제를 찾아갔었다. 그들의 행동은 사태의 진실의 적어도 부분적 표현이었다. 그들의 처신과 그들이 택한 체제는 이 반도의 북쪽에 반세기를 눈앞에 두기까지 존속하면서 남쪽에 있는 사람들에게 물리적으로 심리적으로 무거운 압력이 돼오고 있다. 마치 2차대전 전에 소련이 바깥 세계에 대해 그러했듯이. 세계 역사는 우리 조국의 남북에서 작은 규모로 반복돼왔다. 남도 그렇고 우리 자신도 역시, 해방 후의 역사를 냉전의 상징이며, 동서 진영의 대리전 수행자로 생각해왔다. 북쪽에서도, 지난날 스탈린 시대의 소련에서와 같은 흉흉한 소식이 들려오고, 그것이 전혀 허무맹랑한 뜬소문이 아님을 알면서도, 그것은 스탈린 시대의 소련의 암흑상에 대해 바깥 세계 사람들이 느꼈던 것에서 멀지 않은 착잡한 곤혹을 일으킨다. 그동안 우리가 살았던 세월이 노예의 시간이었으므로, 환상을 믿고 싶은 노예가 우리 마음 깊은 곳에 한 사람씩 신음하고 있기 때문이다.

그런데 지금, 지난 1985년에 소련 공산당 서기장이 된 고르바초프라는 동무가 집권 이후 체제개혁과 정보의 공개를 외치면서 세계를 놀라게 하고 있다. 빌리 브란트가 말하는 것처럼 그는 소련의 내정과 외교의 모든 곳에 개혁의 손을 대고 있다. 처음에 그의 행동은 놀라움이었고, 다음에는 찬탄의 표적이었다. 그동안 소련에 대해 퍼부어졌던 비판을 그는 모두 시인했다. 그 솔직함이 세계 사람들의 마음을 끌어잡았다. 여태껏 온갖 비판을 모두 부인했을 때는 그 비판은 소련의 무거운 짐이었고, 외부 세계가 소련을 골려줄 좋은 선전 무기였으나, 당자의 입으로 그렇다고 시인하고, 지금부터 고치겠다고 나오고 보니, 남는 것은 고르바초프 동무의 유례없는 정직함에 대한 경의뿐이었다. 사람이란 다 그렇고 그런 것이고 털어서 먼지 안 나는 사람 없는 이친데, 혼자 잘났다고 하니 속이 상했는데 그렇게 나온다면 얘기는 달라진다고, 여태까지의 적대 국가들은 차츰 긴가민가하면서도 좀 낯빛이 누그러져오는 것이었다. 더구나 고르바초프 동무가, 서방측과 소련의 대결이 마치 18세기의 어디쯤에 있는 큰 운동장에서, 이상적 사회에 대한 두 가지 실험을 하기 위해 각자 자본주의와 사회주의라는 두 트랙을 흰 줄로 표시하고 각기 선택한 칸에 들어서서 '역사'의 신호에 맞춰 동시에 발진해온 것처럼, 모든 연설에서 자기 나라의 과거를 진공 속에 고립한 국내 정치상황이라는 전제에서만 묘사하고, 그의 전임자들이 전통적으로 애용했던, 소련의 과거를 '포위된 요새'로서, 즉 적대 세력과의 끊임없는 공방 속에서 진행된 격동하는 역사로 내세우지 않는 점에 대단히 만족해하는 것이 서방 언론의 행간에 역력하였다. 저래도 되는 것일까? 상대방은 그에 상응하는 반응이 없는데 혼자만 차 떼고 포 떼고 해도 되는 것일까? 그러나 강대국의 지도자의 그런 태도에 대한 평가는 조금 복잡해진다. 부잣집 아이가 식탐을 하면 복스러워 보이는 그런 비슷한 반응이 가능하다. 체제의 문제점을 심각하게 인식한 지도자 동무가 마침내 나타나서 단단한 개혁을 하려는 것이로구나. 우리네 살림과 달리 저만한 나라의 책임자가 저만큼 대담하게 나올 때는 수월찮은 결심과 역시 수월찮은 자신이 있길래 저러겠지. 소련도 어려운 고비를 지나서 그동안 다져온 국력이 바탕이 되어 이제 자신을 가지게 되고 성숙해진 것이구나. 자신의 부족을 인정하는 것이 성숙의 한 징표일 터이니까. 세계 사람들의 인상은 그런 것이었다. 사실 동유럽의 개혁은 소련의 묵인 없이는 불가능했다고 봐야 하고, 폴란드에 비사회주의 정권이 들어선다거나, 동독 시민들이 대탈주를 할 때 현지의 정권들이 전통적인 저지정책을 쓰려 할 적마다 고르바초프 동무의 소련 정부는 그것을 제지하고, 개혁을 원하는 국민을 탄압하지 말라고 엄중 경고해왔다. 그래서 고르바초프 동무는 동유럽에서도 대인기여서 서방 언론은 그를 고르비라는 애칭으로 부른다. 동유럽의 오늘의 사태는 고르비 정부가 어떤 의도 아래 만들어낸 상황이었다.

　금년 초의 한 외신은 보도하기를 '고르바초프 미소에 서독 공산당 비틀/체코 등선 수용 거부/연설 공표에 동독 반발/이념, 노선 갈등 야기/보·혁 분열/동유럽 등 다른 사회주의권도 영향/내부 진통 불가피할 듯'이라고 표제를 달고 있다. 고르바초프 정부의 행동은, 동유럽 사회주의권을 상실해도 좋다, 그 여파가 소련에 역류하여 고르바초프 자신의 입지를 강화하여 소련에서의 개혁을 성공시킬 작정이다, 이렇게 읽을 수밖에 없을 듯했다. 만일 그렇다면 그것은 그것대로 평가할 만한 태도였다. 그러나 빌리 브란트의 말처럼 모든 것이 유동적이고, 더구나 소련같이 그 의사 결정과정이 완전히 공개된 적이 없는 나라에서 일어나고 있는 움직임과 최종적인 진상은 아무도 단정적으로 해석할 수는 없고 세계는 놀라움으로 이 거대한 움직임을 바라보는 마당에 빌리 브란트는 서울을 찾은 것이었다.

　브란트의 말에서 시종 걸리는 점은 그가 독일이 한국보다 먼저 통일되리라는 전망이었다. 2차대전이 끝난 후 좌우 이데올로기의 대립으로 분단 상태가 된 국가는 중국, 동서독, 베트남, 한반도의 네 곳이었다. 이 중에서 제일 먼저 해결된 곳이 중국이었다. 중국은 물론 그것을 해결이라고 해야 할지는 이론이 있을 수 있다. 그러나 본토에서 내전을 치른 결과 장개석 정부는 대만으로 밀려났고, 유엔의 의석까지도 본토 중국에 뺏겼다. 대세가 결정되었다는 의미에서 해결이라 봐도 될 것이다. 베트남도 오랜 내전을 거쳐 공산측의 승리로 해결되었다. 이 두 나라에서의 좌파의 승리는 소련의 존재 없이는 생각할 수 없을 것이다. 식민지와 반식민지 상태에 놓였던 두 나라에 대해서 소련은 해방자의 역할을 한 것이었다. 이제 동서독과 남북한이 냉전의 유산으로 남아 있다. 그런데 브란트는 독일이 먼저 통일되리라 한다. 브란트가 들으면 섭섭해하겠지만 독일은 전범戰犯 민족이었기 때문에 분단되었다. 세계사회에, 적어도 유럽사회에 의해 평화 파괴자로 행동한 책임이 물어진 상태이다. 패전국의 전쟁 지도부가 전승국에 의해 범죄자로서 처벌된 것은 근대 전쟁에서는 선례가 없는 일이었다. 전쟁은 국민 주체의 행동으로 인식하고 어느 한두 사람의 의사로 치러졌다고는 보지 않는 것이 근대 국제법의 상식이었는데 독일에 대해서는 이 상식이 깨진 것이었다.

히틀러 독일이 국민이 국가 의사결정에 참여하는 통로가 정상적이 아닌 체제였다는 점, 전쟁 포로에 대한 처우에서의 국제법 위반, 유태인의 대량학살 등이 규탄의 대상이 되었을 것이다. 첫번째와 둘째 번 조건은 그렇다 하고 세번째 범죄는 인류 앞에 지은 분명한 죄였다. 600만 명의 비전투원을 민족적 편견 때문에 살해했다는 것은 역사에 유례없는 일이었다. 이전의 문명에서는 600만 명을 살해하는 것은 불가능하기도 했다. 그만한 수의 인구가 집결될 수도 없고, 사로잡을 수도 없고 비록 무장하지 않았다고 해도 살해하기에는 어떤 무장 세력으로서도 불가능한 단위이다. 그런 만행이 20세기의 가운데 무렵에 유럽의 한복판에서 일어난 것이었다. 반드시 보복의 의미가 아니라도 그와 같은 행동을 저지른 세력을 자기 민족 숲에서 성립시킨 민족은 주변 국기들로부터 대단한 불신과 경계의 대상이 된다는 것은 당연한 일이다. 브란트가 거듭 이웃 나라들의 양해와 신뢰 회복이 독일 재통일의 전제 조건이라고 말한 것은 알 만한 이야기다. 서부 독일이 그 때문에 최대의 노력을 해왔다는 것은 잘 알려진 사실이다. 나치 세력을 사회의 공직에서 철저히 추방하고, 정상에 따라 형사 처벌했으며, 이스라엘에 대해 막대한 보상을 했다. 패전의 결과 축소된 영토의 현상에 이의 없음을 접경 국가들에게 확인하고, 국민의 정치 참여의 길을 지난날의 적대국들의 수준 이상으로 정상화시켰다. 재무장해서 NATO에 가입했지만, 그것은 과거의 적국들이 소련을 겨냥한 무장에 부담을 나누어 진 것이었다. 모두 과거를 청산하는 조치였다.

아시아에서 일본이 침략한 나라들에 대해서 침략 배상의 성격을 띤 어떤 청산도 하지 않은 것과 대조적이다. 일본은 한국을 병합하여 노예로 삼았을 뿐 아니라 민족적 자아마저 파괴하였으며, 중국에 대해 거듭해서 침략을 자행하여 마침내 중국의 기성 정치체제가 붕괴하는 참화를 결과하였다. 전쟁 중에는 한국민의 생명과 재산을 무한 파괴하였고, 여성을 강제 동원하여 제도적으로 성노예로 학대하였다. 널리 퍼진 성노예 부대의 운영은 나치스 독일도 상상하지 못한 문화적 야만인의 행동이었다. 그런데도 일본은 중국, 한국, 아시아의 다른 지역에 대하여 어떠한 보상도 하지 않았다. 냉전의 어부지리를 얻은 일본은 미국의 비호 아래 아시아에서 소련과 중국을 감시하고 제압하는 역할이 주어지고 있는 것을 우리는 본다. 식민지 조선에서의 침략자들의 협조자들은 마치 트로

이의 목마 속에 숨겨놓은 군대들처럼 그들의 주인이 물러간 즉시 한국에서 권력의 중심이 되었고, 30년에 걸친 군사독재를 하필이면 식민지 군대의 용병 출신들을 핵으로 삼아 조종한 미국의 정책을 보고 있다. 그곳에는 한 민족의 역사적 권리나 문화적 자존심에 대한 추호의 배려나 상상력조차 찾아볼 길이 없다. 2천 년 전 이스라엘 영토에서 현지인들을 바라보는 로마인들의 시선에서 조금도 진화하지 않은 무서운 밀림의 시선이 있을 뿐이다. 자기네 나라에서는 대통령이 선거법을 위반했다고 해서 대통령을 물러가게 하는 정치문명을 가진 나라가, 타민족에게 강요하는 정치질서라는 점에서 더욱 충격적이다.

강대국에 의해서 이토록 역사적 발전을 억압받고 있는 민족의 유일 최대의 민족적 권리인 통일의 회복조차, 역사상 유례없는 인도적 범죄의 당사자 민족보다 뒤진다고 하면 그런 국제질서의 책임 세력을 인류와 문명의 기준에서 어떻게 자리매김해야 할 것인가. 피해자에게 각박하고 가해자에게 관대하며 오직 힘의 논리만을 믿는 질서에서 사람들은 어떤 부조리에도 눈을 감으면서 오직 한 몸과 한 가족의 살아남기만을 바란다. 홍콩은 곧 없어질 사회이며, 대만은 결국 본토에 흡수될 과도국가이며, 싱가포르는 세계 경제의 함수로서만 존재하는 인공국가이다. 비록 어느 만한 경제적 성공을 거두었다고 해서 그것이 민족국가의 기초가 될 본능에 가까운 애국심과 체제 정당감의 보장이 될 수 있을는지. 외세에 의해 업신여김받고, 민의의 찬탈자들의 만화적이기까지 한 모욕적 기만과 억압이 민심의 깊은 곳에 쌓이게 한 불신을 보지 않고 통일을 낙관만 할 수 있을까? 서부 독일은 정치적 과거 청산과 부의 공정 분배에 노력한 실적을 가지고 있다. 건국 이래 단 한 번도 말썽 없는 선거가 없었고, 그런 운영조차도 갑갑해한 세력들이 30년에 걸쳐 국가를 축재를 위한 사냥터로 삼아온 사회. 인간적 질서를 위해 저항하는 젊은 세대를 법의 허울을 쓴 국가기관이 밀실에서 살해하는 사회. 그러면서도 그것은 곧 뒷전으로 밀려나는 사회. 누구를 규탄할 자격이 있는 사회인가? 이런 사회에서 예술가란 무엇인가를 끊임없이 되물어야 하는 사회.

혁명의 이름에 숨어 온갖 부조리의 존재를 부정하던 나라조차도 대담한 자기부활의 몸부림을 보이는 세계에서, 권력에 의한 모욕적인 대중조작의 술수만 고도화해가는 세상에서 사람은 어떻게 살아야 옳은가?

어떻게 살아야 하건 현실로는 그저 노예로 엎드려 살다가도 이만한 평화 속에서의 노예 살림조차도 우리 반도의 북반부에 있는 정권이 그들이 선전하는 말과는 달리 심각한 부조리를 그 자체로 지닌 탓으로 가능해지고 있는 것이라고 나는 생각해왔다. 그런데 지금, 그 정권을 만들어낸 나라가 내정을 개혁하려고 큰 움직임을 보이고 있다. 그것이 성공한다면 그 성공은 어떤 형식으로든지 북의 권력을 강화시킬 것이 분명했다. 지도원 선생의 나라가 강화되는 것이었다. 지도원 선생은 박성운이 될 수 있다는 셈인가? 모를 일이었다. 그것이 아직도 분명하게 손에 잡히지 않는 대목이었다. 그러나 어쨌든 박성운의 창조자인 조명희가 찾아간 나라가 꿈틀거리고 있는 모습은 큰 관심거리였다. 그것은 잊으면서 살고 싶은

노예의 마음을 사정없이 뒤흔들어놓는 광경이었다. 코제트는 살아

있었는가?

6

    어디까지가 자기인지 몰라 헤매던 젊음의 한 시절, 이 길에 인연이 있어 몇 해를 두고 오가던 길이었다.

    딱히 만날 일도 없고 보니 격조했던 친구로부터 전화가 걸려온 것도 반가웠거니와, 듣고 보니 주말의 며칠을 함께 보낼 장소가 이 길 위에 있다고 하는 데야 마다하기 어려웠다.

    예전에는 여느 국도에 없이 번듯한 포장도로가 돋보이고 달리는 버스 창문으로 바라보이는 풍경은 논과 밭이 저쪽 산자락까지 이어진 그런 형편이었는데, 지금은 서울 변두리에서 끊어질 듯이 이어질 듯 연도에는 건축물이 분주하게 지나간다. 길옆에 바짝 붙여서 쳐놓은 비닐하우스가 그 손쉬운 존재를 가장 흔하게 내보이고, 아마 비슷한 조건일 성싶은 식물원, 묘목 단지가 많이 눈에 띈다.

그다음으로 많은 것이 건축 재료 집적장들이다. 시멘트 벽돌 찍는 작업장도 여러 개 지나간다. 시멘트 토관들이 산처럼 쌓여 있는 야적장 옆에는 석물 가공장이 있다. 비석이며, 석등, 불상, 석인이 돌가루가 흩어진 마당에 어수선하다. 길에서 조금 들어앉은 위치에는 불고기집, 뱀장어집, 갈비집, 추어탕집, 무슨 장, 무슨 레스토랑, 그런 간판이 붙은 갖가지 규모의 먹거리 집들이 숨바꼭질하듯 이어진다. 저런 곳은 대개 보호 녹지일 텐데 어떻게 음식집이 들어앉을 수 있을까. 그 자리에 집이 있지 말고 수풀 그대로여서 도시락을 싸들고 그 나무 아래에서 식사를 하고 가면 몸과 마음에 훨씬 이로울 곳에 어설프게 지은 영구 건축물이 먹거리 간판을 걸고 들어앉아 있다. 간판에 쓰인 광고가 갈비요, 불고기면 굶주린 사람들을 위해 꼭 필요한 절박한 시설이라고 하기도 민망하다. 이 근처를 관장하는 관청이 고장의 경관을 생각하고, 경관이라는 것이 우선 가깝게 쳐도 이곳에 사는 사람들의 누릴 권리가 있는 사회 간접자본이라는 의식이 있다면 결코 그렇게는 되지 않을, 되는 대로 된 모습으로 아무 데나 널려 있다. 서울이라는 도시가 번식해온 나름이 여기도 그대로 통하고 있다. 그것이 아직도 그 비율에 있어서 우세한 자연환경 속에서는 더 드러나 보인다. 이렇게 절박하단 말인가? 지금은 전쟁을 하고 있는 동안은 아닌데. 이보다 좀 규모 있는 살림을 할 수 없는가. 아무렇게나 되는 대로 파헤치고 깎아내고 있다.

그렇게 달라져 있다. 서부전선 깊숙이 들어간 부대에 배속되어 물자 수송이며, 연락이며, 휴가며 그런 용무로 이 길을 다니던 30

여 년 전에는 길가는 논이며 밭뿐이었고 기울어질 듯한 초가집들이 산자락 여기저기에 보일 뿐이었다. 10년 전에도 20년 전에도, 그 훨씬 이전에도 그랬을 성싶은 그 풍경은 바뀌어야 할 것들이었다. 그런 감회를 강하게 일으키는 우리 농촌의 가난의 모습이었다. 길가에 위치한 그런 초가 중에는 길 쪽으로 가게를 내어 먼지가 뽀얀 유리덮개 밑에 과자며 안주를 내놓고 있는 집도 더러 있었다. 그것이 보기 좋은 것은 아니었다. 지금은 그런 모습은 없었다. 초가집도 보이지 않는다. 색깔 칠을 한 기와지붕들만 보이고 하다못해 함석지붕이다. 그만큼 나아진 셈이다. 다 좋은 일이다. 그러나 이 어수선함. 이 황황스러움. 잔치 음식상 사이로 행차가 지나가는 것 같은 이 막된 모습이 오랜만에 찾아온 옛길의 추억을 어지럽힌다. 나 같은 사람은 그렇다 치고, 이 고장의 토박이인 사람들에게 이런 모습은 그저 풍경만의 일도 아니고, 기분만의 일도 아니지 않을까. 이 풍경을 읽으면 어렵고 복잡한 뜻이 다가설 것이다. 그런 읽기는 벌써부터 있었고 줄곧 있었다. 오늘 신문에도 아마 있을 것이다. 그래도 사태는 여전히 같은 걸음으로 진행된다. 수려한 산허리를 허옇게 잘라내고 강을 메우고 하는 사진들이 끊임없이 신문이나 TV에 나오는데도 여전히 같은 뉴스가 단골처럼 뒤를 잇는다. 지방 관청은 그렇게 힘이 센 곳인가. 어떤 여론도 저지할 수 없는 권세가 아니고서는 환경에 대해 이렇게 가해하지 못할 것이다. 큰손들이 나라 자체를 포식하고 있는 동안 작은 벼슬아치 지방 아전들은 그들대로 작은 먹이를 재주껏 결딴낸다. 그 결과가 국토의 이런 모습일 게다. 구획을 정해주고 건축의 양식에 규격을 정해서 엄격히 감시하는 일은 모두 어김없이 따른다면 작은 사람들에게도 고통은 아닐 것이다. 그러나 그것이 안 된다. 큰 도적은 그런대로 작은 도적들에게도 사냥감은 조금 남겨놓아야 한다. 그래야 필요할 때 범행을 거들어준다. 정기적인 선거부정마다 고을 벼슬아치들이 움직여주지 않는다면 악의 허울은 어떻게 재생산될 것인가.

의정부에 들어서니 이곳도 변화는 뚜렷하다. 집짓기와 길닦기가 온 시내에 걸쳐 있다. 그러나 이미 이곳은 도시기 때문에 서울에서 늘 보던 그 리듬이다. 미군이 시내 변두리에 주둔한 구식 시골 읍이었던 의정부는 소란한 지방도시가 되어 있다. 예전에 시가지와 미군 부대가 확연히 나뉘어 보이던 구분은 지워지고 부대는 철망만으로 독립을 유지하면서 도시 속에 들어와 있다. 전쟁이 막 끝난 다음 반농촌/반도시 사이에 그 직선이 유난히 낯설던 분위기는 사라지고 그만큼 비슷한 모양이 된 만큼 이번에는 같은 것끼리의 차이가 새롭게 눈여겨진다. 외국에 와서 주둔하고 있는 군대의 야전 시설물이 토박이 도시의 정상 건조물보다 훨씬 반듯하고 깨끗한 것이다. 건물도 그렇고, 잔디도 그렇고, 주차장도 그렇고, 창고도 그렇고, 주차장에 세워놓은 차량이 반짝거리는 것도 그렇고 심지어 쳐놓은 철조망의 본새까지 그렇다. 군대의 허드레 살림이 본토인의 제대로 된 살림보다 반듯하다. 실력의 차이일까? 자재의 질 때문일까? 그렇게만은 말할 수 없다. 그 땅의 주인들의 살림에는 오래 걸린 탯결이 있지 않겠는가? 섣부른 외지 군대의 살림으로 어림도 없는 여염 실림의 위엄과 아늑함이 있지 않겠는가? 그것이 없다. 이미 흙벽에 초가지붕이 아닌, 빌딩이나 양옥 건축 자재로만 이루어진 새 집들에 아무도 규격도 양식도 마음 쓴 흔적이 없기 때문에 고대 혈거穴居 지역에도 보이는 공동의 의지가 없다. 새들도 이렇게는 집을 짓지 않는다. 그래서 자재에 상관없이 미군 부대는 여전히 반듯해 보이고 그 철조망 밖 도시는 되는대로고 어설프다. 전쟁이 한창일 때 그 두 구조물 집단은 질적으로 다른 것이었다. 지금 그것들은 질적으로는 같은 성격의 것에 가까운데, 등급이 다르다. 앞의 경우는 어찌 보면 피할 수 없고 당연하기도 한 대조였으나, 지금 보이는 대조는 그것과는 다른 까닭을 가진 현상이다.

우리가 탄 소형 버스가 의정부에서 멀어지면서 이런 번잡함은 차츰 엷어지고 마침내 창밖에는 들판과 멀고 가까운 산만으로 풍경이 이루어져간다. 트인 공간을 채운 햇빛도 보인다. 산천이 비로소 휘유 한숨을 내쉬는 소리를 듣는다.

"좀 돌게 됩니다만, 무슨 몇 경류이라고 한답니다."

안내하는 사람이 밖을 내다보면서 말했다. 말대로 소나무가 우거진 숲을 이룬 산줄기 사이로 흐르는 꽤 넓은 냇물을 옆으로 끼고 나 있는 좁은 비포장 길에 버스가 들어서 있었다.

"이쪽이 좋지요, 좀 멀면 어떻습니까?"

하고 친구가 말했다.

"빨리 일을 하셔야지요."

"그건 그쪽 사정이구."

차 안에 있는 사람들이 모두 웃었다. 안내자의 말에 따르면, 이 길은 낡은 길이고 지금은 포장도로가 국도가 되었는데, 지난번에 숙박 조건을 답사하러 왔을 때 호텔에서 누가 일러줘서 올 때에 이 길로 와봤다는 것이었다. 경치가 이렇게 빼어나지만 전방에 위치한 곳이라 아직 발길이 별로 닿지 않은 곳이라고 한다. 산정호수 쪽에 개발된 시설이 많아서 여기는 이렇다고 한다.

"사람들이 가는 데만 가는 경향이 있지요."

"숙박시설이 문제되겠지요?"

"그런 점도 있겠지요."

"역시 사방이 군사시설일 테니까, 그런 분위기가 영향을 주겠지요?"

저마다 한마디씩을 하면서

"좋기는 좋군."

경치는 모두 인정한다.

이름이 알려지지 않고도 풍광이 좋은 곳은 셀 수 없이 많다. 이 길이 옛길이라면 예전에 다니던 길이 이 길이었는지도 모르고, 옛길이란 것은 훨씬 오래전 일이고 벌써부터 지금의 포장국도가 정식 길이었다는 것인지 궁금하였다. 그러자 군용 트럭이 저 앞쪽에서 나타나서 우리 옆을 지나갔다.

"군용 비상도로라든가 그러더군요."

그렇다면 두 길이 모두 사용되다가 덜 돌아가는 쪽이 포장이 된 모양이다. 그러니까 이 길도 다닌 적이 있었을 것인데 전혀 기억에는 없다. 그때 차를 타고 다니면서도 어떤 풍광에 마음을 둔 적은 없었다. 산이면 그저 보는 눈에 즐거웠고, 강이면 강이어서 좋았다. 그렇게 마음이 바빴고 산천을 바라보는 동안의 휴식이 즐거운 것이야 당연했지만 마음을 놓는 그 일에 그 이상의 깊이를 가진 생활이라는 느낌은 가지지 못했다. 그래도 부대 생활과 서울 사이에 놓인 거리는 부대 차량을 타고 다닐 적이나 민간 버스의 손님이 되는 경우나 다름없이 제공되는 작은 해방의 시간임에는 틀림없었다. H는 시골이지만 농사 짓는 생활 속에 있어 보지 못한바에는 산이나 들은 언제나 한발 저쪽에 있었다. 일본 식민지시대 마지막에 소학생들까지 물자증산에 내몰려서 퇴비용 꼴 베기니, 소나무 뿌리 캐기니, 모내기 돕기니 해서 동원된 경험이 지금 생각하면 농가 생활의 한구석에 참여한 셈이지만 그것이 집안일인 처지와는 비교가 되지 않을 터였다. 해방 되던 해 여름을 산판에서 지낸 것이 그때까지 읍내를 떠나 있은 제일 오래된 경험이었다. 아버지와 삼촌이 현장에 머물 때 기거하는 통나무집이 시원하던 일과 더불어 그 짧은 산에서의 생활은 즐거운 기억으로 남아 있다. 산을 보면 그 속 어딘가에 사람이 살고 있는 장면이 자연히 떠오른다. 강원도에서 근무하던 부대도 산속으로 들어온 곳에 사령부가 있었고 가끔 가보게도 되던 전방 관측소는 높은 산꼭대기에 있었다. 산속에서의 생활은 나에게는 먼 생활이 아니었다. 비록 기억에서 되짚어지지는 않지만 지나다녔을 것이 거의 틀림없는 길은 그 무렵의 시간 속으로 거슬러가는 느낌을 주었다.

길은 포장은 되지 않았을망정 단단하고 무엇보다 깨끗하였다. 수풀이 양쪽으로 우거진 강을 끼고 달리는 길은 어쩌다 군용 차량과 스쳐 지나갈 뿐이었다. 양쪽의 산줄기가 바짝 다가선 골짝 근처에는 밭이나 집이 보이지 않았다.

우리가 며칠 묵어야 할 호텔은 냇가 언덕에 길에서 조금 들어앉아 있었다. 그 호텔은 전에 내가 이곳에 근무하던 시절에는 없던 건물이었다. 우리 부대는 바로 여기서 조금 떨어진 곳에 이 호텔처럼 냇물을 뒤로 하고 자리 잡고 있었다. 이 내가 바로 그것일 터였다.

2층인 그 호텔의 아래층 커피숍에서 잠깐 쉬는 동안에 잡지사에서 우리를 안내해온 사람이 숙박 수속을 마치고 와서 물었다.

"호텔에도 식당이 있습니다만, 어떻게 하시렵니까? 밖에 나가드셔도 좋고요."

"벌써?"

친구가 손목시계를 들여다보고 나한테 물었다.

"그쯤 됐으니가, 운전한 분은 시장할 테고."

"저희는 괜찮습니다, 천천히 하시든지요."

그는 주차장에 세워놓은 차 쪽을 내다보면서 말했다.

"어쩔까요?"

하고 친구가 내게 물었다.

"좀 이르지만, 뭐 가벼운 걸로 합시다."

"그게 좋겠군요, 그러지요."

친구가 잡지사 사람에게 말했다.

"그럼, 방을 잠깐 보시지요, 짐도 들여놓고 하시고."

잡지사 사람올 따라 우리 두 사람은 2층으로 올라갔다. 복도를 가운데 두고 좌우로 이어진 줄에서 우리 방은 냇가로 향한 쪽에 붙은 방들이었다.

호텔 사람이 열어주는 방으로 들어가니 화장실과 온돌방 하나로 된 구조로 냇가와 그 건너 맞은편 산이 내다보인다.

"좋군요"

하고 내가 잡지사 사람에게 말했다.

"마침 조용하기도 해서요."

"그런 모양이군요."

"지금은 선생님들뿐입니다. 아직 비수기라서 안성맞춤이었습니다."

"좋은 데 찾느라 애쓰셨죠."

"편하게 해드려야지요."

나는 창으로 가서 밖을 한 번 내다보고 복도로 나왔다.

우리는 아래층으로 내려와서 운전기사까지 합해 네 사람이 호텔을 나섰다. 이 호텔만 좀 크다 싶은 건물일 뿐 거리에는 그만한 건물은 없었다. 예전에도 이런 정도였을 그런 건물들이 길을 끼고 조금 들어서다 만 것 같은 부대 주둔지의 가게 거리였다. 여기서 가까운 군단 사령부에 가까운 곳에 큰 읍내가 있는 줄은 알고 있는 터였다.

호텔 앞 큰길은 호텔보다 약간 지대가 높다. 문을 나서서 왼쪽으로 처마를 잇대고 있는 가게들은 호텔과 마찬가지로 길에서 한 길쯤 낮은 위치여서 큰길로 걷는 사람에게는 처마가 밟히는 느낌이다. 한식집, 중국집, 잡화 가게, 수석집, 또 한식집, 무슨 기계류를 팔고 있는 집, 이렇게 여남은 집 이어진 끝에 시골 다리치고는 큰 편인 다리가 나온다. 건너가면서 내려다보니 꽤 높은 다리다. 그 밑으로 수량이 그리 많지 않은 냇물이 흘러간다. 다리를 건너간 데가 로터리가 되어 있고 길이 두 갈래로 나뉜다. 로터리의 왼쪽으로 가면 또 다리가 있고 그 다리 너머에 그쪽에서 강을 끼고 나가는 길이 산 밑으로 뻗어나가고 있다. 로터리는 두 다리 밑으로 흐르는 냇물이 만나는 삼각주인 셈이다. 그 길은 아까 호텔 방 창문으로 냇물 건너에 보이던 그 길인 것을 알겠다. 로터리에서 오던 걸음대로 곧바로 뚫린 길 좌우가 이 거리의 중심이고 또 그것이 모두다. 변하지 않은 고향을 보는 듯싶다. 둘러선 높은 산줄기 때문에 마을은 더 낮아분해 보인다.

다리목에서 로터리를 왼쪽으로 보면서 걸어가다가 우리는 결국 추어탕집으로 들어갔다.

숙소를 잡아주고 점심 대접하는 일까지 마친 잡지사 사람들이 차를 타고 떠난 다음 친구와 나는 호텔 커피숍에 그냥 앉아서 이야기를 나눴다.

"그때는 이 호텔이 없었겠지요, 지은 지 오래지 않은 것 같은데?"

친구가 말했다.

"없었습니다. 이런 정도의 건물이 있을 시절이 아니지요."

"거리는 어떻습니까?"

"그대로야 아니겠지만, 그닥 변해 보이지 않네요, 규모가. 좀 변해 있을 줄 알았는데."

"기억이 나세요?"

"거의 안 나요. 지금 이만하니 그때는 아마 대강대강 지은 거리였겠지요. 이 호텔쯤 하다면 훨씬 나중에 오더라도 알아볼 게 아닙니까?"

친구는 끄덕이면서

"그게 그러니까……"

하고 말한다.

"50년대 끝무렵이지요."

"30년……"

친구는 끄덕였다.

1960년대에 쓴 『서쪽으로 가는 이야기』는 당시에 그가 편집하던 잡지에 실었었다. 『잿빛 의자에 앉아서』의 속편으로 쓴 그 소설은 1960년대가 끝나갈 무렵에 내가 헤매던 미궁의 이야기였다. 『잿빛 의자……』에서 나는 월남 이후의 10년 동안의 마음의 풍경을 옮겨 보려고 힘겨운 씨애질을 했다. 이미 『밀실』을 쓴 다음이었는데 역사의 기상은 갑자기 바뀌어 있었다. 『밀실』을 쓰던 무렵의 사회적 상태가 지속되었더라면 그 후의 내 작품은 어떤 모습이었을까 하고 가끔 생각할 적이 있는데, 그랬더라도 어떤 형식이든 내 길에는 『잿빛 의자……』나 『서쪽으로……』에서 헤맨 미궁이 나타났으리라고 그때마다 결론하게 된다. 대학시절에 쓰다 만 『머나먼 강』이나 『밀실』에서처럼 아무튼 자기 바깥의 틀에다 마음을 끼워넣는 일을 해본 다음에도 가라앉지 않는 혼돈을 해결하는 길은 두 갈래가 있기는 하다. 하나는 같은 계열의 작품을 자꾸 쓰는 일이다. 한 번 썼다고 해서 그 틀을 바꿔야 하지 않을까 하는 강박관념을 갖지 말고 한 틀에다 자꾸 속만 바꿔넣는 일이다. 그렇게 하는 것이 아주 건강한 일이라는 짐작은 있었다. 틀이라지만 한 번 썼다고 해서 저절로 벽돌 찍듯 해줄 리가 없고 새 소재마다 잘 다스릴 때에야 틀이 틀 노릇을 한다는 것도 반드시 모를 일은 아니었다. 그렇게 안다고 짐작하면서 마음이 움직여주지 않으니 어찌할 수 없는 일이었다. 『서쪽으로……』를 쓴 것은 전편인 『잿빛 의자……』를 마친 몇 해 후였다. 그때까지 뒤를 어떻게 이어가야 할지 몰라서였다. 『서쪽으로……』의 착상이 생겼을 때 비로소 마음이 움직였다. 지금이라면 그렇게 쓸 수 있을지 의심스럽다 — 실은 언제고 그렇게 해야 한다고 생각이 들면서도. 아무튼 『서쪽으로……』를 쓰면서 나는 소설을 쓰게 된 이후로 가장 정직하게 내 마음이 움직인다는 믿음을 가졌다.

나는 마음속의 괴물들과 얽혀서 싸웠다. 중국 소설 『서유기』의 틀을 사용한 그 소설에서 나는 내 마음속 갈피와 동굴 속에서 저희들대로 살고 있는, 내 안에 있으면서 내 힘 밖의 힘이거나 하듯이 대항해오는 그림자들과 싸웠다. 그것들이 내 '안'에 있다고 처음부터 작정하려는 안이함을 아직 모르던 때였다. 나는 그것들을 정복할 수는 없었다. 그러나 그들과 얽혀서 싸우는 동안에 그들의 몸냄새, 그들의 허우대, 그들의 머리칼이며 털, 그들의 눈동자 속에 들여다보이는 어두운 빛깔 — 그런 것들의 생김생김이며 버릇을 몸으로 다루어볼 수 있었다. 이 작품에서 나는 『잿빛 의자……』에 그 위치가 확인되었던 '지도원 전설'을 근접 촬영하는 데 성공하였다. 죽지만 않으면 면역이 생기는 것처럼 그것은 큰 앓음앓이와도 같았다. 아마 나는 죽지 않았던 것 같다. 그다음에 쓴 작품들을 보면 조금은 몸을 아끼고 위생도 지키려고 한 흔적이 뚜렷하기 때문인데, 정작 면역의 획득 여부는 의심스럽다. 그리고 면역이 돼버려서 좋은지 아직까지도 잘라 말하고 싶지도 않다. 매달 싣는 그 연재를 마감에 빠듯하게 가져가도 그는 늘 웃기만 하고 다음 달에는 좀 일찍이라든지 그런 주문은 없었다. 내 편에서 더 분명히 미안하다는 표시를 했어야 했다는 아쉬움이 남는다. 나야 괴물과 싸우든 괴물의 그림자하고 싸우든 그것이야 피차 다 겪는 고역이어서 동료에게 대고 세상에 없는 별일이나 되는 것처럼 당연하다는 듯이 굴 일이 아닌데 남 보기에 내가 아마 그렇게 비쳤지 싶은 것이 마음에 걸린다. 용서, 용서/용서, 용서, 하고 그에게 들릴 리 없는 소리가 외마디 소리처럼 마음속에서 시끄럽게 일어나더니 다행히 곧 그쳤다.

그가 싱긋이 웃었다.

나도 별수 없이 싱긋이 웃었다.

"저녁에 한잔 해야지요?"

하고 그가 말했다.

"일을 해야지, 해놓고서나……"

"제가 하는 잡지 아닙니다."

웃고 보니, 정말 그렇게 생각하다가 마음을 놓은 웃음 같았다. 자기가 하던 잡지에서도 대범했는데 하기는 남의 잡지 일을 맡게 된 처지는 두 사람이 다를 것이 없는 일이었다. 그래도 그가 편하게 해주려고 하는 말임에는 틀림없었다.

나이도 그렇고 문단에 나오기도 몇 해 나중이지만 지금은 그 두 조건이 모두 엇비슷하게밖에는 느껴지지 않았다. 젊은이들하고 생활하면서 그들의 기분에 말려들려고 하는 타성이 후배와의 분위기에도 작용하는 모양이었다.

노래이면서 동시에 질문이기도 한 현란한 일련의 작품을 쓴 작가가 눈앞에서 커피를 마시면서 창밖으로 뜰을 내다보고 앉아 있었다.

현상 소설들을 심사해달라는 부탁을 받고 나한테 연락해본 일이 이처럼 오랜만의 만남에 곁들여 나한테는 옛날에 근무하던 부대 주둔지에 와보는 기회가 된 것이었다. 어쩐지 조마조마한 마음이 있었는데 뜻밖에 크게 변한 구석이 없는 주변이 덤으로 반가웠다.

"부대는 이 근첩니까?"

하고 그가 묻는다.

"저 냇가길을 따라 좀 가야 합니다."

"우리가 오던 길이 아니군요."

"다른 길이었던 모양입니다."

"한번 가보셔야지요."

"네, 온 김이니까……"

"그래서 오신 게 아닙니까?"

"아니에요, 친구 따라 강남 온 심정을 모르십니까?"

"그 편이 듣기 좋은데요."

우리는 이런 얘기를 하면서 거기서 차 한 잔씩을 마신 다음 2층에 올라와서 각자의 방으로 들어갔다.

창가에 놓인 책상 옆에 현상 소설 무더기가 쌓여 있었다.

창문은 벽 전면 너비의 새시에 끼운 유리문이었다. 거기에 속커튼이 쳐 있어서 책상에 마주 앉으니 냇물과 그 저편의 도로와 도로 저쪽으로 치올라간 산이 그 순서대로 시원히 트여 있다.

나는 소설 꾸러미의 제일 위에 놓인 것을 들어 책상 위에 펼쳐놓고 읽기 시작했다.

다행스럽게 그 작품은 읽어나갈 만했다. 깨끗이 친 것이어서 읽기에도 편했다. 요즈음 원고는 대개 그랬다. 원고지에 직접 쓴 것도 아직 있지만 그 비율은 '아직'이라고 할 만큼 기울어진 지가 벌써 오래된 것 같다. 예선을 거친 작품들이어서 아주 형편없는 것이 있기도 힘들지만 어쩌다가는 더 읽어야 할지 말아야 할지 어중간한 작품들을 만날 때면 꽤 힘겨웠다. 처음은 아무리 그래도 어느 페이지부터 달라지지 말라는 법은 없으므로 — 그런 일은 거의 없지만 — 읽어나가야 하고 마침내 얘기가 그저 그렇게 끝나고 나면 무거운 짐을 괜스레 옮긴 피로가 느껴지지만 성격상 그런 작업이다 보니 할 수 없는 일이었다. 줄거리를 잘 다잡으면서 조금씩 가지를 벌려나간다.

이것은 역사소설이었다. 상당히 자료를 공부한 느낌이다. 역사소설에 대해서 어려운 요구를 하기 시작하면 끝도 없는 것이다. 전에 비하면 한국 역사에 대해 접근할 수 있는 길이 많이 넓어져서 이런 소재를 다루려는 필자들에게는 좋은 시대가 되었다. 지금부터는 그런 기성 조건은 모든 필자가 함께하는 지반이기 때문에 자료를 먼저 차지했다고 해서 그것만으로 아무튼 이야기는 엮어낼 수 있다는 경지를 얼마나 넘어설 수 있는가 하는 고민이 작품의 우열을 가늠할 것이다. 그런 관점으로 보면 특별할 것은 없는 식으로 문장은 전개되고 있다.

소설의 수요가 많아지고, 더욱 이런 소재는 TV의 연속 사극이 많이 다루고 있기 때문에 여간해서는 굳이 글로 읽을 만하다는 맛을 내기 어렵다. 힘든 일이지만, 전문 역사가가 봐도 부러워할 만큼 좋은 사료를 발굴하고, 그것을 깊이 있게 읽어내고── 그러자면 문제된 사료에 관련된 사료를 많이 곁들여 살피면 살필수록 좋겠는데── 그런 연후에 필자의 머릿속에 자기도 속을 만큼 확연한 인생 풍경이 전개되고── 그것을 감칠맛 나게── 이야기 내용이 중요한지, 이야기하는 자체에 신명을 내는지 구별이 분명치 않은 문장이 자꾸 펼쳐지고── 그렇게 되자면 말이 문장이지 문장이 이렇다 저렇다로 될 일이 아니고 역시 자료의 힘이 좌우하는 것인데, 같은 자료를 가지고도 열 사람이면 열 사람 제각기 다른 읽기가 모름지기 나오자면, 한 가지 사료에서 뻗어나는 산지사방으로 관심을 넓히고, 재미에 홀려서 본 줄거리와 꼭 관련이 없는── 그런 관련이라는 것이 그렇게 이 나뭇가지와 저 나뭇가지 다르듯이 분명한 것이 아니므로── 관련이 없을 것 같던 것끼리 엉뚱하게 만나는 자리를 발견하면 거기서 처음에는 없던 곁가지 이야기가 불거져나오고── 이렇게 되다 보면 역사소설을 쓰기 위해 자료를 어디까지 따라가야 할지는 정하기 어려운 일이 된다. 이상적으로는 많이 섭렵하면 할수록 좋다. 그런데 이 점이 역사소설이 전설이나 신화와 다른 점이다. 옛날 사람들은 전설이나 설화의 그 단순한 형식에도 흡족한 감흥이 일어났으리라 짐작이 간다. 옛날 사람들이 그토록 오랜 전설, 신화를 보존한 사실이 그 증거가 된다. 겉보기보다 훨씬 풍요한 전달이 있었길래 그 이야기들을 그토록 오래 되풀이해온 것이지 간단하기 때문에 기억에 편했던 탓은 아니다. 그 형식으로 충분했던 것이다.

그들과 우리 사이에는 같은 형식이 전하는 내용에 차이가 있다. 정보의 분화分化라고 말해볼 수 있겠지. 그러니까 전설이나 신화를 오늘날 우리가 새기는 '정보'라고 말해버릴 수는 없다. 옛사람의 독서, 아니 듣기에서 일어난 의식의 실상을 재현하기 위해서 후세 사람은 사료며, 관련사항의 밀림을 헤매게 되는데 그래도 '전설경험,' '신화경험'에 도달 가능한지는 확실하지 않다. 그들과 우리가 다른 사회구조 속에 살고 있기 때문이다. 사슴이면 다른 사슴을 아는 데 바람결에 풍기는 냄새면 그만일 테지만 사람은 다른 사람을 알기가 이렇게 힘들다. 옛날에는 사슴 비슷한 상태가 가능했다는 것도 가정이기는 하다. 거기에는 그것은 역시 상대적 차이가 있다. 사슴끼리처럼 서로를 알 수 있었듯이 남을, 가족을, 종족끼리는 통하던 상태.

이윽고 그 상태가 깨진다. 그러나 사람은 여전히 무리살림이기 때문에 서로를 인지하는 이 그물은 수습돼야 한다. 서로 간에 그 그물이 끊어지지 않고 살아 있어야 한다. 그런 그물의 하나가 말, 이야기, 전설, 신화, 소설 — 그런 물건들이다. 전에는 그토록 쉬웠는데, 개미나 독수리로 태어나지 않고 사람으로 태어났다는 것. 동족인지同族認知가 이렇게 불확실하게 돼버렸다는 것. 학교를 다니고, 책을 읽고, 경험을 하고, ── 그래서 현자들은 동물의 평화를, 그들의 간결한 앎을 그렇게 부러워했다. 돌이나 나무면 더 부러워했다. 앎이 더 소박하거나 아예 필요 없는 그것들이 되고 싶었을 게다. 동양 지식인들의 아호 짓는 관습이 잘 말해준다. 대개 모든 아호가 사람 탈을 벗고 돌이나 나무, 산이나 바다, 구름이나 달이 되고 싶다는 꿈이다. 사람만 빼고 삼라만상 온갖 것 아무것이 돼도 좋다는 식이다. 그렇게 지긋지긋했던 기분을 알 수 있다. 아호라는 헛이름에 숨어서라도 좀 쉬고 싶다는 마음이다. 일종의 정신 안정제로서의 아호. 짐승들이 모르는 괴로움의 존재를 의식한 것이 벌써 그쯤은 된다는 이야기.

그 무렵을 문명이 분명히 의식화된 시기라고 할까. 문명 자체야 수십만 년 전 어느 날 인류가 돌멩이를 손에 들기 시작했을 때, 그것을 손에서 놓지 않고 싶었던 그 순간부터겠지만, 그 순간이 마음속에다 바깥의 돌멩이를 닮은 또 하나의 돌멩이를 옮겨놓는 일이 감지된 것은 그다음 아득한 시간이 흐른 다음이었겠지. 인간은 그 순간 이후 짐승의 허울은 여전히 썼으면서도 짐승과는 갈라선 무엇인가가 되었다. 거기서 그치지 않고, 인간은 자꾸 달라지는 무엇인가가 되어야 했다. 무엇1, 무엇2, 무엇3…… 그런 식으로. 어느 무엇n일 때 마음의 키에 맞는 형식이던 전설이며 신화며 하는 마음의 거푸집들은 자꾸 새로 짜야 했다. 배암이 빠져나간 허물 같은 마음의 거푸집들. 배암은 그래도 배암이다. 어제의 거푸집에 자신을 담아보려는 오늘의 마음이 있다. 담아지기도 하기 때문에. 정말 담으면 그는 오늘 속에서 어제를 산다. 짐짓 놀이로 담아보면 그는 오늘 속에서 잠깐 꿈을 꾸는 것이 된다. 그래서 모내기 흉내를 내는 왕이라든지, 왕비가 베틀을 짜는 행사가 있게 된다.

성인군자라는 것이 인간이 어디서 왔으며 사람은 옛적에 어떻게 살았는지를 상상할 수 있는 능력을 가진 사람들이었을 게다. 아니, 그 능력이 능력이 아니라 생리가 된 사람들이었을 게다. 노력의 흔적이 있는 '능력' 같은 것이어서는 안 된다. 성인이라 부르자면. 생리여야 하겠다. 새는 날 수 있는 '능력'을 '가졌다.' 말의 함정이다. 새는 날것이고 새는 나는 일 그 자체다. 새와 날기가 다른 것이 아니다. 성인일 수밖에 없는 성인, 그것이 성인聖人이다. 그렇게 되기는 힘들다. 그러니 성인이다. 과연 그렇게 될 수 있을까, 문명 이후의 사람 개인이. 새가 새인 것처럼 성인이 성인이었던 성인이 참말 있었을까. 그러니 성인이다.

이런 상상력이 개인 단위에서 요구되지 않던 시대── 부족의 관습이나 제사 참례가 이 상상력의 형식이었던 시대의 문명은 그런 대로 참을 만하다. 강력하고 확실한 자기를 살 수 있다. 그때는 아마 정신 질환이란 것은 없었을 것이다. 그러나 한번 움직이기 시작한 타성은 여기서 그치지 못하게 된다. 그래서 타성이다. 같은 속도로 움직이던 운동이 가속화되면 참담하다. 짐승에서 출발한 존재로서는 무서운 불행이다. 불행을 모르면서 살 수도 있다. 그러니 짐승이 모르는 불행이다. 동종同種 속에 이렇게 많은 이형異形을 가진 유일한 짐승. 등장인물들이 자기 시대의 한계 안에서 신분제도의 틀 안에서 움직이는 것은 당연한 일이지만, 그것이 다른 관점에서 가상의 질서이기도 하다는 것을 작가가 조명해야 하는데 덜도 더함도 없게 다룰 때 비로소 — 설정된 시대의 실감도 유지되면서 그들은 알 의무가 없는 본질은 본질대로 들여다보이게 그렇게 묘사하는 일.

　저녁식사를 하기 위해서 호텔을 나선다. 그동안에 투숙한 손님인지 한쪽에서 음식을 받고 앉은 사람들이 보이는 호텔 식당은 깨끗해 보였지만 공연히 밖에 나오고 싶어서 어둑어둑해진 길을 다리 쪽으로 걸어간다.
　아직 해가 산마루에 있지만 불을 밝힌 가게들이 낮에 보았을 때보다 아늑해 보인다. 여기서 근무할 때도 틈이 나면 서울로만 나오려고 한 탓으로 정작 이 마을에 익숙지는 못했다. 보통날 퇴근하면 부대 앞 민가에 정한 하숙방에 곧장 들어오는 그런 생활이었지만, 그래도 이런저런 일로 이 마을에 적지않이 출입한 터이므로 눈에 익은 구석이 어디쯤 있을까 해서 살펴지는 것인데 아주 그럴듯싶은 모서리도 잡히지 않는다. 그렇게 무심히 지냈던 것일까, 아니면 벌써 30여 년 전 거리에 집들이 다 바뀐 때문일까.
　우리는 순두부집에 들어가서 이곳 특산이라는 막걸리를 마셨다.
　"어때요?"
하고 친구가 물었다.
　"괜찮은데요."
　"술은 요즈음 어떻습니까?"

"거의 마시지 않게 됐어요."

"전에는 좀 하신 것 같은데요."

"그랬던가요?"

1960년대, 서른 안팎일 때를 말한다.

"그 나이에 좀 마시지 않는 사람 있나요?"

"저도 그래요."

친구는 한 모금 마신 잔을 만지작거리면서 말한다.

"원래 그랬던가요?"

"그런 정도지요, 술이야 기분으로 마시지 어디 별다른 재준가요?"

"재주야 아니겠지만, 그래도 전혀 받지 않는 사람도 있는가 봅니다."

"기분 좀 냅시다."

"벌써 났는데요."

우리는 각기의 말에 책임이라도 지듯이 잔을 비운다.

그의 소설에는 술 마시는 자리다운 분위기가 잡히는 소설이 몇 편 있었던 생각이 난다.

"글쎄요, 실지 반, 지어내기 반이지요."

"그래도 읽는 사람은 취하던데요."

"이거 정말 취하겠는데요, 선생님은 어떻습니까, 옛날 계시던 장손데, 취하십시오."

"글쎄, 거리가 많이 바뀌었는지, 어디가 어딘지 잘 모르겠어요."

"작은 동네군요."

"그 점만이 인상이 같군요, 어디가 어디라고 짚어지는 곳은 한 군데도 없고요."

옛날에 친구가 편집하던 잡지 얘기도 나온다. 세로쓰기에 페이지를 아래위 두 단으로 짜던 시절이니 퍽 오래된 얘기다. 그 잡지는 나의 연재가 끝나고 나서 장편을 하나 더 싣고서 그만이 되었었다.

"돈 내던 사람 사정이지요."

"시작할 때는 뜻이 있었을 텐데요."

"문학잡지가 그렇잖아요, 흔히."

"장사가 안 된단 말인가요?"

"반드시 그런 건 아닙니다. 문학잡지로 돈이 벌린다고 시작하는 사람은 없으니깐요."

"지금하고도 다르지요."

"다르지요."

"돈 안 되는 사정은 마찬가지고?"

"그렇지요."

"고료처럼 제자리걸음인 물가도 없지 않습니까?"

"그 사정은 지금도 마찬가지지요."

"잡지에 실렸던 작품이 단행본으로 나오는 일이 쉬워진 점이 달라진 점이라고 봐야지요?"

"그건 비교도 안 되지요."

친구의 작품집이 나왔을 때 청신하던 생각이 난다. 등단한 지 5~6년 만에 단편집이 나온 일이 그렇게 받아들여지던 시절을 생각하면서 두 사람은 잠깐 말을 멈춘다.

"많이 팔렸겠지요?"

"뭘요, 요즈음에 비하면."

"요즈음에 비하면야 그렇겠지만."

나는 그때 『밀실』이 책으로 나왔을 뿐이었다. 장편도 있고, 중편도 있고, 단편도 있고 해서 모두 책이 될 법했건만 엄두도 내지 못했다. 한국 작가의 소설을 그처럼 쓰는 대로 책으로 낸다는 생각은 아무도 내지 못했던 모양이다. 외국 소설 번역이 독서시장의 주상품이었다. 그래서는 안 된다는 생각도 뼈아프게 있었던 것 같지는 않다. 앞 시절도 그랬고, 그런 모양을 보면서 글을 쓰기 시작했으니 문학시장은 그런 것이려니 받아들였을 것이다. 무슨 대단한 걸 썼다는 자신이 없기도 했던 모양이고.

"그래도 썼으니깐요"

하고 그가 말했다.

"썼지요"

하고 내가 말했다.

두서넛 있던 당시 문학잡지 중에서도 내가 등단한 잡지는 경영이 어려운 편이었다.

잡지를 내고 있는 사람들이 우러러보였고 원고료 같은 것은 말을 내기가 어려웠다. 매달 꾸려가는 사정을 알게 되고부터는 잡지를 돕지는 못할망정 몇 푼 안 되는 원고료 따위가 끼어들 계제가 없었다.

"그런 속에서 문학잡지를 내겠다는 사람이 용케 있기는 있었던 모양이지요?"

"저희야 신인이었지만, 그 전부터 해오던 사람들의 층이 있으니까, 문학사를 보면 작가들 중에 시골 땅을 팔아다가 잡지를 내면서 발표한 양반들 있지 않습니까?"

"그래요, 1960년대까지도 거기서 별로 달라지지 않았지요."

"땅팔기까지는 않아도 원고료가 문제 되기까지는 아직도 멀던 때니."

그런 판국에 글을 쓴다는 일. 하기는 그때도 많은 사람들이 다른 직업을 가지고 있었다. 신문사, 잡지사, 학교가 역시 많았고 그밖에 온갖 다른 직업을 가진 문인들이 있었다. 자연 그렇게 되었을 것이다. 그런 속에서 아무 직업 없이 가끔 작품을 발표하는 사람들도 적지 않았다. 「소설가 구보씨의 일일」 시대와 아무 다름이 없었다. 박태원, 이상의 시대가 그렇게 오래 계속됐다. 시인들은 그렇다 치고, 소설가인 경우에는 계속 쓰는 일을 멈추지 않으면 통속소설을 쓰는 데로 오고 만다. 신문 연재소설이다. 신문연재로 좋은 소설이 없었던 것은 아니지만 그것은 예외다. 단편에서 팽팽하던 그 붓끝일까 싶게 맹물 같은 걸 쓰는 경우가 대세였던 것이 사실이다. 장편에서도 많이 생각해야 하는데 그럴 겨를이 없었다. 누가 시키는 일이 아니므로 할 수 없긴 했지만. 1950년대는 전쟁이 끝난 후의 그 정신없던 시절이었다. 물질에서나 정신에서나 가난했던 시절이었다. 정치는 말할 것도 없고, 그때는 그런 자각이나 역사적 전후 관계를 잘 몰랐지만 허탈과 피곤함의 시대였음이 지금은 너무 잘 알겠다. 해방에서 전쟁이 일어난 1950년까지 사이에 한국 사람들의 생활은 대격변을 겪었다. 좌우대립의 소용돌이 속에서 영향을 받지 않은 집안은 한 집도 없을 지경이었을 것이다. 정부가 서자 곧바로 전쟁을 치르면서 생활은 말 그대로 쑥밭이 되었다. 글자 그대로 생활의 물질적 모습이 쑥밭이 되었고, 사람들의 마음 역시 쑥밭이었고 얼이 빠졌으리라. 마음 타령을 하게 되는 것은, 소설이요 시요 하는 행위는 사람들의 마음을 읊어내는 일이겠기 때문인데, 얼빠진 마음을 글로 옮긴다는 일은 얼마나 처참한 일이었을까. 무슨 말을 어디서부터 해야 했을까. 그 심정을 알 만하다. 연속성이 있는 사회도 전쟁을 치르고 난 다음에는 허무요, 퇴폐요 하는 말이 예술의 세계를 휩쓸게 된다. 우리 경우는 그런 정상 사회와도 다르다. 식민지—해방 후—전후, 이 세 기간은 성격이 뚜렷이 다르다. 비유하자면 각기 다른 세 왕조를 보내고 맞은 격이다. 전에 지닌 마음은 황황하게 벗어버리고 새 옷차림을 했는가 하면, 그것도 얼른 또 바꿔 입는다, 그렇게 북새통에 휩쓸린 마음들을 지니고 살아야 한 시기들이었기 때문에 그것들을 찬찬히 조리 있게 정리할 수 있는 힘을 지닌 사람이 어디 있었겠는가. 엄청난 사실을 겪으면서도 그 사실의 내력을 붙잡지 못하면, 그런 처지에서 쓰는 글이란 것이 문학이란 이름으로 요구되는 수준을 만족시키기는 어렵다. 1960년대 초는 아직 그런 시절이었다.

어른들이 지쳐 있을 때 젊은이들은 난데없는 힘을 가지고 그 시대의 공백을 메우려고 등장한다. 무슨 힘일까. 어디서 나온 힘일까? 기성세대보다 경험도 못하고, 지식도 부족하고, 시대의 전후 관련도 파악하지 못했을 텐데도 신인들은 어떤 힘을 나타낸다. 그것이 어느 곳에서나 비슷한 문학사적 현상이다. 어디서 나온 힘일까? 한마디로 말하기 어렵다. 여러 근원에서 나오는 힘이라고 우선 말할 수 있겠고, 신인들마다 그 힘의 근원이 다르기 때문이다. 다만 떠오르는 한 가지 추측을 말해본다면, 문학이라는 양식에 대한 꿈,이라고 하고 싶다. 문학이니 예술이니 하는, 다소간에 상당한 안정과 연속성이 있어야 하는 인간행동의 힘이나 가치에 대해서 기성세대는 자신을 잃게 되기 쉽다. 생활에 의해서 압도되는 것이다. 원래 그런 기준으로 비교해서는 안 되는데도 그런 현상이 일어난다. 즉, 예술과 생활이 같은 자리에서 값이 매겨진다. 예술은 한없이 초라해 보인다. 신인들은 이 초라함의 경험이 없다. 아직 시작하지 않았기 때문에 그에게는 예술이라는 행위양식이 고스란히 높은 압력을 지닌 채 마음을 차지하고 있다. 폐허도 그는 두려워하지 않는다. 시대의 공백도 그에게는 뜻깊어 보인다. 공백은 결핍이 아니라 그렇게 싱싱한 도전이요 질문으로 보인다. 기성인들이 지쳐서 허물어진 벽에 기대어 있을 때 신인들 눈에는 그들이 게을러만 보인다. 기성세대가 생활에서 입은 손실 때문에 얼이 빠졌을 때, 신인들은 이제부터 만들어낼 일이 무궁무진해 보인다. 아마 이렇지 않은가 싶다. 실지의 홍수가 아무리 위력이 있어도, 홍수의 실지 손실을 애달파하고 앉아 있는 일에서는 울음밖에는 나오지 않는다. 누군가 홍수 난 자리를 재어보고 그것을 종이 위에 옮겼을 때 기하학이 생긴다. 잃어보지 않았기 때문에 잃는다는 일이 가져오는 무력감을 모르는 사람들 ─ 그것이 새세대다. 실지의 잃음이 아닌 '잃음'이라는 '말'은 다른 종류의 소유인 것이다.

그리고 예술은 바로 '다른 종류'의 삶이다. 이 원론을 소박하게 믿는 힘이 새 세대에게는 있다. 꿈에 취하는 힘에 밀려서 그는 예술가로서의 활동을 시작한다. 당분간 이 힘은 막강하다. 그러나 꿈속에 산다고 해서 그에게서 현실의 생활이 없어지는 것은 아니다. 그는 여전히 밥도 먹고 직장에도 다녀야 한다. 그러다 보니, 밥이 목에 걸릴 때도 있고 직장에서 다투기도 한다. 그것이 직장이면 직장대로의 기술과 수련도 필요하다. 세포막을 사이에 두고 그 안팎이 서로 스며드는 것처럼, 생활은 끊임없이 꿈속으로 밀고 들어온다. 생활의 내용이 곧 꿈인 것은 아니다. 세포는 세포막 바깥에서 영양을 구할 수밖에 없지만 안에 들여놓을 때면 바꿔서 들여놓는다. 세포막 안쪽의 상태가 유지돼야 하기 때문이다. 꿈도 그렇다. 생활은 꿈의 영양이면서 동시에 끊임없는 오염 원천이다. 세포막 안에 유지되는 꿈이라는 폐쇄공간을 해체하려고 현실은 온 힘을 다한다.

현실과 꿈의 구별을 없애려는 힘이 현실이다. 현실 쪽에서는 그 편이 자연의 순리이기 때문이다. 꿈은 저항한다. 현실은 공격을 늦추지 않는다. 세포막 한 겹을 방패로 저항한다. 차츰 세포막의 걸러내는 힘이 약해질 수 있다. 조금씩 저항을 늦춘다. 이윽고 세포 안의 용액이 묽어진다. 그래도 당분간 두 세력은 이름뿐인 세포막 안에서 공존한다. 현실이 꿈인 것 같고, 꿈이 현실인 것 같은 그런 상태다. 현실에 굴복했으면서도 꿈을 실현하고 있노라는 자기 속임이 생기고 현실과 꿈속에 따로 머물 힘이 없어 꿈에 굴복해서 미친 사람이 되기도 한다. 꿈속에서만 가능한 일을 현실에서

하는 것이다. 어느 쪽도 피해야 한다. 어느쯤에 비례를 정할 것인가. 예술가마다 다르다. 그러나 경계는 꼭 정해야 하고 최소한의 방패는 유지되어야 한다. 경우에 따라 호사스런 방패도 있고 초라한 방패도 있다. 겉보기는 중요하지 않다. 그 사람에게 방패 몫을 할 수만 있으면, 그는 초라한 방패 뒤에서 호사스런 꿈을 꿀 수도 있고, 호사스런 방패 뒤에서 초라한 꿈을 꿀 수도 있다.

"좀더 할까요."

친구가 묻는다.

"좋을 대로."

"너무 취해선 작업에 지장이……"

"뭐, 얼마 했나요."

"그럼 조금 더 합시다."

방문을 열고 부엌에 대고 술을 청한다. 목로방에 이 방 하나가 달린 집이다. 목로방에서 무엇인가 다듬고 있던 중년 아낙네가 플라스틱 통에 든 막걸리를 가져온다.

"순두부 백반 맛있습니까?"

"맛있다고들 하세요."

"좀 있다 그걸 주시고……"

친구는 막걸리를 받아든다.

"술이 그런대로, 어떻습니까?"

"술은 분위기다, 아닙니까?"

"자."

"내가 따르지."

"아니 먼저 받으세요."

"그럴까."

오랜만이기 때문에 물어보고 싶은 것이 많은데도 어쩐지 조심스럽기도 하다. 무슨 말을 하다가도 슬그머니 거둬들이고 만다. 현실적 화제도 그렇고 꿈 얘기도 모두 그런 식으로 진행되고 있는 것을 느낀다. 덜 취해서 그럴까. 그런 것 같지도 않다. 더 취하면 주정밖에 더 있겠는가. 서로 아는 사람 얘기도 나온다. 예전처럼 자주 만나지 않는구나, 하는 사정만 전해진다. 생활이 비대해져서? 꿈이 비대해져서? 어느 쪽이? 사정은 저마다 다르리라. 그런 것이겠지.

"조용하지요?"

내가 말한다.

"그런데요."

우리는 바깥 기척을 살핀다.

도마 치는 소리도 없다.

"군인들 외출이 없는 날인가 보군"

하고 내가 말한다.

"군인 손님이 없으면 그렇겠지요."

친구가 말한다.

사람들이 놀기를 그렇게 좋아하는데도 여기까지는 발길이 미치지 못한다는 모양이다. 아무래도 전쟁이라는 현실에 이렇게 가깝게 자리 잡은 고장은 사람들을 거북하게 만든다. 아직도 이렇다. 아직도 이 형국을 벗어나지 못하고 있다. 서울에서 두 시간쯤만

차를 타고 오면 우리 살림의 어설픈 울타리가 이렇게 뚜렷하다.

　해방과 동시에 처진 그 울타리는 휴전이 되고 나서 더 단단한 것이 되었고 1957년에도 역시 존재하였다.

　그해 여름 어느 날 오후 용산역에서는 이 울타리를 지키기 위해 징집된 서울 지역의 젊은이들을 태운 객차와 화물차의 혼성 열차가 출발하였다. 역구내는 피징집자 가족들과 헌병들로 대혼잡을 빚고 있었다. 피징집자들은 역에서 가까운 용산국민학교에 집결된 다음 용산역으로 이동하였는데 전송 가족들은 피징집자들처럼 국민학교 교정에 모였다가 부대 편성된 피징집자들을 따라 이동해왔다. 그들은 이미 줄에 든 사람이 된 피징집자들에게 물건을 건네준다거나 주고받아야 할 말이 생각나서 대열에 다가서려고 했고 그때마다 경비헌병들과 몸싸움을 벌였다. 이 소동은 피징집자들이 차에 탄 다음에도 끊이지 않았다. 막아선 헌병들을 사이에 두고 객차의 창문과 화물차 문으로 내민 피징집자들의 몸뚱이와 전송자들 사이에 마지막 교신과 물품 전달이 또 한 번 소동을 일으켰다.

　계획된 인원의 승차가 끝나고도 차는 예정대로 출발하지 않았다. 차차 혼란도 가라앉고 묵묵히 몰려선 전송 군중들과 열차 사이의 공간을 헌병들과 훈련소의 기간사병들만이 바쁘게 뛰어다녔다. 아마 인원점검의 단계인 모양이었다.

　지루한 그런 시간이 지난 다음 차가 움직이기 시작하였다. 열차는 용산역 구내를 빠져나갔다.

　이 열차에 나도 타고 있었다.

나의 기억에는 이날의 광경은 또 하나의 피난길로 분류되어 있다. 이번에는 가족 단위가 아닌 나 혼자 힘으로 겪어야 한다는 차이가 있었다. 어느 경우에나 그렇지만, 현장의 소용돌이 속에 있을 때는 그것은 언제나 처음 겪는 일일 수밖에 없지만, 시간이 지나고 나서 돌이켜보면 대개는 어떤 상황이든지 그와 비슷한 사건을 평생 동안 한두 번 겪게 마련이고, 사람의 생애는 그런 식으로 몇 개의 유형으로 나눌 수 있는 사건들의 집합으로 보인다. 돌아보는 이날 자리는 피난길의 그것이었다, 는 표현은 그런 뜻이다. 늘 하던 생활이 끊어지고 미리 헤아리지 못할 생활이 전개되는 점이 비슷하였다. 아무리 그렇다 해도 피난길과 징집 입대길이라는 것은 후자가 훨씬 질서 있게 마련이어서 좀 과한 대비가 아닐까 싶은 생각이 드는 것은 일단 자연스러울 수 있지만, 실은 그렇지만도 않다. 무엇보다 먼저, 주관적으로는 혼란과 곤혹이라는 점에서 당자에게는 그것이 피난길이라는 느낌이 너끈히 참말일 수 있었다. 학교에 입학한다든지 그런 정도는 아닌 것이다. 게다가 1957년 당시의 병무행정의 현실이라는 것은 지금의 그것과 같은 수준으로 말할 수 있는 것이 아니었다. 휴전이 된지 겨우 4년이 지난 사회에서의 병무행정은 당시 사회 전체의 온갖 부조리의 축도 비슷한 것이었다. 그런 상황 속에서의 입대라는 것이 한 개인에게 가하는 심리적 고통은 피난길이라는 표현을 해서 그다지 이상할 것은 없었다.

　아마 그날 해 안에 우리는 논산 훈련소에 닿은 것 같다.

우리가 차에서 내려 모인 곳은 훈련소 가까운 어느 넓은 벌판인 모양이었다.

우리는 마치 이집트를 떠나서 홍해 바닷가에 이른 이스라엘 백성처럼, 이 벌판 여기저기에 지역별로 뭉쳐 인원 점검을 하랴, 한편으로 밥을 타오랴 우왕좌왕하는 군중이 되었다. 이런 집단행동 중에 있는 사람들을 그려내는 데는 성경 속에 알맞은 보기가 많은 느낌이 든다. 그 광경을 회상하면 언제나 그런 생각이 든다. 개인의 운명이 큰 소용돌이에 휩쓸려서 밀려가는 장면들이 선명하게 기록돼 있다는 느낌이 든다. 실은 이런 출전을 끌어낼 필요없이 W에서의 피난상황이 바로 그것일 터이기도 하지만 그것은 좀 지난 다음의 반성이었고 나는 오랫동안 나 자신이 그 안에 있는 그 광경을 이스라엘 사람들의 이집트 탈출이라든가, 바빌론 강가에서 노역에 종사하는 이스라엘 사람들의 무리와 겹쳐서 떠올리기 일쑤였다.

어느 나라 군대나 그 나라의 그 당시의 공동체 문화만 한 군대를 가지기 마련이다.

내가 겪은 군대생활도 그런 것이었다. 내가 속한 세대는 일본 식민지가 된 속에서 군대숭배 문화를 교육받은 유년시대를 가지고 있다. 게다가 그 실제 경험은 없는 채로 해방을 맞이했다. 일본 군대가 우리의 억압자요, 적군이었다는 것과, 일본 통치자들이 식민지 민중에게 주입한 군대숭배 사상은 별개의 문제다. 거짓이라는 것이 거짓이기 때문에 자동적으로 효력이 없는 것이라면, 이 세상에 부정의와 혼란은 아예 생길 긴덕지가 없을 것이다. 거짓에는 거짓의 힘이란 게 있는 법이었다. 군대에 대한 나의 의식도 그때까지 이런 이데올로기의 지배 아래에서 형성된 것이어서 논산훈련소에 입대한 날부터 겪은 경험은 아마도 나의 인생관 형성에서 미친 영향은 어디까지라고 말하기조차 어려운 깊숙한 의미를 가진 인생 부분이었다.

우리는 소대별로 편성되어 내무반에 들어갔고 곧 훈련소 생활이 시작되었다.

내무반이라고 부르는 건물은 병사들이 기거하는 장소인데 여기서 자고 먹고 휴식하는 곳이다. 시멘트 벽이 간이 지붕 재료로 덮인 이 건물은 중앙에 통로가 있고 양쪽에 높은 마루가 있는 구조였다. 이 내무반에는 기간 사병 한 사람이 훈련병들과 함께 기거하면서 생활을 지도하였다. 아침에 일어나서 식사하고 그날 계획표에 따른 훈련장에 나가 교육을 받고, 저녁에 돌아와 저녁식사를 마치면, 휴식 및 무기 정비 시간이 주어지고 밤 점호가 끝나면 취침한다. 내무반 생활은 분대 단위로 자리가 정해져 있고, 야간 보초와 불침번, 그리고 식사당번 근무가 교대제로 이루어진다. 개인 피복의 정비, 세탁 등은 보통은 개인 책임이며, 큰 수선이 필요할 때나, 침구의 경우는 정기적인 부대 단위의 정비 기간이 있다.

피난생활을 거치면서 험한 주거생활을 얼마든지 겪은 터이기는 했다. 부산에 상륙해서 수용된 곳은 어느 도살장의 축사였다. 시멘트 바닥에 가마니를 깔고 사는 생활이었다. 그러나 그 생활은 '일상'이 아닌 비상사태였고 이윽고 수용자들은 거기를 떠났었다. 부산 피난 시절에 나는 혼자서 부산에서 대학을 다닐 때 판잣집에서 살았지만, 그 판잣집은 나 혼자서 살기 위해서 지어진 것이었다. 논산에서의 군대 내무반처럼 최소한의 집 모양에다 1개 소대의 사람들이 사는 주거생활이란 것은 처음 당하는 환경이었다. 이 환경의 본질은 내무반 생활이 시작되고 곧 드러났다.

어느 훈련병이 수통인지, 탄대인지를 잃어버린 사건이 났는데 그는 선임하사로부터 심한 구타를 당했다. 그런 끝에 선임하사는 우리를 모아놓고 말하기를, 잃어버렸으면 훔쳐다가 채워놓으라는 것이었다. 우리는 모두 전전긍긍하였다. 우선 개인 장비들, 철모로부터 시작해서, 피복(옷), 물통, 탄대, 신발, 이런 것들이고, 내무반의 온갖 비품에다가 지급된 병기까지 어느 하나라도 잃어버리면 큰일날 물건들뿐이었다. 훈련병들은 처음에는 이런 물건들이 모두 자기 것이 아니기 때문에 소홀히 다루기 쉬웠다. 이런저런 기회에 주의 부족으로 어디다 두고 오거나 훼손하는 일이 잦았다. 거기에 도난까지 겹치면 잃어버리는 일이 언제나 일어났고 그때마다 매질이 가해졌다.

이 공동체에서의 생활은 우습게도 상호 불신과 경계심에 의해서 유지되었다. 무엇보다 먼저 제 물건을 잃지 말아야 하고, 다음에는 '우리' 물건인 내무반 부속 장비들을 잃지 말아야 했다. 아무 애착도 없는 보잘것없는 물건들을 그토록 애지중지해야 하고 갈고 닦고 광내야 한다는 현실은 분명히 모든 사람들에게 새 경험이었다. 내무반 비품이 없어지는 경우에 끝내 찾지 못할 때가 있었다. 그럴 때 해결하는 방법이란 것이 또 한 번 놀랄 만했다. 그렇게 되면 내무반 전원으로부터 돈을 걷어서 어디선가 물건을 사오는 것이었다. 물건의 범위는 개인 장비로부터, 내무반 비품, 그리고 병기에 이르기까지 불가능한 것이 없었다. 적에게 파는 것이 아니고 우군끼리 매매하는 것이기는 하지만 그것이 모두 훈련병들의 돈으로 이루어진다는 경제가 형성되어 있다는 것은 생각 못한 일이었다. 분실자가 규정에 따라 처벌되고, 분실 장비는 계통에 따라 보충된다는 질서가 없는 공동체 문화에 우리는 들어온 것이었다. 이런 비슷한 일들은 날마다 일어나고 그것이 이곳의 공적 문화라는 것을 차츰 알게 되었다.

훈련장은 논산평야의 곳곳에 위치해 있었는데 우리는 오늘은 이 교장, 내일은 저 교장 하는 식으로 그곳으로 나갔다. 우리 대열이 지나가면 먼발치에서 '이동 주보'가 같이 움직였다. 우리를 고객으로 삼는 행상인들이었다. 그들은 각종의 먹거리와 일상용품을 거래하였다. 휴식시간이나 점심시간 때면, 그들은 밀려와서 그런 것들을 팔았다. 피난민들이 많은 모양인 그들의 처지는 충분히 이해할 만한 것이었으나 이들의 장사도 규칙으로는 허락되지 않는 행위였다. 훈련병들의 식사는 국가가 책임질 일이었고 영내에는 주보라는 것이 운영되고 있었다. 그러나 영양 공급이 모자라는 훈련병들에게 이들의 존재는 빠질 수 없는 것이었다. 그들은 훈련장의 기간 요원들의 묵인 아래 장사를 하고 있었는데, 여기도 우리가 처음 겪는 경제가 있었다. 그런 것을 알게 되는 우리의 심정은 보이지 않는 곳에서 멍들게 마련이었다. 군대라는 것이, 황산벌에서 국가의 흥망을 눈앞에 둔 병사들의 지고지순한 상황이라고 반드시 알고 왔다는 것은 아니지만, 와서 겪을 때까지는 보통 훈련병의

심적 구조는 그런 공식 정서에서 그리 멀다고도 할 수 없는 것이 아닌가 싶다. 직접 경험한 일이 아닌 분야에 대해서는 분업사회의 생활자들은 대개 도식적인 공식 이데올로기에 의해 방향 지어진 틀을 가지고 대강 판단하는 것이 보통이다. 황산벌에까지 갈 것 없이, 임진왜란 때의 의병들이거나, 아니 그렇게도 갈 것 없이 이 세기에 들어와서 치열했던 항일의병들이라든지, 본국이 점령당한 다음 외지에서 벌어진 대소 규모의 항일전쟁에서의 군병들 사이에 존재했다고 상상되는 강개비장한 군인 사회 — 그런 것이 어렴풋이 보통 사람들, 그것도 젊은이들의 머릿속에 군대에 대한 편리한 예비 정서로 잠재되어 있었다고 해서 그렇게 괴상한 일은 아니다. 실지의 군대생활은 이런 정서들을 차례로 무너뜨리고 그 자리에 실지 값대로의 모습을 만들어주었다. 아마 사전에 이런 인식이 있었더라면 많은 사람들이 징병을 기피하려는 노력을 좀더 진지하게 해보았을 것임에 틀림없다.

교련장에서도 '세금'이 모금되었다. 교장의 장교나 훈련 조교들에게 갖다 주면, 대신에 훈련의 강도가 조종되는 것이 관례가 되어 있었다. 가끔은 반드시 돈이 아까워서가 아닌 이론이나 반론이 나오는 경우가 없지 않았지만, 그런 이견은 언제나 받아들여지지 않았고 오히려 반감을 일으켰다. 한 사람씩 할당되는 것은 얼마 안 되는 금액인데 공연스레 일을 어렵게 만드는 것에 다수는 찬성하지 않았다. 성가시고 괜한 짓이라고 모두 생각했다. 그래서 어느 교장에서나 훈련병 대표를 통해서 그런 인정이 건네졌고, 그 결과는 사실 어느 정도 효과를 낸 것인지 모르는 대로, 손은 씻

다, 는 안도감이 훈련받는 사람들의 공포심을 잠재우는 분위기가
있었다.

갑작스런 생활의 변화는 당연히 훈련병들의 건강에도 영향을 미
치기 마련이어서 첫날부터 입실자가 났었는데 점호 때 보고하는
대목에서는 늘 입실 몇 명이 빠지지 않았다. 입실자 중에는 영영
돌아오지 않는 사람들이 있었는데, 그들은 전사한 것이 아니라,
그 길로 큰 병원으로 옮겨졌다는 소문이었고 거기서 제대하리라는
추측이었다. 입대하자 제대라는 풍속 또한 일찍이 짐작도 못한 문
화였다. 그들은 어쩌다 징집까지는 되었지만, 손을 써서 훈련소
제대로 가져가는 주변머리 좋은 사람들이었다. 그런 소문을 들으
면서 일과를 치르는 우리는 그런 사람들을 비판하기보다 그들의
행운과 행동력을 부러워하였다. 적어도 그들을 욕하는 언사는 한
번도 들어본 적이 없다. 그러지 못하는 사람들에게는 여러 가지
사정이 있었을 것이며, 그들의 심중 역시 갖가지였겠지만, 요령
좋은 사람들에 대한 분노 같은 것은 없었다. 이미 우리의 무의식
이 이런 문화를 예견하고 준비돼 있었던 모양이다.

누구나 그랬겠지만, 그 당시 군대에서의 구타의 보편화는 놀랄
만했다. 납세 의무보다 더 무거운 국민적 의무를 치르기 위해 소
집된 사람들이 그처럼 매질을 감수하면서 집단생활을 해나간다는
것은 슬픈 일이었다. 할 수 없이 와 있는 사람들끼리는 그에 어울
리는 그럴 만한 무슨 풍속이 있어도 좋은 일이었다. 오랜 습관임
을 짐작하는 일은 어렵지 않다. 아마도 인류사회의 첫 무렵의 작
은 규모로 이루어진 원시 부락이 다른 부락과 싸우던 시절 말고는,

어느 전투집단이든지 다소간에 이질적인 개인의 집합이었을 터이므로, 이 집단의 긴장을 유지하자면 폭력에 의한 충격은 가장 경제적인 방법이었을 것이다. 그러니 노예군단이라는 것조차 있을 수 있었지 않은가. 노예가 자신들의 노예 지위를 존속시키기 위해서 목숨을 버린다는 모순이 문명의 진화에는 한몫을 차지하고 있다. 다만 모순이 그 모순대로 있으면 그만이라면 문명이라는 현상에는 의미가 없다. 그 모순이 완화되는 과정 역시 문명의 부분이며, 이 부분의 확대가 문명의 진화일 것이다.

인생을 막 시작하려는 시점에서 폭력과 부조리가 태연히 일상화되는 사회를 경험하게 하는 사회가 1950년 중반에 내가 보게 된 구조였다.

또 한 가지 괴로웠던 일은 그때까지 나의 언어 환경에는 없었던 용어들의 범람이었다. 그렇게 일상적으로 성적인 비속어가 생활에 쓰이는 것을 들은 일이 없는 사람에게는 그것들은 물리적 불편 못지않게 참기 힘들었다. 더구나 그런 용어들은 이 장소에서 우월한 권력을 가지고 있었다. 그런 말을 거침없이 사용하는 사람들이 행동에서도 주도권을 잡는 편이었고 이 장소에 별반 거부감 없이 적응하는 것 같았고, 그렇지 못한 사람들은 대체로 모든 면에서 그들에게 뒤지는 것 같았다.

나는 물론 이 후자에 속했는데, 군대라는 것이 모든 계층이 모이는 곳이라면 그곳에서 어느 누구에게 특별히 익숙한 풍속이 지배해서는 안 될 이치였다. 모든 계층에서 온 사람들이 저마다 국민이라는 보편적 자격 때문에 온 장소에서 특별히 불편한 생활을 강요받아야 할 이유는 없는 것이 당연하건만, 현실은 그렇지 못하였다. 조금 지나고 보면 그런 현상도 다 그만한 이유가 있고, 처음에 역겨워 보였던 사람도 그것은 그들 나름의 곤혹의 표현임을 알 수 있었지만, 갑자기 당하는 입장에서 느끼는 당혹스러움은 그것대로 이유가 있는 일이었다.

훈련병들 사이에 보이는 이런 경향보다 더 문제 된다 싶은 것은 교육 당국인 기간 장병 스스로 그런 언어 생활자들인 점이었다. 이 장소의 권위자인 그들의 풍속이 가장 큰 원인이고 훈련병들은 그들을 모방하고 있는 모양이었다. 그래서 우습지도 않은 괴상한 성적 농담에 분위기를 갖추기 위해 동조하는 자신을 발견하는 것은 성가신 일이었다. 아마 세계의 모든 군대의 동서고금의 공동 풍속에 접한 것이라고 나는 곧 이해하게는 되었다. 이처럼 잡다한 경력을 가진 병사들이 모인 곳에서 보편적으로 기능할 수 있는 유일한 수사체계가 성적 현상학이라는 것도 이해할 수 있는 일이지만, 신병훈련소의 그것은 결코 보존되어야 할 전통인 것 같지는 않았다.

성적인 현상이 보편적이라는 것이야 사람이 짐승인 이상 당연한 일인데, 우리는 짐승이 되려고 군대에 온 것은 아니었다. 아니면, 군대란 것은 우리 생각과는 달리, 바로 짐승을 만들기 위한 훈련 과정임을 솔직하게 털어놓은 표시였을까. 쓸데없이 남용되는 성적 수사는 실지로는 적당주의와 억압적 분위기를 만드는 데만 유용했다고밖에는 기억되지 않는다. 이유를 설명하기 싫을 때에 상급자들은 성적 용어를 폭언 대신에 사용하였고, 훈련병 중에도 이기주의적인 행동에 약삭빠른 사람들이 그런 용어법 속에 곧잘 자신들의 양체를 숨기는 것을 볼 수 있었다. 그런 언어들은 대부분의 경우 상급자들의 부당한 억압에 대한 반항으로는 사용되지 않았고, 동료들 사이에서 위력을 과시하는 데 사용되는 일이 더 많았다. 상급자들은 언어에서 공격적이고 허무한 풍속이 우리 사이에서 지배하기를 방치하고, 그런 풍속에 약한 보통 생활자들이 주눅이 드는 기세를 이용하는 듯싶었다. 말하자면 신병들이 사회의 어느 층에서 왔건 합법적인 폭력의 세례를 거치게 함으로써 그때까지의 생활에서 버릇이 된 이러저러한 합리성을 지키려는 습관을 파괴하려는 듯이 보였다.

기간 병사들은 '사회'의 습관을 버리라고 말하고 있었다. '사회'라는 말에 대한 이 특별한 용법을 그들이 어디서 배웠는지는 모르지만, 그들은 군대를 '사회'가 아니라고 보고 있는 용법이었다. 아마 '특수 사회'라는 뜻으로 그렇게 쓰나 보다 하고 알아듣기는 하면서도 이것 역시 곤혹스럽기는 한 선언이었다. 여기가 '사회'가 아니라면 우리는 대체 어디에 왔단 말인가. 우리는 사회 속에 살기 때문에 싫으면서도 사회적 존재의 의무를 치르기 위해서 사회에서도 가장 사회적인 장소에 온 것일 터였다. 그런데 그 가장 '사회적인 사회'의 관리자들은 자신들을 사회 밖의 거주자로 생각하는 모양이었고 우리들을 그런 장소에 합당한 존재로 훈련하겠다는 것이었다. 그리고 그런 훈련의 언어적 측면이 성적 비유의 남발과 폭언이라는 방법이었다. 그리고 거기에 육체적 폭력이 조화를 이루었다.

신병 훈련이 끝나고 나는 대구에 있었던 육군부관학교에 배치되었다. 이 학교는 행정병을 양성하는 학교였다. 여기서는 신병훈련소에서 있었던 분위기는 훨씬 개선되었다. 신병 훈련에서와 같은 보병 기초교육은 거의 없고 학과의 내용은 군대 행정업무에 관한 것뿐이었고 내무반 생활도 훨씬 부드러웠다. 그만하면 참을 수 있는 생활이었고 대개 고학력자들인 동료들 사이의 교류도 비로소 친화감이 지배적이었다. 논산에서는 훈련 기간 중의 외출이 없었는데 여기서는 주말 외출이 허용되었다. 대구에서 나는 대학 재학 중에 당시 제도에 따라 K대학교에서 의탁 수강한 적이 있어서 심리적으로도 안정되었다. 신병 훈련은 논산에서의 기초 훈련이 끝나면 각기 특수병과로 분류되어 후기 신병 교육을 받게 되고 이 교육이 끝나면 비로소 부대 배치를 당하게 된다. 이 학교에는 공교롭게도 소설 공부를 하는 P도 함께 배치돼 있어서 입대 후의 악몽 같은 생활은 비로소 끝난 느낌이었다. 부관학교는 시의 동쪽 변두리 강 건너에 자리 잡은 특과학교로 네모진 연병장 둘레에 학교 행정본부, 내무반, 그리고 교실이 배치되어 있는 마치 보통 학교의 구내 같은 느낌이었다.

　군대 행정을 가르치는 이 학교에는 사병 과정과 장교 과정 피교육자가 함께 교육받고 있었는데, 교육 내용이야 흥미 있달 수 없었지만, 금방 논산훈련소의 혼탁한 환경에서 빠져나온 처지로는 신천지 같았다. 노예에도 등급이 있는 법이어서 조금 나은 부조리도 그만한 해방이었고, 그만한 자유였다. 논산훈련소에서 그 권력을 실감한 기간 요원들도 이곳에서는 덮어놓고 구타하거나 폭언하는 기풍이 훨씬 덜했다. 논산에서는 보이는 것이 모두 총기뿐이었는데, 여기서는 내무반에 그것들이 비치되어 있을 뿐 밖에서 보는 장병들은 모두 비무장 상태였다. 내무반의 그 총기들은 명목상으로는 각자에게 지급되어 있어서 가끔 분해해서 손질할 의무가 있었지만, 훈련소에서처럼 희극적일 만큼 그 손질을 닦달하는 일은 전혀 없었다.

대학 시절을 부실하게 보낸 나는 여기서 고등학교 시절로 돌아간 듯한 생활이 즐거웠다. 사회를 관찰하는 깊이 있는 체계를 아직 배우지도 못했고, 자기를 형성하기 위한 목표를 세우지도 못하고, 그러니 무슨 창조적 표현능력도 갖추지 못한 채 전혀 상상도 못한 환경에 들어왔다가 조금은 숨쉴 만한 자리로 나온 것이 다행스러웠다. 만일에 내가 4년만 이 세상에 먼저 태어났더라면 신병 훈련이 끝난 지금 전선의 어느 전투부대에 투입됐을 테고 휴전을 전후한 무렵의 그 치열한 영토 확보 전투에서 죽을 수도 있었다. 그보다 먼저 북한에서 징집되어 벌써 전투에 참가했을 수도 있었다. 그보다 더 거슬러가서 해방 직전에 나는 고등학교에 다니고 있었다면…… 나는 그런 공상을 하면서, 나 대신에 그런 자리에 있었던 사람들을 이상하도록 생생하게 상상하였다. 내가 그 자리에 없었던 것은 오직 4~5년의 인생 출발 시간의 차이뿐인데, 그 차이는 엄청나게 큰 것이었으리라는 상상은 한 개인이라는 것이 본인에게 실감되는 의미와, 이 세상에서 그 개인이 차지하는 의미 사이에 있는 거리가 허망스러웠다. 이 세상의 눈으로 보면 누가 전쟁 마당에 있고 누가 후방 도시에 있건, 누가 어떤 시점에서 중학생이고 누가 징집 해당자이고는 아무래도 좋은 일이다. 세상에는 늘 남자와 여자가 있고 아이와 어른이 있고, 그때 전쟁이 나면 어른 중에서 가장 젊은 남자가 징집되어 전쟁 마당에 있게 된다는 것뿐이지, 그 사람이 바로 그 사람이고 다른 사람이 아니라는 우연은 아무래도 좋은 일이라는 식으로 이 세상은 되어 있다.

군대에서는 늘 인원 점검이 있었다. 아침과 저녁 두 차례씩 실시되는 '점호'라는 절차에서 사람 머릿수가 정해진 대로 있는지가 확인된다. 양들이 아침에 우리를 떠날 때와 저녁에 우리에 들어올 때의 숫자를 맞춰보는 행사다. 자기 자신이 어떤 숫자를 채우고 있는 한 단위라는 의식을 사람들은 군대에 오기 전까지는 이토록 똑똑히 알기는 힘들다. 그 전에 학교에서 이 비슷한 경험을 하게 되지만, 대부분 가정에서 통학하는 제도에서는 한 학급이 군대의 구성원 같은 철저한 단위로 파악되지는 못한다. 사람은 군대 밖에서는 그 자신을 위해서 존재한다. 여기서는 한 분대, 한 소대의 정해진 구성 인원의 한 단위로만 존재한다. 자기는 마음대로 없어져서는 안 된다. 그럴 권리가 없다. 비로소 어느 집단에 묶인 자기를 발견한다. 평시이기에 망정이지 이것이 전쟁 중이라면 그의 생명은 이미 그 자신의 것이 아니다. 그는 '병력兵力'일 뿐이다. '사고'나 '손실'이 있으면 '보충'되는 '인적 자원'이다. 그는 무기나 탄약과 마찬가지로 전쟁이라는 운동에 동원된 자재資材인 것이다. 저녁 점호가 끝나고 자리에 들어 잠 속에 빠지기 직전의 짧은 동안에 이런 생각을 무슨 대단한 발견이기나 한 것처럼 머릿속에서 빠르게 굴려본다. 잊지 않으리라고 다짐한다. 이렇게 무의미하게 갇혀 있게 된 생활의 손실에서 최대한의 것을 얻어야겠다는 심리가 작용한다. 그것은 언제나처럼 이 세상에 대해서 자기 머리로 확인한 확실한 앎을 가져보겠다는 욕망이다. 아직도 가닥이 잡히지 않는 그 욕망을 위해서 이 생활에서 떠오르는 생각들을 정리하기에 마음이 바쁘게 움직여보려고 한다. 그만해도 훈련소에 비하면 한숨 놓게 된 이곳 분위기 탓일 게다. 입대 전까지의 몽롱한 무한 화두話頭와의 씨름이 또 시작된 것이다. 그러나 이런 움직임은 실은 잠깐이다. 굉장히 많은 생각을 한 듯이 느끼는 순간일 뿐으로, 고단한 몸은 금방 잠이 들고 만다.

대구역에서 직선으로 뻗은 거리는 이 도시의 중심 거리여서 피난 수도였던 부산처럼 혼잡하지 않은 조용한 구역이었다. 이 거리에 있는 고본점에 외출 때마다 들러보는 것이 큰 즐거움이었다. 그 책방은 내가 읽고 싶은 책들을 많이 가지고 있었다. 나는 언제부턴가 여전히 소설책을 읽으면서 한편으로 철학책을 많이 읽고 있었다. 그것들은 일본말로 번역된 것들이었는데 내가 일정한 체계 없이 읽어온 것들이었다. 대학에서 철학을 전공했다면 좋은 지도를 받으면서 낭비 없는 공부를 했을 텐데 사정이 그렇지 않았으므로 나의 철학책 읽기는 소설의 경우와 마찬가지로 일역된 철학 서적을 손에 들어오는 대로 읽는다는 것이 나의 형편이었다. 아직 우리말로 된 읽을 만한 책이 없었고, 그렇다고 해서 서양말 공부를 차근차근 해간다는 자각도 없으면서 마음만 급하기 때문에 해독력이 있는 일본말 번역의 서양 저자들의 인문과학 책에 정신의 형성을 의존했다는 것으로 보면, 1920년대나 1930년대의 지식인 선배들과 같은 지적 세대로 나를 분류하고 싶다.

생물학적 세대 기준에 상관없이 나는 지적 정보물의 공급 원천을 그들과 함께하고 있기 때문이다. 이상이나 박태원, 이태준 같은 사람들에게 나는 지식 종사자로서 전혀 이질감을 느끼지 않는다. 나는 동경에 유학한 적이 없으면서도 그들과 함께 '와세다'며 '명치' 대학에 다닌 느낌을 갖는다. 그리고 지식인으로서는 1920년대와 1930년대의 그들의 지적 방황과 인간적 고뇌를 계승하고 있는 것처럼 느낀다. 마치 그들의 영혼이 나의 육체를 빌려서 환생한 듯이 나는 실지로 느낀다. '소설가 구보씨의 별 볼일 없는 하루'라는 이름으로 내가 나중에 소설을 쓰게 된 것은 거의 육체적인 빙의憑依의 감각에 따른 것이지, 무슨 기술적 양식을 차용한다는 그 정도의 착상에 의한 것은 아니다. 그들이 못다 한 방황, 그들이 못다 한 고뇌, 그들의 육체적 존재가 말살되었기 때문에 그들이 계속 지켜보지 못한 인생과 세월과 역사를 그들의 정신의 맥박을 생생하게 지니면서, 그것들이 과연 어떻게 되어 나가는가를 끝까지 지켜봐야 할 집념이 내 육체 속에 자리 잡아오는 것을 나는 이후의 생애에서 차츰 확실히 알게 되었다.

한 많은 식민지 지식인의 지적인 호기심의 계승자라는 것이 현재로서는 내가 그것에다 자기를 일치시키는 데 가장 자연스러움을 느끼는 심리적 자기동일성이다. 철든 이후 온갖 막연한 시행착오를 거쳐서 내가 도달한 진리의 개인적 실체이다. 그 막연하던 화두話頭가 최근에 이르러 잡기 시작한 이 모양에 나는 예전의 어느 중간 결론의 형식보다 만족한다. 그 화두가 가리키는 바가 철학적인 것인가 생각한 적도 있고, 종교적인 것인가 생각한 적도 있고, 심지어 정치적인 것인가도 생각해본 적이 있지만, 지금은 그렇게는 생각지 않는다. 그 화두는 무릇 그것이 철학이든, 종교이든, 혹은 그 어떤 다른 것이든 간에 그런 지적인 체계도 아니며, 현실적이기는 하나 좁고 제한된 세계인 정치 그 자체도 아니며, 1920∼1930년대의 식민지 지식인들이 인생을 던져 풀려고 그렇게 몸부림쳤던, 자기 머리로 확인한 확실한 앎을 지니고 이 세상을 살고 싶다는 몸부림, 그 '몸부림' 자체가 나의 몸으로 알아진 상태 ─ 라기보다 나 자신이 그 몸부림이 되는 실감이 있어온다는 사정을 나는 '빙의'라고 표현해본다. '빙의' '환생' ─ 너무 수월하게 귓전에 들어온 이 용어법을 쓸 때 나는 비로소 저 '역사의식'이라는 번역 용어가 일으키는바 구두를 신은 채 가려운 데를 긁는 것 같은 미진한 구석이 해결되는 느낌이 든다.

　'자기'를 확립하는 방법이 선행의 어느 세대의 환생還生으로서 자기를 인식하는 데서 찾아졌다는 이 매개적인 형식에 사실 조금 어리둥절해지지 않는 것은 아니다. 전에 내 생각에는, '자기'를 확립한다는 것은 남에게 없는 어떤 새 경지를 자기 것으로 만드는 방향에 있을 것은 틀림없다고 믿었기 때문에 생애의 이 시점에 나에게 찾아든 이 환생감還生感은 예측하지 못한 것이라는 점에서 어리둥절한바 없지 않다. 그러나 그 느낌은 그저 이론적 반성의 순간에 그렇달 뿐 이 환생감이 주는 생생한 현실감을 부정하지는 못한다. 그 느낌 ─ 내가 곧 이상이며, 박태원이며, 이태준이며 그리고 조명희이기까지 하다는 느낌이 주는 이 법열法悅을 어떻게 부인할 수 있겠는가. 법열, 그렇다. '화두'라는 말은 마땅히 법열, 이런 계열의 말이 화답해야 할 질문의 형식이지 싶다.

이런 상태는 그러나 1950년대 중반, 육군부관학교 사병 피교육자로서 주말 외출길에 대구역전 그 일본책 고본점에서 낡기는 했으나 잘 보존된 일역본 서양 인문과학 서적이며, 일본 경도제국대학의 철학자들의, 검열을 피하기 위해 필요 이상으로 난삽하게 기술된 관념 철학서들을 이것저것 책꽂이에서 뽑아들고 있는 나의 정신적 형편은 아직 아니었다. 비슷한 심리적 방황감을 가지고 그 책들을 동경의 그들이 다니던 대학 거리의 책방에서 뽑아들고 있던 선행 세대인 1920년대와 1930년대의 선배들의 '의식'이 나의 의식이 된다는 빛나는 기적, 그 과학적 비의秘儀의 과정이 필요했고, 그것들은 아직도 어림없이 먼 훗날 속에 숨어 있었다. 아마도 내가 패러디 소설을 쓰기 시작했을 때 그 희미한 예감이 잡혔다고 보이는데, 나는 대구의 그 시점에서는 대학 1학년 때에 나 혼자만 독자였던 소설에 손댔다가 붓을 놓은 법과 탈락자인 육군 신병으로서 작가가 된다는 아무 예감도 야심도 없었다. 나는 그저 '길'을 찾는 '사람'이 된다는 것이 어떤 것인가를 찾고 있는 그저 이상하다면 이상하고, 신문명이 이 땅에 시작된 이래 어느 만한 교육의 기회를 가진 그 또래 젊은이가 다 걸어본 지극히 보통이라면 보통인 그런 인간이었다.

처음 외출 때는 영문을 나서자 한 무리의 병사들은 대구역으로 향하였다. 이들은 서울에 집이 있는 사람들이었다. 주말 외출은 대구 시내로 한정되어 있었는데, 우리는 대구역에서 승차하기만

하면 서울까지 갈 수 있다고 알고 있었다. 지금까지 이곳을 거쳐 간 선배들이 모두 그렇게 했다고 한다. 대구역에 도착해보니 역 주변은 병사들로 붐볐다. 내가 속한 부관학교 말고도 대구에는 신병교육 학교가 한두 군데 더 있어서 비슷한 교육 주기에 있는 신병들이 모두 나온 것이었다. 문학 친구인 P와 나는 처음 예정대로 차를 타기로 했다. 우리들의 외출 증명서의 범위 때문에 우리는 차표를 살 수 없었고 무임승차를 하게 되는 것이었다. 병사들은 역사 양측의 울타리를 따라서 몰려서서 기다리고 있었다. 열차가 궤도에 들어오고 개찰이 시작되었다. 일반 여객들이 차례로 열차에 오르기 시작한 지 얼마쯤 지난 다음이었다. 멀찍이 바라보고 섰던 병사들이 갑자기 움직이기 시작하더니 울타리를 넘어 밀고 들어갔다. 나와 P도 어느새 차 안에 들어와 있었다. 헌병들이 나와서 제지했으나 소용이 없었다. 차 안의 통로는 병사들로 가득 찼고 차량 사이의 공간과 승강구에까지 병사들이 주렁주렁 매달렸다. 헌병들이 호루라기를 불면서 병사들을 끌어내렸다. 그러나 제지하는 헌병들의 인원은 얼마 되지 않았다. 끌어내려진 병사들은 한곳에 몰려 있다가도 감시자가 승강구 쪽으로 가서 다른 병사를 끌어내는 사이에 도망쳐서 다른 승강구에 매달렸다. 이런 소동이 벌어지는 사이에도 역사의 울타리를 넘어 늦게 도착한 병사들은 열차를 향해 돌진해서는 승강구에 매달렸다. 어떤 병사들은 열차의 창문에 매달리는데 안에서는 동료 병사들뿐 아니라 자리에 앉아 있는 일반 승객들이 그들을 끌어올려주고 있었다. 과연 차는 출발할 것인가? 우리는 아무도 예측할 수 없었다. 창문으로 아직도 벌어지고 있는 승차 전쟁을 바라보면서 이제는 될 대로 되는 것을 기다릴 수밖에 없었다.

차는 출발했다. 승차한 병사들을 그대로 수용한 채 차가 움직이기 시작하자, 창문 가깝게 있거나 승강 계단에 매달린 병사들은 구내에 서서 바라보는 헌병들을 향해 주먹질을 했다. 그러자 헌병들 옆에 잡혀 있던 병사들이 달려와서 차에 매달렸다. 마침내 우리는 서울에 갈 수 있게 된 것이었다. 정식의 출장 허가라든지, 휴가병의 경우는 승차는 무료였기 때문에 역무원들은 우리를 취급할수 없었고 역에 파견돼 있는 헌병들의 수는 얼마 되지 않았기 때문에 이런 일이 일어나는 것이었다. 게다가 어느 곳이나 역이라는 것은 역사의 양측에 낮은 울타리가 있을 뿐, 그 얼마 안 되는 차단 시설 밖으로는 철로는 일반 주거지역에 잇닿아 있기 때문에 열차에 다가오는 군중을 막을 수는 없었다. 헌병이 제지하는 사이에 시간표에 정해진 정차 시간이 지나면 열차는 떠나야 했다. 그렇게 해서 우리는 서울행 열차 안에 있게 되었다. 그러나 상황은 끝난 것이 아니었다. 열차가 달리기 시작해서 30분쯤 되었을 때 병사들 사이에 동요가 일어났다. 통로에 앉았던 병사들이 일어나서 뒤쪽 차량으로 움직이기 시작했다. '헌병이다' '검문이다' '증명서 조사한다' 이런 소리가 전해져왔다. 모든 병사들이 움직이기 시작했기 때문에 숨이 막히게 비좁아지는 결과를 남긴 채 움직임은 곧 멈췄다. 헌병은 아직 저 앞에 있는 모양이었다.

P와 나는 차량과 차량 사이의 승강구 부분에 나와 있었다. 차가 터널 안으로 들어왔다. 캄캄한 속에서 '돈을 주면 된다' 누군가

그렇게 말했다. 터널을 빠져나온다. 여기저기서 캑캑거린다. 헌병은 좀체로 나타나지 않았다. 우리는 열차의 뒤쪽에 있었기 때문에 헌병이 오려면 좀 시간이 걸릴 모양이었다. 열차가 어느 역에 멎었다. 차가 완전히 멎기 전에 병사들이 차에서 뛰어내리기 시작했다. 처음에 많은 병사들은 그들이 이 역에서 내릴 사람인 줄 알았다. 그러나 그런 착각은 순식간에 교정되었다. 차가 멎자 병사들은 쏟아지듯 열차를 탈출해서 구내에 내려서서 여기저기로 흩어졌다. 그러나 멀리는 가지 않고 주변을 서성거린다. P와 나도 그렇게 했다. 대구역에서와 마찬가지 장면이 벌어졌다. 헌병은 가까운 병사들을 향해 달려들고 병사들은 헤벌어진 구내를 재주껏 도망쳐 다녔다. 기적이 울리고 열차가 움직이는 채비를 하자 병사들은 달려와서 열차 안으로 들어왔다. 승강장에는 이번에도 헌병들만 남고 병사들은 창문에서, 승강구에서 그들을 향해 주먹질을 해댔다. 이 장면은 정차하는 역마다 되풀이될 법했지만 세상 모든 일이 그런 것처럼 현실의 전개는 언제나 예상과는 조금 달랐다. 몰려선 사람들이 다시 술렁이기 시작하더니 저마다 호주머니를 뒤져서 돈을 꺼내 든다. 돈은 손에서 손으로 옮겨지면서 '전우의 어깨를 넘고 넘어' '앞으로 전달'되었다. 그런 다음에는 정차하는 역에서 다시는 내렸다가 다시 타기는 재연되지 않았고 용산역에 닿을 때까지 헌병은 나타나지 않았다.

집에서는 예고 없던 나의 출현을 반가워하면서도 어머니만은 몹시 서러워하셨다. 손을 써서 입대를 모면시켜주지 못한 것을 미안해하신 것이었다. 나는 그렇게까지 염치없을 수는 없었다. 마지막 학기의 등록금도 제대로 마련해주셨는데도 나 자신의 학점 미달로 졸업하지 못하게 된 처지에서 한 학기를 더 등록하는 대신에 영장에 응한 터였으므로 미안한 것은 내 쪽이었다. 나는 입대를 자기 처벌로 느끼고 있었다. 좀 참고 있으면 곧 손을 써보겠노라고 어머니는 말씀하셨다. 아버님은 아무 말씀이 없으셨다. 이 무렵 아버님은 근무하시던 곳을 그만두고 예전의 임산 관계의 자영업을 계획하고 계셨다. 내가 대학에서의 공부를 소홀히 하고 학교를 마치는 끈기조차 보이지 못한 일에 대해서 그 당장이나 이후에까지 아버님은 끝내 이렇다 할 꾸중을 하시지 않은 일에 대해서 나는 평생 갚지 못할 마음빚을 지니게 되었다. 왜 그러셨을까? 대학 탈락자가 된 사실을 탓하지 않은 것은 무슨 까닭인가, 그때 아버님 심정은 어떠하셨는가고, 아무리 이후에 내가 소설을 쓰는 입장이 되었다고 해서 여쭈어볼 수는 없는 일이었다.

분명히 한 사람의 마음속에 존재했을 어떤 '사실'을 그 '사실'대로 확인할 길은 없이, 오직 소설이라는, 꾸며낸 현실이라는 거울을 통해서만 추측할 뿐이라는 이 간접성. 그것은 육친 사이에도 존재하는 벽이었다. 아마 사람들은 어느 경우에나 자기 피부 바깥의 사물에 대해서는 이렇게밖에는 접근이 불가능하기 때문에 소설이라는 것이 필요하고, 소설이라는 것이야 있건 없건 사람은 상상을 통해서밖에는 자기 아닌 존재를 이해하는 길은 없어 보인다. 동족이면 일거에 상대방의 외면과 내면을 식별하는 본능은 문명 이후의 인간에게는 불가능해진 것이다.

어머님이 안쓰러워하시는 것도 괴롭고 아버님의 침묵도 거북한 나는 곧 집을 나와 P와 약속한 대로 입대 전에 친구들과 만나던 시내의 다방으로 나갔다. P는 벌써 나와서 친구들과 어울리고 있었다. 친구들은 우리들의 달라진 머리 모양과 군복 입은 모양을 놀려댔다. 친구들의 겉모습은 여전하고 두어 달 사이에 달라진 일도 없을 이치였는데도 그들은 다른 세상에 사는 사람들처럼 보였다. 그들은 '사회인'이었다. 대체 우리가 찾는 것은 무엇이었던가. 우리가 모여서 알고 싶어 하는 것은 무엇이었을까. 명동에 있는 그 다방 창문 밖에는 폭격으로 불타버린 넓은 폐허가 내다보였다. 폐허는 여전했다. 그 폐허 너머에 있는 활쏘기 오락장에서도 여전히 활 쏘는 소리가 들려왔다. 눈에 띄는 가까운 것들은 아무리 보아야 모두 시시하고 무질서한 것뿐인데 그것들이 모이고 뭉쳐진 현실이라는 것은 요지부동으로 힘이 세고 빠져나갈 길이 없었다. 그런 일상 속에서 헤맨 것이 입대 전의 나날이었고, 지금 잠깐 빠져나갔다가 돌아와봐도 모습은 여전히 그 모습인 채로 나 자신이 새로 한 겹이 더 보태진 시시한 올가미를 쓰고 있었다.

나는 이보다 4년 앞서 1953년에 처음 서울을 보았다. 그것은 전쟁이 휴전이 된 해였는데, 1950년 겨울에 월남한 나는 가족들의 거처를 따라 그 사이 목포에서 고등학교를 다니고, 부산과 대구에서 대학을 다니다가, 월남한 지 3년 만에 정부가 환도하면서 대학도 그해에 올라오게 되어 비로소 서울로 오게 된 것이었다. 서울 거주자가 된 지 4년이 되는 셈이었다.

내가 마주친 1953년 가을의 서울은 전쟁이 휩쓸고 간, 여기저기 부서진 도시였다. 몇백 년 이 나라의 서울이었고 식민지시대에 총독이 머물면서 조선 사람을 죽이고 살리고, 숱한 사람들을 나라 밖으로 내쫓는 운명을 총지휘한 곳이었다. 다음에는 이 나라의 장래 운명을 두고 사람들이 패로 나뉘어 고뇌에 찬 싸움을 한 곳이었다. 이 거리에서 많은 선배 작가들이 그들이 만일 평상의 리듬이 허용된 역사를 사는 사회의 시민이었다면, 그들의 작업과 그들의 교양의 성격상 넘어서지 않았을 선까지 넘어서면서 그 직업과 교양에 충실하려고 든 그런 역설을 산 도시였다. 그리고 마침내 그 역설의 끝이 전쟁의 얼굴을 하고 나타나서 피가 흐르고 집이 불타고 고아와 과부들의 울음이 수많은 지붕 밑에서 흐느끼게 된 도시였다.

그런데도 이 모든 것이 나의 정신의 눈에는 아직 분명하지 않았다. 이 도시의 뜨내기 이주자인 나는 연이은 타향살이에서 그때마다의 자기를 그때마다 헝클어뜨리면서 모처럼 주어진 직업적인 고등교육의 기회를 선용하지 못하면서 헤매고 있는 정신박약자였다.

만일 아버님이 좀더 가정에서 고민을 드러내는 사람이었다면 나는 거기서 현실에 직면하는 계기를 발견했을지도 모른다는 생각이 훗날 가끔 찾아드는 때가 있었다. 아마 그랬을지도 모른다. 아무튼 그것은 나의 운명은 아니었다. 가장 낮지만, 가장 현실적인 삶의 아픔들을 아버님은 자신만이 감당할 것으로 아는, 성격이 그런 사람이었기 때문에, 이북에서 온 피난생활의 그런 환경 속의 자녀로서 십중팔구 맛보아야 했을 생생한 생활의 공포에서 나는 한 겹 멀어져 있었던 것 같다. 물론 나 자신이 그런 의미에서 총명하지 못했다는 것은 전제하고서 하는 말이다. 아버님의 성격이야 어쨌건 알 만한 일을 눈치 채는 사람도 있고 그러지 못하는 사람도 있다. 실타래는 아버님의 성격 쪽에서부터 풀어볼 수도 있고, 내 쪽에서 풀어볼 수도 있는 일이지만, 해석은 어느 쪽으로 하든 결과는 마찬가지였다. 내가 한 학기를 더 등록하는 것은 대학생활에서 별스러운 일은 아니었고, 집의 형편은 아직 등록금이 문제 되는 것도 아니었다. 그런데도 군대로 와버린 것은 지금 생각하면 잘못한 일이었다. 그 공부를 하고 싶지 않다는 생각을 그렇게 과격하게 내밀지 않아도 될 일이었다. 그때 나는 학교 시절이란 막연한 유예 기간도 끝나버린 허무 속에 내던져져 있었다. 이 타향인 도시에서 무엇보다 먼저 직업이라는 확실한 발판을 마련하는 것이 나를 위해서 그리고 가족들을 위해서 내가 할 일이었는데, 그 직업의 발판을 내 발로 차 내던진 것이었다. 그런 끝에 나는 육군 신병의 명찰을 달고 친구들이 있는 다방에 나와 두어 달 전과 다름없는 이야기들을 주고받고 있었다.

그런데 지금 돌이켜보면서 서글프달까, 소름이 끼친달까 한 일은, 아무리 그때를 회상해보아도 나는 그때 자신이 처한 위기에 대해 그럴 만한 실감을 지니지 못했던 것 같다는 사실이다. 그래서 정신박약이라고 표현해본 것이다. 천적의 존재에 둔감한 짐승은 살아남지 못한다. 자기가 처한 생활상의 위상에 민감하지 못한 생활자는 그런 짐승과 같다.

그 증거로 나는 그 바쁜 겨를에 전차를 타고 동대문으로 갔다. 거기에는 고본점들이 모여 있는 곳이었다. 파출소가 있는 쪽으로 몇 집이 있고, 길 건너 이들과 마주 보는 위치에 더 많은 고본점들이 모여 있는 곳이었다. 파출소 쪽의 가게는 제대로 된 건물이었지만, 반대편 쪽은 전쟁 중에 불탄 자리에 들어선 판잣집들이었다. 입대 전이자, 나의 그때까지의 서울 생활의 전 기간이었던 대학 시절에 이 책방들이 내게 제일 소중하고 신성한 장소였다. 그 일대가 전부터 책방 거리였는지 어쩐지 나는 모른다. 경성제대 근처였으니까 전에도 아마 책방은 있었을 수도 있다. 그러나 그들 판잣집 책방 자리가 전에도 서점이었는지는 나는 모른다. 나는 학교에 나와서도 공연히 강의를 빼먹으면서 이 책방 거리로 와서 책을 뒤져보는 일이 흔했다. 그것들은 해방 전, 1940년대, 1930년대, 1920년대에 나온 책들이었다. 자주 들르게 되면서 주인들과 친숙해진 다음부터는 책을 뽑아서 오래 읽고 서 있는 일은 아무렇지 않게 대접해주었다.

나는 그렇게 해서 이들 책방의 장서의 대강을 파악하게 되었다. 이 집 저 집의 책을 서로 참조해가면서 그것들 사이에 있는 관계도 어렴풋이 짐작이 되었다. 그것은 적어도 30~40년에 걸친 한 세대의 지적 흐름에 대한 독자적인 짐작이 서게 해주었다. 거기서 보낸 시간들이야말로 누구 말마따나 '나의 대학'이었다. 내가 식민지시대 지식인들을 동기동창생으로 느낀다는 것은 그런 뜻이다. 적어도 그것들은 내가 그 시간에 제대로라면 앉아 있어야 할 강의실에서 진행되고 있는 강의들보다는 나의 정신을 더 깊게, 더 넓게 뒤흔들어주었다. 만일에 그 책에 실린 내용들을 그 내용들이 대부분이 거기서 비롯한 독일말이나 프랑스말, 영어로 읽어야 했다면, 그것들은 당시의 나에게는 접근이 불가능한 높은 산 깊은 바닷속이었다. 그러나 일본말로 된 그 책들은 나에게는 잘 전달되는 듯싶었다. 그것들의 원래의 모습이 아닌 번역의 형태라거나, 일본 학자들의 저작이라도 그것들이 유럽 학자들의 창조를 해설하는 형식이라는 것이 가져올 수밖에 없는 불투명한 간접성조차도 나의 정신을 어떤 의미에서는 자극하였다. 그 불투명한 부분은 나의 정신이 거기서 운신해볼 수 있는 볼 베어링의 부분 같았다. 그 정신의 볼 베어링은 나의 상상의 기름에 적당히 미끄러지면서 원전에는 책임이 없는 제2, 제3의 운동을 나의 정신의 톱니바퀴들에게 옮겨보냈다. 거기에는 19세기의 온갖 문학들과 철학과 사회사상이 있었고 그 이전 세기의 지중해 연안의 모든 세기들이 있었고 잘 소화된 중국 고전문화의 취하게 하는 세계가 있었다. 나는 중국 시가의 운치를 제법 깊이 연구나 한 사람 같은 환각을 경험하곤 하기도 하고 '화두話頭'라는 용어에서 마음에 벼락을 맞은 듯한 환상을 가지기도 했다. 이 '화두'라는 말은 지금까지도 나를 붙들고 놓지 않는다. 나는 예전처럼 그 말에 짝사랑하는 기력은 형편없이 줄었지만 지금은 그 말 쪽에서 나를 짝사랑하는 것은 아닐까, 하는 새 환각에 가끔 빠진다.

두어 달 남짓 떨어져 있던 그 환각의 장소는 내가 없이도 여전히 그 자리에 있었고 책방 주인 중에는 군복을 입은 나에게 위로와 격려의 말을 해주는 사람도 있었다. 나는 낡은 책들의 냄새가 밴 그 판잣집을 한 바퀴 돌아보는 사이에 지난 두 달 사이에 내 몸에 뒤집어씌워졌던 그 시시하고 더러운 냄새들이 날아가버리고 허물어졌던 무엇인가가 기적처럼 옛 모습대로 드러나는 것을 경험하였다. 그것은 약간 뜻밖이었고 적잖게 나를 북돋아주었다. 이제 학교에 관한 일은 이미 저질러진 일이었다. 학교에 쏟았어야 할 시간을 희생해서 얻어진 이 책방들에서 보낸 시간을 지금에 와서는 그것 자체로 바라볼 수 있는 입장이 된 나에게 그 시간들은 결코 아무것도 아닌 것은 아님을 나는 알았다. 그것은 발견이었다. 나는 입대 전에는 결코 나에게 찾아오지 않았던 어떤 성취감을 느꼈다. 아무리 초라하고 객관적인 시인을 받을 길은 없을망정 나는 무엇인가가 내 안에 있는 것을 느꼈고, 그 무엇인가는, 집안 형편이라든지, 피난민이라든지, 학교 탈락자라든지, 집안의 장남이라든지, 그런 것을 함부로 가져다 대면서 타박만 할 것은 아닌지도 모른다는 예감이 들었다. 그것에다가 그만한 자리를 허락하자면 한 가지 조건은 있는데, 그렇다, 그 말을 여기서 쓴다면, 이 '화두'를 놓치지 말고 끝까지 붙잡고 있어야 한다는 것, 호랑이 등에서 내려와서는 안 된다는 것—그런 예감이었는데, 그것은 그것대로 타고난 총명함이 모자라는 약한 짐승의 죽기살기로 나서는 자기방어 본능이었는지도 모르겠다. 약한 짐승도 목숨은 목숨이었고, 살아 있는 한, 본능이라는 것이 아예 없는 짐승은 있기 어려웠던 듯하다.

이곳, 신병의 후반기 교육인 육군부관학교의 교육이 끝난 다음에 이루어진 최종적인 부대 배치에서 나는 자대 보충, 즉 부관학교에 남게 되었다. 피교육 기간 중 열심히 공부한 덕이었다. 자대 보충된 다음의 보직처는 부관부, 혹은 1과, 혹은 인사과라 불리는 곳이었다. 부관학교의 부관부에 근무하게 되었으니 이 부대에서는 제일 좋은 보직을 받은 것이었다. 교육 기간에도 그랬지만 기간병 사가 된 다음에는 근무는 더욱 견딜 만한 것이 되었다. 낮 근무가 끝나면 저녁 점호 때까지 외출할 수 있었다. 규칙으로는 그렇게 할 수 없었지만 실지로는 그렇게 하고 있었다. 내무반 생활도 근무 부처 단위로 되어 있었기 때문에 논산이나, 이곳의 신병 기간의 그것과는 비교할 수 없었다. 군에 복무한 사람들은 알겠지만 군대의 인사과는 여러 가지로 세도가 좋은 곳이다. 부대의 장사병의 승진, 상훈, 처벌, 제대, 휴가, 보직을 관장하는 곳이기 때문에 순전히 서류 업무뿐이다. 자연히 사무실 분위기도 부드럽고 어느 곳보다 육체적 고통이 덜하였다. 군대이기 때문에 그래도 최소한이라 할 만한 군대적인 생활이 치러지지만, 이 부대의 임무가 신병의 특과교육과 기성 장사병의 행정보수 교육인 만큼 어느 특과학교보다도 무기 계통과 먼 거리에 있다. 이렇게 기간요원이 되고 난 다음에는 서울에 가는 일은 훨씬 쉬워졌다. 이런저런 일로 서울에 있는 부대에 업무 연락이나 그 밖의 일로 출장하는 형식으로 갈 수 있었고, 그렇게 되면 헌병들과의 숨바꼭질을 하지 않아도 되었기 때문이다. 헌병들이 단속하는 대상은 외출 지역을 벗어나거나, 증명서가 없는 인원이었는데 행선지가 서울로 명기된 증명서를 가지고 보면 버젓한 합법 여행자였다. 열차에 탈 때도 헌병들 앞을 버젓이 지나서 차에 올랐고, 신병들이 헌병에게 이리 쫓기고 저리 쫓길 때도 곁에서 구경하는 신분이 되었다. 사람 팔자 시간 문제였다.

이렇게 서울을 자유스럽게(완전히 자유는 아니지만) 오르내리면
서 나의 대구 생활이 시작되었다. 나는 대구에서 당시의 전시 제
도에 따라, 대구에 피난해 있던 서울의 어느 대학에서 한 학기 수
강한 적이 있었다. 그래서 대구는 낯선 곳만은 아니었다. 부산보
다 규모도 작지만 피난민에 의한 혼잡도 덜했다. 지난 전쟁 중에
점령당하지 않은 곳이어서 그런 데서 오는 안정감도 있었을 것이
었다. 목포보다는 좀더 큰 도시이기도 했다. 아마 W시에 가장 가
까운 도시여서 나의 감각에는 작지도 크지도 않은 푸근한 도시였
다. 서울 가는 일이 언제든지 가능해지고 보니, 주말마다 가고 싶
은 마음이 엷어지고 대구 거리에서 주말을 보내는 율이 더 많아졌
다. 그럴 때 자주 들르는 곳이 역전 큰 거리의 그 고서점이었다.
고서점이라는 데는 대개 단골들이 드나드는 곳이라 나도 주인에게
그런 사람이 되었다. 책방에는 여러 가지 책이 꽤 갖춰져 있었다.
다 고본들이지만 읽을 만한 책만 가려서 꽂아놓은 느낌이었다. 고
본점에서 책을 뒤질 때마다 흔하게 떠올리게 되는 일이지만, 이
책들을 읽은 누군가가 있었다는 사실을 되새겨보게 된다. 그것은
책의 저자를 생각해보는 일과는 다르다. 대개의 독자에게 책의 저
자는 너무 멀다. 내가 지금 손에 들고 있는 이 책은 저자—출판
사—전 주인이라는 과정을 거친 것인데, 저자와 출판사 간에는 인
간적인 접촉이 있는 것이지만, 책이라는 이 출판물은 처음의 원고
의 복사물로서, 내용은 원고의 그것이지만 물질적 형태로서는 다
른 것이 되어 있다. 그러나 이 책의 전 소유자와 이 책의 관계는
훨씬 밀접하다. 책의 구매자는 책의 내용을 원고 형태로 접하는

240

편집자와 달리, 처음부터 이, '책'의 형태로 내용에 접한다. 그곳에는 비유적으로 형식=내용의 상태가 성립한다. 이것은 물론 비유적으로 그렇고, 일종의 환상이지만, 이 환상은 독서자에게 허락된 유일한 물질적 열락이다. 애서가, 애장 등의 말에 쓰인 이 애愛자는 그 내용도 내용이겠지만, 그 내용을 대신한 책의 물질적 형태에 대한 집착을 표현한다. 그렇게 해서 책을 사게 되는데, 무슨 사정으로 그가 그 책을 고본점에 팔게 된다. 그것이 고본점에 진열된 책들이다. 이런 책을 손에 들면, 그 책의 저자는 앞에 말한대로 인간적으로 상상하기에는 너무 멀고, 저자를 대표하는 것이 내용인데 내용이라는 것은 언어의 성격상, 매우 공적公的인 기성 사실의 인상을 풍긴다. 그에 비하면 고본의 전소유자는 훨씬 끈끈한 살아 있는 부분이다. 그도 지금 눈앞에는 없지만, 지금 손에 든 이 책은 저자의 원고를 복사한 몇백, 몇천 부의 하나에 지나지 않는 물체가 아니라, 이름을 가진 어느 개인이 소유했던, 그러므로 그 순간에 고유한 것이 된 어떤 인간적 유적遺蹟이다.

고본이란 것은 '저자—원고—편집자—인쇄자—전 소유자'라는 참여자들에 의해서 형성된 특이한 폐쇄회로다. 그것은 물질만도 아니고, 저자의 전부도 아니고, 원고 그 자체도 아니고, 편집자의 일부이며, 인쇄자의 정신적, 육체적 노동의 그만한 부분과, 전 소유자의 지적 욕망의 그만한 부분과 당연히 그런 소유자의 인생이라는 토대에 연결된 — 그러나 지금은 그 토대에서 분리된 어떤 것이다. 전 주인은 왜 이 책을 팔았을까. 팔리고 있다는 현실 때문에 선 주인이 팔았으리라는 추측이 먼서 오시만은 반드시 그렇나고는 할 수 없다. 그렇다고 책방 주인이 훔쳐왔으리란 말은 아니다. 전주인 아닌 사람이 팔았을 수도 있다. 잃어버릴 수도 있다. 그도 저도 아니고 책 주인이 책을 두고 어딘가로 가버렸을 수도 있다. 즉, 세상 떠난 이의 장서를 그럴 자리에 있는 사람이 정리한 경우다. 이렇게 저세상으로 떠난 경우 말고도 사람은 자기가 지녔던 책을 떠날 때도 있으리라. 그럴 경우가 저세상으로 간 경우보다 흥미는 더하다. 저세상 갈 때야 책은 그만두고 목숨조차 가지고 가지 못하니 말해야 부질없지만, 살아 있는 사람의 경우에 애장서를 떠나는 처지는 여러 가지 평안하지 않은 곡절을 떠올리게 만든다. 고본점의 책들은 시시해져서 정리했겠지 싶은 책은 사실 그리 많지 않다. 고본점은 책을 꽂아둘 자리가 넉넉지 못하므로 더욱 그렇다. 물론 여기까지 얘기가 흘러오면 고본점도 고본점 나름이라 해야 할 것이다. 내가 언급하는 것은 그럴 만한 책방을 말한다. 고본일수록 세월을 거치는 사이에 남을 만한 것만 남게 되는 사정도 있다. 그렇게 해서 비록 약간 헐기는 해도 틀림없이 가지고 싶어 할 책들은 남아서, 노예시장에서 주인을 기다리는 노예들처럼, 마음의 시장에 다시 나오게 된다. 대구 역전의 책방은 그런 책방이었다. 좋은 노예들이 많았다. 옛날에는 기억노예나, 암송노예도 있었다고 하고, 철학자 노예까지 있었다고 『쿠오 바디스』에 있었으니 고본들을 노예라 부르는 것이 그리 생경한 말은 아니다. 사람에게 기억시키건, 종이에 기억시키건 내용 쪽에서 보면 마찬가지가 아닌가. 그래서 그 이전의 노예 소유자의 신변에 생긴 변화도 『쿠오 바디스』에서 페트로니우스에게 생긴 불행 같은 것이 연상되기도 하고, 그런 식으로 인생의 영고성쇠가 떠오른다.

사무실에서 내가 하는 일은 상벌賞罰계라는 부분이었다. 말 그대로 부대원의 상훈 관계와 처벌 관계의 업무로, 표창장의 수여로부터 육군 형법 해당자의 처리까지의 사항이었다. 군대는 잘 짜인 관료사회여서 모든 분야의 업무는 이미 수립된 규정에 의해서 처리되었다. 특히 우리 군대는 미국군의 편제를 따라 조직되었으므로 규정체계가 이미 자세하였다. 포상이든 처벌이든 정해진 규정에 따라, 상급 부대의 지시와 부대 구성원 사이를 기계적으로 연결하는 것으로 거의 특별한 연구나 창의성이 없어도 되는 일이었고 책임은 우리들 행정사병에게 있는 것도 아니었다.

행정부처의 사무실은 미군들이 야전에서 사용하는 양철 구조물이었지만, 난로가 늘 타고 있어서 추운 줄을 몰랐다. 기름 난로라는 것이 생활 속에 들어온 첫 경험이었는데, 이것은 일종의 문화 충격이었다. 나무나 석탄이 아닌 기름을 방을 덥히는 땔감으로 이렇게 '태워 없앤다'는 것은 놀라움이었다. 기름이란 귀중한 것으로 기계가 돌아가고 움직이는 데 쓰이는 물질이지, 장작이나 석탄 덩어리 대신 난로 속에서 하루 종일 타고 있다는 것은 어지간히 겁나는 광경이었다. H는 나무 고장이고, 석탄 고장이다. 추운 고장이므로 땔감이라는 것은 생활의 안락을 위해서는 식량 못지않게 중요한 물자다. 춥고 배고프다는 말대로, 사람은 추워도 못 살고 배고파도 못 살지만, 특히 북쪽 지방에서 춥다는 것은 배고프다는 일과 그 고통에서 덜더함을 가리기 힘들다. H에는 나무도 많고 북부에서 손꼽히는 탄선 시대이기도 하거니와 아버지가 하는 일이

나무장사였으므로 땔감을 신기해한 적은 없다. 온돌은 언제나 절 절 끓는 것이거니 한 환경이 나의 어릴 적 기억이다. 그러나 기름 은 아니었다. 그래서 이 군대의 야전형 사무실에서 나는 가끔 발 갛게 달아오른 기름 난로를 멀거니 바라보는 적이 있었다.

그러나 내무반에서는 사정이 달랐다. 여기서는 무연탄 난로가 사용되었는데, 때기만 한다면 무연탄의 열에너지도 제 몫을 했을 것은 뻔한데 이 난로는 겨울 내내 사용되지 않았다. 그러자면 난 로 당번이 있어야 했는데, 다행인지 불행인지 (양쪽 모두 다) 이 당번 제도가 실시되지 않았다. 보통 부대 같으면 으레 신병들(신 병은 나 말고도 있었다)이 이 일을 맡았을 텐데, 우리 내무반 고참 병들은 자기들도 하지 않았을 뿐만 아니라, 우리들에게도 시키지 않았다. 당시의 군대문화의 수준에 비춰볼 때 참으로 섬뜩할 만큼 빼어난 인권상황이었다.

여기에는 조금 그럴 만한 구체적 사정이 있기는 했다. 내무반 취침자는 늘 정원의 절반도 되지 못했다. 어디선가 밤을 지내고 오는 사람들이 있었고, 점호 때 있다가도 나갔다가 새벽에 들어오 거나 아예 들어오지 않거나 하는 고참병들이 많아서 내무반은 늘 횅뎅그렁했다. 더구나 인사과 사병만 쓰는 내무반이라 크지도 않 아서 그에 맞춰 지급된 난로를 불을 피운 대로 유지하려면, 당번 이 수시로 드나들어 살펴야 하는 일은 사무실에서 근무하다가 때 맞춰 와야 하는 병사들로서는 어려운 일이기도 하였다. 이래서 결 과로는 불 없는 내무반에서 나는 군대에서의 첫겨울인 그해 겨울 을 났다. 대구의 겨울은 불 때지 않고 지낼 만한 겨울은 아니다.

그래도 우리는 불 없는 내무반에서 잤다. 누구를 원망할 수 없는 사정이었지만 춥기는 추웠다. 우리는 각자에게 나온 깔개와 담요를 둘씩, 셋씩 겹쳐 깔고, 두 사람이 한 사람치 자리에, 세 사람이 한 사람분의 공간에 겹쳐서 잠으로써 겨우 잠들 수 있었다. 다른 부처의 내무반도 사정은 마찬가지였다. 기름 난로라면 이런 괴로움은 없었을 것이다. 그렇다고 해서 이 문제를 해결하기 위해 각 부처 사병을 합쳐서 대형 건물에 수용하고, 고정 당번을 정해서 주간 근무도 하지 않게 내무반에서 난로를 관리하게 하는 방식을 투표에 부쳤다면, 그 안은 병사 대중에 의해 부결되었을 것이다. 그것은 갈데없이 제대로 된 내무반 문화가 되었을 테고, 점호 때까지 돌아오지 않는 사람을 적당히 둘러서 감싸준다거나, 취침 후에 무단이탈한다거나, 주간 일과 끝과 함께 모습을 감췄다가 새벽녘에 돌아오기도 하고, 돌아오지 않기도 하고(그러나 사무실에는 일과 시간 시작에 맞춰 자리에 앉아 있고) 이런 생활은 불가능할 것이었다. 그런 투표도 없었고 따라서 내무반에는 여전히 난방 상황이 없었다.

나는 사람들이 많이 비었을 때 혼자서 여러 겹 깔고 덮고서 책을 읽는 시간을 가질 수 있었다. 취침 시간 이후에는 소등이 규칙이었으나, 규칙에 따라 비상등은 켜놓는 것이므로 비상등이라 해서 책이 보이지 않는 것은 아니었다. 책을 보는 것까지는 좋았으나 나의 책읽기는 군대에 들어왔다고 해서 갑자기 더 능률이 나지도 않았고 머리가 더 좋아지지도 않았다. 그 무렵의 나의 정신 상태는 마치 계통발생의 과정 없이 생명을 개체발생시키려는 몸부림과도 같았다. 물론 이런 일은 불가능하므로 비유일 뿐이지만, 나의 독서와 생각의 체계 없음을 굳이 설명하자니 이런 비유가 펜 끝에서 흘러나온다. 모든 주제마다 나는 마치 이 세상에서 그 문제를 처음 생각하는 사람처럼 시시콜콜한 데서부터 생각하기 시작하곤 했다. 선행하는 업적을 요령 있게 밟아내려온다는 무릇 과학의 기본적 연구법을 나는 알지 못했다. 싫은 과목일망정 대학 공부를 착실히 했더라면 적어도 학문의 방법론만은 터득했을 텐데도 말이다. 그것은, 나의 책읽기는, 차근차근 엮어나가는 사고라기보다, 글이 짧은 중이 주어진 화두만을 덮어놓고 붙들고 바람벽만 사려보는 것에나 더 그럴듯하게 비겨볼 만했다. 무섭게 원시적인 시간 쓰기였다. 고전을 직접 읽어내기 위한 기본적인 언어의 훈련을 먼저 거쳐야 한다는 깨달음도 없이 당장에 입에 단 일본말 번역책을 마음대로 추측을 곁들여 무슨 상징시를 헤아리듯 실은 자기 자신의 기존 지식이라는 멍엣돌을 지고 돌아가는 소 같은 운동이었다. 짚어져 나오는 듯싶은 낱알은 나 자신의 환상의 찌꺼기일 뿐이었다. 그래도 나의 무의식의 어느 발치 언저리에는 무릇 생각이라는 것은 언제나 처음부터 시작하는 것이라는, 철학이라는 것은 특히 그렇다는, 적지 않은 철학 입문서들에 한결같이 보이는 그런 뜻의 대목이 엎드려 있었던 듯싶다.

부관학교도 군대는 군대였으므로, 사무실 근무의 비교적 용이함과 내무반 생활이 그런 식이었다고 그저 편하기만 한 것은 아니었다. 사역使役이라 해서 행정 근무병들도 손이 모자라면 아무 때고 육체노동에 나갔다. 그리고 그런 일은 각 사무실이나, 내무반의 신병들이 맨 먼저 맡았다. 이것만은 아무리 같은 사무실과 내무반의 고참병들이 너그러운 사람이었다고 해서 그들이 대신 나갈 수는 없는 일이었다. 그리고 부대의 야간 위병 근무가 있었다. 본부 중대의 인원만으로는 부대의 둘레에 세우는 야간 위병 및 동초를 치러낼 수 없으므로 이 근무는 근무 부처에 상관없이 이 부대의 전 병사들의 근무사항인데 이것도 신병과 하급자에게 쏟아졌다. 겨울밤의 동초 근무는 좀 고된 일이었다. 정문 위병소에는 상급자들이 근무하고 하급자들이 학교 둘레 철조망 곳곳에 맡겨진 동초 구간을 경계해야 하는데 이것은 춥고 졸리는 노동이었다. 서서 졸기가 일쑤였다. 여기도 편법이 있기는 있었다. 후문 근처에는 의무실이 있었는데 이곳은 입실자들이 있는 곳이므로 언제나 난로를 피우고 있었다. 보초를 서다가 못 견딜 만큼 추워지면 그리로 가서 불을 쬘 수 있었다. 의무실의 당번들은 언제나 반갑게 맞아주었다. 지휘소에 앉아 있는 지휘자가 아무리 경계 철저를 위해서 보초를 배치해도 이렇게 현실의 보초의 자리는 비어 있을 수 있는 것이었다. 그러나 순찰하는 주번 장교나 주번 하사에게 들키면 이야말로 영창감이었으므로 알아서 해야 했다. 번갯불에 콩 튀겨 먹듯이라지만, 잠깐잠깐 들러서 몸을 녹이고는 금방 제자리로 돌아가노라면 교대 시간이 되고, 불 없는 내무반이 그때는 그렇게 포근할 수 없어서 이미 잠든 전우 옆에 끼어들거나 남은 침구를 마음껏 포개어 덮고 잠이 든다.

이렇게 그해 겨울을 나고 이듬해 봄에 좀 좋지 않은 일들이 연거푸 생겼다. 어느 날 일과 시긴 중에 내무반이 있는 지역을 지나나가 나는 고참병으로부터 폭행을 당했다. 나는 부주의로 고참병을 알아보지 못하고 경례 없이 스쳐 지나려고 했던 것이었다. 그는 나의 정강이를 구둣발로 내질렀는데 그 자리에 쓰러질 만한 가격이었다. 그 고참병은 다른 내무반의 소속이었다. 좀처럼 없는 일이었으나 있어서 안 될 일은 아니었다. 다리는 무섭게 부어올랐고 나는 꽤 오랫동안 절뚝거리고 다녀야 했다. 말할 것도 없는 일이었지만 그런 일을 누구에게 일러바친다든가 그런 일은 생각도 못 해야 했다. 잘되느라고 정강이는 큰 탈을 남기는 일도 없이 나았으니 그런대로 좋은 일이었다. 무엇보다 정강이를 위해서 그리고 나를 위해서. 그것으로 그 봄의 액땜이나 되었더라면 좋았으련만 또 좀 재미없는 일이 생겼다. 어느 부대나 마찬가지로 식사 당번이라는 것도 있는데 우리 기간 사병은 이 점에서는 다른 부대보다 유리하였다. 우리는 거의 그런 당번 근무는 없었다. 피교육 신병들이 있는 교육부대이므로 이 노역은 그들의 몫이었는데 어쩌다 이 일이 기간 병사들에게 돌아오는 일도 있었다. 그 근무를 하게 되었는데, 그때 나는 다른 신병과 짝이 되어 국이 담긴 드럼통을 취사장에서 식당까지 메고 오게 되었다. 같은 학교에서 신병시절에 으레 해본 근무지만 그때는 이런 큰 그릇이 아니고 훨씬 작은 제대로 된 국그릇에 담아 날랐었다. 드럼통을 반으로 자른 그 그릇은 정규 그릇의 몇 배 용량이었으므로 여러 번 나르지 않아서 번잡하지 않아 좋았겠지만, 다만 힘 좋은 운반자일 경우에 그랬을 것이다. 가득 담긴 국이 출렁거려서 몸 가누기가 더욱 힘들었다. 줄을 꿰어 막대기를 질러서 메도록 되어 있는 한쪽을 진 나는 어깨가 으스러지는 것이 문제가 아니라 등허리뼈가 무게를 이기지 못하고 무너지는 것 같았다. 도중에서 국을 쏟아버리지 않은 것만 다행이었다. 국의 잘못도 아니고, 드럼통의 잘못도 아니고, 취사병의 잘못도 아니었다. 그것은 드럼통의 크기와 내용물이 가만있지 않고 출렁거림으로써 무게를 더욱 견딜 수 없게 만든 점과, 무엇보다도 나의 척추의 무게 지지력 사이에 있는 구조적 모순이 빚어낸 현실이었다. 그 어느 한 요소에 잘못은 없었지만 나는 어느 때보다 감당할 수 없는 공포를 경험하였다. 할 수 있는 일은 할 수 있었지만, 할 수 없는 일은 할 수 없었다.

그때만 해도 장교, 사병 모두 복무연한제도가 제대로 지켜지지 못하고 있었다. 그때그때의 동원 편의에 따라 병력의 교체가 이루어졌기 때문에 자신이 언제 제대하는지는 국가라는 엿장수 마음대로였다. 이것은 군대에 복무하는 개인에게는 큰 불편이요 공포였다. 직업 군인이 아닌 다음에는 모두 할 수 없어서 오게 된 조직에서 언제 풀려날지 모른다면 인생 설계를 제대로 할 수 없게 된다. 사정이 이러하므로 부정한 수로 제대하는 구멍이 생기고, 아예 오지 않는 것이 제일 슬기로운 대처일 수도 있는 일이었다. 그런 병역의무 거래의 암시장 때문에 법대로 제대 행정이 이루어지는 것은 더욱 어려워진다는 악순환을 만들어주고도 있었다. 순서대로 타는 것이 제일 빨리 타는 방법인데 앞뒤에서 새치기하기 때문에 결국 모든 사람이 손해를 보는 교통질서에서의 무질서와 같았다. 그것은 군대 복무에서 최소한의 위엄조차 없애버리고 말하자면 천민복역제도 같은 고약한 기풍을 만들고 있었다. 전후기 신병 교육

을 마치고 다행스럽게 가장 편한 부대에 배치되기는 했지만, 이곳
이 군대라는 사실에는 변함이 없다는 것과 언제까지 이렇게 등뼈
가 가끔 휘고, 정강이가 가끔 부어터지는 생활을 해야 하는지가
두려워지는 것은, 군 당국이나, 남에게는 아무래도 좋았겠지만 당
자인 나에게는 큰 시름이 되었다. 입대 후 10개월쯤 되는 그해 여
름에 통역장교 시험에 응모한 것은 이런 고민을 해결하기 위한 방
법이었다. 그것은 노역과 폭행이 그만큼 가벼워질 수 있는 길이었
다. 좀더 강력한 등뼈와 정강이를 타고났더라면 그런 번잡한 일을
또 치렀을지는 의문이다. 장교 시험이 있다는 것도 내가 백방으로
알아본 끝에 찾아낸 것도 아니어서, 대구 군관구의 시험 장소가
우리 부대로 지정되어 인사과 근무자의 한 사람인 내가 자연스럽
게 그 소식을 알게 된 것이었다.

　민간인과 현역 장병 모두에 응시 자격이 있는 그 시험에 일이 그
렇게 되자고 그랬던지 나는 통과되었다. 인사과의 상급자들과 동
료들은 모두 나의 선택을 존중해주었고 이별을 섭섭해 해주었다.
나는 광주에 있는 보병학교 입교 명령을 받고 거기서 민간인과 현
역에서 각기 뽑혀온 인원들과 함께 편성되어 2개월쯤 되는 특과
장교 후보생 과정을 거쳐 육군 중위로 임관되었다. 첫 임지로 나
는 야전군에 속한 병참부대에서 통역장교 겸 공구 창고장으로 근
무하였다. 이 창고는 병기 관계 이외의 온갖 공구를 취급하였다.
나는 그 종류의 다양함에 경탄하는 것 말고는 도와줄 힘이 없었지
만, 창고에는 이미 경험 있는 선임하사와 병사들이 있어서 창고장
이야 누가 오든 아무 탈 없이 상급 병참부대에서 물자를 받아다가

지원대상 부대에 내주는 일을 하고 있었다. 내가 하는 일은 일과 시간 중 창고 안팎 어딘가에 가끔 출몰하고 있으면 되었다. 나의 판단을 기다려야 하는 일은 거의 없었다. 용도가 무엇인지 모르는 망치며, 드라이버며, 스패너며 그 밖의 정밀 공구의 온갖 영광을 상징하는 그것들에 대해서 판단하려야 할 수도 없었다. 예하 부대의 담당자들이 그들의 업무 진행에서 필요한 물건을 신청하면 재고와 대조해서 있으면 주고 없으면 못 주면 그만이었다.

그처럼 실무 능력은 없었지만 즉 내가 그들 공구에게 해준 일은 없지만 그들이 내게 준 것은 있다. 생명과 문명에 대해서 공학적工學的 접근을 하고 싶어 하는 버릇이 조금 생긴 것이 이 창고에서 얼마쯤 영향받지 않았나 싶다. 뭐니 뭐니 해도 백문이 불여일견인지 그토록 많은 공구는 그것들이 쓰이는 기계를 전제하고 그런 구조들이 질서를 따라 구성되어 있는 상태가 감각적으로 인식되는 것이었다. 그것들을 관찰하는 것은 꽤 흥미 있는 일이기도 했다. 공구를 생산하기 위해서는 정확성 있는 기계가 또 있어야 한다. 쇠붙이가 재질이 좋아야 한다. 이 도구들은 이것들이 속한 큰 문명의 부분이었다. 사람은 도구를 만든 짐승임을 이보다 더 구체적으로 알게 되기도 힘들었다. 공구라는 것은 사람과 기계의 중간에 오는 존재이기 때문에 그것들은 인간―공구―기계―로봇이라는 인간 진화의 단계에서 생명과의 연결을 맡고 있는 실존주의적 고리였다. 그 잘 깎인 표면, 정확한 비례, 분명한 목표, 이런 것들이 나를 감동시켰다. 정성스런 포장을 풀면 드러나던 그 기계들이 풍기는 건강한 냄새도 좋았디. 그렇다고 해서 이후의 생애에서 나는 별다른 기계광도 되지 않았다. 공구이든, 기구이든, 기계이든, 그것들을 사랑하고 그 효율을 최대로 발휘시키자면 그들의 현존 상태에 자신을 일치시켜야 한다. 그러나 모든 공구, 기계는 그 용도와 능력이 한정적이다. 그것들을 즐기자면 나는 상상력을 감속減速시켜야 했다. 그들은 어느 수준이든 그 나름대로 불완전한 도구들이었다. 상상력과 물질 사이의 교류에 끼어들기 마련인 많든 적든 속도(걸리는 시간의 많고 적음)라는 것이 없어지자면, 완전기계로 진화한 기계가 필요했다. 즉 기호記號다. 기호의 운용에는 상상력의 감속이 없어도 된다. 상상력이란 것은 그 성질로 극한 '속도' 그 자체이기 때문이다. 그런 기호체계─무한속도가 예술이고, 문학이다. 이후에 그런 생각을 차츰 하게 되었는데 그 기원의 성지聖地는 이 공구 창고였지 않나 떠올려진다.

공구 창고장 생활은 오래가지 않았다. 두어 달 지나서 나는 같은 부대의 예하 부대인 이곳 포천 근처의 정비중대에 전속되었다. 공구창고는 그 밖의 병참 시설이 집결된 분주한 환경이었던 데 비해서 서부전선의 최전방 전투부대의 바로 뒤에서 근접 지원하는 이 부대는 훨씬 목가적인 곳이었다. 피복과 군화의 수리, 정비, 세탁을 지원하는 이 부대는 군부대의 세탁소, 옷수선소, 구두 수선집이었다. 부대는 냇가에 자리 잡고 있었다. 세탁 기계를 움직이려면 물이 풍부해야 하기 때문이었다. 나는 대대 통역장교이자, 정비중대 소대장 근무를 하였다. 서울 근교에 있던 공구 창고장 시절에 서울 집에서 출근하는 편리가 사라진 대신 나는 생애 처음 시골생활을 경험하게 되었다. 서부 국도의 한옆에 철조망이 둘러쳐진 이 부대는 병참대대로, 영내에는 1개 세탁중대, 1개 정비중대가 각기 다른 건물을 차지하고 그 중간에 대대 본부 건물이 있었다. 건물은 천막과 목재, 그리고 돌을 섞어서 지은 소박한 시설인데 一자 모양으로 된 중대 건물은 중대장실, 중대 본부 행정실, 중대 내무반이 모두 그 속에 있었다. 나는 중대 본부 행정실이 정위치로서 중대부관도 겸하고 있었다. 우리 중대는 편제상에는 2개 소대를 가지고 있지만 그중 1개 소대는 늘 파견 근무라 해서 지원해줘야 할 사단에 직접 나가 있어서 영내에는 1개 소대가 남아서 보내오는 지원부대의 피복과 군화를 영내에 있는 공장에서 정비하고 있었다. 같은 영내에 있는 세탁중대도 운영방식은 마찬가지였다.

피복과 군화수리 공장은 영내의 안쪽 냇가에 면한 철조망 옆에 있었다. 두 개의 대형 천막 안에서는 각기 군화수선기계와 피복수선기계 앞에 한 사람씩 앉은 병사들이 신기료 장수와 봉제 남공 노릇을 하고 있었다. 나는 그들의 생애에서 이때에 갈고 닦은(사실은 '깁고 박은'이지만) 기술을 가지고 그들의 자녀와 아내에게 흠모 받는 인생을 보냈기를 두 손 모아 빈다. 내가 이곳에 부임한지 얼마 되지 않아 여기서 가까운 군단사령부에, 신병훈련소의 동기생이었던 소설 공부하는 P가 배치되어 있는 것을 알게 되었다. 군단사령부는 부대 앞 국도를 전방 쪽으로 좀더 들어간 곳 언덕 위에 있었다.

나는 일과 후에 그를 찾아 군단사령부로 가서 늦도록 놀다가 한밤중 달빛 속을 걸어서 부대 앞 숙소로 돌아오곤 했다. 창문 밖으로 보이는 저 냇물 건너의 길이 그것이었다.

이튿날 친구와 점심을 함께한 다음, 나는 혼자서 옛날 근무하던 부대를 찾아 나섰다. 호텔에서 택시를 불러줬다. 시간을 절약하기 위해 그렇게 했다. 차는 삼거리에서 다리를 건너 우리가 들어 있는 호텔을 이번에는 그쪽에서 바라보면서 냇가길을 따라 군단사령부 쪽으로 갔다. 그런 부대가 있는 것 같지 않다고 운전수는 말했다. 아무튼 가보자고 하면서 오래전이니 부대는 옮겼을 수도 있겠다는 생각이 들었다. 운전수의 말대로 있어야 할 자리에 부대는 없었다. 우리가 서울서 올 때하고는 다른 길가가 되는 그 자리는 냇가의 빈터일 뿐이었다. 나는 할 수 없이 차를 돌려보내고 그 자리에 남았다. 이 자리에 틀림은 없었다. 언저리를 돌아다녀 보아도 부대의 흔적이랄 만한 구석은 발견되지 않았다. 옮겨도 아마 훨씬 전에 그렇게 된 듯, 그저 잡초가 우거진 냇가 빈터일 뿐이었다. 나는 냇물가에 서서 없는 부대의 모습을 떠올리며 대대 영내의 건물들의 자리를 짐작해보았다. 지금 서 있는 자리는 전에 세탁차량들이 냇물 속에 호스를 드리워놓고 서 있던 자리였다. 지금은 갈대가 무성하였다. 그 지점을 기준으로 저기는 식당, 저기는 군화공장, 저쯤이 우리 중대, 이런 식으로 기억 속의 건물들을 제자리에 놓아보았다. 머릿속에 있는 그 시절의 건물들은 쭈뼛거리면서 자기들이 태어난 자리에 가서 서보려고 애쓰는 듯하였지만, 원래의 자리라고는 하지만 이미 떠난 지 오랜 곳에 포근하게 들어서는 것이 쉽지는 않아 보였다. 우리 대대 옆에 철조망 하나 사이를 두고 이웃해 있던 통신중계소도 없어져 있었다. 높은 중계탑이 이 호젓한 국도 한옆에서 생뚱해 보이던 풍경이었다. 돌아보면, 제자리에 놓았다 싶던 건물들은 어느새 머릿속으로 돌아와버리고 그저 갈대와 잡초가 마음대로 자란 냇가만 빈 대로 거기 있었다. 늦은 가을 탓만이 아닌 쓸쓸함이 갑자기 사방에서 몰려드는 듯했다. 그러나 그것은 언제나 이 무렵 이 벌판을 건너갔을 그저 가을 바람이었다.

이 부대에 근무했을 때 사단으로 파견 근무를 나가서 세탁분대 하나를 함께 감독한 적이 있었다. 세탁분대는 거기서도 냇가에 세탁차를 설치해놓고 작업했다. 그 냇물도 이 냇물과 연결된 물길일 것이었다. 깨끗한 냇가 자갈밭에 세탁차와 피복정비 천막을 설치하고 보낸 한여름은 그리운 한 시절이었다. 파견 근무가 좋은 점은 많았다. 본대에서 나와 있으므로 우리는 작으나마 독립부대였다. 직접 간섭하는 사람이 없었다. 지원받는 부대 쪽에서는 우리를 우대해주었다. 더 많은 심부름을 시키자면 우리를 편하게 하는 것이 그들에게 이로웠다. 식량 보급도 자기들 부대의 일반 수준보다 질이나 양에서 우대해주었고, 사단의 참모들도 가끔 들러서 우리를 격려해주었다. 그때마다 어려운 일이 있으면 말하라는 것이었다. 사단 사령부의 분위기가 그랬기 때문에 어쩌다 우리 병사들이 마을에 나가 술집 같은 데서 사단 병사들과의 사이에 작은 말썽에 휘말리거나 해도 자기네 인원만 단속하고 우리 병사들은 돌려보내곤 했다.

나는 하루 종일 천막에 가까운 숲의 나무 그늘 아래에서 책을 읽으면서 지냈다. 그때 『사상계』 잡지의 어느 묵은 호에 프루스트의

『잃어버린 시간을 찾아서』속의 한 부분을 읽으면서 경험한 혼란이 생각난다. 그 부분은, 주인공이 애인을 그녀의 집까지 바래다주고 돌아서 나오다가, 문득 그녀는 지금 저 속에서 미리 기다리게 한 다른 남자를 만나고 있는 것이 아닐까 하고 의심하는 대목이었다. 남자는 걸음을 돌려서 길갓집인 그녀의 집 창문 앞에서 서성거린다. 그는 덧문은 닫혀 있지만 불이 켜진 창문 앞에서 행여 인기척을 알아낼 수 있을까 서성거리다가 마침내 덧창을 두들겨본다. "누구세요" 하고 묻는 그녀의 소리를 듣는다. 주인공은 대답을 하지 않고 급히 그 자리를 떠난다. 그때 대답할걸, 하고 그는 곧 후회한다. 떳떳이 대답하고 안에 누가 없느냐고 물어볼걸, 그랬더라면 시원했을 텐데. 그때 돌아섰기 때문에 진실은 이제 영영 모르고 말게 되었구나. 실지로 오랜 나중까지 이때 일을 뉘우치게 된다. 소용없는 후회이며, 미심쩍은 순간은 그렇게 영원한 것이 되었다. 이런 대목이었다. 잡지에 실린 것은 그뿐이었다. 긴 소설에서 떼어낸 그 한 대목은 전후 사정이 확실하지 않기 때문에 더 안타까운 효과가 있었다. 그래서 그런지 주인공의 궁금증은 그만큼 사무쳐 보였다. 이 강변에서 이와 비슷한 냇가에서 보낸 한여름에 읽었던 소설이 떠오르고, 그 소설이 전하려고 하던 안타까움이 문득 알아지는 느낌이 들었다. 그 잡지는 그 후에 잃어버렸다. 미국에서 머물고 있을 때 나는 영역된 이 소설의 전질을 샀다. 아마 전에 읽었던 그 대목이 잊히지 않은 탓도 있었을 것이다. 그러나 읽은 부분은 마지막 권 한 권뿐이었다. 왜 마지막 권부터 읽었는지는 모르겠는데 그렇게 되었고 그 무렵에 귀국하게 되었다.

그런데 돌아와서 보니 읽은 권만 가져오고 나머지는 남겨놓고 온 것을 알았다. 그러다가 언젠가 생각이 나서 나는 도서관에서 사상계의 그 호를 찾아 복사해두었는데, 또 얼마 지나 찾아보니 어디다 두었는지 끝내 나타나지 않았다. 다시 복사하든지, 아예 프루스트의 우리말 번역을 사든지 하면 그만이지만, 어쩐지 그 대목은 자꾸 내 손에서 벗어나는구나 싶은 실없는 생각이 가끔 드는 때가 있다. 그것은 주인공의 생애에서 영원히 사라지고 만 그 기회와는 다른 성질의 상실감인데도 내 기억 속에서는 비슷한 사건인 듯이 헝클어진 실타래처럼 얽혀 있다. 그리고 그 구도 속에는 세탁차가 호스를 드리우고 있던 냇물이 있고, 우리나라의 어느 냇가에나 풍성한 보물처럼 깔려 있는 여러 종류의 새알처럼 탐스러운 그 둥글둥글한 자갈밭이 그러다가는 여름 햇빛의 열기 때문에 그 속에서 무엇인가가 부화되어 나오지 않을까 싶게 따뜻하게 깔려 있다.

그런 일을 떠올리면서 빈 터를 헤매다가 나는 발길을 돌렸다. 시계를 보니 한 시간쯤 지나 있었다. 잠깐 서 있었거니 싶었는데 나는 둘러보아야 아무것도 없는 곳에서 그렇게 머문 것이었다. 나는 길로 나와서 오던 길을 돌아 왔다. 가끔 군용 차량들이 지나갔다. 나는 군단사령부 쪽으로 조금 걸어볼까 하는 생각을 잠깐 떠올렸지만 그렇게는 하지 않았다.

이곳에 근무하는 동안에 나는 「그레이 클럽 이야기」와 「라울의 생애」라는 두 편의 단편소설을 써서 그것을 가지고 신인으로서의 등단 과정을 치렀다. 앞의 것은 입대 전 문학 친구들과 어울리던 시절을 바탕으로 썼고, 뒤의 이야기는 기독교의 초기 시절에서 취

재한 이야기였다. 대학 시절에 「H읍」을 썼음에도 불구하고 단편이
라는 형식의 두 작품을 쓰면서 나는 어둠 속에서 잃은 물건을 찾듯
고생하였다. 「H읍」을 쓴 사람은 분명히 자신임에 틀림없지만, 왜
그 시점에서 소설을 쓰기로 했는지, 쓰기 바로 전까지의 정황은
분명치 않지만, 어쨌거나 그 작품의 방식은 그리 나쁜 것이 아니
었고, 웬만한 분량까지 쓴 터이므로 소설에 처음 손을 댄 것이 아
닌데도 두 단편을 나는 힘겹게 썼다. 첫번째 단편인 「그레이 클
럽……」은 발표와 상관없이 이곳 생활을 시작한 지 얼마 되었을
때 쓴 작품이고, 두번째 작품은 첫번이 발표된 다음 두 편을 선보
이도록 돼 있는 등단 규정을 채우기 위한 것이었다. 추천자인 소
설가 A선생님한테 나를 데리고 가준 사람은 P였다. 그때 P는 이
미 등단을 마친 다음이었다. 나는 동부전선의 이 골짜기에서 좋은
일을 맞이한 것이었다. 군단 사령부에 있는 P를 찾아 밤길을 가고
오면서 등단하고 싶은 생각이 구체화되고 P도 내 심중을 알게 되
었던 모양이었다.

첫 단편소설을 쓰던 때의 상태를 나는 가끔씩 돌이켜본다. 글을
쓰는 것도 일종의 기쁨일 수 있는데 기쁨치고는 흔하지 않게 자연
스러운 형식이구나, 하고 그때마다 끄덕이게 된다. 미리 계획을
가지고 꾸며냈다기보다, 무엇인가를 쓰고 싶어 하는 막연한 충동
이 어찌어찌 그렇게 모습을 갖춘 끝이 그 작품이었다. 문우들과
사귀던 한 시절이 바탕이라고는 해도 작품 그대로 일어난 사실이
있지는 않았다. 일부의 경험과 경험이 끌어내는 연상작용이 밀고
당기면서 차츰 모습을 갖춘 것이 그 작품이었다. 「H읍」을 쓸 때

내 머릿속에는 H읍이 있었다. 거기서도 작품 속의 사건들이 모두 사실은 아니었지만 기본적으로 그 광경의 부분들은 모두 경험에서 온 것이었다. 그래서 대담한 허구라는 기준으로 보면 평범할 만큼 비야심적이었다. 「그레이 클럽……」은 작품에서의 '주제'라는 것이 비록 자각적이지는 않은 대로 어디선가 배려되어 있었다. 주제라는 자력선磁力線에 따라 사실을 배치하는 방식이다. 반드시 「H읍」보다 진화한 방식이라고는 믿지 않는다. 다른 방식일 뿐이다. 예술에는 우열은 없다. 차이가 있을 뿐이다. 이곳에 근무할 때 내가 첫 단편을 발표의 기약 없이 어쩌다 썼기 때문에 나는 P를 따라 A선생을 만날 생각도 났으리라. 그 순서가 반대였다면 등단을 둘러싼 사정도 얼마든지 달라질 수 있었다. 나는 이런 생각을 할 때마다 우리들 인간의 생애에서 우연이라든지, 작은 차이가 가져오는 필연적 결과라든지, 큰 결론적 대립이라는 문제가 떠오른다. 여러 종류의 우연이 아직 그만한 열매를 예상하지 못한 대로 하나씩 마주치던 그 무렵에 자주 지나다니던 길을 오랜만에 다시 밟고 오자니 회상은 꼬리를 물고 친구들을 끌어대었다.

이렇게 걸어오다가 나는 걸음을 멈추고 길의 왼쪽 언덕을 바라보았다. 꽤 높아 보이는 산등성이가 둘러선 그 언저리는 비스듬히 안쪽으로 높아지면서 아늑해 보였다. 과수원이라도 자리 잡을 만한 지형이었다. 호텔에서 건너다보았을 때 아직도 들꽃인 듯한 색깔이 여기저기 보이던 곳이었다. 나는 무심히 그 비탈 쪽으로 들어섰다. 거기서 나는 곧 길을 발견하였다. 오솔길이지만 분명히 사용되고 있는 길이었다. 그만한 비탈을 유지하면서 길은 위쪽으로 나 있었다. 산자락에서 꽤 올라온 곳에서 나는 우뚝 서버렸다. 여남은 개 되어 보이는 무덤들이 풀섶 사이에 흩어져 있었다. 외나무다리 저쪽에서 마주 들어서는 사람과 부딪치기나 한 것처럼 나는 한동안 이 한 무더기의 무덤들과 마주 서 있었다. 한동안이 아니라 잠깐이었는지도 모른다. 그러나 그 잠깐은 아주 오랜 것처럼 느껴졌다. 나는 다시 걸음을 옮겨 오솔길을 따라 올라갔다. 그것은 마치 저편 사람이 비켜서는 시늉을 보고 내가 먼저 다리를 건너가는 형국 같았다. 그 무덤들 주변에는 꽃이 다 떨어지지 않은 들꽃 포기들이 다른 데보다 몰려 있었다. 호텔 창문에서 볼 때 색깔이 있어 보이던 언저리임이 분명하였다. 무덤에는 하나같이 비석이 없었다. 그것들이 풀섶 사이에 파묻히다시피 되어 있어서 가까이 올 때까지는 알아볼 수 없이 돼 있었다. 산비탈에 한두 개 이런 무덤이 있다고 해서 이상한 일은 아니지만, 여남은 개나 되는 그것들은 주변에서 무슨 작업들을 하다가 잠깐 한곳에 몰려 앉아서 쉬고 있는 한 무리의 사람들 같았다. 좀더 올라가다가 나는 그들을 돌아보았다. 그들은 고개를 돌려 나를 올려다보다가 얼른 돌아앉아 등만 보이는 한 무리의 사람들 같은 기척을 풍겼다. 길은 거기서 휘더니 가느다란 물줄기가 흐르는 골짜기를 건너 저편으로 이어진다.

나는 물줄기를 건너서 반대편의 얕은 비탈에 올라섰다. 무덤들이 비스듬히 한쪽으로 바라보이고 저 멀리 맞은편에 우리 호텔이 보이고, 호텔 앞을 달리는 그쪽 국도가 풍경의 중간쯤을 가로질러 놓았다. 그 저편은 띄엄띄엄 집들이 훨씬 저쪽의 산자락까지 그런 식으로 이어져 있었다. 부대가 있던 자리가 오른쪽으로 바라다보였다. 그 언저리는 다른 데처럼 갈대가 자란 냇가 벌판이었다. 전에 이 산에 오른 적은 없었다. 우리는 근무가 끝나면 부대 앞에 있는 가게나 아니면 가까운 읍에 나가고 싶어 했지 산에 오를 생각은 하지 않았다. 더욱 내가 근무한 병과는 산허리에 참호를 팔 일도 없었고, 언덕에 진지를 구축하는 일과도 멀었다. 동력원으로는 기름 발전기를 썼고, 난방용 기름도 풍부하므로 땔감을 위해 산에 오를 일도 없었다. 지금 이렇게 산에 올라서 예 살던 곳을 바라보노라니 나는 참 그때 마음이 바쁜 사람이었구나 싶었다. 바쁘면 부지런하기나 한 것처럼 들리니 마음에 갇혀 있었다고나 할까. 지형지물을 알아보는 것이 병사의 기본 동작인데 나의 군대생활은 그런 형편이었다. 하기는, 나는 총 들고 싸우는 병과도 보직도 아니기는 하였다. 세탁기는 언제나 배수진背水陣을 쳐야 하는 장비였으므로 산보다 강이나 냇가의 기억이 대부분이었다. 풀밭에 앉아 때늦은 지형 관찰을 하다가 오던 길을 되돌아 내려온다. 아까하고는 다르게 무덤들은 숫자가 좀 많달 뿐으로 인가에서 멀지 않은 산비탈에 있는 그런 무덤대로 보였다. 올라오다가 겪은 그 인상이 오히려 난데없는 경험이었다. 내남없이 죽음에 대해서 아무런 정신적 마련 없는 시대를 살아왔으므로 육친의 죽음 역시 동물적인 불안에 입힐 아무런 위안의 가리개 없이 겪어야 했다. 그러면서도 인류 자체의 멸망이라는 가정이 인류의 역사 있는 이래 어느 때보다 현실성이 짙은 시대.

산자락을 빗어나 근길에 내려선다. 가을 날씨지고는 좋은 날이

어서 길을 걷고 산을 오르내린 지금은 약간 후덥지근했다. 호텔에
돌아와서 로비 한쪽 커피숍에서 쉰다. 그닥 피로한 것은 아니지만
먼 길을 다녀온 느낌은 든다.

앉아 있는데 친구가 들어선다.

"다녀오셨습니까?"

앞에 와서 앉으면서 묻는다.

"네."

"제가 동무해드려도 좋았는데."

"그랬습니까? 방해하지 말고 잠깐 다녀오려구."

"그래, 어땠나요?"

"없어요."

"네? 없어요?"

"없어요."

허, 하고 혀를 차듯이 하면서 친구는 계산대 쪽을 향해서 차를
시킨다.

"없어졌군요."

"그래요."

"모처럼 오신 걸음이었는데."

"아무려면 어떻습니까? 벌써 한참 옛날 일인데."

"그랬었군요."

"있느냐 없느냐가 중요한 게 아니라, 그 자리에 가본 걸로 족하
지요."

"참가하는 데 의의가 있다, 그거군요."

"맞습니다. 덕분에 소원 성취했습니다."

"하, 또 그 말씀."

"날씨도 좋고 나간 김에 좀 걷다가 왔지요."

"가까운 모양이지요?"

"그렇지도 않습니다만, 갈 때는 택시를 탔습니다."

"올 때도?"

"아니요, 갈 때만. 차는 보내고 혼자 다녔어요."

"따라갔더라도 산보만 할 뻔했군요."

"산보도 할 만했어요."

"그럼 되셨네요."

"그렇다니깐요."

그는 가져온 커피를 마신다.

"어떻습니까, 좀 재밌는 거 있어요?"

내가 묻는다.

"그저 그래요, 아주 나쁘지는 않고요."

한 모금 마시고,

"어때요?"

내가 묻는다.

"내 쪽도 그래요."

사실이다.

"좀 재밌는 게 있으면 덜 고되지요?"

"그럼요, 그런대로."

"너무 무리하지 마십시오. 며칠 여유는 있으니까 여기서 다 보

지 못하면 가져가 보시지요, 저는 여기 남아서 마저 보겠습니다
만."

"그러지 않아도 되겠습니다. 내일쯤이면 바꿔 볼 수 있을 것 같
습니다."

"잘됐습니다."

차 시중하는 아가씨가 신문을 가져다 놓는다.

친구가 집어들다가 생각난 듯이,

"먼저 보십시오"

하고 신문을 내민다.

"괜찮아요, 보세요."

"그럴까요?"

나는 그런 것은 아무래도 좋은 사람처럼 창밖을 내다본다.

호텔 앞길을 군용차가 지나간다.

그 저쪽으로 마을로 가는 길이 하얗게 보이는데 그 길가에 무척
오래된 듯싶은 큰 나무가 단풍이 든 잎이 무성해 보이는 가지를 가
득 벌리고 있다.

바로 왼쪽으로 조금 가면 음식 가게가 몰려 있는 데가 나질 것
같지 않은 보통 시골마을의 모습이다.

큰 나무 아래에서 움직이는 까만 것은 강아지다. 길 위에 사람
모습은 없다. 그쪽으로도 한번 가봐야겠다.

"꽤 복잡한 모양이군요."

"네?"

친구 쪽으로 얼굴을 돌린다.

들고 있는 신문을 들여다보면서 친구가 하는 말이다.

"무슨 뉴스가 있습니까?"

"이것 말입니다, 동유럽 쪽이⋯⋯"

"네."

나는 끄덕인다. 그러고 나서,

"그런 모양이지요?"

하고 잇는다.

"네."

친구가 그렇게 대답하면서 신문을 약간 바로잡는 듯이 손을 움직인다.

브란트 수상의 주름진 얼굴이 퍼뜩 떠오른다.

이렇게 첩첩 산속에 들어와 있으면서 이 땅을 죽 따라가면 그 끝에는 바다가 있다는 것을 그때마다, 이를테면 차를 마시면서, 산을 오르면서 생각지는 않는 것처럼, 신문이나 TV에서 눈길을 옮기면 어딘가 멀리 가버리고, 있지만 없는 것과 다름이 없는 그 소식은 멀리 있는 바다 같은 것이었는데 친구의 말에는 그 바다의 냄새가 묻어 있었고, 바다는 그 순간 빨리 다가왔다가, 또 멀리, 적어도 친구가 들고 있는 신문 너머쯤으로 멀리 밀려갔다.

"드릴까요?"

나를 건너다보면서 친구가 신문을 흔들었다.

"뭐 새 얘기 있습니까?"

"그렇지는 않습니다만. 요즘 줄곧 시끄럽지 않습니까?"

"계속 그렇지요. 천천히 보세요."

나는 다시 창밖으로 눈길을 돌린다. 시시각각으로 알아서는 어쩌겠다는 것인가. 바다는 멀리 달아난다. 실지의 거리만큼 멀리 달아난다. 그 나라들도 바다에서는 먼 나라들이 많다. 그런 나라들의 소식이 아주 가까운 소식이 아닌 것도 아닌 시대. 사람에 따라서는 아닌 것도 아니라는 정도가 아닐 수도 있는 시대. 아니라는 정도가 아니라 내 안에 있는, 나보다 더 나일 수도 있는 경우. 직업상 더욱 그럴 수도 있다는 사정. 사람들은 같은 바닷가에서도 같은 바다를 보고 있는 것은 아니다. 그래서 바닷가에서 제일 어려운 화제가 바다일 수도 있다.

7

    빌리 브란트는 어디까지 알고 있었을까? 잡지사 일로 머물렀던 시골에서 돌아온 다음 연거푸 들려오는 동유럽 소식을 접하면서 나는 그런 생각이 문득문득 일어날 만큼 역사는 격동하고 있었다. 돌이켜보면 브란트는 그가 인터뷰에서 털어놓은 것보다 훨씬 많은 것을 알고 있었던 듯도 싶고 거기까지는 예측하지 못하지 않았을까도 싶게, 어느 쪽으로도 해석할 만큼 공산권의 사태는 곤두박질 치듯 움직이고 있었다.

    이해 1월에 미국에는 새 대통령이 들어서고 있었다. 취임식 날을 보도하면서, 한 신문은 이렇게 얘기하고 있었다. '워싱턴＝로이터 AFP연합' 브렌트 스코크로프트 미 대통령 안보담당 보좌관은 22일 자신은 동서간의 냉선이 아직 끝나시 않았나고 생각한나고 말함으로써 부시 새 행정부가 군축문제 등 대소련 정책을 수정할 가능성이 있음을 시사했다. 스코크로프트 보좌관은 이날 방영된 ABC TV와의 회견에서 고르바초프 소련 공산당 서기장의 대서방 평화공세는 국내 문제 해결을 위한 '안정기간'을 벌자는 데 목적이 있다면서 아울러 소련은 서방 동맹 쪽에 '말썽을 일으키는 데도' 계속 관심을 가지고 있다고 주장했다. 그는, 따라서 미국은 더욱 확실한 증거를 갖게 될 때까지 미소 양국 사이에 긴장이 재개될 수 있다는 가정 아래 처신해나가야 할 것이라고 주장했다. 예비역 공군 장성으로 지난 1972년 당시 헨리 키신저 대통령 안보담당 보좌관의 군사 보좌역을 지냈던 스코크로프트 보좌관은 이어 냉전이 아직 끝나지 않은 것으로 생각한다면서 '터널의 끝에 빛이 비치는지 모르나 그것이 햇빛인지, 돌진해오는 기관차인지는 우리가 어떻게 행동하느냐에 달려 있다'고 강조했다 — 냉전의 행방은 아직 미지수라고 미국은 판단하고 있다는 말이 된다. 우리가 어떻게 행동하느냐에 달려 있다, 는 대목이 미묘하다. 이것이 금년 초의 말이므로 그럴 법하다. 이 기사 바로 밑에는 "고르바초프 잇따른 평화공세 — 미국선 대응 안간힘, '소련 위협론' 명분 약화"라는 더 자세한 해설이 실려 있다. 고르바초프의 평화공세, 라는 파악이었다. 그런데……

11월 9일 베를린 장벽이 무너졌다. TV 속에서는 사람들이 장벽 위를 넘어가고 있다. 동독 당국이 자유 통행을 선언한 것이다. 그 순간까지 아무도 상상하지 못한 일이 벌어지고 있다. 이것까지도 공세일까?

8

「낙동강」의 작가 포석拖石 조명희가 소련에서 해방 전인 1930년대에 총살된 사실을 내가 알게 된 것은 아직 소련이 망하기 전인 1990년 5월의 국내 일간지 D신문을 통해서였다.

그때까지 조명희는 해방 전에 망명지인 소련에서 사망한 것으로 알려져 있었다. 당연히 자연사라고 알았다. 내가 W의 고등학교 시절에 그의 작품을 배웠을 때, 교사가 그 점에 대해 어떤 설명을 했는지는 기억에 없지만 소련 당국이 그의 처형 사실을 공표하기 전이고 보면 그저 본인이 이미 생존하지 않는다고 말했을 것이었다.

신문에 따르면 이 사실은 소련에 살고 있는 작가의 딸에 의해 확인되었다고 한다. 그녀는 아버지의 사망신고서를 하바로프스크 시 안전위원회에서 찾아냈는데 '조명희는 일본을 위한 간첩 행위를 하는 자들을 협력한 죄로 헌법 제58조에 따라 취조와 재판 없이 최고형 사형선고를 받았다'고 신고돼 있다고 한다. 이 기사는 이어 그동안에는 조명희가 1942년 2월 20일 '급성 결체조직염'으로 사망한 것으로 알려져 있었다고 쓰면서 이런 사실들이 소련 카자흐스탄 공화국 수도인 알마타 시에서 발간되는 『레닌 기치』라는 신문에 보도되었다고 전한다. 스탈린이 죽은 다음인 1956년에 명예 회복이 되었다는 것(그러나 사망의 원인은 당시에는 알려주지 않던 것이 된다). 『레닌 기치』는 "일생을 바쳐 일제를 반대하여 싸웠고 사회주의 건설을 위해 정열을 바친 조명희가 간첩 행위를 했다는 것은 소름이 끼칠 정도로 무섭고 난폭한 허위 날조로 이것은 스탈린과 그의 측근들의 개인숭배 정책이 빚어낸 비극"이라고 쓰고 있다고 한다. 1937년 내무원 복장의 세 사나이들에게 끌려가면서 조명희는 "근심 마우. 한 사나흘 있으면 돌아올 테요. 소비에트 정권 앞에 난 아무런 죄진 것이 없소"라고 말한 후 손가방만 들고 그들을 따라나선 후 소식이 끊겼다, 고 한다. 신문 기사에는 『레닌 기치』에서 옮긴 조명희의 사진도 실려 있는데, 기관원일 것이라고 『레닌 기치』가 추측하는 인물과 함께 찍힌 사진이다.

총살이라니!

지난 1989년 1월 31일 국내의 H신문에 『레닌 기치』의 보도를 인용해서 타슈켄트 시에 있는 문학박물관에 조명희 기념실이 마련되었다는 소식이 났었다.

그때까지 소련 안에서도 조명희는 자연사한 것으로 알고 있었다는 것이다.

이것이 그 악명 높은 숙청이라는 것이었다. 소련의 1930년대는 세계가 놀란 대숙청의 연대였다. 10월혁명과 뗄 수 없이 하나가 되어 있던 이름들이 모두 제국주의자들을 위해 일해온 스파이라는 이름으로 처형되었다. '모스끄바 재판'이라는 이름으로 세계 언론에 공개된 이 재판 과정이 바깥 사람들을 더욱 놀라게 한 것은, 한때 혁명의 지도자였던 사람들이 모두 자신들의 유죄를 인정한 일이었다. 피고가 법정에서 검사의 논지를 인정하는 일은 얼마든지 있을 수 있지만, 이 경우에는 그런 일반론으로 이해하기에는 어려움이 있었다. 피고들은 그들이 어제까지 대항해서 싸운 제국주의자들의 스파이가 됨으로써 어떤 이익을 기대할 수 있었을까? 그들은 이미 혁명권력의 최고 지도자들이었다. 속된 이해관계의 기준으로 보더라도 그들 피고가 바랄 수 있는 현재의 자리보다 높은 이익이라는 것은 없었던 것이다. 피고석에 앉기 전까지의 그들의 명성과, 그 명성을 보증한 그 시점까지의 그들의 혁명가로서의 행적이 고발된 내용과 너무 걸맞지 않다는 것은 그만두더라도, 이 범행에서 기대되는 실질적인 이득이 없었다. 그 범행이라는 것도 구체적이었다. 스탈린을 살해하려 했다는 것이었다. 개인에 대한 암살은 그때까지 좌파 혁명행동의 방법이 아니었다. 대중을 조직해서 권력을 탈취하는 것이 피고들이 신봉해온 혁명의 방법이었다. 한 개인을 육체적으로 말살하는 것은, 그것이 적이든, 자파 내의 경쟁자이든 그들의 철학 속에는 없는 일이었다. 역사는 광범한 대중의 행동에 의해 움직이는 것이지 어느 한두 사람에 의해 좌지우지되는 것이 아니라고 그들은 말해왔다. 만일 혁명 지도부 안에 갈등이 생긴다면 그 갈등은 동지적인 이론투쟁에 의해 해결해야 한다고 그들은 말했고 세상도 그렇게 알고 있었다. 그런데 그 혁명의 최고 지도자들이 자신들의 동지의 한 사람을 암살이라는 방법으로 제거하려고 했다는 것이며, 더 괴상한 것은 제국주의자들의 하수인의 자격으로, 스파이가 되어 그렇게 했다는 고발을 받으면서 법정에 서 있었다. 당시에 보도된 자료에 의하면 그들은 스스로를 인민의 적이며, 스파이라고 부르고 있었다. 자신들을 저주하고 자신들의 이름에 침을 뱉어 보이고 있었다. 게다가 이 괴상한 재판에 대해서 이미 세계적인 이름들인 소련의 작가들, 고리끼며, 숄로호프며, 엘렌브르그가 검사의 논고에 합창하는 소리를 전 세계를 향하여 외치고 있었고, 국외에서는 유명한 프랑스의 작가 로맹 롤랑, 앙리 발부스, 루이 아라공, 『아메리카의 비극』의 작가 드라이저 등이 스탈린을 지지하고 피고들을 규탄하고 있었다. 『장 크리스토프』를 쓴 작가가 마왕의 피잔치에 송가를 불렀다(음악은 헛되다).

　1938년은 2차대전이 실질적으로 시작된 시점이었다. 히틀러의 독일군은 라인란트로 진격했고, 스페인에서는 유럽 지식인들의 희망과 직접 지원도 허사로 끝나 인민전선 정권이 패망하고 파시스트 정권이 수립되어 있었다. 유럽 지식인들은 다가오는 전쟁의 발걸음 소리에 전율하고 있었다. 히틀러를 저지하여 유럽 사회에 최소한의 자유의 제도를 유지하기 위해서는 소련은 크나큰 동맹세력이었다. 어쨌든 소련은 혁명의 나라였다 — 서방 지식인과 전 세계의 해방운동자들에게는 그렇게 비쳤다. 설령 재판에 미심쩍은 일이 있더라도 그들을 심판하고 있는 쪽은 여전히 혁명가 스탈린이었다. 그리고 소련을 실질적으로 지배하고 있는 것은 스탈린이었고, 소련 공산당은 그의 지휘 아래 있었다. 만일 이 재판이 정당하지 못한 것이라고 판정된다면, 그것은 소련 공산당의 정당성에 큰 상처를 주게 된다. 그리고 소련 공산당의 지도를 받는 서방 공산주의 세력과, 그들과 연합하고 있는 서방의 좌파 전체의 사기를 떨어뜨릴 것이었다. 히틀러가 보는 앞에서 집안싸움을 빨리 끝내야 했다. 설사 피고들에게 억울한 점이 있다고 가정하더라도, 그 억울함을 밝히는 일은, 더 큰 대의大義, 역사 자신의 큰 줄기의 이익에 대해 해가 될 염려가 있었다. 그들 몇 사람의 명예에 집착하는 것은 그것 자체가 적을 이롭게 하고 우군의 단결을 파괴하는 일이었다. 그들이 고발된 이상, 이제 역사를 위해서 바람직한 것은 그들이 죄인이 되는 일이었다. 아닌 말로 죄가 없더라도 이 마당에 와서는 그들은 죄인이어야 했다.

어느 이익을 택할 것인가. 몇 사람의 혁명가들의 개인적 명예인가, 역사와 인민대중의 객관적, 집단적 이익인가. 그들 피고들 자신도 아마 그들이 아직도 혁명가로서 할 수 있는 마지막 봉사가 있다면, 자신들의 유죄를 승인하고, 검찰관에게 협력해야 한다. 그들은 자신들의 결백을 주장함으로써, 당을 욕보임으로써가 아니라, 자신들을 고발함으로써 당을 살려야 한다. 그것이 그들에게 남겨진 하나뿐인 혁명가의 길이다, 이렇게 생각하였고 서방의 혁명세력의 모스끄바 재판에 대한 반응에도 이런 도착된 논리가 깔려 있었다. 그리고 실은 피고석에서 한때 그렇게 날카롭던 그들의 언변을 동원하여 자신의 이름에 침을 뱉고 있는 피고들을 주박呪縛하고 있는 것도 이 논리였다. 이것은 굴복의 논리요, 도착의 논리였다. 독재자에게 이미 양보해서는 안 될 지점을 양보하고 난 사람들이, 그 조건하에서 독재자를 어떻게 선용善用할 것인가, 어떻게 역사의 진보에 봉사하게 할 것인가를 찾아 부여잡게 되는 모순의 논리였다. 한번 이 선을 넘으면 그것은 끝도 한도 없는 양보와 굴욕을 감수해야 하는 낭떠러지였다. 그렇게 해서 얻어지는 '선善'이며 '진보'라는 것이 말의 옳은 뜻에서 그런 것일 수 있는지를 따져보기에는 이미 눈이 먼 사람들이, 분명한 적의 공격을 눈앞에 두고 매달리게 되는 논리였다. 사랑했으므로 약했네라, 다.

그렇게 해서 혁명의 역사에서 가장 명예로웠기 때문에 그만큼 '당'에 위험스런 것이 된 이름을 가진 사람들이 처형되었고 그들은 당연히 고립된 인간들이 아니었기 때문에 엄청나게 많은 사람들이 그들과 연관지어져서 처형되었다. 연관된 사람들은 아무래도 좋은 사람들일 수도 없었다. 누가 보든지 '주모자'들의 이름과 나란히 놓아서 그럴듯해 보여야 했기 때문에, 그 시점에서의 비중 있는 인물들이어야 했고, 그들은 혁명권력의 인적 자원이라기보다 '혁명 자체'의 그만한 부분이었다. 왜냐하면 혁명은 가진 나라의 가진 계층에 의해 문명의 온갖 물질적 유산 위에 세워진 궁전이 아니라, 그 문명에 의해 생산된 것이기는 하지만, 현실화될 때에만 역사가 되는 강력한 이념이 문명의 주변국의 선진적 인간 부분에 의해 채택되어 그들의 초라한 나라에서 막 현실화되는 첫 단계였기 때문

에, 혁명이자 곧 혁명이념의 보관자인 혁명가들 자신이었으며, 그
들의 육체 자체가 소멸하면, 불행하게도 지극히 유물론적인 그 이
념은 자신의 철학에 충실하게도 존재하기를 그만둘 수밖에 없었
다. 희생자의 수는 수만이라고도 하고 수십만이라고도 하지만, 아
직도 전모는 밝혀지지 않은 그 대숙청의 1930년대. 모스끄바 법정
에서 전 세계에 얼굴을 드러낸 고위 피고들에게 들씌워진 죄목이
그처럼 앞뒤가 맞지 않는 것이었고 보면 그들에게 연관지어져서
처형된 사람들의 경우에는 사정은 더 어처구니없는 것이었으리라
는 짐작을 능히 할 수 있다. 그보다 더 어처구니없는 고발을 만들
어낼 수 있다면 말이지만.

　이 재판은 그런대로 당시의 소련과 그 서방측 지지자들을 단결
시키기도 했겠지만, 또 그만한 이탈자들을 만들어내기도 했다. 일
본 공산당의 최고 수뇌들이 전향한 것이 이 재판 무렵이며, 서유
럽에서도 이름 있는 사람, 무명의 사람들이 대열에서 이탈했다.
그 피 묻은 도착된 화두話頭를 따라갈 수 없었던 사람들이다. 그
중에는 아서 케스틀러나 조지 오웰 같은 작가들도 있었다. 그리고
이후의 그들의 생애를 그 피 묻은 화두를 씻어보고 풀어보려는 노
력에 바치게 된다. 그래도 지금은 모두 고인이 된 그들은 생전에
번듯한 자리는 주어지지 않았다. 그들 가운데 여전히 20세기의 중
요한 문필가로 남은 사람도 많지만, 그런 개인적 성공과는 상관없
이 그들은 마음의 깊은 곳에서 이단자가 느끼는 갈등을 완전히 지
우지는 못했을 것 같은 생각이 든다. 그들은 자신들이 버린 것을
규탄하고 설명하기는 했지만 그것을 내치할 만한 힘은 그들의 붓

끝에 깃들여 보이지 않는다. 독신자瀆神者들이 가장 종교적인 것처럼, 그들은 전혀 다른 말을 하는데도 여전히 비슷한 가락을 울린다. 그들은 자기들이 버린 것을 의식에서 떨쳐버리지 못한다. 그것은 의식의 문제가 아니기도 했다. 그들이 버린 성의 꼭대기에는 그들이 한때 그 밑에서 죽어도 좋으리라던 그 깃발이 여전히 나부끼고 있었고, 그들 자신보다 지성과 의지가 모자란다고 할 수 없는 사람들이 여전히 그 성벽 안에 그 깃발 아래 있었다. '현실'이란 그런 것이었다. 그리고 그들이 믿은 이념에서 현실이란 것은 최대의 권위를 가진 말이었다. 현실로 있다면 그것은 있을 만해서 있는 것이었다. 눈앞에 이성을 벗어난 소행을 보면서도 그 깃발이 내려가기 전까지는 그것— 혁명권력은 그것에 대하여 마지막 말을 하기가 어려운 어떤 가능성이었다.

이탈자들은 자신의 선택을 스스로에게 납득시키기 위해서 끊임없이 써야 했다. 그들의 저술 행위는 남에게 무엇을 호소하기에 앞서 자기 자신을 납득시키기 위한 자구책이었다. 사항이 사항인 만큼 물리적인 거리를 두면 그만인 그런 것이 아니었다. 있다면 있고 없다면 없는 것이었다. 스스로 있는 자연처럼 혼자 흘러가는 역사의 타성에 노예가 된다면 사람은 고뇌라는 것과 인연 없는 한 평생을 지닐 수 있다. 이 타성을 휘어잡고, 그것의 주인이 되자고 할 때 비로소 인간은 짐승에게서 갈라선다. 노예에게는 고통은 있지만 고뇌는 없다. 고뇌苦惱 — 마음의 아픔이다. 마음이 없으면 마음의 아픔도 없다. 마음은 아직, '밖'에는 없는 것을 자기 안에서 꿈꾼다. 이 꿈과 현실을 비교한다. 꿈이 현실이 되게 하려고 행동한다. 그는 성공하기도 하고, 좌절하기도 한다. 좌절하더라도 그는 인간이었기 때문에 좌절한 것이다. 그는 인간답게 살았다.

　포석 조명희도 그래서 소련으로 갔다. 조국은 감옥이고 동포 대중은 노예였지만 다행히 그는 배울 기회를 가진 부분에 속했다. 종種의 어느 부분을 먹이사슬의 희생물로 삼음으로써 종의 다른 부분이 문명 상태를 유지한다는 것은 문명이라는 이름에 모순이 된다는 이치를 배울 기회를 가진 사람이었다. 그것을 '이치'라고 부르는 것은 적절치 않을 수도 있다. 그것은 해와 달이 있는 것 같은 이치가 아니라, 사람이 선택하는 어떤 상태이기 때문에, 궁극적으로는 자기 자신이 몸으로 보장하는 길밖에 없다 ── 인간다운 문명이라는 것은. 같은 종 안에 먹이사슬이 형성돼서는 안 된다는 문명의 형식은. 짐승, 짐승, 하지만 그것은 짐승들의 동종同種 윤리에 속한다. 다만 생활 경험을 전달할 수 있다는 능력, 획득형질을 축적하고 그러니까 세대가 쌓일수록 더욱 증가하는 획득형질을 후대에게 물려준다는 능력 때문에 인류는 짐승과 갈라섰다. 다음 문제는, 이 공동의 유산을 한 세대가 고루 나누는 일이다. 뉴턴이며, 아르키메데스며, 갈릴레이며, 다윈이며 모두 유산의 계승자들이다. 생명부터 셈한다면 40억 년간의 생명활동의 경험의 계승자들이며, 인류부터 셈해도 몇백만 년의 문명을 계승해서 중간 정리를 한 우수한 개체일 뿐이다. 그들이 있기 위해서는 그들보다 자질이 조금 못한, 그들보다 팔자가 조금 못한 무수한 세대의, 표현은 없었으나 없어서는 안 될 존재가 있어야 했다. 부모란 것은 그저 최근 선내에 지나지 않음을 이른바 전새들은 알고 있었고, 전재가 아니더라도 인류의 유산의 대강에 접할 기회를 가진 사람은 알게 된다. 그런 기회가 교육이고, 교육의 기회가 아직 사회의 일부에게만 주어진 행운일 때 그 행운의 제비를 뽑은 사람 중에는 자기 어깨에 40억 년의, 아니면 몇백만 년의 '시간'의 무게를 느끼게 되는 경우가 있다. 그는 그 무게를 '의무'라고도, '사명'이라고도, '양심'이라고도, 멋이라고, 난봉끼라고도, 생명이라고도 이름 붙여본다. 아무튼 그런 어떤 것이다.

포석 조명희도 그런 사람이었다. 그는 무게가 이끄는 곳으로 갔다. 그 시절에 그 선택에는 흠이 없었다. 가장 투명하고 가장 정확한 선택이었다. 식민지하에서 조명희만이 애국자였다거나, 조명희 한 사람만 정확한 저항자였다는 말이 물론 아니다. 이름 있고, 이름 없는 의병의 최하급자까지도 말고, 적이 가둬놓은 울타리 안에 서일망정 남에게 못할 일을 하지 않고 그저 선량하게 살다가 죽은 셀 수 없이 많은 식민지 목숨들이 있었다. 포석, 포석 하게 되는 것은 그의 '상징적' 운명 때문이다. 식민지 조선에서 나라 안에서 저항한 사람은 죽거나, 침묵당하거나, 굴복하였다. 그런 사정을 예측한 많은 사람들이 싸움의 자리를 나라 밖으로 옮겼다. 그들은 거기서 다시 싸움을 계속할 수 있었고, 외국 친구들의 도움을 받을 수도 있었다. 그들의 싸움은 여러 모양이었다. 무력투쟁으로부터 외교투쟁, 경제적 협력, 그저 망명상태 등등이었다.

그들의 출신 계층과 직업도 여러 갈래였다. 국내에서의 신분이 바뀐 사람도 으레 있었다. 학자나 언론인이었던 사람이 군인도 되었고, 테러리스트도 되었다. 교육을 받은 사람도 있고 무학인 사람도 있었다. 앞 세대일수록 이 교육 문제, 신분 문제는 좀 지금 상식과는 잘 들어맞지 않는다. 개항 이전에는 글 하는 사람은 양반뿐인데 그들을 직업상으로 어떻게 나누는가 하는 문제를 내볼 수 있다. 그들을 문학자라고 하기는 어렵다. 그때의 교육에서 글 할 줄 안다는 것은 지금의 작가하고는 다르다. 귀족계급의 일반 교육의 형태일 뿐이다. 그들이 글을 쓸 때, 그것을 책으로 낼 때도 지금의 직업상의 전문 분야인 예술이라는 자각을 가지고 그렇게 한 것은 아니다. 예비관리로서 그렇게 했다고 봐야 할 것이다.

망명자 가운데서 지금 말하는 전문직으로서의 문학자라고 분류할 만한 사람이 누굴까. 보기로 신채호. 그는 학자요, 언론인이요, 소설도 지었으니 그를 언론인이자 작가라고 할까? 언론인, 학자임에는 틀림없지만, 그를 문학자라 하기에는 그 이외의 자격이 차지하는 비중이 너무 크다. 신채호는 그렇다 치고 그 밖의 경우는 신채호처럼 정의하기에 망설여야 할 사람은 생각나지 않는다. 국내에서 이미 신분이 뚜렷이 문학자였다가 망명한 사람은 포석 조명희, 김사량, 김태준 세 사람뿐인데, 김사량과 김태준은 해방 직전에 중국 공산군 지역으로 갔고 해방 후 귀국하여 한 사람은 남쪽에서 처형되고 다른 쪽은 북한에서 활동하다가 6·25전쟁 때 기자로 종군 중 행방불명된 사람이다. 조명희에게는 분단조국에서의 생활 부분이 없기 때문에 순수하게 식민지 시대의 저항자의 경력으로 역사에 남게 되었다. 그것도 소련으로 망명, 거기서 삶을 마쳤기 때문에 그의 경력은 그 이외 지역의 망명자들 사이에 벌어진 좌우 내립에서도 사유롭다. 국내에서 문인일 때, 식민지 조국에서의 문학자의 근본적 입장은 식민지체제에 대한 저항의 입장이라고 생각하고, 그런 조건에서 하는 예술의 근본적 심미審美 기준은 정치적 자각의 유무라고 판단했고, 그 기준에서 자기 예술을 전개하다가 그런 생활의 끝에 올 상태를 예감하고 적의 울타리에서 몸을 풀어낸 사람이었다. 이런 경력으로 그는 특별한 성격을 부여해서 기록될 문학자다. 망명하지 않은 작가들을 탓하거나 낮추기 위해서가 아니다. 그는 말하자면, 한국 문인 모두를 대표해서, 그들 몫까지 상징적으로 투명한 저항의 궤적을 그려준 운명을 맡은 사람이 되었다는 말이다. 포석 한 사람만에게 그 투명한 길을 걷는 운명이 주어졌다. 유럽 문인들이 국경 밖으로 이리저리 돌아다닌 것과 비교해보면 이 지역의 특수성과 그 시절의 조건의 가혹함이 새삼 무겁게 짓눌러온다. 단 한 사람 김사량이 망명시절에 작품『노마만리』를 남겼는데, 그 작품이 없었다고 상상해보면 그 작품의 귀중함이 실감된다. 더 많은 그런 작품이 있었더라면 그 많은 고뇌와 슬픔과 또 기쁨들은 더 잘 기록됐을 것이다. 망명지에서 쓴다는 조건은 그렇지 않고는 얻지 못할 성격을 망명 작품에게 주었을 것이다. 우리가 보낸 세월의 의미를 더 투명하게 판단해서 그만큼 헛갈림 없이 풍부해진 경험을 후손을 위해서 더 남겨줄 수 있었을 것임을 의심할 나위가 없다.

식민지하의 문학의 그 답답한 세계. 사람은 저 높은 하늘로 날아가보고, 깊은 바다 밑으로 가보는 정신의 자유와 활달함을 가지고 살다가 죽어도 아쉬움만 남을 텐데, 봉건왕조의 폐허 위에 차려놓은 어쭙잖은 침략자들의 울타리 안에서 눈치 보며 사는 생활이 조선 작가들의 현실이고 문학도 그 언저리를 맴돌았다. 그나마 인간의 정신이란 것은, 그것이 정신이라고 해서 함부로 자유스런 것이 아니고, 공상이라고 해서 무턱대고 훨훨 날아다니게는 안 된다. 답답한 살림에 답답한 문학까지는 그렇다고 치고, 답답한 줄도 모르게 되면서 헛소리를 하게까지 실성하고 보면, 노예의 세월은 곱빼기로 억울한 것이 된다. 독립선언서를 썼던 사람이 식민지 이데올로기의 강사 노릇을 하고, 개화문학의 아버지로 출발한 사람이 조선글 말고 일본말로 사는 사람들이 돼야 한다고 말하게 되기까지는 잠깐이었다. 받아들여서는 안 될 조건을 마음속에서 받아들이면 그리 되는 일이었다. 이렇게 되어가는 형세가 두려웠을 것이다.

조명희가 소련을 택한 것도 당시로서는 옳은 일이었다. 소련은 식민지로 분할된 당시의 세계에서 해방세력이었다. 그런데 외부세계에 대한 그의 그러한 의미에도 불구하고 소련은 조명희가 망명할 무렵 이미 그 안에 살고 있는 인민 자신에게는 억압의 세력이었다. 어느 쪽이 참다운 소련의 모습인가? 두 모습이 모두 참다운 소련의 모습이었다. 소련은 피압박 민족에게는 해방의 세력으로서, 그 자신의 인민에게는 억압의 구조로 존재하였다. 노예에 의해 구성된 노예해방의 요새였다. 소련은 이 두 얼굴의 어느 하나가 가상假象인 존재가 아니라, 그 두 가지가 모두 참모습인 모순— 현실의 모순이었다. 참이 아니면 거짓인 언어의, 따라서 논리의 모순이 아니라, 현실로 존재하는 모순— 그것이 소련이었다. 그러나 조명희를 포함하여 소련 바깥의 사람들은 소련을 논리적으로, 즉 그들의 판단에 의해 정의하려고 했기 때문에 소련은 참이 아니면 거짓이었다. 입장에 따라 어느 쪽인가가 갈라졌다. 노예 소유자들에게는 소련의 안과 밖이 모두 거짓으로 보였고, 노예들에게는 소련의 안과 밖은 모두 참으로 보였다. 노예 소유자들이 소련을 인권이 보장되지 않은 야만한 나라, 그런 제도를 밖으로도 퍼뜨리려고 하는 나라라고 보았을 때, 그들의 입장으로 보면 그것은 진실한 관찰이었다. 그래서 소련은 간섭을 받아야 하며 붕괴시켜야 할 나라라고 믿을 때, 그들의 믿음은 그들의 입장에서는 진실이었다. 노예들이 소련 인민은 자발적으로 영웅적 싸움을 하고 있고 바깥에 대해서 해방자 노릇을 하고 있다고 보았을 때, 노예들의 입장에서는 진실이었다. 소련 인민의 낮은 생활의 질조차 포위된 요새의 당연한 조건이었다. 그 질을 그렇게 만들고 있는 것이 바로 노예 소유자들이 이끌고 포위하고 있는 노예 군단 탓이었다. 그대들은 왜 주인들의 용병이 되어 형제들의 목을 죄고 있는가. 그것은 각기 다른 이해관계에 있는 두 입장이 각각의 입장에서 본 소련의 모습이었다. 갈림길은 자신이 어느 편에 서 있느냐, 설 작정이냐에 달려 있었다.

조명희는 노예 나라에 태어났고, 노예 생활을 감수할 생각도 없었고, 다른 노예들을 감시하는 노예가 될 생각도 없었기 때문에 소련은 안과 밖이 모두 좋게만 보였다. 그래서 그는 자발적으로 소련으로 갔고, 그곳의 생활의 질에 만족하고 자발적으로 규율에 복종했을 것이다. 그가 택한 나라의 부자유는 즐거움이기조차 했을 것이다. 왜냐하면 자발적인 전사에게 고난과 기율이라는 것은 의무일 터이므로. 그러길래 그는 체포되었을 때 "근심 마우. 한 사나흘 있으면 돌아올 테요. 소비에트 정권 앞에 난 아무런 죄진 것이 없소"라고 말했을 것이다.

이것은 『강철은 어떻게 단련되었는가』의 주인공의 태도다. 주인 공은 공산당원이라는 신분을 특권이라고 생각지 않는다. 그는 그 자리를 가장 어려운 일을 제일 먼저, 제일 많이 해야 하는 자리로 받아들인다. 그래서 그는 혁명이 성공한 나라에서 고생만 한다. 혁명 전에 부유한 가족의 한 사람이었고 지금은 지금대로 좋은 생 활을 하고 있는 한 등장인물이 "당신은 지금쯤 훨씬 좋은 자리에 있을 줄 알았는데요" 하고 빈정거릴 때, 그녀는 다만 자신이 속물 임을 증명하고 있을 뿐이다. 1930년대의 당내 투쟁에서 주인공이 속한 실권파들이 반대자들의 발언을 봉쇄하고 아직 같은 당원인 그들의 의견 제시의 행동을 야비하게 방해할 때도 그는 당연한 일 로 받아들이고, 반대파에 대해 고귀한 분노를 터뜨리고 있다. 아 마 조명희도 그렇지 않았을까? 그에게는 당시 소련의 생활문화도 좋게만 보였는지도 모른다. 그에게는 소련은 안과 밖이 모두 참으 로 보였기 쉽다. 왜냐하면 그는 노예의 나라를 피해온 사람이기 때문이다. 그에게는 "노예 주인들을 반대하고 있다"는, 소련이 밖 을 향해 내보이고 있는 모습은 자동적으로 '안'의 체제가 진실임을 보증해 보인다. '안'과 '밖'이 그에게는 하나다. 밖에 대해서는 옳 지만 안사정은 옳지 않다는 모순은 보이지 않는다. 무서운 적군이 외로운 성을 에워싸고 그 속에서 내란이라도 일어나기를 바라고 있는 형편을 잊어버리고, 일부 사람들이 긴치 않은 시비를 따지고 있다, 이렇게 소련 공산당 안의 갈등을 바라보았을지도 모른다.

망명자에게는 망명지의 상태가 안정되고 통바위처럼 똘똘 뭉쳐 있어주었으면 하고 바라는 심정이 되기 쉽다. 무엇보다 적의 존재를 의식해야 하며, 성을 보존해놓고 볼 일이다. 인적 없는 심심산천에서 몇 가족이 모여 무릉도원 살림을 차리고 있는 것이 아니다. 인류문명의 노른자위를 모두 차지하고, 오랜 전쟁 경험을 가진 적의 대군이 지구전을 위해 성을 에워싸고 있지 않은가. 강 하나 건너에는 저렇게 조국을 노예로 삼은 왜군이 이쪽을 지켜보고 있다. 만일 쇠뿔을 휘려다 소를 죽이면 쇠뿔에 사로잡혔던 사람들은 역사에 죄짓는 몸이 된다. 이렇게 생각했을지도 모른다. 그리고 이 걱정이야말로 모스끄바 재판에 끌려나온 사람들의 가슴에 있던 걱정이었으리라고 연구자들은 추측한다. 성의 운명과 자신의 운명을 하나로 생각하는 사람들이 걷게 되는 길이다. 그런데 이 길이 옳은 길이자면 조건이 있다. 성 꼭대기에 걸려 있는 대의大義의 깃발을 내리지 않는다는 것이 그 첫번째 조건이다. 그래야만 양보한 반대파의 희생이 헛된 것이 아닐 수 있다. 그들도 결국 그러자는 것이었으니까. 그 일을 꼭 그들의 손으로 해야만 하는 것은 아니니까. 두번째 조건은 반대파를 물러서게 한(혹은 파묻어버린) 사람들, 즉 성의 사령탑을 차지한 사람들이 그 사령탑을 차지한 것은 반대파보다 일을 더 하고 싶어 그런 것이지, 옹색한 농성 중의 배급 사정이나마 배급량을 더 탄다거나, 특별 배급을 타는 위치에 있기 위해서 그런 것(반대파를 숙청한 것)은 아님을 끊임없이 증명 — 즉 남보다 덜 먹고, 덜 입고, 덜 자고(즉 남의 숙직을 대신

서주고), 남보다 더 일하고(즉 둔전밭 사래에서 더 오래 기어다니고), 남보다 더 노래하고(즉 지친 사람들이 일하다 쉴 참에, 자신도 배고프면서 배에 힘을 주면서 육자배기를 뽑아 올려 남을 격려하고)— 즉 솔선수범이라는 말을 실천한다는 조건을 만족시켜야 한다. 그렇게 말하면 뒷전에 서게 된 반대파들도 뒷전에서나마 고개를 끄덕일 것이고(만일 파묻혔다면 무덤 속에서 끄덕일 것이지만), 그렇지 못하다면, 즉 남보다 편하게 굴고, 가장 현명한 방어는 투항하는 것이라고 결정한다면, 무덤 속에서도 그들은 몸부림칠 것이다. 왜냐하면 모든 희생과 설마가 헛되었기 때문이다.

1938년이라는 시점에서는 모든 것이 어느 쪽으로도 가능했다. 반대파가 반역자라는 증명은 의심스러웠지만 실권 세력이 반역자라는 증거도 아직 확실하지 않았다. 어느 편도 대의의 깃발 밑에 있었다. 모스끄바 재판에서 자신들의 이름에 침을 뱉어 보인 사람들의 심정을 연구자들은 그렇게 분석해 보이고 있다. 즉 계급의 적으로부터 '당신 같은 사람은 지금쯤 좀더 나은 자리에 있을 줄 알았는데'라는 빈정거림을 받는 종류의 사람들의 광범위한 지지 위에서 모스끄바 재판의 부조리는 진행되었다고 역사가들은 분석한다.

『강철은 어떻게 단련되었는가』의 주인공이 그런 사람이다. 진일, 궂은일마다 앞장서서 찾아나서는 사람이다. 세상에는 그런 사람이 많다. 그것은 어느 한 사회계층에만 한정해서 발견되는 특성도 아니다. 모든 계층에 널리 있게 마련인 성향이다. 인간을 비롯해서 무릇 공동의 생활을 하는 종의 성원이 원래 그렇게 타고난 자연스런 본능이다. 온갖 위악적僞惡的 과장에도 불구하고, 생명은 피괴가 본성이 아니라 건설이 본성이며, 종種 내內 먹이사슬의 형성이 본성이 아니라, 종의 성원이면 그 사이의 평등과 공존이 본성이다. 이것이 거꾸로 보이는 것은, 먹이사슬의 구조를, 적용해서는 안될 형제 사이에 끌어들였기 때문이며, 그렇게 끌어들여지는 것은, 사람만이 대를 이어 축적된 사회적 획득 형질을 상속했기 때문이다. 그런 상속이 불가능했더라면 ― 즉 문명이 없었더라면 ― 분쟁도 없었을 것이다. 그런데 그런 분쟁이 있는 상태를 통나무배 대신에 무쇠배를 타게 되었다고 해서 '문명'이라고 부를 수 있을까. 형제가 얼어죽는데 어떤 옷이 더 아름다울까, 하고 괴로워하는 것이 심미審美의 기준이 될 수 있을까. 어디까지가 '나'의 한계일까를 찾아 헤매는 화두話頭는 결국 어디까지가 형제인가, 어느 인종까지가 형제인가, 어느 지역까지가 형제인가, 혹시 인류 전체가 형제가 아닐까(!), 지구 자체가 한지붕 밑이 아닐까 하는 데까지 인간의 의식을 볶아대게 되고, ― 바로 그렇다, 인류가 한형제, 라고 선언했을 뿐 아니라 그것이 실천 가능하고, 실천하고 있다고 비친 ― 노예들의 눈에 ― 나라가 1938년 현재의 소련이었다. "개와 중국인은 들어오지 말라"고 자기 나라에 있는 공원 앞에 팻말이 붙어 있을 수 있던 시절임을 떠올릴 필요가 있다. 이 세상을 아귀가 맞게 살고 싶어 한 많은 사람들이 ― 억울한 팔자 때문에 그렇게 된 사람도 있고, 배워서 알게 되다 보니 그렇게 된 사람도 있겠지만 ― 마침내 도달한 결론이었고, 마침내 찾아냈다고 생각한 나라가 1938년 현재의 소련이었다.

그들은 두 가지 조건을 지킬 각오가 되어 있는 사람들로 가득 찬

나라처럼 보였다. 대의에 대한 충성과 극기克己의 윤리였다. 일찍이 현실의 국가가 이처럼 묵시록적 신화의 빛무리에 싸여 있은 적은 없었다. 그토록 지구사회는 야만한 어둠에 잠겨 있었다. 그래서 포석 조명희는 그 나라로 갔다. 동양 지식인들의 전통적 정신형성과정인, 자아의 탐구와 우주론적 허무주의를 거쳐, 마침내 화두의 매듭을 사회혁명에서 찾고, 그 철저한 실천을 위해 세계혁명의 요새로 찾아간 것이었다. 그곳이 아직 무릉도원이 아니며, 부조리를 지녔음을 발견하기도 했을 것이다. 그러나 그곳을 무릉도원에 가깝게 만드는 것은 어느 누구에게 바랄 일이 아니라 자기 스스로 이루어야 할 숙제라고 그는 생각했을 것이다. 차려놓은 음식상을 찾아간 것이 아니라 씨뿌리기에 동참하기 위해서 찾아갔을 것이다. 그 수확을 가지고 언젠가 반드시 굶주리는 고향 형제들을 찾아오기 위해 그는 그곳에 갔다. 로사가 구포역을 떠난 것은 그 때문이었다. 말하고 있지 않은가, "……그러나 필경에는 그도 멀지 않아서 다시 잊지 못할 이 땅으로 돌아올 날이 있겠지." 작품의 마지막 문장이다.

책장에서 포석의 「낙동강」을 꺼낸다. 책 뒤 끝에 있는 중간사重刊辭를 읽어본다.

"포석抱石 조명희趙明熙 형은 우리나라의 신문학 초기를 장식하는 낭만적 시인이요 또한 신문학이 1924～1925년대의 진통기를 거쳐 신경향파 시대로 전이되든 시기에 소설의 붓을 잡은 작가다. 최서해, 이민촌과 더부러 포석 형의 작품은 신경향파의 소설 문학을 대표하는 중요한 재산의 하나이거니와 특히 이 창작집 가운데

수록된 「낙동강」은 소위 자연발생적 문학으로부터 이른바 목적의식 문학으로의 방향전환이 논의될 시기에 문제의 대상이 되었던 작품이다. 그리하여 당시의 비평가들은 「낙동강」이 과연 제2기 작품이냐 그렇지 않으면 종전대로의 제1기적 작품이냐 하는 논쟁을 전개했던 일이었다. 이러한 논쟁은 이미 하나의 역사적 사실로 화하여 이 작품의 가치평가와 언제까지 부합시켜 생각할 수는 없는 것이나 그러나 어떠한 의미에서이고 「낙동강」은 우리 문학사의 한 모뉴먼트임은 변하지 않는 사실이 될 것이요, 또 모든 역사적인 특수조건을 제외한다 하더라도 이 작품이 우리 신문학 가운데 가장 아름다운 재산임은 역시 변치 아니할 것이다. 유랑하는 우리 민족의 눈물겨운 기록, 조국에 대한 비길 데 없는 애정, 자유에 대한 누를 수 없는 희망은 소설가이기보다는 더 많이 우리의 민족시인으로서 이 모든 것에 대하여 이야기하고 있다.

포석 형이 조국을 떠난 지 어언 18년, 그가 몽夢 시간에도 그리든 조국에 자유가 차저오려는 날, 아즉도 형은 이역에서 도라오지 않었다. 하로바삐 많은 수확과 건강한 몸으로 도라오기를 바라는 것은 나 한사람에 머무르지 않을 것이다.

이제 포석 형의 귀중한 업적이 형이 도라오기에 앞서 중간됨에 당하여 몇마듸의 말로 형에 대한 그리움의 정과 바램의 마음을 적고, 아울러 그 업적에 대하여 두어 마듸의 말을 적어 중간사에 대신하는 것이다.

발행 당시 일본 제국주의의 압박으로 인하여 복자伏字를 쳤든 것을 소생식히려 하였으나 역시 함부로 손을 대일 바가 아니어서 그대로 인행하고, 형이 도라올 날을 기다리기로 하였다. 모든 양해를 빈다. 1946년 3월 20일 임화."

돌이켜보면 H시를 떠나 W시로 나오게 된 일은 나의 정신의 깊은 곳에 자국을 남기고 이후의 생애를 통하여 그 의미가 밝혀짐에 따라, 이 의미는 유년시절에 겪은 가족적 이동의 자국을 더 깊게 저며들어간 듯하다.

평범한 생활을 보내고 있던 데 지나지 않는 한 가족이, 어느 날, 그 생활에서 자각하지도 못했던 의미를 부여당하고 땀 흘려 확보했다고만 생각해온 생활의 일체를 뒤에 두고 쫓겨나야 했다는 사실— 그것은 무엇인가를 잘못하지 않고는 그리 될 수 없는 것이다, 라는 충격을 남긴다. 사회란 그런 것이다. 사회가 개인에게 가하는 처벌은 반사적으로 처벌당한 자에게 자기 죄책감을 일으킨다. 사회는 처벌할 만해서 처벌한다고 구성원은 느낀다. 그 처벌이 부당한 경우에도, 어떤 사회로부터 배척당한다는 것은 부끄럽고 두려운 일이다. 성장하면서 그 추방의 의미를 알게 된 다음에 추방자들을 전적으로 부당하다고 결론할 수 있다면 상처는 아물 수 있다. 그러나 나는 그렇게 하지는 못했다. 그 추방에는 그만한 의미가 있었고, 구체적인 정상에는 각기 차별성도 있고 운영에 난폭한 점도 있었다 하더라도 해방 후 북한에서 전개된 사회적 변화가 전적으로 부당하기만 했다고는 말하고 싶지 않다. 그것은 그만한 뿌리가 있는 역사의 한 고비였고, 나의 가족이 관련됐다고 해서 그 의미를 가족적 피해의 관점에서만 보는 것은 옳지 않은 태도일 것이다.

W시의 중학교에서 겪은 그 밤의 비판회 사건은 우리 가족이 겪은 사건의 축소판이었다. 그 사건에 대해서도 나는 지도원 선생을 전적으로 부당하다고는 생각하고 싶지 않다. 그의 처리가 미숙하고, 북한 사회에서의 토론문화의 수준이 그러했기 때문에 바늘만한 일을 쇠몽둥이로 다스리는 식의 절제 없는 규탄의 수사학이 어린 정신에게 공포를 경험하게 한 것은 사실이지만, 요컨대 그는 모든 사람에게 무한 봉사를 요구한 것이었다. 그 자신이 평생 남보다 더 고된 사회적 의무를 기꺼이 받아들이는 식의 인생을 보냈다면, 그는 당당히 남에게도 그렇게 요구할 권리가 있다, 그렇게 생각한다면 그 밤의 재판에서도 그는 전적으로 부당한 검찰관이었고 나는 천사같이 무고한 피고였다고 주장하고 싶지도 않다. 지도원 선생님이 솔로몬처럼 현명한 교육자일 것을 요구하기는 어렵다. 솔로몬이 어디에나 있겠는가. 나는 그렇게 생각하게 되었다. 결국 지도원 선생이 대표하고 있는 권위, 그의 뒤에서 그를 받치고 있는 이념에 대해서 자신 있게 거부할 수 있는 신념을, 선생님의 대의大義는 잘못입니다, 하고 말할 수 있는 신념과 판단을 나는 이날 이때까지 형성하지 못한 채 이 나이까지 이르고 말았다. 그런 신념과 판단에 이르자면, 그저 경험을 쌓는다든지, 나이를 먹는다는 실적만으로는 가능하지 않은 성질의 사항인 것도 알게 되었다. 지도원 선생님네가 신봉하는 그 '대의'는 정밀하게 구성된 '이론'이기도 하기 때문에, 그 이론을 파악하자면 일단 그 이론이 설정한 방식을 따라가보는 과정을 거쳐야 한다,고 나는 생각한다. 그런 철저한 연구 없이, 경험적 관찰이며, 체험이며, 그 이론과는

직접 교차하지 않는 다른 계열의 이론을 무기로 그 이론을 재단하는 방식에는, 한계가 있다. 경험은 경험이고, 이론은 이론이다.

　마르크스나 엥겔스는 선거연설물이나 시사평론집을 가지고 사회를 논한 사람들이 아니라 학자들이었다. 나는 그들의 저술을 원전으로 연구할 수 있는 경력의 생애를 살지 못했다. 미국에서 『자본론』의 제1권을 영역으로 읽었을 때 나는 이중 삼중으로 충격을 받았다. 첫째로 그 나이에 비로소 그 책을 읽게 되었다는, 지각한 느낌이었다. 그리고 두번째로는 미국에서는 이렇게 아무 데나 있는 책을 이곳에 와서야 그것도 우연히 읽게 된다는 내가 살아온 나라의 역사의 초라함이었다. 그리고 마지막으로 비록 내가 능숙하다고는 할 수 없는 언어에 의한, 그것도 번역일망정, 전해오는 그 책의 내용의 심오함이었다. 미심쩍은 부분은 대부분 이쪽의 이해력의 부족 때문이며, 설령 분명한 오류로 밝혀지는 부분이 있다 하더라도, 그것조차 진리의 씨앗을 간직한 상대적 오류일 것이라고까지 짐작케 하는 두려움을 갖게 하는 책이었다. 사람은 소의 밑바닥까지 내려가보지는 못하더라도 그 시퍼런 물빛으로 소의 깊이를 짐작할 수는 있다. 그 책의 깊이에 대한 짐작은 나를 두렵게 만들었다.

　『자본론』을 읽은 이런 느낌을 나는, 미국에서 틈틈이 고쳐 쓴 나의 소설 『밀실』의 어느 부분에다, "……그런데 이번에는 '남'에게 탓을 돌릴 수 없는 진짜 절망이 찾아왔다. 신문사와 중앙도서실의 책을 가지고 마르크시즘의 밀림 속을 헤매면서 이명준은 처음 지적 절망을 느꼈다. 참으로 그것은 밀림이었다. 그럴듯한 오솔길을 발견했다 싶어 따라가면 어느새 그야말로 '일찍이' 다져진 밀림 속의 광장에 이르는가 하면, 지금 자기가 가진 연장과 차림을 가지고는, 타고 내리기가 어림없는 낭떠러지가 나서는 것이었다. '전 세계 약소민족의 해방자이며 영원한 벗들'도 이 밀림의 어디선가에서 길을 잘못 든 것이 틀림없었다. 그렇다면 이 밀림에는 다져진 길도, 따라서 지도도 없으며, 다 제 손으로 할 수밖에 없다는 말이 된다. 목숨에 대한 사랑과, 오랜 시간이 있어야 할 모양이었다……"라는, 이전의 판에는 없는 대목을 새로 만들어넣는 것으로 기록해두었다.

나의 전공은 문학이고, 문학에서 나는 원어인 모국어를 다룬다. 그래서 문학에 관해서라면 어느 정도 책임 있는 말을 할 수 있다. 아무리 문학의 미학적 음계가 사회과학과 인접해 있다고 해도, 인접은 인접이고, 문학은 문학이고 사회과학은 사회과학이다. 그때나 지금이나 마르크스주의에 대한 인식은 단편적이고, 경험적인 간접 지식과, 어쩌다 손에 들어오는 불완전한 일어 번역에 의존했고 그것도 거기만 전심전력할 수 없는 환경에서 지극히 비능률적으로, 다가섰다 멀어졌다 하고, 좀 생각이 모아질까 하면 그것조차 희미해지는 식이었다. 우선 소설을 써야 했고 소설도 그것의 형식을 기성품이 아니라, 없던 데서 발생해서 무엇인가가 되기 위해서 운동하는 과정에 있는 사물이라고 파악하는 입장에 서는 순간 수수께끼가 되고 보면, 다루기에 결코 만만치 않았기 때문이었다. 그렇게 해서 나는 나의 가족사와 유년의 개인사와 그리고 나의 문학 창작에까지 근본적인 영향을 끼쳐오게 된 운동의 원리에 대한 딱 부러진 말을 할 수 있는 지적 능력을 갖추지 못한 채 이 나이에 이르렀다.

그런 경지가 되자면 나에게는 또 한 벌의 생애가 있어야 할 것이다. 결국 지도원 선생님에게 결정적으로 반론할 수 있는 논리를 갖추지 못하고 나는 마음속 깊은 곳에서 그 밤의 장면을 간직해왔다. 그러나 나는 아주 자신이 유죄라거나 전혀 무력한 피고로 느끼지는 않았다. 나는 고등학교 교실에서 「낙동강」에 대한 감상문을 써서 인정받은 몸이었다. '박성운'은 지도원 선생님보다 더 높은 인물이었고, 박성운을 창조한 포석 조명희는 '박성운'보다도 더 높은 인물이었다. 내 마음속에서 '박성운'을 등장시킨 독서감상문을 문학 선생님으로부터 인정받은 사실이 마치 포석 조명희로부터 인정받기나 한 것처럼 전이가 이루어져 있었다. 그것은 전혀 얼토당토않은 일이라고는 할 수 없었다. 나의 인격의 일부는 '박성운'과 통할 수 있었다는 말이요, 그러므로 포석과도 통할 수 있다는 말이었다. 사람의 인격은 가족과 일치하는 것도, 민족과 일치하는 것도 국가와 일치하는 것도 아니다. 짐승들만이 그런 종種과 개체의 일치가 가능하며, 원시 부족문명쯤까지만 그런 일치가 가능하다면 가능할까, 겹겹의 공동체의 교차점에서 사는 문명 시기의 개인의 인격에는 전일하게 복속을 요구하는 귀속공동체는 없으며, 구체적으로는 '인류'라는 단위만이 그런 충성을 요구할 수 있고, 추상적으로는 '이성'만이 그런 보편적 기준이다. 나의 이성은 '박성운'이나 포석과 마찬가지일 터였다. 그러므로 나는 포석을 그런 한에서 후견인으로, 변호인으로 내세울 수 있었다.

문학도로서 「낙동강」이라는 작품에 편견 없이 공감했다는 사실을 나는 그렇게 나의 구체적 개인사의 상처에 대한 방어로 번역하였다. 그 번역은 언제나 나에게 위안이었다. 비록 현실의 가족사나 사회사가 나에게 어떤 불리한 판결을 내리더라고 나에게는 상소할 수 있는 이성의 법정이 있고 사람을 마음으로부터 승복시킬 수 있는 것은 이성뿐이라는 믿음을 잃지 않으려고 노력하였다. 몸은 노예일망정 정신까지 노예일 필요는 없었다. 영웅이 못 되었거든 몽상자로 사는 것만도 나로서는 과분한 일로 알아왔다. 포석도 공산주의자일망정, 그의 사업방식은 지도원 선생과는 다를 것 같았고 방식이 다르면 내용도 다를 가능성 ── 지도원 선생과 같은 작풍이 반드시 공산주의 그 자체일 필요는 없을 수 있다는 ── 이 있었고 그런 가능성이라면 '이성'이라는 것에서 그렇게 멀리 있을 리가 없고 사람은 이성 말고 무엇과 타협하겠는가. 나에게는 포석은 이성의 육화였다. 「낙동강」이라는 명문에서 경험한 심미적 감동은 나에게는 그런 식으로 정치적 신뢰로 작용하였다. 학식이 모자라므로 마르크시즘을 이론적으로 확인할 수 없는 나는 내가 접한 명문名文에 대한 감동을 그에 대신한 것이었다. 그렇게 아름다운 글을 가능하게 한 바탕이 된 이념에는 그만한 이성적 보편성이 있다고 나는 환산換算하였고, 그 환산을 육신으로 보장한 존재가 포석이었다.

　그 포석이 그가 찾아간 나라에서 총살되었다는 소식은 그 후원자, 그 변호인이 처형되었다는 소식처럼 들렸다. 그 소식은 「낙동강」의 심미적 울림에 어울리지 않았고, '박성운'과도 어울리지 않았고, 내가 접해본 한도에서의 마르크스의 저작의 이성적 투명성과도 어울리지 않았고, 포석의 생애 전반에 뚜렷한 정직성과도 어울리지 않았다. 그런데 그것이 사실이라 한다. 스탈린주의가 어떤 것인지 모르지는 않았는데 포석에게 대해서는 공정했으리라고 기대한 셈이었다. 남에게 생긴 불행이 나에게도 생길 수 있다는 흔한 깨달음이 자신에게 닥칠 때까지는 그렇게 멀 수 있었다.

1930년대 소련에서 몰아친 숙청 바람은 이렇게 나 자신의 문제가 되어, W의 중학교의 그 밤과, 고등학교 문학교실에서의 감상문 사건 사이에 내가 돌봐온 구도를 일시에 허물어뜨렸다. 고등학교 문학시간의 한 단원에 대한 완전학습이 이루어지자면 이렇게 한 생애가 필요하고, 역사가 갈 데까지 가기 전에는 정답이 나오지 않는 것이 내가 산 세월의 문학시간이었다. 「낙동강」이란 '명문'만 있었을 뿐, 『자본론』이란 '명문'만 있었을 뿐, 그에 걸맞은 현실은 비슷한 것도 지구의 그 부분에는 없었다는 결론인가? 혁명 후 70년이 지난 오늘, 저 고르바초프라는 동무가 저렇게 콩팔칠팔하는 것을 보면.

1990년 9월 13일, 같은 D신문은 이번에는 타쉬켄트 특파원 보도로, 포석의 딸 조선아(59) 씨를 만난 소식을 전했다. 그녀는 현재 타쉬켄트문화협회 비서로 일한다고 한다. "원동遠東 니꼴스끄에서 살던 1937년이었지요. 어느 날 밤 소련 헌병이 나타나 아버지를 데려갔고 어머니와 우리 3남매는 곧바로 타쉬켄트로 강제이주를 당했습니다. 그때 나는 다섯 실이었어요. 그 후 아버지의 소

식도 모른 채 중앙아시아의 악주빈스끄에 버려졌고 열한 살 때는
까자흐스딴의 끼무로 이주했지요." "아버지의 소식을 수소문했지
만 무성의한 답변만을 들었지요. 50년대 중반 억울하게 죽었다는
답신과 함께 원호금이 나왔고 소련당국은 모스끄바와 레닌그라드
를 제외한 어느 지역에서 살아도 좋다는 판정을 내렸어요. 어머니
는 3남매 교육을 위해 다시 타쉬켄트에 정착했습니다." 그러면서
그곳에 있는 아버지의 유품들을 고향인 충북 진천에 보냈으면 좋
겠다는 희망과, 아버지의 만년의 작품인 『만주의 빨치산』 원고를
찾아내는 일에 힘쓰겠다, 는 말을 전하는 기사다.

이어 이듬해 소련이 아주 망하기 열흘 전인 1991년 12월 16일 국
내 SBS TV방송은 '카레이츠의 딸'이라는 제목으로 포석 조명희의
딸 조선아 씨가 아버지의 최후의 현장들을 찾는 장면을 방영했다.

창가에 앉아 밖을 내다보는 발렌치나 조
창밖에는 비
블라디보스또끄에서 국경 마을 하산으로 가는 열차 안
아버지가 건너왔을 국경마을을 찾아보고 싶다는 희망에 따른
여행
하산에서 내려 두만강 철교에 도착
조·소 국경의 철교
철교 아래를 흘러가는 두만강
저쪽 북한땅

기차가 지나가고 있다

동행한 연해주 거주 노인의 말

눈물의 강이라고 자기들은 불렀노라

1910년 당시에 6만의 한인이 연해주에 있었다

비탈진 숲으로 내려가 나무 열매를 따는 조 여사

타쉬켄트의 포석기념실에 가져가기 위해서

이 일대에서 한인들이 농장을 일궈 낙원으로 알았는데 지금은

이렇게 황무지가 되었다고, 동행한 노인

당시에 불렀다는 노래, '쓸쓸한' 생각은 비할 데 없고/ 다만 생

각나느니 내 고향뿐이라, 황성옛터 가락 같은 노래

소련 뉴스 영화 장면 끼어든다

한인들이 봄에 씨 뿌리는 모습

맨발도 있고, 짚신도 보인다

우리 사람도 그때에는 저런 온화한 표정을 가졌었는가

학교 교실 광경

다시 차 안의 발렌치나 조와 일행

하산에서 블라디보스또끄로 돌아가는 길

30년대 그 이주여행의 지옥 같던 정경을 말하는 70객인 동행자

먹을 것도, 마실 것도, 땔감도 없는 화물차칸, 약한 사람들이 죽

으면 찻간 문을 열고 깃발을 흔든다.

기관차에서 알아차리고 차를 세운다

언 땅을 대강 파고 죽은 이를 묻고 다시 차는 떠난다

마침내 한 달 후 까자흐스딴에 도착한다

지니고 온 것이라곤 살던 곳의 흙 한줌씩

열차 창문 밖으로 날리는 눈발

블라디보스또끄에서 하바로브스끄로 가는 기차 안

하바로브스끄에 도착, KGB지부를 찾아드는 일행

허름한 현관을 들어서서 계단을 올라간다

계단 층계참 벽에 레닌의 초상이 걸려 있다

복도를 지나 어느 방으로 들어선다

기다리고 있던 담당 관리와 책상을 마주하고 앉는다

그녀는 20대로 보이는 아들 안드레이를 데리고 있다

내 아버지는 왜 체포되었는가

고발장 때문이다, 비밀경찰이 작성했다

관계 서류를 보여주면서 설명하는 관리

다섯 명이 한 건으로 처리되어 있다

조선인 학교가 일본 스파이 본부로 이용되었으며, 밤마다 모임을
가져 이주에 반대하는 선동 계획을 꾸몄다, 는 것

영장 번호 2292 서명자 류시꼬브

당시 상황 말해달라, 발렌치나

황이라는 조선인과 러시아인 두 명이 가서 체포했으며 사냥총과
총알도 함께 압수했다고 서류에 적혀 있다. 신문 기록 일부는 이렇다

언제 소련에 왔는가?

1928년에 왔다

왜 왔는가?

일본의 압제를 피해 왔다

왜 일본이 너를 압박했는가?

나는 KAPF에 속해 일본에 반대하는 활동을 했으며 두 번 옥살이를 했다

네가 일본 스파인 줄 알고 있다

나는 스파이로 체포된 아무개 아무개 세 사람을 알고 지냈지만, 아무 잘못된 일 한 적이 없다

그들은 스파이며 프락치였다. 그들은 반혁명 그룹을 조직했다

1938년 4월 15일 사형이 선고됐고 5월 11일 밤 11시에 총살됐다

표정 없이 멍해지는 발렌치나

『만주의 빨치산』 원고 내놔라, 발렌치나

기록에 없다

압수해간 궤짝에 있었을 것이다

기록에 없다. 태워버렸던 모양이다, 당시 4만 명이 체포됐고 2만 명이 처형됐다. 이 중 한인이 3천 명쯤 된다.

포석 조명희의 사진 제시, 머리 깎은 수척한 사진, 입가에 초췌한 엷은 수염, 앞, 옆 촬영 2장, 수인번호 1338-16

그때는 체제가 사람 죽였다, 관리

발렌치나, 운다, 아들, 어머니 위로한다, 창밖에는 아무르 강의 노을

다음날 처형장으로 안내 해주는 KGB 관리

지금은 쓰지 않는 낡은 3층 벽돌건물

처형장은 지하실에 있었다, 관리

수감됐던 감옥으로 들어가는 일행

높은 담이 있고 1, 2층에는 전혀 창문 없고 3층에만 창문 있는 건물

여기서 8개월 동안 수감돼 있었다.

장면 이동해서 하바로브스끄 공동묘지

3년 전에 증언자가 있었는데 이곳에 시체 매립장이 있었다고 한다.

3미터 깊이의 참호였으며 KGB 요원들이 처형되어 묻혔다고 한다.

나의 아버지는 어디에 묻혔는가

38년 봄에 저 건너편에 트럭이 와서 작업하는 것이 목격되었다고 한다, 71년에 어느 민간인이 묘를 쓰려고 땅을 팠더니 엄청난 수의 시체가 묻혀 있어 포기했다고 한다. 거기 묻혔을 것이다.

묘지 안으로 걸음을 옮기는 발렌치나

발렌치나의 울음소리

묘지 사이를 헤매면서 우는 발렌치나

하바로브스끄 시내로 와서 시장에서 과일과 꽃을 사는 발렌치나

다시 공동묘지로 와서 무명 공동무덤 앞에 과일과 꽃을 바치고 절하는 포석의 딸 발렌치나와 손자 안드레이

묘비명을 읽는 내레이션

여기 법 없던 시대에 억울하게 죽은…… 당신들을 잊지 않으리

9

    한 제국의 멸망을 목격한다는 일을 겪었으므로 앞뒤 인상을 적어두기로 하자.

*

    상허 이태준의 「해방전후」가 자연히 연상된다. 며칠 전 다시 읽어봤다. 해방되기 바로 전까지의 자신의 마음 ── 정세 판단, 자신이 처신할 기본자세 ── 을 얼마나 속마음대로 쓴 것일까, 하는 궁금증은 처음 읽었을 때나 다름없이 남는다. 그 사람만이 알 수밖에 없는 그런 성격의 진실이라는 것은 본인이 고백하지 않는 한 영원한 수수께끼일 뿐이다. 전쟁의 장래, 일본의 장래에 대해서 그는 어느 만큼 그렇게 된 역사에 가까운 예측을 했을까, 하는 궁금 증은, 어느 구체적 역사 속에 살고 있는 개인이 자기가 그 일부를 이루고 있는 현실에 대하여 어느 만한 인식을 할 수 있는가, 하는 모두에게 걸리는 물음에 든다.

 어찌 보면 이 문제는 어느 시대, 어느 개인에게나 적용할 수 있 으므로 '모두에게 걸리는'이라는 형용을 일단 못 할 것은 없다. 정 세를 알아야 사람은 움직일 수 있기 때문이다. 그러나 어느 일에 나 그런 것처럼 여기도 정도의 문제가 있다. 그 사회나 시대가 그 런대로 자리 잡힌 상태에 있을 때는 자기 상황에 대한 인식이라는 것은 습관, 무의식 같은 말로 나타내는 것이 알맞을 만큼 상투적 인 것이기가 보통이다. 남들이 보는 대로 자기도 본다는 언저리며, 그것이 실상에도 가깝기 마련이다. 상황인식이 개인에게 어려움이 되는 것은 그 상황이 위기 국면에 있을 때다. 위기라는 것은 상황 에 늘 보기에는 없는 것 같던 변수들이 하나씩 나타나 보이기 시작 하면서 한 치 앞을 내다보기가 어려운 상태를 말한다. 그때까지의 타성이 교란되고 운동은 어느 쪽으로 흘러갈지 불확실해지는 국면 이다. 이것이 혁명 전야라든지, 전쟁의 중대 국면을 전후해서 전 형적으로 인간 개인에게 불안으로 다가든다. 정국政局이 어떻게 되 는가 하는 그 '국면' 읽기의 어려움이다. 이 어려움은 그 개인이 그 국면의 어디에 자리 잡고 있는가에 따라 다르기도 하다. 국면 에 영향을 끼칠 수 있는 자리에 있다면, 국면은 순전히 객관적인 것일 수는 없고 국면과 자기는 떼어놓기 어려워진다. 심지어는 '자기 할 탓'이라고 할 수 있는 개인도 있다. 그러나 거의 모든 개인은 차별성은 가지면서도 그런 자리에는 있지 않다. 그에게는 국면은 운명처럼, 괴물처럼, 천재지변처럼 다가들고, 그에 대해 어찌해볼 수 없으며, 앉아서 기다리는 굿이나 보고 떡이나 먹는 일밖에는 몫이 없다.

당연하게도 이태준은 이 나중 경우일 수밖에 없었다. 김구조차도 어쩌면 다를 바 없었다. 일본이 좀 늦게 패망했더라면, 하는 그의 유명한 탄식은 이 사정을 말해준다. 하물며 이태준에 있어서랴. 그러니까 해방 바로 앞의 이태준의 정세 판단은 「해방전후」라는 작품에 나와 있는 것보다 훨씬 불확실하고, 불투명하고, 비자각적이고, 소박한 것이었으리라고 생각하고 싶다.

그런데도 그의 「해방전후」에서 전달되는 현실감의 강도는 어디서 오는 것일까. 그것은 첫째로 '해방'이라는 현실의 배경 앞에서 쓴 글이기 때문이다. 「해방전후」라는 작품 안에서 주인공이 현실의 파국을 예감하는 부분이 현실적 근거가 있었다는 것이 '현실'로 증명되었다는 효과를 나타내는 환경에서 썼기 때문이다. 작가를 나타냄이 분명한 인물을 주인공을 삼았기에, 과연 그런 예측의 능력이 있었을까 하는 의문이 일어나는 것이지만, 만일 작가와 동일시할 수 없는 사람을 주인공으로 삼았다면 작중인물의 예측능력 문제는 사라지고, 인물의 행동은 그대로 현실의 한 반영이며, 현실에 의해 증명되었음을 독자는 시인하게 된다. 소설가인 이태준 자신을 나타내는 주인공이었음에도 불구하고 해방 후의 독자들에게는 이런 차별조차도 의식되지 않았으리라. 그만큼 현실은 분명하였고, 독자의 의식에서 그 분명성은 그 분명함이 아직 분명하지 않았던 해방 직전까지 연장되어 있었던 것이다. 현재가 과거에 투사되었다는 말이다. 그러므로 「해방전후」를 반세기나 지나서 읽는 나는 그 점 ── 이태준이 정말 주인공만큼 예감했을까 ── 은 잠깐 잊어버려도 되겠다. 그렇게 하고 나면 남는 것은 이태준이 이런 소설을 써서 다행이다, 하는 고마움이다. 내가 알기에 해방 전후를 이만하게라도 가깝게 어느 인물의 심경에 밀착해서 묘사한 작품도 얼른 생각나지 않는다. 잘 요약되어 있고 해방 후 부분에서는 이미 정국 자체의 중심의 일부에서 움직이고 있다는 그의 위치도 무겁다.

*

소련의 멸망에 대해서 인상을 적어보려고 하면서 이태준의 「해방전후」를 생각하는 까닭은 두 가지가 있다. 하나는 두 경우 모두 역사적 큰 전환 사건이라는 점에서다. 나머지 이유는 소련 멸망은 이태준의 「해방전후」의 후일담의 의미를 가지기 때문이다. 「해방전후」에는 소련이 거대한 등장인물이었고, 이태준 자신이 그 등장인물이 짜놓은 새 국면인 북한 지역으로 자리를 옮겼고, 그 거대한 등장인물을 찾아가서 만나본 기록인 『소련기행』을 남겼고, 그의 죽음의 순간까지 그는 소련이라는 힘의 장場 속에 있었기 때문에 소련은 다른 많은 사람들에게처럼 ── 조명희가 그 본보기인 ── 운명이었기 때문이다. 내가 선택한 생업의 대선배들의 그토록 많은 부분에서 '운명'이었던 존재의 뒤끝에 대해 잡다하게라도 '전

304

후'를 적어두는 일은 있어야 할 것 같다.

*

1989년 12월에 루마니아 대통령 차우세스크가 민중에 의해 총
살되었을 때 고르바초프 동무의 '개혁'은 사실상 처음에 그가 설정
한 궤도에서 벗어났다. 그가 그것까지를 의도했는지 어쩐지 그것
까지도, 그리고 그 시점에서도 여전히 불투명했었다. 그러나 베를
린 장벽이 무너진 사건이 일어난 다음이었고, 지중해의 몰타 섬에
서 소련과 미국 수뇌회담이 있었으므로 그때에 고르바초프 동무는
동유럽 포기를 약속한 것이 분명할 듯하다. 그렇더라도 루마니아
에서 폭동이 일어난 지 며칠도 못 가 차우세스크가 민중 편으로 돌
아선 군대의 손으로 즉결심판만 거치고 거리에서 총살된 일은 당
시까지의 공산주의 정치문화의 분기점이었다. 그때까지 인민에 의
해 처형된 공산정권의 수장은 없었다. 악명 높은 '숙청'은 인민의
손에 의해서가 아닌 상층 지도부 안에서의 권력 다툼이었다. 그렇
게 해서 패권을 잡은 지도자에게 모든 가치가 집중되었다. 소련식
정치는 그 유형으로서는 성속聖俗이 나뉘지 않은 일종의 종단宗團
정치였고 그 수장首長에게 신성한 권위가 집중되어 있었다. 그것은
유럽의 절대군주만큼도 속화俗化되지 못한 그 이전의 전제군주
들 ── 로마 제국이나, 동양의 군왕들, 아랍의 칼리프들, 특히 잉
카 제국의 왕이며, 이집트의 파라오들처럼, 정치군주이자 이념적
교황처럼 기능하였다. 스탈린의 사망과, 그에 대한 비판 이후 결

국 소련 사회가 거기서부터 헤어나지 못한 정신적 혼란은, 소비에트 혁명 이후 70여 년을 지나면서도 마련하지 못한 성속聖俗의 분리형식을 제도화하지 못하고, 그 둘 사이의 관계를 연속되면서도 분리되어야 한다는 동적 위상으로 정립하지 못한 데 근본적인 원인이 있어 보인다. 참으로 이상한 일이었다. 양量과 질質 사이에 있는 역동적 관계가 그들의 철학 교과서에서 그렇게 강조되면서도, 현실에서는 정치권력의 작동 형식을 거의 저분화 미개사회의 제정祭政 일치 형식에서 해방시키지 못했다. 모든 지혜와 능력을 갖춘 스탈린이라는 교황이 있을 때는 국가는 그런대로 움직였는데, 그의 전능을 비판한 다음에는 소련의 정치에서의 리더십은 전능도 아니고 제한된 것도 아니면서 여전히 형식적 유일 통수권은 살아 있었다. 그것은 마치 정치 면에서만 본다면 스탈린을 비판한 다음에도 그의 정치적 유산에 의지해 살아가는 정치적 연금 생활자의 생활 같은 것이었다. 스탈린도 자연사했고 그의 후계자들도 모두 평상의 죽음을 하였다. 권위는 여전히 손상되지 않았다. 그들의 죽음은 마치 옛 파라오나 중국의 군주들의 죽음처럼 적당히 장막에 가려지고, 죽음의 시간이나 산문적인 병상 진행의 보도도 허락되지 않는 상태에서 거의 종교적으로 처리되었다.

*

국가의 수장의 죽음은 공산권이 아니라도 어디서나, 지금도 여전히 많든 적든 원시종교에서의 수장의 죽음에 대한 닮은꼴로서

기능한다. 국민은 그 순간 속화될 대로 속화된 납세자納稅者로서의 인격에서 마치 특정 교단의 신도 대중의 인격으로 순간적인 이행을 경험한다. 장례의식도 종교의 얼굴을 모방하도록 장엄하고 정서적이다. 그러나 2~3백 년 이래 유럽 정치문화는 정치가 보존하고 싶어 하는 이 모의 종교적 측면을 기회 있을 적마다 박탈하고 해독하는 방향으로 흘러왔다. 종교적 신비화에 대해서 얼마나 면역력이 있느냐 하는 것이 유럽의 근대 이후의 사회에서는 현명한 태도의 기준으로 작용하였고, 특이하게 평가될 만한 문명사적 창조라 부를 만하다. 정치가는 그저 전문 직업인일 뿐, 그의 전인격이 종합적으로 완전할 것이 요구되지는 않는다. 그런 모양새는 편의상의 '연기'이며 '예의상의 화장'임을 투표자들은 무의식적으로 알고 있다. 그래서 정치 지도자들 가운데는 수없는 악당들이 끼어 있음을 속화俗化된 문명사회의 투표자들은 알고 있다. 그러나 악당들에게는 족쇄가 물려 있으므로 인격 높은 지도자를 만들어내기보다, 이 족쇄를 우수한 품질로 개량해나가는 것이 이 땅 위에서 제일 생산적인 정치 발전의 길이라고 믿고 있는 사회가 적어도 유럽 자본주의였다. 물론 이 원칙의 내수용과 수출용 사이에는 차별성이 가해진다.

*

어떤 권위에 대해서도 원칙적으로 불경스런 입장을 내세우고, 어떤 종류의 문화적 지방주의와도 맺어지지 않고, 이면 특수한 것도 보편적인 것의 변형이라고 생각하는 합리주의의 적자임을 스스로 밝힌 공산주의는 이상하게도 집권 후에 그들의 정치제도를 이 합리주의에 정반대의 원리를 몸에 담는 쪽으로 형성하였다. 그들은 정치행동을 신앙활동처럼 인식하고, 한 개인의 육신에 그들의 이념이 육화되고, 그 육화된 개인의 매개를 통해서 소속원들은 쉽게, 자신들은 그리 지혜롭지 않아도, 그리 착하지 않아도 정치적 구원이 약속된 것처럼 믿을 수밖에 없는 그런 정치문화를 성립시켰다.

이런 정치문화에서 정치 지도자의 위치는 절대적이고, 그의 죽음은 대혼란을 일으킨다. 역사에서의 '개인'의 역할은 추상적으로 토론해봐야 순환론밖에 안 되고, 구체적인 역사적 단계에서, 어떤 정치적 관행 속에 놓인 '어느 위치의 개인'인가에 따라 그 무게가 비로소 계산될 수 있다.

차우세스크는 그런 정치제도 속의 그런 위치에 있는 개인이었다. 인민의 아버지, 인민의 지도자, 인민의 영웅, 진리의 담보자였다. 모든 가치는 그에게 일괄 보관되어 있었고, 인민은 빈손으로 그를 믿기만 하면 되었다. 그런 개인이 길거리에서 그의 아내와 함께 미친 개들처럼 총살된 것이다.

그것이 차우세스크의 죽음이었다.

*

소련에서는 훨씬 이전에 지도자에 대한 공식적인 개인숭배 문화는 실질적으로 무력화되어 있었던 듯하다. 스탈린 사후의 정치 문화에서의 그만한 변화였다. 그러나 소련 공산당 서기장의 권한은 법률적으로는 스탈린 체제 그대로였고, 위성국가에서는 사정이 또 달랐던 듯싶다. 루마니아는 훨씬 스탈린 문화에 가까웠던 듯싶다. 서방의 눈에는 차우세스크도 공산당원이며, 아직은 루마니아 공산당은 바르샤바 조약 제국의 형제나라였다. 한핏줄이므로 형과 아우는 한뱃속에서도 다르게 나왔을망정 여전히 남이 아닌 것도 사실이다. 형제 공산국가에 대해서 서방 손님에게 흉을 보는 소련 지식인들의 당시 습관은 인간적으로는 추한 것이었다. 그 사람들이 누구 때문에 그렇게 됐는지 자각이 없는 속물들의 태도이기 때문이다.

*

종정宗政 일치형 문화가 합리주의와 어떤 의미에서도 화해할 수 없으며, 문명의 진화라는 개념과는 모순된다는 형이상학적인, 선험적인 단정은 반드시는 성립하지 않는다. 인간 중에는 비범한 인간이란 개인이 있는 법이며, 다만 아주 귀하기 때문에 그런 적은 확률에 기대서는 안 된다는 것을 강조해서 말하는 어법이, 제정祭政 일치는 적절히 분화돼야 한다, 는 명제일 뿐이다. 모든 단정적인 명제는(명제는 모두 단정적이지만) 만일 ……라면; 하는 '조건'을 표현의 경제상 생략한 형식이다.

*

　1990년 초에 들어서서 소련 공산당 중앙위원회에서 행한 고르바초프라는 동무의 연설은 놀랄 만하다. 그는 "우리는 사회주의 국가들을 세계문명의 주류로부터 고립시켜온 모든 것을 버려야 한다"라고 말한다. '세계문명의 주류?' 이 연설로, 이 연설의 특히 이 한마디로, 이 시점에서 사실상 소련의 신념체제는 자기부정을 선언하고 있다. 고르바초프라는 동무는 자기가 하고 있는 말의 뜻을 얼마나 알고 있었을까? 어떤 '주류'를 그는 말하는가? 그의 선배들이 서유럽, 서방을 '문명'이라는 단어와 관련시켰을 때는 그 단어를 인용 부호로 묶든지, 아니면 명백히 그 의미를 한정해서 사용하는 것이 보통이었다. 그 '문명'의 성격에 오해 없기를 주의한다는 자각은 말하면 잔소리였다. 그것이 노예 소유자들의 문명이라는 것, 자본주의는 현대의 노예제도라는 뜻이 생략된 계수係數로 연결되어 있었음은 그만두고라도, 그 세계문명의 주류라는 개념 속에는 그 문명이 노예 주인들의 문명이자, 그 문명의 잘못을 고칠 힘을 가진 노예 자신들의 역사적 사명과 역량이라는 구성 요소를 함께 지녔음을 머릿속에 두고 있다. 그랬기에 혁명 직후에서 이후의 상당 기간까지 지도자들과 혁명세력은 '서방'으로부터의 지원, 즉 그 '문명의 주류' 속에 있는 우군 부분의 조속한 지원(즉 그들도 혁명을 빨리 일으켜줄 것)을 기대하였다. 초기의 혁명세력에게 '서방'은 적이자, 그 속의 우군도 지칭하는 말이었다. 고르바초프라는 동무의 1990년 2월 연설에는 '문명의 주류'에 대한 이 같은 복합적 이해의 흔적은 보이지 않는다. 이 서기장 동무는 문명의 주류를 레이건 숙부와 대처 숙모의 영지로만 알고 있다. 서방 우군의 비겁에 대하여 점잖게 나무랄 수도 있지 않은가. 소련이 당면한 현실에 대한 책임을 적의 교살작전은 당연하다 치고, 우군의 지역 이기주의에 대해서 분담할 것을 지적하는 것은 소련 체제 성립의 역사적 이해에 필수의 사항이 아닌가.

초기 지도세력은 자신들이나, 자신들이 지배하게 된 국가에 대한 쇼비니즘은 전혀 가지지 않았던 듯하다. 따라서 어떤 의미의 메시아니즘도 없었던 듯하다. 가능한 한 빨리 그 과분한 짐, 지구를 두 손으로 받치고 있어야 하는 듯한 그 역할이 정당하게 그 '문명의 주류' 속의 진보적 부분에 의해서 대체되거나, 분담되기를 희망한 듯하다. 거기에는 위신이라든지 우월감 같은 것과는 인연이 없는 지극히 상식적이고 합리적인 계산만이 있었던 듯하다. 아직 혁명의 포화 속에 있으면서 '서방'에서의 혁명이 없으면 결국 자신들의 혁명은 지탱하지 못할 것이라는, 얼핏 속물적인 귀에는 자기부정이나 패배주의로 들리는 언설은 혁명을 기분이라 생각하지 않고 현실적 힘의 운동이라 보고, 서쪽의 그 '문명의 주류' 속에는 자신들을 구해줄 '힘'이 실지로 있고, 그 힘이 '주류' 속의 적대적 부분과 연결된 사슬을 떼어버리고 자신들에게로 달려올 것을 믿었기 때문이라고 해야 할 것이다. '문명의 주류'에 대한 소련 체제의 창시자들의 전통적 인식을 포기하는 것은 체제의 정통성을 스스로 버림을 뜻한다.

더욱 놀라운 것은 이러한 포기를 표현하는 그의 문체의 천진난

만함에 있다. 그는 이 말을 외교적인 수사로 사용한 것일까? 그렇다면 그는 책임 있는 정치가가 아니다. 그의 발언은 자신들의 입지를 스스로 허무는 정도의 무게를 지녔으므로 조약의 하찮은 듯싶은 구절을 가지고 승강이를 하는 하급 실무 외교관보다도 경박한 행동이다. 그는 일반적으로 다수자의 이익을 대변하는 자리에 있는 사람이면 으레 지킬 만한 직책 감각에도 소홀하였다.

*

이 연설이 있었던 공산당 중앙위원회에서 채택된, 공산당의 '지도적 지위'의 포기라는 결정은 고르바초프라는 동무의 자기인식의 성격이 결코 우발적인 것이 아니고 일관성 있는 것이었음을 알 수 있다. 공산당의 '지도적 지위' ― 즉 공산당 일당독재이다. 이 문제는 두 가지 측면으로 살펴볼 만하다. 먼저 독재라는 것의 정치적 의미다. 소련의 창시자들은 '독재'라는 개념을 '계급독재'의 의미로 파악하였다. 즉, '부르주아 독재'에 대한 '프롤레타리아 독재'이며, 독재라고 부르건 말건, 역사상의 모든 사회는 그 시대의 주도계급의 독재라는 뜻으로 이해하였다. 그러나 정치적으로 파악한 이러한 독재 개념을 시인한 다음에도 문제는 남는다. 한 계급이 반드시 하나의 정당으로 자신을 표현할 필요는 없다. 정치공학적 의미에서 얼마든지 현실의 필요를 기준으로 분화할 수도 있고 통합될 수도 있고, 위기의 순간에는 당이 없을 수도 있고, 만사는 편의와 효율의 문제 ― 즉 공학적 실용성의 영역에서 '독재' 문제에 접근할 수도 있다. 부르주아 정당들의 복수 존재가 그것이다. 여전한 부르주아 독재의 틀 안에서 정책의 차별성의 활용, 타성에 대한 경고, 부패의 최소화, 위기 국면에서 정권교체에 의한 안전밸브 구실을 하기 위한 정치적 병법兵法이다.

*

이 문제는 볼셰비키들에게 '분파分派'의 문제로 자각되었다. 혁명기에 존재했던 특이한 입법−행정기관이었던 '소비에트' 안에는 볼셰비키의 우당이었던 멘셰비키도 의석을 가졌을 뿐만 아니라, 그 밖의 비사회주의 정당들도 참여하고 있었지만, 내전과 외국군의 침공 기간에 먼저 비사회주의 당들이 그리고 멘셰비키가, 마침내는 볼셰비키 당 안에서의 분파적 행동의 자유까지 금지되었다. 위기상황에서 허虛를 버리고 실實을 취한다는 비상조치의 성격을 띤 결정이었다. 전쟁을 하면서 정쟁政爭을 병행할 수 없다는 실제적 의미를 중시한 잠정 행동으로 이해한 결정이었으나, 이후에 이 잠정 조치는 마치 절대적 교리처럼 굳어지고 이에 대한 재고를 원하는 움직임은 반역행위로 추궁되었다. 그 도달점이 개인숭배였다.

*

기왕에 볼셰비키(다수파), 멘셰비키(소수파)라는 역사적 뿌리와 관용어가 있고 보면, 혁명의 위기가 사라진 적절한 시점에서 멘셰비키를 복권시키든지, 최소한 볼셰비키 단일당 안에서라도 '분파' 활동에 대한 제한을 해제했더라면, 그것은 이른바 복수정당제의 기능을 어느 정도까지 수행함으로써, 소련 사회가 현 집권세력이 무너지면 국가 자체가 붕괴하고, 사회 자체가 무정부의 상태로 해체된다는 인민대중의 고통을 덜고 그 시점까지의 긍정적, 역사적 성과는 보존할 수 있었을 것이다.

*

그러나 소련은 그 어느 것도 시간이 있는 사이에 하지 못했다.

*

다만 다음 사실은 있었다. 국내신문 S일보(1990. 2. 8)의 소련 공산당 중앙위 전체회의(1990. 2. 6) 보도 속에 다음 부분이 있다. "'美式' 兩黨制 제안 눈길○…… 이날 열띤 토론과정에서 예브게니 벨리코프 중앙위원은 소련의 새 정치구조에서 양당제가 바람직하다고 주장, 이채를 띠었다. 벨리코프 위원은 美國의 양당제를 예로 들면서 共和 民主 양당의 정강정책이 크게 차이 나지 않으면서도 양당으로 존립하고 있다고 부연." —— 창조적인 발언이다. "종교개혁"의 배음倍音을 듣는 느낌이다. 헌법 제6조(볼셰비키당의 지도적 지위)를 유지하면서 폐기하는 양식(볼셰비키 공산당의 분당) = 지양(?). 그러나 이 발언을 그렇게 들었다는 현장소식은 없

다. 이 발언이 있던 시각에 붉은광장 레닌 묘 안 관이 있는 방에서
근무를 하고 있던 초병은 마치 관 안에서 나오는 소리를 들은 듯한
느낌을 가졌다. 그 환청은 이렇게 들렸다; "Да Да, Да Да." 초
병은 이 사실을 조장에게 보고하지 않았다. 왜냐하면 환청은 러시
아 사회주의적 사실주의 보초수칙에는 없었기 때문이다.

*

소련 붕괴는 어느 한두 사람의 실책이 아니라 누적된 악정의 결
과라는 말은 정당한 지적이다. 그러나 여기에도 당연한 조건이 있
다. 망하는 나라가 어느 나라나 그런 것처럼, 소련의 모든 것이 다
나빴고, 개선될 가능성은 전혀 없었다는 말로 이해돼서는 안 된다,
는 조건이 그것이다.

*

그런 (개혁의) 가능성은 물론 있었고 소련 인민의 고통의 최소
화라는 의미에서는 그렇게 되는 것이 옳았다. 그 개혁은 중공과
북한의 민주화에도 도움이 되었을 것이고 결과적으로 남한 지역
거주자들에게도 전향적으로 이익이 되게 작용하였을 것이다. 북한
이 민주화되었다면 남한의 정치체제의 민주화는 얼마나 긴박하고
심층적이어야 했겠는가, 하는 관점에서 그렇게 보는 것이다.

*

고르바초프라는 동무가 만일 그의 노선의 결과를 미리 알았다면 그의 행보는 실지의 행보와 같았을까, 하는 연습 문제를 내보자.

*

아마 그의 행보는 달랐을 것이다. 즉, 그는 자기 행동의 결과가 거기까지 — 즉 국가의 해체, 이념의 무산, 10월혁명 직전 상태로의 복귀, 즉 케렌스키 정권에의 자진 정권 반납 — 이라는 결과는 예측하지 못했을 것이라고 먼저 가정해보자. 이 경우라면 그는 그 자리에 있을 자격이 없었다. 한 제국의 개혁에 착수하는 사람이 자기 행동의 결과에 대한 본질적인 예측이 없다면 그는 미친 사람이다. 아니면 무능한 사람이다. 그는 그가 왔던 곳, 어느 시골 휴양지에서 모스끄바에서 내려온 당 간부들을 위한 휴양시설의 지배인으로 지내는 것이 그 자신을 위해 제일 행복하였으리라, 그런 생각이 든다.

*

만일, 그가 결과에 대한 예측을 가지고 그의 행보를 실천해나왔다고 가정해보자. 그의 행동에 대한 두번째 가정 시나리오다. 그는 처음에 레닌으로 돌아가자고 하면서 시작하였다. 레닌의 지도 노선에는 현실을 개혁할 가능성이 있다고 국민에게 천명한 것이다. 그는 마땅히 이 약속을── 레닌의 전통과 유산 속에서 국민을 영도하는 것이지, 그 밖의 것이 아니라는 이 공약을 지켰어야 했을 것이다. 레닌의 이름을 내세웠기 때문에 백가百家는 쟁명爭鳴을 시작할 수 있었기 때문이다. 즉 규칙과 틀이 '레닌'으로 선포되었고, 모든 사람은 그것을 믿었다. 서방 진영조차도 그에 대해서 의아해하지 않았다. 미국이 링컨의 정신으로 돌아가겠다고 해서 항의할 나라가 없을 것임과 마찬가지 이치다. 그러나 결과는 레닌 자체를 부인하는 곳에 이르렀다. 이 결과가 계산된 것이었다면 그는 속임수를 쓴 것이 된다. 그는 인민을 속인 것이다. 보통의 나라에서 새 집권자는 선거 때의 공약의 틀 안에서 임기 중의 행동을 실천한다. 이 틀에 변경이 있으면 그는 도중에 사임하거나, 국민의 뜻을 다시 물어야 하도록 관행이 이루어져 있다. 이것은 정치 제도의 차이에 관계없이 무릇 정치랄 것도 없이 계약이행의 상식이다. 고르바초프라는 동무는 그렇게 하지 않았다. 그는 날마다 말을 바꾸고, 달마다 말을 바꿔 타고 해마다 열차를 갈아탔다. 그가 결과를 알고 한 일이라면, 그 계획과 결과 사이에 있는 언동의 불일치를 표현하는 말은 '속임수'라는 말이다.

*

 실지로 소련이 망한 다음 어느 해설자는 고르바초프의 행보를 중세기 유럽의 전설에 나오는 '피리 부는 사나이'에 비유한 것이었다. 옛날 독일 어느 도시에 갑자기 쥐들이 들끓었다. 쥐들은 사람들이 먹을 것을 먹어치우고, 아이들을 먹어치우고, 사람들을 습격하고 병을 퍼뜨렸다. 그때 어디선가 떠돌이 사나이가 나타나서 보수를 약속받고 피리소리로 쥐들을 유도하여 강물에 빠뜨려 죽였다는 이야기다.

*

고르바초프라는 동무가 기폭한 운동의 과정에서 결국 관건이 되는 문제는 경제 문제로 압축되었고, '시장'이라는 것이 중심에 놓이게 되었다. '시장'에 대해서 소련 공산당보다 더 잘 아는 사람들은 그리 많지 않으리라고 세상 사람들은 막연히 알아왔다. '시장'이 어떻게 생겨났는가, 하는 것이 그들 이념의 창시자의 교설의 중심 주제였다. '시장'은 하늘에서 떨어진 것도 아니고, 연구실에서 조제한 처방도 아니고, 역사적 생성물이며, 그것이 형성된 초기 과정이 원시축적이라 불리며, 그것은 피와 고름의 바다에서 탄생한 비너스라고 그들은 말해왔다. '사회주의 원시축적'이라는 개념까지도 등장했다. 그런데 망하기까지 사이에 유통된 '시장'이라는 말에는 그 피와 고름의 냄새는커녕 그것들의 그림자도 어른거리지 않는 그런 깨끗한 말로 사용하고 있다. 마치 '시장'이라는 말만 채용하면 거기서 자동적으로 금은보화가 쏟아지기나 할 것 같은 식이다. 우리 같은 식민지 생활의 경험자들에게는 이런 모습은 착잡하고 뼈아픈 느낌을 준다. '시장'은 피와 고름 바다 속에서 탄생하였고, 그것이 우리 자신의 피와 고름이었음을 우리는 알고 있기 때문이다.

*

　그러니까 고르바초프라는 동무와 그의 주변의 동무들의 문체는 새삼 볼만한 구경거리였다. 그들은 마치 케임브리지나 하버드의 졸업생처럼 말하고, 서방의 공산권 전문 삼류 기자들의 용어와 수사법 그대로 자신들을 묘사한다.

*

　언젠가 미국 대통령 부시는 휴양지에서 골프만 치는데, 고르바초프라는 동무는 책을 한 보따리 싸가지고 휴가를 떠났다는 신문 보도가 있었다. 아직 소련이라는 나라는 앞으로도 (물론 영원히는 아니겠지만) 으레 있겠거니 모두 알고 있던 무렵이다. 지금 생각해보면, 무슨 책이었을지 궁금해진다.

*

　상대방의 수사법을 채택하면, 상대방의 의지를 채택하는 것이 된다.

*

  '위로부터의 혁명'이라고들 한다. 그러고 보면 망하고 난 다음의 현 러시아의 정객들은 모두 구체제에서의 기득권자들이다. 구체제가 그 모양이 되게 한 최고위의 책임자들이 구체제를 입에 침을 튀기며 욕하고 어제까지 원수처럼 이야기하던 제도에 대해 사이비 종교의 전도사처럼 열렬히 찬양한다.

*

  인간의 의식의 이런 전환은 대개 거짓말임을 역사는 증명하고 있다. 만일 참으로 인간의 의식에 혁명이 일어난다면 그것은 먼저 참회로 나타나고, 개인적인 자기처벌로 나타난다. 즉 공적인 장면에서 사라져야 한다.

*

  '체제'라는 말의 조홧속이 여기에 있을 듯싶다. '체제' 탓이었다는 것이다. '체제'가 나빴기 때문이지 자기한테는, 매개의 한 사람 한 사람에게는 죄가 없다는 듯이 전제한 말이다. 본인 당자들은 어디 가 있었는가. '체제'라는 유령이 소련 영토와 동유럽에 신기루처럼, 무인 로봇처럼 작동하고 있었고 살아 있는 인간대중은 그동안 우주여행을 하고 돌아와 봤더니 그동안에 집구석이 그 꼴이 되었더라는 말인가.

*

사태에 대한 다른 접근방식이 여기서 문득 떠오른다. 악정과 폭정, 그리고 실정과 졸정拙政을 거듭한 끝에, 더 이상 통치할 수 없게 된 통치계층이, 밑으로부터 오는 심판인 혁명을 두려워한 나머지, 본인들의 파멸을 면하기 위해서 차라리 국가를 파멸시켜버린다는 시나리오다. 이것이 실현된 것이 대한제국 멸망의 시나리오였다. 이 시나리오를 적용하는 데 망설일 만한 애정을 구소련 지배층은 사람들에게 요구할 수 있을까?

*

적어도 나에게는 없다. '시장'을 위한 '원시축적'은 어디 있는가? 현 러시아 자체가 그 축적물이다. 구소련 인민의 피와 고름 그리고 백골의 객관화가 현 러시아다. 이 유산을 구소련의 기득권층이 이번에는 공공연한 사유재산으로 횡령하는 과정이 앞으로의 러시아에서 '경제발전'이라는 이름으로 진행될 것이다.

*

미쳐도 곱게 미치라는 탐미주의자들의 취미기 있다. 망하는 경우에도 이 취미는 준용될 수 있으리라.

*

　구소련의 멸망 과정의 어디에도 탐미주의적 취미를 다소간에 만족시킬 만한 구석이 없는 점이 어쩌면 제일 아쉬운 점인지도 모르겠다.

*

　그런데 곱게 미치는 이미지는 어느 정도 떠올림이 가능하거니와, 곱게 망하는 이미지는 어떤 것일까? 그것까지는 말하지 말자.

*

　자기 손으로 자기 당에 대해서 활동 금지령을 내린 다음에 인민대표자 회의에서 고르바초프라는 동무가 연설하면서 '동무들,' 하고 시작하였더니, 장내에 폭소가 터지고, 연설자가 황급히 '여러분,' 하고 고쳐 부르는 장면이 보도된 적이 있었다. 이쯤 되면 노생露生이 가외可畏라고나 할지. 고골리는 과연 상상으로만 묘사한 것이 아니라고나 할지, 도스또예브스끼의 소설의 어떤 측면이 주는 초超보통 사이즈의 어떤 느낌에 대한 계시적 이해를 위한 너무나 정직한 실물 교육이라고 해야 할지.

*

탐미적 취미의 측면 운운하는 것은 이런 측면을 말하는 것이다.

*

그렇지 않을지도 모른다. 역사를 바로 아는 데 가장 걸림돌이
되는 것은 역사를 너무 진지하게 생각하는 버릇이다, 라는 폭론이
머릿속 어딘가를 잡놈처럼 스치고 도망친다.

*

바닷가 모랫벌에 묻혔던 알에서 방금 깨어난 바다거북이 새끼들
이 바다를 향해서 기어간다. 그것은 평화스런 운동 풍경이 아니다.
바다까지의 얼마 되지 않는 거리를 이동하는 사이에 바다거북이
새끼들은 천적들의 습격을 받는다. 갈매기, 독수리 같은 새들이
다. 이 공격에서 살아남아 바다 속으로 미끄러져 들어간 새끼들도
무사하지 못하다. 큰 고기들이 그들을 기다리고 있다. 이렇게 해
서 제대로 살아남는 새끼들은 알에서 깬 새끼들 총수의 1%라고
한다. 알에서 깨기 전에 새들이 와서 파먹은 알의 부분을 빼고서
그렇다는 것이다.

이 낭비.

그러나 이 낭비를 위해 울어주는 하늘도 없고, 슬퍼하는 땅도 없으며, 흐느끼는 바다도 없을뿐더러 희생자들은 기념비도 없다. 모래는 그저 뜨겁고, 바다는 예대로 푸르고, 하늘에서 해님은 저녁이 되면 밤샘해서 조의를 표하는 일도 없이 침실로 가버린다. 자연은 그렇다. 기회를 가지지 못한 생명에 대하여 아랑곳이 없다. 1%를 위해 존재한 99%에 대하여 자연은 일체 감정적 앙금을 만들지 않는다. 이 점에 대하여 인간만이 느지막하게나마 반응의 형식을 발명하였다. 그것이 태어나보지도 못했거나, 종의 유지를 위해 대수大數의 법칙을 만족시키기 위해서만 존재한 생명의 부분에 대한 조의弔意의 표시다. 그러나 이 표시는 순전히 환상적인 감정보상일 뿐이다. 의식상으로만 자신의 형제인 부분에 대한 슬픔을 표시하는 아무 실속은 없는 처신이다.

인간도 옛날에는 지금보다 유아 사망률이 높았다. 태어나서도 생존경쟁 — 온갖 종류의, 말 그대로 생활상의 평화적, 폭력적— 에서의 낙오, 그 극한형식인 전쟁에서의 전사 등으로 세대 중에서 도중 탈락자와 살아남은 자가 생긴다. 인류 개체는 영생할 수 없으므로 모든 세대는 다음 세대를 위한 99%인 셈이다. 그러므로 모든 당대는 인류라는 종種의 규모에서 보면 그 1%이며, 모든 개인은 그 1% 중의 한 부분이다. 이 낭비. 생존의 근본형식인 이 낭비.

*

이 낭비를 줄이는 것을 문명의 진화라고 불러도 되겠다. 아주 없애지는 못한다. 그것은 불로불사不老不死 상태이므로.

*

인류가 왜 존속되어야 하는지는 바다거북이가 왜 존속되어야 하는지를 바다거북이 자신이 (아마도) 모르는 것처럼 우리도 모른다.

*

다만 우리가 바다거북이와 다른 점은 우리가 생명의 낭비를 다소나마 줄이는 힘을 조금씩 키워오고 있다는 사실이다.

*

어떻게?

*

비유하자면 바다거북이 새끼들이 단독 각개 약진을 하는 대신에 서로 몸을 밀착시켜 하늘에서 보면 거대한 철갑동물이 이동하는 대형을 취하는 것. 이것이 첫 단계.

*

다음 단계는 이 철갑을 보강하는 단계. 여기서부터는 문자 그대로의 비유는 무리지만, 참고 이 비유를 사용한다면, 아무튼 철갑에다 모래를 더 얹는다든가, 돌멩이를 지고 간다든가 하는 단계다.

*

세번째 단계는 이 보강 부분을 몸에서 분리시켜 그것 자체를 몸의 운반력과 관계없이 증폭시키고 운반 에너지도 체력에 상관없이 독립시켜 개발하는 단계다.

*

이 단계에 들어서면 보조철갑(구갑이래야 옳겠지만)은 생물적 존재인 거북이 자체와는 유기적인 유대가 끊어진다.

*

부자연스러운 대로 자꾸 거대화하게 된다. 그러면 바다거북이는 자기 머리 위에 공동의 철갑 우산을 두르고 자기 발밑에 공동의 이동용 장치를 달고 바다로 향하는 꼴을 이룬다.

*

바다거북이들이 집단으로 두른 이 철갑과 이동바퀴의 전 체계가 '문명'이다. 이 체계에는 모조 신경조직도 고안되어 부착되어 있다. 여러 단계를 거쳐 개선 일로에 있는 '인공두뇌'의 그물이다.

*

비유를 여기까지 밀고 오다 보면 이쯤에서 이 복합체의 두 부분 ─ 바다거북이 낱낱들과, 부착물 사이의 관계를 한번 점검해볼 필요가 있다.

이 두 부분은 연속돼 있으면서, 단절돼 있다는 모순단계에 있다. 바다거북이들은 이미 종의 계통발생 과정이 끝나서 생물로서는 더 이상 진화하지 않는다. 그들은 번식을 통해서 종을 유지한다. 세대는 백 년 안팎의 시간을 살다가 죽고 새끼를 남긴다. 새끼들은 또 백 년 안팎의 — 이런 식이다. 그들의 몸은 예나 지금이나 외형에서는 마찬가지지만 한 부분이 특히 생후에 변형된다. 그들의 두뇌 속에 그들의 조상에게는 없었고 알에서 깨어날 때에는 없는 '정보'가 '교육'을 통해 입력된다. 이 '정보'라는 기호체계는 그가 생애를 그 속에서 살게 될 '공동 철갑'과 '공동 바퀴' 그리고 '공동 인공두뇌 및 신경그물'과 대화할 수 있는 부호체계와 그 부호체계로 정리된 자신 및 기계 그리고 외계에 대한 작동규칙 및 지형설명, 그리고 수리지침이다. 이것은 유전정보가 아니라 생후에 입력되는 획득형질이다. 이 후천 정보를 통해서 생물 개체는 자기가 소속한 문명 부분과 연결되어 자신이 그 복합체의 일부가 된다. 이 복합체의 자기유지인 물질대사가 개인에게는 '생애'이고 집단에게는 '역사'이다.

*

두 부분의 결합은 비유기적이다. 그것들은 분리 가능하다. 순식간에 철갑, 바퀴, 인공 신경그물이 해체될 수 있고 그러고 나면 예전 그대로의 바다거북이 몸뚱아리만 모랫벌에 아장아장 남게 된다. 거북이의 육체의 일부인 두뇌에 입력됐던 기계 부분과의 대화회로였던 '언어'도 '망각'이라는 자연현상 때문에 인멸될 수 있다. 그렇게까지 되면 그야말로 남는 것은 하느님이 애초에 만드신 대로의 알몸뚱이뿐이 된다.

*

알몸뚱이 ↔ 문명 상태, 이 거리는 고소高所 공포증의 주제이다. 의식하지 않으니 망정이지 천재적 예민성을 가진 개체가 이 거리를 실수치대로 감각한다면 그는 미치게 된다.

*

그래서 식민지체제 아래 있던 조선서는 열세번째 아이까지 무섭다고 했고, 중세기에는 우주의 침묵이 무섭다고 한 어른까지 있었다.

*

짐승과 문명 인류가 공존하는 인류 개체의 내면(신경조직)이 견뎌야 하는 이 비유기성과 그것이 당연히 더불어 지니고 있는 회로 혼선의 위험이 이 무서움의 뿌리다.

*

    이 두 부분이 앞뒤가 맞게 뭇 부분이 있을 데 있게 아귀가 물려 있는 整合的 개체란 것은 기술적으로 존재가 불가능하다. 이것도 무섭다. 이 저低정합성을 옛날 사람들은 '악마'라고 불렀다.

*

    이 악마가 무서워서 달마라는 중은 그 악마 보기가 무서워 눈을 뜨지 않은 채, 오금이 저려 일어서서 도망치지도 못하고 멀쩡한 앉은뱅이에 눈 뜬 장님으로 9년이나 지냈다고 한다.

*

    타일랜드라는 나라의 어떤 청년이 부모님한테 일본제 오토바이를 사달라고 했다 한다. 그런데 아무리 졸라도 부모님들이 그 청을 들어주지 않자, 청년은 자기 방에서 10년째 나오지 않고 있다고 한다, 어느 날 신문의 '해외단신' 내용이다.

*

    얼마나 섭섭했으면 그랬으랴. 부모 자식 간에 그럴 수 있는가,

그런 심정이었겠지. 부모 자식이라는 연속성에 가려 있으면서도 엄연히 존재한 단절의 부분에 대한 공포가 섭섭함이라는 위장으로 나타난 게 분명타. 그러나 내 보기에 이 위장 밑에는 또 다른 진실이 있는 것 같다. 그는 바로 생물로서의 인류와 문명인으로서의 존재 사이에 있는 그 아득한 높이에 대한 고소高所 공포와, 그 고소 공포를 그나마 완화시켜줄 의무가 있는 부모라는 직책을 자기 인격 안에서 정합시켜줄 의무가 있는 부모라는 직책을 자기 인격 안에서 정합시키지 못한 부모의 인격의 저低정합성을 불효하게도 목격하고 만 인간의 공포가 그렇게 위장된 것인 듯싶다. 아무렴 오토바이 따위 때문에 다 큰 젊은이가 10년이나 삐지겠는가. 아아, 다 내가 부덕한 탓이다.

*

구소련의 붕괴에 가장 가까운 역사상의 선례를 든다면 남미의 고대국가들을 정복한 이베리아 반도의 정복자들에 의한 그것이라고 나는 생각한다.

*

권위와 명령 계통이 일원화一元化된 사회가 그 외양의 질서정연함에도 불구하고 권위와 명령의 수장이 극히 희극적인 소수의 침입자들에게 인질로 잡히자 거대한 왕국이 지리멸렬한 오합지중으로 화해서 그저 그만한 숫자의 인종집단으로 전락한 예이다. 그나마 후진사회였던 그들의 종교는 습관상으로라도 남았지만 구소련 사회에서 종교적 상투성 이상의 이론적 수준에 도달하지 못했던, 사상으로서의 사회주의는 당분간 완전히 무력할 것이다. 왜냐하면 합리주의의 한 분파인 사회주의는 미개민족의 토착종교와 같은 파지력把持力으로는 유지될 수 없기 때문이다. 그것은 이해하는 사람의 머릿속에 있으면 있고, 그 밖의 존재형식으로 존재할 수는 없기 때문이다. 수학은 이해한 사람에게는 실재하는 실체지만, 그것을 공부하지 않은 사람에게는 없는 것과 같은 이치다.

*

고르바초프라는 동무의 머릿속에도 그런 의미의 사회주의(이해된 수학 같은)는 없었던 듯싶다. 그런 공부를 할 시간이 없었을 듯하다. 게다가 국가 수장의 연설문을 전문 필진이 대필한다는 정치적 관행은 이번 같은(이념적 혼란이 국가 장래를 망친) 사태에서는 치명적이다. 소련혁명에 의해 조성된 정치현실은 '자연스런' 발전이기 때문이기보다, 우수한 정보와 결단력에 의한 의도적 현상이었기 때문에, 그만한 판단력과 의지가 없으면 지탱하기 어렵다. 거의 유기적인 누대의 정치적 지혜의 본능적 계승자들인 서방 정치가 집단과 달리 구소련의 지배집단은 타인에게 맡길 수 없는 정신적 능력을 스스로 유지할 때만 제일 확실하게 안전한 항상적 위기권력이었다.

*

　스탈린의 난폭한 권력독점은 혁명의 인적 자원을 문자 그대로 일소해버린 듯하다. 물리적으로 대청소해버려서 이론적으로 10월혁명과 다소간에 내적으로 연결된 인간집단은 완전히 소멸해버렸던 것이 멸망해보고서야 결국 확실히 드러났다. 멀리 갈 것 없이 포석 조명희의 예가 그것이며 그들의 내국 조명희들의 대집단을 그렇게 청소한 것이었다.

*

　「카레이츠의 딸」 방영에서 안내하는 비밀경찰 요원의 지나가는 한마디에도 그 사정의 일단은 아무렇지 않게 드러나고 있다. 1930년대의 대숙청에서 숙청된 그 지역 비밀경찰이 '3～4만'이라고 말하고 있다. 모름지기 그런 규모였다는 것이다. 아낌없이 치워버렸다는 말이 된다.

*

　혁명의 나라에서 어떻게 한 사람의 전횡이 그렇게 통할 수 있었을까.

*

　문명복합체의 두 부분─ 생물로서의 인간 단위와, 그 인간 단위에 사후에 첨가되는 부분─ 의 결합 성격의 비유기성, 불완전성이라는 형식의 모순이 근본적 원인이었다.

*

　처음부터 구소련의 혁명 지도자들 자신이 이 점에 대해 약간은 낙관적이 아니었나 싶다. 그들은 문명복합체에서의 물질적 부분을 과신하거나, 물신화物神化한 흔적도 없지 않아 보인다.

*

　공장을 국유화하고, 공산당원이 지배인이 되면 사회주의 경제가 수립되었다고 안이하게 생각한 흠은 없는가.

*

　그러나 기계는 사회주의자도 자본주의자도 아니며, 당원증 소지자가 자동적으로 사회주의자인 것도 아니다.

*

   사회주의는 지배인의 머릿속에 있거나 없거나 하는 물질적 힘
이다.

*

   그의 머릿속에 문명의 두 부분이 수준급으로 결합되어 있지 않
을 때는 그는 당원증을 소지한 파라오의 서기일 수도 있다.

*

   그는 희귀 배급품을 우선 자기 집에부터 공급하는 사람일 수도
있다.

*

   '평등'이라는 '말'만으로도, 그토록 방대한 노예대중을 분기시켰
다.

*

   능력조차도, 사회주의 국가에서는 그 육성비(생활비, 교육비)를

사회가 무료 공급하므로 인간 개인의 능력별 차등 임금은 원칙적으로 부당하다,고 이념의 창시자들은 명언했다. 지키기 어렵지만 형식적으로는 과학적인 진실이고, 짐승에서 진화한 존재에게는 과분한 느낌은 들지만 사회적으로 정당한 기준이다.

*

이 기준이 어디까지 지켜졌는가? 구소련의 임금제도를 연구하지 못해 구체적인 현실은 모르지만, 아마 지키려는 노력이 부족했던 듯싶다.

*

포위된 성에서 장수와 병사가 똑같이 주먹밥 한 덩이로 끼니를 때운다면, 그 성을 뺏기는 매우 어려우리라. 졸병들은 소금 찍은 주먹밥인데, 장수들은 소금에 절인 돼지고기와 '수탈자들에게서 수탈'한 백 년 묵은 포도주를 곁들인다면 그 성은 이미 볼장 다 봤다.

*

언젠가 고르바초프라는 동무 부부가 파리에 갔을 때 그 부인이 쇼핑을 많이 했다든가 어쨌다든가 그런 가십 기사가 난 적도 있었다. 소련도 좀 살 만해진 모양이군. 기사를 읽은 사람은 무심히 애교쯤으로 받아들였을 것이다. 자기 나라 인민이 블루진에 환장하고 있는 실정이었다면(그것이 실정이었다), 이 장면도 순식간에 달리 보인다. 그것은 '애교'일 수 없고 다른 무엇이다.

*

그 경우에 고르바초프라는 동무의 부인에게 필요한 것은, 하다못해 미국 시골 교회의 자선모임 부인들만 한 이웃에 대한 자선심이다.

*

걸 스카우트의 정신이래도 좋다.

*

사회구성체라는 것과, 그 속의 인간적 부분인 개인이라는 구성체가 어떤 단계의 사회적 규약의 처방비比에 맞게 구성된다는 것은 그토록 어렵다. 두 부분의 결합은 비유기적이기 때문이다. 인간의 내면 구성은 귀나 코처럼 자동발생하지도 않고 자동유지되지도 않기 때문에 인간은 위기적 존재이고, 순식간에 짐승이 될 수도 있고, 다른 처방 구성으로 되행, 변화가 가능하다.

*

마음이 원해도 육체가 원수이거나, 육체는 원해도 마음이 원수이기도 하는 존재 ― 네 이름은 문명인류.

*

소련공산당 서기장조차도, 자신의 인격을, 자신이 서약한 이념 체계의 표준에 가까운 상태로 구성하고 정합整合시키지 못하고 있었으니, 보통 일은 분명 아니다.

*

그 후에 올 결과에 대한 보완 대책도 없이 고르바초프라는 동무는 공산당의 '지도적 지위'를 당으로 하여금 포기시켰다. 송양宋襄의 인仁은 물론 훌륭한 일이다. 그러나 사전에 자기 당을 숙정하고, 선거에서 대패하지 않을 만큼은 당을 정비하고, 국민들에게 신임받을 만한 기간을 가진 다음에 자신의 특권을 포기하면 포기하는 것이 상식이 아닌가. 고르바초프라는 동무는 그렇게 하지 않고 사분오열되고 투항할 방식을 찾기만에 열심인 자기 당을 그 상태인 채로 무장해제부터 먼저 했다.

*

　이미 당을 단념하고, 무장해제된 당은 제가 알아서(자기가 아직도 서기장인 당이) 갈 데로 가게 하고, 대통령 권한을 강화하는 길을 택했다. 당의 기반이 없는 대통령이 무슨 힘을 쓰리라고 어떻게 그는 기대하였을까? 그런 자신의 근거는 무엇이었을까?

*

　아마 레이건 숙부와 대처 숙모가 보여준 의심할 수 없는 우정과 환대, 그리고 격려가 그것이었을 듯싶다.

*

　부잣집 사람들이 보여준 몇 번의 방문에서의 그 환대는 불쌍한 러시아 시골구석에서 자라 비록 대국의 대통령까지 되었지만 심층 심리에 앙금처럼 남아 있는 열등의식의 찬 덩어리를 봄눈 녹이듯 녹였을까? 나도 저분들처럼 통이 크자면 크다구. 그분들처럼 나도 씩씩할 수 있다구. 이랬을까. 레이건 숙부와 대처 숙모의 착한 아이가 되고 싶어, 그렇게 울먹거리는 마음 저 깊은 데서 울려오는 소리에 따른 것일까?

　동유럽의 붕괴는 고르바초프라는 동무의 부추김이 없었다면 일어나지 않았을 듯하다. 그는 폴란드의 비공산정권 수립에서나, 베를린 장벽 개방에서나, 체코의 반체제운동에 대해서나, 루마니아의 소요 때에나 한결같이 현지 공산당 지도부를 협박하면서 인민의 요구를 들어주라고 강경 전달했다. 이것까지도 소박한 관측자들은 소련이 통이 크긴 크구나, 동유럽이라는 군살을 빼겠다는 것이구나, 하고 보았을 것이다. 마치 2차대전 후에 영국이 식민지들을 '정리'했듯이. 그것도 소련 정치의 성숙의 증거요, 그만큼 자신이 생기고 국기가 튼튼해졌다는 증거겠지 하고 생각했기 쉽다.

*

　고르바초프라는 동무가 저 혼자 연방 대통령이 된 다음에 실시한 가맹 공화국들의 국회 선거와 공화국들의 대통령 선거에서 반사회주의 반고르바초프 진영 일색이 되자 고르바초프라는 동무의 대통령 자리는 끈 떨어진 갓이 되고 말았다. 공화국들이 주권선언을 하고 각기 독립국이 되는 바람에 고르바초프라는 동무는 영지 없는 왕이 되었고 연방정부의 살림살이는 러시아 공화국의 지급에 의존하는 신세로 급전직하 폭락하였다.

*

종말까지는 아직도 막간극이 있었다. 1991년 초에 쿠웨이트에 대한 연합군의 공격이 있었다. 이것도 소련사태에 음산한 조명을 제공하는 광경이었다.

*

전 세계의 TV 시청자들은 마치 기동연습을 방불케 하는 실전 중계 화면에 전개되는 모습에 그저 입만 딱 벌어졌다. 너무나 19세기적인 광경이었다. 19세기에만 그랬다는 말이 아니라, 우리들 무력한 식민지 경험자들의 습관성 용어에 따라 표현한 말이다.

*

옛 식민지였던 비기독교 후진국 앞바다에 옛 종주국인 기독교 강대국의 크낙한 전함과 항공모함들이 몰려가서 사막에 전개했던 이교도의 전사들을 모래 밑에 파묻어버리고 이라크의 수도 바그다드, 옛 바빌론인 그 도시에 전자장치가 유도하는 고성능 폭탄의 불벼락을 내리니 바빌론 성내에 과부들의 울음소리 높았더라.

*

    완전히 세계역사가 몇 세기 후퇴한 느낌을 주는 광경이었다. 영향력을 발휘해본답시고 중재를 시도한 고르바초프라는 동무가 연합국으로부터 보기 좋게 퇴짜를 맞고 옛 우호국가가 연합군에 의해 일방적으로 짓이겨지는 모양을 손가락 입에 물고 보고만 있어야 하는 모습은 대세의 격변을 섬뜩하도록 느끼게 했다.

*

    베트남 전쟁 때 미국은 소련을 의식해서 신성구역이라 부른 지역을 설정하고 선별 폭격하였으며, 한국전쟁에서는 만주 폭격을 주장한 2차대전의 영웅인 현지 사령관을 즉각 해임하였다. 모두 소련을 의식한 행동이었다. 그런데 지금 서방 연합함대는 소련의 우방국을 소련의 만류에 아랑곳없이 짓이기고 있다. 그 사이에 소련의 전력이 변한 것일까. 아니다. 소련의 의지력이 변한 것이다.

*

    소련에 유학한 K양으로부터 편지 오다.

교수님.

소련 땅에 도착한 지도 벌써 8일째입니다. 떠나올 때는 그렇게 두렵고 막막했는데 막상 와보니 잘 왔다는 생각이 들어요.

와서부터 8일째, 시장이며 달러 상점, 붉은광장 다녀오고 어제 는 주말을 이용해서 레닌그라드까지 다녀왔어요.

다행히 먼저 온 한국 사람들, 이 기숙사에만 저 포함 아홉 명이 있는데 모두 노어과 출신이라 웬만한 의사소통 이상 하니까 저는 그 사람들 따라서 시장이며 다닙니다(기업체에서 연수 보낸 회사원 들). 택시는 외국인한테는 미터를 안 꺾고 흥정해서 가는데 모스 끄바 시내는 거의 비싸야 25루블(우리 돈 500원 정도)이면 다 갑 니다. 대신 영어가 안 통하니까 말을 못 하면 꼼짝도 할 수가 없어 요. 물건도 생각했던 것만큼 없지도 않고 돈을 조금만 더 주면 달 러 상점이며 자유시장(부자를 위한 시장이라 값이 비싸지만 서울 물 가에 비하면 엄청 싼)에 가서 줄 안 서고 웬만한 것은 다 살 수 있 어요.

저는 1:1로 루뭄바 대학 교수님에게 발음부터 배우고 있습니다. 거리는 너무나 열악하고 황량한 데다 넓기만 해요. TV에서 본 평 양 거리와 흡사합니다.

아파트는 보통 15~20층인데 겉에서 보면 금방이라도 허물어질 것처럼 낡고 침침한데 안에 가보면 그런대로 이 사람들의 문화를 느낄 수 있습니다.

자동차도 보통 앞유리가 금갔거나 한쪽 백미러 없는 것은 보통이고, 문짝이 떨어지면 다시 끼워맞춰서 타고 다녀요.

이 사람들은 너무나 여유가 있다 보니까 의욕이 없어 보이기까지 합니다.

그러나 놀란 것은 어제 레닌그라드(기차로 열 시간 거리)의 에르미따즈 박물관(세계 3대에 든대요)에 갔을 때 개관 한 시간 전부터 입장을 기다리며 서 있는 사람들이었어요. 토요일(휴무) 아침 9시 30분에 추운데 줄서서 자기네 나라 박물관에 들어가려고 기다린다는 것이 저희 국립박물관의 한산함과 비교됐습니다. 참 이곳은 나흘 전에도 함박눈이 왔어요.

이제 들판은 따뜻해지고 가지에 파란 잎이 돋기 시작했어요. 처음 본 황량한 모스끄바에 대해서 여기 계신 한국 사람들이 충고를 합니다.

겉에서만 보지 말고 한 겹 벗기고 들어가 보면 문화며 유산이 대단한 나라니까 미리 실망하지 말라고요.

저도 하루하루 지나면서 눈에 익기 시작했습니다.

붉은광장에는 레닌 묘가 붉은 대리석으로 장식되어 있고요.

경제며 문화며 달러가 모든 것을 좌우하는 나라, 되는 것도 없고 안 되는 것도 없는 나라가 바로 이 소련이라는 말을 자주 듣습니다.

교수님, 6월 중순부터 7월 초까지 레닌그라드는 백야로 세계적으로 관광 시즌이라고 해요.

혹 오실 계획이 있으시면 백야를 보시는 것도 좋을 것 같고, 혼자보다는 몇 분이 비자며 호텔 예약, 관광 코스가 잡혀 있는 것을 이용하시는 것이 편하실 것 같습니다.

모스끄바에서 다른 도시를 가려 해도 외국인은 비자를 다시 받아야 하고 말이 안 통하면 도무지 움직일 수가 없거든요. 혹 오실 즈음에 제가 적어드린 교양노어사 박 실장에게 참고로 전화를 해보시고, 아마 신문에 나는 관광상품 소련행이 조금 비싸더라도 편하실 것 같습니다. 혹 박 실장이 주선하는 관광이라면 이쪽에서 영어와 노어를 다 하는 가이드가 나오는지를 물어보시는 것이 안전할 것 같습니다. 제가 그때쯤이면 노어가 트일지……

그리고 선생님께서 부탁하신 포석 조명희 관련 자료는 잘될 것 같습니다. 옛날 같으면 어림없는 일이지만 달라진 현재의 이곳 사정에서는 유력한 줄만 찾으면 그리 어렵지 않을 것 같습니다. 더구나 이미 유족들에게 공표한 자료이므로 좀더 자세한 공개를 요구하는 일은 생각보다 쉬울 것 같고, 그럴 만한 분을 찾을 수 있을 것 같습니다. 성과가 있는 대로 즉시 연락하겠습니다.

교수님, 지면상 이만 줄이겠습니다. 건강하십시오.

*

아버지 원고 내놔라, 발렌치나는 그렇게 말하고 있었다. 그렇겠지. 무덤도 없는 아버지를 어디 가서 그리워할 것인가. 아버지가 조선서 건너올 때 지났을 길목이라고 국경 마을을 찾아간 심정으로 미루어보면 아버지가 남겼을지도 모르는 원고를 아쉬워하는 깃은 당연하다. 그런 원고가 있었을까. KGB 사람은 그런 것은 없다고 말하고 있다. 있었다 해도 태워버린 모양이고 남은 것은 신문 조서뿐이라고 했다. 그러나 역시 아쉬운 일이다. 혹시 감추고 있는 것이나 아닌지. 가족으로서는 반세기 동안 종적을 모르던 일이 거기서 끝나고 마는 것에 단념하기 어려울 것이다. 작가였기에 원고가 남아 있을 가능성이 있고, 만일 찾을 수 있다면 그 이상 바람직한 보상도 없을 것이다. K양 말대로 옛날 같으면 바라기 어렵겠지만, 더 좀 추적하는 것이 가능할 것 같다니 어둠 속에 놓쳤던 실오라기를 다시 잡은 느낌이다.

*

바다거북이들의 비유는 나머지 절반을 마저 그려보고 싶다. 두 부분 중에서 기계적 부분이 비교적 다루기 쉽다. '철갑' 부분이나 '이동수단' 부분은 말 그대로 물질적 부분이어서 자연물을 다루는 방식으로 계산하고 조종할 수 있다. 그러나 이 부분에서도 '인공신경그물' 부분은 모양새는 물질일망정 벌써 '철갑'이나 '바퀴' 부분과는 다르다.

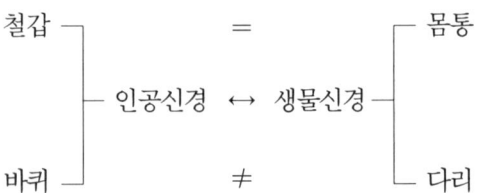

인공신경이란, 매듭글자에서 시작해서 소리, 문자(컴퓨터 문자 포함)에 이르는 '언어'를 말한다. 그런데 이 언어는 '밖'에 있는 물질이자 '안'에 있는, 기억된 코드이고 그 코드에 의해 조직된 정보이기도 하다. 이 코드와 정보는 '생물신경'에 새겨져 있다. 그러니까 언어를 가진 이후의 인류 개인의 생물신경에는 생물적으로 이물異物인 인공회로인 '언어'가 겹으로 첨가되어 있게 된다. '인공신경'과 '생물신경'은 서로가 서로에 대하여 '자신'이면서 '남'인 관계에 있다. 매듭문자이든 컴퓨터 문자이든 그것들은, 살아 있는 인류 개인의 신경(뇌)에 입력된 코드를 전제하지 않는다면, 길에 떨어진 칡뿌리나, 해 저무는 바닷가 모래밭의 물새 발자국처럼 그저 물질의 상태일 뿐이다. 그림에서의 = 부호는 기호로서의 언어와 그 해석 코드로서의 인간의식에 기억된 문법 및 정보의 관계를 표시한다. ≠ 부호는, 그럼에도 불구하고 당연하게도 부호의 왼쪽, 오른쪽은 유기적으로 연결되지 않는 두 개의 부분임을 나타낸다. 왼쪽 항項은 그것이 겉보기에 아무리 거대하고 또 어지러울 만큼 세밀해지거나 말거나, 오른쪽 항 없이는 작동하지도 않는 것은 부차적인 지적이고, 발생發生할 수부터 없다. 바닷가 거북이 알은 어미의 존재를 알리는 '기호'임과 같다. 이것이 '기계화 바다거북이 구성체'에서의 기계적 부분과 생물적 부분의 관계에 대한 좀더 자세해 본 소묘다.

자, 이 그림에서 =에만 초점을 맞추면, 왼쪽 눈에 보다 힘을 주면 무릇 존재는 모두 물질이어서 유물론적 풍경화가 그려지고, 오른쪽 항에민 기대면 일체유심조一切唯心造, 유심론 만나라曼陀羅가 된다.

만일, ≠에만 초점을 맞추면 이원론二元論이나 절충론으로 김빠진 술이 된다. 언제든지 집구석이 풍비박산날 수 있는 뜨내기 살림이다.

↔ 에 초점을 맞추면 진상에 그 중 가깝기는 하지만, 이 입장은 항상적인 발생부전發生不全, 자기동일성 불안의 긴장 속에 있어야 하는데, 왼쪽과 오른쪽의 결합이 유기체에서처럼 부드럽게 완전할 수 없는 데 대한 자각이 있는 데서 오는 위기의식이다. 이 입장에서 말하면 어떤 시대도 자신의 총량을 내면화한 인간 개체를 기대할 수 없거나, 어떤 인간 개체도 자기가 사는 시대의 총체에 대해서 물질적이고 기계적인 의미에서 일체화되지 못한다. 그러나 좌와 우, 어느 한쪽으로 기운 주물呪物 숭배에 빠지지 않자면 이 길 밖에 없다.

*

그러나, 더 어려운 대목은 이 너머에 있다. 그 시점까지의 문명을 자기화한 개인은 없다, — 이것은 이 철갑 속에 있는 모든 생물로서의 모든 인간 개체의 기본모순이다. 그런데 이 편차는 다시 개체마다 차별이 있다. 이 철갑 안에 있는 개체들은, '완전히 발달된 개체' 따위가 아니라, '불완전하게 발달된 개체'들인데, 그 '불완전성' 자체가 개체의 수만큼씩 차별성을 가진 그런 모양으로 한 철갑 속에 들어 있다.

*

　사실 이 '철갑 구성체'가 이상적이자면, 이 '구성체'라는 에너지 회로의 각각의 분절점(철갑—바퀴—인공신경—생물신경—몸통—다리)들은 오직 저속低速 작동 중의 편의상의 기호일 뿐, 회로상에 무한속도를 지닌 에너지가 항시 흐르고 있기 때문에 이 구성체에는 전체와 부분이 따로 없으며 다만 '어떤 있음 혹은 없음 같은, 무한 번째 아이가 있다면 그 아이의 공포' 같은 그런 상태로 존재해야 할 것이다. 마치 쳇바퀴가 너무 빨리 돌기 때문에 쳇바퀴가 따로 없고 다람쥐가 따로 없는, 그런 다람쥐 쳇바퀴 '돌아가기'만 있는 것처럼.

*

　그러나 현실은 그렇게 존재하지 않기 때문에, 이 철갑 속에 또다시 먹이사슬이 형성된다. 철갑 속에는 유리한 자리와 불편한 자리가 있고, 그 '우월한 지위'를 다투어 차지하려고 한다. 겉에서 보는 철갑은 앞 세대보다 비록 우수할망정 그 안의 배치상황이 이렇게 되면, 그것은 생명의 저 '낭비'에 대한 인류의 개선책의 의미를 지닌 '문명'이라는 목표에 어긋난다. 밖에서 모랫벌 위에서 벌어지던 그 '낭비'가 덮개 밑으로 옮겨진 것뿐인 형국이 되고 만다.

*

　고르바초프라는 동무가 그 밑에 앉아 있던 깃발을 고안한 사람들은 이 철갑 밑 먹이사슬의 형성을 막아보려던 사람들이었다. 그들은 얼핏 보기에 왼쪽 항을 강조하였다. 짐승세계의 인력권에서 벗어나기 위해서는 그곳에 희망이 있기 때문이었다. 그것은 인류의 누대에 걸친 성과물이며, 그러므로 고루 나누어져야 할 유산임을 강조하였다. 그러나 이 분배는 여전히 생물로서의 개인들에 의해 상속되어야 하는데, 유산의 성격상 이 '상속'은 동시에 '획득'이어야 하고 '학습'이어야 하고 '위험'이기도 할 뿐만 아니라, 지극히 비非유기적이고, 반反생물적이기까지 한 운동형식이다.

*

　그러므로 같은 '철갑' 속에 그 철갑을 이해하는 개인이나 집단과 함께, 석기시대의 의식상태를 가진 개인이나 집단도 함께 들어 있을 수 있다.

*

　이 차별의 항존상태의 가능성에 대해서 고르바초프라는 동무가 그 밑에 앉아 있던 깃발의 창시자들은 자각하고 있었을까? 자각하고 있었다. 그들은 자신들이 뉴턴과 다윈의 제자들임을 알고 있었는데, 다만 너무 당연한 일이었고 뉴턴이나 다윈이 이미 있었고 보면 아무리 현명한 사람이라도 또 한 번 다윈이나 뉴턴이 될 필요는 없다고 생각한 듯하다. 그들은 자신들의 역사학이나 정치학이나 경제학에는 보이지 않는 괄호 속에 '말할 것도 없는 일이지만, 뉴턴이나, 다윈이나, 헤겔이라는 하부구조에 대한 표시는 생략함' ──이런 주의사항이 첨부되어 있는 것은 말하면 잔소리라고 여겼던 것이 아닐까 싶다. 그런데 이 부분이 눈에는 보이지 않는다고 해서(우주를 말하기 위해서 우주만 한 분량의 표현을 할 수는 없지 않은가), 그것이 정말 없는 줄 안다면 결과는 대재앙일 수 있다.

*

그들은 편의상 왼쪽 부분만을 전공했으므로 '물질'에 언급할 때도 그것은 유類의 수준의 그것이었고, '정신'에 관해 언급할 때도 역시 유類와 계급階級에 대한 그것이었고, 육체에 대해 언급할 때도 그것은 생물의 한 종種으로서의 인간 전체의 보편적 성격에 대한 언급이었다.

그들은 그 이하의 단위에 대해 언급하는 예술가들은 아니었으므로, 개인에게는 차별이 있고 성격이 있고, 개인으로서의 죽음이 있다는 사실에 대해서는 언급을 생략하였다.

말하자면, 존재의 도매시장인 대수大數의 법칙이 지배하는 개념들을 취급하였고, 소매상인들의 몫인 '생애'며 '인생'은 그 자신들도 그것을 사는 이상의 형식으로는 관여하지 않았다.

그들의 예술에 대한 의견도, '도매상'의 관심에 들어온 한에서의 그것이지, '예술'이라는 상품의 전부를 말한 것이라고 그들이 주장한다면 나는 그들에게 반대한다.

*

비록 규모가 보통 사람들과 다를 뿐, 그들에게도, 그 '두 부분'은 연속되면서 단절되어 있었고, 유기적이면서도 기계적이었으리라.

*

육체는 슬프다!

*

그렇기로서니, 좀 지나치게 슬픈 육체들도 없지는 않다. 소련과의 국교가 이루어진 후에, 소련에 있는 한국인(그들은 자신들을 '고려인'이라 불러온다고 한다)들이 와서 TV에 나온 것을 보았다. 그들 중에는 지난날 북한 정부의 내각 차관급도 있고, 휴전회담 북측 대표도 있고, 대남 게릴라 훈련소 소장도 있었다. 북한 정권 안에서 숙청이 진행되어 현 집권세력 이외의 모든 계열 — 국내파, 중국파, 소련파가 밀려날 때에 소련에 망명한 사람들이라고 한다.
소련의 숙청이 이미 그런 것이었고, 무릇 어느 곳이든 정치적 패권 다툼이 어느 것이나 그런 것이므로 그들 사이의 잘잘못을 가리기는 매우 어려우므로 그 점은 그렇다 치고, 지금 이 시점에서 남쪽에 나타나는 그들의 정신 구성은 어떤 것일까. 그들의 인격의 두 부분 사이의 정합整合 상태는 어떤 것일까. 그 중에서도 무슨 '정치학원'인가 하는 이름의, 남한에 보내는 유격대 양성소의 소장을 지냈다는 사람은 무슨 심정으로 이 자리에 나타난 것일까. 게릴라 요원은 주로 남한 출신인 월북자들로부터 충원되었다고 한다. 그 사람 자신의 말이다. 정치교육과 군사교육을 겸행한 이 학교는 군사행동 중에서도 그 종사자들에게는 가장 가혹한 운명 속에서 살아야 하는 분야다. 게릴라, 유격대라는 것은, 전투원이자, 정치공작자이며, 스파이이며 ─ 그런 존재이다. 그에게는 전시 국제법도 적용되지 않으며, 정규 전투원은 죽을 때 전우들의 품속에서 죽을 확률이나마 다소간에 있지만, 이들은 그것조차 바랄 수 없다. 그 사람을 바라보다가 할 수 없이 물을 한 모금 마셨다.

어떤 고장일까, 저런 인류를 창조해낸 사회는. 한번 가보고 싶다.

*

그가 소장으로 있었던 것은 해방에서 6·25까지의 사이인 듯하다. W시에서 소백산맥에서 왔다는 빨치산 대원의 강연을 듣던 무렵이다. 그런 사람들의 그 후의 운명이 요즈음 많이 나오는 논픽션을 통해서 어지간히 짐작해볼 수 있게 되었다. 그 일이 일어나

던 시기에 웬만하게 공정하게 보도되고 좀더 깊은 수준에서 논의
되어야만 했을 그런 사실들. 이 땅 위에서 그런 공정성이 이루어
지는 땅이 그러면 어디 있는 것도 아닌 줄 알게 된 마당에서도 여
전히 아쉬움은 아쉬움대로 남는 그 이야기들. 그래서 뒤쫓아가면
서라도 '발굴'이라는 행사가 필요한 것이겠지. 그 당장에는 현실의
모습이 온전히 밝혀지지 못한다는 이 사실. 언제나 행차 뒤의 나팔
이 되는 기록이라는 것. 해방에서 6·25까지랄 것 없이 그동안 무
수히 보도된 북한 무장간첩 사건. 그 죽음들은 누가 어떻게 보상하
는가. 바닷가 모랫벌의 그 99%들이다. 정권이 살고 국가가 살아남
기 위한 희생자들. 그런 희생은 북을 향해서 남도 치렀으리라.

*

　그러자 문득 떠오르는 기억. 피난 간 M시에서 만났던 W고 교무
주임 선생. 그리고 뉴욕 공항에서 다시 만난(듯한, 그러나 틀림없
을 것 같은) 그 사람. 그 선생은 학교 당세포의 책임자라고들 했
다. '학생이 잘못 본 것 같소.' 그는 그렇게 말했었다. 그는 당의
일로 남파된 것이었을까. 그 무렵에는 피난민에 섞여서 그런 임무
로 내려온 사람도 있을 것이다. 어떻게 미국까지 갔을까. 설마 미
국에서 비밀활동을 하라는 지령을 받고 갔으리라는 상상은 너무
당돌하다. 만일 그 사람이 그 사람이었다면, 이미 M시에서 본 그
사람하고는 '두 부분'의 구성상태가 달라진, 그 사람이 이미 아닌
그 사람이었으리라. M시와 뉴욕 시. 그 두 지점 사이에 어떤 '인

생'이 있었으리라. 어쨌거나 M시 그 음식집에서 만난 사람은 그 분이었다. 얼마나 당황했으랴. 선생님 죄송했습니다.

*

그런 당황한 사람들을 만들어낸 책임자는 버젓이 서울 TV에 출연해서 옛날 얘기를 풀어놓고 있다. 저만한 사람의 손으로 그만한 사람들의 운명이 주물러졌더란 말인가. 요즈음 남한 출신 작가들이 써내는 것을 보면 슬픈 나라에서 별스럽게 벽창우요, 그런데도 집 안에서 촉망받는 삼촌에 누나에 아버지에 어머니들이었던가본데.

*

소련 멸망까지는 또 한 번 막간극이 있었다. 1991년 8월의 불발탄 쿠데타다. 탱크들이 줄줄이 시내로 들어오는데 구경 나온 시민들이 욕설을 퍼붓고, 돌연 구경꾼 가운데 한 사람이 탱크 위로 뛰어 올라가서 마침 덮개를 열어놓고 반신을 드러내고 있던 탱크병의 덜미를 잡아 끌어내리려 한다. 탱크병은 기절초풍하듯 버둥거리다가 겨우 시민을 떼어내고 탱크 안으로 기어 들어가고 덮개가 닫힌다.

*

그런 쿠데다었다. 시내에 들어온 군대는 아무 조치도 취하지 않

고 있다가 사흘 만에 시내에서 빠져나가는 모습이 전 세계 TV에
방영되었다.

*

군대가 진주한 동안 쿠데타 지도부는 아무런 방침도 천명하는
일 없이, 한 일이라고는 얄타라는 휴양지에 가 있던 고르바초프라
는 동무에게 대표를 보내 쿠데타를 추인해달라고 부탁했다던가 말
았다던가, 그 일 한 가지로 시간을 보냈다.

*

대표들이 가서 무슨 이유로 쿠데타를 했다고 설명한 것인지. 아
마 고르바초프가 좀더 강경해달라는 공산당 보수파의 의견을 전했
다는 것인지 어쩐지.

*

고르바초프라는 동무와 옐친이라는 동무는 각기 미국 대통령에
게 어쨌으면 좋겠냐고 전화통에 불이 나게 문의를 하고 있다는 보
도가 강조되고.

*

    그쯤된 마당인 줄은, 전화한 당사자들 말고는 대부분의 사람들
은 역시 그때까지는 몰랐다.

*

    무어니 무어니 해도 국가요, 정부요 하는 존재는, 국외자로서는
일이 끝나보지 않고는 마지막까지 알 도리가 없는 사항을 그들만
이 관장하고 있으므로, 일이 될 대로 될 때까지는, 국외자는 마지
막 판단을 할 수 없다. 정보 공개라는 것은 그런 정도다. 그래서
설마가 사람 잡는다는 말이 생겼나 보다.

*

    고르바초프라는 동무가 국회에서 청중들을 '동무들'이라 불렀다
가 '여러분'이라 불렀다가 한 소극笑劇은 이 쿠데타 직후의 일이다.

*

    그 자리에서 옐친이라는 얼마 전까지 공산당 모스끄바 시 당서
기장이던 옛 동무가 고르바초프라는 옛 동무(아직 상위자인)에게
종이 쪽지에 무슨 지시를 적어주면서 그대로 읽으라고 손가락 삿

대질을 하는, 장바닥 똘마니 깡패들도 계면쩍어할 광경도 전 세계에 중계방송되었다. 그 나라 국민들은 그 모습을 어떻게 보았는지. 전생에 죄 많은 백성들인가 보다, 우리처럼. 못 볼꼴을 보고 사는 것을 보니.

*

쿠데타 직후에 고르바초프라는 현직 연방 대통령이자 공산당 서기장인 동무는 자기 당인 공산당에 대하여 활동금지령을 포고하였다.

쿠데타 기간 중 자기 당의 간부들 중 일부가 쿠데타에 동조했기 때문이라는 이유로. 무엇이 어떻게 되었다는 말인지 그저 전 세계 시청자들은 어리둥절했을 것이다.

*

「소설가 구보씨의 일일」이라는 소설을 쓴 소설가인, 구보仇甫 박태원朴泰遠은 1949년 『금은탑』이라는 소설을 펴낸 바 있다. 최근에 나는 이 소설을 읽었다. 요즈음 쏟아져나오는 북으로 간 작가들 작품의 출판의 한 시리즈로 나온 책이다. 처음 인상은 그저 통속 소설로밖에는 읽히지 않았는데, 어딘가 마음에 걸리는 구석이 남았다. 나는 걸리는 구석에 무엇이 숨어 있는가 생각해보다가 그 일을 잊어버리고 말았다. 박태원의 「소설가 구보씨의 일일」이라는 단편집은 해방 전 작품에서 내가 즐겨 읽는 책의 하나가 된 지 오래다. 책 제목이 된 단편이 들어 있는 이 작품집은 박태원의 가장 문인다운 정신적 분위기가 담겨 있는 책이다. 실린 작품들은 그렇다고 해서 모두 「소설가 구보씨의 일일」처럼 문인 생활을 묘사한 소재를 다룬 것은 아니다. 자연스럽게 취재의 폭도 있으면서 그러나 모든 글에 박태원 그 사람의 문인적 눈길이 고루 퍼져 있는 그런 작품집이다. 그 눈길의 스펙트럼이야 의당 독특한 위치의 그것이지만, 상허 이태준, 단편작가로서의 상허와 매우 가까운 자리에 있는 정신적 분위기를 느끼게 한다. 소재는 반드시 문인 자신이 아니지만, 어느 소재에나 먼발치에 그 문인의 모습이 엿보이는 그런 글들이다.

그야 소재야 무엇이든 어떤 소설이든 소설을 쓴 사람이 있길래 소설이 된 것이고 보면 필자의 체취랄까 솜씨가 거기 있을 게 당연하지 않겠느냐 싶어지겠지만, 그 사정이 반드시 그리 명쾌하지 않다. 객관적인 시선이란 것이 마치 있는 것처럼 생각하는 이론에 대개는 세례를 받은 탓도 있겠지만, 적어도 생활감각으로는 자신과 관계없는 세계를 그리는 우리나라 현대소설을 보면 작품을 쓰는 입장과 그 사람의 개인적 취미 사이에 있을 법한 갈등의 흔적이 뜻밖에 잘 보이지 않는다. 마치 그 두 입장이 하나인 것처럼 느껴지는 경우가 많다. 마치 산문소설은 누가 쓰나 마찬가지가 되어도 좋다는 전제를 믿고 있는 것이 아닌가 짐작해보게 할 때가 많다. 아마 개화기 이후의 과학주의, 합리주의, 객관주의가 부지불식간에 손쉽게 그리 이해되고, 게다가 성치주의 문학관이 들어오면서 그런 경향을 더욱 부추겨서, 묘사할 대상은 이미 명명백백하게, '밖'이든 어디든(가령 이미 확립된 미학이든 — 이 경우는 '안'에 있는 것이 되겠는데) 정해져 있는 것처럼 양해하고 있는 분위기가 있었다.

만일 그렇다면 인쇄소에 납활자 한 벌씩만 있으면 그만이지 한석봉이 왜 따로 있어야 하겠으며, 누구 풍風, 누구 풍이 왜 들먹여지겠는가. 바람 풍 자는 '風'이라고 쓴다는, 그 글자의 획의 구성은 기본 약속이고, 그 글씨의 묘미를 쓴 사람 저마다의 '마음'의 소식과 연결하는 방법은 각각이자, 예측 불허, 즉흥 연주의 소식 같은 것이어서 서예書藝라는 예술은 이 언저리에 성립한다. 그것을 보편의 개성화라 하든, 역사의 인생화라 하든, 앞서 적어놓은 그림을 가지고 말하자면 왼쪽 항을 오른쪽 항과 연결할 때의 각자 바다거북이 그 숫자만 한 각인각색의 방식에 제약되는 어떤 배합의 자국이라 불러볼 그런 것이 소설이면 소설의 마지막 자아 동일성이다. 그러니까 그려내는 제목은 바다거북이 새끼든 파리 새끼든 호랑이 새끼든 아무 '지도적 지위'는 없다. 그런 지위는 '자연'에서처럼 낭비를 아랑곳하지 않고 대강대강 뭉뚱그려서 '큰일'만 그런대로 치러지면 그만인 세계(그러지 말자는 것이 역사지만)에서의 일이고, 그러지 말자는 장소인 '역사'라는 것도 그 '낭비'를 상대적으로 줄일 수 있을 뿐이지 '심판의 날' 그 하루만 말고는 역사 달력의 모든 요일은 찌뿌드드하고, 한스럽고, 할 수 없이 넘어가는 그런 매일일 수밖에 없다. 그 '바닷가의 낭비'의 법칙은 그 힘이 역사에도 미쳐 있다. 역사는 아무리 시간을 쌓아도 이 법칙에서 벗어날 수도 없고, 이 법칙에서 '희생자들'의 몫을 맡은 자들을 보상할 길도 없다. 그것이 가능한 듯이 생각할 때 그 사람은 과학의 입장에서 본다면 주물呪物숭배에 빠져 있는 사이비 종교의 신도가 된다.

예술만이 그 일을 할 수 있다. 다만 살아 있는 사람의 슬픔 속에서. 그것은 헛된 의식儀式이요, 또 하나의 주물呪物숭배지만, 이번에는 알면서 그렇게 한다. 사랑하는 사람들의 '기억' 속에서 죽은 이들은 영원히 살아 있다. 기억 속의 그리운 얼굴들은 영생불사한다. 나를 잊지 말아요, 슬픈 운명의 이별에서 우리들은 대개 이 대사를 들은 적이 있지 않은가. 누군가가 누군가에게 대해서 이 말을 한 적이 있다면, 대장부 소인생이 그만하면 족한 것이요, 여장부 대인생도 그만하면 족한 것이다. 이것은 그저 헛된 기억 속의 놀이이며, 그저 기억일 뿐이다. 그러나 실인즉 그뿐은 아니다. 거기에는 대수大數의 법칙과 소수小數의 법칙 사이의 삼투滲透 현상이 일어난다. '역사'와 '인생'의 상호작용이 일어난다. 그리운 이의 기억을 위해서 보상 없는 줄 알고 난 다음에도 '역사'를 '예술'처럼 살겠다는 마음과 실지로 그렇게 사는 '인생'이 발생할 수 있다. 그래서 '역사'와 '인생'이 하나가 된 생애를 우리는 목격하게 된다. 그것은 모든 사람의 경우는 되지 못하지만, 우리는 거기서 영향을 받지 않고는 견디지 못한다(견디는 사람도 많지만).

예술은 헛짓만이 아닌, 이렇게 실지짓에도 여간 얕보지 못할 실지의 힘이다. 다만 그리 생각하기 쉬운 것처럼 '역사'나 인생을 위해 즉효를 나타내는 것만이 최종 목표인 것은 아니다. 그런 것처럼 생각하고 문학예술을 지었을 때 그것들은 통속소설이 된다. 신문학 이래의 많은 장편소설들이 대개 결과로서는 그렇게 되었다. 아마 신시대의 지식인이었던 대부분의 작가들이 신지식의 정신을 철저히 곱씹어볼 시간을 가지지 못했기 때문이다. 신지식은 그만두고 우리들의 개화기 이전의 정신적 전통에 의하면 이 이치는 이에 신물이 나게 확인된 지식인의 기본감각인 것이어서, 천하대사란 것이 기차표를 사들고 자리를 잡은 다음에 할 일이라곤 두 다리를 쭉 뻗으면서 기지개를 켜고 한숨 자고 나면 그리운 고향역에 닿는 귀성여행이 아니라, 되어도 필연이요 안 되어도 필연인 저 혼자 마음 수습을 해야 하는 이 땅 위의 일장춘몽인 줄 익히 아는 바였다. 그래서 장사壯士가 한 번 나선 길은 예술가, 마음 공부하는 도사들의 심정과 다름없는 공통 지점이 있음을 알고 있었다. 그래서 그들의 장거는 시의 소재가 되었다.

서양에서 들어온 적극적 정치참여의 사상들의 그 중에서도 극한 형식인 고르바초프라는 동무의 왕년의 집무실 집무 책상 뒤편에 걸려 있던 초상화의 주인공들이 설파한 교설의 정신도, 그 정신에 있어서 고래의 동양 의기남아와 도사 신선에 명문名文 대가들의 그것과 다르지 않았다. 다만 동양 지식인들이 일이 글렀을 때의 각오를 강조했다면, 초상화의 주인공들의 교설은 일 자체의 성격과 방책을 더 중시하긴 했지만, 당연하게도 그 방책에는 여러 가지 '조건' — 우선 우주가 당분간 존속할 것, 지구도 당분간 존속할 것, 사람들이 대체로 이성적일 것, 점점 이성적일 것이라는 관측, 제일 중요한 것은 '희생자'가 착한 사람들 쪽이고 성공의 열매는 아쉽지만 '나쁜 사람들'과 이후에 가서는 나쁜 사람들의 자손들의 전과물로서 향유될 뿐만 아니라, 착한 사람들과 희생자들은 씨도 남기지 못할 수도 있고 그렇기 때문에 후대에 가서도 그들의 가족적 보상은 이루어질 공산이 없을 수도 있고, 그러나 진짜 제일 중요한 일은, 만일 우주와 지구의 자연조건이 대체로 동일하게 유지된다면 인류의 역사의 미래는 대체로 '착한' 사람들과 '희생자들'이 희망한 그런 상태를 향해 진행될 것은 '필연적'이며, 그리고 정말 마지막으로 가장 중요한 조건은 그때에 가서 그 약속된 땅에서 살 사람은 틀림없이 '인류'이지 새나, 물고기들일 염려는 전혀 없을 것 같은 것은 '필연적' ── 즉 이른바 '좋은 사람들'의 가문적 후손이 아니랄 뿐 생물학적 종으로서의 '인류'일 것임은 거의 '필연적'일 것이라는 것 ── 이처럼 '만일'투성이의 조건은 말해야 잔소리(적어도 그들의 상식으로는)이기 때문에 생략하고, 이런 의미에서 '인류'의 '역사'의 '필연적' '진행 방향'을 확인하였고, 그렇다면 그래야 할 길을 두고 다른 길을 갈 것도 없기 때문에 생각에서 잡힌 그 길대로 자기들 인생을 살았고 살다 보니 그들이 생략한 그 뭇 '만일'들이 여기저기 실현되어서 그들이 애초에 대강 그려보았던 일의 속도나 방향이 달라졌더라도 그것은 당연한 일이었고, 그 결과는 좋아서, 아니면 그렇게밖에는 할 수 없어서 그렇게 한 사람들이 알아서 새길 수밖에는 없는 일임은 너무나 당연한 일이었던 듯싶다. 그 결과란 것이 당자의 죽음이라 할지라도 그것이 이 세상 조홧속인 것은 다 아는 일 아닌가.

　다 아는 일이라고 생각하던 일이 그렇지 않을 수도 있는 것같이 여기고 싶은 경향이 시대를 휘어잡을 때 통속소설 같은 현실이 벌어지고 그 중의 한 갈래가 통속소설이지, 순서는 그 거꾸로는 아니다. 박태원의 소설 『금은탑』도 어느 편인가 하면 통속소설에 가깝다. 악은 멸망하고, 악의 자손조차 조상의 악업 때문에 죽고 말기 때문이다. 책의 편집자는 소개하는 글에서 '식민지 치하의 구조적 모순'을 탁월하게 묘사했다고 쓰고 있다. 동감이다. 그런 측면은 분명하고 그럼에도 불구하고 통속소설이지 말라는 법은 없다. 유사종교보다 더한 유사종교인 황국정신을 전도하면서 식민지 치하를 산 악의 세력의 그 시절 모습은 보이지 않는데 유사종교 때문에 그들의 모습이 가려질 염려는 없는가. 유사종교 집단 밖의 당시 세상이 마치 정상의 보통 세상이기나 한 것처럼 상대적으로 미화된 효과는 생기지 않았는가. 이런 아쉬움 때문에 나는 이 작품은 그의 「소설가 구보씨의 일일」이나, 『천변풍경』과 같은 수준에서 즐기기는 어렵다는 사정을 좀 강조해서 '통속소설'이란 말을 해보는 것이지 이 자체도 훌륭한 작품임에는 틀림없다.

*

　그러던 어느 날 문득 이 소설 생각이 또 떠오른 것은 그러나 위에서 해온 말과는 직접 관련이 없다.

이 작품에서는 살인 장면이 여러 군데 나온다. 작중의 악인들이 자기들을 믿는 신도들을 으슥한 산속으로 유인하여 목 졸라 죽이기도 하고, 돌로 쳐 죽이기도 하고, 몽둥이로 패 죽이기도 한다. 그런데 이 교의 교주는 그런 살인 행동 전후에 자기 외아들을 만나는데 매우 자상한 아버지다. 자애로운 아버지에서 잔인무도한 살인자로 변하는 일을 그저 사무적으로 아무렇지 않게 실행하고 있다. 인격변이의 이 전후를 옮기는 박태원의 필치가 그런 이상인격의 형태에 매우 적절하게 간결하다. 효과는 사람 탈을 쓴 짐승, 인간이 짐승이 되는 순간의 요기가 잘 나타나고 요괴가 저런 것이겠구나 싶어진다. 요괴들의 특징은 합리적인 추적을 넘어서는, 그래서 요술이랄 수밖에 없는 그 변신 능력이다. 이것이었다.

그것이 『금은탑』을 처음 읽었을 때 미진하게 마음 한구석에 웅크리고 있던 느낌의 정체였다.

신문학 이후에는 이런 감각은 거의 자취를 찾아볼 수 없이 되었다. 이 감각은 고대소설들의 중심 테마였다. 대부분 작품이 이 변신變身의 테마를 다루고 있다. 가장 순수 내면적인 변신인 개과천선으로부터 권선징악은 그 객관형이고 그것은 어떤 괴이담怪異譚에 이르면 신선神仙소설 같은 고대적 세계관의 테두리를 넘어서, 변신을 위한 변신이라는 심미적 양식에까지 이르고 있다. 이것은 한마디로 종교적 감성이다. 합리적으로 추적은 못할망정, 이 세계의 실체는 '변화'이며 '운동'이다,라는 관찰의 감각적 표현이다. 그 극한형식이 요괴에 대한 기호嗜好로 나타난 것이 숱한 괴담류로 보인다.

신시대의 문학에서 이런 감각이 사라진 것은 계몽기를 지나면서
부터는 유심히 살펴볼 만한 일이다. 겉보기에는 합리적인 것 같으
면서도 자칫 세상 실상은 대개 이치에 어긋남이 없을 것 같은 착각
을 받아들이고 있는 형국이 된다. 옛날 같으면 요괴의 징조라고
깊이 전율했을 일을 쉽게 받아들이는 길을 닦는 것이 섣부른 합리
주의의 일면일 수도 있다는 말이다. 사람을 죽이는 장면이 옛날
소설에는 흔하다. 사람을 파리처럼 죽이는 것이 아무렇지도 않다
는 생각에서가 아니라 그 이상 악이 없다는 신념에서 그렇게 한 것
이다. 그런데 현대문학에서는 그런 장면이 좀처럼 나오지 않는다.
다루기 어려운 것이다. 사람의 죽음에 대한 옛날 같은 후일담의
신앙이 사라진 다음에는 사람의 죽음이야말로 대책 없는 일이다.
한 시대의 문명으로서 대책 없는 일에 작가인들 대책이 있을 리가
없다. 죽음에 대해서는 말려들면 들수록 공허해진다. 그렇게 해서
죽음이 현대문학에서 사라진다. 마치 인생은 생명으로 가득 차고
죽음은 무슨 상식 있는 사람은 흔한 말로 '극복'이라도 할 수 있는
물건처럼 취급될 염려가 있다. 옛사람들은 죽음에 대해서 더 솔직
하고 진지하게 대면하였고 그래서 아무리 취급하여도 언제나 신기
하였고 겁나는 것이었고, 그래서 종교는 늘 가까이 있었다. 종교
에 대해서 지식인들이 진지하게 할 말을 잃어버린 다음에, 기성종
교의 옷을 입은 '종교'는 그렇다 치고, 종교적인 것으로 표현되는
인간의 죽음이라는 사실에 대해서 씨름한 작가들이 없지는 않지
만, 모두가 종교적 천재가 아닌 다음에야 고전종교의 창시자들 같
은 신종종교의 창설에 성공할 수는 없는 일이었다.

혁명과 사회개혁의 이론이 신시대의 가슴에 파고든 내면적 경로에는 신이 죽은 이래의 빈자리가 있었던 듯하다.

*

그러나 박태원의 『금은탑』이 문득 떠오른 것은 이런 개화기 정신사의 성격에 관련한 것도 아니었다.

*

쿠데타가 일어났다가 수습된 다음에 고르바초프라는 동무와 옐친이라는 동무가 크렘린의 어느 방이라고 소개된 방에 나란히 앉아서 위성중계로 미국 TV의 주부들의 토크쇼에 나와서 바다 건너에서 보내는 시답잖은 질문들에 응하는 장면이 있었다.

그 별난 쿠데타가 있은 다음에는 판국은 이미 파장 직전이었다. 쿠데타 주모자들의 의도에 대한 설명도 제대로 하지 않은 채 러시아 국회에서 하위자인 옐친이 고르바초프에게 삿대질하는 광경이 벌어지고 고르바초프가 연방의회에서 청중에 대한 호칭으로 코미디를 연출하는 북새통에서, 미국 TV에 출연하는 것이 그렇게 급한 볼일이었을까. 그것도 TV 출연의 경우 흔히 그렇듯이 아마 화면 구성의 편의 때문이었던 듯, 두 사람이 어깨가 맞닿게 바짝 붙어 앉은 것까지는 그렇다 치더라도 어디 변두리 목로술집의 나무 의자 같아 보이는 그런 의자에 달랑 올리앉은 모습이 그들이 처한 그 시점의 상황과 관련하여 그렇게 괴이쩍을 수 없었던 인상으로 남았었는데. 박태원의 『금은탑』이 문득 떠오르면서 두 사람의 느낌을 표현할 만한 적절한 말이 떠올랐다.

그렇게 앉아 있는 그들은 두 마리의 요괴妖怪 같았다.

*

고르바초프라는 동무가 개혁을 선언하기 전 현재의 소련은 정말 절망적인 상태였을까?

*

'정말'이라는 말의 기준을 어디에 잡는가가 문제의 관건이다. 나는 그 기준을 어디 하늘나라에나 있는 형이상학적 '이상'에가 아니고, 또 혁명 초창기에 염두에 둔 '혁명이념'에도 아니고 현실로 지구상에 존재하는 그저 '보통 국가'에나 잡고 얘기해보고 싶다. 왜냐하면 소련은 벌써 오래전부터 '보통 국가'에 지나지 않았으므로. 조지 오웰은 1930년대에 이 사정을 "나는 지난 10년 이래의 소련은 '악'이라고 생각한다"고 말한 적이 있다. 이미 혁명이념은 버린 지 오래라고 이 구사회주의자는 당시의 유럽 좌파의 일부의 기분을 대표하면서 말했다.

먼저 군사력으로 말하면 소련 영토는 절대 무기인 핵의 우산과 성벽으로 지켜져 있다. 그것은 서방의 무력과 균형하는 것이었다.

그런 실체가 없었다면 서방은 무엇을 상대로 군축협상을 벌였겠는가. 충분한 국방력의 존재, 이것은 아마 모두가 동의하는 영역일 것 같다. 국방력은 국가 존립의 토대다.

이데올로기상의 심리전적 상황은 어떠하였는가. 대체로 수렴收斂 이론이 세계의 정치적 상식이었다. 좌와 우는 다른 출발점에서 시작했지만, 현대산업의 성격상 결국 동질의 관리사회를 향해 진행되는 과정에 있다는 말이, 양쪽의 골수 강경파 말고는 제일 유통력 있는 설명화폐였다. 자본주의 세계는 20세기에 들어와서 프로테우스 같은 변신력으로 자신의 체계에 그때마다 수정을 가해서 무정부 상태의 시장 타성에 이미 제동을 가하는 안정장치를 마련하였고, 소련도 스탈린 비판 이후 이윤동기니 자극요인의 도입이니 하는 이론이 공공연하게 논의되었을 뿐만 아니라, 암시장 경제가 실질적인 자유시장의 역할을 수행한 듯한데, 문제는 이것을 제도권 경제에 긍정적으로 편입하고 폐해를 줄이는 방향으로 개혁을 수행하는 것은 불가능하지 않았다. 이데올로기의 혁명성이 준 대신, 스탈린 비판 이후 사회적 자유가 증대한 것은 세계가 인정하는 바였다.

*

제2의 산업혁명이라고 하는 유통(교통·통신)체계의 현대화에 뒤졌다는 것은 사실인 것 같지만, 그것이야말로 계획경제의 틀을 선용하여 중점 투자해서 따라가면 됐을 것이고, 미련한 군비경쟁을 경제적으로 재편하면 됐을 것이 아닌가. 실지로 망하기 직전에는 '방어적 전략'으로 충분하다느니 하는 소리도 그들 자신이 하고 있었다.

*

생활 수준의 격차라는 것도 당연한 것이지, 그들 국가의 생성에 대한 역사적 과정을 생각한다면 그럴 수밖에 없는 일이고 그렇다고 나라 살림을 걷어치운대서야 그것은 정치가 아니지 않은가. 영국 사람들은 2차대전 후에 자신들은 위스키를 마시지 못했다고 하지 않는가. 그런 고비를 어떻게 넘기느냐가 국가의 이성의 시험대가 되어온 것이 세계 역사다. 어느 나라에도 지하경제는 '부패'라는 형식으로 상존한다. 그렇다면 '사회주의 경제' '지시경제' '명령경제' 같은 서방 삼류 기자들의 속류 경제학이 이름 붙여준 '체제'모순이기보다 무릇 모든 인류 국가에 항존하는 '부패'가 문제였던 모양이다. '부패'에야 '사회주의 부패'와 '자본주의 부패'가 따로 있겠는가. 소련 지배층이 그렇다면 부패는 꽤 화끈하게 부패했던 모양이다. '부패'가 위기의 진정한 원인인 성싶다. 그러나 이상하게도 고르바초프라는 동무의 개혁 구호와 그 추진과정에서는 이 문제가 한 번도 의미 있게 거론되었다는 보도는 없었다. 진정한 병은 덮어두고 '체제 타령'만 불렀다. 붓이 나빠서 명필이 못 된다는 소리만 요란했다. 실상은 그 '체제'가 '부패라는 이름의 체제'를 뜻한다면 몰라도 그들이 헌법에 표시한 '체제'는 벌써 아니고,

보통 국가의 체제, 99%가 1% 때문에 희생되는 것을 슬퍼하는 감각에는 눈을 감기로 하는 '보통 체제'였으므로 이 점에서도 서방에 대해서 '보통 국가'로서 열등감을 가질 필요도 없었고, 가져봤자 늦게 뛰어드는 경쟁에서 '부패' 기술에서도 따라잡기 힘들 것이다.

*

서방세계 자체가 무서운 붕괴 요인을 안고 있으며, 그러나 이 땅 위의 국가가 언제나 그러했듯이 여기 다스리고 저기 다스리고, 여기 깁고 저기 때우고 그렇게 살아오다 보면, 파악했던 긴박한 문제도 까맣게 잊어버리면서 한세상 지나가는 것이, 새삼 얘기지만 '보통 국가'의 살림살이 내용이다.

*

위대한 선배들의 인간적인 능력과 자기희생 자체가 구조적 구성 부분이었던 '제도'를 마치 최신 '기계'를 상속한 것처럼 그 위에 안주하여 선배들의 희생에서 이자만 취득하고 자기 자신들의 투자여야 할 창의적 노력과 도덕성에서의 솔선수범을 게을리 한 끝에 지배층인 자신들은 불로소득자가 되고 피지배층은 '제도'라는 신비한 요술기계의 기적에 기대를 거는 우매한 사이비 종교의 신도 같은 거지 근성의 소유지로 타락시켜오다가 마침내 '계급의 적'의 체제를 능가하기는커녕 보통 생활 체제의 수준도 유지할 수 없는 지경에 이르자, 자신들도 그 '기계'에 깜박 속았다고 먼저 호들갑을 떨면서 민중의 탄핵을 회피하는 한편으로, 어제까지의 '계급의 적'들과의 뒷거래로 민중들을 혼란 속에 밀어넣으면서 자신들의 기득권을 수호하였다.

*

그러니까 이야기는 썩어도 보통 썩은 것이 아니어서, 자기 국가의 성립과 존속 과정의 역사적 맥락에 대한 상기력을 아주 잊어버렸기 때문에, 자기 국가가 17세기의 어느쯤에서 진공 속에 있는 어느 운동장에서 '자본주의'와 '사회주의'라고 흰 줄을 그어놓은 육상경기를 시작한 끝에 오늘에 와서 보니, 저쪽은 콜라를 마시는데 이쪽에서는 끄바스를 마시고 있다고 하는 단순 비교를 태연히 하도록 정신이 퇴행한 지배계층이, 이미 고갈된 사회학적 상상력을 더 발휘할 기력도 없고 점차 증대되는 인민의 욕구 —— 풍요와 평등에 대한 —— 의 기세에 겁을 집어먹고 그간의 폭정과 악정, 실정과 졸정拙政에 대한 징벌이 닥쳐와서 그들 계층의 사회적 몰락 —— 제2의 10월혁명에 직면하기보다는 모든 죄를 '체제'에 돌리고 그 분위기 조성과 민중 설득에는 서방언론의 국내 통용이라는 지원군을 동원하면서 그들에게 내려져야 마땅하고 그들이 져야 할 고난과 징벌을 국민에게 전가시키는 길을 택한 것 —— 이것이 소련 사태의, 그 외양은 비록 어떤 옷을 입었건, 그 진행은 비록 어떤 우여곡절을 겪었건 그 사태의 진정한 모습으로만 보인다.

*

　만일 그렇다면, 결과적으로 스탈린이란 개인이 범한 죄악의 요괴 같은 파멸성이 다시 되새겨진다. 그는 혁명의 진행을 이보다는 사려 깊게, 자신들 인생과 보다 더 내면적으로 연결된 것으로 인식하면서 지도하고 참여할 수 있는 실로 방대한 인간 자원을 역사상 그 유례를 찾아보기 어려울 만큼(대개 그런 규모의 인간절멸에는 기술적 한계가 있으므로) 철저하게 소탕해버렸기 때문에 자기들의 이름으로 세워지고 유지되어온 나라가 망하는 마당의 어느 구석에서도 계급으로서의 노동자들의 목소리는 전혀 들리지 않았다.

*

　여관 주인 고르비에는 자기 여관에 투숙했다가 급한 병으로 죽은 장발장으로부터 재산의 관리와 꼬제슈까의 장래를 부탁받지만, 재산만 횡령하고 꼬제슈까를 찾지 않는다. 동업자의 횡재를 눈치챈 옐치에 여관 주인 옐치에 부부는 고르비에를 협박하여 장발장의 유산을 빼앗고 고르비에 여관까지 빼앗는다. 가혹한 노동에 시달린 끝에 중병이 들어 있던 꼬제슈까는 옐치에 부부의 손으로 국제 마피아에게 인도되어 인육시장의 바다 속에 행방불명된다.
　──「어떤 레미제라블」에서.

*

1991년 12월 25일 오후 끄렘린 궁에서 붉은 기 내려지다.

10

소련이 망한 이듬해인 1992년 첫가을의 어느 맑은 날 김포공항에 한 무리의 시인, 작가들이 모여서 지금은 구소련이라고 불리는 러시아로 가는 비행기를 기다리며 담소하고 있었다. 그 속에 나도 있었다.

1990년에 구소련과 외교관계가 맺어진 이후 이미 많은 걸음들이 러시아에 다녀온 터였다. 다녀온 사람들을 통해서 그곳 형편—그 중에서도 여행자들에게 직접 관계되는 사정들도 알려질 만큼은 알려져 있었다. 이번 걸음은 러시아작가협회의 초청에 의해 이루어진 것인데, 아마 동업자 간의 국제적인 초청의 형식을 밟는 것이 여행의 편의까지 포함해서 여러모로 유익한 점이 많은 점을 고려해서 여행을 조직한 작가 모임에서 교섭한 결과인 모양이었다.

구소련 시대 같으면 러시아작가협회가 초청한다면 거기에는 다소간에 국가적 입장에서의 배려가 전제되어 있을 법한 일이어서, 가령 러시아 문학 연구자라든가, 작품 성향 같은 것도 고려됨 직한 일이었다. 더구나 국교가 이루어진 지 2년도 채 못 되는 시점에서 러시아작가협회가 한국 작가들을 초청한다면 더욱 자상한 배려가 있을 법한 일이었다. 그러나 주최자인 우리 작가 모임의 설명에 의하면 그런 경위는 일체 없으며 원하는 사람은 아무나 참가할 수 있다는 것이었다. 일행의 구성은 스무 명쯤한 인원에서 처음 만나는 얼굴이 절반쯤 되었고 그들은 대개 젊은 분들이었다. 아는 사이라도 대부분 근래에는 자주 만나지 못한 사이들이라 한동안 격조한 인사들을 나누고 나니 금방 편한 분위기가 되었고, 방금 전까지 오래 못 만난 사이 같은 사정은 사라져버렸다.

여행사에서 여권이며 비자까지 모든 수속을 대행해주었기 때문에 참가를 통지한 지 한 스무 날 만에 막상 이렇게 공항에 모이고 보니 그제야 러시아로 가는 길이구나 하는 느낌이 한결 구체적으로 다가드는 것이었다. 여행사는 그 안내문에서 우리들에게 미리 다음과 같은 주의를 해준 터였다.

준 비 물
1) 기호식품 : 담배, 술, 고추장, 라면(컵라면), 밑반찬, 과자, 마른 오징어 등.
2) 비상약품 : 소화제, 아스피린, 멀미약, 변비약, 해열제, 연고 등(주의사항 : 가루약보다는 상품으로 포장된 알약으로 준비하여

주십시오).

3) 세면도구 : 치약, 칫솔, 타월, 세숫비누, 화장지, 면도기, 헤어
   드라이어, 로션, 1회용 커피나 홍차, 필름, 손전등, 메모지,
   반창고 등.

4) 전기기구 : 소련은 전압이 220볼트입니다.

5) 선물 : 소련 내에 생활용품이 부족한 관계로 약간의 선물을 준
   비하시는 게 여행에 편의를 도모해줍니다〔스타킹, 팬티스타킹,
   일회용 라이터, 치약, 칫솔, 볼펜, 화장품, 비누, 내의, 담배, 양
   말, 지갑, 핸드백, 전자 손목시계, 계산기(소형)〕.

   * 모든 상품은 'MADE IN KOREA'로 해주십시오.

6) 옷차림 : 반셔츠 차림으로 걸칠 수 있는 간편한 잠바 차림이나
   긴팔 셔츠를 준비하여주십시오.

7) 기타 : 운동화나 슬리퍼도 준비하십시오.

읽어가면서 아내와 나는 몇 번이나 웃지 않을 수 없었다. 이것
은 꼭 어디 야영생활을 떠나거나, 탐험여행을 떠나는 차림이 아닌
가. '손전등'은 또 어디다 쓴다는 것일까. 호텔 안에서 쓴다는 것
일까. 아니면 방문 순서 어디에 동굴 같은 데가 있다는 말인지. 밤
거리에서 필요하다는 말인지. 안내서에는 그 점에 대한 말은 없었
고 그때는 눈여겨보지 못한 부분이었다. 아내와 함께 물건들을 챙
기면서도 새삼 어이없어졌다. TV 보도 화면에서 줄서기를 하고
있는 러시아 시민들의 모습을 이제는 처음 같지 않게 그러려니
보아오게 됐지만 정작 자신의 여행 준비물을 챙기면서 느끼는 바

는 또 달랐다. 나는 미일전쟁이 난 해에 국민학교에 입학한 세대로 주변의 생활용품이 귀해지는 것을 보면서 자랐기 때문에 물자의 결핍이라는 데 대해서 그리 놀라지는 않는다. 물론 직접 살림에 책임 있는 입장이 아니어서 자신 있게 그 무렵 어른들의 고생을 실감 있게 증언하는 데는 한계가 있지만, 전쟁 끝장에는 설탕, 과일, 야채 등의 식료품, 신발, 옷 따위 몸에 걸치는 것이 귀해지는 기억은 생생하고 잡지나 만화를 비롯한 책도 눈에 띄게 가짓수가 줄었을 뿐 아니라, 편집도 허술하게 부피도 얇아진 것을 기억한다. 일본이 패망할 직전에는 조선 사람들의 부엌에서 놋그릇, 밥숟가락까지 거둬가고, 어린 우리까지 내몰아 일본 군대의 말먹이로 댄 것인지, 비료로 쓴 것인지 꼴베기도 시켰고 소나무 뿌리나 가지의 진을 모으게까지 했다. 그걸로 대용연료를 만들어서 비행기에 쓴다고 했다.

그렇게 물자가 귀한 고비에서 해방이 된 다음에도 북한 지역은 여전히 물자 부족의 상태였다. 하기는 일본 점령의 말기보다는 각박한 분위기는 덜했다. 남의 전쟁과 남의 살림을 돕기 위해 물자가 부족한 것과는 다른 의미의 부족이었기 때문이었을 터이고, 워낙 우리네 살림이 으레 그런 것이었고 보니 가난에도 이력이 나 있었던 모양이다. 모두 그러려니 하는 살림에서는 부족감이란 것도 일어날 여지가 없었다.

6·25전쟁이 일어나서 남쪽으로 피난해온 다음의 생활에서도 남쪽 토박이들의 살림보다 못한 것은 당연한 일로 알 수밖에 없었고, 그 토박이들 자신이 그나마 그들의 피난생활에서는 우리나 다름없

었으므로 타향살이의 환경치고는 되레 심리적으로 유리하다면 유리한 조건이었다. 피난이라는 것이야 북에서 남으로 왔건, 남에서 남으로 가건 마찬가지일 수밖에 없었다. 남쪽 사람들의 피난은 그야말로 난리를 피한 것이었지만 우리 가족 같은 월남가족은 일종의 자발적 난민이랄까, 망명의 성격도 곁들여진 이동이었기 때문에 어찌 생각하면 고생은 당자들이 각오한 바여야 옳기도 할 것이다. 하기야 월남한 것이 고생을 일부러 하고 싶어서 그랬달 수는 없지만 당장의, 그것도 온 국민이 모두 전쟁 피난민인 마당에서는 물질적 부족은 우리들의 정신까지는 파괴하지 못했다. 사람이란 함께하는 고생은 그럭저럭 견디기 마련이다. 견디지 않으면 어쩔 것인가. 그런 상태에서도 나는 좀더 정신을 차리고 그런 환경에 처한 피난가족의 맏이로서 해야 할 바를 최선을 다하지 못한 일은 이제는 갚을 길 없는 가족적 원죄로서 내가 지니고 사는 마음의 형벌이 되고 말았지만, 그러면서도 미국에 갈 때까지도 나는 물질적 욕망에 대한 깨달음이 아직도 사무치지 못했다.

　나는 미국의 풍요에 놀랐다. 미국의 부에 대하여 책으로도 알았을 터이고 하다못해 내가 군대시절에 접한 미국 군인들의 군대생활에도 그것은 분명하였지만, 책은 책이었고, 군인들의 의식주라는 것도 특수 환경에 있는 집단의 생활이고 보니 민간생활의 자연스런 풍경과는 다르게 보였던 모양이다. 하다못해 미국 영화에서도 가까운 느낌을 받았을 법한데, 내가 영화를 그리 열심히 보지 않았다는 조건 말고도(하기야 한두 편 봐도 보일 만한 것은 보이는 법이지만, 영화 속의 의식주는 아마 무대의 소도구쯤으로밖에는 의식의 시야에서 기능하지 않은 모양인지), 영화는 영화 — 그림자일 수밖에 없었다. 아무튼 현장에서 본 미국인들의 살림살이는 내가 얼마나 가난하게 살았는가, 내가 얼마나 가난한 나라에서 왔는가를 깨닫게 해주었다. 미국 살림살이 기구들은 냉장고며, 자동차며, 집이며, 옷이며 할 것 없이 옛날 것일수록 둥글둥글하다. 그리고 최근 것일수록 전에 비하면 직선적이 되어 있다. 내 눈에는 옛날 모양이 더 후덕하고 듬직해 보였다. 더 풍요하고 평화스런 느낌을 주었다. 워싱턴의 1구획에는 재개발 대상 지역이라는 구식 주택지역이 있었는데 멀쩡한 고전적 대주택으로 — 내 눈에 그렇지 아마 그저 중산층쯤의 주택이었을 것이다. 왜냐하면 그것들은 가로에 면해서 빽빽이 서로 바짝 붙여 지은 품으로 보아 그리 상류의 저택들은 아닌 모양일 것 같다 — 보이는 집들이 오래 손질이 안 된 채 흑인들이 주로 세 들어 사는 모양이었는데, 이런 집들이 그때 내 눈에는 크리스마스 카드에 있는 집을 현실로 보는 느낌이었고 우아해 보이면 보였지 근래에 짓는 반듯하고 통유리를 창에 단 대량 생산 주택에 비할 바 아닌 듯이 보였다. 게다가 그것들에게서는 시간이 느껴졌다. 우리한테는 그 양식은 양식(洋式)이었지만, 그들에게는 전통가옥인 것이었다. 나에게는 그 '시간'이 부러웠다. 그 시간이 부(富)로 보였다. 그들의 속담에도 '시간은 돈이다'라고 있지 않은가. 그들의 시간은 어째서 이렇게 쌓이고 쌓여서 모두 돈이 되고 가멸이 되어 있는데 왜 우리 시간은 쌓여도 부가 되지 못했고, 쌓인 것도 스스로도 부수고 남들이 달려들어서도 부수고 하면서 돈도 안 되고 부도 안 되었는가, 그런 생각도 들었다.

이 은성한 부에는 정당한 그들의 몫도 있고 다른 국민의 부여야 할 것이 이처럼 이 고장의 부로 탈바꿈한 몫도 있을 것임이 피부에 와 닿는 느낌으로 알아졌다. 그것이 나에게는 큰 공부였다. 책의 페이지 위에서 읽은 활자의 그림자는 이 살진 부유함 앞에서 예전처럼 전능의 힘은 없었다. 나는 아프리카에서 한 사람의 아이가 굶주림으로 울 때, 프랑스 시의 절창의 한 줄이 무슨 품위가 있느냐, 는 취지의 사르트르라는 프랑스 소설가의 말이 무엇을 뜻하는지를 비로소 감각으로 이해하였다. 그는 옳은 사람이었던 것이다. 파리의 카페에서 그 골치 아픈 철학적 소설을 짜내면서도 그는 그의 펜 끝에서 흘러나오는 한 줄이 어떤 시간의 축적이 변형된 것이며, 그 시간 속에는 프랑스 인의 것 말고도 알제리며 베트남의 시간도 들어 있음을 알고 있었다. 미국의 시간 구성은 그와 대동소이할 터였다. 나는 미국의 시간의 풍요함에 압도되면서 그런 생각을 했고, 그 풍요함은 금욕적인 관점에서 물질문명이 어쩌느니 하는 식으로 배척되어서는 안 되고 풍요함은 좋은 것이며, 그 좋은 것이 내 고향을 포함한 인간가족 모두가 다 누리는 행복이 되는 쪽으로 해결되어야 함을 생각하였다.

그런데, 이미 온갖 소문이 무성하여 그 실체가 거의 드러난 지 오래라고는 해도, 현실의 영토와 현실의 인민을 차지하고 한 세기를 지내오고 보면, 보통 사람들의 정신이라는 것은 그렇게 조리정연한 긴장된 판단을 유지하기가 어려운 것이어서, 그래도 이 세상에서의 부의 축적과 분배 방법에서 어느쯤까지는 긍정적인 측면의 성과는 거두고 있으려니 상상한 나라가 마침내 안에서 붕괴된 모습이 지금 한 장의 여행 안내서를 통하여 눈앞에 있구나, 그런 생각을 한 터였다.

시간이 되어 우리는 대기실로 가서 기다렸다. 우리가 타고 갈 소련 여객기가 가까운 곳에 있는 것이 보였다. 싸말룟Самалёт, 비행기, 러시아말 하나가 떠올랐다. 그것은 중형의 비행기였는데 꼬리에는 구소련의 붉은 기 표시를 아직도 지우지 않고 뚜렷이 보이고 있었다. 그 깃발이 상징한 실체가 없어진 지 9개월이나 지났는데 아직 그렇게 달고 있는 신경이 조금 뜻밖이었다. 여행 안내문에서 받은 느낌과 마찬가지로 지금의 그곳 사정을 그런 식으로 짐작하게 하는 것이겠다는 생각을 가지게 만드는 모습이었다. 나는 창가에 앉아서 그 밖의 부분은 그저 제트식 여객기일 뿐인 그 기체의 수직 꼬리에 그려진 그 표시의 붉은 색깔이 가을 햇빛 속에 선명하게 빛나는 것을 보고 있노라니 문득 해방 후 한동안 조선 사람들이 일본군 군복을 많이 입고 다니던 생각이 떠올랐다. 옷이 귀하던 때에 일본군이 버리고 간 것을 그렇게 입었던 것이다. 이것저것 가릴 경황이 없는 모양이었다.

소형 버스를 타고 가서 우리는 기내에 들어갔다. 통로 좌우로 세 자리씩 배치된 여객기의 의자는 붉은색에 흰 커버가 씌워져 있었다. 내 자리는 창가였다. 옆 자리는 오늘 처음 만나는 젊은 여성 시인이 와서 앉았다. 창문 바로 밖으로 이 여객기의 날개가 뻗어 나갔는데 거기에도 구소련의 국호 약자인 CCCP라는 글씨가 그대로 찍혀 있는 것이 보였다.

이륙하자 금방 엷은 구름 밑으로 바다가 보였다.

서해를 건너가서 중국 대륙을 지나는 모양이었다.

좀 있더니 점심이 배식되었다. 서울에서 준비해온 한식 도시락이었다. 기내식이라는 것이 언제나 그랬던 것처럼 맛이 좋았다. 커피까지 마시고 나니 그제서야 이 여객기의 손님이 된 기분이 한껏 자연스러워졌다.

살다 보면 소도 보고 말도 본다더니 소련 비행기를 타고 한식 점심을 먹다니 오래 살고 볼 일이다. 내가 지금 근무하는 학교의 학장이 1970년엔가 그 무렵에 한국 사람으로는 처음으로 소련에 공식 입국한 적이 있었다. 그때에 국제 연극인 단체의 회의가 모스끄바에서 있었는데, 가입국인 한국 본부에서 그때 미국에 있던 회원인 학장에게 한국 대표로 참석하기를 통보했다고 한다. 소련 입국 후에 그가 신문에 쓴 기행문이라든지 본인에게서 직접 들은 바에 의하면 소련 비자를 받은 과정은 자그마한 첩보작전만큼이나 엎치락뒤치락이 있었다고 했다. 스무 해 전 일이다. 닉슨이 중공을 방문한 일이 역시 우주여행이나 한 것처럼 떠들썩하던 무렵이었다. 남북 적십자회담이 열린 것이 큰 충격을 내외에 불러일으키던 무렵이기도 하다. 나는 그때 어느 소설에 이렇게 썼었다. '……아마 십 년쯤 뒤에 성년이 될 청년들만 해도 구보씨만 한 연배의 또 그만한 먹물이 머리에 번진 지식 노동자가 미국 대통령이 중공 본토(중국)를 나들이 간 것에 그처럼 놀란 데 대해서 아마 영문을 몰라 하리라. 그때에 그들이 구보씨를 이해하기 위해서는, 그때 가서도 한 시대의 의식의 공준公準이 흔들릴 만한 무슨 일이 있을 테니깐 그런 사실에 비추어 짐작하면 되지 않을까……'

이 글이 23년 전 글인데 지금 읽어보면 얼마나 딴 세상 이야기 같은가. 실지로 딴 세상이라고 봐야 할 것이다. 이 글에서 전제하고 있는 국제정세며, 남북관계는 딴 세상이라 말해볼 만큼 바뀌어져 있다. 얼마나 바뀌었는가? 지금 소련, 아니 구소련 비행기 안에서 막 한식으로 점심을 먹고 난 일만큼 바뀌어 있다. 앞의 글에 '공준公準'이란 말이 나오는데 '공적公的 기준 基準'을 줄여서 쓴 말이다. 그 시대 사람들의 마음 쓰기나 행동하기에 공통의 기준이 되는 원칙을 말한다. 소련을 갈 수 없는 곳, 국교란 있을 수 없는 나라, 라는 전제가 마치 해는 동녘에서 뜨는 것, 저녁이면 달이 뜨는 법이라는 것과 같은 무게로 우리를 지배한 것이 바로까지의 우리 생활의 전제였다.

옛사람들이라고 해서 이런 성질의 변화에 맞닥뜨리지 않았던 것은 아니기는 하다. 가령 망국亡國, 나라가 망하는 일, 왕조王朝가 바뀌는 일 따위가 그런 사태인데, 사람들은 의당 당황하기도 하고, 말하자면 하늘이 무너지는 느낌을 받기도 했으리라. 그래서 낙화암의 삼천궁녀라든지, 금강산에 들어간 마의태자라든지, 선죽교의 정몽주라든지, 단종조의 사육신이라든지, 한말의 민영환 공이라든지 그런 사람들이 생기게 된다. 옛날식 수사학에서는 그들에게 충신열사라든지 열녀가인佳人이라든지 하는 이름을 붙여놓았기 때문에, 오늘날의 우리는 옛사람들만큼 그런 것에 움직이지 않을 성싶으나, 실은 그들이 가리키는 바는 그리 낡지도 않았고 그리 단순하지도 않다. 왜 달을 보지 않고 달을 가리키는 손가락을 보느냐는 말마따나 보아야 할 데는 모름지기 다른 쪽이 아닐까 싶다. 그들은 모두 그들이 그 속에서 희로애락하던 사회구성체가 무너졌을 때 그릇이 깨어지면서 흘러내린 동이의 물처럼 자신들도 함께 무너진 유정有情의 인간들인데 목숨 가진 짐승으로서의 자기와 자기가 쓰고 있던 허울과를 둘이 아니고 하나라고만 생각한 사람들이다. 그 '둘' 사이를 잇는 실핏줄을 가진 사람들이었다. 이른바 '거대이론'과 '일상행동' 사이의 유기적 관계의 형성이다. 이른바 '취미' 타령은 이 매개과정을 거친 다음의 개인의 권리는 될망정, 그 자체만으로 순수한 독립을 주장하기는 힘들다. 알제리의 어린이가 굶어 죽는데 랭보의 한 줄이 무엇이란 말인가. 사실인지는 몰라도 랭보란 시인이 그의 걸작을 쓴 다음에는 더 이상 문학에 관여하지 않았을 뿐 아니라, 아프리카로 건너가서 국제 건달 노릇을 하다가 이후 행적이 묘연해졌다는 어디선가 읽은 전설 같은 이야기가 사실이라면, 그는 드물게 보는 멋있는 인간이다. 그 경우, 시에서의 그의 취미는 용인된다. 인류에 대한 그의 의무는 면책된다. 문명사회로부터의 그의 자기추방이 그 면책을 지불한다. 그의 시구와 인류의 현상 사이에 있는 간격을 줄이는 실천적 과정이 얼마나 엄청난 일인가에 대한 감각을 가진 인간이 그 일과 자기의 자질 사이의 거리에 절망한 행동이라는 선의의 추정을 허락받을 수 있기 때문이다(사실은 그런 자각이 없었던 경우에조차도. 왜냐하면 실종자가 다시 나타나지 않은 바에는 그에게 불리한 추정을 하는 것이 사회에 아무 이득됨이 없으므로). '허무주의'는 오직 이때에만 고귀하다. 자기와 동일시하던 대의가 무너졌을 때 자신도 무너진다는 것은 그들이 짐승이 아니라 인간인 증거였다. 아마 아득한 옛적

인간이 짐승에서 인류 쪽으로 선을 넘어선 이래 꽤 오랫동안 사람들은 공동체라는 것을 그처럼 자기와 하나인 것으로 알면서 살아왔다고 여러 증거들이 말하고 있다.

현존하는 어느 부족의 습관에 의하면, 아내가 출산할 때 남편도 함께 산고를 겪는 '시늉'을 한다고 한다. 외부의 관찰자는 그것을 연극적 행동이라고 보고했지만, 모든 주술 행위가 그런 것처럼 그것은 연극이 아니라 실제적인 효과를 겨냥한 행동이다. 그것을 연극이라고 보는 입장은 시원과의 감응을 잃어버린 분업사회 생활자의 자기식 해석일 따름이다. 아내가 아픔을 겪을 때 남편도 '실지로' 아픈 것이다. 상상에 충실해서 말한다면, 생명의 증식의 원형은 자기분열로 족했으며, 자웅동체인 생물도 있고, 자웅이체 단계는 훨씬 나중의 고급문화에 속한다. 그 부족의 남자는 이 생명의 시원에서의 상황을 아득한 시간을 넘어가서 그대로 실감하고 있다고 보아서 그렇게 무리할 것이 없다.

충신열사나 열녀가인들의 격정적 행적은 바로 이 부족의 남자와 같은 부류의 행동이다. 충의나 정절이라는 것은 그들의 시대에도 벌써 '극기克己'라든지 '수양修養'이라든지 하는 그림자가 비껴 있지만, 실은 그런 것보다 훨씬 원시적 감정이다. 그것은 본연本然의, 안에서 우러나오는 격정일 뿐인데, 그 본연의 고향이 바로 원시공동체이며, 그 공동체를 지배하던, 사회와 개인의 미분리의 감정이다.

인류는 처음에 '문화'라는 것을 그렇게 본능과 떼어놓을 수 없는 형식으로 집착함으로써 비로소 자기 것으로 만들 수 있었다. 자기가 그 속에 있던 문화가 무너질 때 그러므로 육신도 더는 살 수 없었다. 육체와 정신은 그들에게 다른 것이 아니었던 것이다. '문화'는 그것이 발생한 이후 거의 최근까지 이처럼 생물적 본능을 비유로 삼으면서 겨우 짐승으로서의 인간이 짐승으로 다시 전락하는 것을 막을 수 있었다.

악한 왕이 죽었을 때도 보통 사람들은 충격을 받는다. 이것이 어리석은 일이며 왕은 다만 그 자리에 있는 공적인 심부름꾼에 지나지 않음을 강조하게 된 정치문화의 진화 방향은 물론 옳다. 그러나 이 옳은 진화 방향과 떨어질 수 없는 종이의 안팎처럼 하나였던 감각, 왕은 나이기도 하고, 우리이기도 하고, 국가이기도 하고, 그가 아플 때 우리도 아프다는 감각은 우리에게서 이미 사라졌다. 나쁜 왕을 경계하는 지혜가 왕에게 육화肉化되어 있던 '권위'를 그의 육신에서 박탈하여 이를테면 '법' '헌법' 같은 형식으로 객관화시켰다. 우리는 법 앞에서 권리이든 의무이든 평등이다, 이렇게 말할 줄 안다. 대단한 발전이다. 그 대신 이 상태를 지키기는 대단히 어렵다. 생물적 비유의 수사법 없이 이성만으로 본능에 필적하는 효과를 발생시킨다는 것은 이제는 특별한 체질을 요구하게 된다. 이 체질의 소유자들이 충신열사, 열녀가인들이었다. 좀더 현대적인 명칭은 애국자, 의사, 열사烈士가 되겠다.

원시부족의 소속원 모두가 지니고 있던 심성이 지금은 성자聖者에게만 가능하다. 성인이 숭앙받는 세상은 말세, 라고 한 사람들은 이 사정을 말한 것이었다. 세상이 얼마나 악해졌으면 부처가 태어났겠는가. 이 감각의 마비─옛 문명(바빌론이나 이집트 정도의

'옛'이 아닌 아주 진짜 '옛' 말이다)에 살아 있던, 지금은 물론 인식되기가 어려운 이 자아와 전체의 자연스런 일치의 감정의 마비에서 비로소 온갖 악과 슬픔이 발생할 수 있었고, 동족同族 사이에 먹이사슬이 형성된다는 인류에게 특이한 습성이 문명과 앞뒤 한 짝을 이루어오고 있다.

왕조가 바뀔 때나, 바뀐 다음에 새 왕조가 고심한 것은 자연의 이변처럼 당황스런 이 부자연한 변화를 어떻게 하면 자연스러운 것으로 민중에게 인식시키느냐 하는 점이었다. 그래서 새 왕조의 가계를 신비화하는 일이 필수적이었다. 하늘의 뜻에 따른 행동이었음을 증명하거나 지어내야 했다. 새 공동체의 합법성을 원시적 직관의 형식으로 제공하려 한 것이다.

3·1운동의 저 폭발성을 윌슨의 무슨 자결원칙 소식이라든가, 러시아 10월혁명의 영향으로 일원화해서 설명하려 한다면 그것은 천박한 과학이다. 그 설명에는 왕의 죽음에 의해 촉발된 원시 이래의 공동체의 격정이라는 변수를 첨가할 때 비로소 완전한 이성적 설명이 된다. 당시의 체제가 침략이요 억압이요 수탈이라는 것은 기본상수, 말하면 잔소리이기 때문에 생략해도 대중심리는 양해하는 것이다.

화약이 산더미로 쌓여 있어도 불씨가 있어야 폭발한다. 발화점에 가장 가까운 것은 바로 불이며, 인간 심리에서는 원시적 감정이 그 불이다. '공동체적 감정'과 '공동체적 이성' ─ 문명시대에 들어선 이래의 개인의 의식은 이 두 극 사이를 흔들리면서 자기확립을 이루어내려 한다. 형식적으로만 말한다면 이 두 극의 어느 한쪽만 가지고도 사회적 존재로서의 개인의 자기동일성은 내면적으로 획득될 수 있다. 다만 그 조건으로, 만일 '공동체적 감정'에 의지한다면 그 감정의 객관적 등가물이 이미 존재해야 되는데 그것이 '국가'와 '왕'이며, '공동체적 이성'에 의지한다면 정교하게 공동체를 설명하는 이론체계가 존재해야 되는데 그것이 '사회사상'이다.

만일에 '국가'가 소멸되고 '왕'은 사망했으며, 그를 대신할 '사회사상'이 존재하지 않는다면, 인간 개체들은 맹목의 습관으로 생존할 뿐이지 문명의 전 중량을 자기화한 제대로 된 인간 개체로서의 자기를 이루어낼 수 없다. 인간 개체는 공동체의 틀 안에서 살면서 자신이 군더더기라고 느끼고 자신 밖의 힘의 노예임을 실감한다. 원시부족의 화톳불 가에 존재하던 일체감이 그에게는 없다.

유교儒敎는 이 문제를 해결하기 위한 위기의 이성체계였다. 부족사회의 일체성에서 이미 이탈하였으나, 분화하면서 더 큰 규모로 단결해야 할 문명단계에 들어선 인간집단의 생활을 지도해야 할 행동규칙이 유교였다. 어느 한두 사람이 발명해낸 물건이 아니라, 공동체의 해체에서 시작하여 더 진화된 통합을 찾는 길에서 모습을 갖춰가기 시작한 '공동체적 이성'의 기호체계였다. 그러면서도 유교에는 '공동체적 감정'이 끈끈하게 보존되어 있다. 그것은 '이성'의 가르침이자, '감정'에의 호소이려고 했다. '이성'은 '감정'이라는 뿌리에서 나오며, '이성'은 '감정'의 보다 세련된 모습이며, '감정'은 요약된 '이성'임을 깨닫고 있는 이성이었다. 이성과 감정을 기계적으로 대립시키지 않는 것이 유교의 자세이며, 그런 대립은 미숙한 것으로 낮게 평가되었으며 노력 끝에 그 두 극이 마침내 자유자재하게 되는 경지를 이상적 상태로 생각하였다. 수신제가치국평천하修身齊家治國平天下라는 무슨 단계적인 행동시간표로 이해하지 않았다. 이 명제의 각항各項인 수신—제가—치국—평천하는 표현의 편의상 그렇게 분단될 뿐이지 이 각항 사이에는 고속도의 일원적一元的 에너지가 흐르고 있어서, 그들 각항은 저마다 자기 자신이자 동시에 그 밖의 모든 항이기도 한 그러한 모순존재이며, 회로 전체도 단일한 존재이자 각각의 항으로 대표되어도 좋은 또 하나의 모순존재이기도 한 것으로 유자들은 인식하였다. 도가道家나 불가佛家는 이런 긴장을 견디지 못하고 이 회로의 어느 한 항에 의지하여 잠깐 숨을 돌리고 있는 모습으로 유자들에게는 보였을 것이다. 잠깐 쉬고 있는 쳇바퀴 위의 다람쥐들이다. 상식적인 구별과 달리 유가儒家는 불가보다 더 철저하게 불가적이고, 도가道家보다 더 철저하게 도가적이며, 그 '철저徹底'라는 말이 나타내는 인간 행동의 각 분야에 대한 형이상학적 구분에 대한 반대가 더 잘 표현된 것이 그들의 '실천' 존중의 경향이었다. 그들 속에서 감정과 이성은 통합되어 있었다.

이 땅의 마지막 왕조가 1910년에 망하고, 이 땅의 마지막 왕이 1919년에 죽었을 때 이런 통합은 무너졌다.

20세기를 산 우리나라 사람들은 자기를 다스릴 원칙 없이 이 세기를 정신적 피난민으로서 표류하였다. 공동체적 '감정'의 등가물로 '민족주의'가 등장했고, '공동체적 이성'의 등가물로 '사회주의'가 수입되어 각각의 신도들을 모았다.

이 두 조류는 식민지 조선의 안팎에서 괴로워한 사람들에게 가
르침을 주려는 저류로 작용하다가, 해방 후에 남쪽에서는 김구의
암살로 요약되는 민족주의의 좌절과, 북쪽에서는 김일성 단일파벌
의 집권에 의한 사회주의의 왜곡이라는 모습으로 좌절함으로써 새
역사단계에서의 '공동체적 감정'과 '공동체적 이성'의 통합이라는
과제는 현재 난파상태에 있다.

문제를 개인의 입장에서 보면, 오늘을 사는 우리 사람들은 자기
가슴과 머리로 짚어봐서 고개가 끄덕여지는 신념체계를 눈앞에 가
지지 못하고 자신이 인간으로서 부끄럽지 않게 귀속할 수 있는 소
속 공동체를 가지고 있지 않으며, 문제를 좀더 심리학의 형식으로
표현한다면 '자아확립'의 기반 없이 표류해야 하며, 분열된 조국
은 개인의 심리를 정신분열증의 모습으로 조형한다. 오늘의 우리
생활자는 나면서부터 자신을 분열증 환자로 등록해야 한다. 이른
바 공화국(!)이 바뀔 때마다 국가에 대하여 다른 설명을 들어야
하는 우리들의 어린 세대를 생각해보라. 염려 마시오. 그래도 귀
엽기만 하지 않소. 물론 그렇다. 그러나 귀엽기로 말하면 병아리
도 귀엽고 송아지도 귀엽다. 그런데 우리는 그들을 키워서 잡아먹
지 않는가.

워싱턴의 그 서적 창고의 한구석에서 장수설화가 실린 책을 발
견하고 「옛날 옛적이래도 좋고 아니래도 좋고……」를 쓰게 되었을
때, 우리는 자기 새끼들을 키워서 잡아먹기도 하고 외방 사람들에
게 공물로 내주기도 하면서 자신들의 삶을 꾸려오고 있었던 것은
아닌가 싶은 악몽이 왕래했던 듯싶다. 그 악몽은 그 악몽의 현장

으로 돌아가라고 나에게 말하였다. 머리에 든 먹물이라는 것은 그리 얕볼 것도 못 되어서 나는 보따리(대단한 보따리도 아니었지만)를 싸고 귀국했었다.

국민학교에서 배운 내용이 중학교에 가서 달라지고, 중학교에서 배운 일이 고등학교에서 뒤집히고, 고등학교에서 배운 내용이 대학교에 가서 달라지고, 대학에 가서 배운 일이 졸업한 다음에 달라지고 학교에서 떠난 다음에는 10년마다, 5년마다 견디기 힘들 만큼 생활의 규칙이 달라진다면 그 사람의 생활이 어떻게 될 것인가. 그렇다고 해서 세상은 이미 오래전에 마음에 맞지 않는 세상을 버리고 어디 깊숙한 산속으로 들어가 살기는 불가능하게 된 지 오래다. 해결책은, 세상 변화에 곧이곧대로 마음쓰기를 단념하고, 세상 변화를 비나 바람처럼, 비가 오면 우장을 차리고 바람이 불면 옷깃을 여미는 식으로 대처하는 일이다. 그러면 살기는 살아지기는 한다. 그러나 비를 예보하고 바람도 예보하는 것이 문명의 진화인 것처럼, 짐승 아닌 인간의 제2의 자연인 사회현상에 대해서는, 그것을 예측할 뿐만 아니라, 바람직스럽지 못한 변화는 사전에 막고, 더 나가서 좋은 변화를 만들어내는 것이 사회의 진화 과정이어야 하지 않은가. 그렇게 하려고 생활하는 모든 사람이 저마다 노력한다. 살면서 생각하기도 한다. 직업상 생활의 리듬보다 더 앞질러서 생활상의 수준보다 더 세밀하게 생활 개선의 모형을 연구해야 할 층도 있다. 분업의 원칙에 따라서 그들에게는 얼핏 보기에 생활에서 먼 것 같은 그런 일이 바로 그의 생활이다. 노동에는 생산현장에서, 공장 부설 연구실로 그리고 순수 기초과학 연구실까지 사이에 얼마든지 넓고 세밀하게 나누어지는 분업의 스펙트럼이 있다.

문학이라는 제도도 이 스펙트럼의 어딘가에 자리 잡힌 생활이다. 그의 활동은 분업의 다른 형태나 마찬가지로 노동의 한 형식이며, 그의 생산물은 쾌락의 발생장치이며, 그 최종적 효용은 향유자의 내면에서 형성되는 '열락悅樂'이다. 문학에서의 열락은 '공동체적 감정'과 '공동체적 이성'의 어떤 미묘한 일치, 상호삼투 상태에 의해서 가능해진다. 이렇게 가장 추상적인 처방은 내릴 수 있지만 구체적인 생산에서의 모든 중간과정까지 화학식처럼 객관화할 수는 없다. 문학만 그렇달 것은 없이 모든 생산품이 그렇다. 그저 규격품 합격품으로부터 그 종류에서의 명품에 이르기까지 차등은 무한하고, 명품이란 말도 오해의 여지가 있는 것이 명품 자체에도 원칙상 무한한 종류가 공존할 수 있다. 이것 역시 모든 인간활동이랄 것 없이 무릇 존재의 존재방식이다.

문학에서 '감정'이라는 것도 '감정'이 저 혼자 유령처럼 떠 있을 수도 없고 그것이 깃들여야 할 숙주宿主가 있어야 하는데, 옛날처럼 고전적 상투형용은 이미 문학으로서의 충격력을 잃은 지 오래이기 때문에, 현실에 유효한 전달력을 가지자면, 문학표현은 '감정'을 아무리 응시해봐야 소용없고 '공동체적 이성'의 방향에서 감정의 객관적 등가물을 그때마다 재구성해야 한다. 그런데 창작을 이끌어가야 할 이 '공동체적 이성'이 어디에나 굴러다니는 것도 아니고 문학 종사자라고 해서 다른 노동 종사자보다 유리하게 발견할 수 있는 것도 아니다. 그것은 사회적 존재로서의 모든 인간에게 모두 필요하고 각각의 노력으로 아귀를 맞춰나가야 할 정신적 구성체이다. 문학 생산자는 이 보편적 구성체를 한번 더 화학변화를 시켜서 그것이 '공동체적 감정'까지를 상징하는 '열락'으로까지 작용하도록 하는 분업상의 특수 임무를 맡고 있을 뿐이다.

그런데 이 '공동체적 감정'과 '공동체적 이성'이 특별하게(아무튼 당자에게는) 분열되어 있는 듯이 보이는 시대에서 그 일을 해야 하는 것이 나의 생활이었다. 그리고 나는 상대적으로 다른 예술에 비해서 문학은 '공동체적 이성'에 대한 탐구가 무거운 부담이 된다고 생각한다. 이 부분을 상징적으로 처리하는 데는 일반적으로 한계가 있고 작품에 따라서는 그렇게 하는 것은 결국 작품 자체의 충격력이 제한되게도 한다고 생각하게 되었다. 차츰 뚜렷해지게 된 일이지만, W시의 중학교와 고등학교의 교실에서 겪은 사건은 결국 인간으로서나 예술 작업자로서나 나의 생애 전체를 관류하는 기조 저음인 것을 알게 되었다. 나는 고등학교의 작문선생과 나 사이에 포석의 「낙동강」을 매개로 해서 형성된 그 '감정'을 몇 번이나 되풀이해서 긍정하면서도 그러면 그럴수록 지도원 선생님의 비판에 대응하기 위해서 '공동체적 이성'을 내 머리로 아귀를 맞춰가는 일을 해야 했다. 나는 생애를 통하여 W시의 그날과, 그 밤의 교실에 시도 때도 없이 끊임없이 소환되어 그 장면을 계속해야 하는 최종심 없는 법정의 증인이자 피고처럼 살아왔다. 그것은 마치 졸업생들에게 무한한 책임을 지기로 작정한 모교 당국이 생업에 종사하는 졸업생을 개별 소환하여 보수 재교육을 실시하는 것과 같았다. 고등학교 문학 시간의 재교육에 부름받을 때는 나는 기쁜 마음으로 그날 정성스레 정서한 원고를 선생님에게 제출한 다음 시간에 선생님의 입장에서 나올 기대해볼 만한 말을 상상하면서 등교하는 그날의 내가 되었다. 중학교 교실의 소환을 받았을 때는 나는, 그동안에 '공동체적 이성'에 대해 연구한 바를 총정리하면서 유리한 자기변론을 위해서 메모장(그것이 현실에서는 나의 작업상의 이른바 '작품'이라고 불리는 물건이었다)까지 준비하면서 전력사정으로 불이 들어오지 않는 교실의 촛불이 밝힌 책상 앞으로, 그러나 여전히 그날보다 그닥 줄어들어주지도 않는 공포에 싸여서 걸어가는 것이었다.

우리는 그때마다 그 시점까지 저마다 공부한 만큼 좀 수준이 달라진 응수를 했는데, 우리는 여전히 같은 말을 하고 있는 환상을 가졌다. 나도 어른이면서도 여전히 육체적으로도 그때의 그 학생이었고 그 사정은 선생님들도 마찬가지였다. 지도원 선생님은 약간 창백한 얼굴에 코언저리에 몇 개 얽은 자국이 있었고 그때 입고 계시던 그 인민복을 그대로 입고 계셨다. 그 양복 오래도 간다, 공포 속에서 필사적인 변명을 하는 경황에서도 얼핏 궁금하기도 하였는데, 그러는 당자인 나 역시 꽤나 오래 견디는 중학교 제복을 입고 있는 사실은 깜박 잊고 있었다. 우리는 마술의 나라에 가서 만나는 사람들처럼 평생 그렇게 살아왔다. 내가 '공동체적 이성'에 대한 연구를 아무리 해가지고 가도 지도원 선생님과의 거리는 전혀 좁혀지는 것 같지 않은 것이, 그때나 지금이나 지도원 선생님의 뒤에는 현실로 존재하는 정치권력이 있었다. 나는 언제나 현실의 권력과는 일단 분리된 '권력 자체'를 토론 모형으로 삼고 싶어

하는 쪽으로 법정을 끌고 가려고 할작시면, 지도원 선생님은 그 형이상학성을 조소하면서, 현실 속에서 현실의 법칙을 알아내는 태도를 아직도 깨우치지 못했느냐고 나의 무죄에 불리한 경향을 또다시 확인하는 장면이 벌어지곤 했다. 고등학교의 문학 선생님과의 사이에는 이와 반대의 광경이 벌어졌다. 우리들의 만남은 세월이 가면 갈수록 다디달아지는 영원의 낙원에서의 잔치 같았다. 우리는 서로 만나지 못하는 기간에 더 많은 책을 읽었는데도「낙동강」에 대한 사랑이 변치 않았음을 눈물로 확인하였으며, 그동안의 삶과 독서는 오직 주인공들에 대한 사랑을 더욱 강도를 높이기 위한(더 높인다는 일이 가능하다면 말이지만) 보조작업이거나 한 것처럼 여겨지기만 했다. 고등학교 문학 선생님은 약간 거무스름한 낯빛에 여드름이 몇 군데 보이고 칼라가 달린 검은색 교원대학 제복에 분필가루를 묻혀가면서, 그 흑판 위에 가끔 글씨를 쓰기도 하면서 자기 제자에 지나지 않는 어린 생도에게 좀 수준이 과한 문학적 용어를 구사해가면서 자신이 사랑하는 주인공들에 대한 감명을 나의 표정 속에서 확인하고 싶어 했다.

소련 여행 얘기를 해야지. 지도원 선생님은 소련을 가보지 못하셨으면서도 그렇게 소련 얘기를 많이 하셨으니까. 소련군이 북조선에서 철퇴할 무렵이었다. 아마 철퇴한 직후였던 듯하다. 학교에서 문예작품 모집이 있었다. 나는 그때 시를 한 편 응모했다. 나는 그 시에서 봄과 바람에 대해서 썼었다. 눈이 아직 녹지 않았는데 바람 속에 은근한 소식이 있는 듯하고 마음은 공연히 설레는 듯하다는 내용을 적었다. 문학 담당 교사이기도 했던 지도원 선생님은 나를 교원실에 불러다놓고, 어떤 시인을 좋아하느냐고 물었다. 어떤 특별한 시인은 없고, 다만 그 시를 쓰면서 월트 휘트먼을 생각했다고 말했다. 아마 봄에 대해 쓴 휘트먼의 시를 읽은 적이 있고 특히 그 시가 거의 산문에 가깝게 자유스러운 말투로 봄에 느끼는 생활의 흥분을 이야기한, 그렇다, 그 보통 그 나이에 시가 그러리라고 생각했던 어떤 틀이 전혀 보이지 않는 말투가 강하게 인상에 남았던 것을 그대로 말했었다. 나는 아무렇지 않게 한 그 말에 대해서 지도원 선생님의 표정이 어떤 것이었는지는 떠오르지 않는다. 이 응모에서 나의 시는 뽑히지 못하고 소련군 가족인 소녀와의 우정을 이야기한 다른 시가 뽑혀서 전국 소년단 시 경선대회에 우리 학교 대표로 보내졌었다. 지도원 선생님은 그 일을 기억했으리라. 그리고 그 기억은 나에게 이롭지 않았으리라. 지도원 선생님은 소련군 가족인 소련 소녀와 조선 소녀의 우정을 노래한 그 시가 소련 인민과 조선 인민 사이의 친선에 기여하고 철수하는 소련군에 대한 조선 인민의 감사와 이별을 아쉬워하는 마음이 잘 나타나 있다고 교실에서 말했다. 그저 봄과 바람이어서는 안 되었던 것이다. 그 설명은 완벽한 듯했다. 그런데도 내 마음속에서는 그저 봄이 있고 바람이 있었으며 그 설명은 그 바람을 모두 설명하지 못한 듯했던 것도 사실이었다. 어디까지 말해야 하는가. 그 소련 소녀가 돌아간 저희 나라에 지도원 선생님은 가보지도 못했으면서, 선생님은 그 나라가 봄처럼 싱그러운 그런 나라라고 믿고 있음이 분명하였다.

나는 지금 그 나라로 가고 있다. 그 니리의 거리들, 길들, 가로

수들, 공원들, 강들, 동상과 기념물들, 게다가 아아 끄렘린 궁에 대해서 말할 때 지도원 선생님은 얼마나 놀랄 것인가. 촛불이 밝혀주고 있는 밤의 교실에서, 아마 마당 한쪽 구석이나 방과 후의 교실에서 단둘이 마주 서서(창가에 기대서면 어떠랴) 지나가는 말인 것처럼 넌지시 몇 마디 해주셨으면 될 일을, 나보다 더 공부 잘하지도 못하고 나보다 더 착하지도 않은(그 나이 또래의 어느 소년이 다른 소년보다 '더' 착할 수 있겠는가) 친구들이 비밀 결사단원처럼 참석한 자리에서 무엇이 단정적인 죄목인지, 시간이 갈수록 벌어지기만 하는 규탄의 그 자리, 심문 같기도 하고, 재판 같기도 하고, 고문 같기도 하고, 고해성사 같기도 한 여러 시간을 마련했던, 문학 담당 선생님이기도 했던 지도원 선생님에게 이 여행에서 내가 지금부터 보게 될 모든 광경을 말씀드릴 때, W시 중학교의 그 교실에서 일어날 공황은 과연 어떤 것이겠는가. 그것은 여태껏 평생 계속된 그 법정의 어느 속개 법정과도 비교하지 못한다. 왜냐하면, 지금까지는 우리 두 사람 모두 모스끄바에 가보지 못한 사람끼리였는데, 다음번에는 그중의 한 사람이 마침내 거기 가본 사람이 되는 장면이기 때문이다. 또 한 사람, W시 고등학교에서 「낙동강」에 대해서 평생 동안 열락을 함께해온 교원대학 제복을 입고 있는 선생님은 얼마나 대견해하시고 제자를 부러워하시겠는가. 선생님은 참 6·25전쟁이 나자 곧 소집당하셨는데 부상이나 당하시지 않았는지. 전사하시지나 않았는가. 그러나 매번 그날의 교실에서 만나고 있으니 그런 생각을 하는 것은 참 우스운 일이다. 박성운도 여전히 고향 마을로 들어가는 모습으로 우리들의 모임에 등장하고 있는데 그보다 젊은 선생님인데 무슨 걱정이 필요하단 말인가. 선생님은 분필가루가 묻은 그 어지간히 후줄근해진 교원대학 제복의 칼라 위로 솟은 그 얼굴의 몇 개의 여드름 자국을 상기시키면서 미주알고주알 물어보시리라. 모스끄바의 거리에 대해서, 공원에 대해서, 박물관에 대해서, 끄렘린 궁전에 대해서, 운하에 대해서, 스몰니 수녀원에 대해서, 모스끄바 강에 대해서, 똘스또이 기념관에 대해서, 뿌쉬낀 박물관에 대해서, 레닌 묘에 대해서, 모스끄바 대학에 대해서, 모스끄바의 지하철에 대해서, 레닌그라드에 대해서, 오로라호 군함에 대해서, 뻬뜨로 빠블로브스끄 요새에 대해서(레닌의 형이 감금되었던 그 요새에 대해서), 네바 강에 대해서, 도스또예브스끼의 주인공이 바라보면서 인간의 심연 앞에서 현기증을 느낀 그 강에 대해서.

— 아무튼 이 모든 것이다. 여행 안내에서는 이것 말고도 더 있다. 10월혁명의 마지막 공격 목표였고 네바 강에 떠 있던 오로라 군함의 위협 포격으로 마침내 항복했던 임시정부의 청사였던 옛 황제의 궁전인 동궁冬宮도 우리는 방문하게 된다. 그곳은 지금 미술관이 되어 있다고 한다. 차이꼬브스끼의 무덤에도 가보게 된다. 그곳에는 뿌쉬낀이 공부하던 방이 있다고 한다. 「예브게니 오네긴」을 쓴 시인. 한 번 상처받은 자존심 때문에 어떤 화해도 단념하는 것으로 영원한 사랑의 추억에 충성을 다한 러시아 처녀를 창조한 시인이 공부하던 방의 마루를 이 산문적인 내 구두로 밟게 되다니. 이런 일이 과연 현실로 일어나도 아무 일도 없을까. 「전함 뽀쫌낀」을 만든 레닌 필름 영화제작소에도 가리라 한다. 이 모든 일

이 바야흐로 현실로 일어나리라 한다. 아니, 지금 그 현실 속에 내가 있다.

교원대학 출신의 선생님은 그 모든 견문에 대해서 다 알고 싶어하실 것이다. 어떤 장소에 가보지 못한 사람들의 호기심을 채워준다는 일은 얼마나 고된 일인 법인가. 그리고 어쩌면 가본 당자인 나에게 책에서만 읽은 지식을 가지고 이것저것 고쳐주려고도 하실지도 모른다. 그것이 선생님들 계층의 계급의식이니까. 즉 어떤 생도보다 선생님은 영원히 '지도적 지위'가 영원의 법에 의해서 헌법에 적혀 있다고 생각하는 분들이니까. 그럴 때는 나는 조심해야 되겠다. 건방지게 현장 답사자가 아니랄까 봐 선생님을 면박하거나 그런 일이 없이, 선생님의 말씀을 일단 경청한 다음, 아무렇지 않은 듯 다른 무슨 구체적인 대목에 이르러 간접적으로, 슬쩍 넌지시 실지에 어떤 거리는 어떤 모양이노라고 그러니까 그 책이 씌어졌던 때하고는 달라진 것을 전해드리는 그런 식으로 해야겠다. 안 되지. 조심해야지. 어떤 선생님인데 그 따위 작은 일로 선생님한테 찍혀서야 볼장 다 보지. 그렇다, 모스끄바를 보는 것도, 레닌그라드를 보는 것도, 네바 강을 보는 것도 모두 선생님에게 보고드리는 기쁨을 위해서만 실천했노라고, 달이 밝은 것은 오직 임의 얼굴을 밝히는 것이기에 좋았노라고 그런 태도를 견결히 지키면서 관광했노라고 아첨꾼처럼 그렇게 말씀드리지 않더라도, 그런 태도가 자연히 전달되도록 조심해야겠다. 그러니까, 이 여행이 끝나고 나서 첫만남이 제일 주의해야 할 만남이다. 피차에 흥분하기 꼭 쉽게 되어 있으니 말이다.

"선생님, 보세요."

그 소리에 창으로 내다보니 육지가 보였다.

"여기가 어디랍니까."

"소련 영내로 들어왔다고 해요."

그것은 승무원에게 확인해본 듯한 어조였다. 이륙해서 세 시간 쯤 지나 있었다.

내려다보이는 지상의 풍경은 경작지가 한없이 전개되어 있었다. 그 사이로 도로가 하얀 줄처럼 보인다. 아직 들판은 푸르게 보였다.

사람의 손이 가해진 것이 의심할 수 없이 뚜렷해지는 그 하늘에서 보는 땅 위의 모습은 언제나처럼, 이런 시점에 결코 있을 수 없었던 전 시대의 사람들을 생각하게 만들었다. 그들에게도 이와 가까운 시점은 있어왔다. 높은 산에 올라가 내려다본다든가, 하다못해 성벽의 망루에서 내려다본다든가 할 때도 사람들은 자기들 손으로 이루어놓은 문명이 자연 속에서 뚜렷이 솟아 있는 모습을 느꼈을 것이지만, 공중에 높이 떠서 내려다본다는 위치는 불가능하였다. 하늘을 나는 새를 보고, 상상 속에서 그 새가 되어 보는 힘을 가진 이후 얼마나 많은 시간이 흘렀는가. 그런데도 그 '시간'을 일일이 그때마다 떠올려본다는 절차는 이미 생략해버리고 우리는 태연히 하늘 속의 의자에 앉아서 땅 위를 내려다보고 있다.

장영실이나 이퇴계가 갑자기 이 비행기에 태워진다면 그들은 얼마나 놀랄 것인가. 그들만 한 기여를 문명에 보탠 바도 없이, 문명의 이 시기에 세상을 산다는 조건 하나로 이런 높이에 도달한 자신을 태연히 받아들이는 우리. 이 감각의 비약이 두렵다. 이만한 '시간'과 '노동'에 대하여 그에 걸맞은 감각적 지출 없이 성과만 사용하고 있는 정신의 소유자로서 산다는 것. 어느 미개부족의 한 단체가 민족예술 공연에 초대를 받아 비행기 여행을 하게 되었는데, 그들은 기내에 들어오자 통로에서 숯불을 피우고 식사 준비를 하려고 했다는 이야기를 읽은 적이 있다. 우리 모두는 근본적으로는 이 미개부족과 마찬가지 정신으로 대부분의 문명의 이기를 쓴다. 극히 적은 수의 전문가들 말고는 기술의 현 수준과 원시생활 사이의 거리를 염두에 두는 일은 없다.

'기술'이라고 불러서 얼른 머리에 들어오는 분야는 그나마 나은 편이고, '사회'며, '윤리'며, '의식'이며 하는 것이 되고 보면 그것들 사이에 있는 시간적 차별성이라는 것은 거의 그 '역사성'이며, '단계'며, '시간적 축적'이며는 위력을 잃는다. '역사'는 언제나 그 '역사'이며 '시대'는 언제나 사전에 있는 마찬가지 단어일 뿐이며, '시간'은 그야말로 무색무취의 그 '시간'이 그 '시간'일 뿐이다. 그래서 우리는 몇천 년 전의 속담이며 상징표현을 가지고도 너끈히 일상생활을 꾸려간다. 만일에 비행기를 타는 시대의 사람들은 비행기와 마차 사이에 있는 거리만 한 비중으로 의식생활 — 그들의 정치생활, 교제, 예술 및 취미생활, 예절 — 을 해야 된다고 하면 사람들은 그런 나라에서 모두 도망할 것이다. 박지원의 『양반전』에서 양반을 사려고 하던 그 평민처럼. 현실적으로 지켜지기 어려운 일이다. 그러나 그 지켜지기 어려운 곳에 모름지기 현대문명의 위험도 있다. 지금 찾아가는 고장의 옛 지도자였던 그 동무도 거대한 기술문명의 의자에 어쩌다 앉게 된 미개부족의 추장 같은 사람이었다. 자기가 앉아 있는 자리가 어느 만한 인간노동의 어느 만한 곡절을 겪은 현재 상태인가를 자기 힘으로 떠올릴 수 있는 의식이 없는 사람이었다. 그에게는 이집트의 피라미드쯤이면 혹 어울렸을까? 아니, 이집트 사람들을 그렇게 모욕하면 안 되지. 그 시절에는 이집트의 문명은 비상한 능력과 수련을 쌓은 사람이 아니면 역시 그 문명의 시간적 깊이를 내면화하기는 어려웠으리라. 확실하다. 분명 그랬으리라.

모스끄바.

마침내 도착한다. 쎄레메체보 비행장에는 잔디가 푸르다. 열 시간 전에 출발한 서울의 계절과 달라 보이지 않는다. 다만 군데군데 누렇게 마른 풀이 눈에 띄는 것이 그만한 차이를 보여주는 듯하다. 불도저가 몇 대 움직이고 있다. 이런 것일까. 이뿐인가. 열 시간 비행하면 이렇게 오는 곳인가, 내 마음은 이 이상의 무엇인가 다른 일이 착륙과 함께 일어나는 일도 없이 그저 비행기가 서행하면서 멈추는 것을 아쉬워한다. 안다. 마음이여 진정하라. 많이 생각하지 않았는가. 이보다 다를 수가 없음을. 활주로에 서 있는 비행기들의 꼬리날개마다 붉은 기 표시가 뚜렷하다. 비행장에 있는 모든 비행기가 다 그렇다는 일이 왜 그런지 선명해 보인다. 자, 그 작은 관찰 하나만 해도 모스끄바의 첫 풍경은 인상적이지 않은가. 모스끄바를 생각할 적마다 두고두고 떠오를 시그널 풍경을 가지게 되지 않았는가.

우리는 버스에 옮겨 타고 공항 건물로 간다. 건물 안은 조명이 충분치 않다. 커다란 창고 같은 느낌이다.

검사 없이 세관을 통과하고 건물 밖으로 나오니 여행사 버스가 기다리고 있다. 버스 옆구리에 스뿌뜨니끄Cпутник라고 씌어져 있다.

콧수염을 기른 운전수가 앉아 있는 그 버스에 우리가 올라앉자 차는 출발했다. 우리를 안내하게 될 러시아인 안내자가 자기 소개를 한다. 이름은 사샤. 모스끄바 대학의 역사과에 다니는 학생이라고 한다. 알아듣기에 불편이 없는 한국말로 인사를 한다. 우리는 공항에서 곧장 우리의 숙소인 인투어리스트 호텔로 가는 중이라고 한다. 길옆에 KAL을 비롯해 한국 무역회사들의 간판이 몇 개 지나간다. 공항의 비행기들이 날개마다 아직 달고 있던 붉은 기 마크에 이어 두번째 감개무량한 광경이다. 사샤가 말한다. 모스끄바에는 다섯 개의 비행장이 있는데, 지난 1987년에 어떤 독일 청년이 핀란드에서 경비행기를 타고 붉은광장에 착륙한 사건이 있은 이후 붉은광장이 여섯번째 비행장이라는 농담이 생겼다고 한다. 모스끄바에는 아홉 개의 기차역이 있습니다. 소연방 각 공화국으로 연결된 방향별 역입니다. DAEWOO, SUNKYUNG 간판이 지나간다. 도로에서 멀찍이 떨어져서 아파트 단지가 계속 이어진다. 아파트와 도로 사이에는 길게 숲이 길을 따라온다. 은색 도료를 칠한 낚싯바늘 모양의 가로등 행렬이 계속된다. 저 아파트들은 1970년대와 1980년대에 지은 것이라고 한다. 운하가 처음 나온다. 이것은 모스끄바 강과 연결돼 있다는 설명. 오른쪽에 보이는 것이 고르바초프가 차린 연구소라고 한다. 뾰뜨르 대제 시대의 건물로 지금은 군사대학이라는 건물이 지나간다. 기차역 하나를 지난다. 차이꼬브스끼 콘서트홀을 지나간다. 뿌쉬낀 동상 지나간다. 맥도널드 햄버거점 앞에 사람들이 우글거리고 있다. 곧 인투어리스트 호텔에 도착합니다. 손가방만 가지고 내리시면 짐은 호텔 종업원들이 내려서 호텔 로비에 갖다 놓겠으니 거기서 찾아가지고 방으로 가시기 바랍니다.

버스가 멎는다. 숙소, 인투어리스트 호텔에 도착했습니다. 맞은편에 보이는 것이 끄렘린, 그 앞의 광장이 붉은광장입니다.

우리는 내린다.

인투어리스트 호텔은 모퉁이에서 두번째 건물인데, 그 모퉁이 건물 앞의 큰길 건너가 붉은광장이고 광장 옆에 끄렘린이 바로 눈앞에 보인다. 아아, 이래도 되는 것일까.

버스에서 내리니 아이를 안은 거지 여자가 다가와서, 안은 아이를 가리켜 보인 다음 그 손을 이쪽으로 내민다.

붉은광장과 끄렘린 앞의 외국인 호텔 앞에 여자 거지가 있다니. 그녀가 우리를 맞은 첫 모스끄바 시민이었다.

광장과 끄렘린 궁을 바라보면서 서성거리는 우리들 사이를 여자 거지는 그 동작을 되풀이하며 돌아다닌다.

우리는 그렇게 사방을 둘러보며 서성거리다가 CASINO, CAFETERIA라고 쓰인 플라스틱 차양이 있는 현관으로 호텔 로비에 들어선다.

거기는 어둑어둑했다.

버스에서 짐이 운반되어 들어왔기에 제가끔 자기 짐을 찾고 있는데, 여행사 사람이 나를 찾는 분이라면서 어떤 신사 한 분을 모시고 왔다.

온화한 미소를 지으면서 다가와서 자기소개를 한 그 40대 후반의 한국 사람은 K양의 부탁을 받고 나를 마중하러 나와준 분이었다. 나는 K양이 전에 말하던 사람임을 알아보았다.

방 배정이 되어 나와 한방에 있게 된 소설가 M씨에게 내 짐을 부탁하고 나는 그분, K씨와 함께 호텔을 나섰다. 그 사이 땅거미가 훨씬 짙어져서 붉은광장과 끄렘린은 한결 꿈속의 풍경처럼 거기 눈앞에 있으면서 비현실적으로 어슴푸레해 보였다. K씨는 그가 타고 온 운전수 달린 차에 나를 태우면서 말했다.

"저녁식사를 하실 만한 데가 있습니다."

K씨는 모스끄바에 있게 된 지 3년째 되는 어느 큰 상사의 이곳 책임자라고 한다.

차를 운전하는 러시아인은 K씨의 소개가 있자 고개를 약간 틀면서 인사했다. 그도 콧수염을 기르고 있었다.

우리가 가는 레스토랑은 바로 한 블록도 채 떨어질까 말까 한 곳에 있었다. 전혀 붐비지 않는 휑뎅그렁한 길을 조금 달리더니 차가 멎은 곳은 널찍한 주차장을 사이에 두고, 우람스럽기는 하지만 높지는 않은 건물들이 들어선 지역이었다.

그루지아 식당입니다, 라는 설명을 받으면서 들어간 그 건물의 현관부터가 나에게는 약간의 '시간여행'의 경험을 순간적으로 강요하였다. 우리에게 습관이 된 레스토랑의 바깥 모양 — 그곳이 어떤 곳이라는 점을 최대로 분명하게 드러내고, 다음에는 그런 곳치고도 어느 정도의 수준 되는 곳인가를 오해의 여지를 가질 도리 없이 분명하게 표시한다는 습관이 분명하게 표시되기 마련인 — 그런 겉모양치레를 일체 생략한 그런 건물 모양에다 한 발 들어선 현관도 그런 모양이었다. 실내장식에 일체 신경 쓰지 않은 — 즉 아무 치장도 없는 그 현관에서 우리를 맞은 사람은 이 역시 콧수염을 기른 키 큰 남자였다. K시의 몇 마디 말에 그는 들어서면 왼쪽으로 난 복도를 굵은 팔뚝으로 가리켰다. 복도는 아치형의 작은 개선문 같은 입구가 현관과의 구별을 지어주고 있었다. 여기도 조명은 어두운데, 분위기를 내기 위해서라든가 그런 때문이 아니라 그저 어두울 따름임을 확신시켜주는 그런 어두움이었지만, 그 조명 속에서도 복도의 바닥이 타일 모자이크임을 알 수는 있었는데, 그 마루를 구성하고 있는 도자기의 푸른빛과 짜임새가, '그루지아'라는 말과 어울려서 회교 사원에 들어선 듯한 느낌을 주었다.

우리가 들어선 홀은 더욱 그런 느낌을 짙게 해주었다. 여기도 바닥은 도자기 모자이크인데, 벽과 낮은 천장은 흰색의 울퉁불퉁한 모양을 하고 있었다. 우리가 안내된 테이블 바로 앞에는 홀보다 약간 높게 목로술집의 주방 앞 진열대 같은 자리가 있었는데 그곳에 아무도 앉아 있지 않았다. 전에는 그 건너편에 요리인이라든지 바텐더라든지 그런 사람이 앉아 있었을 듯싶은 자리였다.

"양고기 요리가 이 집 명물입니다."

K씨가 말하였다.

절에 온 색시였다.

"그게 좋겠군요."

"양고기가 어떠실지, 다른 요리도 가능합니다."

K씨는 메뉴 책을 들여다보면서 말했다. 메뉴는 러시아어로 되어 있는 것이 보였다. 러시아어가 아니라도 마찬가지였다.

"양고기, 괜찮습니다."

나는 이번에는 결연히 그렇게 말했다.

K씨는 운전수에게도 주문을 물어보았다. 운전수가 콧수염을 만지작거리면서 무어라고 대답을 하자, K씨는 기다리고 서 있던 종업원에게 주문을 말해주었다. K씨에 의하면 K양은 지금 지방 공화국에 취재차 가 있는데, 예정대로 되지 않아 오늘 자기 대신 나를 마중해달라고 전화가 있었다고 한다. 오늘 다시 전화하기로 했으니 그때 내 방 번호를 알려주기로 했고, 그러면 직접 전화가 있을 것이라 했다. K양과는 친척 간이라고 한다. 공연한 수고를 끼쳐 송구스럽다고 나는 그에게 말하였다. K씨는 그 나이보다 훨씬 너그럽고 원숙해 보였다. 외국에 와서 사업을 하는 사람들은 우리 같은 자유직업자와도 다르고, 그렇다고 국내의 사업가들하고도 다른 어떤 풍모가 자연히 형성되는 모양이구나 그런 생각이 들게 만드는 분위기가 있었다. 출발 전에 나눈 국제전화에서 K양이 말하던 포석 조명희 관련자료가 궁금하였지만 조금 참으면 알게 될 일이었다.

양고기 요리에 그루지아 포도주를 마시면서 K씨의 얘기를 듣는다.

처음에는 만사가 불편했지만 이제는 다 습관이 되어서 여기 생활도 할 만하다고 한다.

이 레스토랑의 분위기는 이슬람 문화라는 것에 대해 막연히 가져봤던 생각을 현실로— 적어도 요리와 실내 모양으로 전달해주었다. 알리바바의 동굴. 바그다드. 아라비안 나이트. 그런 발음들을 자연스럽게 떠올리게 한다. 다른 테이블에 앉은 사람들이며, 음식을 나르는 사람이며 내 의식 속에서 형성돼 있는 '아랍'의 이미지에 가장 잘 어울리는 느낌이 든다. 처음 와보는 외국에서는 그것을 파악하기 위해서 이미 머릿속에 있는 예비지식을 분주하게 적용해 보는 과정이 있는데 지금 이 식당에서는 나는 '이슬람 문화'라는 것이 자꾸 떠올려지는 것을 어쩔 수 없었다. 그리고 이 연상은 이 '그루지아' 식당에 대해서만이 아니고, 어쩐지 러시아 전체, 아니 쏘비에뜨 연방이라고 불리면서 존재했던 그 사회구성체에 대해서조차 적용하고 싶은 생각이 들게 하는 힘이 있었다.

식사를 마치고 나오니 밖에서는 꽤 굵은 빗발이 쏟아지고 있었다. 운전수가 어디서 우산을 얻어가지고 와서 우리를 차례로 차에 태워주었다.

"고맙습니다, 모스끄바의 첫날 저녁다운 기분을 만끽하였습니다."

"무슨 말씀을, K양이 있어야 하는데."

"아닙니다, 일정이 시작됐을 뿐인데요."

"네, 될수록 빨리 오겠다고 했습니다. 지금 들어가면 전화가 올 겁니다. 계시는 동안 불편한 점이 계시면 말씀해주십시오."

"고맙습니다만, 너무 염려 말아주십시오."

비 오는 거리를 끄렘린 성벽을 오른쪽으로 보면서 왔던 길을 되돌아가서 차는 인투어리스트 호텔 앞에 멎었다.

운전수가 내려서 현관까지 우산을 받쳐주고 돌아갔다.

나는 현관 처마 밑에 서서 차 안에서 내다보며 인사하는 K씨와 작별하였다.

로비로 들어가서 프런트에서 열쇠를 받는다.

엘리베이터는 프런트 왼쪽으로 돌아가서 그 프런트와 아마 등을 대고 있음 직한 위치에 있었다.

엘리베이터 쪽으로 가는데 맞은편에서 누군가 걸어와서 내 앞을 가로막는다. 금발의 젊은 아가씨였다.

그녀는 영어로 나에게 말을 걸어왔다.

나는 그녀의 말을 알아들었다.

나는 웃으면서 대답했다.

"스빠시보, 니예뜨(Спасибо Нет—고맙다, 아니다)."

금발의 아가씨는 눈을 크게 뜨더니 싱긋 웃으면서 지나갔다.

엘리베이터를 타고 올라가면서 나는 적절한 때에 사용할 수 있었던 러시아말이 흐뭇하였다. 그것은 W시의 중학교와 고등학교에서 니나 뽀다뽀바 여사가 저술한 교과서에서 배운 러시아말을 가지고 살아 있는 러시아 사람과 나눈 첫 대화였고, 그 내용의 심각성도 나를 만족시켰다. 나는 올라가는 엘리베이터의 벽에 기대서 모스끄바가 나를 맞이하는 예상하지 않은 표정에 마음이 산란하였다. 호텔에 닿자마자 산발한 여자 거지가 손을 벌리며 맞이하는가 하면, 끄렘린 옆 골목에는 아라비안 나이트에 나옴 직한 음식집이 있고, 지금 이 호텔 안에는 인류의 가장 오랜 직업여성이 흥정을 해온 것이었다. 모스끄바. 첫날 밤의 모스끄바는 벌써 어지간히 나그넷길을 다채롭게 만들어준다.

"혼자 심심했지요?"

"아닙니다, 그래 식사는?"

"네, 하고 오는 길입니다. 식사는?"

"호텔에서 했습니다."

"괜찮았나요?"

"스테이크를 먹었는데, 맛있었습니다. 좋은 데 다녀오셨습니까?"

"네, 이 근처에 있는 레스토랑이었습니다."

나보다 10여 년쯤 젊은 M씨는 편한 옷으로 갈아입고 있었다.

"저쪽 침대를 비워놓았습니다."

"고맙습니다."

나는 발치에 내 여행가방이 놓인 창가 쪽 침대로 가서 걸터앉았다.

"왔지요?"

하고 M씨가 말했다.

"네?"

"왔지요, 모스끄바에?"

"아, 그럼요, 왔지요."

우리는 소리 내어 웃었다.

두 사람 다 저녁식사를 만족하게 치른 것을 확인했겠디, 모스끄바에 온 것은 틀림없었으니 소리 내어 웃는 것은 당연한 일이었다.

침대 옆 창문으로 붉은광장과 끄렘린이 바로 지척에 바라보인다.

M씨도 창가에 와서 함께 밖을 내다본다. 끄렘린 쪽은 광장의 야외등만 희미하고 호텔 앞도 그렇게 밝지는 않다. 빗발은 훨씬 엷어져서 지금은 거의 아주 엷은 안개처럼 보인다.

호텔 맞은편 길 건너는 4층 정도의 가로로 길게 퍼진 무거운 느낌의 건물인데 모든 창문에는 불이 꺼져 있고 무슨 건물인지 알 수는 없다. 다만 맨 밑 지상 1층의 한 모서리에 쇼윈도가 있는데 거기도 원래 있을 법한 조명은 되어 있지 않고, 그래도 아주 낮은 촉광의 광원이 그 안에 있는 모양이어서 희미하게 사각형의 공간을 길 쪽으로 드러내놓고 있는 앞에 사람들이 모여서 들여다보고 있다. 그들 말고도 건물벽에 붙어선 사람들, 차도 가깝게 서 있는 사람들이 어두운 가로등 밑에 보인다. 버스 정류장인 모양이다.

그 사람들을 내려다보다가는 붉은광장 쪽으로 눈길을 돌린다. 길 건너인 붉은광장으로 들어가는 진입로 왼쪽에 마치 광장의 수위실처럼 서 있는 2층쯤 되어 보이는 건물이 역사박물관이라고 한다. 건물이 절반쯤 막고 있는 진입로의 남은 폭을 통해서 광장이 깊숙이 안쪽까지 보이는데 지금은 비 때문에 엷은 너울을 쓰고 있는 것처럼 보인다.

아직 초저녁인데 차량 왕래가 거의 없다. 버스 간격은 어떻게 되어 있는지 끄렘린 쪽을 보다가 눈길을 돌릴 적마다, 그만한 수의 사람들이 여전히 어두운 거리에 그대로 서 있다.

412

나는 욕실로 가서 몸을 씻고 나왔다. 욕실은 깨끗했고 다만 화장지가 서울에서는 보기 힘든 종이로 누렇고 뻣뻣했다.

　이 방은 침대가 둘 놓여 있고 한쪽에 낮은 탁자를 끼고 의자가 둘, 어디나 마찬가지 호텔방이었다.

　창문은 쇠로 된 창살이고 아래쪽은 붙박이 유리였지만, 위쪽 3분의 1쯤한 부분은 조종해서 여닫을 수 있게 되어 있는데 방 안이 조금 후덥지근해서 그 부분을 열어놓아야 했다. 늦여름의 이곳 밤공기는 비가 오고 있어서 그런지 알맞게 시원하다.

　우리는 침대에 드러누워서 비로소 쉬는 자세가 된다.

　오래 만나지 못한 사정, 그동안 피차의 안부 따위를 서로 주고받는다. 그리고 서로의 근간의 집필 상태 같은 것을 물어본다.

　누가 어떻게 지내려니 하는 것은 만나지 않아도 대강 짐작은 할 수 있는 법이고, 어쩌다 신문 소식란에서 한두 줄 읽으면 그동안의 동정도 요약해서 알 수 있기 마련이지만 이렇게 만나고 보니 새삼 회포를 풀기에는 좋은 기회라는 생각이 든다.

　나는 M씨의 애독자였지만 근래의 작품은 읽지 못했다. M씨는 적당한 간격으로 꾸준히 독자들을 대하는 편이었다.

　"선생님은 왜 안 쓰십니까?"

　"그렇게 됐군요."

　"지금쯤 뭔가 발표하실 때도 되지 않았습니까?"

　"뭐, 때를 기다리는 건 아닙니다."

　"그야 그러시겠지만, 독자들 생각도 좀 하셔야지요."

　"노력하고는 있습니다."

"그래요? 그럼 근간에?"

"글쎄요."

"그러지 마시고……"

M씨는 해양소설이 전문이다. 우리 문학에서는 드문 분야다. 내가 그의 소설을 즐겨 읽었던 것은 그 소재의 특이성에도 적지 않은 이유가 있었던 게 사실이다. 바다에서의 생활 자체가 일상에서 일단 벗어난 생활인 데다가, 그런 세계가 우리 소설의 역사에서는 특수한 것이기에 이중으로 신선하게 나는 받아들였다. 답답한 세월을 피차에 살아온다.

경향이야 어쨌건 우리가 문학이라는 세계에 발을 들여놓았을 때, 우리에게 공통한 점이 있었다면, 문학이란 것도 다른 예술이 의당 그래야 하는 것처럼 우리 눈을 가린 비늘이 떨어지는 어떤 지고의 순간으로 다가서는 정신적 운동 ─ 잘하면 그 순간을 마침내 맛보는 순간을 만나는 것, 그것이었을 게다. 그런 순간을 창조하고, 그 순간의 소식을 남에게 전하는 일 ─ 그것이었을 게다. 그것이 결코 쉬운 일이 아님은 당연한 사정이고, 그래도 목표는 그것일 수밖에 없지 않겠는가. 이것은 대개 문학이란 있어온 이래 그랬고 언제나 그래야 하는 일반원칙이다. 다만 시대마다 그 순간에 도달하는 조건과 방법은 조금씩 다르고, 작가마다 다르다는 것뿐이다. 이 다르다는 조건에 너무 짓눌려서 정작 대목표가 종적 없이 사라지고 만 상태를 우리는 여러 가지 이유를 붙여가며 직시하지 않으려고 한 경향은 없었는지. 적어도 나 자신은 늘 그 점이 불안하였다.

일부러 그러고 싶어서 그런 것이야 아니다. 길이 보이지 않고, 아무리 사려 떠도 시력이 그밖에 되지 않았기 때문이다. 살아온 세월 자체가 원래 신신치 못한 정신을 천근의 무게로 누르고, 헤쳐나가기 결코 쉽지 않은 미궁 속으로 몰아넣고, 하늘을 가려버리는 커다란 보자기가 머리 위를 덮어씌우는 아래에서 어둠에 지지 않으려고 허우적거리는 형국의 생활이었다. 두꺼운 얼음 밑에서의 생활? 냉전? 냉전체제? 철든 이후 다른 세상을 보지 못한 평생. 마침내 이 지구 위에 '다른 세상'이라는 것이 존재할 수 있기나 한 것인가고 생각하게 되는 이 경험의 연속—— 그런 평생이었다. 이런 속에서 눈에서 비늘이 떨어진다는 것은 어떤 경지라는 말인가. 다른 세상에 대한 절망 자체가 깨달음이란 말인가. 엉터리 극복보다는 그쪽이 훨씬 진실에 가까운 것은 사실이다. 그러나 거기서 멈추기는 아쉽다. 종이 한 겹까지 가깝게 간 듯하면서도 거기서 멈추는 일은 어쩐지 아쉽다. 그 아쉬움이 있는 동안 내 마음은 얼어붙어 있어야 했다.

지금쯤 뭔가 발표하실 때도 되지 않았습니까. 문득 소스라친다. 마치 먼 데서 출발해서 지금 막 도착한 별빛처럼 그 소리가 나를 흔든다. 아니, 그렇게 먼 데가 아니라 마치 내 마음속에서 문득 흘러나온 소리의 메아리 같다. 근래에 내 마음속에서 무엇인가 움직임이 있었다. 어떤 것에 아주 가깝게 다가선 듯한 설레임—— 그렇다, 그런 설렘이다. 그런데도 그 모양, 그 무엇인가의 모양은 아직 보이지 않는다. 그러나 마음은 미동을 시작한 듯한 이즈음이었다. 마치 아득한 지진처럼. 그러나 정작 물음을 받고 보면, 노력하고는 있습니다, 라고밖에는 답할 수 없는 희미한 움직임이 감지된다. 마음이여 무엇이 짚이는가.

　잠에서 깬다.
　움직이지 않고 누워 있다. 무슨 생각도 얼른 할 수 없다. 이윽고 여기가 어딘지 분명해진다. K양에게서 온 전화가 떠오른다. 내일 모스끄바로 돌아갈 생각인데 혹 사정이 달라지면 레닌그라드 일정이 끝나고 다시 모스끄바로 오실 때 만나뵙게 되기가 쉽겠다는 것. 포석 조명희 자료는 짧은 러시아어 팸플릿인데 여기가 편리할 것 같아 그동안에 한국학을 하는 러시아인 학생에게 부탁해서 번역해놓았다는 것. 모처럼 기회에 자기가 때맞춰 있지 못해 죄송하다는 것. M씨의 잠을 방해하지 않게 조심해서 일어난다. 침대를 내려와 창문으로 내다본다. 여전히 보슬비가 내리는 거리에 완전히 인적이 끊어진다. 맞은편 인도는 지금은 비어 있다. 붉은광장과 끄렘린 쪽을 바라본다. 지금 시간에 무슨 움직임이 있을 장소가 아니다. 그대로 서 있다. 오래 바깥을 내다보고 그렇게 지낸다. 맞은편 건물의 아래층 그 모퉁이의 쇼윈도에도 지금은 불빛이 없다. 비에 젖은 차도가 검게 빛난다. 호텔 안에서도 아무 소리도 들리지 않는다. 서 있는 것이 무슨 중요한 행사를 치르고 있는 듯한 기분이다. 얼마나 그렇게 서 있었을까. 자리로 돌아와 눕는다. 다행스런 생각이 든다. 내처 아침까지 잤더라면 꺼림칙했으리라, 그런 생각이 떠오른다. 한 번은 밤중에 일어나서 차도와, 맞은편 건물과 그 언저리에 있던 사람들이 없어진 거리를 보고, 무엇보다 밤 속의 붉은광장과 끄렘린을 얼마 동안 쳐다보는 절차가 있었어야 옳았다고 생각해본다. 미리 생각해둔 것이 아닌데 마음은 용케도 옳게 처신할 줄 안다. 그러길래 잠을 깨워 나를 창가에 세워주었다. 잘했다. 다행이다. 마음이 놓인다. 비에 젖은 모스끄바의 여관방에서 밤중에 깨어나서 이렇게 서성거려야 말이 된다고 생각하는 한 외국인이 왜 있어야 하는지를, 모스끄바여 너는 아는가.

더 깨는 일 없이 아침까지 푹 잤다.

이튿날.

모스끄바 관광 첫날이다.

2층 식당에서 아침식사를 한다.

카페테리아식 식당으로 음식은 맛이 있었다. 러시아 밀빵인 검은 '흘레브'를 오랜만에 보니 반가웠다. 빵은 보통 것도 있었지만 흘레브를 좀 과한 양을 담아 든다. 차례로 진열된 음식을 챙겨가지고 와서 먹는 식이다. 흘레브는 색깔이 짙고 시큼한 빵이다. H에서 소련군 병사들에게서 얻어 먹어본 것이 처음이다. 역 근처에 있는 무슨 창고 앞에서 보초를 서고 있는 병사 앞에 우리들 소년 몇 명이 서 있다. 아마 겨울이었던 모양이다. 병사는 군용 외투 호주머니에서 흘레브를 꺼내 한 입 먹고, 다음에는 다른 주머니에서 기름덩어리를 꺼내 칼로 저며서 한 입 먹는다. 그는 한 어깨에 총을 메고 선 채 우리가 보는 앞에서 그렇게 식사를 하던 것이다. 그는 흘레브를 뚝 떼어서 우리들에게 주었다. 시큼털털하기는 했으나 그 신기한 맛에 우리는 만족하였다. 그들은 잘 때면 흘레브를 베고 잔다고 어른들은 말하였다. 흘레브 빵으로 아침식사를 하고 있자니 제법 러시아 생활에 이력이 나 있는 기분이 되어 괜찮았다.

식사를 마친 우리는 호텔을 나와 길 건너 붉은광장으로 갔다. 거기서는 역사박물관 옆 광장 입구에 지키는 사람이 있어서 들어가려는 사람들의 줄을 적당한 사이를 두고 정리하고 있었다. 아마 광장에 한꺼번에 많은 인원을 넣지 않는 규칙인 모양이다.

우리는 좀 기다리고 섰다가 광장으로 들어갔다. 붉은광장은 사각형의 공간으로, 들어가는 입구에 역사박물관이라 부르는 2층 붉은 벽돌 건물이 있고, 들어서서 오른쪽에 곧바로 역시 붉은색의 높은 끄렘린 성벽이 광장의 저쪽 끝까지 뻗어 있고, 성벽의 맞은 편이자 들어서면서 왼쪽 벽은 '굼'이라는 국립백화점의 뒤쪽 면이 보인다. 들어서서 앞쪽의 저 끝에 성 바실리 성당이 광장을 사이에 두고 역사박물관과 마주 보고 있으며 성당 옆으로 광장을 그쪽으로 빠져나가는 보도가 있다.

광장은 회색 벽돌로 바닥이 깔려 있다. 광장의 한 변 전체에 걸친 성벽의 중간에 레닌 묘가 있다. 뉴스 사진에서 보는 것처럼 이 묘의 옥상이 지난날에는 소련 지도자들이 정렬하여 군대의 사열이라든지, 국가적 대중집회가 있을 때 모임을 주도하는 장소였다. 성벽에 연해서 크리스마스 장식나무처럼 삼각형 모양으로 자란 상록수가 심어져 있고, 나무들의 행렬을 따라 보도가 있으며 이 보도는 쇠사슬 울타리로 광장과 차단돼 있다.

우리가 광장에 들어가서 따라붙은 행렬은 저쪽으로 뻗쳐서 레닌 묘로 들어가고 있다. 우리는 레닌 묘로 들어가고 있는 것이었다.

옆구리가 보이는 레닌 묘는 붉은 대리석으로 쌓은 일종의 피라미드로 기단基壇이자 본체인 듯싶은 부분이 가장 크고, 그 위에 훨씬 작은 중간 부분, 그리고 맨 위에 아크로폴리스 신전의 모형 같은 느낌을 주는 원기둥이 사면을 둘러싼 사각형의 구조물이 얹혀 있다. 본체 부분에는 검은색 돌의 띠가 둘러쳐져 있어서 상장喪章처럼 보인다. 천천히 움직이던 줄이 우리를 입구까지 밀어왔다. 입구는 광장을 향해 있고, 입구에서 광장 사이에는 보도가 있다. 우리는 보도에 올라선다. 경비병이 서 있어서 줄의 움직임을 조절하고 있다. 본체에 들어선다. 경비병이 문 양옆에 서 있다. 지하로 내려가는 계단이 있다. 꽤 여러 단이다. 내려서 층계참에서 오른쪽으로 돌아간다. 거기도 모서리마다 병사들이 서 있다. 의장병들의 그것 같은 자세들이다. 짧은 복도 끝에 있는 열린 입구를 지난다.

방에 들어선다. 방 한가운데가 장방형의 3m쯤 깊이로 패어 있고 그 속에 레닌이 누워 있었다. 이 장방형의 대리석 무덤 구멍 자체에는 우리 키를 넘는 유리덮개가 씌워져 있다. 방에 들어서자 유리덮개를 통해 무덤 속의 레닌의 머리가 보였다. 우리는 그의 머리맡으로 방에 들어선 것이었다. 행렬이 유리덮개를 따라 오른쪽으로 돌아가기 시작할 때였다. 그러자, 쉬ㅡ, 쉬ㅡ, 하는 소리가 방의 이 구석 저 구석에서 일어났다. 레닌의 장방형 무덤만 조명된 이 방의 어둑어둑한 구석과 벽에 깎아놓은 듯이 서 있는 병사들이 있고, 그들이 부동자세를 유지하면서 그렇게 소리를 내고 있다. 조용히 지나가라는 소리였다.

레닌의 얼굴은 자그마하고 노랗게 보였다. 대머리 부분이 있어서 상대적으로 얼굴이 작아 보여서 그런지 어딘지 얌전한 어린이 같았다. 가슴 아래는 담요로 덮여 있고 레닌의 팔은 그 담요 위에서 두 손을 얌전하게 포개고 있었다. 이것이 레닌이었다. 잘 보아 둬야지 하는 마음들이 행렬을 순간 정체시키는 낌새를 보인 것일까, 위병이 그림자처럼 다가오더니 손으로 행렬을 미는 시늉을 한다. 손의 힘에 밀리듯 행렬은 관의 발치를 돌아 관의 다른 변을 따라 흐르다가, 이번에는 들어오던 방향과는 반대편이자, 따라서 레닌의 반대편 머리맡이기도 한쪽의 열린 출구를 통해 방에서 나와 들어설 때와는 반대로 올라가는 계단을 통해 지상 — 붉은광장으로 나왔다. 서양 장례식에서 관 속의 고인에게 작별을 고하는 그 방식이었다. 이것은 무덤을 방문하고 있는 것이 아니라, 장례식이 진행되고 있는 현장이었다. 레닌은 묻혀 있는 것이자, 묻히기 직전 상태에서 마지막 회견을 하고 있는 것이었다. 이곳은 과거가 묻혀 있는 곳이자, 사건이 지금 계속 되고 있는 것이기도 했다. 이 영묘가 지어진 이래 장례식은 아직 끝나지 않고 있는 것이었다.

채 1분도 될까 말까 한 사이밖에는 허락되지 않은 시간 속에서의 만남은 아쉬움을 남긴다. 들어가는 행렬의 뒤에 다시 가서 긴다고 해도 나올 때의 느낌은 마찬가지일 것 같다. 장례식에 참석하는 형식이 되는 관광이다. 그것이 시간을 제한한다는 방법으로 이런 자동적인 관객참여 연극을 성립시킨다. 우리는 그렇게 레닌의 영결식에 참여하고 다시 붉은광장으로 나왔다.

구름이 엷게 깔린 늦여름이자 초가을의 날씨다. 광장은 붐비지 않는다. 레닌 묘에는 여전히 줄 선 사람들이 있지만 광장 자체는 시내의 보통 광장처럼 소란하지 않다. 시각 때문인지. '굼' 백화점 쪽으로는 거의 사람들이 없고 레닌 묘 주변과 바실리 성당 근처만 조금 붐빈다. 우리는 레닌 묘 근처에서 조금 서성거리다가 광장으로 나와서 흩어진다. 사진을 찍기 시작한다. 레닌 묘와 바실리 성당 사이에서 사진들을 찍기 시작하는데 레닌 묘의 위병 교대 광경이 벌어졌다. 시계탑 앞의 나무숲 뒤에 있는 듯한 곳에서 나온 위병 셋이 무릎과 팔을 높이 들어올리는 걸음으로 레닌 묘에 도착하는 것을 받아서 거기서 출발한 위병들이 위병소를 향해서 같은 걸음걸이로 위병소로 돌아간다. 3인 1조씩 그렇게 교류한다. 위병들은 푸른 제복에 장화, 정모를 썼고 오른쪽 어깨에 황금빛 술이 있으며 흰 장갑을 꼈다. 그 장갑 낀 손으로 착검한 총을 받들어 들고 걷는데, 총신을 어깨에 걸치지 않고 손으로만 수직으로 받쳐서 유지하는 것이 특징적이다.

바실리 성당은 여러 개의 양파 모양의 첨탑이 있는 붉은색과, 녹색, 황색 칠이 된 사원으로 이들 첨탑 중앙에 한 층 높은 탑이 솟아 있고 그 꼭대기에 같은 모양의 황금색 지붕이 솟아 있다. 이 탑 앞에 예전 제정시대에 처형대로 사용되었다고 하는 기념비가 없어진 기단 같은 시설물이 있다. 거기서 사진을 찍는 시민 일행이 있다.

바실리 성당 울타리를 따라 노점상들이 목판에, 길바닥에, 울타리 석축 위에 그들의 시답잖은 상품을 벌여놓고 있다. 그림엽서, 풍경을 그린 유화, 목걸이, 민속인형 따위다.

그 앞을 지나서 우리가 타고 갈 버스 쪽으로 가는데 어제 호텔 앞에서 만난 그 여자 거지가 또 우리 일행에 엉겨붙는다. 팔에 안은 아이를 가리키고는 손을 내민다. 말은 일체 없다. 이 아이를 봐서 한푼 줍쇼. 한푼 주는 사람이 아무도 없다. 마뜨료쉬까 인형 장수가 여러 명 우리를 따라온다. 몇 사람이 산다. 선물가게에 들르는 순서가 있으니까, 거기서도 살 수 있습니다. 누군가 그렇게 말한다. 우리는 모두 버스에 오른다. 인형 장수가 창 밑으로 바싹 다가서면서 마지막 권유를 한다. 중년부인도 있고 소년들도 있다. 거지 여자도 그들 틈에 끼어서 연신 팔에 안은 아이를 가리킨다.

'평양식당'이라는 곳에 점심 먹으러 갔다. 이름 그대로 평양에서 경영하는 식당이라고 한다. 우리 차는 큰길을 비켜 옆길로 들어가서 정차했다. 가까운 위치에 민병대 차가 주차해 있는데 젊은 병사들이 거기서 내리고 있었다. 어딘지 산만하고 후줄근해 보인다. 병사들이 병사들답지 못해 보이는 것은 불쾌한 광경이다.

'평양식당'이라는 곳도 꽤 불쾌한 곳이었다. 차를 타고 오면서 내다보이던 거리 모습 자체가 꼭 저 병사들처럼 후줄근하고 깔끔한 손질이 미치지 않은 듯한 데다가 간판이라든가 쇼윈도라는 것이 거의 없기 때문에, 도시의 거리라면 길갓집들은 으레 상점이고, 상점들은 자신이 무엇을 거래하고 있는지를 분명히 하기 위해 온갖 지혜와 정성을 다해 바깥 치장을 하고 있고, 그 치장의 중심이 간판과 쇼윈도라는 고정관념을 가진 사람의 눈에는, 그런 것이 전혀 없는 이 거리는 궁금하고 답답하기 짝이 없다. 그렇다고 해서 아무리 유심히 봐도, 그 창문들에 하다못해 꽃분이라도 놓여 있다든가 유리창 안 그 속의 생활을 짐작하게 할 만한 무슨 표시도 없다. 인도에는 사람들이 걸어다니고 있고, 건물 속으로 들어가기도 하고 나오기도 하고 있지만, 거기가 무엇을 하는 곳인지 짐작이 전혀 가지 않는다. 어젯밤 내 비 온 뒤끝인데도 거리는 푸석해 보인다. 그런 거리에 '평양식당'이라는 세로 간판이 붙어 있는 부분이 있었다. 부분이라고 말하는 것은 이것은 어느 도시나 그렇듯이 건물들이 촘촘히 붙어 있는 데다, 다른 건물에는 일체 간판이나 표시가 없는데 유독 한 군데만 간판이 걸려 있었다는 말이다. 그 세로 간판의 '평양식당'이라는 글씨 꼬락서니라니. 간판에 선녀가 그려졌는데 그 꼬락서니라니. 시골 장바닥 간이 이발소도 그보다는 못하지 않을 엉터리 그림이다. 손바닥만 한 현관 비슷한 곳을 지나 들어가니 거기가 대기실이자 셈도 치르고 하는 장소인데, 서울이라기보다 지방 어느 읍의 그것도 그 고을 첫째는 아닌 중국집의 홀 같은 방이다. 옆방인 식당으로 안내받는다. 천장이 납작한 그곳에는 흰 보가 깔린 아무것도 아닌 기다란 식탁이 사람이 간신히 지나갈 만한 간격으로 너덧 줄 방이 미어터지게 놓여 있다.

벽에는 병풍도 있고 족자도 걸려 있는데 모두 이발소 그림들이다. 옛날 국회의원들이 나눠주던 선전달력에 찍혀 있던 뜨내기 그림 수준의 그림도 아무것도 아닌 형상이 박혀 있는 그 족자 자체도 세수수건만 한 보잘것없는 크기에 표구랄 것도 없는 만듦새의 장난감을 걸어놓고 있다. 외교관계를 가진 지 반세기, 어제까지 최대의 혈맹이었던 나라의 수도 한복판, 그것도 유일한 조선 음식점이라는데 이 꼴이 무엇일까? 여기는 요기만 하자는 곳일 수 없고 형제 나라라던 나라의 사람들에게 조선의 모습을 꿈처럼 전해줘야 할 장소일 것은 이런 경우에 당연한 고려 사항일 게다. 좋은 미술품을 평양 어디에 미술관이나 박물관에 모셔놓았다면 무슨 소용인가. 이 장소는 마음껏 호사스럽고 의젓하게 꾸며놓아서, 이보다 더 넉넉한 공간에, 조선인의 재주를 마음껏 자랑할 만한 가구며, 그림이며, 문이며, 그런 것들이 으리으리하게 벌여놓여 있어야 하지 않는가. 너절한 커튼이 창문에 걸려 있고 바깥이 환히 내다보인다. 조선 노동자가 여기 올 수 있을 리 없겠지만, 만일 와보는 기회가 있다면 형제 대국의 수도 한복판에 바실리 성당의 금빛에 지지 않는 점잖은 조선의 식당에서 흐뭇해하게 만들어야 하지 않겠는가. 고향의 그의 방, 그의 식탁보다 그다지 낫지 않은 취미로 치장이 된 식탁이 있는 방을 여기서도 보게 된다면 꿈은 어찌 되는가. 당연히 이 식당은 어느 자본가의 것일 수 없으니, 여기가 아무리 의젓한들 무엇이 두려운가. 모두 인민의 재산이 아닌가. 즉 그의 재산인 것이다. 매끼마다 그런 식탁에 앉지 못한다고 투정할 만큼 인간은 바보인 줄 아는가. 꿈이 문제인 것이다. 우리들의 꿈이 무엇인 줄 잊지 않고 있다, 노력영웅 동무, 휴가차 오신 걸음에 나 한번 호강하시오, 먼 훗날에야 매 끼니를 이런 밥상에서 먹게 되지 않겠소, 동무 많이 드시오, 미술관에서 밥 먹는 것 같다구? 하하, 동무 말 한번 마음에 드오, 가만있소, 내 이 접시는 대접으로 드리겠소 —— 이런 분위기가 사회주의의 꿈이 아니었는가. 이 초라함. 외국 나와 본 것도 많을 텐데 이 초라함. 아아 서러워서 못 살겠네.

음식은 깨끗하고 맛이 있었다. 시중드는 남녀도 친절하게 보살펴주었다. 일행 중의 한 분은 종업원에게 볼펜을 선물했다. 모스끄바에서 평양 사람들한테 점심 대접을 받으면서 감회를 겪어야 한다는 사정 속에서 오늘의 우리 처지의 축도가 있고 지금 여기서 식사하고 있는 일행은 남북의 우리 겨레 중에서 그 사정을 괴로워하는 것을 전문직업으로 삼고 있는 사람들이었다.

　밖에서는 아까 버스에서 내릴 때부터 뿌리기 시작하던 보슬비가 내리고 있었다.

　모스끄바는 가을비에 젖고 있었다.

　뿌리는 빗방울에 얼룩지는 창문으로 우산을 받고 걸어가는 사람들을 바라보면서 우리는 똘스또이의 기념관으로 간다. 모스끄바 사람들의 옷차림은 이만한 대도시 사람들치고는 그리 말쑥한 편이 못 돼 보인다. 생활자들의 평상복이야 어디서나 옷 전시회의 차림새 같을 수야 없지만, 그런 사정을 다 셈하고서도 그렇게 보인다. 거리의 모습하고 그것은 걸맞은 느낌인데, 그럴수록 거리는 대체 어쨌든 이만한 덩치의 도시를 마음먹고 가꾸고 보살피는 사람이 아무도 없다는 말인지 의심이 들게 할 만큼 소홀해 보인다. 거의 모든 구석이 그렇다. 끄렘린과 붉은광장만이 예외였고 우리들이 머무는 인투어리스트 호텔조차도 구석구석 씻고 닦고 광내고 분위기 피운다는 관리방식과는 먼 식으로, 식으로라기보다 아무 식도 연구하지 않은 손으로 운영되는 듯하였다. 비에 젖은 거리를 붉은광장에서 '평양식당'까지 버스를 타고 지나온 데 지나지 않는데도 이 도시 전체를 가늠하는 표본으로 그 시간과 거리는 충분한 듯싶었다. 그런 느낌은 이미 망한 나라의 국가 표시를 국제선 여객기의 날개에 태연히 방치해놓고 있는 데서도 그랬고, 비행기 승무원들의 동작과 옷차림에서도 그랬고 쎄레메체보 공항의 창고 속 같은 어수선하기만 하고 그것이 활기와는 다른 어수선함인 듯한 것에도 모두 나타나 있는 표정이었다. 이런 분위기다 보니 '평양식당'의 집단장 감각도 그게 아무 이상할 것 없는 듯 묻혀버린 것일까.

한 가지 궁금해지기는, 근래의 대격변에 사람들 누구나 넋이 빠진 상태가 눈앞의 모습이고 적어도 그 이전에는 이렇지 않았는지 어쩐지 그것은 알 수 없는 일이었지만, 전에부터 있던 이런저런 소문으로 미루어보면 전에는 이것보다는 분명 나았는지는 몰라도 거기서 거기인, 이악스런 살림에 눈 익은 사람들에게는 여전히 지금 보는 분위기가 다르지 않은 생활문화가 지배한 것이 아닐까, 그리 틀리지 않은 추측일 것만 같다. 끄렘린의 권력자들의 집무실이며, 식탁이며, 그들이 가족과 지내는 주거는 이렇게 푸석푸석하고 윤기 없을까, 이 도시에서는 대부분이 지난날 자유 이전의 권리가 없던 시절에 이런저런 연줄과 이런저런 주변머리(『강철은 어떻게 단련되었는가』의 주인공 꼴챠긴 같은 사람에게는 기질적으로 없었고 그가 혐오하고 경멸한 그런 개인적 특징인)가 있는 사람들이, 러시아 혁명 이후 고난의 한 세기를 걸쳐 소련 인민이 치러낸 원시축적의 그나마 쾌적한 과실들이 집중되어 있는 이 도시에 비비고 뚫고 들어와서 당이며, 프롤레타리아며 하는 것은 황제며, 대승정이며, 히틀러며 하는 것과 아무 다름 없는 치안유지 당국에 지나지 않으며, 모스끄바 거주권, 좋은 직장을 연줄 따라 얻어내기, 좋은 학교의 입학 구멍 뚫기, 국가의 공식 대의명분과 표리일체로 철저히 구성된 뒷구멍 사회의 그물의 요소요소에서 모든 것을 '인간의 얼굴을 한' 방식으로 대신 처리해주는 온갖 브로커들과 어울려 사는 데만 이골이 난 사람들이 그들의 아파트에는 그런대로 일제 전자기기, 독일제 가구, 영국 술에 이탈리아 유리제품에 미국 블루진과 어쩌다 파리에 다녀온 사람들에게서 비싸게 되산, 별것도 아닌데 파리 상표가 그게 아닌 옷가지들을 지니고 살면서 적당히만 일하고, 몸 편한 것이 첫째라는 이데올로기를 굳게 믿으면서 '인민'의 재산인 온갖 사회 간접자본은 바람에 날리는 대로 비에 찢기는 대로 원시시대의 동굴에 사는 셈치고 아무도 돌보려 하지 않으면서, 가장 거대한 사회 간접자본인 '국가'조차도 자신들과는 가슴으로는 서로 왕래하는 통로가 없는 쓰레기 처리장쯤으로 생각하면서 살아온 것이나 아닐까 ── 이런 생각을 가지게 할 만큼 도시는 거령맞고 푸석하였다. 길에 면한 모든 건물의 물받이 홈통은 너덜너덜하고 삭아 보이고, 육중하고 결코 허술하게 지은 것은 아닌 건물의 칠해져야 할 모든 부분이 칠이 칠해야 할 시기를 넘기고 있는 것들이 모두라 할 만했다. 타고 지나가는 버스의 창문을 통한 관찰의 눈에도 그런 사정이 어지간히 뚜렷해 보였다. 이 모든 일이 어디서 비롯하였는가. 국제 호텔 앞에서 비럭질하는 거지를 아무도 말릴 엄을 내지 않는 이 분위기는 어디서, 언제쯤 비롯하였을까. 선 세계의 관심 있는 사람들이 종이 위에서 오래전부터

이야기해온 일들의 실상을 눈앞에 보니, 말로 분석해본다는 일과 그 분석의 대상 사이에 있는 거리가 새삼 느껴진다. 어떤 면에서는 말만 듣다 보니 그저 그런가 그 의미의 중대성에 대한 감각이 약해지는 효과를 그런 분석들은 준 것인지도 모른다. 이 나라 사람들 자신과 외국 사람 모두에게 부지불식간에 그것은 기정사실로 치부되고, 그러면서도 쏘비에뜨사회주의공화국연방, USSR은 어딘가 다른 곳에, 이를테면 이런 물질적 기반과는 상관없이 '형이상학적'으로 엄연히 존재하는 듯한 환상을 믿어왔다는 말일까. 환상이 왜 그토록 오래갈 수 있었을까. 이 나라 사람들에게나, 외국 사람들에게나, 심지어 이 나라의 방금 이전 체제의 적들에게조차 엄연히 실재했던 그 환상은 왜 가능했을까.

똘스또이 기념관에 닿았을 때도 여전히 보슬비는 계속되었다.

이 구역은 큰길에서 들어온 조용한(모스끄바는 어디나 조용해 보이지만) 언저리다. 비에 젖은 차도와 인도가 한결 깨끗해 보여서 큰길가에서 받은 인상을 저으기 누그러뜨려준다.

똘스또이 기념관이란, 그의 모스끄바 주거를 말한다. 그는 야스나야 뽈리야나라는 곳에 우리나라의 도 하나에 가까운 면적의 영지를 가졌던 귀족으로 작위는 백작이었고, 그 영지에서 농업개량, 농민교육, 고아원, 의료사업을 함으로써 동포들을 위해 현실적으로 봉사하려고 한 것은 잘 알려진 사실이다. 그러나 모스끄바와 전혀 인연을 끊을 수는 없는 처지였을 터이고 그래서 이 집도 그대로 지녔던 모양이다. 큰 주택들일 듯싶은 집이 연이은 널찍한 차도 옆에 높은 담장이 있는 집이었다. 대문은 원형대로인지는 모르

428

겠지만 작은 요새의 정문만 한데 큰 대문 옆의 작은 문으로 들어가니 바로 소규모 주택만 한 수위실이 있다. 우리를 보고 수위가 문간으로 나왔다. 러시아 시골 사진에서 눈 익은 청색 칠이 된 나무집이다. 앞마당은 그리 넓지는 않고 오른쪽 수위 가옥 뒤편으로 있는 것이 마구간이었다고 한다. 목조건물로 문이 닫혀 있는 가로로 긴 건물이다. 들어선 왼쪽에 본채 벽돌 2층집이 있다. 뜰 쪽으로 난 현관으로 들어간다. 그러니까 건물은 측면을 길 쪽으로 향하고 있다. 우리는 구두 위로 덧신을 신고 관리인인 늙은 부인을 따라 1층부터 보기 시작하였다.

아까 버스를 타고 얼마 지나고부터 나는 한 가지 의문에 사로 잡혀 있었다. 포석 조명희는 모스끄바에 와보았을까 하는 물음이다. 보통 같으면, 1928년 망명하여 1938년에 총살되었다면 10년이나 소련에 살았으니 그동안 모스끄바에 한 번도 와보지 않았다는 일은 있기 어렵다. 공용이나 출장도 있을 법하고 아니라도 어떻게 들어온 나라인데, 와보기 위해서라도 꼭 왔어야 했을 것이다. 그러나 이 자연스런 추측은 '보통 같으면'이라는 조건에서의 추측일 수 있을 뿐이다. 모스끄바는 아마 거의 혁명과 내란이 가라앉은 후 곧 자유전입이 허락되지 않았던 모양이므로, 모스끄바에서 사는 일은 그만두고, 이 도시에 공무 이외에 여행하는 일도 어려웠을 것이다. TV에 나왔던 포석의 딸이 말하던 그들 집안의 생활로 미루어보면 그의 행동 범위는 이곳 명칭으로 원동遠東이라고 부르는, 우리 식으로는 노령露領 연해주沿海州라고 부르는 지역에서 벗어나지 않은 것일 듯싶다. 물론 이것은 앞으로 밝혀질 수 있는 문제다. 다만 그의 딸 발렌치나가 펼쳐 보인 그녀 일가의 추억만 가지고 보면 그런 짐작이 간다기보다 그렇게밖에는 추측할 수 없게 그녀의 추억이 구성돼 있다.

그녀의 회상에는, 그녀네가 1938년에 중앙아시아로 강제 이송되기 이전의 생활을 말하면서 하바로브스끄로부터 더 서쪽에 대한 언급, 모스끄바와의 어떤 관련 사실을 풍겨줄 만한 대목은 하나도 없다. 조선에서 탈출해서 국경을 넘어간 이래 조선땅을 눈앞에 둔 지역에서 10년이나 모스끄바 한 번 못 가보며 살다가 본인은 총살되고 가족들은 가장보다는 좀 낫게 모스끄바에는 훨씬 가깝지만 여전히 소련의 시골인, 말하자면 '서쪽 원동지방'인 중앙아시아로 갔던 것으로 보인다. 순전히 TV 방송에만 의한 추측이다.

로스앤젤레스에 이민한 한국 교포들은 10년 지나도 워싱턴이나 뉴욕에 가보지 않은 사람들이 더 많을 것이다. 일도 없는데 거기는 뭣 하러 가겠는가. 나의 미국 생활의 경험으로는 그렇다. 그러나 포석 조명희의 경우는 다르다. 그에게 모스끄바나 레닌그라드는 그저 살고 있는 나라의 수도라거나, 옛 수도일 수는 없는 것이고, 그의 인생과 예술과 직결된, 그의 후배이자 그의 계승자이기도 한 어느 시인의 시 구절마따나 '그 이름이 노래인 나라'의 수도이며 옛 수도이기에 신자가 성도聖都에 평생 적어도 한 번은 순례차 가야 하듯이 형편만 닿으면 꼭 가야 할 곳이었을 거다. 그런데 나는 지금 그가 그 소원을 이루지 못했으리라는 추측이 모름지기 자연스럽다고 생각하고 있다. 섭섭한 일이다. 세상에 오이를 거꾸로 먹어도 제 멋이라고(나는 이 취미에 찬성이다) 세상에 한도 갖가지여서 나는 포석을 위해서 그 점이 섭섭하다. 그런데 생각은 여기서 그쳤으면 좋겠는데 사실은 그렇지 못하고 아까부터 내 생각은 이 섭섭함에서 한 번 더 건너뛰어 이상한 생각에 사로잡혀 있다. 포석 조명희가 내 곁에 딱 달라붙어서 나와 함께 러시아 여행을 하고 있다는 생각이다. 우리 여객기가 중·소 국경의 어디쯤 아마 하바로브스끄에서 그리 멀지 않은(공중거리로는) 상공으로 들어서는 순간 포석의 영혼이 훌쩍 솟아올라 내 곁에 와 앉았다는 환각이 슬며시 형성되기 시작한 것이었다. 옆에 앉은 포석이 말했다.

"내리세, 여보게."

포석은 아리따운 눈매와 이빨을 큼직하게 드러내며 먼저 일어나면서 말했다. 내 옆자리에 앉아 온 젊은 여성 시인이 통로 쪽의 자기 자리에서 일어나면서 나를 채근한 말이었다. 내리세요, 선생님. 포석은 내 옆자리에 앉는 따위 번거로운 방식이 아니라 나를 숙주宿主 삼아 내 속에 들어앉아 왔지 가외 공간을, 하물며 젊고 우아한 여류 시인의 자리를 차지한다든가 그러한 일을 하지 않았음을 나는 이 순간 깨달았으나 그런 낌새는 전혀 보이지 않으면서,

"네, 내립시다."

가장 천연스러운 듯 좀 나이 든 선배가 후배에게 다정하게 응답하는 식으로 대꾸하면서 일어섰다.

똘스또이네 집 현관을 들어서면서 나는 방금 겪은 환상을 문득 떠올리며, 이어 덧신도 두 짝일 필요도 없겠군, 하고 생각하였다.

똘스또이의 막내아들 아무개의 방이라는 방. 공부 책상 위에는 아이의 일기책이 있고 일기책에는 당자의 삽화가 있는 페이지가

보인다. 그리 크지는 않으나 그렇다고 지금 규모로 보아도 작지도 않다. 당시 일반 가정 규모로는 큰 방일 테고 아니라도 우리나라 대부분의 아동은 아직도 이런 방과는 상관없는 생활을 하고 있다. 부부의 침실이었다는 방. 내부는 그때 모양대로 보존이 되어 있다고 한다. 모든 방은 뜰 쪽으로 난 창문이 있고 창문 너머로 뒤뜰이 비로소 보이는데 뜰로서는 앞뜰은 그저 들어오면서 있는 공간이고 뒤뜰이 말 그대로 뜰임을 알 수 있다. 밖에서 보기에 그런 규모의 뜰이 있을 것 같지 않은 이 저택의 안에 들어와 보니 거기 창 너머로 작은 숲 속만 한 뒤뜰이 내다보인다.

2층 응접실이라는 가장 큰 방에서 우리는 똘스또이 노인의 육성을 축음기로 들었다. 구식 측음기에서 흘러나오는 그 목소리는 어쩐지 똘스또이 같지 않았다. 전에 인도에 갔을 때 고타마 붓다는 저런 인종에 속한 살아 있는 사람이었구나 생각하고, 우리 절간에 있는 불상은 당치도 않은 모상이라는 발견을 하면서 묘한 생각이 들던 일이 머리를 스친다. 유명한 외국인이라는 것은 그의 생애가 먼저 있고 다음에 그의 육신이 떠오른다. 그야 그들이 유령이 아닌 줄은, 그래서 그들이 육체를 가지지 않았으리라고 생각해서가 아니고, 무엇보다 보도 듣도 못한 어떤 외국인을 그렇게 가깝게 느끼는 것은 그를 정신적 존재로, 더 구체적으로 — 작가인 경우에는 — 그의 '작품'이라는 육체 전체에 스며 있는 서술자로서의 인격(의 내용이라도 결국 한말인)으로서 직감하는 것이며, 그의 정신이라는 정보회로에 담긴 내용은, 지시된 대로 작동(즉 독서)만 하면, 즉시 무시간의 속도로 동일한 회로를 구성하여 그 회로 안에 그들의 영혼의 실리콘 전자의 흐름을 방류放流하며, 그들의 인격을 우리들의 대뇌 피질을 기판基板 삼아 조립한다. 그들이 인도인이라거나, 그리스인이라거나, 중국인이라거나, 일본인이라거나, 심지어 우리나라 사람일지라도 그 조건은 다음 얘기다. 그들이 내쏘는 실리콘 전자의 속도는 그런 정도의 민족속도나, 종족속도나, 국가속도쯤이 아니다. 그렇다면야 누가 그 전자파의 흐름에 공명共鳴하겠는가. 그렇기는 하지만 똘스또이 노인 시대가 축음기가 이미 있는 시대라는 사실은 발견이었다. 그의 사상 말고도 그는 호머나 두보 시대 사람은 아닌 달력상으로 우리 시대에 가까운 사람이었다. 이 녹음은 그의 집에 찾아온 사람들을 앞에 놓고 한 인사말이라고 한다. 여기서 우리는 레닌 묘에서처럼 실지의 상황대로 역할극에 등장한 셈이다. 억울하다는 말이 아니다. 똘스또이는 작곡한 것도 있다고 한다.

아이들 가정교사의 방이라는 방, 그 방은 반지하층의 거리에 면한 쪽 방이었는데 어쩐지 가정교사의 방 같았다.

똘스또이가 집필하던 방은 그리 크지 않고 역시 똘스또이가 집필하던 방 같았다.

뜰 손질을 할 때 입던 옷이며, 도구가 수납되어 있는 구석이 뒤뜰이 내다보이는 복도 끝, 계단 옆에 있다.

이 집은 반지하층과 지상 2층으로 된 건물이었다. 내부의 벽은 석회벽에 나무가 어우러져 있으며 언뜻 전체가 목조가옥 같은 느낌을 주는 것은 모든 가구가 목조이기 때문인 모양이었다.

밖으로 나와서 뒤뜰 쪽으로 가본다. 여기도 수풀에는 어김없이 자작나무가 눈에 띈다. 자작나무가 없으면 러시아의 수풀이 아니란 듯이.

똘스또이는 1910년에 별세했으니 우리나라가 일본에게 완전히 합병된 해가 된다. 똘스또이와 한일 '합방.' 좀 이상한 착각이 든다. 그가 우리나라가 일본에 아주 먹힌 데 대해서 특별한 관심이 있었다는 일화 같은 것은 들어본 적이 없다. 당연한 일이다. 그의 지리 지식에서 한국이라는 이름은 아무 무게도 없었으리라. 그것이 당시의 우리나라의 국제적 위치였다. 세계는 그렇게 구석구석이 어두웠다. '지구'라는 물리학의 개념은 '세계'라는 국제정치적 개념에 넘어오면 그것은 '열강列强'이라는 이름으로 겨우 정리되는 어떤 혼돈이었던 시대. 세계 전체에 걸쳐 식민지 분할이 이미 끝난 20세기도 10년이나 지난 시점에서 원동遠東의 한모퉁이에서 한 황색 인종의 나라가 다른 황색 인종의 나라를 식민지로 삼는다는 괴이한 일이 태연히 저질러져도 백인들의 이른바 '문명세계'에는 이렇다 할 인상을 전혀 줄 수 없었던 시대.

똘스또이는 우리 선배 문학세대에 대해서는 특별한 영향을 미친 외국 작가였다. 인간에 대한 가르침의 성격이 구체적이 아닌 대신, 상징적이었고, 형제간의 사랑을 모형으로 한 것이기에 본능에 호소하는 보편성이 있었다. 러시아에서 러일전쟁 중인 1905년에 일어난 혁명(그 결과 러시아는 입헌군주국이 되는데)과 1917년의 쏘비에뜨 혁명 사이의 중간시점인 1910년에 똘스또이는 죽었다. 정치적 억압과 경제적 불평등을 형제간 같은 사랑으로 개선하자는 그의 주장은 여러 정파의 사람들에게 여러 수준에서 영향을 주었고 우리 선배세대 작가들도 그런 영향을 받았었다. 그에게서 한국인들이 영향을 받았다고 해서 똘스또이도 한국으로부터 영향을 받는다는 관계는 당연히 성립하는 것은 아닌데도 지금 그의 집 뜰에서서 똘스또이와 한국이라는 두 사물에 대해 현실에서 불가능했던 가역可逆반응 관계를 떠올려본다. 장차 누군가의 연구로 똘스또이를 만나보았던 한국인의 족적이 발견되기나 한다면 몰라도, 현재로서는 그는 다른 많은 유명작가의 경우처럼 '책'이라는 매개물을 통해서만 우리 이웃이며 선배가 되어 있다. 그것이 작은 일이어서가 아니라, 똘스또이라는 사람이 특별히 한국 문학의 의식에 깊이 들어왔던 외국인이라서 별난 생각까지 든다는 말이다. 그의 명예에 드는 이야기다.

똘스또이는 누구보다 러시아적인 것을 사랑한 작가였지만, 우리들 식민지 생활을 겪은 나라의 예술가들에게는 다른 대국이나 식민지 소유 경력이 있는 나라의 작가들과는 다른 성격이 있다.

행복한 정치적 경력을 가진 국가의 작가들은 자신들이 속한 국가가 기득권 세력으로 참여하고 있는 세계질서가 보편적인 것처럼 느끼는 대전제, 그러니 남는 문제는 그 보편적 질서 아래에서 개인에 초점이 맞춰진 영원한 문제를 섬세하게 추적하는 것이 섬세하고 점잖은 예술이라는 세계 풍경에서 벗어날 수 없다. 우리가 읽는 대부분의 서양 작가들이 모두 그렇다. 개인과, 개인을 넘어선 질서와의 사이에는 국가라는 중간항이 있고 이 지구상의 국가 사이에는 평등 대신에 패권과 예속이 있는 것이 현재까지의 세계 모습이기 때문에 이 구체적 중간항을 외면하고 그 성격이 다른 두 종류의 국가에 소속된 인간을 '개인'이라는 수준에서만 파악하고 아무리 인간의 윤리를 말해봐야 그런 문학의식에는 커다란 구멍이 있다는 사실은 어쩔 수 없이 분명해진다. 서양 작가들에게서는 이 의식을 발견할 수 없다. 인간 탐구의 심오함에도 불구하고 가장 깊어야 할 부분부분이 고뇌의 중심에서 벗어나 있다.

똘스또이는 이 점이 다른 서양 작가들과 다르다. 오늘날 그의 조국의 운명이 결국 그것을 증명하듯이 그가 살았던 동안의 그의 조국도 덩치만 대국이었지 내수용內需用 인권의 분배도 넉넉지 못한 허약한 대국이었기 때문에 개인을 넘어선 전체의 문제를 해결된 것으로 보는 것을 그의 마음은 허락할 수 없었다. 서양 작가들에게는 자신들의 진화된 인간성 속에 ─ 그 깊이와 섬세함과 과학성과 상상력 속에 ─ 노예들의 눈물이 있는 것을 의식하는 흔적이 없는데, 똘스또이에게는 그것이 있다. 그가 그의 '예술론'에서 나타내는 서방 예술에 대한 혐오는 형식논리의 입장에서는 분명히 지나친 것이지만, 역사와 사회라는 구체적인 문맥 속에 놓고 보면, 그것은 서방 예술의 염치 없음과 경박성, 인류라는 전체에 대한 시야가 없는 이기주의에 반대하는 목소리라는 의미에서 옳다. 형이상학적으로는 잘못이지만, 변증법적으로는 정당하다, 고나 할까 그런 입장이다. 그런 사람의 집 뜰에 서서 이런 생각을 할 수 있으니, 이 순간은 이 고통스런 세기에 태어난 몸으로서는 과분한 느낌이 든다.

우리 버스는 보슬비 속을 이번에는 뿌쉬낀 박물관으로 향한다. 영락없는 러시아 문학기행이다.

보슬비는 한결 더 엷어지고 있다.

버스에서 내다보이는 길가는 시민들은 거의 우장이 없다.

뿌쉬낀 박물관이 있는 구역은 역시 조용하기는 하지만 똘스또이 박물관보다는 덜 깊숙한 그러나 아늑한 안쪽에 있었다. 이곳 건물들은 시가 전체가 거의 모두 서울의 한국은행 건물 같은 양식의 것들이어서 우리 생각에는 똘스또이나 뿌쉬낀이 살았던 당시도 별로 다르지 않았으리라는 생각을 갖게 한다. 고전적인 장면이 장중하다. 그 대신 여기도 여유 있는 예산으로 깨끗이 가꿔왔다는 인상은 아니다. 안쓰럽기까지 하다. 이렇게 많은 사람들이 끊임없이 드나들면 어떤 시설도 견뎌나지 못할 것이다. 돌계단을 몇 단 올라가서 육중한 문으로 안에 들어서니 거기는 들어오면서 정면으로 2층으로 올라가는 꽤 높은 석조 계단이 있고 오른쪽에 표 파는 곳이 있었다.

계단으로 해서 올라간 첫 방은 넓은 홀인데 벽과 방 여기저기에 유리덮개가 있는 전시 케이스며, 유품들이 그냥 드러난 책상이며가 놓여 있는 것이며 화랑이나 미술 전람회장을 떠올리게 한다. 사진, 책, 칼, 단총, 장총, 편지들, 군인 복장, 풍경화 이런 것들이다. 굉장히 높은 천장의 이 방에서는 무도회 같은 것이 열렸음 직하다. 그런데 다음 방으로 가보니 거기서 이 박물관의 종사자가 우리에게 설명을 해주는데, 이 건물은 뿌쉬낀과는 직접 관계가 없다고 한다. 이 집은 뿌쉬낀이 살던 집이 아니라, 뿌쉬낀의 유품을 보관하고 전시하고 있는 기관이라는 것이며, 다만 이 집의 건축양식이라든가 방의 내부구조며 진열방법 등은 당시 귀족 주택의 내부에 충실하게 구성했으니 참고로 삼을 만하다고 한다. 실지로 여성 직원이 설명하고 있는 이 방은 주인이 손님을 맞는 응접실이었다고 하는데 그녀가 서 있는 자리가 그런 경우에 주인의 위치라는 것이었다. 그녀 뒤에는 큰 뻬치까(러시아식 벽난로)가 있었다. 장식에는 황금칠이 많고 방에 배치된 의자들도 복잡한 조각에 금칠이 되어 있으며 천장이 높고 창문이 많다. 이런 종합 설명을 들으며 차례로 거쳐가면서 보는 방들도 처음과 둘째 방보다는 크지 않았고 각 방마다 특색이 있었다. 카드놀이에 쓰인다는 둥근 탁자가 있는 방에는 뿌쉬낀의 아내와 시인이 결투하게 된 그의 아내의 샛서방인 단테스에 관한 자료가 모여 있었다. 유리가 끼워진 나무액자에 들어 있는 단테스의 편지는 펜으로 쓴 글씨가 원래 그런지 잉크 빛이 바래 보였다.

이 편지를 받고 뿌쉬낀은 단테스에게 결투를 청했는데, 그 편지 내용은 뿌쉬낀이 그렇게 하지 않을 수 없는 것이었다고 박물관 직원의 말을 통역자는 옮겼는데, 편지 자체를 번역해주기까지는 하지 않았고, 청하는 사람도 없었다.

W시의 조소문화협회 도서실에서 나는 뿌쉬낀의 이야기 작품 『예브게니 오네긴』의 러시아책을 들쳐본 일이 떠오른다. 두껍고 호화스런 표지를 한 앨범책만 한 크기의 판본이었다. 책에는 세밀화 양식의 삽화까지 군데군데 있었는데, 그 중에서 여주인공이 창문 유리에 예브게니 오네긴의 머리글자인 E자와 O자를 쓰는 그림이 지금 생생하게 떠오른다. 청춘도 되기 전 소년 시절의 희미하면서도 까닭 없이 슬프던 환상이여. 다만 알파벳을 쓰는 외국 남

녀의 이름을 그것도 자기 나라 말도 아닌 일본말 번역으로 읽으면
서도 능히 슬플 수 있었던 열락의 시절이여. 제국이 무엇이리, 정
치가 무엇이리, 역사가 무엇이리, 그때 분명하게 열린 구름 사이
로 황금의 화살처럼 가슴에 와서 박히던 천상의 음악을 언제까지
나 즐길 수 있는 것이 인생이라면 얼마나 좋겠는가. 그러나 지금,
그때부터, 그 그림이야기책의 삽화에 황홀하였던 때부터 40년도
더 지나서 모스끄바의 한 거리, 시인의 유품으로 가득한 방에서
시인의 나라 여성의 입으로, 답답하던 제정 러시아에서 답답한 것
은 못 견뎌 하면서 거기서 빠져나올 길은 없었던(누군들 있으랴만)
한 청년, 그래서 러시아뿐 아니라 인간이 되고 싶은 몸부림을 경
험하게 되는 모든 나라 모든 시대의 우상이 된 청년과, 러시아의
청순한 젊은 자작나무처럼 눈부신 한 처녀와의 사랑을 그린『예브
게니 오네긴』의 남녀 주인공을 판에 박은 듯한 시인의 사랑의 얘
기를 들으니 옛날 해당화 피는 항구에서의 어릴 적 일이 내 일 같
지 않은 꿈처럼 어지럽다. 그 시인의 유품으로 가득한 방에 언젠
가 가보리라고는 꿈에도 생각하지 못한 꿈이 이루어지고 보면 그
것이 지금이라는 말이겠지. 그렇다. 얼마나 행복한 여행인가. 비
록 처음 발을 디디는 고장인데도 이렇게 가는 곳마다 정신의 추억
으로 가득한 여행. 이런 여행은 다시는 어디도 어느 시점에서도
없으리라. 배신과 죽음의 이야기조차 감미로운 야릇한 이, 정신의
곡절.

　박물관 직원은 마른 몸매에 주근깨가 있는 동그스름한 얼굴의
여성이있다. 그녀는 우리를 따라오면서 설명을 맡았는데 이 방에

서 가장 정열적인 것 같았다. 여주인공 따치아나처럼 보인다고 누군가 그녀에게 말하였다. 그녀는 새빨개져서 주근깨마저 빨개 보였다. 그녀는 펄쩍 뛰면서 내가 어찌 따치아나와 같을 수 있겠느냐고 부인했는데 아마도 내가 겪어본 '부인' 가운데 가장 호감이 가는 부인이었다.

알렉산드르 세르게비치 뿌쉬낀. 해방 후 W시 고등학교에서 배운 문학 교과서에 그의 시가 실려 있었다. 「챠다예프에게」라는 한 편의 이름만 생각난다. 우리는 모두 그 시를 외웠다. 나는 그의 이름을 알게 된 며칠 후 도서관에서 일본말 번역의 『예브게니 오네긴』을 읽었다. 조소문화협회의 서가에서 호화장정의 『예브게니 오네긴』을 발견하고 그 속의 삽화를 구경한 것도 그 무렵이다. 언젠가 이 책을 읽을 수 있을 것이었다. 2학년쯤 되면? 적어도 3학년쯤 가면 읽을 수 있겠지. 자연히 그렇게 될 일이었다. 『예브게니 오네긴』을 러시아말로 읽는다는 것이 어떤 경험일까는 추측도 할 수 없었다. 그러나 오래지 않아 그렇게 될 일이었다. 자연히. 그런데 운명은 '자연히' 움직이지는 않았다. 자연히 『예브게니 오네긴』을 러시아말로 읽는 것은 실현될 수 없는 쪽으로 운명은 움직였다. 운명에 누가 거역할 수 있겠는가.

모스끄바 대학에 도착했을 때는 보슬비가 그쳤다.
우리 버스가 멈춘 곳은 레닌 언덕이라고 불리는 장소로 멀리 뒤로 모스끄바 대학 본관이 보이는 널찍한 광장인데, 여기가 모스끄바의 전경이 가장 잘 보이는 곳이며 나폴레옹이 모스끄바로 접근했을 때 여기서 모스끄바를 바라다보았다고 한다. 여기서 보니 비 그친 끝이라 안개 자욱한 모스끄바는 나무가 많은 도시임을 알 수 있다. 숲이 있고 건물들이 있고 그런 식이다. 황금색 첨탑이 유난히 돋보인다. 바실리 성당 쪽은 아닌 것 같고 하기는 도처에 있는 어느 사원인 모양이다. 광장은 끝에 와서 깊은 벼랑이 되어 있고 석조 난간이 둘러쳐져 있다. 이 난간을 의지해서 선물 노점상들이 좌판을 벌여놓고 있다. 성 바실리 성당 옆에서 본 그런 상인들이다.

여기서 우리는 대여섯 명 되는 한국 여학생들을 만났다. 모스끄바 대학에 유학 온 학생들이라고 한다. 일주일 전에 왔다는 학생도 있었다. 그들의 요청으로 여기저기서 기념촬영을 한다. K양 생각이 난다. 새로 문이 열린 나라에 대한 호기심을 가진 학생이 꽤 많은 것이다. 그들은 우리 선배들과도 다르고, 나의 동시대인들과도 구별되는 눈으로 이곳 사람들과 그들의 생활 — 예술과 정치를 보게 되리라.

우리는 유학생들과 헤어져서 모스끄바 대학 쪽으로 갔다.

레닌 언덕이라 명명되기 전에는 참새언덕이라 불렀다는 이 언저리는 원래 모스끄바 변두리의 그저 숲이었던 모양이어서 대학은 그 숲 속에 파묻혀 있었다. 대학 본관은 백색의 고층건물로 반달 모양 속에 별이 들어 있는 장식이 높이 솟은 중앙의 가장 높은 첨탑과 좌우로 건물의 지붕 끝에 솟은 그보다 훨씬 작은 첨탑이 솟아 있어서 언뜻 성 비슷해 보인다. 아까 유학생들의 설명에 의하면 본관 왼쪽 뒤편에 보이는 건물이 기숙사인 모양이다. 우리는 이 대학에 소내받은 길음이 아니기 때문에 본관 가깝게는 가지 않고 넓은 숲 여기저기를 둘러보기도 하고 사진도 찍고 하였다. 자세히 보니 본관의 중앙 첨탑 자체가 네 개의 보조 기둥으로 둘러싸여 있고 그 기둥 위에는 각각 인물 동상이 서 있다. 그리고 건물 정면의 중앙이 되는 곳 땅 위에 이 대학 설립자의 동상이 서 있었다. 그는 제정 러시아 시대의 모스끄바의 큰 부자였다고 한다.

건물의 앞마당은 끄렘린 성벽 앞에서 본 그것과 같은 삼각형으로 자란 전나무가 질서 있게 가꾸어져 있지만 본관에서 조금 벗어나서부터는 그저 숲 그대로가 이어지고 있는데 나무 종류도 한가지가 아니지만 여기도 흰 줄기가 미끈한 자작나무가 제일 눈에 띄었다.

오후의 나머지 시간은 바자르에 다녀왔다. 남녀가 벤치에서 포옹하고 있는 공원 맞은편에 오페라 극장 같이 생긴 건물이 바자르―상설 자유시장이었는데 안에 들어서니 진열된 각종 음식물의 냄새의 교향악이 우리를 맞았다. 시멘트 바닥이 끈적거리는 그 내부는 2, 3층 높이는 될 만한 천장이 아득하게 쳐다보이는 내부를 평면만 이용하고 있는데 공간이 아까워 보였다. 야채, 육류, 과일, 생선, 꽃 그런 것들이었다. 일행은 커다란 수박 몇 통을 공동 구입하였다. 듣기와는 달리 여행자인 우리는 의식주 어느 것에도 아무 불편이 없었으므로 보통 생활자들의 구매의 광장인 이곳에서는 달리 우리가 관심 가질 만한 것은 없었다. 대성당의 내부보다도 더 웅장한 이 건물이 이런 정도밖에는 이용되지 못하는 점이 여전히 구경거리였다. 하기는 공기 소통이나 냄새 발산에는 그지없이 넉넉한 효과는 다짐받고 있다. 내 것도 아닌 공간을 어떻게 쓰든 그것은 그들의 자유이고 호쾌한 맛은 틀림없이 충만한 바자르를 한 바퀴 돌아, 뒤쪽 문밖을 살펴보니 거기는 닭장수가 닭장을 겹겹이 쌓아놓고 그 곁에서 닭을 잡아주고 있었다. 오랜만에 큰 시장이기보다, 내가 현재까지 본 가장 큰 구식 시장을 다 둘러보고 밖으로 나오니 공원의 남녀는 아직 포옹 중이었다.

호텔로 돌아가서 러시아 작가동맹에서 인사차 나온 작가동맹 부위원장이라는 러시아 사람이 참가한 저녁식사 모임이 있었다. 부위원장은 의례적인 인사말을 했다. 지금 러시아 작가들의 분위기는 어떤지, 어떤 생각을 하고 있는지, 그런 것을 정치인에게 질문하듯이 물어봐야 대답할 재주가 없을 것임을 우리 일행만큼 알아볼 사람들도 많지 않았을 거고 그래서 피차에 밥만 먹고 헤어졌다.

레닌그라드역으로 나갈 때는 이미 어두워진 다음이었다. 모스끄바의 밤거리는 어둡다. 어둠 속을 무엇인가 손에 든 사람들이 큰 바위산처럼 어둑신한 건물 발치께를 걸어가고 있다. 오락가락하던 부슬비는 지금은 그쳐 있었다. 레닌그라드로 가는 열차가 출발하는 모스끄바 시내에 있는 역이 '레닌그라드역'이다. 레닌그라드는 지금은 '쌍끄뜨 뻬쩨르부르끄'라고 개칭되었으니 역명도 '쌍끄뜨 뻬쩨르부르끄역'이라 불러야 할 텐데, 아무도 아직도 그렇게 부르지는 않는 모양이다. 어쩌면 장차에도 이 역은 여전히 쌍끄뜨 뻬쩨르부르끄로 가는 열차가 출발하는 '레닌그라드역'으로 남을지도 모른다. 도착 역과 연동제連動制로 불릴지, 고유명사로 취급될지, 러시아에 온 이후 이틀 만에 처음으로 이 나라의 미래에 전개될 사건 하나가 구체적으로 궁금해진다. 시간이 지나봐야 알 일이다. 이것 말고도 이 나라는 앞으로 아귀를 맞춰야 할 구석투성이가 되겠지.

레닌그라드역 안팎도 조명이 충분치 않아 역사의 온전한 모습이 보이지 않는다(보이면 어쩌겠다는 말은 아니다). 그저 어둑어둑한 큰 건물이 어슴푸레 밝혀진 모습이 보이고 우리 일행은 역사의 본 홀 쪽으로 안내되지 않은 듯, 한옆의 구내로 수월하게 들어서서 열차를 기다리는 다른 시민들과 한덩어리가 되었다. 워싱턴의 귀신소굴 같은 기차역에 댈 것은 아니지만 그래도 썩 화려하지는 못한 역 풍경이었다. 레일 옆의 우리는 지붕이 없는 공간에 짐들을 내려놓고 기다렸다. 그렇다고 해서 유쾌하지 않았다는 것은 아니고, 그 반대. H에서 W로 나오던 날의 H역 풍경 비슷하기도 하고, 덜 긴박하기는 하지만 W에서 피난배를 타러 부두로 나가던 밤중 같기도 한 분위기를 오랜만에 맛보았다. 무거운 생활의 짐을 지고 길나들이를 하는 사람들의 무리에 섞여 있는 분위기가 있었다.

'붉은화살'호가 들어왔다.

열차는 붉은색도 아니었고, 화살 모양을 하고 있지도 않고 보통 기차 색깔인 검은색에 보통 기차 모양이다.

우리는 우리 짐을 실은 수레를 앞서거니 뒤서거니 하면서 우리가 탈 차량을 찾아 움직였다. 우리 차량은 앞쪽으로 있었다.

승강구가 우리 기차역처럼 플랫폼과 기차의 높이가 다르지 않고, 지하철 모양으로 같은 평면이 되어 있다.

여기서도 호텔에서의 방 배정과 마찬가지로 M씨와 나는 한 객실에 들게 되어 있었다.

두 사람이 한 방을 쓰는 객실이 한쪽으로 이어지고 그 밖으로 복도가 있다.

객실에 들어서니 가운데 공간을 사이로 양쪽으로 침대가 있고, 침대 사이에 창문이 있으며 창문 밑이자 침대 머리맡에 공용의 머리맡 탁자가 있다. 방에 들어서는 바로 머리 위에 짐을 얹는 문이 달린 시렁이 있다. 우리는 짐을 헤쳐 갈아입을 옷을 꺼내고 트렁크를 시렁에 얹고 문을 닫았다.

"자, 레닌그라드로 갑니다."

M씨가 말했다.

"갑시다."

그러지 않을 수나 있는 것처럼 내가 말했다.

우리가 각자의 침대에 앉아서 이처럼 출발을 위한 필요하지 않은 의식을 거행하고 있는데, 문이 열리면서 50대로 보이는 뚱뚱한 러시아 여성이 한쪽 팔에 시트 뭉치를 걸치고 나타나더니 그 중에서 우리들에게 흰 침대 시트와 베개 시트를 나누어준다. 그녀 뒤에 모스끄바에서 따라온 통역하는 교포 분이 서 있는데,

"이 여성이 이 차량의 승무원입니다. 여행 중 문제가 있으면 자기를 찾아달랍니다. 이분의 위치는 아까 승차하시던 이 차량의 저쪽……"

하고 입구 쪽으로 가리킨다.

여성 승무원은 겹이 된 턱을 아래위로 움직이면서 미소했다.

나이 든 여성들이 더 많이 눈에 띤다. 아마 젊은 여성들은 학교

에 다니거나 사무실에 있는 모양이다. 모스끄바 호텔의 여성 종업
원도 거의 중년 이상이었다.

그녀는 한참 있다가 이번에는 뜨거운 차를 가져다주었다.

우리는 머리맡의 탁자에 마주 앉아 차를 마시면서 밖을 내다보
았다. 사람들은 이제 다 타고 맞은편 궤도에 서 있는 다른 열차가
건너다보였다. 그 열차는 아직 움직일 시간이 멀었는지 불도 켜
있지 않았다. 창문 밖 플랫폼 저 앞쪽에서 역 종사자들이 몇 사람
움직이는 것이 보이고 뒤쪽 열차에 가까운 좀 전에 우리가 차 타기
를 기다리던 언저리는 사람이 보이지 않았다.

차가 움직이기 시작한다.

11시 10분이었다.

그러자 방의 조명이 갑자기 밝아졌다.

괜찮은 식이었다.

한결 마음도 밝아진다.

우리는 불빛에 반응하듯 마주 보고 싱긋 웃었다. 이런 것을 가
리켜 싱거운 웃음이라 할 만했다.

그러나 웃고 나니 웃지 않기보다는 훨씬 여행하는 기분이 나는
것은 어쩔 수 없었다. 우리 누구에게나 이 며칠 동안은 각기 다른
방식으로겠지만 한결같이 편하지만은 않을 일상에서 벗어난 특별
한 시간이어서, 무슨 빌미만 있으면 그 시간의 의미를 표현하는
무슨 몸짓을 하고 싶었다.

'붉은화살'호는 속력을 내기 시작한다.

창밖은 창문들에서 흘러나가는 빛이 닿는 만큼만 어둠이 걷혀

있다. 그렇게 조명된 그 부분은 기찻길에 바싹 다가선 자작나무 숲이었다. 자작나무 숲은 야외에 밀집한 러시아 기병들처럼 화살같이 뒤로 이동하고 있다. 우리들의 '붉은화살'호와는 반대 방향으로.

열차 안의 다른 방에서는 아무 소리도 들리지 않는다.

다른 상상이 필요하지 않겠다. 그들도 지금 우리처럼 차를 마시면서 창밖을 내다보고 있을 테니 말이다.

차를 타고 있으면 좋은 일 중의 하나는 이동하는 사이에는 생각하는 일밖에는 달리 할 수 없어서 마음은 전에 없이 자기를 들여다보고, 차바퀴는 내 대신 제 일을 해준다는 일이다. '문명'이라는 인공 거북이를 탄 이래 우리는 그렇게 자연과의 교섭에서 조금씩 떨어져서 짬을 낼 수 있어 오고 있다.

잠깐 돌아보고 오겠노라고 말하면서 M씨가 복도로 나갔다.

다른 방 일들이 궁금한 모양이다.

차를 타고 있으면서 좋은 또 한 가지는 같은 풍경이 이어지는데도 조금도 지루하지 않은 일이다. 창들이 뿌리고 지나가는 불빛으로 보이는 것은 가도가도 자작나무 숲뿐인데 내 눈길은 거기에서 떠날 줄 모른다. 그저 움직인다는 것이 이렇게 좋은 것일까.

M씨가 돌아왔다.

포도주를 한 병 들고 있다.

"한잔하십시다."

그는 찻잔에 포도주를 따랐다.

술병은 반병쯤 차 있었다.

"좀 누워 계실걸 그랬나요?"

"아닙니다. 뭐 벌써……"

"좀 힘드시지 않으십니까?"

"아니요."

"호텔에서 창문을 열어놓고 주무시는 걸 보고 놀랐는데요."

"왜요?"

"건강하셔서 좋으십니다."

"왜요, 불편하셨나요?"

"저야 뭐 그렇겠습니까?"

하기는 그는 바다의 남자요, 선장이었다. 선장의 해상생활은 웬만한 배면 그렇게 나쁘지만은 않을 테지만, 그래도 바다는 바다일 텐데 웬만한 체질로는 쉽지 않을 게다. 초가을 호텔 창문으로 들어오는 밤공기가 무엇이겠는가.

"선장실은 이보다 좋지요?"

"네? 아, 네, 배에 따르겠지만."

M씨는 선장실에 대해서 잠깐 설명해준다.

밤중에 자주 공연히 깬다. 그러고는 창으로 내다본다. 여전한 자작나무 숲이다. 러시아의 밤이여, 네 한가운데를 달리는 여객열차에서, 한 몽고계 아시아인이 왜 이렇게 너를 내다봐야 하는지, 너에게 설명하지는 않겠다. 그러지 않아도 이 밤 너에게 숱한 설명을 하는 넋두리에 귀 기울이기에 네 귀는 바쁠 테니깐. 러시아의 밤이여, 그러나 이제부터는 네 속을 달리는 열차에서 이렇게 너를 바라보는 눈길도 차츰 없어지리라. 그들은 그저 철도 연변의 나무 숲만을 볼 것이다. 너는 그저 밤일 뿐인 존재가 될 것이다. 그들에게는 러시아의 눈먼 밤만 보이리라.

레닌그라드의 보슬비 뿌리는 아침 속으로 들어간다.

7시 30분.

문들이 여닫히는 소리와 복도를 오가는 기척들이 제법 엊저녁 승차하던 때와는 달리 어수선하다.

우리도 시렁에서 트렁크를 꺼내 갈아입던 옷을 챙기고 있는데, 문이 열리면서 여성 승무원이 인사한다. 그는 미는 차에 어제 저녁처럼 차를 가지고 와서 우리들에게 작별 인사가 되는 러시아 차를 한 잔씩 건네었다. M씨는 고맙다면서 스타킹을 한 켤레 선사한다. 침대 시트와 모포, 그리고 베개를 내어주자 그녀는 다스비다냐, 안녕히라고 자애스럽게 웃으면서 다음 칸으로 간다.

짐을 들고 밖으로 나온다. 이번 우리 여행에는 여행사 사장이 직접 직원 한 사람과 함께 우리를 안내해주고 있으며 현지에서 임시로 일손을 더 추가해서 교포들이 많이 산다는 지방 공화국의 대학에서 가르친 경력을 가진 분을 특별히 동반하고 있다. 그러니까 세 사람의 여행사 사람들이 우리를 돌봐주고 있다. 지금이 러시아 여행의 초창기이기 때문에 온 정성으로 이 사업의 출발을 다지고 있다는 것이다. 조금만 지나면 이렇게까지는 못 할 게고, 그럴 필요도 없으리라 한다. 자리가 잡힌다는 말이었다.

비는 모스끄바에서처럼 오는 듯 마는 듯해서 걸음을 다그칠 만하지는 않다.

외국 여행자들을 그렇게 취급하는 관례인지는 몰라도 여기서도 우리 일행은 역사 안으로 들어갔다 나온다든가 그런 일 없이 어느 한옆으로 해서 역 광장으로 나서니 타고 갈 버스가 기다리고 있었다.

버스가 출발하자 앞자리에서 러시아 젊은이가 일어서서 한국말로 여러분을 모시게 되어 기쁘다면서 자기는 블라디미르라는 이름이며, 레닌그라드 대학 역사학과 4학년생이며 한국 역사를 전공하고 있다고 한다. 한국 역사의 어느 분야인가고 묻는 말에 가야 역사 전공이노라는 대답에, 차 안은 순간 차분해졌다. 알맞게 큰 키에 말랐으며, 금발에 유별나게 어려 보이는 젊은이다. 그도 모스끄바에서의 통역 사샤처럼 알아듣기에 아무 불편 없는 한국말을 구사하는데, 사샤와는 이름이 다른 만큼의 개인차가 있는 억양의 한국말이지만, 흔히 외국인이 한국말을 할 때의 그런 억양 같은 것은 전혀 없다. 알고 하는 외국말이다. 러시아와 접하면서 우리 국민이 신선하게 느낀 측면이다. 해방 후 반세기를 미국 사람들과 어울리면서 한국말을 그쪽에서 이런 식으로 동원해준 적은 없다. 국교가 생긴 후 부임한 소련 대사가 미국 대사와 함께 TV에 출연한 적이 있었는데 그때 소련(아직 소련이었던 1991년이나 1990년 말이겠다) 대사는 스스럼없이 한국말로 시종한 것까지는 그렇다 하더라도, 동석한 미국 대사가 사회자와 함께 진행된 정담 중에 어느 대목에서 해방 후에 남북이 분단된 원인 중 한 가지는 남북의 언어장벽이었다는 발언에 멍해진 기억이 떠오른다. '언어'라는 말은 무슨 비유로 쓴 것이 아니고 단순한 '언어' 그 자체, 흔히 듣는 북부 중국어인 북경어와 남부 중국어인 '광동어'의 문제 같은 의미로 사용하고 있었다. 여기서도 유창한 한국어를 구사할 뿐 아니라, 가야사 전공이라는 러시아 대학생을 그저 여행 안내자로 이렇게 대수롭지 않게 만나고 보니, 그것은 그런대로 이 나라의 구체제가 허물일 수 없는 일을 했구나 싶었다.

이곳에서 머물 숙소로 가면서 블라디미르 청년은 운전석 옆에 우리들 쪽으로 돌아선 자세로 서서 이 도시 쌍끄뜨 뻬쩨르부르끄를 일반적으로 소개하는 일과 지나가는 풍경을 설명하는 일을 섞어 짜기로 해나갔다. 이 도시는 러시아 도시 중에서 서방 도시를 가장 닮은 도십니다. 그가 말하는 표준은 서방의 현대식 도시라기보다는 전통적 정취가 기조가 되어 있는 도시를 말하는 것임을 알 수 있었다. 모스끄바도 그랬지만 이곳 거리는 한층 더 '빌딩'이라는 말하고는 거리가 멀고, 내가 본 기억으로는 파리나 로마에 가까웠다. 짓기부터 그쯤이 표준이었다는 그의 말이었다. 도로가 보시다시피 상태가 좋지 않습니다. 현재 시는 길을 보수할 만한 예산이 없어서 이렇습니다. 전차 궤도가 있는 차도는 널찍하기는 하지만 사실 팬 곳이 여기저기 눈에 띈다.

교회 앞을 지나간다. 10월혁명 때는 수녀원이었던 곳이라고 한다. 아마 혁명세력 사령부였던 스몰니 수녀원이라는 말인지. 젊은 도시입니다, 라고 말한다. 모스끄바나, 끼예브 같은 도시와 비교해서 하는 말이라면 알 만하지만, 이 석조의 고전양식의, 우리한테는 가장 서양다운 도시를 '젊은'이라고 하는 말은 금방은 머리에 들어오지 않는다. 운하가 처음 나온다. 이 도시는 운하의 도십니다. 이 운하들은 1850년에 만들어졌으며, 이 지역은 원래 핀란드 만과 연결된 뻘 지대였습니다. 운하를 화물선이 지나간다. 건널목 에서 기차가 지나가기를 기다린다. 레닌그라드는 러시아의 공업 중심지의 하나로, 중공업, 그중에도 군수공업으로 유명합니다. 여러분이 보시는 저 양쪽의 공장들은 무기, 기계들을 생산하는 시설들입니다. 시설들은 석탄을 연료로 쓰는지 매연에 그을려서 무연탄 저탄장들처럼 보인다. 터키와의 전쟁 때 개선문입니다. 이곳은 조선소造船所입니다. 네바 강이 어느 정도의 강이라는 것을 알게 한다. 지금 보시는 건물들은 스탈린 시대에 지은 것들로 아파트지만, 제국의 권위를 과시하는 식의 고전양식인 것을 아실 것입니다. 저것이 전철역입니다. 전철역에도 돔형 지붕이 많습니다. 왼쪽이 시청입니다. 제국帝國의 정치주의적인 건축양식입니다. '제국'이라는 말이 쉽게 나온다. 다르기는 '다른 시간'의 축적 속에 들어오기는 한 모양이다.

숙소에 닿아 차에서 내린다. 굉장히 넓은 광장 한복판에 2차대전 전쟁영웅 기념탑이 있고 호텔은 이 광장을 온통 차경借景하는 위치에 있다. 오가는 차가 거의 없다고 할 만큼 왕래가 뜸한 광장에서 영웅들은 비에 젖고 있다. 무엇을 지키겠다는 것인지 깃발을 추켜세우면서 남녀 군중이 힘차게 웅성거리는 군상 조각이다. 입국해서 보아오는 조각은 모두 인체를 충실하게 묘사하는 것들이고 날림 같지 않은 리듬이 느껴진다.

호텔은 폭이 모스끄바의 인투어리스트 호텔보다 넓고 높이는 좀 낮은 듯했으나, 훨씬 외양이 깨끗하고 덜 무거워 보였다.

현관으로 들어서보니 거기도 깨끗하고 밝은 호박색의 대리석으로 마루와 벽이 으리으리하고 사방으로 큼직한 통유리 창문으로 시원스럽게 사방으로 뻗은 호텔의 건물 사이의 뜰이 내다보인다. 무엇보다 내부가 충분히 밝다. 조명도 그렇고 창문 면적이 넓다.

객실로 올라간다.

"좋은 호텔인데요."

M씨가 방을 둘러보면서 말한다.

사실이었다. 구조는 모스끄바의 것과 별 차이 없지만 공간이 훨씬 넉넉하고 기물이며 벽이며 창이며 모두 깨끗하고 미끈해 보인다.

1급 중의 1급호텔이었다. 여행 비용이 추가되었다는 말은 없으니 예정에 있는 곳일 텐데 아무튼 나쁘지 않았다. 약속된 비용으로 이만한 대접이 가능할까.

식당으로 내려와서도 또 한 번 우리는 만족했다. 인투어리스트에서 우리에게 배정된 식당이 호텔 전체에서 유일한 것인지는 몰라도 썩 쾌적하다고는 할 수 없었다. 단체객들을 위한 식당인 모양이어서 독일 사람들하고도 두어 번 마주쳤었다. 더 고급한 식사를 하려면 레스토랑을 이용하는 법인 모양이다.

'BAR'라고 씌어진 말쑥한 문 옆에 마련된 우리를 위한 식탁이 있는 장소는 전면 벽화까지 있었다. 길게 설치된 식탁 위에 나온 음식들도 지금까지의 어느 식탁보다도 훌륭하였다. 어느 사이엔지 우리 일행에는 두 사람이 더 추가되어 있었는데 그들 역시 어느 지방공화국에 본가가 있는 교포 남자 젊은이들로 우리들 편의를 위해 더 채용된 사람들이라고 한다. 그러니 사장까지 합쳐서 여섯 명의 여행사 사람들이 따라다니고 있는 것이다. 사장은 우리 편의도 편의지만, 앞으로 자기가 함께 일할 사람들을 업무 훈련시키는 목적도 있으니, 부담 갖지 말라고 정직하게 말해준다. 그들대로 연수여행이기도 하다는 말이었다.

식탁에는 보지 못하던, 길쭉한 호박같이 생겼지만 맛은 파파야 비슷한 향기로운 과일도 나왔는데, 교포 청년 두 사람이 반가워하면서 자기네 고장 산물이라고 한다. 나는 줄곧 '홀레브' 빵만을 선택하였다. 광주리에는 다른 빵도 있었지만 그렇게 자연히 된다. 러시아 작가들을 만나 깊은 이야기(를 할 도리는 이 마당에 어느 누구도 없겠지만)를 하면서 지내는 여행도 아니고, 43년 전에 배운 러시아말은 알파벳을 이어 붙여 읽을 수 있다는 것뿐이고(그만한 러시아어도 이 여행 중 하찮을망정 일행의 편의에 다소간 기여하였다. 끄렘린 성벽 발치에 죽 이어나가면서 설치된 구체제 요인들의 무덤 앞을 지나가면서 나는 빠른 속도로 묘비에 새겨진 주인공들의 이름을 호명해야 했다. 이상한 몽고어 계통의 억양으로 불린 자기 이름에 주인공들은 좀 착잡했을지도 모른다. 모름지기 그들 생전에 그들의 이름은 누구보다 정확하게 발음되었을 테니 말이다), 러시아어 신문을 읽을 수도 없고 꼼짝없이 관광 시간표에 실려 다니는 신세지만, 내 사정은 사정대로 마음대로 복잡한 심정이 없지 않기도 하거니와 생전에 두 번 다시 올 듯도 싶지 않은 (사람 일 몰라요) 곳이기는 하지만, 어찌어찌하다 보니 내가 평생 씨아질한 마음고생에 대하여 상징물이랄 것도 없이 사실 자체로 무슨 결판을 내줘야 할 의무라도 있을 것 같은 이 나라에 정작 와놓고도 그런 빚이야 어디 차용 증서를 받아놓은 것도 아니겠다, 어느 관청에 가서 환불을 호소할 궁리도 마련이 없는 심정이 그렇게 식사 때마다 대고 '흘레브' 빵만 족치게 되던 것이었다.

  잼의 일종이기는 한데 매우 묽은 잼이 신기하였다. 그 잼은 러시아 차에다 넣어서 먹는 것이라고 교포 청년이 가르쳐준 잼을 넣은 차를 마시면서, 생전에 두 번 다시 올 듯도 싶지 않은? 하고 나는 생각하였다. 그런 여행으로 받아들이고 있었다. 그렇게 생각하고 보니, 바로 얼마 전까지 도저히 상상도 할 수 없었던 여행을 하고 있는데, 블라디미르 청년의 말마따나 '제국'의 폐허를 돌아다니는 느낌인 것이, 바로 얼마 전까지의 이곳은 이미 아니기 때문에 가능해진 사정은 마치 로마 시를 관광하는 것은 당시의 로마를 관광하는 것이 아닌 것과 마찬가지일 텐데, 그 '제국'이 바로 어제이고 보니 현재와 과거가 아직 갈라서지 않은 기이한 시간감각을 강요하고 있다.

  에르미따즈 미술관으로 가는 버스에서 내다보는 비에 젖은 쌍끄뜨 뻬쩨르부르끄는 모스끄바보다 우리 눈에는 더 고전적으로 보였다. 비에 젖은 때문인지 도시는 깨끗해 보였다. 아마 사실 그렇기도 하거니와 모스끄바에서처럼 공장지대를 지나지 않은 데도 원인이 있을 것 같다. 온 시내가 서울 덕수궁의 석조전 같은 건물로 되어 있는 거리를 지나서 폰딴까라는 운하를 건너 도착한 에르미따즈 미술관은 네바 강변에 있는 초록색 벽에 아치 모양의 백색 창틀의 창문이 아름다운 3층 건물이었다. 이것이 이른바 동궁冬宮이었다. 황제의 거울 거처였고, 10월혁명에서 타도된 임시정부의 청사였다. 황제는 이미 그해 2월에 일어난 혁명으로 퇴위하고 난 다음이었다.

동궁冬宮. 이것이 그 장소였다. 해방되고부터 1950년 월남할 때까지의 북한 생활에서 온갖 기회에 ─ 신문에서, 대중집회에서, 교과서에서 그렇게 자주 접하게 되던 그 낱말 '동궁冬宮'의 현물이었다. 여행이란, 낱말 공부의 한 방식이기도 하였다. '동궁'이 실지로 있다니. 흰 벽과 금색의 장식, 천장에 그려진 천사들, 거대한 샹들리에, 대리석 기둥, 모자이크 마루, 성화聖畵들, 부조浮彫들, 벽걸이, 온갖 그릇들, 금그릇, 은그릇, 도자기들 ─ 방마다 그득그득한 이런 미술품들의 홍수들은 그러나 여기서 처음 보는 것들은 아니었고 ─ 이 미술관 소장품을 미술품 자체로 보는 경우에는 그것들은 분명 이곳밖에는 없는 것들이지만 ─ 미술관이면 거기에는 미술품이 있다는 의미에서는 다른 미술관 경험과 특별히 다를 것은 없는 일이었고, 그런 미술관 본래 경험보다는 이 건물 자체, '동궁'에 대해서 내 안에서 형성돼 있던 '의미'와 '현실'을 일치시키려는 마음의 운동에 휘말려서 방에서 방으로 걸음을 옮겼다. 그 운동은 이 범람하는 공간적 사물들보다 더 멀미를 일으켰다. 그것은 자칫 범람하고 싶어 하는 '시간의 흐름' '시간의 축적'이었다. '시간'은 그렇게 다루기 힘들었다. 이렇게 넓은 면적을 차지하면서 눈에 보이게 전개되어 있는 공간은 그것 자체로는 오히려 그들이 형성되기 위해서 필요했던 시간을 되레 가리는 가리개였다. 그것들은, 자기 자신이 자기 자신의 가리개였다. 그것들은 그것을 보

는 사람들의 마음속에서 '시간'으로 변환되었을 때에만 진정한 그
것들이 될 수 있었다. 그리고 그 '시간'이란 나의 전 생애였다. 렘
브란트의 작품이 여러 폭 있고, 루벤스의 작품도 여러 개 되며, 고
갱, 피카소까지 있었다. 그러나 이 미술관에 관해서만은 나는 그
런 거장들의 작품을 그것 자체로 음미할 만한 마음의 여유가 없었
다. 내게는 이곳은 에르미따즈 미술관이기에 앞서 '동궁冬宮'——
네바 강에 들어온 전함 오로라호의 포격을 받은 혁명의 무대였다.
아니다. 그렇게 말하려던 일이 아니었다. 그런 혁명의 무대였다
고, 『플랜더스의 개』에 열중하던 그 같은 나이에 어른들로부터, 선
생님들에게서, 신문에서, 책에서 접하기 시작하고 평생 그 의미를
생각하면서 지냈던 그 모든 시간의 응축이었다. 아니, 어수선한
서툰 설명이다. 달리 말해보자. 천 리를 걸어온 사람이 그런 끝에
만난 이정표 속에 자신이 걸어온 천 리 길이 들어 있다고 생각해야
옳을까. 천 리는 자기 속에, 들어 있는 것이라고, 천 리를 걸어서
자신에게 도달했다고 생각하는 게 사리에 틀리지는 않지만, 자기
속에 들어 있으면서도 그 천 리 길이 결코 환상이 아님을 증거하는
것이 '이정표'이기도 하다는 말이다,라고 표현해본다. 조금은 내
심정이 정리된 표현이다.

  모름지기 끄렘린 궁전에 대해서는 그것은 건물일 뿐, 한 성곽일
뿐, 그것에 관련된 사건, 그 속에서 일어난 사건이 연상되는 것이
없고, 레닌 묘도 그것을 보기까지는 그 말은 다만 장소 표시일 뿐
이고, 레닌의 미라도 살아 있는 레닌과는 관계없는 사물이었고 보
면, 막상 그것들을 보고도 그것은 풍경이었을 뿐인 반면에, 동궁冬

畜은 그에 관련한 극적 사건의 연상 때문에, 그것은 공간으로서가 아니라, 시간의 운동을 내 생애의 전 기억을 촉발한 것일까. 나는 미술품으로 가득 찼고 그 자체가 미술품이기도 한 방들을 지나면서 내 자신의 생애를 치닫고 내리닫고 하느라고 분주하다가 건물 밖으로 나왔다.

아마 광장에서 관광객을 기다리고 있던 러시아인 사진사의 눈에는 미술관에서 나오는 한 몽골계 아시아인이 보였을 뿐일 것이다.

그 사진사는 검은 곰 한 마리를 끌고 우리한테 와서 사진 찍기를 권했다. 기발한 생각이었다. 그런데 이 곰이 한 여성 시인에게 달려들어 그녀의 어깨에서 숄더백을 낚아챘다. 순식간에 일어난 일이었다. 채 놀랄 사이도 없었다. 그러나 곰은 심각한 공격 의사는 없었던 모양이었고, 사진사가 얼른 줄을 잡아당겨가지고 현장에서 사라져버렸다.

러시아 곰도 미녀를 알아본 게라고 우리는 그녀를 위로했다. 사실이었지 싶다.

뻬쩨르부르끄에서 최근에 개점했다는 여기 교포 경영의 '한국식당'이라는 집에서 점심을 먹었다. 불고기와 상추쌈이 맛있었다. 이 집은 폰딴까 운하 옆에 있는데 길가의 아치형 문으로 들어가면 건물로 둘러싸인 뜰이 있고 그 뜰 한쪽 건물에 입구가 있었다. 운하에서 소년 둘이 낚시질을 하고 있는 것이 보인다.

날씨는 흐렸다 갰다 하지만 그런대로 좋은 날씨였다.

갰을 때도 하늘에서 구름이 아주 걷히지는 않았다.

이곳의 9월 초순은 서울의 지금 온도보다 그리 다르지는 않게

느껴진다. 겨울 차림을 준비한 사람들이 많았지만 와보니 그렇지
않고, 다만 지금부터 계절은 서울보다는 좀더 빠르게 움직일, 그
러니까 가을이 매우 짧은 모양이었다. 지금이 러시아를 여행하기
에 가장 좋은 철이라고 한다. 모스끄바의 공항에서 제일 먼저 눈
에 띄던 것처럼 잔디들은 아직 푸르고 잎을 떨구거나 단풍 든 나무
도 보이지 않는다.

　오후에는 에르미따즈 미술관 근처 네바 강변에서 산책 시간을
많이 가졌다. 강과 운하에 걸린 다리들이 공들인 디자인으로 꾸며
진 것이 특히 눈에 띈다. 전체가 쇠로 된 옥친스끼 다리의 원형 아
치는 특히 아름답다. 사실은 도시 자체가 큰 조각품인 셈이며, 다
리며 난간들은 돈과 정성을 많이 들이면 그게 바로 미술품이라는
생각을 자연스레 가지게 만든다. 네바 강 건너편에 보이는 뻬뜨로
빠블로브스끄 요새의 높은 뾰족탑이 마치 발사대에 놓인 우주 로
켓같이 생긴 그 꼭대기 부분을 거의 여름 구름처럼 푸짐한 맛이 있
는 구름 속으로 들어올리고 있다. 바람이 없는 온화한 날이다. 훨
씬 멀리에 오로라호가 바라보인다. 내일 그 근처로 가리라고 금발
의 통역자 블라디미르가 말했다. 그는 어린 학생답게 열심이었고,
그의 한국어도 우리에게는 즐거움이었다. 그는 가끔 좀 낡은 단어
라든지, 적절치 못한 표현을 하기도 했는데 곧 우리들의 반응을
받아, 묻는 표정이 되면, 우리가 정답을 말해주고, 그는 음 잊어버
리지 말아야지 하는 기세로 그 용법을 고치곤 했는데 그것조차 없
기보다 나은 즉흥 재밋거리였다. 그에게서 모범 한국말을 이 기회
에 배워가겠다는 사람은 아무도 없었기 때문이다. 나는 미술관에

서 영어로 해설된 화집을 샀다. 모조 헝겊을 씌운 두꺼운 표지에 싸인 423페이지짜리 고급 화집으로 레닌그라드의 좋은 기념이 될 것 같다.

성聖 이삭 성당이라는 큰 성당으로 가서 성당 내부에 있는 나선 계단으로 성당 지붕에 설치된 전망대로 올라가서 레닌그라드를 내려다보았다. 레닌그라드는 여기서 보니 정말 아름다운 숲속의 도시였다. 지붕들의 높이가 가지런하고 높지 않았다. 그렇게 지어진 이래로 보존돼온 모양이다. 내가 미술 전문가가 아닌 탓도 있겠지만, 외국 도시를 방문할 때마다 그 도시 자체보다 더 깊은 인상을 주는 미술관 경험을 가져본 적은 없다. 도시가 미술관이라고만 느꼈다. 굳이 미술관이랄 것도 없이 도시가 곧 극장이라고 할까, 그렇게 말하고 싶다. 여기서 더 나가서 도시가 곧 생활이다, 라고까지 말하면 농담이 되고 말지만, 다행히 여행자의 신분일 때는 그 도시의 생활자에게 있어서처럼 도시가 생활일 수 있는 능력은 자동적으로 차단되므로, '생활'을 가장 닮았으면서 '생활은 아닌 것.' 즉 생활의 환상을 즐기게 되는데, 이것이야말로 '예술'이라는 현상의 성격이 아니고 무엇인가. 그래서 언제나 여행을 할 때는 마음이 한껏 설레다가도 살림의 제자리로 돌아오면 그뿐 어느새 부풀었던 마음도 잦아들고 말곤 했다. 지난날 크고 작은, 길고 짧은 모든 여행이 언제나 밟는 걸음걸이였다.

저녁식사는 우리 숙소인 뿔꼬브스까야 호텔이 아닌 모스끄바 호텔이라는 데서 하게 되었다.

저녁에 '무쏘르그스끼 오페라 발레 극장'이라는 이름의 극장에

서 오페라 「리골레또」를 구경했다. 이름만 알고 있을 뿐 공연으로
는 처음 보는 데다 러시아말로 진행되기 때문에 주인공들의 연기
를 통해서 대강 줄거리가 짐작될 뿐이지만, 그 중간에 잘 알려진
노래가 나와서 아주 재미없지는 않았을 뿐만 아니라, 러시아 사람
들의 무대를 처음 보기 때문에 관극 경험으로 만족스러웠다. 무대
장치, 옷, 인물들의 얼굴 분장, 움직임에 이르기까지 모두 주의해
서 관찰하는 일 자체가 크게 즐거웠다. 극장 자체를 살펴보는 것
도 무대 자체 못지않은 구경거리였다. 특별한 점을 발견한 것은
없고 그림이나, 사진, 영화 따위에서 익히 아는 전형적인 오페라
극장 내부였다. 도시 전체가 총 르네상스식인 터에, 극장 내부가
그에 몇 갑절 더한 것은 당연해 보였다.

　이런 객관적 사정하고는 관계없이 나는 전혀 뜻밖의 경험도 하
였다. 어느 장면에서 배우들이 연기하고 있는 전면 뒤쪽으로 벌판
과 먼 산맥이 아득히 거의 어둠에 잠겨 희미하게만 표현되어 있었
는데, 그 벌판 한군데서 모닥불인지 횃불인지 문득 일어나는 것이
었다. 그 빨간 불이 굉장히 감동적이었다. 아마 주무대만을 '장
면'으로 받아들이고 있다가, 그 장외場外 장면의 예고 없는 개입으
로 환상의 공간이 갑작스레 재조종되는 마음의 운동이 가져다준
감동인 듯싶다. 이 나라에 와서 처음 대하는 예술작품의 현장에서,
그것도 내가 평소에 감상 경험이 있는 분야도 아닌 곳에서 일어난
이 순간은 즐거웠다.

　우리는 1층의, 무대를 향하여 오른쪽에 마련된 자리에서 구경하
였다. 3층까지 있는 자리는 다 차 있었고 유럽에서 온 관광객인 듯

한 사람들이 많았다.

구경을 마치고 나오니 빗줄기가 굵어져 있었다. 미리 와서 기다리고 있는 버스를 타고 숙소인 뿔꼬브스까야 호텔에 돌아온 다음에 우리는 뜻하지 못한 소식을 들었다. 북한과 중공의 외교관계가 단절되었다는 소식을 누군가 외부 사람으로부터 들었다는 것이었다. 우리 일행 중에 누군가가 이곳 교포로부터 들은 얘기라고 한다.

"여기 신문에 났답니까?"

"아닌 모양입니다."

"그럼…… 본국에서 전화라도?"

"글쎄요, 잠깐 다녀오겠습니다."

M씨는 방에서 나갔다.

우리가 극장에서 돌아왔을 때 오페라 구경에 오지 않고 다른 일을 보러 갔다가 마침 로비에 내려와서 전화를 걸고 있는 분이었는데 그분한테서 나온 말이었다. 만일 이곳 매체에서 보도했다면 블라디미르 청년이 알려줌 직했는데 그런 말은 없었다. 서울 떠난지 사흘 만에 큰 사건이 생긴 것이었다.

M씨는 이야기를 낸 분을 만나지 못하고 돌아왔다.

"내일이면 알겠지요."

내가 말했다.

"지금 여기 아는 친지가 있는 분들이 여기저기 연락하고 있군요, 사실이라면 큰 뉴스가 아닙니까?"

"암요, 단교라……"

"어쩌자는 걸까요."

우리는 여기서 침묵하고 말았다. 우리가 여기에 오기 얼마 전에 중국과의 국교 수립이 발표됐었다. 이제 중국밖에는 믿을 곳이 없게 된 북한이 그렇다고 중국과 단교할 수 있을까? 우리 두 사람은 으레 단교라면 북한 쪽에서 한 것으로 짐작하고 걱정하고 있었다.

이야기는 끝내 이날 밤에는 확인되지 않았다.

더 얘기해봐야 달라질 것이 없음을 깨닫고 우리는 그 얘기는 더 하지 않았다. 뻬쩨르부르끄의 첫날은 그런대로 흥미 있게들 지낸 터였다. 나부터도 러시아의 무대를 처음 감상할 기회가 있었고 뜻하지 않게 좋은 발견도 하고 나서 듣는 난데없는 본국 쪽 소식은, 새삼 격동하는 세월을 그러지 않으면 모를까 봐 짓궂게 일깨우기나 하려는 것 같았다. 무대에서 타오르던 불길이 떠올랐다. 벌판 멀리의 그 불길은 마치 불행한 우리 땅에 꺼지지 않고 남아 있는 전쟁의 불씨를 상징하는 것 같았다.

애써 그 화제를 피하면서 M씨와 나는 차츰 밝은 이야기를 주고받다 보니 그런대로 미확인의 소식보다는 즐거운 하루에 대해 의견을 나누는 시간이 되어갔다.

광장에서는 이 나라가 치른 엄청난 전쟁을 기념해서 세운 동상의 남녀들이 제법 굵어진 빗속에서 방금 어디론가 출동하는 사람들처럼 웅성거리고 있었다.

이튿날 아침, 전날 저녁의 소문은 근거가 없는 말이었고, 사실이 아님이 밝혀졌다.

우리는 서로 쓴웃음을 지었다.

아침식사는 이 호텔의 같은 식당에서 전날처럼 하였는데 식탁에 모여든 사람들은 우선 비슷한 표정들을 교환하는 것으로 아침 인사들을 대신하였다. 세상은 상식대로 가지 않는가 하면, 상식대로 가기도 하였다. 그러나 어떤 일은 여전히 확인될 때까지는 어느 쪽일 수도 있는 것이었고, 우리는 기다리는 것 말고는 달리 할 일이 없는 많은 사람들의 일부였다. 그것이 아무리 우리 운명을 지배할 엄청난 일이라고 할지라도 말이다.

우리는 곧바로 뿌쉬낀 시로 떠났다.

옛날에는 짤스꼬예 쎌로(황제의 마을)라 불리던 곳으로 그 이름대로 황제의 여름궁전이 있는 곳이다. 거기서 보게 되겠지만 시인 자신이 그곳에 있는 귀족학교의 졸업생이고, 그의 시 가운데에도 직접 이 지명과 그 시절을 노래한 것이 있는 것으로 기억하며, W 고등학교에서도 「차다예브에게」를 배울 때 선생님께서 이 지명을 언급했던 생각이 난다.

러시아에서 처음으로 우리 버스는 도시 밖으로 나오고 있다.

눈길이 가 닿는 저 끝까지도 그대로 벌판인 레닌그라드 교외를 차는 달린다.

블라디미르 통역이 설명한다. 여러분이 보시는 밀밭은 집단농장입니다. 지금은 수확기여서 원래 같으면 비어 있겠는데 요즈음 일손이 귀합니다. 예전에는 시민들이나 학생들이 의무적으로 추수에 동원됐었습니다. 가끔 야트막한 언덕이 파도치듯 보일 뿐 가도가도 밀밭이다. 이 근처가 2차대전 때 이 도시의 최후 저지선이었습니다. 보십시오, 수풀 사이에 팬 흔적이 있는 것은 당시의 참호입니다.

뿌쉬낀 시에 도착한다.

울창한 수풀 속에 황제의 여름궁전의 황금색 지붕 일부가 보이고, 궁전 입구의 길 건너에 시골 마을이 있는 것 — 이것이 뿌쉬낀 시의 전부다. 우리 버스가 달려온 길은 우리를 내려놓고 저 혼자 저쪽으로 이어진 수풀 사이를 아득히 뻗어 있다.

큰길에서 궁전으로 들어가는 길 초입 양편으로 버스표 파는 매점만 한 크기의 선물가게가 있다. 그 가게 옆 길가에 4인조 악단이 서 있다가 우리가 차에서 내리자 악단원 한 사람이 국적을 물어보고 나서 우리 애국가를 연주하였다.

큰길에서 궁전까지는 100미터 정도 되는데 궁전의 측면이 보이고 들어가는 길 좌우는 수풀이다. 오른쪽 수풀 속에 정자가 보인다.

궁전 전면에 관광객이 안으로 들어가는 문이 있었다. 궁전은 백색 바탕에 청색 창틀, 거기에 금색의 복잡한 부조 장식이 곁들여진 3층의 옆으로 길쭉한 건물이었고, 건물보다 한 층 낮게 반듯하게 다듬어진 넓은 정원을 앞에 두었으며 이 정원은 세 방향 모두 숲과 이어져 있다.

궁전 안으로 들어간 곳은 선물가게들이 큰 방에 칸을 막고 빽빽이 차 있다. 이 구역을 지나서부터는 건물 전체가 에르미따즈처럼 여기도 각종 미술품을 수집한 미술관이었다.

이 궁전의 주인이었던 예까쩨리나 여제의 초상이며, 1912년 나폴레옹 침공전쟁 그림 등이 기억에 남을 만한 큰 작품들이며 이 궁전은 소장품이 중심이 되어 있는 듯한 에르미따즈와는 달리 궁전 자체가 전시품인 성격이 짙었다. 황제와 황후들이 살던 집을 둘러보고 있는 느낌이 든다. 특히 중국 가구며 미술품이 많이 놓여 있다. 전시라기보다 원래 방의 가구로 있던 자리에 있다는 식이다. 러시아 특유의 빛깔을 지닌 타일로 바른 벽난로가 호사스럽다. 꽤 많은 관광객이 방에서 방으로 이동한다. 독일인들, 이탈리아인들, 미국인들이다.

방마다 창가에 의자를 놓고 지키고 있는 나이 든 러시아 부인들은 어느 사람이나 비슷해 보였다. 뚱뚱한 것까지 비슷했다.

밖으로 나와서 계단을 따라 정원으로 내려간다. 정원은 자로 잰 듯이 나무들을 반듯하게 여러 모양으로 다듬어놓았다. 땅바닥은 붉은 기운이 있는 모래 같은 토질이었다.

올려다보니 궁전은 백白과 청靑과 황黃색의 나뭇조각으로 맞춰놓은 동화나라의 궁전처럼 찬란하였다.

우리는 여기저기 흩어져서 사진도 찍고 앉아서 쉬기도 하는 사이에 서로 떨어져서 어느 사이에 나는 혼자가 되었다. 에르미따즈, 그 동궁에서 한꺼번에는 감각이 처리할 수 없는 미술품의 바다를 보고 난 이튿날에 또 비슷한 장소를 보고 나니 좀 힘이 들었다. 신문도 읽지 못하고, 시민들과 대화할 수도 없는 이 여행에서 오직 가능한 일, 즉 '본다'는 방법이 위주가 되는 것은 이런 관광여행에서 보통 일이겠지만, 나는 그 보통 방법을 '사명감'을 가지고 실천하려니 다짐하고 있는 터였다. 앞에서 말한 것처럼 포석 조명희의 눈을 의식하면서 여행한다는 말도 빈말은 아니고, 그렇게 되다 보니 그렇게 된 이 나라가 나에게 미친 적지 않은 영향을 몸으로 느껴으로써, 내 속에 남아 있게 된 그 영향의 흔적의 의미를 더 깊게 느껴보자는 것 — 보통 같으면 여행을 매우 무거운 것으로 만들게 될 이런 부담을 스스로 짊어진 채 지내고 있었다. 그렇다고 해봐야 결국은 아무리 응시해봐야 강이고, 들판이고, 길이고, 궁전이고, 그저 비일 수밖에 없는 비였지만 말이다. 이 풍물에 과중한 기대를 가지고 접근하면 할수록 그럴 때마다 더욱더 나 자신으로 되돌아오는 느낌이 더해지면서도, 나는 지질학적 지식이나 동원하지 않는 이상 그저 붉은 흙일 수밖에 없는 땅바닥을 그 땅바닥 자체에 무슨 뜻이나 있기나 한 것처럼 들여다본다.

나는 궁전을 벗어나서 우리 버스가 있는 쪽으로 나왔다. 돌아가기로 된 시간이 가까웠다. 아까 그 자리에 서 있는 버스에 와보니 한 분이 버스 안에서 쉬고 있을 뿐 그 밖의 일행은 아직 도착한 사람이 없었다.

나는 길을 건너서 맞은편 민가 구역으로 넘어갔다. 그곳은 미국의 시골 읍과 다름없는 느낌을 주는 작은 동네였다. 아스팔트 포장이 된 넓은 차도로 구획된 집들이 어느 집에나 앞뒤 마당에 서 있는 나무 그늘에 호젓하게 파묻혀 있었다. 나는 보도를 따라 한 구역을 빙 돌아서 제자리로 돌아왔다. 우리 버스 근처에는 아직 사람들이 보이지 않고 선물가게 안에서 젊은 러시아 여자가 책을 읽고 있는지 머리를 수그리고 있었다. 나는 방금 한 바퀴 돈 구역을 이번에는 반대 방향으로 돌아가본다. 집들에서는 가끔 마당에 나와 있는 7, 8세쯤 되는 아이들이 보이기는 했으나 거의 모든 집에서 인적이 느껴지지 않고 차도와 집들 사이의 인도를 걷고 있는 그림자는 나밖에는 없었다. 빈 거리를 나만 그렇게 걷고 있었다. 보도의 집 가까운 쪽에 푸슬하게 자란 풀은 가을 기색이 아직은 전혀 없이 여름풀이었다. 그리고 길가의 바로 그 풀은 내 기억에서 아마 영원히 사라지지 않을 것이고 이 여행 중 가장 확실히 주목받은 대상으로 기억될 것이라는 확신이 무슨 신비한 사건이기나 한 것처럼 마음을 차지했다. 그리고 길가의 그 풀에 대한 까닭 없이 강렬한 인상은 엊저녁 극장에서 본 그 들판의 불빛과 같은 성격의 것인 성싶었다. 오늘이 러시아에 와서 처음 도시 밖으로 나온 날인 것처럼, 나는 지금 러시아에 와서 처음으로 혼자 걷고 있는 것을 깨달았다. 그런 나에게 강렬하게 다가온 대상이 길가에 돋아난 이 잡초였다. 저 궁전에서 방금 그토록 넓은 잔디와 정원사가 다듬어 놓은 나무들을 보고 오는 길인데. 그 풀은 가냘픈 작은 꽃을 달고 있었다.

이 풀과 나는 피차에 잘 이해하고 있었다. 내가 땅에 서 있고 그가 땅에 뿌리를 박고 붙어 있는 것, 이것이 우리의 이해의 형식이다. 우리가 각기 이렇게 있다는 것이 우리의 이해이기도 하다. 우리는 '생물구성체'로서 '지리적 구성체'인 이 마을의 땅 위에서 이렇게 만나고 있다. 이 마을 사람들의 조상들도 아득한 옛날부터 이 풀과 나의 관계처럼 그렇게 살아왔다. '생물구성체'와 '지리적 구성체'라는 자격에서는 그렇게 간단한 관계 위에 '사회구성체'라는 그물을 한 겹 더 얹으면서부터 적어도 이 풀과 인간은 이미 '형제'라는 규정만으로 연결되지는 못하게 되었다. 이 풀은 아득한 그

468

옛날이나 지금의 이 순간이나 여전한 그 '생명구성체'로 산다는 '달인達人'의 경지를 유지해온다. 그러나 사람은 일정한 주기를 두고 변해온 '사회구성체'의 구성원리를 '사회화'한, 즉 내면화해서 자기의 구성원리로 터득한 생활자가 되어야 했다. 이 풀의 어린 싹은 그대로 자라서 여름풀이 되고 가을풀이 되면 그만이지만, 한때 이 풀의 곧이곧대로의 형제였던 '인간'의 아이들은 학교에 가서 그때 현재의 '사회구성체'의 원리를 배워야 했고, 그러고 나서야 소우주란 말처럼 '소小사회구성체'가 될 수 있었다. 영주시대에는 영주의 영민領民으로, 황제시대에는 황제의 신민臣民으로, 쏘비에뜨 시대에는 공화국의 공민公民으로, 그리고 지금 새 공화국의 시민市民이 되어 있다.

풀은 그런 것을 모른다. 그들은 풀이 된 이후 지금까지 변함없는 오직 한 구성체, '자연구성체'로서만 살아왔다.

그런데 어려운 대목은 달리 있다. 이 풀과, 내가 속한 생명구성체의 한 종種이 역사의 어느 대목 이후 그렇게 갈라서 왔는데도, 이 풀과 나는 여전히 서로 바라보고 설명 없이 서로를 이해하는 공동의 기반— '생명구성체'라는 기반을 함께하고 있다는 사실이다. 나는 여전히 '인간풀'이기도 한 것이다. '인간이라는 이름의 풀'이기도 하다. 시적 수사도 아무것도 아니고 실지 나는 풀인 것이다. 그래서 잊었던 형제를 만나듯 이렇게 반갑다.

나는 풀이다. 그러나 풀이 아니다. 나는 풀이면서 풀이 아니다. 그러나 사람은 순식간에 자기를 풀이라고 생각하는 순간을 가질 수 있다. 실지로 여전히 풀이기도 하기 때문이다. 옛날에 아버님

책장에서 『동굴의 여왕』이라는 소설을 읽은 적이 있었다. H에서의 소학교 시절이다. 아프리카의 어느 동굴 속에 사는 여왕이 있다. 그녀는 영원한 아름다움을 유지하기 위해 불로초를 먹고 이 동굴에 스스로 갇혔다. 그 미녀가 동굴에 들어온 탐험대들이 보는 앞에서 순식간에 헤아릴 수 없는— 몇천 년의— 나이를 드러낸 노파로 변하고 마는 장면이 있었다. 보류되었던 '시간'이 그녀를 점령하는 순간이었다. 내 눈앞에서 이 잡초가 한 사람의 러시아 농부가 된다면, 이 풀이 보는 앞에서 내가 선 자리에 돋아난 한포기 풀이 된다면. 그런 일은 일어나지 않는다. 아니 적어도 풀 쪽에서는 일어나지 않는다. 그러나 사람 쪽에서는 그 실질적 의미에 있어서 바로 그런 변화— 풀이 될 수 있다. 사람은 영민領民에서 신민臣民으로, 거기서 공민公民으로, 그리고 시민市民으로 오르락내리락할 수 있다. 외양이 바뀌지 않으므로 본인도 모를 수 있고, 더구나 풀의 눈에는 언제나 형제, '생명구성체'의 그 종류— 다른 풀로만 보일 수 있다. 사람만이 그래서 나는 누구인가, 하고 괴로워해야 한다. 그렇다. 이 풀이 자란 이 마을, 아니 이 풀이 그 발치에 돋아난 이 허름한 길갓집 속의 저쪽 뜰로 향한 창가의 의자에 지금 90세쯤인 '영민領民─신민臣民─공민公民─시민市民'이라는 각기 질을 달리하는 시간의 퇴적으로 이루어진 '시간구성체'로서 러시아인 할머니가 낡은 흔들의자 위에서 졸고 있을지도 모른다.

　무슨 소린가! 나 자신이 바로 그런 시간구성체가 아닌가. 그건 그렇다 하고, 그 할머니는 그 시간구성체의 어느 항項 정도를 '생명구성체'로서의 자기에게 유기적으로 연결해서 살아왔고 살고 있을까. 그 항 이외의 항은 그녀에게는 90년 전의 동전이라든가, 20년 전의 공민증이라든가의 형태로 그녀의 찬장이 아니면 어느 항아리 속에 들어 있는, 그녀 '밖'의 물건일 뿐이다. 그리고, 그리고, 이 나는 어떤가. 내 사정, '시간축적물'로서의 나의 시간 퇴적 상태와 그것이 '생명구성체'로서의 나에게 연결된 상태의 유기성은 어떤 상태에 지금 있는가. 러시아의 풀이여, 너마저 내 골치를 아프게 하누나.

우리 버스는 1시에 짤스꼬예 쎌로를 출발해서 레닌그라드로 향했다.

내가 혼자서 마을을 산책하고 있는 사이에 일행은 궁전 구내에 있는 뿌쉬낀이 다녔던 귀족학교를 구경했다고 한다. 예정표에 있던 그 순서를 잊어버리고 일행에서 떨어져서 궁전에서 나온 다음에 연락을 잃어버린 것이었다. 아쉽기는 했지만 덕분에 나는 예정에 없는 마을 구경을 했고, 길가의 풀을 떠올리면서 그리 밑진 생각은 들지 않았다.

차가 달리는 저편으로 지나가는 철길을 따라 코스모스가 피어 있었다. 지평선 위에 가을답지 않은 하얀 여름구름이 한가롭게 보인다. 아직 거둬들이지 않은 밀밭이 노랗게 뻗어나간다. 그 뻗어나간 저편 끝 하늘 위의 여름구름이다. 그림 같은 농촌 풍경이다. 차는 밀밭 사이를 달린다. 그 밀밭의 꽤 가까운 한가운데서 비행기 한 대가 이륙한다. 저기는 뿔꼬보 비행장입니다, 하고 블라디미르. 민간 여객 공항입니다. 이 지역 이름이 뿔꼬보이며, 우리가 투숙한 호텔 이름도 거기서 딴 것입니다, 보이는 광고탑은 외국 회사의 보드까 술 선전물입니다. Simens라는 이름도 보인다. 이 도로는 매우 양호합니다. 황제가 다닌 길이었으므로 옛날부터 그랬다고 합니다. 작은 철도역이 멀리 보이고 차에서 내린 군중이 역사를 나오고 있다.

시내로 들어온다. 전철역에는 ⓜ이라는 표시가 있다. 비디오 카페가 성업 중이라고 한다. 소련제 Biad 차는 500달러 정도 합니다. 차가 그리 많지도 않은 데다 거의 같은 형이다. 설계자가 차가 달리는 기능 말고도 그 외형에 대해서도 생각해본 적이 있을까 궁금해질 만큼 싱겁고 엉성해 보인다.

오늘도 역시 어제 들렀던 한국식당에서 점심을 하고 도스또예브스끼 기념관으로 갔다. 이곳은 그가 한때 살던 아파트로 여기서 『가난한 사람들』을 썼다고 한다. 기념관은 담이 없는 길갓집으로 입구에 들어서자 곧바로 지하로 내려가게 되어 있고, 그곳에 관리실이 있어서 입장료를 낸 다음에 지하층과 지상 1~2층으로 올라가게 되어 있다. 나는 방들을 둘러보면서 똘스또이는 이런 정도의 집에서 살아본 일이 평생 없었던 일을 떠올렸다. 그리고 도스또예브스끼의 소설 『백치白痴』를 떠올렸다. 『백치』는 순식간에 풀이 된 사람의 이야기 같았다. 아니면 풀인 채로 이미 풀이면서 풀이 아니게 된 사람들 사이에 살려다가 실패하는 사람의 이야기로 읽을 만하다고 생각해본다. 그러고 보면 그의 작품으로 가장 널리 읽히는 『죄와 벌』도 이 문제를 풀지 못하고 방황하는 사람들의 이야기 같았다. 도스또예브스끼와 풀, 사람과 풀, 똘스또이에게도 없지 않지만 이 집에 살던 사람에게 이 문제가 더 심했던 듯하다.

이 집 구경을 마치고 우리는 네바 강변 쪽으로 옮겼다. 에르미따즈 미술관이 보이기 시작한다. 백색 바탕 위에 파란 창틀, 그리고 황금의 부조浮彫 장식을 한 그 건물은 금발에 파란 눈의 백인 미녀처럼 보인다. 뻬뜨로 빠블로브스끄 요새 앞을 지나가고 있습니다. 이 요새는 제정시대에는 정치수들을 위한 감옥이었는데 레닌 수령님의 형님이 갇혔던 곳이기도 합니다. 지금은 혁명가 묘지가 되어 있으며 영원의 불이 타고 있습니다. 저 건물이 해군사관학교입니다.

아주 어려 보이는 수병 복장 차림의 젊은이들이 안에서 나오면서 열을 짓고 있다. 저편에 오로라호가 보입니다. 거기서 정차하겠으니 기념촬영도 하시고 휴식해주십시오.

오로라호는 네바 강변에 정박해 있었다. 배는 깨끗하게 칠해지고 강변과 배 사이에는 건너가는 다리가 걸려 있고 다리 입구에 표받는 곳이 있었다. 굴뚝이 세 개 있는 작은 군함이다. 이 배는 발트 함대 소속으로 1905년의 러일전쟁 때 조선 근해에서 벌어진 일본 함대와의 싸움에서 격침을 면하고 블라디보스또끄로 돌아갈 수 있었던 유일한 전함이었다고 한다. 1917년 혁명 때는 다시 발트 해로 와 있었던 모양이어서 네바 강을 경비할 임무를 맡고 있던 이 군함은 혁명군 쪽을 지지하여 동궁을 포격하자, 그것이 정부의 저항의지를 결정적으로 붕괴시켰다고 한다. 동궁과 오로라호는 그들의 원래 성격과 상관없이 그런 까닭으로 역사의 한 장면을 이루는 떨어질 수 없는 한 짝이 되었다.

우리는 오로라호 근처를 돌아보면서 휴식하는 시간을 가졌다.

L씨와 나는 ABPOPA라고 뱃머리에 적힌 이 군함 앞에서 기념
촬영을 했다. 둘러보면 동궁, 에르미따즈 미술관, 뻬뜨로 빠블로
브스끄 요새, 해군사관학교 등이 보이는 네바 강변의 중심 구역이
다.

우리는 이곳에서 잠시 쉬다가 다음 장소로 옮겼다. 바실레브스
끼 곶으로 가는 중입니다. 곶, 곶, 아시지요, 영어로 케이프cape,
곶. 블라디미르 학생이 '곶'이라는 매우 고급한 우리말을 틀림없이
전달하려고 애쓴다. 바실레브스끼 곶은 궁전 대교를 건너가서 있
는데 궁전 대교란 동궁 앞 큰 다리라는 말이다. 다리는 궁전에 걸
맞게 장식적이었다. 블라디미르가 짤스꼬예 쎌로로 가는 길을 설
명하던 투를 빌린다면 황제가 행차할 가장 가까운 다리였으므로
그렇게 황제다울 수밖에 없는 다리였다.

궁전 대교를 건너간 곳에 로스뜨랄 등대가 있는 그곳은 넓은 공
원이기도 했다. 네바 강의 아래위를 네바 강에 들어서서 살펴볼
수 있는 지점이다. 옛날 전함 모양의 기념비가 있는데 뾰뜨르 대
제의 해전 전승비라고 한다. 꽃이 아직 한창인 중앙 공원이 있고
벤치들이 곳곳에 놓여 있으며 좀 높은 지형에 마련된 그 공원 아래
로 네바 강이 바로 인접한 넓은 산책길이 이 공원을 나선형으로 휘
감고 있다. 기념촬영을 하고 있는 신혼부부들이 몇 쌍 보인다. 오
늘은 토요일이다. 여전히 엷은 구름이 끼었지만 좋은 날씨다. 바
람도 없어서 네바 강 물결은 잔잔하고 풍경 모두가 눈에 보이지 않
는 온화한 너울을 쓴 듯 포근하다. 이 고장이 아니라도 나들이하

기에는 아주 맑은 날 못지않게 귀한 은근한 날씨다. 강변 길을 돌아보는 일행도 있고, 공원 벤치에서 쉬는 분들도 있다. 나는 강변 길을 한 바퀴 돌고 나서 벤치에 와서 앉는다. 러시아 사람들도 섞여 앉아서 꽃밭을 바라본다. Мир라는 단어가 떠오른다. 발음은 미르. 평화라는 뜻이다. 러시아 글자 P는 영어의 R이다. 평화. 지금 이곳에서 쉬고 있는 우리 모두는 평화를 즐기고 있다.

쿠데타라든지 그런 격변이 있은 직후에 입국한 외국 특파원들이 본국에 송신하는 원고에 흔히 등장하는 표현에 '현지 시민들의 표정은 의외로 무관심 일색이고, 거리 분위기는 평온하다'라는 것이 있다. 20세기를 살다 보니, 이 격변의 한 세기에 신문을 보면서 먼 나라들의 소식을 접하다 보니 어느 사이에 익숙해진 눈 익은 표현이다. 우리 자신이 그런 무관심과 평온의 주인공이 여러 번 되어 온 세월이기도 하다.

무관심, 평온. 「해방전후」에서, 시골서 올라와 보는 눈에 비친 서울 모습에 대해 이태준도 그런 표현을 썼던 것 같다. 무관심, 평온. 무관심할 수 없는 것에 대한 무관심, 평온할 수 있을 것 같지 않은 시기에서의 평온. 풀과 사람. 풀에서 사람까지 사이에 쌓여 있는 그 아득한 시간이 만들어낸 곡절이, 그 곡절의 비중만큼 유지되기란 얼마나 어려운 일인가. 순식간에 그 시간은 마치 없었던 듯 무력해지고 벙벙한 풀만 남는다. 지금 이 도시에 어찌어찌 로마노프 왕가가 복귀했다 해도, 저 동궁의 옛 주인네가 왕좌에 복귀한다고 해도, 만일에 그런 일이 일어난 후이기만 하다면, 여기 앉아서 꽃을 바라보는 퍼자의 표정은 지금과 다를 바 없을 것임이 분명하다는 이 사실. 인간의 성취란 이만한 것인가.

　실지로 이 나라의 구체제가 붕괴한 직후에 러시아 정교의 대승정은 새 패자에게 '모스끄바 대공大公'이라는 칭호를 선포했다는 보도가 있었다. 모스끄바 대공大公. 그 직전까지도 그런 정치문화와 가장 먼 위치에 있는 정치문화가 한 세기 가깝게 지배했을 뿐만 아니라, 역사의 분수령이라 할 만한 의미를 지닌 지배형식이었기 때문에 적어도 '대공大公' 따위의 말과는 농담에도 닿지 않을 것 같던 사회에서 다시 대공大公이 탄생한 것까지는 그렇다 하고라도, 그런데도 이 도시와 이 공원의 사람들은 이렇게 '무관심'하고 '평온'한 표정으로 가을 공원에서 이해의 마지막 꽃을 바라보면서 앉아 있을 수 있다는 인간의 성격 — 풀과 갈라선 다음 아직도 우리가 그럴 만하게 처리하지 못하고 있는, 이 '문명'이라는 것의 비非형이상학적 성격 — 그러나 긍정만 할 수 없는 현실적 성격. 그것의 주인이 되지 못하면, 결국 우리도 풀의 형제라는 하나마나 한 도로아미타불의 승인밖에 갈 곳이 없는 이 현실적 성격.

　젊은 러시아인 부부가 꽃밭 가에서 겨우 걸음마를 하는 아기의 사진을 찍어주고 있다.

　아기가 넘어진다. 젊은 어머니가 부축해서 일으켜 세우고 남편은 그러는 모자를 연신 필름에 담는 중이다.

　꽃밭을 둘러서 배치된 벤치의 사람들이 지금은 이 어린이를 중심으로 한 세 사람을 바라보고 있다.

　그들이 꽃밭에서 떠나 보이지 않게 되자 거기가 비어 보이는 듯하다가 사람들의 눈길은 다시 가라앉는다.

해전 기념비 쪽에는 좀 전의 우리처럼 관광 일행인 듯한 사람들이 얼굴을 쳐들고 바이킹의 전함같이 생긴 기념비를 올려다보면서 안내자의 설명을 듣고 있는 모양이 바라보인다.

우주선처럼 보이는 뻬뜨로 빠블로브스끄 요새의 철탑 옆으로 하얗고 둥근 회교 사원의 돔 위에서 황금색 장식이 한결 뚜렷이 보인다.

이것이 네바 강변의 공원이고, 이것이 레닌그라드 시민의 토요일이다.

오늘 낮 시간의 마지막 순서인 밀랍인형 역사박물관으로 간다.

러시아의 19세기로부터 최근까지를 인물 중심으로 정리한 역사박물관이다.

시대를 대표하는 인물들이 모두 밀랍인형 모습으로 등장한다. 여러 방에 배치된 인형들은 그들 생전의 모습대로 이처럼 영원히 살고 있다. 이 기간의 인물들은 모두 초상화를 남길 만한 지위를 가졌거나 사진이 실용화된 시기에 살았으므로 우리도 인형들을 사실에 충실한 모상으로 보게 된다.

그렇다고 해서 이 박물관은 역사적 장면을 보도사진처럼 구성하지는 않고 있는데, 한 방에는 동시대인들이기는 하지만 생전에 만난 적은 없는 사람들을 어느 응접실에 모인 사람들처럼 한자리에 앉혀놓고 있다. 똘스또이와 몇 사람 건너서 마르크스가 앉아 있다. 설명 자체는 이런 전시 방법을 보충해주고 있었다. 이들이 러시아 19세기를 만들어낸 데 영향을 미친 사람들입니다. 통치 초기에는 농노들을 해방하여 해방황제라고 불리기도 하다가, 그 개혁의 한계에 부딪혀 말년에는 혁명가들의 공격의 대상이 되었던 알렉싼드르 2세는 그렇게 보아서 그런지 역사가 소용돌이치는 시절에 오직 그의 출생 때문에 막중한 자리에 앉게 되었던 평범한 사람의 심약한 모습이 있는 듯하고, 그를 암살한 학생의 밀랍인형은 이 박물관의 걸작인 듯싶다. 다른 밀랍인형의 주인공들은 초상화나 사진으로 본 예비지식이 있기 때문에, 무엇보다 닮아 보이지 않으면 신통해 보이지 않는 사정과는 달리, 알렉싼드르 2세의 암살범이라는 이 밀랍인형은 지금 이 자리에서 보니 처음이므로 무조건 사실성이 있는 데다가, 도스또예브스끼의 소설『죄와 벌』의 주인공인 학생 라스꼴리니코프를 성격 중심으로 재현한 듯한 박력이 있었다. '살인'이라는 행동과는 가장 멀어 보이는 성격적 특징이 완연한 살인범 — 정치적 살인이라는 현상의 모순이 실물교육으로 다가드는 인상을 준다. 그 밖의 방들은 평범하였다. 최근을 다룬 방에서는 일행의 걸음들이 빨라졌고 블라디미르 역관도 구경꾼으로 만족하였다.

저녁식사는 오늘도 모스끄바 호텔이었다. 우리 숙소인 뿔꼬브스까야 호텔보다는 한 등급 낮은 호텔인 듯했지만 충분히 깨끗한 호텔이었고 식탁 차림도 불평할 것이 없었다. 우리가 식사하는 테이블은 곡마단의 공연장처럼 준비된 중앙홀이 내려다보이는 2층 테라스 난간에 붙여서 마련되어 있었는데, 저녁 시간이 좀더 지나면 거기서 춤과 노래의 쇼가 벌어지고 손님들은 이 자리에서 구경하면서 술을 마신다고 한다. 우리의 모스끄바 숙소인 인투어리스트에도 이런 흥행이 저녁마다 이루어지는 장소가 있었다.

우리는 지금 긴가민가 싶도록 갑작스럽게 가능해진 이 나라 여행을 하면서, 이 나라의 최근 구체제의 성립에서부터 — 아니 19세기의 이 나라의 형편에서부터라고 함이 옳겠지 — 이 순간에 이르기까지를 한꺼번에 소개받고, 게다가 그 사정이 자신들의 나라와 자기 인생에 미친 파장을 말은 없으나 각기 자기 나름대로 새겨보노라고 적지 않이 보통답지 않은 관광을 하고 있는 셈이지만, 실상인즉 이 나라의 최근 구체제인 소련은 내전이 끝나고 외국군 간섭도 동시에 끝난 1920년 초반부터, 주먹구구식으로 셈해서 건국하자마자 서방 자본주의 국가와 연달아 외교관계를 수립하고, 국가 차원에서는 정상적인 국제적 규정을 상호 준수하는 선린관계를 맺어온 터이며, 나치스 독일의 침략이 시작되자 서방의 동맹국가로서, 공동 전승자로서 2차대전을 겪어낸 국가요, 사회였다. 즉 소련의 존속의 전 기간을 통해서 세계의 대부분의 국가에게는 이 나라는 개방된 국가였다. 외교관들은 말할 것도 없고, 학술단체, 예술단체, 예술가 개인들, 체육인들 그리고 그런저런 아무 자격도 필요 없는 보통 여행자들인 관광객들이 통상적으로 드나든 사회였다. 철의 장막이라고 하지만, 그것은 스탈린이 살아 있던 2차대전 직후인 1940년대 후반에서 그가 죽은 1953년까지가 그 이름에 가장 가까운 시기이고, 유명한 스탈린 비판이 있은 1956년 이후에는 가속적으로 사회는 자유화되고, 마침내 데탕트 시대가 되고 1970년대의 베트남 전쟁 전후에도 미국과의 기본적인 협조관계는 신중히 유지되었으며, 이런 과정에서 러시아는 이미 세계혁명의 중심도 아무것도 아니고, 기득권의 유지가 최대 관심사인, 세계를 양분하고 있는 국제적 현 위치가 최대 관심사인 패권국가의 한쪽 나라일 뿐이었으며, 그 패권의 유지는 더 이상의 혁명수출이 아니라, 군소 국가의 혁명세력을 희생시키면서라도 미국과의 우호관계를 절대조건으로 받아들이고 있는 나라였다. 그러다가 그 '우호관계'라는 절대조건이 진짜 절대조건이 되어서, '절대적 우호'라는 것은 상대방의 깃발을 자기 깃발로 삼는 것보다 더 확실한 보장이 있을 리 없으므로, 공산당 서기장이 자기 당을 활동 금지시키고, 사회주의 국가의 대통령이 자기 사무실 지붕에서 붉은 기를 내리게 함으로써 이 '우호관계'를 완성한 것이었다. 이 마지막 단계에서 그때까지 차단되었던 인적 교류와 각종 정보가 한꺼번에 우리에게 밀어닥쳤기 때문에 유독 우리에게 최근의 사태가 극적이지, 이 지구상의 다른 나라 — 이를테면 구소련에서 지리적으로 가장 먼, 어디 아프리카라든지, 남아메리카의 작은 나라에 대해서조차 구소련은 비교적 투명한 정보를 가질 수 있는 그저 그렇고 그런 나라에 지나지 않았고, 그런 먼 곳의 작은 나라들에서도 많든 적든 사람들은 벌써부터 지금 우리처럼 이 나라에 수시로 와보았던 것이다.

보통의 눈과 귀를 가진 관광객들은 그들의 신체적 기관의 수준만한 광경을 듣고 보고 했을 터이고, 그보다 더 정밀한 눈과 귀를 가진 외국 정보원들이며, 본국 정보기관의 직접 간접의 부탁을 받은 그보다 더 고성능의 눈과 귀를 가진 여행자들은 그에 또 걸맞은 견문을 얻었을 것이고, 대도시에 상주하는 각국의 외교관들이 그들이 소화하는 밥값에 부끄럽지 않은 정보 수집과 분석을 했을 것도 당연한 일이다. 외교관계를 가진 이상 어느 국가나 피할 수 없는 자기 노출이다.

그런 여행자들이, 수십 년간 이 식탁에서, 보통 쏘비에뜨 시민이 입에 대기 어려운 술과 음식을 즐기면서, 이른바 노동자들의 나라의 대도시 한복판 호텔의 무대에서 벌어지는 그들 노동자들의 어린 딸들의 벌거벗은 허벅다리를 보면서, 각자 그들의 신분과 그들의 눈과 귀의 각기 다른 수준에 걸맞은 감회를 새김질했으리라…… 이 식탁에서. 또다시 이야기는 우리 자신과 나 자신으로 돌아온다. 우리는 이 나라하고만 관련해서도 그렇게 장막에 가린 캄캄한 세월을 살아왔으며, 우리의 일부인 나 역시 그렇게 살아왔다. 우리는 20세기를 살았는가. 나는 20세기를 살았는가. 우리는 20세기에 동원되었다고 말해야 옳은가. 나는 20세기에 의해 동원되었다고 해야 하는가. 아마, 아마 그에 가깝다.

그러나 지금 까마득히 내려다보이는 무대에 번쩍번쩍 쳐들리는 벌거숭이의 흰 허벅다리는 없고 일부만 조명된 희뿌연 마루만 휑뎅그렁하다.

나는 흘레브 빵 한 조각을 입에 넣고 러시아차를 한 모금 마신다.

알겠다마는, 여행자여, 그대 자신을 위해서 울어라.

레닌그라드에서 사흘째 되는 이튿날 밤 11시 일행은 다시 '붉은 화살'호 침대차의 승객이 되어 남은 일정이 기다리는 모스끄바로 향하였다. 이번에는 레닌그라드의 모스끄바 역에서.

객실 배성은 올 때나 마찬가지로 M씨와 한 방이었다. 우리는 억에서 블라디미르 학생과 헤어졌는데 그 자신이 러시아 관광의 즐거운 한 모서리를 맡은 일을 그는 모를 것이지만, 그는 러시아에 첫걸음인 우리에게 좋은 인상을 남겼다. 어쨌거나 우리와 오래 접촉한 일본이나 미국 사람들조차 우리말을 배워서 우리와 친근하려는 노력이 보잘것없는 현실에 비겨보면 이 고장의 구체제가 우리말을 하는 사람을 이만큼 흔하게 길러왔다는 사실은 흐뭇한 일이다. 블라디미르는 모스끄바의 사샤와 함께 그 좋은 본보기였다.

M씨와 나는 올 때처럼 창가의 책상을 마주하고 포도주를 마셨다. M씨는 지금 준비하고 있는 장편소설에 대해서 이야기했다. 나는 비록 나 자신은 오래 쓰지 못하면서도 친구들이 기운 좋게 쓰는 광경은 늘 보기가 좋았다. 지금 M씨의 작품 계획을 들으면서도 나는 기분이 좋았다. 작가에게는 소설이라는 어떤 분야가 존재한다는 것을 믿는 것이 첫째로 중요하다. 나는 한동안 그 믿음이 매우 약해져서 1970년대 후반 전체를 소설 아닌 희곡만 쓰면서 지냈다. 소설이라는 형식이 어떨 리는 없는 것이고, 내 의식 속에서 그 형식의 환기력이 매우 약해진 탓이었다. 그런 형편에서 남들이 왕성한 소설적 믿음을 유지하고 있는 것을 보는 일은, 내가 그렇게 되는 것보다는 못하지만, 언젠가 내가 돌아갈 곳은 있으며, 끈질기게 기다리면 그렇게 될 수 있음을 알려주는 본보기였다. M씨의 작품 계획을 들으면서, 무엇이 그에게 그토록 사위지 않는 소설적 서술에 대한 원동력이 되는지를 말끝에서 짐작해보는 일은 귀중하였다.

두 사람 모두 술은 그리 많이 마시지 못하였으므로 우리는 일찍

자리에 편히 누워서 이야기를 계속하였다.

사람이란 풀은 꽤 강인한 데가 있다. 비행기도 그렇고 기차도 그런데, 이 굉장한 제트 엔진 소리며, 쇠 레일 위를 쇠바퀴가 굴러가는 소리를 베개 삼으면서도 이렇게 누워 있을 수도 있고 잠까지 잘 수도 있으니 말이다.

오늘 레닌그라드 관광은 네프스끼 사원 묘지가 중심이었다. 이 사원의 부속 묘지에는 도스또예브스끼의 무덤과 차이꼬브스끼의 무덤이 있었다.

과연 도스또예브스끼가 우리에게 미치는 힘은 남다른 바 있었다. 누구한테서랄 것 없는 공론이 모여서 이날 우리는 조촐한 한국식 제수祭需를 마련해가지고 가서 그의 묘비 앞에 술과 과일에 꽃다발을 바치고 몇 사람이 대표로 절까지 하였다. 푸른 기운이 도는 대리석 묘비는 흉상조각까지 곁들여져 훌륭하였다.

우리가 제사 지내는 광경이 신기한지 묘지 안에서 놀던 열 살 안팎의 소년 몇이 근처에서 우리를 바라보고 있었다. 그 소년들이었다. 아까 성당 묘지를 들어올 때부터 그들은 우리 주변을 맴돌았는데 우리가 신기한 모양이었다. 여기서도 성당을 구경하고 흩어져서 한두 사람씩 나오는 것을 기다려서 다음 차례로 이 묘지로 오기로 돼 있었다. 먼저 나오게 된 나는 버스가 선 자리에서 성당으로 건너가는 다리 위에서 일행을 기다리고 있다가 그들을 처음 보았다. 소년들은 강가의 자작나무 숲 근처의 샛길에서 저희들끼리 놀고 있었다. 그 길은 성당으로 건너가기 전에 있는 부속 건물의 담장을 끼고 저편 숲으로 이어지고 있었는데 길의 다른 쪽은 내가

서 있는 다리 밑을 흘러가는 냇물이었다. 냇가를 따라 나무가 자라 있고, 부속 건물의 담장 안에서도 큰 나무들이 담 밖으로 가지를 밀고 나와서 소년들이 놀고 있는 거기는 나무 그늘이 돼 있었다. 그중의 한 소년은 생나무 회초리를 한 손에 들고 있는데 그것으로 가끔 자작나무의 흰 밑둥치를 건드리는 것이 보였다.

소년들을 유심히 보기는 어제에 이어 두번째였다. 어제 우리차가 폰딴까 운하 옆에서 멈추고 있을 때, 물 건너편 집들과 운하 사이의 좁은 길에서 꼭 오늘의 소년들과 비슷한 또래의 소년 둘이 다투고 있는 것이 보였다. 한 소년은 타고 가던 자전거를 잡고 있고, 다른 소년이 그를 집적거리고 있었다. 자전거를 가진 소년은 말려들고 싶지 않은지 자전거를 끌고 지나가려고만 하는데, 다른 쪽에서 그렇게 놓아두지 않는다. 그러자 자전거를 가진 쪽이 자전거를 길에 밀어던지고, 두 소년은 맞붙어서 밀고 당기고 푸득거리는 것이었다. 그때 지나가던 사람이 그들을 뜯어놓고 타이르는 장면이 있었고, 자전거 임자는 나뒹굴어 있던 자전거를 일으켜 타고 가버렸다.

오늘 소년들은 한 아이가 다른 두 아이보다 한두 살 아래로 보이는 다정스런 한패였다. 어제 아이들 모양이 썩 보기 좋지 않았던 기억 탓이었는지, 아마 그저 심심해서였겠지만, 나는 그 아이들 쪽으로 천천히 걸어가서 아이들이 노는 모양을 구경하였다. 아이들은 가끔 내 쪽을 쳐다보면서 여전히 저희들끼리 어울리면서 그 자리에서 놀고 있다. 나는 아이들에게 다가가서 다리 위에 서 있는 일행 중의 한 분더러 우리들을 찍어달라는 신호를 보내면서 아이들에게 어떠냐고 눈으로 물었다. 그들은 쾌락의 표시로 내 곁에 오더니 한쪽에 한 사람씩 내 손을 잡는 것이었다. 오른쪽이 그 중의 꼬마였고, 나머지 한 소년은 꼬마의 어깨에 손을 얹었다. 그렇게 손을 잡은 횡대 대형으로 우리가 다리 쪽으로 걸어오는 것을 그쪽에서 여러 번 찍어주었다.

그 소년들이었다. 셋이었고, 그중 한 사람은 꼬마였고, 한 소년은 나무막대를 여전히 들고 있었다.

그들은 나를 보고 손을 흔들어 알은체를 했다.

나는 그들을 불렀다. 나는 호주머니에서 그들이 적어준 종이를 꺼냈다. 거기에는 그들 셋의 이름과 주소가 적혀 있었다. 그들과 찍은 사진을 보내주기 위해 내가 요청한 메모였다. 나는 종이를 보면서 각각의 이름을 외우고 그때마다 이름의 임자를 바라보았다. 그들은 웃으면서 맞다고 끄덕였다. 그들의 주소는 모두 같았다. 같은 아파트에 살고 있는 모양이었다. 그들은 영어를 할 줄 몰랐으므로 손짓과 몇 마디 내가 아는 러시아말에 의존해서 의사가 교환되었다.

나는 잘 보관하겠다는 뜻으로 종이를 접으면서 한 번 들어 보인 다음 호주머니에 도로 간수했다.

그러고 나서 지갑을 꺼내 미국돈 1달러짜리 석 장을 꺼내 그들에게 한 장씩 나누어주었다.

내가 돈을 꺼내 그중 첫 소년에게 내밀자, 세 아이는 흠칫하는 듯했다.

그러너니, 그중 꼬마인 그 소년이 슬그머니 돈을 받았다.

나머지 두 소년도 비슷하게 머뭇거리면서 돈을 받아 쥐었다.

이러고 나서 우리는 잠깐 쳐다보면서 서 있었다.

그런데 소년들은 두어 걸음 뒤로 물러나는가 싶더니 몸을 돌이켜 세 마리의 토끼들처럼 저쪽으로 달아나는 것이었다.

달아난 것은 아니었다. 그들은 10미터쯤 뛰어가더니 거기서 멈춰 서서 이쪽을 바라보고 있었다.

갑작스런 그들의 행동에 나는 잠깐 어리둥절했다.

그러자 그들은 저희들끼리 머리를 맞대고 무언가 의논하는 듯하더니 셋이 함께 내 쪽으로 걸어왔다.

내 앞에 온 소년들은 일제히 무엇인가를 나한테 내밀었다.

그들 세 사람이 내미는 손바닥에는 작은 배지가 한 개씩 얹혀 있다.

그들은 그 배지를 자기네 가슴에 대어 보였다가 다음에는 그것을 내 가슴에 다는 시늉을 한다.

나는 끄덕였다. 그들은 각기 자기 배지를 내 티셔츠의 왼쪽 가슴에 달아주었다. 꼬마가 다는 것은 황금색의 별 모양이었고, 다른 두 아이의 것은, 하나는 무슨 건물 그림이 있는 둥근 모양이고, 또 한 아이의 것은 악기를 들고 있는 청년의 사진이 찍혀 있었다. 아마 요즘 인기 있는 가수인 모양이었다.

각기 자기 배지를 달아주고는 내 뺨에 키스를 해주었다.

지금 '붉은화살'호의 침대에 누워서 모스끄바로 돌아가면서도 나는 그들을 떠올리면서, 돈을 준 일이 좀 마음에 걸린다. 우리는 지금도 설이면 세뱃돈을 주는 관습이 유지되어 있고, 전 같지는 않지만 그 외의 경우에도 허물없을 사정이면 어린이에게 돈을 주는 것은 잘못된 일은 아니다. 그러나 서양에서는 옛날은 몰라도 지금은 그런 선물 방식이나 우정 표시 방법은 원칙으로 없어졌다. 물건으로, 경우에 따라 그 정도를 잘 조절해야 한다. 러시아도 서양 나라이므로 마찬가지일 것이다. 관광객이 아이들에게 돈을 준다. 사진을 함께 찍어준 값을 치른 셈이 된다. 물론 어쩌다 그렇게 된 일이었다. 정작 사진을 찍고 헤어졌을 때는 그들의 주소를 적어서 받고 사진 보내주기를 약속했을 뿐이었다. 거기까지는 외국 관광객과 현지의 어린 시민 사이의 친선행사에 지나지 않았다. 거기까지였다면 제일 좋을 뻔했는데 두번째 만난 데서 그런 일이 벌어졌다. 아무리 생각해봐도 돈을 준 일은 마음에 걸린다. 만일 그들 부모가 그 일을 안다면 나를 좋게 생각지는 않을 것이다. 다음부터는 그런 돈을 받아서는 안 된다고 엄히 아이들을 꾸짖을 것임에 틀림없다. 그러나 엎질러진 물이었다. 소년들이여, 미안하다, 내가 잘못했다. 우리나라에서는 그 일이 아직은 안 하는 일은 아니다. 그러나 거기서는 없는 관행이었다. 모르겠다. 너희들도 시골 사시는 친척인 바냐 아저씨나, 마샤 아주머니가 어쩌다 레닌그라드에 오셨을 때는 돈을 주는 습관이 있는지 정말 궁금하다. 그야 어쨌든 오다가다 만난 내가 그 바냐 아저씨처럼 굴 권리야 없지 않겠는가. 분명히 내 잘못이다. 자기비판한다. 그러나 소년들이여, 너희들에겐 아무 잘못이 없다. 너희들은 처음에 놀랐지만 내 호의를 호의로 받아들이고, 그 대답으로 너희들의 선물로 보답하는 예의가 있었다. 관습의 차이를 뛰어넘어 우리들은 피차의 호의에 대해서 오해가 없었다. 다만, 어른인 내가 미처 생각이 깊지 못한 것이었다. 그런데, 아니다. 그런데, 거기가 뉴욕이었더라면, 런던이었더라면 그곳 공원에서 만난 소년들에게 나는 1달러씩을 주었을까. 그러지 않았을 것이다. 오다가다 만난 아이들에게 그러지 않는 습관일 줄 알고 있으므로 그렇지 않았을 것이다. 그런데 러시아에서 나는 그렇게 했다. 자기비판한다. 내 마음속 어딘가에 그대들 나라를 얕보는 마음이 있었기에 그랬다. 아무리 본의는 그렇지 않았더라도 그 본의를 표현하는 방법에 허술할 수 있었던 것은 그대들 나라를 허술하게 생각하는 구석이 내 마음에 있었기 때문이다. 나의 본뜻과는 상관없이 이 점을 사과한다. 내 자신을 꾸짖는다. 다시는 그런 일이 없을 것이다.

이 부끄러움. 내가 누군데 누구를 업신여긴단 말인가. 어렵고 어렵다. 스스로 부끄럽지 않을 때 무엇을 쓸 수 있는 마음이 생긴다고 생각하는 버릇. 나의 시신詩神에게서 떼어내지 못하는 그 구속. 그러길래 나는 지금 글을 쓰지 못하고 있는 것이다. 자기비판한다. 적어도 글을 쓰는 순간만이라도 점잖은 입장에 설 수 있는 훈련이 아직도 덜 되어 있는 나. 나는 그런 나를 그대로 받아들인다. 노력할 수 있는 데까지 노력하기로 하자. 마음이여, 너무 울적해 말라. 저지른 실수는 엎지른 물. 엎질러진 물은 내 마음속에 얼룩으로 남겠지. 얼룩진 옷인들 그것이 내 마음이라면, 나는 그 옷을 입고, 더 더럽히지 않으려고 주의하면서 살아가는 길밖에는 없다. 더럽혀진 옷은 빨 수도 있고 기울 수도 있다. 마음은 육체가 있는 동안에는 있는 것이므로 아무리 얼룩지고 해어져도 적어도 죽을 때까지는 견딘다. 그것이 마음이다. 마음이여, 견뎌다오.

그 공원에서 우리는 차이꼬브스끼 무덤에도 헌화했다. 이 작곡가도 도스또예브스끼 못지않게 일행에게 친근한 존재였음이 분명했다. 왜냐하면 다른 어느 장소보다 오래 발걸음들이 머물렀기 때문이다. 그의 묘비 위에 세워진 본인의 흉상조각 뒤에 날개를 활짝 편 천사의 조각이 그를 지키고 있다. 쇠울타리가 되어 있는 묘석 둘레에는 샐비어 비슷한 붉은 꽃이 가득 피어 있다.

우리는 이날 밤에 그의 영혼과 만났다. '쌍끄뜨 뻬쩨르부르끄 뮤직홀'이라는 이름의 극장에서 끼로프 무용단의 「백조의 호수」를 포함한 유명 발레 레퍼토리의 부분 모음 공연을 구경하였다.

성당 묘지를 나온 우리는 주변의 수풀 사이를 걸어서 핀란드 만 바닷가로 나왔다. 수풀을 한참 걸어가니 눈앞이 트이는 거기가 바로 바다였다.

멀리 수평선에 하얀 배가 지나간다.

여기서 처음 보는 바다였다.

이 만이 발트 해로 이어지고 발트 해는 대서양으로 이어진다. 서유럽 나라들과 바다로 이어지는 러시아의 항구— 그것이 레닌그라드, 지금은 쌍끄뜨 뻬쩨르부르끄다. 넓고 넓은 나라지만, 북쪽은 아직 인간이 제대로 통제하기 어려운 땅이어서 거기까지 국경이 연장되어 있달 뿐 러시아 사람들의 일반 생활감각에는 구체적인 영향이 없을 듯싶다. 그리고 여기서 시베리아, 블라디보스또끄까지는 아득한 거리다. 거기 가서 비로소 또 바다가 나온다.

바다로 나가기 위해, 이 나라의 한 부지런한 황제는 변장하여 독일에 가서 조선술을 배워가지고 와서 이 항구를 세웠습니다. 블라디미르 학생은 그렇게 말했다. 그러나 발트 해와, 북해와, 대서양에는 일찍이 강해진 서유럽 전체가 겹겹이 길을 막고 있었다.

19세기에 러시아는 크림 반도를 기지 삼아 지중해로 나가려 했다. 그러나 그곳은 영국이 다스리는 바다였다. 크림 전쟁에서 러시아는 영국과 터키에 의해 이 방면으로 나가려는 노력을 좌절당했다. 20세기 초에 러시아는 블라디보스또끄를 기지 삼아 태평양으로 나오려고 하자 이번에는 터키 대신에 신흥 일본을 앞세운 영국 세력에 의해 또 좌절했다. 영국은 레닌그라드에 기지를 둔 발트 함대가 수에즈 운하를 통과하는 것을 거절했기 때문에 불쌍한 함대는 마젤란의 대항해 못지않게 이쪽은 남아메리카 아닌 아프리카 대륙을 돌아 인도양을 거쳐 필리핀을 거친 천신만고 끝에 블라디보스또끄로 가서 함대를 정비하고 일본 해군과 싸우려고 했으나 모항을 눈앞에 두고 한일해협에서 기다리던 일본 함대의 공격으로 거기서 살아남은 유일한 전함이 오로라 한 척이라는 패전을 한다.

그 싸움이 있은 지 10년 후에 러시아는 세계사에 대해 전혀 다른 도전을 한다. 당시 세계는 식민지 소유국과 그들의 식민지로 구성되어 있었다. 자본주의와 식민주의는 동전의 안팎으로 같은 사실의 다른 표현이었다. 황제의 러시아도 그 패권 세력에 끼려는 나라였다. 그러나 잇따른 좌절로 식민지 없는 자본주의의 약점이 국민의 복지를 해결하지 못하자, 농민반란의 전통은 도시에까지 파급했다. 지금까지와는 다른 사회혁명 세력이 형성되었다. 그들은 식민지 획득으로 사회문제를 해결하는 방식을 비판하고, 식민지 획득이 필요하지 않은 방법으로 세계를 재편성함으로써 세계가 약육강식의 살육 마당에서 벗어나기를 주장했다. 그런 원칙에 의한 나라를 우선 자신들의 나라 러시아에 세우기로 그들은 결심하였다. 그리고 그들은 혁명에 성공했다. 서방 국가들이 간섭했으나 탱크와 경비행기 수준의 당시의 통상 무기로써는 강대한 자본주의 국가들의 부도 이 방대한 국토를 가진 나라를 더 이상 어쩔 수 없었다. 혁명 세력들은 모순에 찬 서유럽에서 자신들의 본을 따라 억압받은 사람들이 일어나기를 바랐고, 전 세계에는 유럽의 가난한 사람들보다 더 가난한 사람들이 있는 것도 그들에게는 유리하게 보였다. 그런 사람들은 유럽 나라 안의 가난한 사람들보다 더 가난했기 때문이다.

역사는 그러나 그들의 예상과는 다른 길을 따라 움직였다. 나치스 독일이라는 변수가 엄청난 파괴를 이 나라에 강요하였고, '핵무기'라는 변수가 국가방위의 모습을 바꾸었을 뿐 아니라 혁명전쟁의 모습에도 영향을 끼쳤다. 이른바 혁명의 요새는 여전히 고립에서 벗어나지 못한 채, 20세기의 막바지에서 그들의 요새에서 혁명의 기를 내렸다. 러시아는 새 형식의 도전에서도 실패하고 다시 대륙에 갇혀버렸다. 이 나라의 대부분의 주민에게 바다는 너무 멀고, 가도가도 끝없는 땅만 있는 나라 —— 그래서 자신들을 지평선에 갇힌 사람들로 인식하게 되는 것은 아닐까. 그 도전이 제기했던 문제는 해결되지 않은 채 수도에는 '모스끄바 대공大公'이 다시 생기고 만 나라.

스스로가 노예의 땅에 태어났다가 거기서 더 이상 버티기 어려워지자 이 나라의 구체제가 세계에 선포한 대의를 믿고 이 나라에 망명했던 포석 조명희. 그리고 그 대의의 이름으로 총살된 시인 조명희. 아마도 망명의 10년 동안 이 도시 레닌그라드에 와보지도 못하고, 건너온 자기 땅에서 얼마 떨어지지 않은 이 나라의 변방 도시의 지하실에서 온갖 해명에도 불구하고 총살된 선배 작가 조명희. 그가 와보지 못한 바닷가에 서 있다. 수평선에서 흰색 칠한 배는 아까 있던 자리에서 어지간히 멀어졌다.

소년들이 나오는가 하면, 도스또예브스끼가 나오고, 차이꼬브스끼가 묘비에서 내려와서 천사와 손을 잡고 사진을 찍고 있다. 성당으로 들어가는 행렬이 좀처럼 움직이지 않아 우리는 지루하다. 북한이 중국과 단교했다고 누군가 말한다. 그것은 어제 있었던 일이다. 사실이 아니다.

행렬에서 떨어져서 다리 위로 와서 난간에 기대 강물을 바라본다. 웬 사람이 곁에 와서 자기를 따라오라고 한다. 어느새 건강한 사람 둘이 뒤에 다가선다. 그들은 성당 부속 건물 옆에 세워놓은 자기네 차로 나를 데리고 간다. 우리 차를 지나갈 때 콧수염 기른 그 운전수가 우리를 내다본다. 나는 그에게 눈짓을 한다. 그는 쳐다보기만 한다. 차에는 Милиция라고 씌어져 있다. 평양식당에 갔을 때 우리 차 옆에 주차해 있던 민병대 차다. 그들은 나를 어떤 건물로 데리고 들어간다. 지하실로 내려간다. 계단의 군데군데마다 쇠창살 문이 있다. 그때마다 문이 열리고 문이 등 뒤에서 닫힌다. 나를 호송하고 있는 민병은 복도를 지나가면서 입에서 소리를 낸다. 쉬이—쉬이—. 그 소리가 어둑한 복도에서 울려서 퍼진다.

레닌 묘 안에서 위병이 내던 그 방식의 소리다.

나는 어떤 방으로 디밀어진다. 거기는 저 안쪽에 책상이 있고 건너편에 푸른 제복을 입은 장교가 앉아 있다. 붉은광장에서 본 위병들의 정복 같다. 여기는 레닌 묘의 지하실인가. 촉광이 높은 전등이 내 쪽으로 비치도록 배치돼 있다. 왜 입국했는가. 관광하러 왔다. 관광하러 불법 입국했는가. 무슨 소린가. 나는 비자를 받았다. 비자? 그렇다. 여기가 어딘 줄 알고 농담하는가? 농담이라니 당신 앞에 내 비자가 있지 않은가? 이 비자를 어디서 받았는가? 서울의 러시아 대사관이다. 경고한다. 농담하지 말라. 농담이 아니다. 거기 사인이 있지 않은가. 평양이겠지. 아니다, 서울이다. 국적은 어디냐? 대한민국이다. 대한민국에 어떻게 러시아 대사관이 있는가. 조선민주주의인민공화국이겠지. 이러지 말라, 정말 당신이야말로 선량한 여행자를 붙들고 농담하지 말라. 당신하고 농담할 만큼 나는 한가하지 않다. 이 전등을 치워달라. 시력이 나쁜가? 나쁘나 좋으나 참기 어렵다, 치워달라. 규칙이다, 참아라. 나는 항의한다, 대한민국 대사관과 연락하고 싶다. 피의자는 계속 성실한 답변을 회피함,이라고 넣어라. 장교가 뒤쪽에 대고 말한다. 그쪽 구석에 따로 책상을 차리고 여군 병사가 우리 대화를 타자로 속기하고 있다. 나는 성실하게 답변하고 있다. 이 비자는 가짜다. 너는 불법 월경했다. 목적이 무엇인가. 관광이라 하지 않았는가. 그러면 묻겠다. 너는 오늘 네프스끼 성당 앞 다리 가까운 지점에 서 있었다, 맞는가? 맞다. 너는 거기서 세 사람의 러시아 공민들과 접선했다. 세 사람의 소년들이다. 소년들도 공민들이다.

접선한 것은 사실이지? 접선이라니, 나는 그들이 노는 것을 우연히 보았을 뿐이다. 그뿐인가? 사진을 함께 찍었다. 무엇 때문에 러시아 공민과 사진을 찍었나? 거기에 무슨 이유가 있겠는가? 이유가 없다? 너는 미친 사람인가, 이유 없는 행동이 어디 있나? 그럴 수 있지 않은가? 나는 여행자다. 여행 기념으로 그렇게 했다. 기념사진을 찍기 위해 입국했는가? 기념사진을 찍기 위해 입국한 것이 아니라 입국해서 관광하다가 우연히 만난 아이들과 사진을 함께 찍은 것이다. 아이들에게 왜 돈을 주었나? 잘못했다, 뉘우친다, 그러나 아이들에게 선물을 한 것이었다. 선물을 한 사람에게 1,000달러씩이나 했는가? 1,000달러라니, 한 아이 앞에 1달러씩 줬을 뿐이다. 왜 거짓말 하는가? 여기에 이렇게 3,000달러 증거가 있는데. 그는 서랍에서 두툼한 미국 돈 묶음 세 다발을 꺼내 책상 위 비자 옆에 올려놓는다. 날조다, 나는 1달러씩 줬다. 도대체 나는 여행비용으로 1,000달러도 가지고 오지 않았다. 한 아이에게 1,000달러씩 줬는데 여행비용은 1,000달러도 가지고 오지 않았다니 그것은 어느 나라 수학인가? 이러지 말라. 이건 무슨 오해다. 나는 분명히 1달러씩 줬다. 사실인가. 정말이다. 언제부터 당신네 공작금은 이렇게 절감되었는가? 공작금이라니? 공화국의 공민들을 고용하는 데 단돈 1달러로 족하다고 생각했는가, 이것은 공화국의 미래의 세대에 대한 모욕이 아닌가? 그 점은 사과한다, 미안하다고 시인하지 않았는가, 어떤 질책이라도 달게 받겠다. 그러니까 모욕할 의사는 없었다는 말인가? 진정이다. 그렇다면 1,000달러라고 하는 것이 그나마 사과의 뜻이 되지 않겠는가? 무슨 말을 하는가. 혼동하지 말라. 아이들과 대면시켜달라. 아이들은 알 것이다. 공화국의 미래의 공민들을 이런 자리에 불러와야 하겠는가. 왜 대답이 없는가. 할 말이 없다. 아이들을 만나면 해결될 것 같은가. 아이들과 대질시켜주지 않아도 좋다. 아이들을 보면 알 수 있겠는가. 물론이다. 그러면 가서 아이들을 지목해달라.

우리는 복도를 돌아 나온다. 쉬익―쉬익―, 그를 따라 건물을 나온다. Милиция 차를 타고 성당 앞 다리께로 온다. 다리 위에서 함께 온 사람들과 난간에 기대서서 오솔길 쪽으로 바라본다. 그들이 나타나도 나는 가리켜주지 않으리라. 나는 그렇게 결심한다. 다행히 아이들은 나타나지 않는다. 아무리 기다려도 아이들은 나타나지 않는다. 등 뒤에서 권총의 탄창을 끼우는 소리가 들린다. 지금 쏘려는가 보다. 뒤돌아보지 말라. 쏘지 않겠다. 그대로 전진. 지금 쏠 수는 있다. 그러나 몇 초 늦출 수는 있다. 몇 분 늦출 수도 있다. 물론 몇 분 이상은 불가능하다. 그러나 몇 초, 몇 분, 2분? 3분? 아마 4~5분 기껏 그쯤이다. 그것이 우리 같은 밑바닥 직책자의 물리적 권리다. 발사 순간에 갑자기 재채기가 난다면 몇 초 늦추는 것은 불가항력이 아닌가. 재채기가 나는가 안 나는가, 그것이 문제다. 재채기는 몇 분씩 가지는 않는다. 기껏 몇 초다. 그 몇 초. 그것이 우리 같은 밑바닥 직책자의 권한 영역이다. 그 안에서는 생살여탈권이 내 손안에 있다. 그만해도 어딘가. 그 권한이 영원히 주어진 자, 그가 신일 게다. 결국 그와 나의 신분 차이는 재량시간의 장단이 구별이다. 자, 당신은 몇 분, 몇 초 더 살 수 있다. 그 이상은 아니다. 그러니까 그 사이에 한 가지 질문에 대답해달라. 이 질문을 나는 아무에게도 할 수 없다. 잘못 그랬다가는 내가 밥숟갈을 놓게 될지도 모르는 그런 세상이 됐다. 갑자기 말이다. 어찌된 일인가. 나는 30년 동안 이 일을 하고 있다. 고등학교를 졸업하자 정보원으로 발탁된 후 나는 줄곧 이 분야에서 일해왔다. 나는 바르샤바, 프라하, 서베를린, 그리고 조선민주주의인민공화국의 평양에서도 근무한 적이 있다. 철든 다음 내 세계는 여기밖에 없다. 이 사업은 내 손발이나 내 눈이나 이빨과 마찬가지로 나 자신이다. 그런데 레닌이 근무하던 사무실에 모스끄바 대공이 앉아 있는데 아무도 아무 말도 하지 않는다. 어찌된 일인가. 될 법이나 할 소린가. 그런데 아무도 아무 말도 하지 않는다. 잘못 눈치라도 보였다가는 밥숟갈 놓게 될 게 분명하다. 모두 태연하다. 다 알고 있었던 것처럼 태연하다. 나는 이 분야밖에 모른다. 이 분야가 나다. 내 인생이 이 분야다. 지하실에서 몇 걸음만에 사형피선고자의 뒤통수에 권총탄을 발사하는 일, 굉장히 더러운 일인 것 같소? 아니오, 그런 감각은 없소. 주민등록증 발급 업무를 맡은 동인민위원회 직원의 업무 감각과 아무 다를 바 없소, 뒤돌아보지 말라. 30년 동안 이 일을 하면 그렇게 돼요. 그대로 전진. 밥값을 치르고 있다, 이거요. 이 세상에 살고 있는 한 밥값을 치러야 하지 않소? 혁명과업을 완수하고 있는 거요. 스탈린 동지는 그의 사무실에서 혁명하고 나는, 나 같은 사람은 지하실 계단을 내려서서 몇 걸음 만에 자연스럽게 발사하는 것, 사람 제각기 생긴 그릇대로 밥값 하는 것 아니오. 뭐 별 요령 있겠냐 싶지만, 또 어찌 보면 절묘한 타이밍이란 것이 없는 것도 아니지. 늦지도 빠르지도, 처지지도 갑작스럽지도 않은 발사 순간의 결정, 어디 그런 일이 기계적인 계산으로 되는 일이요? 일종의, 아무렴, 일종의 예술이라면 예술이랄까, 그런 것이지. 그 순간, 할 일을 했다, 나는 혁명의 실핏줄 노릇을 하고 있다, 이런 느낌, 아니지, 그런 느낌도 초심자나 그럴까 우리쯤 된 노병은 차라리 그런 느낌도 없소, 무념무상, 마음이 비어 있소, 주님께 모든 걸 맡기고 성모 마리아를 쳐다보는 늙은 수녀의 마음과도 같을까 그런 심정이지. 세상이 다 제대로 알아서 돌아가고 있음을 몸으로 믿고 있는 선량한 쏘비에뜨 공민의 직업의식이 아니겠소. 하늘에는 태양이 있고 끄렘린에는 스탈린 동지가 계시고 지하실에는 내가 있고, 지하실 계단을 내려서서 몇 걸음 옮긴 절묘한 순간에 발사가 있고, 세상이 그렇게 모든 일이 있을 데서 그럴 만한 때 일어나는 게 아니겠소. 적어도 지금까지는 그랬단 말이오. 그런데 스탈린 동지가 집무하던 사무실에 모스끄바 대공이 앉아 있는데도 이렇게 내 동료며 상관이며 시민들이 태연하게 담배 피우고 밥 먹고 심지어 아이까지 낳고 있다니 이게 어찌 된 일이오? 내가 당신에게 물어보고 싶다는 건 이 말이오. 당신은 어차피 몇 초 후, 몇 분 후, 길이야, 그렇소 한껏 길어야 10분 이내, 아니 아마 5분 이내에, 그 이상은 안 되오, 아니 5분도 꼭 5분은 보장 못 하고 길게 잡아 그렇다는 말이오, 5분 이내에 당신과 나는 헤어져야 하오. 그러니 그 이상은 살지 못할 당신이 진실을 숨겨가지고 저세상에 가서는 뭘 하겠소? 이 순간의 당신이야말로 이 세상에서 진실을 말해서 제일 손해 볼 것 없는 사람 중의 하나가 아니겠소? 그런 사람을 나는 만나는 행복을 가지고 있는 게 아니겠소? 그러니 당신이 역사에 공헌할 수 있는 마지막 기회도 되는 것이 아니겠소. 우리 집 니꼴렌까가 오늘 아침 해산을 했소. 새끼 세 마리를 낳았소. 암컷 한 마리, 수컷 두 마리요. 니꼴렌까, 모르시겠지만 우리 집에서 기르는 암캐요. 그런데 나따샤, 내 아내 이름이요, 나따샤 말이 암컷과 수컷들 색깔이 바뀌었더라면 좋겠다는 거요. 아니 이 판국에 개새끼 털 빛깔이 바뀌면 어떻구 안 바뀌면 어떻겠소? 그런데 문제는 나도 그랬더라면 좋았겠다는 생각이 들더란 말이오. 틀림없이 들더라니깐. 말이 났으니 말이지 강아지 색깔이 아니고 우리 집 니꼴렌까가 강아지가 아니고 까치 새끼를 낳았더라면 세상이 온통 생야단을 떨었을 게 아니오? 그래 레닌 동지가 앉았던 자리에 모스끄바 대공이 앉아 있는 일이 강아지 새끼와 까치 새끼 차이보다 그 중요성이 못 하단 말이오, 뭐요? 내가 요즘도 밥이 꾸역꾸역 목구멍으로 넘어가더란 말이오. 문득 이 생각을 하고 나니 무서워지더란 말이오. 나, 무서운 것 모르는 사람이오. 이 계단을 내려서서 몇 걸음 만에 발사하는 이 일, 가끔 남의 당번을 대신 해주는 이 일을 벌써 오래 해온 사람이오, 무념무상이오, 청정무구요, 알겠소? 발사하면 그뿐, 그 전후에 티끌만 한 흔들림도 느껴보지 못한 지 오랜 노병이오. 무서운 게 없는 인격자요. 그런데 문득 무서운 생각이 들더라니깐. 발사하는 게 무섭단 말이 아니오. 스탈린 동지가 앉았던 사무실에 모스끄바 대공이 앉아 있는데도 밥이 목구멍으로 넘어가는 사실이 문득 무서워진 순간이 오더란 말이오. 남들은 다 안 그런데. 우리 계장이 나더러 이번 가을 얄타 휴양소 티켓을 하나 얻어 오라고 시킵디다. 수완 좀 발휘해보라는 거요. 이렇단 말씀이오. 되돌아보지 말라. 이런 판국에 내 심경에 당치 않게 무서움이 스며든단 말이오. 그대로 전진. 뭐요? 도스또예브스끼의 소설 등장인물들의 대사 같다구요? 나 화낼 거요. 내가 누구요? 러시아 사람 아니오? 도스또예브스끼가 누구요? 러시아 사람 아니오? 도스또예브스끼 소설의 등장인물들이 누구요? 러시아 사람 아니오? 그러니 어디가 틀렸소? 다 아귀가 맞지 않소? 러시아 사람들 아니오, 다? 내가 직업이 이렇다 보니 사실 철학이며, 뭐 그런 거, 변증법적 유물론이며 사적 유물론이며 그런 거, 언제 철저히 공부했겠소? 고등학교 때까지 보고대회에서 쁘라우다 신문에 나온 스탈린 동지의 연설문 해설을 들으면서 지내다가 졸업한 이후에 이 분야에 오고 보니, 전문 분야란 것이 그렇게 만만한 거요 어디? 총기 다루는 법, 독침 쓰는 법, 피의자의 몸에 상처 안 나게 때리는 법, 상처 나도 그만이지만 그래도 같은 값이면 다홍치마 아니겠소, 피의자 심문하는 법, 외국 파견 나가면 현지 첩자에게서 최소한 인간적 호감을 획득하는 기술, 이루 다 말할 수 없이 복잡하다면 한 게 이 분야가 아니겠소? 그러니 남들이 다 가만있는데 밥이 목구멍으로 넘어가는 일이 무섭다고 할까, 아니 이상하다고 느꼈다고 할까, 하기는 그렇게 느낀 일이 역시 무섭다고 할까, 이것이 내가 묻고 싶은 일인데, 이런 뜻밖의 심경을 분석할 힘이 나한테는 없단 말이오. 이런 질문에 대답할 사람들이 모두 태연하게 앉아 있으니 어디 가서 물어봐야겠소. 한평생 종사해온 일을 갑자기 없었던 일로 하자는 세상이 됐는데 이 궁금증을 입 밖에 내지 않고 지내려니 여간 괴롭지 않구려. 자, 여기는 쥐도 새도 모를 장소요. 그보다 당신 자신이 이제 몇 초 후, 몇 분 후? 그 이상은 안 되오. 발사 — 그러면 당신은 쥐도 새도 모를 존재가 된단 말이오. 그러니 말해주시오. 절대 비밀을 보장할 테니 말해주시오. 말해줘용, 응, 자기. 자, 질문을 요약하리다. 요즘 내 목구멍에 밥이 꾸역꾸역 넘어가는 것은 무슨 까닭인가, 이것이 질문이오. 가만, 잠깐, 이건 오해요. 쏘비에뜨 감옥에서 내가 총살되다니. 이런 일이 있을 수 있소? 이것이 일본 제국주의자들의 고등계 형사실이면 몰라도 쏘비에뜨 정치경찰의 지하실에서 내가 총살되다니. 이런 일이 있을 수 있소? 이건 장난이오. 심한 장난이오. 있어서는 안 될 장난이오. 스탈린 동지에게 탄원서를 쓰게 해주시오. 답장이 올 때까지 기다립시다. 필시 스탈린 동지의 지시를 당신들이 잘못 해석한 게요. 내가 누군데 일본 제국주의자들을 위해 스파이 노릇을 한단 말이오. 중대한 잘못이 저질러지고 있소. 나는 쏘비에뜨 권력 앞에 죄지은 게 없소. 이래서는 안 되오. 내가 왜 이곳에 왔는지 당신들보다 더 잘 알 사람이 지금 이 세계에서 달리 누가 있겠소? 이것은 한두 마디로 지금 여기서 설명할 수 없는 큰 잘못이 어디선가 저질러진 것일 게요. 아무튼 나에게는 시간이 필요하오. 허, 이 양반 내 말귀를 알아듣지 못하는군. 시간은 몇 초밖에 없다고 그렇게 알아듣게 말했는데. 그런 시간은 내 소관 밖이고, 밥, 밥에 대해 묻지 않았소? 내 목구멍에 요즘도 꾸역꾸역 밥이 넘어가는 것은 무슨 까닭인가, 그걸 묻지 않았소? 당신도 그 질문에 답할 만한 학식이 없는 모양이군. 할 수 없지. 권총 총알재는 소리가 절컥 난다. 지금, 쏘려는가 보다.

어수선한 베개맡의 꿈도 같고 정말처럼도 보이는 장면들. 고개를 들어 창밖을 내다본다.

러시아의 기병들은 이번에는 쌍끄뜨 뻬쩨르부르끄를 향해 달려가고 있다.

돌아온 모스끄바.

오늘은 교외로 나간다.

호텔 앞에서 우리 버스 스뿌뜨니끄에 승차할 때 첫날의 여자 거지가 또 나타났다. 집에 돌아와서 눈 익은 광경을 만나는 느낌이다.

우리 차는 붉은광장 옆 세거리에서 좌회전한다.

이윽고 교외로 나온다.

사샤가 이 근처를 소개해준다.

레닌그라드의 블라디미르보다 약간 나이 들어 보이고 침착해 보이는 젊은이다. 서양 사람은 청년 시절에는 우리네 사람보다 숙성해 보이는데 사샤는 그런 쪽이다.

붉은광장을 조금 지나서, KGB 본부 건물입니다. 사샤가 말한다. 그 앞에 대좌만 남은 것이 제르쥔스끼 동상이 서 있던 자립니다. 지난번 시민봉기 때 헐린 것입니다. 제르쥔스끼는 비밀경찰 창설자 중의 한 사람입니다. 뉴스에서 본 장면이다. 본부 건물은 석조 7층의 당당한 건물이다. 저 지하에 감옥이 있습니다. 지금은 어찌 운영되는지는 말하지 않았다. 제르쥔스끼라는 사람은, 폴란드 공산당 사람이었습니다. 폴란드 사람이 소련 비밀경찰의 장이 된다는 것이 그 무렵에는 이상하지 않은 일이었던 모양이다. 스탈린도 그루지아라는 순종 러시아계가 아닌 지방공화국 출신이다. 무슨 Kaфe라는 간판이 가끔 보인다. 비디오 카페를 말합니다. 요즘 유행하는 가겝니다. 평화거리는 1956년 국제 청년학생 축제를 기념해서 명명되었습니다. '리가'역이라는 데를 지난다. 저쪽에 보이는 것이 우주개발 박물관입니다. 로켓 모양을 한 거대한 조각이 보인다. 걸작인 것 같다. 노동자와 농민 협동조합원의 거대한 동상이 있는 광장이 있다. 인물들은 구체제에서 애용된 전형적인 소재여서 눈에 익숙한 형상이지만, 조각 자체는 이것 역시 역작으로 보인다. 소재가 어떻든 힘들인 작품은 그것대로 볼만하다. 이 조각도 그런 경우로 보인다. 이 근처는 모스끄바의 위성도십니다. 아까 리가역의 관할지역인 모양으로 큰 규모의 철도차량 수용시설이 자리 잡고 있다. 위성도시 지역을 지나니, 다시 목장이 나타나고 묘지가 보인다. 나무숲이 지나간다. 자동차 교통량은 아주 적다. 분홍빛 벽돌로 지은 아파트가 지나간다. 자동차 왕래가 이렇게 적은 것은 수송이 철도에 의존하는 때문일까? 지방에서 모스끄바로 들어오는 사람과 물량은 이 도로 아닌 다른 도로에서 이루어지는 것인지? 아무튼 한적한 시골길이다. 좌우는 가도 가도 농장과 목장뿐이다. 별장이라는 가옥도 연이어 나타난다. 앞뜰에 과일나무가 있는 것도 어느 집이나 매양 같다.

여러분이 보시는 집들은 별장들입니다. 모스끄바에 사는 사람들의 소유입니다.

502

별장들은 러시아 농가 그대로 1층짜리 작은 나무집이다. 집에는 대개 나무 울타리가 있는데 울타리 형식이 러시아에 독특한 양식이다. 근래에는 국내의 텔레비전 화면에서도 가끔 보는 대로다. 가로 지름대를 바깥쪽에 대고 못질한 그 울타리다. 울타리 안에는 나무가 서 있는데 대개 과일나무들이라고 사샤는 말한다.

드넓은 벌판이다. 지평선이 저 멀리까지 막힘없고 평지에 수풀이 띄엄띄엄 있어서 그 단조함을 누그러뜨리고 있다. 수풀이라면 곧 산인 경우가 대부분인 우리 풍경과 이 점이 구별되는 점이어서 그것이 벌판과 수풀 자체를 우리 것과 달라 보이게 한다. 산으로 막혀 있지 않은 벌판과, 평지의 수풀, 이 두 가지 특색이다. 이 점은 미국의 그것들과 같고, 심지어 유럽의 전원풍경도 대체로 이와 같다. 내가 가보지 못한 산악이 많은 지방은 물론 그럴 수 없는 것이겠지만, 파리 교외로 나갔을 때 그 '넓다'는 느낌에 놀란 적이 있다. 막연히 지도에서만 보면 프랑스는 넓다는 인상을 가지기 힘들었는데, 실지로 본 프랑스의 농촌 지역은 시야에 들어오는 한도에서는 그것이 미국 중서부의 어느 곡창지대 — 이를테면 아이오와의 들판과 감각적으로 '넓다'는 점에서는 구별을 두기 어렵다. 그런 풍광을 만들어주는 원인이, 근처에 산이 보이지 않는 벌판이 많다는 것, 수풀이 있어도 평지에 있는 지형이 많아서, 벌판의 넓이를 더 강조하는 효과 때문인 것 같다. 우리네는 무슨무슨 '평야'라고 해도 대개 눈길이 닿는 곳에 산이 자리 잡고 있기 마련이다. 아마 나폴레옹도 러시아로 진군하기까지는 프랑스가 꽤 넓은 나라라고 생각하지 않았을까 싶다. 모스끄바의 교외가 레닌그라드

의 그것과 달라 보이는 한 가지는 사샤가 계속해서 알려주는 바에
따르면 교외 별장이 많다는 점이다. 다만 별장들은 호화스런 그런
것이 아니고 그 용도가 그렇달 뿐 농가 그대로다.

차는 철도 건널목에서 잠시 멈췄는데 길가의 고압선 탑이 눈에
띄었다. 교외에서 흔히 보게 되는 시설물이다. 그런데 이 탑은 순
전히 나무로 되어 있다. 목제 고압선 탑이라는 물건을 생전 처음
보았다. 요즈음은 전신주는 거의 철근 시멘트 제품이, 고압선 탑
인 경우는 전부터 전체가 철제인 것뿐이어서 고압선 탑이라는 시
설과 그것은 으레 철제라는 것은 무슨 떨어질 수 없는 것처럼 인식
되는 것이 누구에게나 보통이 아닐까 한다. 그런데 그 고정관념을
깬 오브제를 보게 된 것이다. 나는 소년 시절을 시골 도시에서 자
라서 그런지, 나의 그 무렵 기억 속에는 이 '고압선 탑'이라는 형
상이 상당히 무거운 비중으로 자리 잡혀 있다. 그것은 과학, 문명,
기계, 도시 — 그런 것들의 상징으로 나에게 작용한 것 같다. 그뿐
이 아니고 고압선 탑은 대개 시가지 밖에 자리 잡기 마련이므로 그
것들이 벌판 쪽으로 이어지고, 산이 있으면 거기서 중계탑이 하나
더 마련되어 그 산 너머로 이어지는 풍경은 먼 곳과의 교통, 우리
고장이 그렇게 보이지 않는 것과 연결되었다는 표지이며, 시내에
있는 나무 전봇대하고는 격이 다르기 때문에 철제로 됐다는 외형
은 그 신분차를 나타내는 것으로 비쳤던 모양이다. 실지로 나의
중고등학교 시절의 습작 시에는 이 대상이 매우 애호된 시적 풍물
로 빈번히 등장했었다. 집의 가업이 농가가 아니었기 때문에 시골
풍물에 익숙지 못했고, 어중간한 시골 도회지에서 자란 탓으로 그

런 풍물이 나에게는 서정의 대상이 된 듯하다. 어쨌거나 그만한 기억상의 족보가 있는 그 대상이 순전한 나무로 되어 있는 것을 처음 본 것이다. 좀 부풀려서 말한다면 현대 미술가가 시계를 흐늘흐늘한 마치 조개의 속살처럼 그려놓은 것을 처음 대할 때 느꼈던 그런 인상을 받았다. 그 나무 고압선 탑은 무엇인가 말을 걸어왔다. 걸어온 몇 안 되는 모스끄바의 풍물로 남게 될 것을 그 자리에서 느꼈다. 기차가 지나가고 차가 움직인다. 그리고 누군가를 남겨놓고 차가 떠나는 느낌이 남는다. 고압선 탑 말이다.

자고르스끄 성당은 성벽으로 둘러싸인 중세의 요새처럼 보인다. 갠 날 가을 햇빛 속에 요새 안의 황금색 둥근 지붕이 둥실둥실 하늘에 떠 있다. 오늘도 그 하늘에는 엷은 구름이 비꼈는데 너무 엷어서 푸른 하늘빛이 더 은근해 보인다.

성당 앞 넓은 광장 가에는 선물가게들이 전을 벌여놓고 있다. 성벽 쪽에도 성문만 남겨놓고는 좌우 벽을 따라 다리 달린 좌판을 차린 자질구레한 노점상들이 줄지어 있다. 성과 마주 보는 자리에 1층짜리 야트막한 건물이 있는데 이곳은 제대로 된 상점인 모양이다.

성문 앞에는 거지의 한 무리가 줄을 서 있었다. 일행은 그들이 양쪽으로 벌여 선 사이를 지나가게 된다. 성당 앞의 거지들. 그들의 전통적 영업장소에서 러시아에 와서 가장 많은 숫자를 보게 된다. 우주선 발사대에서부터 성당 앞의 거지들에 이르는 구성 부분을 그 속에 지닌 사회구성체 ─ 러시아. 그야 이 지구상 현재의 어느 사회나 자신들이 지나온 계통발생상의 여러 단계를 유지하는 전 단계 집단을 포함하고 있기 마련이다. 땅 밑에는 여러 지층들이 있는 것과 마찬가지다.

생물은 태 안에서 이 기간을 지나거나, 알에서 나온 다음의 변성과정을 지난 다음에는 겉보기에는 마지막 모습으로 일생을 산다. 개구리 몸에는 올챙이가 붙어 있지 않다. 과거는 '허물 벗고' 지금 모습으로 산다. 그러나 '사회'라는 생활단위는 자기 현재 신체에 그가 진화해온 모든 단계를 뭉뚱그려 가지고 있다. 최근 단계가 그 단위 전체를 실질적으로 지배하는 힘이 크고 전 단계들은 전체로서는 그 힘의 영향 안에 있으면서도, 자신의 직접생활은 여전히 자신이 사회의 주요 형태였던 때나 마찬가지 리듬에 따라 생활한다. 사회는 이를테면 자신의 '원죄'를 자신 속에 지니고 산다. 사회 전체도 그렇고 개인도 그렇지만, 인간의 의식은 자신의 '자기동일성'의 이와 같은 '과거현존성'에 대해서 대체로 확실한 자각을 가지기 힘들다. 자기 속에 있는 과거를 사회나 개인이나 모두 잘못 평가하기 쉽다. 그것을 자칫, 뒤떨어진 것, 허물처럼 벗어던져야 할 것, 극복의 대상, ― 결국 현재에 방해되는 부정적인 것으로만 보기 쉽다. 그러나 그렇지 않다. 인간은 사회 차원이든 개인 차원에서이든 그런 앞 단계를 거치지 않고는 고도의 현단계에 도달할 수 없다. 인간의 어린이는 생물로서 불완전한 상태를 오래 지내야 하고, 고도의 현 단계 의식의 소유자가 되자면 역시 낮은 단계(앞 단계 사회의 일반 수준인)로부터 시작하지 않으면 높은 곳에 이르는 길은 없다.

지식에는 돈오돈수頓悟頓修가 없다. 자신의 '자기동일성'에 대한 이런 부정확한 인식은 대단히 위험하다. 첫째로 앞서 말한 대로 자신이 자신이 되기 위한 시간적 절차에 대해 인식이 부족하므로 자기교육의 효율성을 떨어뜨린다. 둘째로 어떤 점에서는 그보다 더 큰 위험의 원인이 된다. 나비는 결코 나방으로 전락하거나, 개구리가 올챙이로 퇴행하거나, 닭이 알로 되돌아가는 일은 없다. 그러나 사람에게는 이 퇴행이 가능하다. 사람은 생물적 종으로서는 퇴행이 불가능하지만, '사회적 종'으로서는 얼마든지 시간을 역행할 수 있다. 이 '시간역행 능력'은 인간의 개선을 위한 능력이자, 동시에 인간의 반사회성을 위한 능력이라는 모순된 특징이다. 자기가 거쳐온 진화의 단계는 한 사회 속에 계층적으로 공존하며, 개인의 마음속에 중층적으로 공존하면서, 조건이 주어지면 세력관계를 변화시킨다. 최근에 이 사회에 일어난 사태도, 그런 변화에 대해서 이 사회체제는 어쩌면 가장 인연이 없다고 흔히 피차가 생각했던 것이 사실이 아니며, 그런 변화의 보편성을 보여준 것이리라. 그래서 풀을 이윽히 쳐다보게 된다. 가능성이 없기 때문에 평화스런 존재. 가능성은 있지만, '원죄'가 언제든지 현실화될 수 있는 위험한 가능성. 며칠 전까지의 사회주의 국가의 광장에 대공大公이 출현하고, 거지 떼가 홀연히 고전적 활동을 고전적 장소에서 실천하고 그렇다고 해서 가을의 발걸음이 한 발자국이라도 흐트러지지 않는다는, 자연 속에서의 인간의 이 자리. 풀에서 시작해서 무엇인가가 되어가고 있는 인간이라는 존재의, 이 불완전한 존재 방식.

성당 성문을 들어서면 수풀 사이에 건물들이 여기저기 보인다.

이곳은 러시아 정교의 총본산으로서 전 러시아 정교회 신자의 성지입니다. 근래에 이르기까지 신자들의 두터운 믿음의 중심지가 되어왔습니다. 구체제에서도 이 교회는 존속되었습니다. 사샤의 말.

성당 뜰에 들어서서 대강의 설명을 마치면서 제일 가까운 건물로 걸음들을 옮긴다.

건물들이 여기저기 있으므로 거기를 돌아보는 사이에 절로 사람들도 흩어지게 된다. 어떤 사람들은 그 자리에서 좀더 머무르게 되고, 해설 도중에 빠져서 먼저 나오기도 하게 된다.

그중 큰 예배당 안으로 들어간다. 여기가 주건물인 듯하다. 안은 어둡다. 높은 천장의 그 예배소는 저 안쪽에서 지금 의식이 집전되고 있다. 몰려선 사람들 뒤로 다가선다. 굵은 촛불이 여러 개 밝혀졌는데 승려 셋이 그 앞에서 경전을 읽으면서 가끔 향로를 이리저리 움직이기도 하고 제단에 더 다가가서 무엇인가를 챙기는 몸놀림을 하고는, 다시 물러나서 경문을 읽는다. 몰려선 사람 중에서 가끔 받아 외는 소리들이 일어난다.

촛불 빛과 향로에서 나는 냄새와 하나가 된 사람들이 조용히 몰려선 속에 일단 들어서고 보니 금방 비집고 돌아나오기가 어려워서 한참 서 있는다. 방에 촛불 말고 다른 조명은 없고, 창은 많은데 창문이 있는 데만 밝을 뿐 회당 전체는 반 어둠이 다스리고 있다. 문간 옆에 벤치가 벽에 붙어 놓여 있을 뿐 의자는 일체 없다. 조심스레 움직여서 차츰 뒤로 빠진다.

회당을 나온다.

승복을 입은 사람들이 마당을 가로질러 간다. 이 안에는 신학교가 있다고 한다.

성당 본부라고 하는 건물의 현관은 문이 닫혀 있고 드나드는 흔적이 없다. 출입은 다른 문으로 하는 듯하다. 황금색의 원형 지붕이 가운데 솟아 있고 좌우에 밝은 푸른빛 지붕이 있는 건물이다. 여기가 사무적인 본부이고 아까 예배 보던 곳이 주 성전인 것 같다. 뜰을 오가는 다른 여행자들은 거의 보이지 않는다. 가끔 우리 일행이 서로 마주치면 각기 자기들이 다녀 나오는 건물을 가리켜 보이거나 간단한 안내를 스치면서 전한다.

한 모퉁이를 돌아가니 그곳에는 낮은 울타리를 따라 벤치가 여러 개 놓여 있다. 앉아서 쉰다. 전나무인 듯한 나무들과 느티나무 비슷한 나무가 섞인 숲 저쪽에 걸린 종이 드러나 보이는 종탑 지붕이 있는 건물이 보인다. 내가 쉬고 있는 벤치 앞길과 저편에서 마주치는 세거리 갈림길 언저리에 승복 입은 사람들의 걸음이 자주 보인다. 저 종탑 건물이거나 아니면 그 언저리 어느 집이 신학교인 것 같다. 어른 신부들이 아니고, 대학교 구내를 오가는 학생 같은 느낌이 있다.

일어나서 또 걸어본다.

여기는 인적이 전혀 없다.

벽으로 막힌 구역인데 문이 있고 그 문 옆에 작은 보초막이 있다. 그쪽으로 다가가니 보초막 안에 군인 비슷한 제복을 입은 사람이 앉아 있다.

몇 발짝 앞에서 막연히 서 있으려니까, 보초는 앉은 채로 열린 문을 가리키며 들어갈 테면 가도 좋다는 시늉을 한다. 굳이 그럴 생각은 없던 나는 미적거리다가 문으로 해서 저쪽으로 들어가본 다. 긴 벽돌벽으로 차단된 그 지역에는 지나온 건물하고는 좀 다른 보통 건물에 가까운 2~3층 높이의 건물이 앞으로 길게 퍼져 있는데 지금 보수 중이었다. 건물은 창문이 치워져 있어서 휑뎅그렁한 덩치가 내부를 한눈에 보이게 드러내고 있고, 한쪽에 건설공사용 나무 비계가 걸쳐 있었다. 나는 그 나무 발판을 밟고 올라가서 건물의 2층에 발을 들여놓았다. 안에도 아무 다른 것은 없고 구조 변경을 위한 것인지 벽의 일부가 헐린 돌 부스러기가 방마루와 복도에 널려 있다. 일하는 사람도 보이지 않고 어디서 그런 소리도 들리지 않는다. 나는 비계를 타고 건물에서 내려온다. 담장 밖으로 나오면서 보초에게 고맙다고 인사한다. 스빠시보. 그가 싱긋 웃는다.

성당 본부 앞마당에서 전원 기념촬영을 하고 자고르스끄 성당 밖으로 나온다.

이제 여행 일정은 내일 하루를 남겼을 뿐이어서, 그동안 챙기지 못했던 일인 최소한의 선물 사기에 대한 궁리가 모두의 머리에 있다.

성당 광장의 노점상 앞을 시계 방향과 반대로 거쳐나가면서 물건들을 살펴본다. 대부분의 분들이 한두 가지씩 골라서 산다. 어디서나 비슷한 물건인 데다, 특별히 신기한 것도 없는 터이라 막상 무엇인가를 사야 할 계제에 이르고 보면 결국 평범한 것을 선택하고 만다. 가는 곳마다 있는 품목인 마뜨료쉬까 인형이 여전히 인기가 있다. 여기서 직행하게 될 아르바뜨 거리가 선물 사기에 제일 알맞으리라 한다. 거기서 물건 사기 용무를 해결할 생각으로 들 있다. 노점상을 한 바퀴 거친 끝에 성당 맞은편의 상가 건물에 들어선다. 여기는 제대로 된 잡화점이다. 가방, 의류, 장신구, 털모자, 구두, 벽걸이, 그런 것들이 제일 쉽게 눈길에 들어온다. 성당 안에서는 보지 못했는데(하기는 예배 보는 사람들이 있었지만), 러시아 사람 손님도 많이 보인다. 사샤는 여기저기 돌면서 장보기를 도와준다. 우리는 도착한 이튿날 환전소에서 달러 일부를 루블로 바꿔가지고 다녔는데, 달러도 사용할 수 있었다. 공식으로는 어디서나 그런 것처럼 국내 화폐로 바꿔야 한다고 되어 있지만, 실지로는 여행자들의 달러 화폐 사용을 묵인하고 있다.

자고르스끄 성당을 떠난다.

돌아오는 길에 아까 기차 건널목을 다시 지나면서 나무 고압선 탑을 유심히 보면서 지난다.

러시아에 와서 제일 갠 날이다.

흐렸다 갰다 하는 날이 많았으나, 우리나라의 전형적 가을 하늘 같은 날이 아닐 뿐이지, 흐려도 모두 화창하기는 한 날들이었고, 심지어 비 온 날도 전용 버스로 움직인 우리는 달리는 버스에서 비에 젖은 외국 도시의 거리를 내다보는 것은 나쁘지 않았고, 덕분으로 레닌그라드는 더 깨끗하고 아름다워 보이기도 했다.

오늘은 그런저런 조건 없이 가장 화창한 날이었다.

아무리 러시아라도 9월 초순은 9월 초순일 텐데(그러길래 첫날 밤에는 창문을 열어놓고 잤다), 본국의 가을과 그리 다르지 않은 기후가 별일인 듯싶은 심사가 있어서 날씨 때문에 애먹지 않은 일을 모두 대견해한다.

올 때나 다름없이 도로는 한적하고 벌판과 밀밭은 끝없어 보이고, 별장들은 소박한 옛날을 가고 있는 환상을 펼치게 한다. 기찻길이 있고, 건널목 옆에 풀이 우거지고, 풀숲 속에 발을 디디고 마치 거기서 자란 느티나무이기나 한 것처럼 나무 고압선탑이 있고, 그 부드럽게 벌린 가지처럼 보이는 가로 세로 지름대 사이에 뜨개질 털실을 걸친 손가락들처럼 전선을 걸치고 있는 나무 얼개 위에 가을 구름이 높은 자고르스끄 길을 따라 모스끄바로 돌아온다.

구소련 사정이 자유롭게 소개되기 시작하고 얼마 되지 않아서 『아르바뜨의 아이들』이라는 소련 현대소설이 국내에 번역된 것을 읽어보았다. 10월혁명 전후를 다룬 『강철은 어떻게 단련되었는가』와 현대 소련 문학 사이의 거리를 가늠해볼 수 있어서 나에게는 유익한 책이었다. H에서 시작해서 W에서 끝난 나의 '소련 경험'을 보충해준 작품이기도 했다.

'소련 경험'이란 '현실의 소련'에 대한 경험과, '소련 문학작품'에 대한 경험, 두 가지를 다 말한다. '현실의 소련'은 당시 북한에 진주했던 소련군에 대한 것이고, '소련 문학'은 주로 학교에서 문학시간과 그 당시에 번역됐던 소련문학 중에서도 내가 읽어본 아주 적은 분량이다. 남쪽으로 피난 온 다음에는 '현실의 소련 경험'은 있을 수 없었고, '소련 문학'도 몇몇 반체제 작가의 것 말고는 나는 읽지 못했다. 반체제 작가들의 작품에서 다루어지고 있는 내용은 그것대로 중요하고 문학으로서도 단단한 것임은 틀림없었지만, 뜻밖에도 그들 작품은 표현양식으로서는 상식적인 사실적 기법으로, 역시 특별히 마다할 이유가 없는 상식적 인도주의의 관점으로 서술된 소박한 것이어서, 그들 작가들이 비록 찬성하지는 않지만, 어쨌든 고유한 규범에 침윤되어 있는 사회의 그 '규범' 자체에 대한 깊은 천착이 보이지 않았다. 잘못된 현상은 면밀히 묘사되어 있지만, 그 잘못에 대한 논리적 분석은 없었다.

　구소련과 같은 성격의 사회의 사회적 부조리가 문학에서 취급될 때는, 문학 일반론에서 말하는 바, 설명은 자제하고 구체적 제시를 해야 한다는 원칙은 여전히 일반론의 한계 안에서 타당하기는 하지만, 충분하지는 않고, 경우에 따라서는 태만이기조차 하다. '경우'라는 말의 뜻은, 그 사회의 현상이 잘못된 것이 이미 충분히 관찰된 다음에는, 그 잘못의 근본원인, 그 사회의 '근본규범'에 대한 논리적 규명 자체를 작품 속에 포함시키는 것이 구체적 제시의 의미를 지니게 된다고 나는 생각해왔는데, 그런 갈증을 삭여줄 만한 면을 어느 작품도 보여주지 않았다. 말하자면 그들의 접근방식은, 묘사 대상이 소련 사회가 아니라도 아무 사회든, 제대로 돌아가지 않는 사회 일반을 다룬 풍속도의 수준을 넘어서지 않아 보였다.

　소련 사회에서의 의식意識문화로서의 마르크시즘의 침윤도는 이 정도인가, 사회 일반은 말고라도 소련 지식인에게 있어서의 마르크시즘의 침윤도는 이 정도인가 싶었다. 그 '정도'는 가히 '침윤 제로'의 상태처럼 보였다. 최근에 와서 접하게 된 고르바초프의 언행이 깜짝 놀랄 만큼 그렇고, 솔제니친이 그렇고, 물리학자 사하로프조차 그렇게 보였다. 마르크시즘을 왜 찬성하지 않느냐는 말이 아니라, 긍정이든 부정이든 마르크시즘의 세계를 거친 흔적이 전혀 보이지 않는 듯싶었다. 그들은 우리들 소련권 밖에서 교양을 형성한 지식인과 지적 수사법이 아무 차이가 없어 보인다. 그래서는 모처럼(좀 우스운 표현이지만) 그들이 겪은 부조리의 고유한 성격은 세척돼버리고, 하늘 아래 새것이 있을 리 없는 형이상학적 일반론만 남는다. 심하게 말해서 고생은 했지만 헛고생을 한 것이 된다. 까닭은 그리 까다롭지 않은 데 있었는지 모른다. 부조리에 대한 논리적 분석은 고사하고 현상적 묘사 자체를 체제가 용서하지 않았기 때문에 대부분의 작가들은 똘스또이 노인에게서 물려받은 고도의 견실묘사법과 소련 작가협회 제정制定의 '사회주의 리얼리즘'이라는, 쏘비에뜨 국가의 현실을 먼저 긍정하고 나서, 그 안에서 엎치락뒤치락하는 '위험하지 않은 위험'을 작품 속에 맺었다 풀었다 한 모양이고, 반체제 작가들은 이 울타리에서는 뛰어나왔지만 제대로 굴러가지 않는 모양을 지적하는 그 이상의 힘은 없었던 듯했다. 『아르바뜨의 아이들』도 이 점에서는 마찬가지였다. 지금이니 이런 말을 하는 것이지만, 바로 얼마 전까지는 어찌 해볼 도리가 없었던 모양이다.

지금 걸어 들어가는 현실의 아르바뜨 거리 어디에 그 해답이 길바닥에 떨어져 있을 리 또한 없었다.

다만 그 장소에는 아르바뜨의 아이들이 우글우글하였다. 남대문시장 길이보다 좀 길어 보이는 곧은 일자 거리는 자유 노천시장인데 양켠의 건물에 붙여서 노점이 이어진 데다 길 한복판에도 좌판이 줄을 이어 있어서 물건 사는 사람은 그 좌판 사이에 난 두 가닥 통로를 걸어가게 된다. 거의 청년들, 그것도 스무 살 안팎의 청년들이 장사를 하고 있다. 여자들도 있지만 거의 남자들이다. 그들은 좌판을 지켜 서 있기도 하고, 어떤 친구들은 의지하고 있는 뒷건물의 계단에 앉아 있든지, 창턱에 앉아 있기도 하고, 같은 창턱이라도 두 다리까지 올려서 창문의 대각선이 되어 비스듬히 절반 누워 있는 경우도 있다. 그 건물에 사람이 사는 것인지 없는 것인지, 꼭 빈집일 것 같지만은 않은 집인데 그러고들 있다. 창문이나 현관 계단이 그렇고, 서양도시의 길갓집이 그런 식대로 대체로 틈새 없이 이어 붙은 중에도 예외는 있는 그런 공간에는 안으로 들어선 빈자리에도 무슨 장수인가는 꼭 전을 벌이고 있다.

그 자리에 식탁에 쓸 만한 레이스 상보를 들고 서 있는 사람은 그리 젊지 않은 아낙네였다. 흰색의 면실로 짠 그 그물 보자기는 가져가면 아내가 좋아할 만한 물건이었다. 값도 그리 비싸 보이지 않는다. 하기는 여행길에서 마주치는 물건 값은 나중에 큰 놀림감이 되는 수가 많다. 나는 끝내 사지 않고 말았다. 돌아서 가다가는 두어 번 되돌아서고 한 끝에 지금의 식탁보가, 그것도 이것과 색깔이나 모양이 비슷한 것을 쓰고 있다는 생각을 했기 때문이다. 그 러시아 부인은 내가 돌아갈 때마다, 그리고 돌아설 때마다 미소하였다. 점잖은 분이었다. 나는 퍽 미안해서 그 아낙네가 보이지 않을 만큼 빨리 이동하느라 그 언저리는 그냥 지나쳤다. 뒤통수를 갑자기 없이 하는 신통력을 부리시 못하는 바에는 그 재주밖에 없었다.

길 한가운데 줄에 있는 어떤 청년은 큰 옷걸이와 그 옆에 좌판을 차려놓고 있는데, 나는 거기서 멈췄다. 군인 장비 전문 좌판이었다. 청년은 나를 지켜보더니 옷걸이에서 판초형 비옷을 내려 나한테 입혀주었다. 내가 엉겁결에 입은 비옷을 벗어놓았더니, 이번에는 야전용 삽을 보여준다. 내가 군대에 복무한 사람인 것을 용하게 알아본다. 그는 이번에는 탄띠를 매어주고 거기에 야전용 삽을 매어단 다음 또다시 판초 비옷을 걸치는 것이었다. 판초 우의 밑에 제법 불룩하게 무슨 단독 장비를 차린 군대 병사가 되고 말았다. 패션 구성이 거기서 끝이 아니었다. 그는 다시 매우 위엄 있는 철모를 나에게 씌우고 야전용 가죽가방을 어깨에 메어주었다. 개인 화기만 없달 뿐 나는 이제 거의 완전한 붉은 군대 병사였다. 청년의 재빠른 손놀림으로 순식간에 신분이동을 한 나는 근처에 일행이 보이지 않음을 다행스럽게 여기면서 황급히 장비 해제하였지만 야전가방 하나를 사고 말았다. 돌이킬 수 없는 역사적 사실 — 피차가 협조한 잠깐 동안의 분장놀이에 대한 예의와 기념을 위해서 피할 수 없는 결과였다.

아르바뜨의 거리에서는 온갖 것을 팔고 있었다. 군대 물건들이 이렇게 팔리고 있다니, 어느 나라에서나 사회가 붕괴한 때가 아니면 일어나지 않는 일이다. 군대가 먹고 입는 것이 일반 시장에 나올 때라는 것은 전쟁 중이거나, 전쟁이 끝났을 때, 그것도 패전했을 때의 현상이다. 전 세계의 신문들은 금방 러시아가 군대를 해체할 듯이 보도하고 있다. 패전한 군대가 무장해제되는 것은 상식일 터이니 그럴 만도 하다. 소련 탱크가 어느 나라 장사꾼에게 팔려서 불도저로 개조되었다느니, 트랙터로 개조되었다느니 웃음거리 삼아 보도되고 있다.

해방되고 6·25전쟁이 나기까지 북한 지역에 산 사람들에게 트랙터란 말은 특별한 울림으로 남아 있다. 트랙터가 아닌 러시아말 발음으로 '뜨락또르'는 '사회주의'라는 말을 구체적으로 표현한 말로 우리는 받아들였다. 그때의 조선 사람들에게 밭을 기계로 간다는 것은 사회주의의 힘을 실감나게 해주었다. 자본주의 국가에서는 그런 일이 이미 보통이 되었다는 정보는 차단하고 제공된 이 뜨락또르는, 그만한 표현력이 있어서, 아득히 드넓은 농장 벌판 위에서 콩알만 하게 움직이고 있는 뜨락또르들의 모습은 위용威容이라 할 만했다. 조소朝蘇문화협회의 간행물에는 그런 사진으로 가득차 있었다. 그 조금 전까지는 중국 대륙을 진격하는 일본군 전차 부대가 차지하던 자리를 이번에는 뜨락또르가 차지한 것이었다. 북한에 들어온 소련 전차는 일본 군대의 그것과 비교가 안 될 만큼 훌륭하였다. 붉은군대는 이 탱크를 가지고 나치스 독일 군대를 무찔러 유럽을 구한 다음, 숨 돌릴 새도 자신에게 허락지 않고 동쪽으로 와서 일본 군대를 무너뜨리고 우리 조선을 노예의 삶에서 구해준 해방군대라는 것이었다.

그 해방군대의 탱크가 외국 장사꾼에게 헐값으로 팔리고 있다고 한다. 그것들은 소련 인민이 복지향상을 희생한 피와 땀의 변형인 사회 간접자본이다. 실직한 소련 과학자들이 외국으로 나간다고 한다. 그들 역시 한 개인이자, 구소련 사회의 사회 간접자본이었

다. 소련 사회가 그들에게 교육비를 지출해서 생산한 공유재산이
다. 까자흐 공화국의 시골에서는 아직도 제정 러시아 시대나 다름
없는 오두막에서 사는 농민들의 희생 위에 미래를 위한 투자로서
생산된 것이 그들 과학자였다. 그들의 두뇌가 외국에서 그들의 빵
을 벌기 위한 생산수단으로 이용되는 것으로 끝난다면 그동안의
고생은 무엇 때문이며, 희생자들은 어디 가서 잃어버린 시간의 보
상을 청구한단 말인가? 붕괴 전후의 소련 정치인들에게서는 이런
사실에 대한 뼈아픈 책임의 빛이 전혀 보이지 않았다. 그런 사람
들이 사회를 '지도'해왔다는 것이 비로소 더 이상 다른 변명의 여
지없이 밝혀졌다. 사전에 이런 결과에 대해 경고한 사람들을 그들
은 밀실에서 살해하여 어딘지 모르는 아무 데나 파묻어서 세상으
로부터 숨겼다. 선포한 대의 자체가 너무나 분명하였기에, 국경의
안팎에서 바쳐진 정치적이라기보다 종교적 귀의에 분류해야 될 전
인격적 신뢰를, 그들은 비인간적이라기보다 요괴적 무감각의 자세
로 배신하였다. 그런 신뢰에 균형할 만한 백서 하나 발표됨이 없
이 이렇게 되었다. 어디 파묻혀 있는지도 모를 포석 조명희의 심
정은 어떠할까.

아르바뜨 거리에는 탱크까지는 없었지만 그 밖의 온갖 것이 있
었다. 이쯤 되면 쓰던 물건을 들고 나왔다는 규모는 이미 지났고
제대로 된 장사였다. 거리 전체가 시장치고는 소란스럽지 않고 손
님 응대도 억지나 난폭한 데가 없다. 대학생들의 아르바이트 바자
르라는 느낌이다. 이런 분위기가 유지되는 동안에는 여행자들의
사랑을 받으리라.

아르바뜨 거리에서 호텔로 돌아와 보니 K양이 기다리고 있었다. 한꺼번에 여러 가지 문안, 설명을 해가면서 우리는 커피숍으로 가서 마주 앉았다.

K양은 그동안 모스끄바를 비우게 된 사정을 이야기하고 죄송하다고 한다.

"무슨 소리, 이렇게 만날 수 있었는데."

"모스끄바에서 뵙다니 정말 같지 않아요."

"좋은 세상이 된 게지. 건강해 보이는군, 공부도 잘되고?"

"네, 학생 시절로 돌아오니, 정말 학생이 된 것 같아요."

"정말 학생이라니, 안 그런 학생이라도 있는 것 같군."

"잘하고 있어요. 선생님, 여행 중 불편이 많으시지요?"

"불편은, 호강하고 있는데."

"좋은 데 많이 구경하셨나요?"

"그래, 다 볼만하더군."

"내일 돌아가시는 거죠?"

"그래."

"선생님 죄송합니다."

"또 그 소리를 하는군, 우리는 모스끄바에 도착한 이튿날 레닌그라드로 갔으니까, 자네가 있었대도 하루밖에 더 있었겠나, 실지로……"

"그건 그렇지만 선생님이 도착하실 때 마중하려고 마음먹고 여기 여행사에도 그렇게 연락해놓고 있었는데 그렇게 됐어요."

"암, 바빠야지, 자네가 여기 놀러 왔나 어디, 건강해 보여서 안심했네, 공부 잘되어가겠지?"

"네, 열심히 하고 있어요."

"참, K선생님한테 대접 잘 받았네."

"바쁘신 분인데 제 청을 들어주셨어요."

"저런, 큰 폐를 끼쳤네."

"그건 제가 책임질 일이니 염려 마세요, 그분이 선생님을 알고 나오신 건 아니잖아요, 제가 허물없는 분이어서, 그렇게라도 제가 못 하는 일을 대신 부탁드린 거니까, 너무 염려 마세요."

"그런 사이노라고 K선생에게서 말씀은 들었네마는 폐를 끼친 게 나인 건 여전히 마찬가지지. 그래, 그동안에는 안녕하시겠지?"

"네, 전화로 안부 문안드렸어요, 그런데 선생님, 내일 저희들한테 시간 내주실 수 있으세요?"

"저희들?"

"네, K선생님 사모님께서 선생님이 괜찮으시다면 쇼핑 안내를 해주시겠답니다. 저는 기숙사와 학교 말고는 아는 것이 별로 없어요. K선생님 사모님은 여기 제일 먼저 온 분들이고, 잘 아세요."

"아니, K선생님께 수고 끼친 일도 큰 호의였는데, 어떻게 그럴 수 있나? 쇼핑이래야 뭐 별거 있다구. 그런 말 말게."

"선생님이 불편하세요?"

"불편?"

"선생님이 불편하시다면……"

"하, 그게 아니라니까, 그런 수고를 어떻게 부인한테까지 끼치겠는가."

"그러시다면 염려 마세요, 저쪽 두 분께서는 저를 위해 선생님에게 도움을 드리고 싶어 하세요, 제가 지난번 모시지 못한 분까지 갚게 해주시는 셈치시고, 그렇게 하시지요?"

"글쎄, 어떻게 생각해야 할지."

"모처럼 저쪽 분들은 기꺼이 그러시겠다는 걸 사양하시면 섭섭해하실 거예요."

"허, 이거."

"네, 그럼, 저도 든든하고요, 그리고……"

그녀는 그 문제는 더 이상 논의할 것이 없다는 얼굴이 되면서 옆에 놓았던 큰 백을 열고 큰 봉투 하나를 꺼내 내 앞으로 밀어놓는다.

"선생님, 궁금하셨지요?"

"응, 이게?"

"네, 조명희 선생 관련자료예요."

"음, 수고했네, 고맙구만."

나는 약간 떨리는 손으로 봉투 안에 든 것을 꺼내 들었다.

그것은 두 가지 문서였는데, 한쪽은 러시아말로 타자된 문서로 복사한 것이었다. 다른 한쪽은 비슷한 분량인데 우리말이었다. 이것은 워드프로세서나 컴퓨터로 찍은 것이었다. K양은,

"이쪽은 번역이에요"

하고 우리말 문서를 가리켰다.

"제가 친 겁니다."

나는 러시아말 쪽을 봤다, 번역이라는 쪽을 봤다 하다가 K양을 보았다.

이 서류는 하바로브스끄의 KGB지부에 보관된 포석 관계 서류철에 첨부된 유일한 문서인데, 피고들로부터 압수된 것이라고 기록돼 있었다고 한다.

"이게 그 복사란 말이지?"

"네."

"용케 복사를 허락했군."

"그럴 만한 분을 우연히 소개받아 도움을 받았어요."

"허, K양은 모스끄바에서 유력인사를 많이 아는 모양이군."

"그렇지도 않았어요, 요즘 여기 사람들 정신이 없어서, 안 될 만한 일도 되는 일이 허다해요."

"음, 알 만한 얘긴 것 같군."

"일이 되느라구 쉬웠나 봐요. 이미 일부 공개한 내용이고 문학 연구를 위해 필요하다고 했다나 봐요. 여기 습관으로 작가 연구는 중요하다는 인식이 있어요."

"그래도 유족들에게도 보여주지 않던데……"

"다 보여주지 않았던 게지요, 그런데 선생님."

"응?"

"이 문서가 포석 선생님의 것이라고는 단정할 수 없대요. 포석 선생에 관한 고발장은 다섯 분이 한 건으로 묶여서 처리됐는데, 고발장도 한 장에 취급하고 있었다고 해요."

"TV에서도 그렇게 봤는데."

"네, 그래서 이 문서도 일건 서류에 대한 첨부로만 되어 있지, 그중 누구의 것이라는 표시도 없답니다."

"일건 서류라……"

"그렇다고 해요."

"흠."

나는 러시아말로 된 그 문서를 보다가, 번역본을 들여다보았다.

"그건 우리 학과의 조교에게 부탁해서, 저도 도우면서 번역한 거예요."

"음."

번역하기에 여기 이상 편리한 장소가 있을 리 없었다. 가지고 간대도 한 번 더 거쳐야 할 절차를 생략해준 것이니 그 이상 편리할 수 없었다.

"이것 참, 대단한 걸 얻었군."

"그래요, 선생님? 저도 읽었습니다만……"

"응, 읽어봐야겠지만, 어떤 내용인가?"

"무슨 연설문이에요."

"연설문."

"네."

그녀와 대화하면서 읽어나가려니 헷갈린다.

"선생님, 읽으세요."

"응? 응, 아니, 이건 가지고 올라가서 읽으면 되는 것이고, 응, 됐어, 이거, 큰일을 해줬어."

"무슨 큰일이라구요, 시기가 좋았던 게지요. 그분이 옛날 같으면 어림도 없다고 해요.”

“왜 아니야, 어림도 없지.”

“제가 기회 있으면, 한번 직접 가서 확인하고 싶어요.”

“응, K양도 언젠가 흥미 있을 일이지.”

“네, 그럼요.”

나는 문서를 봉투에 넣고 한편으로 약간 옮겨놓았다.

“다시 한 번 고맙네.”

“도움이 되었으면 좋겠어요.”

“되고말고.”

“꼭 포석 선생님의 것이라고……”

“포석의 것일 수도 있고, 그것은 어쨌건 다섯 사람에 관련된 것
임은 틀림없잖은가.”

“그럼요.”

“자, 고맙네.”

“그만하세요.”

그녀는 자기 학교생활로 화제를 돌렸다. 지금 어학연수 과정인
데 그 과정이 끝나면 어느 특정 작가를 골라서 연구할 생각이라고
한다. 그녀가 지도받고 있는 교수는 나이 많은 여자분인데 귀여워
해준다고 한다. K양이 열심인 것을 기특해하는 모양이다. 손녀딸
처럼 여기는 것 같다고 한다. 작년에 편지했던 때에 비하면 지금
은 모스끄비치(모스끄바 사람) 다 된 거나 마찬가지라고 한다. 거
리는 모스끄바조차도 이렇게 황량하고 휑뎅그렁하기만 하지만 아
파트에 들어가 보면 그렇지도 않다고 한다. 지도교수네에 한번 다

녀온 적이 있는데 남편은 2년 전에 별세했고 자식들하고는 떨어져서 혼자 사는 그 할머니 방은 추억의 창고처럼 해묵은 가정 살림들이 가득 찬 작은 박물관 같았다는 것. 작년 10월 초에 이곳의 첫눈을 맞았는데 폭설이었다는 것. 러시아의 겨울에 잔뜩 겁을 먹어온 터라 아예 채비를 단단히 하고 주의해서 그랬는지, 겨울이 힙겹기는 했지만 감기 한 번 걸리지 않고 넘겼고, 봄이 되어 풀이 파릇파릇 돋아날 때는 계절이 가져다주는 환희라는 것을 처음 느꼈다는 것. 러시아 문학의 번역에서 그렇게 많이 만나게 되는 자연 묘사가 결코 지나가는 이야기가 아님을 실감할 수 있었다는 것. 물가는 나날이 오르는데 사람들이 적은 수입으로 살아가는 게 신기하다는 이야기. 서울서 오는 사람들은 모스끄바가 온갖 물자 기근으로 큰일인 줄 알지만 그래도 생활에 큰 혼란은 없는 것 같으며, 돈만 있으면 없는 것 없이 다 살 수 있다는 얘기. 처음에는 말도 통하지 않을 뿐 아니라, 러시아 사람 말고도 온갖 인종이 모여 있어서 처신하기가 매우 어려웠다는 것. 그랬겠지. 우리처럼 한 민족만 모여 살던 사람들이 힘겹게 겪어야 하는 외국 생활의 그 단계. '문화'라는 것에는 '육체'가 있다는 발견. 발견이자 불편함이며, 거기를 통해서 익히게 되는 '남'이라는 것의 무자비함. 아직 아시아 아프리카 학생들이 많이 남아 있는데 러시아 사람들이 겪고 있는 마음의 부대낌은 그렇다 하고라도, 이 학생들이 제일 안돼 보인다는 것. 큰 포부를 가지고 이 나라에 온 그들 고향의 수재들인데 지금 그중에는 불량화해져 사고를 내는 경우도 있다는 것. 그렇겠지. 그런저런 일을 다 알고 왔기 때문에 그런 고민은 자기와는 상관없지만 자연 말이라도 건네게끔 된 아프리카 학생들의 표정 속에서 가끔 이편까지 답답하게 만드는 절망이 감지될 때가 있다는 것.

이날 모스끄바 교포 한 분이 우리 일행 모두를 만찬에 초대한 터라 저녁 시간이 자유스러웠다.

K양과 나는 지난번 러시아작가협회 사람들과 저녁을 먹은 2층의 식당에서 저녁식사를 했다. 이야기가 길어져서 우리가 식당에 들어섰을 때는 식탁은 모두 비어 있고 주방에만 사람 모습이 보였다. 여기는 식사 시간이 정해진 식당인 모양이었으나 종업원은 음식을 제공해주었다. 넓은 식당에서 식사 시간을 벗어나서 단둘이 식사를 하는 기분도 괜찮았다.

그녀를 택시에 태워 보내고 방으로 올라온다.

방에 들어서면서, 봉투에서 문서를 꺼내들고 창가 의자에 앉아 읽기 시작한다.

a

우리 당은 권력을 잡고부터 거의 끊임없이 내란의 압력하에서 일해야만 했다. 쏘비에뜨 러시아가 세워지고 지난 5년 사이에 걸친 경제건설의 걸음걸이는, 만일 순전히 경제적 원칙이라는 측면에서 바라본다면, 결코 온전히 이해할 수 없을 것이다. 그것은 무엇보다 군사적, 정치적 원칙이라는 잣대로 재어보고, 그러고 나서 비로소 경제적 효율이라는 잣대를 대보아야 한다. 경제생활에서 합리적인 것이 정치에서도 합리적이라 할 수는 없다. 만일 전쟁 중에 백군의 침공 위협이 있을 경우 나는 교량을 폭파할 것이다. 경제적 이익이라

526

는 추상적 입장에서 보면 이것은 손실이지만 정치군사적 입장에서는 필요하다. 적당한 시기에 이 교량을 폭파하지 않는다면 나는 바보가 아니면 범죄자일 것이다. 우리는 주로 군사적으로 노동자 계급의 권력을 지켜야 할 필요라는 압력을 받으면서, 전체적인 국면에서는 여전히 우리 경제를 재건하고 있는 것이다. 우리는 마르크스주의의 소학교에서, 자본주의에서 사회주의로 한걸음에 뛰어넘을 수 없음을 배웠다. 우리는 아무도 일찍이 '필연성의 왕국으로부터 자유의 왕국으로'라는 엥겔스의 유명한 말을 그렇게 기계적으로 해석하지는 않았다. 우리 누구나 일찍이, 권력이 획득되자마자 새 사회가 밤사이에 건설된다고는 믿은 바 없다. 엥겔스가 염두에 둔 것은, 혁명적 전환의 전체적 국면에 관해서였기 때문에, 이 일은 세계사적 규모에서 본다면 그야말로 '비약'이라 할 만했다. 그러나 실제 활동의 입장에서 본다면 그것이 결코 '비약'이 아니라, 개량과 전환과—때로는 지극히 부분적인 준비까지를 곁들인 전체적인 것이다. 경제적 입장에서 보면 부르주아들에게서 그들의 기업을 수탈하는 일은 노동자 국가가 그 기업을 운영할 수준에 그치는 것이 마땅하다는 것은 자명한 일이다. 우리가 1917~1918년에 했던 전면적인 국유화는 내가 방금 묘사한 조건과는 전혀 일치하지 않았다. 노동자 국가의 경영능력은 전반적 국유화에는 멀리 미치지 못했다. 그러나 문제는 우리가 내전상황에서는 그런 규모의 국유화를 피할 수 없었다는 사실이다. 만일 우리가 경제적인 의미에서 더 신중하게 행동했더라면—다시 말하면, 부르주아지에 대한 수탈을 '합리적인' 점진적 속도로 했더라면, 그것은 우리가 취한 행동으로서는 정치적으로 가장 불합리하고 가장 멍텅구리 같은 짓이었음을 알기는 어렵지 않다. 그랬더라면은 우리는 결코 전 세계 공산주의자들과 함께 모스끄바에서 우리들의 제5주년 기념일을 경축할 수 없었을 것이다. 우리들은 1917년 11월 7일 이후 형성된 우리들의 지위가 얼마나 특수한 것인가를 다시 생각해보아야 한다. 사실, 만일에 우리가 유럽에서 혁명이 승리한 다음에 사회주의적 발전의 무대에 등장할 수 있었더라면 우리나라의 부르주아지는 오갈 데 없었을 것이고 그들을 처치하는 일은 아주 쉬웠을 것이다. 그들은 러시아의 쁘롤레따리아뜨가 권력을 탈취할 경우, 손가락 하나 감히 움직이지 못했을 것이다. 이랬을 때, 우리들은 천천히 대규모 기업만을 수탈하고 중기업이나 소기업은 잠깐 사적 자본주의의 바탕 위에 놔두고 나중에 우리들의 조직적 및 생산적인 능력과 요구를 엄밀하게 고려해서 그것들을 재조직할 수 있었을 것이다. 이러한 순서가 경제적 '합리성' 과 조화했을 것임은 의심의 여지가 없다. 그러나 불행하게도 그 후에 일어난 정치적 상황 때문에 그때는 도저히 이런 일을 고려할 수는 없었다. 일반적으로 말하면 우리들은 혁명은 그 자체로서, 세계라고 하는 것은 결코 '경제적 합리성'에 의해서 지배되는 것이 아님을 분명히 보여주는 사건임을 유념하지 않으면 안 된다. 경제생활의 영역에, 그리고 그에 따라 사회생활의 일체의 그 밖의 영역에 이성의 지배를 수립하는 사업은 아직 사회주의 혁명의 미래의 임무이다.

6

우리가 권력을 잡았을 때 자본주의는 아직 전 세계를 활보하고 있었다(자본주의는 오늘에 이르기까지 세계를 활보하고 있다). 우리나라의 부르주아지는 막무가내로 10월혁명이 꿈에도 중대한 영속성이 있는 것이라고는 결코 믿으려들지 않았다. 결국 유럽, 아니 전 세계에 걸쳐 부르주아지는 그때 권력의 자리를 지키고 있었다. 그러나 우리나라에서는, 즉 뒤떨어진 러시아에서는 권력의 자리에 들어선 것이 쁘롤레따리아뜨였다. 러시아 부르주아지는 우리들을 증오하면서 우리들을 진지하게 상대하려 하지 않았다. 혁명권력이 발포한 최초의 명령은 냉소로 대접되었다. 그것은 전혀 복종되지 않았다. 신문기자 ── 여러분이 알다시피 그들은 대단히 겁이 많은 친구들인데도 ── 조차도 노동자 정부의 기본적인 혁명정책을 진지하게 취급하려 하지 않았다. 부르주아들에게는 이 모든 것은 틀림없는 비극적인 농담이거나 착각인 듯이 생각되었다. 부르주아들의 재산을 몰수하는 것 말고는 그들과 그들의 무리들에게 새 정권을 존경하는 법을 가르쳐줄 도리가 없었다. 달리 길이 없었던 것이다. 일체의 공장과 은행과 사무실과 작은 상점과 변호사 사무실은 우리를 반대하는 요새가 되었다. 이들 건물들은 호전적인 반혁명에게 물적인 거점과 유기적인 통신망을 주었다. 그때 은행은 거의 드러내놓고 태업하는 사람들을 지지하고 파업하는 직원들에게 봉급을 지급하였다. 우리는 바로 이와 같은 상황 때문에 추상적인 '경제성'의 입장에서 문제에 접근할 수 없었던 것이다. 까우츠끼와 오또 바우얼과 마르또프, 그 밖의 정치적 환관들은 이런 접근을 시도했었지만, 적에게 타격을 주어야 했으며 유기적인 경제활동이 이런 조치를 견딜 것이냐 하는 문제를 떠나서 적들로부터 영양의 원천을 빼앗는 것이 필요했다.

경제건설의 영역에서는 당시의 우리들은 일체의 노력을 가장 기본적인 일 — 곧 비록 반기아적인 수준일망정 어쨌든 노동자 국가를 유지하고 전선에서 국가방위에 임하고 있는 붉은군대와 도시에 남아 있던 노동자 계급에게 먹을 것과 입을 것을(입을 것은 사실 이미 2차적인 문제였다) 지급하기 위해서 물질적인 보급을 제공하는 일에 집중하지 않을 수 없었다. 좋든 싫든, 어쨌든 이렇게 처리한 최초의 국가경제는 이윽고 전시 공산주의라는 이름으로 불리었다.

B

전시 공산주의를 정리하기 위해서는 세 개의 문제가 가장 적절하다. 즉, 식료품은 어떻게 공급되었는가. 그것은 어떻게 분배되었는가. 국영 공업의 운영은 어떻게 통제되었는가?

쏘비에뜨 권력은 빵의 제조를 위한 곡물의 자유거래와 보조를 맞출 수는 없었으나 낡은 상업기구를 이용한 독점이라는 형식은 이어받을 수 있었을 것이다. 그러나 내전은 이러한 낡은 상업기구를 분쇄하였다. 노동자 국가에게는 곡물을 농민들로부터 거둬들여 그 공급을 자기 손에 집중하기 위하여 낡은 상업기구에 대신하는 국가기구를 황급히 만들어내는 이외에 다른 길은 없었다.

식료품은 말 그대로 노동생산성을 무시하고 분배되었다. 달리 취할 방법은 없었다. 노동과 임금 간의 조화를 확립하기 위해서는 훨씬 완벽한 경제행정 기구와 훨씬 대량의 식료자원을 가지고 있지 않으면 안 되었다. 그러나 쏘비에뜨 정권의 최초의 5년간을 통하여 가장 문제 되는 것은 도시인구를 아사로부터 지키는 일이었다. 그리고 이 문제는 식료품의 배급제를 확립함으로써 해결되었다. 잉여식품을 농민들에게 몰수해서 이것을 배급한다는 것은 원래 포위된 요새가 취하는 조처일망정 결코 사회주의 경제가 취할 수단은 아니었다. 일정한 조건하에서는, 즉 유럽 혁명이 빠른 시일 안에 일어나는 경우에는 포위된 요새의 체제로부터 사회주의 체제로 옮겨가는 것은 비교적 용이하고 가속화될 수 있을 것이다. 그러나 우리는 지금에 와서야 비로소 이러한 문제를 논의할 수 있게 되었다.

공업에 관해서는 전시 공산주의의 중심 문제는 무엇이었을까. 어떤 경제이든 그 각 부문 사이에 일정한 균형이 없으면 존립하고 성장할 수 없다. 공업의 각 분야는 서로 일정한 양적, 질적 관계 속에 있다. 소비재를 생산하는 부분과 생산수단을 생산하는 부분 사이에는 일정한 균형이 있지 않으면 안 된다. 이와 동시에 이들 각 부분 그 자체 안에도 적당한 균형이 유지되어야 한다. 바꾸어 말하면 한 국민, 혹은 전 인류의 물질수단과 노동력은 인류를 존립·발전시키기 위해서는 농업과 공업 사이, 그리고 각 공업 부문 상호간에 분업이 이루어지지 않으면 안 된다.

그런데 이와 같은 분업은 어떻게 달성될 수 있는가. 자본주의에서는 이 분업은 시장을 통하여, 자유경쟁을 통하여, 수요공급의 메커니즘과 가격의 작용과 호황기와 공황의 연속을 통하여 달성된다. 우리는 이 방법을 무정부적 방법이라고 부르는데 바로 그렇다. 그것은 거대한 양의 자원의 가치를 주기적인 공황에 의해서 낭비하는 것과 연결되어 있다. 그리고 이것은 불가피하게 인류문화를 파괴하게 되는 전쟁으로 이끌게 된다. 그런데도 이런 무정부적인 자본주의의 방법은 역사적 한계 안에서는 경제 각 부분 사이에 상대적인 균형을 수립한다. 이것은 필요한 균형이기 때문에 이와 같은 균형 덕분으로 부르주아 사회는 근근이 질식으로부터 벗어나 있게 된다.

우리나라의 전쟁 전의 경제는 그 자신의 내부에 균형을 가지고 있었으나 이러한 균형은 시장 내부의 여러 가지 자본주의적 힘들이 서로 작용한 결과 형성된 것이다. 그런데 전쟁이 일어나고 그와 함께 경제 각 부문의 균형은 대규모로 변화하였다. 군수산업은 평화산업을 희생으로 삼아 독버섯처럼 일어났다. 이어 혁명과 내전이 일어나고 황폐와 태업과 눈에 띄지 않는 파괴공작이 뒤따랐다. 그래서 우리는 도대체 무엇을 인수하였는가? 자본주의 아래에서 존재하였고 나중에는 제국주의 전쟁에 의해서 그처럼 왜곡되고 이어서 내전에 의해서 황폐화되어 각 부문 사이에는 희미한 균형밖에는 남아 있지 않은 경제 ─ 이것이 우리가 상속받은 유산이었다. 우리는 경제 발전의 큰길로 나서기 위해 대체 어떤 방법을 쓸 수 있었겠는가.

г

사회주의 아래서는 경제생활은 집중적인 방법으로 지도될 것이다. 그러므로 각 부문 사이의 필요한 균형은 일체의 비율을 검토하고 그리고 물론 각 부문에 대해서는 최대한의 자주적인 활동을 허용하는 세심한 계획에 의해서 달성될 것이다. 게다가 이와 같은 자주적인 활동은 먼저 국가적인 통제, 다음에는 국제적인 통제하에 놓이게 되리라. 경제 전체를 감싸는 이와 같은 전반적인 조직, 즉 우리가 지금 이야기하고 있는 경제 계산의 이 같은 사회주의적인 방법은 선험적으로 사색에 의해 혹은 사무실의 네 벽 안에서 만들어질 수는 없다. 그것은 오직 가용한 물적 자원과 그 잠재적인 가능성과 사회주의 사회의 새로운 필요에 관한 현재의 실제적인 계산방법을 점차 채용하는 일에서부터 시작하여 성장할 수 있을 뿐이다. 갈 길은 멀다. 그러면 1917년에서 1918년에 걸친 시기에 우리는 대체 어디서 출발할 수 있었고 출발해야 했을까. 당시 자본주의 기구는 시장과 공장과 거래소가 모두 파괴되어 있었다. 내전은 그 치열함의 정점에 있었다. 부르주아와 아니, 그 일부에게조차도 그들에게 얼마쯤의 경제적 권리를 준다는 형식으로, 경제적으로 협력한다는 것은 말도 안 되는 이야기였다. 경제관리를 위한 부르주아 기관들은 전국적인 규모에서뿐만 아니라 각각의 기업 내부에서조차 모두 파괴되어 있었다. 그리고 여기서 기본적인 긴급한 과제가 발생하였다. 즉, 우리가 넘겨받은 혼돈의 산업적 유산으로부터 전투에 종사하고 있는 군대와 노동자 계급을 위한 가장 절실한 필수품을 만들어내기 위하여 비록 보잘것없고 일시적인 것일망정 자본주의 조직에 대신할 기구를 만들어내야 할 임무가 생겨난 것이다. 일의 성격상, 이것은 말의 엄밀한 의미에서는 경제적인 임무라기보다 전쟁을 위한 임무라고 하는 것이 옳은 것이다. 노동조합의 도움을 받아 국가는 공장기업을 점유하고 지극히 번잡하고 취급하기에 불편한 중앙집권적 기관을 설치했는데, 이것은 결함투성이였음에도 불구하고 우리가 전장에 있는 군대에게 무기 탄약과 식료품을 공급하는 것을 가능하게 해주었다. 무기 탄약은 양적으로 아주 모자랐는데, 그래도 우리가 그 싸움에서 패자로서가 아니라 승리자로서 빠져나오기에는 충분했던 것이다.

Д

농민의 잉여농산물을 몰수하는 정책은 농업생산의 감소와 축소를 가져오지 않을 수 없었다. 임금지불을 평등하게 하는 정책은 노동생산성의 저하를 가져올 수밖에 없었다. 산업을 중압집권적인 관료적 관리 밑에 두는 정책은 참다운 집중 관리나 노동력의 질에 합당한 기술설비 시설의 이용 가능성을 박탈하였다. 그러나 이같은 전시 공산주의의 일체의 정책은 포위된 요새 — 곧 해체된 경제와 낭비된 자원밖에는 가지지 못한 요새의 정권이라는 조건에 의해서 우리들에게 떠맡겨진 것이었다.

e

여러분은 우리가 중요한 경제적인 변동을 일으킴이 없이, 대혼란을 겪음이 없이, 퇴각함이 없이 전시 공산주의로부터 사회주의로의 전환을 실천하는 일 — 즉 이 전환을 아무튼 착실히 상승하는 커브를 가지고 실천할 수 있었다고 우리가 기대하고 있었는지 아닌지 알고 싶어 할지 모르겠다. 그렇다. 그때 우리가 사실 서유럽의 혁명 정세가 훨씬 빠르게 발전하리라고 생각한 것은 틀림없다. 이것은 부정할 수 없는 사실이다. 그리고 만일 독일, 프랑스, 혹은 유럽 전체에서 쁘롤레따리아뜨가 1919년에 권력을 획득했더라면 우리 경제 발전의 전체는 전혀 다른 모습을 띠었을 것이다. 1884년에 마르크스는 러시아 나로드니끼의 이론가의 한 사람 니콜라스 다니엘슨에게 편지를 쓰기를, 만일 유럽에서 쁘롤레따리아뜨가 러시아의 농업 공동촌락을 역사가 완전히 밀어내기 전에 권력을 잡는다면 이 농업 공동촌락조차 러시아에 있어서 공산주의의 발전을 위한 출발점이 될 수 있을 것이라고 했다. 그리고 마르크스는 절대로 옳았다. 그러나 우리는 여기에 덧붙여서 다음과 같이 가정해볼 수 있는 정당한 사유를 가지고 있다── 즉 만일 유럽의 쁘롤레따리아뜨가 1919년에 권력을 잡았더라면 그들은 경제적 및 문화적으로 뒤떨어진 우리나라를 끌고 갈 수가, 즉 기술적, 조직적으로 우리를 도와서 우리의 전시 공산주의의 방법을 수정 혹은 변경시켜 우리가 진정한 사회주의 경제 쪽으로 곧바로 나갈 수 있게 했을 것이다. 그러나 나는 이런 일이 우리들의 희망사항일 뿐이었던 것은 아니라고 말하지 않으면 안 되겠다. 우리는 결코 우리들의 정책을 혁명의 가능성과 전망을 최소한에 두고 추진하지는 않았다. 거꾸로, 살아 있는 혁명의 현 세력으로서 우리는, 언제나 그와 같은 가능성을 확대하고 가능성 하나하나마다를 끝까지 추구하는 방향으로 노력하였다. 혁명 전야에 혁명을 부정하고, 혁명을 믿지 않고 황제의 대신이 되고 싶어 한 것은 샤이데만 씨나 에버뜨 씨들뿐이었다. 혁명은 그들을 대경실색하게 하고 그들을 심연 속에 밀어넣었다. 그들은 고립무원한 가운데 몸을 비틀고 이윽고 기회가 오자마자 재빨리 그것에 들러붙어 반혁명의 앞잡이로 전향해버렸다. 제2.5인터내셔널의 신사 여러분들에게 대해서 말할 것 같으면, 그들은 당시 제2인터내셔널과 차별성을 두기 위하여 특히 노력하였다. 그들은 혁명의 시기가 왔다고 선언하고 쁘롤레따리아뜨의 독재를 인정하였다. 물론 그들에게 그것은 공허한 말에 지나지 않았다. 썰물의 첫 조짐이 보이자마자 이 정체불명의 인간쓰레기들은 샤이데만의 지붕 밑으로 돌아갔다. 그러나 제2.5인터내셔널이 만들어졌다는 사실 그 자체는 코민테른의, 특히 우리 당의 혁명에 대한 예견이 결코 유토피아적인 것이 아니었다는 사실 — 역사발전의 일반적인 경향에 대한 입장에서 그렇달 뿐만 아니라 역사의 현실의 속도의 입장에서도 유토피아적이 아니었다는 것을 증명하고 있다.

전후 유럽 쁘롤레따리아뜨에게 결여되어 있었던 것은 혁명당이었다. 사회민주당은 자본주의를 구원하였다. 즉, 운명의 시간을 몇 년 동안 — 아니, 정확하게는 그 이상 연기시키고 임종의 고통을 연장시켰다. 왜냐하면은 오늘날에 자본주의 세계의 생명은 연장된 죽음의 고통 이외의 아무것도 아니기 때문이다.

ё

그러나 어쨌든 이 같은 사실은 쏘비에뜨 공화국과 그 경제적 발전에 대해서 가장 불리한 조건을 만들어냈다. 노동자와 농민의 러시아는 경제봉쇄라는 쇠집게에 잡혀 있다. 유럽으로부터 우리는 기술적 및 조직적인 원조가 아니라 연속적인 군사적 간섭을 받고 있다. 그러나 우리가 군사적인 의미에서의 승리자로서 모습을 드러낼 수 있게 된 것이 분명하게 된 다음, 경제적인 의미에서는 우리는 오랫동안 우리 자신의 자원과 힘에만 의지할 수밖에 없게 되었다는 것도 동시에 분명해졌다. 위에서 말한바 — 즉 전시 공산주의로부터, 포위된 요새의 경제생활을 유지하기 위한 비상수단으로부터 사회주의 유럽의 협력이 없는 상황에서도 나라의 생산력을 점차 확대하도록 보증하는 조직적인 체제로 전환할 필요가 생겼다. 만일 전시 공산주의를 실시하지 않았더라면 군사상의 승리를 얻을 수는 결코 없었을 것이지만, 이와 같은 군사적 승리에 의해서 우리는 군사상의 필요에 따라 취한 수단으로부터 경제적인 합리성에 따라 취해야 하는 체제로 옮아갈 수 있게 되었다. 이것이 이른바 신경제정책의 기원이다. 그것은 자주 퇴각이라고도 불리고 우리 스스로도 정당하고 본질적인 관점에서 이것을 퇴각이라 부르고 있다. 그러나 이런 퇴각이 무엇을 뜻하고 있는가를 정확하게 평가하기 위해서는 이와 같은 퇴각이 '항복'이라는 것과는 아무 상관이 없다는 것을 이해하기 위해서는 우리는 현재의 경제상태와 그 발전경향을 분명하게 확인하는 것이 무엇보다도 필요하다.

Ж

1917년 3월, 짜리즘은 전복되었다. 같은 해 10월 노동자 계급은 권력을 잡았다. 말 그대로 모든 토지가 국유화되어 농민에게 주어졌다. 이 토지를 경작하는 농민은 국가에게 일정한 현물세를 지불할 의무가 있다. 그리고 이 현물세가 사회주의 건설의 주요 기금을 이루고 있다. 철도와 공업 모두가 국유재산이 되었고 얼마간의 하찮은 예외를 제하면 국가는 자기 자신의 이익을 위해서 이들 기업을 경영하고 있다. 신용조직은 모두 국가의 수중에 있다. 외국 무역은 국가가 독점하고 있다. 냉정하게, 선입관 없이 노동자 국가의 5년간의 성과를 평가하는 사람이라면 누구든지 이렇게 말할 수밖에 없을 것이다. '그렇다. 뒤떨어진 나라치고는 아주 주목할 만한 사회주의의 진전이 있었다'라고.

3

그러나 이런 과정에서 가장 특수한 점은 이런 전진이 끊임없이 상승운동을 통해서 이루어진 것이 아니라 지그재그 코스를 따라 이루어졌다는 사실이다. 먼저 우리는 '공산주의'의 정권을 수립했는데, 이어 우리는 시장관계라는 문을 열었다. 부르주아 신문들은 이 같은 정책 전환을 우리가 공산주의를 버렸다는 것, 자본주의에 대한 항복이 시작된 징조라고 썼다. 말할 것도 없이 사회민주주의자들은 이런 주제를 상세하게 설명하면서 주석을 붙였다. 그러나 여기저기서 소수의 우리 벗들조차 러시아에서는 정말 자본주의에 대한 위장된 항복이 이루어진 것일까, 러시아에서는 정말 우리가 회복시킨 자유시장을 바탕 삼아 자본주의가 점차로 발전해나가고 그것이 막 초입에 들어선 사회주의에 대해서 우위에 설지도 모른다는 위험이 있다는 말인가라는 의혹을 가지게 되었다는 사실 자체를 결코 간과할 수는 없다. 그런데 이런 의미의 의문에 대답하기 위해서는 무엇보다 먼저 기본적인 오해를 풀어두어야 하겠다. 쏘비에뜨 경제가 공산주의로부터 자본주의로 옮겨가고 있다는 주장은 본질적으로 잘못돼 있다. 우리는 공산주의를 손에 넣은 적이 결코 없었다. 사회주의를 손에 넣은 것도 아니었다. 우리는 사회주의를 손에 넣을 수가 없었다. 우리는 해체된 부르주아 사회를 국유화했다. 그리고 생사를 건 투쟁의 가장 위험한 기간 동안 소비재의 분배에 관해서만 '공산주의'의 권력을 행사했던 것이다. 정치와 전쟁의 영역에서 부르주아지를 타도함으로써 우리는 경제생활을 파악할 가능성을 획득하였다. 그리고 우리는 도시와 농촌 관계, 공업 각 부문의 관계, 개인기업 각 부문 간의 관계에 대해서 시장형식을 다시 도입할 수밖에 없었다.

И

자유시장이 없으면 농민은 경제생활에 자기들이 있을 자리를 찾지 못하며 경영을 개선하여 수확을 늘릴 자극을 잃어버릴 것이다. 오직 국유공업을 강력하게 발전시켜 농민과 기업에 대해서 그들에게 필요한 일체의 것을 공급할 수 있게 될 때에야 비로소 농민을 사회주의 경제의 전체 조직 속에 들어앉힐 수 있는 토대가 마련될 것이다. 그리고 기술적으로는 이 사업은 산업의 전기화에 의해서 해결될 것이다. 그리고 이 전기화는 농촌생활의 후진성과 농민의 야만적인 고립과 농촌생활의 우매함에 대하여 치명적인 타격을 줄 것이다. 그러나 이 모든 것은 현재의 농민 소유자의 경제생활의 개선을 통해서만 달성될 수 있다. 노동자 국가는 이런 목적을 달성하기 위해서는 소규모 소유자의 개인적인 이익을 자극하는 시장에 의존할 수밖에 없다. 첫 단계의 승리는 이미 획득되었다. 올해 농촌은 전시 공산주의 시기에 잉여 농산물을 몰수하는 방법을 통해서 노동자 국가가 수용한 것보다 더 많은 빵 제조용 곡물을 현물세로서 노동자 국가에 공급할 것이다. 동시에 농업이 상향선을 그리고 있는 것은 의심할 바 없다. 농민은 만족하고 있다. 그리고 쁘롤레따리아뜨와 농민 사이에 정상적인 관계가 존재하지 않을 경우에 우리나라에서 사회주의를 발전시켜나갈 수는 없을 것이다.

й

그러나 신경제정책은 결코 도시와 농촌의 상호관계만으로 형성되는 것은 아니다. 이 정책은 국유공업의 성장을 위해서도 필요한 단계이다. 생산수단이 개인에게 소유되어 있고 모든 경제관계가 시장에 의해 조종되는 자본주의와 사회적 계획경제를 가지는 완전한 사회주의 사이에는 통과해야 할 많은 단계가 있다. 그리고 신경제정책은 본질적으로 이 같은 단계의 하나이다.

철도를 예를 들어 이 문제를 분석해보자. 사회주의 경제를 위하여 가장 강도 높은 바탕이 마련되어 있는 분야는 바로 철도수송 영역이다. 왜냐하면 우리나라 철도망은 거의 모두 이미 자본주의하에서 국유화되었고 기술적 성격 자체 때문에 집중화되어 있으며 어느정도 규격화되어 있기 때문이다. 우리는 철도의 과반수를 국가로부터 인수하였고 나머지는 개인회사로부터 몰수했다. 진정한 사회주의 경영은 말할 것도 없이 전 철도망을 한 단위로 삼지 않으면 안된다. 즉, 이런저런 철도 소유자의 입장이 아니라 전 수송망과 전체로서의 쏘비에뜨 경제의 입장에서 운영해야 한다. 사회주의 경영은 전체로서의 경제생활의 필요에 대응하기 위하여 각 노선에 궤도와 화물열차를 할당해야 할 것이다. 그러나 철도처럼 집중화된 영역에서조차 이러한 경제로 이행하는 일은 결코 쉽지 않다. 거기에는 많은 중간 단계의 경제적 및 기술적 과정이 포함되어 있다. 예를 들면 기관차는 여러 가지 형태가 있다. 왜냐하면 그것들은 서로 다른 시기에, 서로 다른 회사에서, 서로 다른 공장에서 만들어졌으며, 더욱 서로 다른 형의 기관차가 동시에 같은 공장에서 수리되는가 하면, 이와 반대로 같은 형의 기관차가 다른 공장에서 수리되기도 하기 때문이다. 알다시피 자본주의 사회는 분업을 한껏 추진하여 그 생산 시설을 구성하는 각 부문을 무정부적으로 다양화하기 때문에 대량의 노동력을 낭비한다. 따라서 기관차를 그 형에 따라 분류하고 그것들을 각종 노선과 공장에 나누어주는 일이 필요하다. 이것은 규격화, 즉 기관차와 부품에 관해서 기술적인 동질성을 만들어내는 최초의 중요한 단계가 될 것이다. 한두 번만 강조하는 일이 아니지만 규격화야말로 기술 분야에 있어서의 사회주의다. 규격화에 실패한다면 기술은 충분히 발달될 수 없다. 그러면 우리는 이 일을 철도가 아니고 어디서 시작할 것인가. 사실, 이 사업에 착수하였는데 곧 커다란 장애에 부딪혔다. 철도는 사유철도뿐만 아니라 국유철도도 시장의 매개를 통하여 그 밖의 기업들과 결재하지 않으면 안 된다. 특수한 제도 아래서는 이것은 피할 수 없었으며, 또 필요하기도 했다. 왜냐하면 일정한 철도를 운영하고 그것을 발전시키는 일은 그 노선이 얼마나 경제성이 있는가에 따라 결정된다. 어떤 철도가 경제성이 있느냐 없느냐는 우리가 아직 사회주의 경제의 포괄적인 통계적 계산의 방법을 마련하고 있지 못하는 바에는 시장의 매개를 거치지 않고는 확인할 수 없다. 그리고 이런 통계적 계산법은 앞서 말했듯이 오직 국유화된 생산수단을 운용하면서 얻어지는 광범한 현실적인 경험을 거치지 않고서는 얻어질 수 없다.

그런데 내전의 진행 속에서, 새 방법을 창안하기 전에 경제통제의 전통적인 방법은 제거되었다. 이런 조건에서 전 철도망은 형식적으로는 통일되었는데 그 철도망 속의 각개의 철도 노선은 다른 경제 분야와의 접촉을 상실하고 허공에 떠버렸다. 자기완결적인 기술적 통일체로서의 철도망에 접근하여 전 철도망의 객차와 화차를 집결하고 수리과정을 집중함으로써, 즉 추상적인 기술적 사회화를 따름으로써 우리는 낱낱의 노선 및 전 철도망 속에서 필요한 것과 불필요한 것, 경제성이 있는 것과 없는 것에 대한 전면적인 확인을 할 수 있는 방법을 가지지 못한다는 위험을 만났다. 어느 노선을 확장하고 어느 노선을 줄일 것인가, 어떤 노선에 어떤 기관차와 철도요원을 배치할 것인가. 국가는 자기를 위해서 얼마나 많은 화차를 움직일 수 있는가. 그런 다음에 수송력의 몇 퍼센트를 다른 단체와 개인에게 배치할 것인가. 이런 질문에 대해서 어느 특정의 역사단계에서는 운임을 결정하고 정확한 기장을 하고 상업 계산을 해보지 않고서는 답변할 수 없다. 간신히 철도망의 각 부분 사이의 손익균형을 유지하고 다른 경제 부분과의 사이에서 균형을 모색하는 과정을 통해서만 우리는 사회주의 계산의 방법과 경제계획의 방법을 만들어나갈 수 있을 것이다. 여기에서 모든 철도가 국유재산이 되고 나서도 각각의 노선과 어떤 한 그룹의 철도 노선들이 의지하고 있고 동시에 봉사하고 있는 철도 이외의 기업들에 대해 자기를 조종할 수 있어야 한다는 의미에서 그것은 철도 노선에 경제상의 독립을 유지시켜야 한다는 필요성이 생긴다. 추상적인 계획이나 형식적인 사회주의의 목적은 그 자체로서는 결코 철도의 운영을 자본주의 궤도에서 사회주의 궤도로 전환하는 데 충분치 않다. 일정한, 상당히 오랫동안 노동자 국가는 철도를 운영하는 자본주의적 방법 — 곧 시장의 방법을 이용하지 않으면 안 될 것이다.

어느 모로 보든지 자본주의 아래에서 철도만큼 집중화되지 못하고 규격화되지 못한 기업에 대해서는 앞에서 말한 배려는 한층 더 요긴하다. 시장과 금융제도를 청산해버린다면 공장들은 전깃줄 끊긴 전화기와 같아진다. 전시 공산주의는 경제를 통합하기 위한 관료주의적인 대체물을 만들어냈다. 우랄 지방과 돈 강 분지와 모스끄바와 뻬뜨로그라드, 그 밖의 기계공장들은 단일한 중앙위원회 밑에 통합되고 이 위원회는 이들 공장에 연료와 원료와 기술설비와 노동력을 중앙으로부터 할당하고 평등한 배급제도로 노동력을 유지했다. 이런 관료주의적인 관리가 각각의 기업의 특수성을 평준화하고 그들이 가진 생산성과 수익성을 배제해버리게 된 것은 분명하다. 비록 중앙위원회의 서기와 요원들이 유능하든 무능하든 관계없이. 문제는 그런 데 있지 않았던 것이다.

κ

기업들이 사회적 유기체를 구성하는 조직으로서 계획적으로 기능하기 전에 우리는 오랫동안 시장을 통해 경제를 운영하는 전환기 활동에 종사해야 할 것이다. 그리고 이런 전환활동 중에는 기업들과 그 밖의 부문들은 많든 적든 시장 속에서 독립한 자격으로 시장을 통해 자기를 시험하지 않으면 안 된다. 이것이 바로 신경제정책의 핵심이다. 이것은 정치적으로는 농민에 대한 양보가 중심이 됨을 뜻하지만 동시에 자본주의 경제로부터 사회주의 경제로 이행하는 국유산업이 피할 수 없는 단계로서 이해되어야 한다.

이렇게 산업을 통제하기 위하여 노동자 국가는 시장방식에 구원을 청하였다. 그런데 시장에서는 국유산업은 사기업과 경쟁하지 않으면 안 된다. 사기업은 숫자상으로는 얼마 되지 않는다. 그런데도 이런 방법으로밖에는 국유화된 산업은 자기를 교육할 수 없다. 이 목표에 이르는 다른 길은 없다. 선험적인 경제계획은 결코 밀폐된 사무실 안에서 나올 수도 없고, 추상적인 공산주의 설교에 의해 보증되지도 않는다. 기술상의 지도자와 상업상의 지도자들이 있는 각각의 국유공장에서는 위로부터의 — 즉, 국가기관의 통제에 복종할 뿐만 아니라 아래로부터의 — 즉, 장차 오랜 기간에 걸쳐 국가경제를 통제하게 될 시장에 의한 규제를 받는 것이 필수적이다. 국유의 경공업들이 시장에서 우세해지는 정도에 비례하여 국가에게 수입을 가져오기 시작할 때 우리는 중공업을 위한 기금을 손에 쥐게 될 것이다. 물론 국가가 사용 가능한 기금은 이것뿐이 아니다. 국가는 그 밖에도 기금의 원천을 가지고 있다. 즉 농민에게서 들어오는 현물세가 있고 개인 경영 상공업에 대한 세금이 있고 관세수입, 기타가 있다.

Ⅱ

우리는 총체적인 계획경제를— 즉 시장의 메커니즘에 대하여 의식적인 명령에 의한 수정을 도입한다는 역할을 결코 거부하지는 않는다. 그러나 그 일을 무슨 선험적인 계산에 의지한다거나 전시 공

산주의 시대와 같은 추상적으로 부정확한 가정 아래에서 실천해서
는 안 된다. 계획의 출발점조차 시장의 현실적인 움직임에 따라야
한다.

M

신경제정책은 우리들을 어느 방향으로 끌고 갈까? 자본주의 쪽이
냐, 아니면 사회주의 쪽이냐. 이렇게 추상적으로 제기된 질문에는
추상적으로 대답할 수밖에 없다. 무릇 모든 투쟁에는 패배의 가능
성을 배제할 수 없는 것처럼 자본주의가 되살아날 위험은 결코 부정
할 수 없다. 내전 중에는 붉은군대와 백군 사이에 농민을 자기편으
로 만들기 위한 싸움이 치러졌는데 오늘날에는 농민의 시장을 획득
하기 위한 싸움이 국가자본과 사적 자본 사이에서 치러지고 있다.
이 싸움에서 적과 우리 편이 동원할 수 있는 힘과 자원을 정확하게
평가하는 일이 필요하다.

시장을 바탕으로 하는 경제투쟁에서 가장 중요한 무기는 국가권
력이다. 개량주의 바보들만이 이 무기의 의미를 모르고 있다. 부르
주아지는 이 점을 충분히 알고 있다. 부르주아지의 역사 전체가 이
를 증명하고 있다.

쁘롤레따리아뜨의 또 다른 무기는 나라의 중요 생산수단을 손에
쥐고 있다는 사실이다. 즉, 철도 전부, 광산 전부, 공장의 압도적인
부분이 노동자 계급의 직접 관리 아래 놓여 있다. 덧붙여 노동자 국
가는 토지도 소유하고 있다. 그리고 농민들은 해마다 그것을 사용
하는 대가로 수억 파운드의 농산물을 현물세로 내놓고 있다. 노동

자 권력은 국경도 장악하고 있다. 즉, 모든 외국 상품과 자본은 노동자 국가가 바람직하다고 생각할 만큼밖에는 우리나라에 들어올 수 없다.

　이것이 사회주의 건설의 무기, 혹은 수단이다. 노동자 국가는 이런 수단을 가지고 너무 무성해지기 전에 자본주의의 어린 가지를 전지할 것이다. 이론적으로는 쁘롤레따리아뜨가 권력을 잡은 다음에도 오랫동안 국영기업과 함께 기술적으로 발전이 더디고 집중화를 위해서 보다 불리한 사유기업이 존재하는 것을 참을 수밖에 없을 것이다. 그러나 사적 자본의 축적이 국가경제를 능가하고 그것을 청산하리라는 두려움을 우리는 결코 가지지 않았다. 그렇다면 자본주의에 대한 항복이라는 말은 왜 생겼을까? 그것은 다른 이유에서가 아니다. 우리가 처음에 소기업을 개인들 손에 맡겨두지 않고 그것들조차도 국유화해버리고 그들 모두를 국가 자신의 계획에 의하여 경영하려고 했다가 나중에 와서야 그것들을 다시 개인들에게 내놓았기 때문이다. 그러나 여러분이 이러한 경제적인 지그재그를 어떻게 평가하든 — 이것을 상황이 요구한 긴급한 필요라고 생각하건 전술적인 실책이라고 평가하건 — 아무튼 이러한 정책의 전환, 혹은 퇴각은 국영기업과 개인들에게 대출된 부분 사이의 세력관계를 조금도 바꾸지 않은 것은 분명하다. 여러분은 한쪽에 국가권력과 철도와 백만 명 이상의 공업 노동자가 있고 다른 쪽에 사적 자본에 착취당하는 약 오만 명의 노동자가 있을 때 이런 조건 아래에서 자본주의적 축적이 사회주의적 축적에 대하여 승리가 보장되어 있다는 주장을 정당화할 근거를, 비록 조금이라고 감히 댈 수 있겠는가?

H

오늘 러시아에서는 권력은 노동자 계급의 손에 있다. 중요산업은 노동자 국가의 손안에 있다. 그곳에는 어떤 계급적인 착취도 존재하지 않으며 따라서 그 형식은 아직 남아 있으나 자본주의도 존재하지 않는다. 노동자 국가의 산업은 그 발전의 대세에서는 사회주의적이지만, 발전하기 위해서는 자본주의 경제에 의해 개발된, 우리들이 아직도 결코 그것을 극복하지 못한 각종 방법을 이용하는 것이다. 우리는 역사에서 낡은 겉모습 속에 본질적으로 새로운 경제현상이 발전하는 것을 한두 번만 본 것이 아니다. 게다가 이런 일은 여러 가지 요인 때문에 발생하게 된다. 뾰뜨르 대제시대와 그 이후에 봉건주의의 법칙에 따라 러시아에 공업이 뿌리 내렸을 때 공업은 당시 유럽의 모델을 따르고 있었지만 그것들은 처음에는 봉건제도 위에 수립되었던 것이다. 즉, 농노들이 노동력으로서 동원되었다. 이런 공장은 장원공장이라고 불렀다. 이런 기업을 소유한 자본가들은 봉건제도의 외피 속에서 내디뎌야 함은 피할 수 없는 일이다. 자기 자신의 머리를 뛰어넘어 일거에 완성된 사회주의적 방법으로 옮겨갈 수는 없다. 특히 우리들 러시아의 머리처럼 그것이 그다지 깨끗하지도 않고 잘 빗질하지도 않은 머리일 때는 더욱 그렇다. 나는 이 말이 오해 없기를 바란다. 그것은 결코 개인적인 지적이 아니다. 우리는 아직도 더 배워야 한다.

O

현재 우리가 가지고 있는 것은 자본주의의 반대물로서의 사회주의가 아니라, 자본주의로부터 사회주의로 옮겨가는 어려운 과정이며 그것도 첫 단계의 가장 고통스러운 과정이다. 이것은 무엇을 말하는가? 이것은 혁명이라는 현상은 사회의 경제적 전환이라는 문제를 해결함에 있어서 지극히 가혹하고 큰 희생을 요구하는 방법임을 뜻한다. 그러나 역사는 결코 다른 어떤 방법을 발명하지 않았다. 혁명은 새 정치질서를 위해 문을 열어놓았으나 광범한 파괴와 대변동을 곁들여놓았던 것이다. 게다가 우리나라에서는 혁명에 앞서 전쟁이 있었다. 그뿐만 아니라 우리 혁명은 프랑스 혁명보다 훨씬 깊은 곳에서 진행되고 있다. 다시 말하면 프랑스 혁명은 다만 한 가지 형태의 착취를 다른 형태의 착취로 바꾼 데 지나지 않지만, 이에 비해서 우리들은 인간에 의한 인간의 착취에 바탕을 둔 사회를 인간의 연대성에 바탕을 둔 사회로 바꾸어놓고 있는 중이다. 따라서 이 경우의 충격은 지극히 격렬하며 대혼란을 일으키고 많은 접시를 깨뜨렸다. 그리고 첫눈에도 사람들을 놀라게 하는 것은 혁명을 위한 총경비의 거대함이었다. 혁명에서 얻어지는 전리품에 관해서 말한다면 그것은 실생활 속에서는 몇 년, 혹은 몇십 년 동안에 차츰 가시화될 것이다. 우리들 마르크스주의자는, 부르주아지는 그들의 역사적 사명을 다했다고 여러 번 말했다. 그러나 어쨌든 그들은 현재까지 권력을 손에 쥐고 있다. 이것은 경제적 기초와 정치적 상부구조 사이의 관계가 결코 단순하지 않다는 것을 의미한다. 우리는 한 계급의 지배체제가 경제적 진보의 필요성과 분명하게 어긋난 다음에도 수십 년에 걸쳐 자기를 유지하고 있는 모습을 보고 있다. 노동자 국가에 의해서 시장에 대해 주어진 양보가 자동적으로 자본가 국가로 이행할 것이라고 주장할 수 있는 어떤 근거가 있을까? 만일 자본주의가 세계적인 규모에서 그 힘을 다 써버렸다고 하는 판단이 정확하다면 ─ 이것은 이론의 여지없이 정확하지만 ─ 이것은 노동자 국가의 진보적인 역사적 역할을 증명하는 것이다. 노동자 국가에 의해서 부르주아지에 대해 주어진 양보는 오직 발전의 도상에 가로놓인 어려움 때문에 부득이 이루어진 타협일 뿐이다.

II

물론 우리들의 양보가 증가하고 축적되어 제한 없이 팽창한다면, 만일 우리가 국유화한 기업들을 더 많이 개인에게 대출한다면, 만일 우리가 광산과 철도수송 같은 중요한 분야에서 사기업에게 이권을 주기 시작한다면, 만일 우리들의 정책이 다년간에 걸쳐 이와 같은 이권 제공의 비탈길을 가속도로 굴러떨어져간다면, 그때는 경제적 기초의 퇴보가 정치적 상부구조의 붕괴를 가져오는 것을 피할 수 없을 것이다. 그러나 노동자 국가의 발전은 역사에 의해 미리 결정되고 보증되어 있다. 우리들의 신경제정책은 시간과 공간의 특수 조건에 맞게 계산되어 있다. 그것은 아직 자본주의의 포위 속에 살고 있으나 유럽 혁명의 가능성 위에 바탕을 둔 노동자 국가의 기동적인 정책이다. 쏘비에뜨 공화국의 운명을 점치는 경우에 자본주의, 그리고 사회주의라는 절대적인 카테고리와 그리고 이와 같은 하부구조에 곧이곧대로 대응한 정치적 상부구조라는 도식을 가지고는 전환기 사태를 전혀 이해할 수 없다. 그런 방법은 스콜라 철학의 표지일 뿐 마르크스주의자의 표지가 아니다. 우리는 정치적 계산에서 '시간'이라는 요소를 결코 배제할 수 없다.

p

인간의 역사발전의 방향을 선택할 수 있는 가능성에는 일정한 제한이 있다. 어떤 조건 아래에서는 우리들은 러시아에서 께렌스끼주의를 받아들였듯이 유럽에서도 께렌스끼주의를 받아들이지 않을 수 없을 것이다. 이때 우리들에게 주어진 임무는 개량주의적 및 평화주의적인 속임수의 시기를 혁명적 쁘롤레따리아뜨에 의한 권력 탈취의 전주곡으로 이용할 수 있을 것이다. 우리나라에서는 께렌스끼 체제는 알다시피 대략 아홉 달 계속되었다. 만일 여러분의 나라에서도 께렌스끼 체제가 성립된다면 그 기간은 얼마나 길까? 물론 지금 이 물음에 답할 수는 없다. 그것은 얼마나 빨리 개량주의적, 평화주의적인 환상이 청산되느냐에 달려 있다 ─ 말하자면 그것은 주로 여러분 나라의 께렌스끼주의자들이 얼마나 유능하게 처신하느냐에 달려 있다. 왜냐하면 우리나라의 께렌스끼주의자에 비해서 유럽의 께렌스끼주의자들은 적어도 어떻게 하면 러시아의 께렌스끼주의를 개선하고 그 힘을 증대시킬 수 있는가를 알고 있기 때문이다. 그러나 유럽의 께렌스끼 체제가 얼마나 오래가느냐 하는 문제는 동시에 우리 자신의 당이 작전하면서 사용하게 될 에너지와 결단력과 유연성 여하에 달려 있기도 하다.

C

개량주의적, 평화주의적인 체제가 노동자 대중에 의한 압력 증대에 직면하게 될 것은 자명한 일이다. 이때 우리들의 임무는 이런 압력을 사용하는 방법에 정통하고 그것을 최대한 실천하는 일일 것이다. 그러나 이러자면 우리 당은 개량주의적, 평화주의적인 환상을 일소하고 이 평화주의적인 속임수의 시대에 대처하지 않으면 안 된다. 평화주의의 파도에 휩쓸리는 공산당에 화 있을진저! 그런 당은 난파할 것이다. 노동자 계급은 다시 1917년에 그랬던 것처럼 그들을 결코 배신하지 않는 당을 요구하게 될 것이다. 이것이 우리 당의 대열을 점검하고 이질적인 분자를 일소하는 것이 혁명 준비기의 우리들에게 주어진 제1임무여야 하는 까닭이다.

T

프랑스의 한 동지는 일찍이 '당은 위대한 우정이다'라고 말했다. 이 말은 자주 입에 올랐다. 사실 이 말은 매우 매력적이고 어떤 한정된 의미에서는 우리들 모두가 곧바로 받아들일 것임에 틀림없다. 그러나 우리는 단단히 유념하지 않으면 안 된다. 당은 결코 무작정 위대한 우정인 것이 아니라 외부의 적과의 심각한 투쟁을 거쳐, 그리고 필요하다면 내부의 적과의 심각한 투쟁에 의하여 그 대열을 정비할 때만, 신중하게 그리고 필요한 경우에는 사정없이 혁명의 대의에 심혼을 바치는 노동자 계급 속의 최량의 분자를 선택함으로써만 위대한 공동체가 된다는 것을, 바꾸어 말하면, 위대한 공동체가 되자면, 당은 위대한 선택을 거치지 않으면 안 되는 것이다! (환호)

문득, 붉은광장이 보인다. ㄲ렘린이, 조명받은 무대장치처럼 보인다. 몇 번째 읽은 것일까. 지금까지 저 궁전 속에 있다가 갑자기 여기 앉아 있는 것이 어리둥절해진다. 한 번 읽고 끝에 올 때마다 들리던 환청幻聽. 몇 번씩 귓전에 되풀이되던 환호가 지금 또 들린다. 길 하나 거리를 건너와서. 결정론도 허무주의도 없다. 슬픈 육체를 가진 짐승이 별들이 토론하는 소리를 낼 수 있다니. 알 만한 것을 다 알고, 검토할 것을 다 검토하고, 실무자의 자상함까지 다 지니면서도, 해야 할 일을 하는 것 말고는 이 땅 위에서 달리 할 일이 없는 것을 알고 있던 이만한 문체로 연설할 수 있는, 저만한 그릇의 사람들이 이 세기의 새벽 무렵에 저 성안에서 인간의 운명을 놓고 신들과 언쟁하고 신들에 상관없이 할 일을 시작한, 그렇게 된 곡절이었군요. 이처럼 조리 있게 시작된 출발이 주인을 쫓아낸 찬탈자들에 의해 다른 길에 들어서면서 자기도 속이고 남도 속여오다가 결국 망한 것이군요. 자기를 빼앗기면 지금 이 도시처럼 이렇게 된다네. 선생님, 외람스러웠습니다. 선생님 몫까지 구경해야겠다느니, 모시고 온 기분이라느니, 외람스러웠습니다. 선생님은 저 환호 속에 계시는군요. 저 연설 속에 계시는군요. 아니, 저 연설이 선생님이시군요. 모스ㄲ바에서 저를 기다려주셨군요. 보잘것없는 후배의 러시아 문학기행을 도와주시기 위해서. 너 자신의 주인이 돼라. 문학 공부는 어려우니라. 알아들었습니다, 선생님.

러시아에서의 마지막 날은 전날 못지않게 좋은 가을 날씨였다.

"공항에서 기다리겠습니다."

M씨는 나보고 어서 내려가보라면서 말했다. 나의 여행가방은 일행 몫을 전용 버스에 싣고 가게 되므로 M씨가 돌봐주겠다고 한다. 여행 기간에 함께 지내면서 보살펴준 M씨와 마지막 모스끄바를 함께하지 못함을 사과하면서 나는 1층 로비로 내려왔다.

K씨 부인은 K양과 함께 커피숍에서 기다리고 있었다.

부인은 전날에 그루지아 식당까지 타고 갔던 그 차를 가지고 나와 있었다.

나는 미처 그 점까지는 생각하지 못한 터라 너무 송구하였다.

K씨 부인은 남편이 함께하지 못함을 되레 양해를 구하면서 대신 차를 보냈노라는 것이었다. 운전수도 함께였다. 내가 걱정했더니, 차는 한 대뿐이 아니니 걱정 마시고, 나그넷길에 있는 분이 편해야 한다고 말씀해준다.

콧수염 달린 운전수가 웃으면서 차 문을 열어준다.

도착한 날과 떠나는 날, 과분한 호의를 받고 만다. K양은 웃기만 한다.

"참 좋은 때 오셨습니다."

K씨 부인이 붉은광장 앞을 지날 때 그쪽을 내다보면서 말한다.

한겨울에 주의를 소홀히 하면 뇌에 손상이 가는 수가 있다고 한다. 머리가 제일 노출되는 부분이지만 모자도 쓰고 해서 당장 어떻지 않은 반면에, 오래 밖에서 지내는 사이에 본인의 느낌과는 상관없이 머리에 부담이 가서 심하면 생명에도 영향이 있다고 한다. 털 달린 모자가 과연 필요하겠다. 그럴수록 온도가 약간 낮은 느낌이지만 서울의 계절 풍경과 거의 다르지 않아 보이는 나무와 풀이 푸릇푸릇한 거리가 대견스러웠다.

"가을이 빨리 지나갑니다. 그러니 지금이 1년 중 제일 좋은 한 철이지요."

황금계절이라고 한다.

노보제비치 사원에 도착해서 잘못했으면 헛걸음질이 되었을 뻔한 일이 벌어졌다.

내부 사정으로 오늘 이곳이 닫혀 있다는 것이었다.

K씨 부인과 K양은 나에게 의사를 묻지 않고 수위와 계속 협상을 진행한다.

이 사원에는 고골리와 체홉의 무덤이 있다. 나의 심중을 짐작한 K양이 포기할 생각은 아예 않기로 한 모양이었다.

되돌아가게 될 경우의 아쉬움과 K씨 부인에게 끼치게 되는 가외의 부담 사이에서 나는 매우 괴로웠다. 그래서 내가 어려운 모양인데 단념하겠다고 말했더니, K씨 부인은 약간 단호한 낯빛이 되면서, 나와 K양은 차에 가서 기다려달라고 한다.

우리는 그녀의 지시에 따라 차에서 기다리면서 그녀가 수위와 담판하는 것을 바라보았다.

수위가 전화를 거는 것이 보인다.

곧 좀 상급자인 듯한 사람이 현장에 나타난다.

"사모님이 러시아말을 잘하세요."

K양이 말한다.

"러시아어 전공이신가?"

"그렇지는 않은데, 잘하세요."

"K양보다?"

"저는 아직 말은 서툴러요."

저쪽에서는 세 사람 사이에 아직도 말이 오가고 있다.

K씨 부인이 이쪽에 대고 손짓을 한다. 웃고 있다.

콧수염 달린 운전수가 자기 공로이기나 한 것처럼 웃으면서 끄덕인다.

수위와 또 한 사람의 관계자가 역시 웃으면서 끄덕이는 앞을 지나서 우리는 경내에 들어섰다.

"선생님이 아주 중요한 분이라고 말했어요, 사실이기도 하지만요."

K씨 부인이 말했다.

K양과 나는 함께 웃었다.

"체홉 연구의 권위자라고 말했어요, 이것도 틀린 소개는 아닐 것 같은데요."

K양과 나는 또 웃었다.

"그랬더니 상당히 동요하는 빛이 보이길래……"

K씨 부인은 이번에는 자신이 먼저 웃으면서 말을 이었다.

"만일 선생님이 노보제비치를 방문하시지 못하고 돌아가시게 된다면, 고골리와 체홉이 서운해할 거라고 했어요."

폭력 아닌 모든 방법이 동원되어도 상관없는 경우였지만 이 또한 과분하다면 과분한 일이었다.

당연히 성당 안은 조용하였다.

전혀 인적이 없었다.

오늘 장소를 폐쇄한 까닭이 무엇인지는 몰라도 이곳이 군사시설이 아닌 바에야 그 사정이 관람하는 우리들 심리를 무겁게 할 그런 성질의 것은 아니었을 것이다. 그렇지 않다면 아무리 K씨 부인이 뛰어난 설득의 솜씨를 보였을망정 허용하지는 않았을 것이다. 어찌된 사정이든 결과는 드문 조건에서 명소를 방문하는 입장이 되었다. 이런 일은 그리 흔하게 일어나는 일이 아니고 아마 나 자신에게도 다시 일어나기 어려운 일이다.

우리는 사원의 다른 부분 쪽에는 발길을 내딛지 않고 곧장 묘지로 향했다.

서양 묘지는 대단히 합리적이다.

아무리 무덤을 단장하고 싶어도 좀더 큰 비석, 좀더 튼튼한 울타리나 마련할까 혼자서 터를 여러 사람 못 차지할 수는 없다. 빽빽이 들어서 있지만 그 대신 흙무덤이 아니기 때문에 보기에 간결하고 돌로 된 무덤과 울타리 이외의 부분은 서로 함께 쓰는 잔디와 통로가 있을 뿐이다. 그리고 묘지 전체가 수풀 속에 들어 있다. 이 묘지에는 다른 데서 보지 못한 — 거기도 있었는데 보지 못했는지는 몰라도 — 묘지 전체를 둘러싼 벽 울타리의 안쪽 벽면에 얼핏 보기에 여러 층으로 쌓인 새집 모양으로 유골이 안치되어 있다.

납골당納骨堂이 지상에 드러나 있는 형식이다. 어떤 부분에는 지붕이 있는데 다시 보니 거기를 위한 지붕이 아니라, 벽 너머에 건물이 바싹 붙어 있는 그 처마가 넘어온 것이다.

나무 잎사귀는 푸른 대로 무성하였고 돌을 깐 무덤들 사이의 잔디도 파릇파릇하다. 나무와 풀은 밤새 비가 내렸는지 약간 젖어 있었다.

묘지 구역은 꽤 넓은데 어느 모퉁이에서 자루가 긴 비를 든 중년 넘은 러시아인 부인을 만난다. K씨 부인이 그녀에게 체홉, 체홉하면서 길을 묻는다. K씨 부인의 말 속에서 '삐싸쩰'이라는 말이 들린다. 삐싸찌. '쓴다'는 러시아말. Писать. 홀연 W중학교의 러시아말 시간이 솟아오른다. 원형 Писать. 인칭 변화는 '야 삐슈 Я Пишю (나는 쓴다),' '뜨이 삐쑈시 ТЫ Писёшъ (너는 쓴다),' '온, 아나, 아노 삐쑈뜨 Он, Она, Оно Писёт (그, 그녀, 그것은 쓴다),' '므이 삐쑴 МЫ Писём (우리는 쓴다),' '브이 삐쑈쩨 ВЫ Писёте (당신들은 쓴다),' '아니 삐슈뜨 Они Пишют (그들은 쓴다).' 삐싸쩰리. 아마 Писатели(작가들)? 작가들이 어디 있느냐? 작가들 무덤이 어디 있느냐? 그렇게 묻고 있는 것이다. 적어도 러시아에서 우리가 방문한 모든 장소에서 만난 사람들은 연령과 성별로 정리한다면 쉰 안팎의 여성들이 가장 많았다. 호텔 종업원, 박물관 안내원, 열차('붉은화살'호) 차장, 길가의 청소부, 국영상점의 판매원 등등이다. 지금 이 묘지의 환경관리부도 그 계층이었다. 뚱뚱하고 대개 친절하다(장차는 어떨지 모르지만). 여성 환경관리자는 엄숙한 표정으로 팔을 들어 묘지의 한 구역을 가리

컸다. 모름지기 이 고장에서는 삐싸찌 Писать(쓴다)가 그리 나쁜 소행으로는 여겨지지 않는가 싶다. 내가 마음대로 생각하는 것이겠지만. Писать(쓴다). Карандаш(연필). Книга(책). Писать 관련 어휘는 이것밖에 떠오르지 않는다. '종이'도 떠오르지 않는다. '펜'도 떠오르지 않는다. 물론 체홉의 작품을 러시아말로 배우지는 못했다. 우리는 6·25전쟁이 나던 해 그 여름에 고등학교 1학년 2학기를 마치고 여름방학에 막 들어갈 참이었다. 나의 러시아말 공부는 거기서 끝났다. 그래도 이번 러시아 여행 중에 나는 프랑스를 여행했을 때처럼 답답하지는 않았다. 보이는 글자를 읽을 수 있는 것만도 큰 즐거움이었다. 게다가 어떤 러시아 여성과 아주 중요한 일을 러시아말로 처리하는 즐거움조차 누렸다.

체홉의 무덤이 거기 있었다.

그 무덤은 부드러운 소용돌이 문양의 장식을 채운 쇠울타리 안에 있는 내 키보다 조금 큰, 하얀색을 칠한 비둘기집 모양을 하고 있었다. 삼각형을 한 꼭대기 부분에는 부드러운 재료의 지붕이 씌워져 있다.

이것이 체홉의 무덤이었다.

내가 체홉의 무덤 앞에 서 있다니.

이 나라에 들어오고부터 벌써 사뭇 여러 차례 겪는, 이, 내가 무엇무엇하다니, 하는 이 반응방식. 그러나 할 수 없었다. 두번째 이 자리에 서는 날이 있다면 그때는 그럴 리가 없는 이 '내가 체홉의 무덤 앞에 서 있다니.'

우리는 그 무덤 앞에서 잠깐 묵념하였다. 그만한 무엇을 이 러시아 작가는 우리와 나누어 가지고 있다는 것이 된다.

　그런데 주변을 둘러보다가 할 수 없이 또 놀랐다.

　고골리의 무덤이 바로 체홉의 그것 맞은편에 있었다. 양자 사이
에는 2미터쯤의 보도가 있다. 두 무덤은 이 너비를 사이에 두고
마주 보고 있다.

　고골리의 무덤은 체홉과는 달리 네모진 큰 대석 위에 훨씬 엷은
또 하나의 같은 모양의, 조금 작은 대석이 놓인 위에, 발치에 주름
무늬를 잡은 둥근 돌기둥이 있고, 그 위에 본인의 흉상이 얹혀 있다.

　고골리도 여기 묻혔던 것이다.

　고골리와 체홉.

　내가 W시 도서관에서 읽은 고골리의 『데깐까 근동 이야기』라는
책은 한동안 나를 지배했을 뿐만 아니라, 지금까지도 내가 읽은
가장 무엇인가가 있는 책 중의 하나로 마음속에 자리 잡혀 있다.
이 '이야기'는 러시아 전설을 바탕으로 쓴 환상적 창작 민화民話였
다. 러시아 농촌에 서식하는 갖가지 도깨비들이 농민들을 골려주
기도 하고 되레 골탕 먹기도 하는 이야기들이다. 잘 알려진 『코』
나, 『외투』는 우스우면서도 슬픈 이야기지만, 『데깐까……』는 그
저 한없이 우습고, 환상적이었다. 『코』나, 『외투』는 좁은 의미에서
말한다면 숨쉴 틈이 없이 막다른 편이지만, 『데깐까……』는 사방
이 러시아 벌판처럼 터져 있고, 거기서 벌어지는 도깨비와 농민의
남녀, 어른들, 처녀총각들, 아이들 사이의 사건은 그저 장난이고
농담이며, 그런 광경을 러시아의 달이 내려다보며 웃고 있다, 그
런 분위기다. 고골리의 마음 맨 밑바닥에는 『데깐까……』의 세계

가 있고, 그 위에 『코』와 『외투』의 세계가, 그리고 맨 위에 『검찰관』과 『죽은 혼(가짜 식구)』의 세계가 있을 듯하다. 그것이 그의 마음의 지층 구조다. 『데깐까……』는 거의 이야기 예술의 '기초대사基礎代謝' 차원이다. 말할 것도 없는 일이지만, 기초대사는 그것만 공중에 떠 있는 것이 아니라 유기체 각 기관을 전제한, 그것들의 활동상태의 원형 측면이다. 그것은 자기 자신이자, 분화 각 부분을 관통하는 활동형식이기도 하다. 고골리는 이 마음의 지층들 사이에 있어야 할 통합을 차츰 잃어갔던 모양이다. 갈수록 그 분열은 작가가 견디기 어려워졌으리라. 엇바뀌가면서 이 지층에 머물렀다 저 지층에 머물렀다 하면서 지내거나, 어느 한 지층에 안주할 수도 있는 법이지만, 그들 사이의 분열을 의식하면서 통합을 추구한다면, 새 방법을 개발하지 않는 한 유기체는 파멸한다.

고골리의 무덤은 체홉의 그것보다 흥상 하나만큼 높다.

체홉은 고골리에 비하면 『데깐까……』적 부분이 거의 노출되지 않는다. 『코』와 『외투』적 부분도 거의 노출되지 않는다. 그가 무명 시절에 수도 없이 썼다는 콩트 형식의 작품들이 어떤 것인지 전혀 읽지 못해서 단정할 수 없지만, 그의 주요 단편들만 대상으로 하면 그렇다(그러나 이것까지도 물론 상대적인 요약이다). 대체로 체홉은 『검찰관』과 『죽은 혼』적인 층에 안정적으로 위치하면서 앞의 양자를 그 속에 숨겨놓고 있는 식으로 마음 구조가 형성돼 있는 것 같다. 그것이 체홉을 졸라나 플로베르보다 좀더 상징적으로 보이게 한다(물론 이것도 편의상의 비교다. 어느 작가, 아니, 무릇 인간의 의식구조는 누구나 이 3층 지층구조임을 전제하고서의 얘기다).

체홉은 표층 밑에 그것들을 적당히 숨겼다고 할까, 조종했다고 할까 하면서, 필요한 데서만 신중히 노출시키거나 암시하는 형식으로 표현하였다. 고골리냐 체홉이냐, 그런 선택의 강요는 부질없는 일이다. 어느 사람을 가지고 어느 사람을 가늠하지 않는 것이 예술이다. 왕은 한 사람인 것이 편리하지만, 노래는 저마다 왕인 것이 멋이다. 그러나 실상 이 두 사람 사이에 그렇게 심각한 금긋기는 성립하지 않는다. 거꾸로 매우 가까운 사람들이다. 체홉의 적지 않은 단편들, 그의 희곡들에서는 고골리의 선율이 도처에 스며 있다. 특히 그의 희곡은 『데깐까……』적인 것, 『코』와 『외투』적인 것이 있다기보다 한 꺼풀만 벗기면 바로 고골리라고 말하고 싶게 하는 그런 세계다. 그가 『벚꽃동산』을 희극으로 연출해달라고 주문했다는 이야기는, 그로서는 이런 사정을 말한 것으로 짐작된다. 그러니 이 무덤 동네에서 여전한 러시아의 달이 밝은 밤이면 두 사람은 각자의 작품을 상대방에게 읽어주고는 피차에 농담과 장난 이야기만 썼군, 하면서 더욱 즐거워할지도 모른다. 성미가 다른 사람끼리 이웃해 사는 것처럼 답답한 노릇도 없고 보면 그들은 토정비결도 없는 문화권에서 집터를 용하게도 잘 골랐다. 전에 파리에 갔을 때, 그곳의 지하무덤('만신전'이었든지)을 구경했을 때 빅토르 위고와 에밀 졸라가 이 사람들처럼도 아니고 아주 한 방에서 통로를 사이에 두고 룸메이트로 지내고 있는 것을 보았다. 위고와 졸라, 다 좋은 소설가들이지만, 그들의 합숙이 재미있을까, 매우 궁금하던 생각이 난다. 그들은 자신들이 사랑했던 나라에서 자랑스럽게 모셔지고 있다기보다 지하감옥에 영원히 갇혀 있다면 적절한 표현이 될 만큼 그 방들은 지하감방 그대로의 구조였고 음산하였다.

그에 비하면 고골리와 체홉은 도시에서 떨어진 절간의 수풀 속 좋은 자리에 묻혔다.

똘스또이의 무덤은 그의 영지였던 야스나야 뽈랴나에 있다고 한다. K양은 그곳에 다녀왔는데 살던 집 뒤쪽 수풀 속에 아주 소박한 무덤이라고 한다. 생전에도 좋은 집에서 살았고 죽어서는 고향집 뒷마당에 묻혔으니 그는 복 받은 사람이다.

도스또예브스끼가 묻힌 네프스끼 묘지도 여기와 비슷한 분위기였다. 도스또예브스끼와 똘스또이의 관계는 고골리와 체홉의 그것과 비슷하다. 도스또예브스끼가 고골리라면, 똘스또이는 체홉이다. 각자의 시대만큼 『데깐까……』적인 것에서 멀어져 있고, 그 거리를 어떻게 메울 것인가가 그들 평생의 과제였다. 그들 누구나 이미 자신들은 시신詩神들을 업고 있다는 자연스러운 믿음을 지니지 못하였다. 그들보다 한두 세대 앞의 작가들에게서도 벌써 불가능하였던 '생물구성체'로서의 자기와 '문명구성체'로서의 자기 사이에 유기적인 통합을 지닌 상태를 만들어내는 것 ── 그것이 이들의 평생 과제였다. 그들은 문제의 핵심을 알고 있었으나 시원하게 그 해결에 접근하지는 못했다. 다행히 모두 예술가들이었으므로 그들이 예술의 한계 안에 머문 것이 일종의 해결이기도 하였지만, 그들조차 그 한계 밖으로 내디뎠을 때는 모두 파멸하였다. 도스또예브스끼는 국가권력에 의해 사형이 선고되었고, 똘스또이는 그의 안락한 신분을 부담 없이 즐기는 생활태도를 가질 수 없어 길에서 죽었으며, 고골리는 종교적 광신자로서 미쳐서 죽었다. 체홉은 겉보기에 그런 분열이 없는 생활자처럼 보이지만, 그는 중증의 폐결핵 환자이면서 사할린 여행이라는 무리한 일을 하고 있다. 인간은 어디까지가 '자기'인가, 어디까지 '생물구성체'로서의 본능을 받아들여야 하고 어디까지 '문명구성체'로서의 본능을 지켜야 하는지 모색하기를 멈추지 못하다 보니, 작가로서 성공하기는 했으나 병약한 몸을 얄타 해안의 별장에서 요양으로 달래는 시간 속에서 자연과 하나가 되게 자기를 놓아둘 수 없었다. 인간은 다른 생물들에게는 무관한 짐을 짊어진 슬픈 짐승이 된 것을 알게 된 사람들이었다.

어젯밤 나는 거의 자지 못했다. K양이 가져온 문서의 그 연설자는, 지금 그 무덤 앞에 내가 와 있는 여기 묻힌 사람들의 연장선상에 있는 사람들에 속한다. 그 연설이 특히 놀라운 것은 나의 '러시아 경험'의 첫 무렵인 H나 W에서의 그것 이래 부지불식간에 러시아에서 일어난 이 세기의 첫 무렵 이래의 대격변의 성격이라 알아왔던 일에 관련된 사람들의 정신적 경향—— 진리에 대한 검사필의 태도, 자신들의 체제에 대한 동어반복적인 교조주의가 전혀 느껴지지 않는 점이었다. 그러기는커녕, 그러한 나의 선입견을 뒤엎고 있었다. 그것은 인간을 '위기'의 존재로 보고, 아차 하는 순간에 그나마 올라선 자리에서 굴러 떨어지는 가능성이 항존하는, '팔자가 시간문제'인 존재로 보고 있는 것이 놀랍다기보다, 그럼에도 불구하고 사람은 할 일을 해야 하며, 그런 '의지가 곧 이성'이라는 태도가 놀라웠다. 이런 말투가 상식이었던 때가 이 나라에서 일어난 사건의 첫 무렵에 존재했으며, 그 말이 적힌 문건이 반역죄로 고발된 사람에게 불리한 증거로 첨부돼 있었다는 일이 놀라웠다. 혁명 후 5년이 된 무렵의 그 발언은 1938년에는 이미 '적의 스파이'가 지닐 법한 문건이 되어 있었다.

'지난 10년 이래의 쏘비에뜨 연방은 악惡이다'라고 조지 오웰이 1934~1935년경에 말한 일이 새삼 되새겨진다. 우리처럼, 세계적 대사건의 진원지에서 멀리 떨어져서, 그것이 우리에게 도달될 때는 김은 다 빠지고, 온갖 정신적 가위질과 현실적 난도질이 된 모습으로 나타난 것을 가지고 희극적 암중모색과 비극적 오해를 거듭한 끝에, 언제나 행차가 지나간 다음에야 '사실은……' 하고 시작되는, 그때는 이미 매문업자들의 장사 밑천밖에 안 되는 뒷북치는 소리만 듣고 살아온 삶의 왜소성이 언제나 감개무량하고도 하염없어지는 우리 삶보다는, 조금은 현장에 가까웠던 사람의 탄식임을 알게 된다. 자기를 빼앗기지 마라. 너 자신의 주인이 돼라. 자기를 빼앗기면 지금 이 도시처럼 이렇게 된다네.

K양이 이 자료를 더 일찍이 가져다주었다면 나의 러시아 여행의 기분은 다른 것이 되었을 게다. 간밤에 한잠도 못 잤는데도 어쩐지 고단한 기운은 전혀 없고, 호텔에 남아서 문서를 몇 번이고 고쳐 읽었으면, 그것이 지금 제일 하고 싶은 일이었다. 그러나 K양과는 오늘 처음이자 이번 걸음에는 마지막으로 모스끄바 거리를 함께 돌아보게 되는 날인 데다가 K씨 부인과의 약속까지 있고 보니 그것은 안 될 말이었다. 문서는 두고두고 읽을 수 있는 일이었고 두 사람의 호의에 보답하는 것이 지금은 모스끄바에서 내가 보낼 수 있는 가장 뜻있는 시간이었다. 그래서 아까 장내가 폐쇄되

었다고 할 때도 다른 사정이었다면 그랬을 만큼은 아쉽지 않았다. 그러다 K씨 부인의 노력으로 고골리와 체홉의 무덤 앞에 서고 보니 기분은 또 한 번 달라진다.

이 무덤의 주인공들 자신이 그 포석 문건에 결코 무관하지 않은 사람들이었다. 고골리와 체홉을 포함하는 이 나라의 여러 세대의 모색이 결국 그 연설의 세계에 이른 것이었다. 이 나라의 세대만이 아니라, 포석 자신 같은 국경 밖의 많은 사람들도 그 목소리 속에 자기 목소리를 느끼고 이 나라를 찾아왔었다. 그 연설은 국경을 전제한 해결이 가져오는 낭비와 비문명성을 물리치고, 이 지구 위에서의 문명이 안고 있는 문제의 해결은, 이 지구 위에서의 인간생활을 내국화內國化하는 방향에서만 이루어진다고 판단하고, 그 내국화의 과정을 지역 사이의 패권 다툼을 통한 먹이사슬의 운동에 맡기지 말고, 인간다운 이성을 따르는 계획에 따르기 위해서 용단을 내릴 것을 호소하고 있었다. 빛이 있을 때 빛 속을 걸어라, 똘스또이 노인이 그렇게 말한 것처럼, 시간이 아직 있을 때 할 일을 하라, 는 호소였다. 지금에 와서는 그 목소리는 더 엄격하게 들린다. 언제나 시간은 있다. 특정한 종말은 없다. 인간은 언제나 시간 속에 있다. 인간이 시간이다. 다만 그 시간이 풀들의 시간이 되지 말고 인간의 것답게 하라. 결국 어디에 있건 그런 시간 속에 사는 것은 그 사람의 선택에 달려 있었다. 체홉의 무덤에 온 것은 잘한 일이었고, 고골리조차도 만나게 되었다. 이렇게 사물들의 시간은 모두 연결되어 있었다. 옳은 연결을 따라가라.

두 여성들은 묘비명을 읽으면서 수풀 사이를 돌고 있다.

그 연설은 이 두 개의 묘비 사이에서 반향되는 것 같았다. 두 무덤의 주인공들이 한 구절씩 주고받는 시처럼 들렸다. 꿈의 폐허인 줄 알았던 궁전에서 어젯밤 진리에 대한 우렁찬 환호를 들었고, 생명의 무덤인 줄 알았던 이곳에서 그 진리의 뿌리들을 만난 것이었다.

"덕분에 러시아에서 제일 오고 싶었던 곳을 보았습니다."

사원을 떠나면서 K씨 부인에게 말했다.

"잘되셨네요, 그럼 다음은 굼 백화점이지요?"

"아무 데건 좋습니다."

"그동안 일정에 없었다면 잠깐 들르시는 게 좋아요."

"모스끄바 명손데요."

K양도 말했다.

"굼으로 가세요."

K씨 부인이 운전수에게 말했다.

굼 백화점은 실내장식을 새로 하는 중인 점포가 많았다.

사람들이 붐비는 곳이었다.

구름다리를 건너다니면서 대강 돌아보고 굼 백화점을 나올 때는 점심시간이 돼 있었다.

점심은 어느 일본 식당에서 간단히 먹었다. 그리 크지 않고 차림새나 규모는 평양식당보다 훨씬 못했다.

아이들이 부탁한 레코드를 알아보기 위해서 멜로디아라는 가게에 가서 찾아보았더니, 아들이 적어준 음반은 꽤 귀한 음반뿐인데 지금은 없다고 한다.

K씨 부인이 있는 것 중에서 나은 것으로 열 장쯤 골라주었다.

음반도 음반이지만 이 가게는 모스끄바에 있는 멜로디아 판매점 중에서 주요 가게라고 하는데 실내장식이 전혀 어울려 보이지 않았다. 유원지에서 임시로 열어놓은 출장소처럼 보인다. 알 수 없는 일이었다. 에르미따즈를 비롯해서 그동안 둘러본 곳은 미술적 입장에서 보면 특징도 뚜렷하고 세련되어 있었다. 특징이라면 색깔 쓰임새가 동화적이고 환상적으로 보였다. 이 나라의 발레의 수준도 널리 알려진 바이다. 발레는 춤만 보는 것이 아니라, 옷이며 무대미술도 중요한 구성요소다. 그런 것들도 다 훌륭했다. 그런데 미술관이며, 극장이며 심지어 묘지 아닌 생활의 장소들에는 놀랄 만큼 장식적 배려가 허술하거나 뒤떨어져 있다. 질에서도 그렇고, 관리 상태도 그랬다. 차를 타고 지나면서 보이는 건물들은 거의 제때에 칠을 새로 하지 않았고 빗물 홈통은 대개 헐었으며, 거리를 달리는 택시들도 반짝거리지 않는다. 지배층이 아주 일손을 놓고 있는 사회가 아니면 이렇게까지 되기는 힘들다. 전에도 이랬겠느냐고 말을 냈더니 K양이 대답한다.

"뻬레스뜨로이까 시작하고부터 나빠졌다고들 하던데요."

'개혁'을 시작하자 나빠졌다? K양이 들었다는 얘기가 알 것도 같지만, 이처럼 관리가 없는 상태, 장식 의욕이 없는 상태는 하루 이틀 새라든지, 뻬레스뜨로이까 시대라든지 하는 시간 단위보다 좀더 오랜 습관인 듯이 보인다. 단순히 관리가 잘못됐다기보다, 근본에서 생활을 보기 좋게 꾸미자는 자세가 덜하지 않았던가? 소런 여객기나 열차 내부의 꾸밈새도 그랬다. 지배층은 그런 것들을 보지 않고 무엇을 했을까? 아마, 기득권을 유지하고 살아남기 위해 언제 나라를 팔아먹을 것인가, 어느 시기를 잡아야 하나, 그런 일에 저마다 골몰했던 모양이다. 이토록 심하게 되자면 그렇게 추측하지 않는다면 설명 불가능이다. 멜로디아 가게의 내부는 그렇게 생각하도록 만든다.

굼 백화점에서 마땅한 선물거리를 발견하지 못했다고 하자 K씨 부인이 우리를 데리고 간 다음 장소는 좀 고급한 곳이었다. 가게 안은 전체로 어둡고 쇼 케이스에만 밝은 조명이 되어 있었다. 여기에는 모피옷들, 모자, 장갑, 민속 공예품들, 벽걸이, 그림들, 보석, 그 밖의 온갖 장신구들 — 귀걸이, 목걸이, 반지, 팔찌, 스카프, 숄, 민속악기, 구두 — 이런 것들이 호화스런 유리함이나, 선반, 회전진열 기둥에 걸려 있거나 놓여 있었다. 이런 곳이 있기는 있는 모양이었다.

"비싼 모양이지만 물건은 좋아요, 그래도 서울보다는 싸지요."

K씨 부인이 말하면서 보석 종류를 들여다보았다. K양도 나를 제쳐놓고 열심히 들여다본다. 나는 그들이 열중해 있는 데를 지나서 가게 물건들을 돌아보았다. 모든 물건이 정성스러워 보이고, 무엇보다 전시 방법에 신경을 쓴 물건들은 덮어놓고 좋아 보였지만 모두 내 예산과는 맞지 않았다.

무늬가 러시아 것답게 화려한 숄과 일종의 자개함인데 색깔과 디자인이 역시 우리 것하고는 다른 목제 공예품 두 벌을 골랐다.

그리 비싸지 않고 그리 덜 화려하지도 않다. 역시 머리를 써야 한다.

두 여성도 나의 선택에 호의적이었다. 그리고 나의 완강한 저항에도 불구하고, 두 여성이 각각 나에게 각기의 신분의 차이만 한 구별을 둔 호박 장신구를 선물하고 말았다. 아내와 딸에게 가져가라는 것이었다. K양은 그렇다고 하고서도 K씨 부인의 선물은 당치 않았으나 어쩔 도리가 없었고 은혜를 보답할 길을 달리 연구할 수밖에 없었다. 그 자리에서의 내 쪽의 선물을 그들은 허락지 않았기 때문이다.

할 수 없이 나는 K양이 가깝게 서 있을 때, 포석 자료가 아주 훌륭하다고, 이것은 선물도 아무것도 아니지만, 그렇게 말했다. 그녀는, 그러세요? 하고 반가워했지만 K씨 부인에게 그와 유사한 무슨 뾰족한 말이 생각나지 않아서 신세 전량만 고스란히 남았다.

좋은 가게였다. 이런 곳도 있었고, 이럴 줄도 아는 사람들이었다. 알 수 없는 도시였다.

뒤돌아보지 말라, 고 옛날 얘기책들은 말한다. 뒤돌아보지 말라는 말을 어겼기 때문에 불행해진 얘기로 뭇 고장의 신화 전설은 가득 차 있다. 왜 그런 금기가 그토록 널리 퍼져 있을까. 거의 모든 문화권의 전승설화에 그 이야기는 단골로 나온다. 인간의 가장 본질적인 능력인 '기억'에 대한 이 부정은 어떤 뜻을 지녔는가. 선물 가게를 나와 차창으로 흘러가는 모스끄바 거리를 내다보면서 나는 생각한다. 왜 그랬을까. 두고 떠나는 거리건, 사건이건, 사람이건,

잊어버리지 않게 똑똑히 마음에 새겨두어야 하지 않겠는가. 현장에서 확실하지 않은 뜻을 두고두고 되씹어보기 위해서는 그것들은 무엇보다 먼저 기록되어야 한다. 현장에 있었던 눈보다 더 확실한 눈이 있을 리 없고, 그런 눈들이 본 광경들은 그런 풍경을 보지 못한 눈을 가진 편찬자들에 의해서 흔히 걸러지고 함부로 버려지고 하는 과정에서 선후가 뒤바뀌고 뒤틀려지기조차 한다. 그런데 전설들은 뒤돌아보지 말라고 한다. 거기서 금방 떠나온 동네가 벼락을 맞아 풍비박산이 되기도 하고, 순식간에 물속에 잠겨 있기도 하고, 큰 불길에 싸여 있기도 한 그 '뒤'를 돌아보지 말라고 신화와 전설은 말한다. 마치 절족동물이나, 그 밖의 어떤 생물들이 위험에 직면했을 때 자기 몸 일부 ─ 꼬리라든지, 다리라든지 그런 부분을 떼어내고 위험의 현장에서 떠나가듯이, 그렇게, 방금까지 자신의 일부였고, 그것과의 연결을 떠나 자기라는 것이 있을 수 없던 것을 돌아보지도 말고 떠나라고 신화와 전설은 말한다. 마치 이 지구의 지층이 옛것부터 차례대로 소멸하면서 언제나 한 꺼풀 '현재'라는 지층만 남길 수가 있기라도 하듯이, 그래서 마치 사람은 '현재'라는 얇슬한 아라비안 나이트의 하늘을 날아가는 모포 한 장을 타고 어디든 갈 수 있을 뿐 아니라, 그 위에서 밥도 짓고 잠도 자고 아이도 낳고 전쟁도 그 위에서 할 수 있고, 양도 기를 수 있듯이. 그렇다. 그 모양은 초원이나 사막을 이동하는 유목민의 생활모습을 잘 전해주는 느낌은 있다. 온갖 기술과 유산을 모포한 장에 압축해서 표현한 것일까. 만일 우주선에 탄 우주인이 말그대로의 '현재'의 자기 환경인 '우주선'만을 자신의 '현재'라고 생각하고 그런 전제에서 행동한다면 얼마나 우스운가. 지상과 연결된 모든 것들 — '뒤'를 없는 것처럼 생각하고 자기 우주선이 마치 아라비안 나이트의 모포인 것처럼 군다면 얼마나 위험한 일인가. 그가 지금 있는 자리에 있는 것은, 그 모든 '뒤'를 잊지 않은 수십억 년의 '기억'들이 있었기 때문이며, 그는 지금 해와 달과 별만 떠 있다고 생각해온 침묵의 우주공간에 높이 올라와서 모든 일이 거기서 비롯해서 거기서 끝나고, 해와 달과 별들이 그것을 중심으로 돌고 있다고 생각했던 그 중심인 땅 — '지구'를 달을 보듯 해를 보듯, 별을 보듯 떼어놓고 볼 수 있는 자리에 있는 것은 바로 모든 앞세대가 언제나 끊임없이 '뒤돌아보면서' 살아왔기 때문이다. 인간의 지각은 생물과 공유하는 수준만으로는 가난하고 가난하다. 풀을 먹는 짐승은 언제까지나 고개를 숙이고 땅을 기어다녀야만 하고, 자기보다 약한 짐승을 잡아먹는 짐승은 점심 한 끼니를 위해서 애기를 밴 다른 짐승의 암컷을 습격해서 태연히 그 뱃속의 태아를 꺼내 먹기를 언제까지나 계속할 수밖에 없다. 그들은 언제나 현재의 노예다. 그들의 욕망이 현재다. 배를 채우고 나면 그들은 자리를 떠난다. 피를 흘리며 태양 빛 아래 열려 있는 희생자의 자궁을 뒤돌아보는 일은 없다. 그런 사자가 있다는 말은 아무 데서도 한 번도 보고된 바 없다. 만일 그런 사자가 있다면 그 순간에 그는 사자이기를 멈춘다. 그는 사자 아닌 다른 무엇이 그 순간 되어 있고, 그 다른 무엇의 상태를 계속 유지하자면 그는 아직도 사자인 그 자신의 이빨과 턱과 발톱과 그 자신의 어깨와 근육과 눈과 그 자신의 밥주머니와 그 자신의 심장과 — 즉 자기와 싸위야 한다. 사자는 그렇게 할 수 없었다. 그래서 사자는 그가 사자가 된 이후 지금까지 사자로 사는 수밖에 없다. 모든 생물이 그랬다. 그래서 그들은 자기 자신일 수 있었다. 그들의 운명은 어떤 것은 좀 편하고 어떤 것은 불편하고 어떤 것은 열악했다. 그러나 그것은 처음부터 어찌할 수 없는 일이었다. 모란꽃을 부러워하는 민들레가 있다는 말은 보고된 바 없다. 그들은 뒤돌아보지 않기 때문이다. 그들에게는 '뒤'는 없고 오직 '현재' '지금' 그리고 어슴푸레한 '앞'만 있다. 그저 어슴푸레한 앞? ─ 아니, 앞도 역시 지금, 여기, 현재일 뿐이다. 그들에게는 앞도 뒤도 없다. 모든 방향이 '현재' '이대로'이다. 즉 현재도, '뒤'도, '앞'도 없다. 뒤돌아보려야 볼 '뒤'가 애초부터 없다. 그러니까 그들에게는 '뒤돌아보지 말라'는 말은 아무 뜻이 없는 말이다. 뒤돌아볼 '능력'이 그들에게는 없는 것이다. 그러므로 '뒤돌아보지 말라'는 말은 그런 능력이 있는 존재에게만 의미 있는 명령이다. 뒤돌아볼 힘이 있는 존재에게 대고, 되돌아보지 말라고 명령하고 있는 것이 된다. 누가 명령하는가. 이 명령자는 누구인가. 신화나 전설에서 그것은 당연히 '신'이다. 신이 그렇게 말하고 있는 것이다. 왜? 내가 너희를 위해 저 '앞'에 꿀과 젖과 햇빛이 넘치는 장소를 마련해놓았으니, 너희는, 내가 언짢아서 지금 없애버릴 작정인 '뒤'를 돌아보지 말라, 이를 어기는 것은 네가 나의 약속을, 나의 능력을 믿지 않는 것이니, 만일 그리하면 나는 약속을 거두고 너를 더 이상 나의 자녀로 알지 않겠다, 라는 의사표시라고 읽힌다. '신,' 아니면 공동체의 규범, 또 좀 내려오면 '역사의 법칙' 그런 것으로 풀이할 수 있는 어떤 것이다. 이 우주와 역사와 인생의 길흉화복과 조화를 한 손에 쥐고 있는 존재거나, 법칙이거나, 어떤 소식이 발하는 목소리, 그것이 '뒤돌아보지 말라'의 세계다. 그런데 그런 존재나 법칙이나 소식이 모두 희미해졌거나 이미 간 곳 없어 보이는 시간을 사는 시대 '인간'은 어쩌면 좋은가. 그런 뒤돌아봄의 능력을 가진 것은 인간밖에 없으니. '앞'에 무엇이 있다는 약속은 사라지고, 법칙이나 '예언'의 신빙성도 떨어진 시대에 인간은 어디에 의지해야 하는가. 오직 '뒤'밖에 더 무엇이 있겠는가. '뒤돌아보는 것'만이 이 암흑에서 그가 의지할 수 있는 힘의 근원이다. 그 뒤돌아봄이 그의 이성의 방식이다. 그것도 보통 뒤돌아보아서는 안 되고, 그가 무슨 까닭이 있어서 떠나는 이 '뒤'는, 떠나기 전에, 무엇보다 먼저 그것을 잘 기억에 남길 수 있게, 보던 것을 다시 보고, 자기가 서 있던 뜰과 거리와 부엌과 — 집 안팎 모두를 거리와, 성벽과, 성벽 너머의 들과, 강과, 둘러선 산들을 자세히 촬영하고, 이미 기록한 온갖 기록들을, 가지고 떠날 봇짐의 제일 안쪽에 챙겨야 할 것이다. 불붙는 트로이 성을 두고 떠나면서, 타오르는 불길 때문에 더욱 슬프도록 잘 보이던 그 성의 모습대로 로마를 건설했다는 신화는, '뒤돌아보지 말라' 신화 계열과 뚜렷이 다른 주장을 옮기는 전설이다. 모든 것은 변하기 때문에 그 속에서 사람이 쉴 수 있는 성은 오직 '어제'와 '뒤'쪽의 기억을 가진 인간의 능력과 그 성과물을 중히 여기는 방법 말고는 달리 건설될 수 없다는 태도다. '뒤돌아보지 말라'는 신화 전설은 신이 아직 이 땅 사무에 깊이 간여할 여유가 있었을 때는 진리였지만, 무슨 까닭인지 그가 그렇게 할애할 여유가 없어진 시대에는 제쳐두어야 할 위험한 습관이다. 습관은 변해야 한다. 트로이 사람들에 얽힌 전설은 이 변화를 자각해서 실천하려는 인간의 의지를 전하는 듯하다. 트로이 성은 트로이 성에만 있지 않다. 그것은 우리 기억 속에 있다. 우리가 가는 곳이면 어디서나 트로이 성은 다시 지을 수 있다. 그러므로 우리 자신이 트로이 성이다. 내가 트로이 성이다. 트로이 성은 나다. 내가 진리요 길이다. 진리와 길이 어느 성벽 안이나, 신전 안이나, 광장 위에 있다고만 사람들이 믿게 되는 시대에 언제나 깨어 있는 사람들이 있어서 진리나 길은 그런 곳에 있지 않고 너희들 '안'에 너희들 '기억' 속에 있으며 성벽과 신전과 광장은 오직 그 '기억'의 표현이며 기억의 보강물이며, 망각에 저항하기 위한 보조물은 될망정 '기억' 자체는 아니며, 만일 너희들이 그토록 어리석고 염치없어서, 지나간 사람들의 피와 땀과 눈물의 기념비에 지나지 않는 그래서 그대들 자신의 피와 땀과 눈물이 없이는 그 기념비가 말하는 인간의 상태는 유지될 수 없음을 잊어버리고 성벽과 광장과 신전 — 그저 돌멩이에 지나지 않는 그것들에게 정화수를 떠놓고 돼지를 바치고 춤추기만 하면 복락이 있으리라고 생각하기 시작한다면, 너희는 다시 짐승이 되리라, 이런 목소리가 불붙는 트로이 성을 떠난 피난민들에게 얽힌 전설의 뜻인 성싶다. — 이렇게 일관성 있게 생각했다는 말이 물론 아니고 어수선하면서도 지금 돌이켜보면 그런 것 가까운 혼란스런 느낌에 사로잡히면서 나는 K씨 부인과 K양과 함께 타고 가는 차의 창문 밖에 흘러가는 거리를 열심히 바라보았다. 카메라를 꺼내 들고 있다가 흘러가는 거리를 찍는다. 그렇게 해서 볼쇼이 극장도 찍었다. 그동안 지나치기는 해도 들어가보지는 못한 건물이다. 나는 잊지 않겠다. 떠나온 H. 떠나온 W. 나는 이곳에 와서 반세기 너머 전에 구포역을 떠났던 사람들의 뒷소식조차 마침내 만날 수 있었다. 그나마 그들을 잊지 않았기 때문이다. 지금 떠나려는 도시 모스끄바여, 너도 나는 잊지 않겠다. 독 묻은 까마귀 고기를 포식한 네가 자신을 잊어버리는 것은 너의 자유라 해두자.

다음에 간 곳은 방금 다녀온 곳의 인상이며, 거기서 얻은 의견을 대번에 뒤집어놓았다. 그곳은 인터내셔널 호텔이라고 인투어리스트보다 좋은 호텔이라고 한다. 그런데 우리가 들어가는 입구에는 경비원들이 지키고 있는데 극장 입장구처럼 통과하게 되어 있었다. K씨 부인이 무슨 카드를 내보이는 것을 보니 특별한 고객만 받는 게 분명했다. 그런데 그렇게 신분 조사가 끝나고 안에 들어서니 거기는 엄청나게 천정이 높고 엄청나게 넓은 로비인데 완전히 캄캄하고 저 안쪽에 아득히 2층으로 올라가는 계단이 거기만 무대장치처럼 조명돼 보일 뿐이었다. 그 홀은 레닌그라드의 성 이삭 성당보다 훨씬 넓어 보였다. 벌써 오래전부터 이런데, 수리 계획을 세워놓고 손대지 못하고 있는 모양이라고, 차츰 어둠에 익은 눈으로 더듬더듬 계단 쪽으로 우리들의 발길(물론 몸뚱이도 포함해서)을 안내하면서 K씨 부인이 말했다. 그럴 수도 있는 일이었다. 그러나 이럴 수 없는 일이었다. 입구에서 계단까지 사이에 임시 터널이라도 보기 싫지 않게 만들어야 상식이 아닐까? 그리고 물론 터널에는 제대로 조명을 하고, 그렇게 하면 이 어둠에 잠긴 거대한 부분은 간단히 가려질 것이다. 옛날에 본 적이 있는 미국 영화 「제3의 사나이」에서 폭격으로 허물어져 폐허가 된 자리에서 조셉 코튼과 오슨 웰즈가 만나는 장면을 떠올리게 한다. 버젓한 도시 한복판에 이토록 괴상한 장면을 보기는 워싱턴에서 기차역에 들어섰을 때 말고는 내 경험에는 없다. 그런 예상을 못 한 건물 안에서 만난 장면이므로 도시의 슬럼가의 경우와는 이야기가 다르다. 무어랄까, 거대한 어처구니없음의 상징 같은 느낌을 주는 공간이다.

계단을 올라가니 그곳은 또 눈부신 조명이 되어 있는 건물 안의 아케이드였다. 아까 굼 백화점의 것 같은 구름다리로 연결된 가게들이 1층과 2층에 있는데, '굼'과 다른 점은, 가게들만 환히 불을 밝히고 있을 뿐 오가는 사람은 우리뿐이다. '굼'에서 우리만 남기고 군중들이 마술처럼 사라진 착각을 일으키는 광경이었다. K씨 부인이 안내한 곳은 도자기를 전문하는 가게였다. 늙지도 젊지도 않은 러시아 여성 한 사람이 지키고 있는 그 가게에는 그동안 여러 곳에서 보아 눈에 익은 여러 러시아 도자기가 여러 용도의 종류를 갖춰 전시되어 있었다. 커피 세트, 꽃병, 싸모바르, 인형, 완구─ 모두 도자기다. 가게를 지키는 여자는 우리에게 앉기를 권했다. 한구석에 응접 좌석이 마련돼 있다. 한 바퀴 돌아본 다음에 우리는 거기 앉아서 적당한 물건을 상의했다. 내가 앉은 자리 옆 유리창 안에 있는 물건이 눈길을 끌었다. 그것은 마뜨료쉬까 인형이었다. 인형 속에 또 인형이 있는 인형이다. 주인 여자가 나를 바라본다. 내가 끄덕이자 그녀는 인형을 꺼내서 내 앞에 놓아주었다. 어디를 가나 있는 인형이었는데 막상 아직 사지 않고 있는 민속품이었다. 다만 보통은 나무로 되어 있는데 도자기로 만든 마뜨료쉬까 인형은 처음 본다. 주인 여자가 차례로 인형을 뽑아내어 세워놓는다. 다섯 개가 있었다. 다섯번째는 정말 앙증맞아 보였다. K씨 부인과 K양도 이런 것은 처음 보는 모양이었다.

"특이하네요."

"나무로 만드는 건데."

두 여성은 그렇게들 말하면서 인형들을 집어들고 살펴본다. K양이 물었다.

"같은 제품이지요?"

"그래요, '그젤'이에요."

K씨 부인이 대답했다.

주인 여자가 끄덕인다.

그 가게는 그젤Gzhel이라는 상표의 도자기만을 팔고 있었다. 러시아 자기는 여러 군데서 보아온 전형적인 흰 바탕에 푸른색으로 무늬가 들어 있다. 흰색이라기보다 우윳빛이다. 이 푸른 색깔과 우윳빛이 어울려서 부드럽고 싱그러운 맛을 풍긴다. 이 인형의 옷차림은 구체적으로는 저마다지만 대개 한 본이다. 러시아 농가의 처녀차림이다. 이 인형도 마찬가지였다. 등까지 덮은 큰 머릿수건이 턱 밑에서 나비 모양의 매듭을 짓고 있다. 속눈썹이 강조된 큰 눈. 뺨 연지. 그리고는 이 인형의 정형定型대로 팔도 없고 다리도 없다. 눈사람이나 벙어리저금통 모양으로 머리 아래는 통째로 하나다. 이즈음에는 러시아 정치 지도자의 모습을 한 마뜨료쉬까 인형도 나와서 옐친 속에 고르바초프 속에…… 이런 식으로 된 것인데 대개는 이 정통 인물상 쪽을 좋아한다. 몸통 부분의 앞쪽에는 러시아 정교의 교회당이 그려져 있다. 이 도자기는 교회 대신에 꽃이 그려져 있다. 나무 인형들은 현란한 색깔이 칠해지는데 이 도자기 인형은 이 가게에 있는 다른 도자기들처럼 흰색과 청색이다. 인형 속의 인형 속의 인형 속의⋯⋯ 나의 속의 나의 속의 나의 속의⋯⋯ 우주 속의 은하계 속의 태양계 속의 지구 속의 한국 속의 서울 속의 우리 집 속의 나의 속의 나의 속의 나의 속의⋯⋯ 고골리 속의 도스또예브스끼 속의 체홉 속의⋯⋯ 똘스또이 속의 뚜르게네프 속의 뿌쉬낀 속의⋯⋯ 러시아 속의 모스끄바 속의 인터내셔널 호텔 속의 '그젤' 가게 속의 마뜨료쉬까 인형 속의 인형 속의 인형 속의⋯⋯ 인형을 보고 있는 나 속의 인형을 보고 있는 나 속의 인형을 보고 있는⋯⋯

돌아오는 비행기 안에서.

맑은 날이어서 땅 위의 풍경이 잘 내려다보인다. 잘 있어라 모스끄바.

차츰 멀어져가는 모스끄바와 그 주변이 저쪽으로 사라지고 나서, 나는 『모스끄바 뉴스』를 펼쳤다. 기내에 들어오면서 문간에 쌓여 있는 승객 서비스용 신문이다. 이 신문은 러시아 개혁파들이 내고 있는 영어 신문이다.

나는 페이지를 넘기다가 13페이지에 있는 사진에 눈길이 멎었다. 그것은 환자용 바퀴의자에 앉아 있는 레닌이었다. 무릎을 얇은 담요로 가리고 왼쪽 팔을 들어 왼쪽 턱 부분을 만지면서 이쪽을 보고 있는 환자의 표정이 심상치 않았다. 사진 밑에 굵은 활자로 '신의 죽음'이라는 제목이 있는 그 기사는 레닌이 사망하기까지의 2~3년을 다룬 글이었다. 그는 1922년 첫 뇌일혈 직후에는 칫솔 쓰는 법을 몰라서 솔 쪽을 잡았다,고 기사는 말한다. 조금 나아졌다 말았다 하면서 병세는 차츰 심해졌는데, 좀 호전되었을 때 그는 의사의 지시로 어린이용 이야기책과 산술 문제를 공책에다 연습해야 했다. 첫 타격 이후 당은 그가 당무에 참여하는 것을 금했으며(그의 건강회복을 위해), 외부와의 통신조차 금하였다. 레닌은 물건을 집어던지고 의사들이 곁에 오지 못하게 했으며, 밤중에 소리를 내어 울었다. 병세의 마지막 단계에서 그가 완전히 구사할 수 있는 단어는 '어머니' '간다' 등 몇 개에 그쳤다. 반신마비와 함께 그보다 더 비참했을 이런 언어장애의 상태에서 반년을 더 살다가 레닌은 죽었다. "죽은 사람은 과연 '그 레닌'이었을까?—사진 속의 그의 눈을 주의해보라"고 기사는 맺고 있다.

그의 이름으로 불리게 된 그 모자를 쓰고 있는 사진 속의 환자의 눈은 과연 기사가 일러줄 만했다. 무엇인가에 놀란 듯한, 아니 무엇인가에 어리둥절한 그런 눈이다. 알 수 없는 무엇인가에 갸우뚱한 그런 눈이다. 어린이들의 그것처럼 생기에 넘친 의문의 표정이 아니라, 그보다 훨씬 당황한 어쩔 줄 모르는 눈이다.

그가 뇌일혈로 쓰러져 앓다가 낫지 못하고 죽은 것은 알고 있었지만, '어머니' '간다' 등 몇 마디밖에 쓰지 못했다든가 이런 글은 처음이다. 그리고 이 사진도. 그 표정도(필자는 '눈'이라고 표현한).

그런 마음의 어둠에 기끔 빛이 들어오는 때가 있있고, 그런 어느 경우에는 환자는 쏘비에뜨 대회에 보내는 보고문까지 쓸 수 있었다. 그러나 빛은 곧 어둠 속에 잠겼다, 고 기사는 병의 진행 방식 자체가 보여준 또 하나의 어둠도 전하고 있다.

승무원이 음료를 나누어주기 시작한다.

신문을 접어서 앞쪽의 그물에 꽂아놓고 컵을 받는다.

어머니? 간다. 너는 간다. 레닌 속에 있는 레닌 속에 있는 레닌 속의 이런 말 정도를 하는 레닌. 그가 거기서 출발했던 지점으로 까지 퇴행한 레닌. 사람은 누구나 그 지점에서 출발했다가 레닌도 되고 누구도 되고 했다가 언제든지 출발점으로 돌아갈 수 있을 뿐 아니라, 더 이전까지도 간다 ─ 죽는다. 어린이 얘기책을 베꼈다? 산술 문제를 연습했다? 그러다 쏘비에뜨 대회에 보낼 보고문을 쓸 수 있는 순간이 빛살처럼 나타났다가는 금방 산술 문제로, '어머니' '간다'로? 간다(이찌, Идти 던가)? 너무 많이 진화해버린 것이 슬픈 것이 아니라, 그 진화는 언제든지 회수 가능하게 불안정한 소유라는 것. 있다가도 없는 돈은커녕, 무엇무엇이었다가도 아니게 되는 신분. 말 공부를 하는 『제국주의론』의 저자. '레닌구성체'의 붕괴. 백치白痴가 된 레닌. 당사자의 의지의 개입 없이 그의 '실핏줄'에 생겨버린 고장. 『모스끄바 뉴스』의 천박한 기사 제목과는 달리 레닌은 '신'이 아니라, 풀의 형제이기도 한 우리 같은 인간이었다. 레닌의 높이에까지 올라간 풀이었다.

러시아 차는 맛이 좋다.

11

러시아에 다녀온 지 보름쯤 지나서다.

"여보, 여보, 아버님이세요."

나는 벌떡 일어났다.

"응?"

"아버님이세요."

송수화기를 내 손에 쥐어준다.

"아버님 접니다."

"……"

"네, 네, 별일 없어요."

"………"

"아버님, 별일 없으세요?"

"…………………………… "

"내년 여름에 가 뵙도록 하겠습니다."

"………………………………………………………………
………………………………………………… "

"네, 그래도 좋지만, ……네."

"………………………………………………………………
………………………………………………… "

"네, 상의해서 그렇게 하겠습니다."

"…………………………… "

"네, 네, 편지 올리겠습니다."

"………… "

"네, 네, 바꾸겠습니다."

"…… "

송수화기를 아내 손에 쥐어준다.

"………………………………………………………………
……………………………………… "

"네, 네, 저희들 염려 마세요."

"………………………………………………………………
………………………………………………………………
………………………………………………………………
………………………………………………………………
………………………………………………………………
…………………………… "

"네, 아버님, 편지 올리겠습니다. 들어가세요."

"………… "

아내가 물컵을 찾아 내게 주면서 말했다.

"저더러 애들 데리고 왔다 가라시는군요."

나는 물을 한 모금 마신다.

"응, 그러시는군. 일부러 내가 올 건 없고, 오겠거든 애들 데리고 당신을 보내라는군."

"목소리가 아직 건강해 보이시지요?"

"응, 여보."

"네."

나는 물을 또 한 모금 마셨다.

"전에 내가 얘기한 적 있지 않소."

"무슨 얘기요?"

"미국 가 있을 때 아버님이 입원하셨던 일."

"네, 둘째 아주버니가, 그 결석 찾으신 얘기 말이에요?"

"응, 그래요, 그런데 말이오."

"…… "

"동생들이 금방 연락해가지고 응급실로 모시고 간 거야, 한밤중에."

"…… "

"병원이 크고 좋았어."

"…… "

"처치도 신속하고."

"……"

"그때 생각한 일이 있어."

"……"

"서울에서 내가 아버님을 모시고 있다면 이렇게 해드릴 수 있을까?"

"……"

"보통 시민도 그만한 혜택을 아무렇지 않게 받는다는 것, 그것도 그처럼 편리하게, 환자측을 애먹이지 않고, 서울에서 이렇게 모실 수 있을까, 나는 아버님 침대 곁에서 그런 생각을 했어요."

"……"

한참 만에 아내가 말했다.

"당신 편지하시겠어요?"

"음, 내가 해야지."

"내일 강의 있는 날인데 주무세요."

아내는 자리에 들면서 말했다.

나는 컵을 들고 앉았다가 일어섰다.

바다 양켠에 다 별일 없다.

"주무시지 않고……"

"일어난 김에 좀 뭘 하다가 자겠소."

나는 방에서 나왔다.

아이들 방 앞을 지나 2층 서재로 올라온다.

문서함 서랍을 연다. 그 함 위에 마뜨료쉬까 인형이 놓여 있다. 서랍 속의 문건들을 꺼내 뒤적여본다. 습관이 된 행동을 한다. 러시아 여행에 관련된 자료 봉투의 내용을 하나하나 살펴본다. 역시 없다. 네프스끼 성당에서 만난 소년들이 적어준 주소 메모가 와서 보니 보이지 않았다. 그들의 이름만 기억에 남았다. 야쌰, 미쌰, 사쌰. 내용물을 봉투에 담는다. 다음에는 K양이 가져온 조명희 문서를 읽는다. 그동안 수십 번을 읽었다. 한 시간쯤 그렇게 지났다. 그러다가 인형을 집어들고 속에 든 인형들을 차례로 꺼내서 나란히 세워놓는다. **Бумага**. 불쑥 떠오른 러시아말. 부마가. 종이. **Писать**(삐싸찌, 쓴다)라는 말과 관련해서 떠오를 법하면서 떠오르지 않던 단어가 지금 불쑥 떠오른다. 그 말은 내 뇌의 어딘가 거기에 이렇게 있었으면서 체홉의 무덤이 있는 그 자리에서는 떠오르지 않더니, 지금 떠올랐다. 떠오르지 않았을 수도 있었다. 막중한 책임을 지고 한창 일할 나이에 모국어의 모든 낱말이 머릿속에서 다 지워지고, 어머니, 간다 등 몇 개의 낱말밖에 남지 않은 사람이 있었다. **Идти**(이찌, 간다). 만일 그에게 저서가 없었다면. 무서운 일이었다. 사람은 그렇게 불안정한 것이었다. 다음 소집일에는 노트를 준비해 가야겠다. 한 분에게 「낙동강」에 대한 새 자료를 알려야 하고, 또 한 분에 대해서는 나 자신을 더 유리하게 변호하기 위해서. 두 분 선생님이 엄청 자세히 물으실 테니. 게다가 이번에는 지도원 선생님을 기쁘게 해드릴 일이 있다. 나는 자발적으로 자기비판하겠다. 야쌰**Яся**, 미쌰**Мися**, 사쌰**Cаcя**에게 저지른 일을 자기비판하겠다. 어떤 벌이라도 달게 받겠다. 규탄받아 마땅한 일이었다. 그들의 주소가 잃어진 지금 내게 남은 길은 지도원 선생님 앞에서 그 일을 자기비판하는 길 말고는 자기비판할 길이 없다. 사진을 보내주마 한 약속도 어긴 것이 되고 말았기 때문에 죄는 가중되었다. 나는 문건들을 서랍에 도로 넣는다. 인형들을 차례로 맞춰 넣는다. 다 넣은 다음, 함 위에 얹으려다가, 뚜껑을 열어본다. 속에는 다음 인형이 들어 있다. 열었는데 방금 넣어 둔 인형이 없다면 — 인형에는 그런 일은 일어나지 않는다. 그런데 사람에게는 그 일이 일어난다. 나는 인형의 뚜껑을 닫아 함에 얹는다. 나 자신의 주인일 수 있을 때 써둬야지. 아니 주인이 되기 위해 써야 한다. 기억의 밀림 속에 옳은 맥락을 찾아내어 그 맥락이 기억들 사이에 옳은 연대를 만들어내게 함으로써만 나는 나 자신의 주인이 될 수 있겠다. 그 맥락, 그것이 '나'다. 주인이 된 나다. 그래야 두 분 선생님을 옳게 만날 수 있다. 다음 소집이 오기 전에. 다시는 지워지지 않게. 쓸 수 있을 때. 어느 소집 때보다 좋은 토론이 될 게다. 만일 무슨 일로 소집에 응하지 못하는 경우에도, 다른 사람에 의해서라도 그들에게 노트는 전달될 수 있을 것이다. 옛날에 그들이 내 '감상문'과 '현상 응모시'에 대해서 그랬듯이 그 노트에서 나와 만날 게다. 원고지를 꺼내놓고 마주 앉는다. 첫 문장을 적는다. — 낙동강 700리, 길이길이 흐르는 물은 이곳에 이르러 곁가지 강물을 한몸에 뭉쳐서 바다로 향하여 나간다……

　이 소설은 어느 가을밤에 그렇게 시작되었다.

『화두』와 기억의 소설적 형식

오생근
(문학평론가)

1

　최인훈의 『화두』가 발표되고 이 소설이 불러일으킨 비평계의 반응과 문학적 충격은, 근래에 보기 드문 것이었다. 1973년에 장편소설 『태풍』을 끝으로 근 20년 동안 침묵을 지켰던 『광장』의 작가가 그 침묵을 깨고 원고지 4,500매 분량의 무거운 책을 들고 문학계에 복귀하였으니, 그것만으로도 문학계의 높은 관심과 열기는 당연한 현상으로 볼 수 있을 것이다. 그러나 이러한 외형적 이유만으로 『화두』가 비평과 화제의 초점이 된 것은 아니다. 이 소설은 『광장』 『회색인』 『서유기』 『소설가 구보씨의 일일』 등에서 보인 작가적 개성과 풍부한 의식의 전개, 진지한 철학적 사유 방식이 그대로 수용되어 있으면서, 그의 문학적 성찰의 깊이는 훨씬 심화되었음을 보여주었기 때문이다. 이 책에 대한 여러 가지 평론과 서

평, 대담 기사들이 보여준 평가의 대부분은 긍정적이었지만, 부정적인 시각도 적지 않았다. 그 부정적인 평가의 주된 이유는 『화두』가 소설로 형상화되지 못한 미완성의 작품이라는 것이었다. 그런 관점에서 어떤 비평가는 "자신의 작품을 인용하고, 자신의 삶을 이야기하고, 희곡의 내용을 인용하고, 신문기사와 텔레비전 내용을 인용하고, 문명비판과 문학이론을 이야기"하면서 그것들이 소설로 이해되기를 바라는 것은 작가의 지나친 기대이며, 무엇보다 소설은 '유기적 미학체계'를 갖추어야 하는데, 『화두』에서는 그러한 측면이 전혀 고려되어 있지 않았음을 지적한다. 이런 비판에 대해서 우리는 과연 소설이란 무엇이고, 유기적 미학체계란 무엇이며, 또한 소설은 반드시 유기적 미학체계를 갖춰야 하는 것인지 등의 의문을 가져본다. 소설의 역사를 어느 정도 알고 있는 사람이라면, 소설의 가장 큰 매력이 기존의 소설적 틀과 문법으로부터 한껏 자유로운 형태라는 점에 기인한다는 것을 알고 있다. 소설의 왕성한 식욕은 습관적인 음식을 반복하여 섭취하지 않고, 다른 장르에 속해 있거나 다른 개별 과학에 해당되는 것으로 보이는 모든 낯설고 이질적인 요소들도 거리낌 없이 소설이란 장르 속에 흡수해왔다. 그런 점에 비추어 보더라도, 우리는 새로운 소설을 이해할 때 기존의 어떤 선입견이나 정형화된 틀에 맞추어서 그것을 재단하지는 말아야 할 것이다. 또한 '유기적 미학체계'란 것도, 작가의 의도에 따라서 얼마든지 무시될 수도 있는 것이지 그것이 필수적인 조건은 아니다. 물론 미학적으로 완성된 체계를 중시하는 소설도 있고 그러한 체계를 무시하고 해체하는 소설도 있는 법이다.

『화두』는 얼핏 보아 유기적인 미학체계가 무시된 소설처럼 보이지만, 그 문제의 관점에서 보더라도 반드시 그렇지는 않다. 이 소설은 종합하기 힘든 여러 가지 요소들이 착종되어 있는 듯하지만, 그러한 요소들이 무질서하거나 비유기적으로 방치되어 있지는 않다. 그것들은 독특한 형태로 연결되고 분리되고 종합되는 방식을 취하면서 보이지 않는 구조적 틀을 형성한다. 다시 말해서 비유기적인 유기적 형태를 갖추고 있는 것이다.

　『화두』는 영락없이 작가 최인훈의 모습을 담은 일인칭 소설이다. 이런 경우에 흔히 자전적 소설이라고 말하지만, 한 인간의 전체적 삶을 기록하고 정리하는 그러한 소설의 일반적 유형과는 달리, 이것은 어디까지나 작가적 삶 혹은 작가의 정신적 삶이 중심의 뼈대를 이루고 있다는 점에서 일반적인 자전적 소설들과 어느 정도 구별 지어 인식될 수 있다. 여하간 이 소설은 작가의 삶과 내면 풍경을 보여주면서 좁고 단조로운 개인적 관점에 묶여 있는 느낌보다 화자의 넓은 사유 속에서 대단히 호방하고, 자유로우며, 또한 우람하고 끈질긴 의식의 면모를 보여준다. 이 소설 속에서 행동하는 '나'보다 기억하고, 의식하고, 사유하고, 상상하는 '나'의 모습이 훨씬 빈번하게 등장한다. 그러나 후자의 '나'는 밀실 속에서 갇혀 있지도 않고, '나'의 의식이나 사유 역시 맥락을 잃어버린 채 제멋대로 부유하지도 않는다. 대체로 그러한 '나'는 공간과 시간의 분명한 좌표 속에서 혹은 전체적인 줄기와의 관련에서 사유의 작업을 전개하고 또한 '나'의 생각은 일정한 현실과의 연결 속에서 구체성의 힘을 동반한다. 다시 말해 사유의 화두는 다양하지만 몇 가지 중심적인 주제에 대해서 집요하게 천착하는 화자의 의지가 소설의 바탕을 이루고 있다. 이 소설에서 사유의 전개를 연날리기에 비유한다면, 사유의 흐름은 바람의 방향과 세기에 따라 유연하게 나는 연과 같다. 그러나 외형적으로는 자유롭게 흔들리고 날아오르는 것 같으면서도 '나'의 의식이 그 연을 풀고 당기는 끈처럼 느슨한 듯하면서 늘 팽팽하게 작용함으로써 그것이 사유의 긴장을 만들어내는 것처럼 보인다. 좀더 논리를 확대한다면, '나'의 의식은 자유롭게 움직이는 듯하면서도, 대체로 '나'의 주체 혹은 주체 의식 속에서 뚜렷한 출발점과 지향해야 할 어느 도착 지점을 염두에 두고 이동하고 있기 때문에, 그러한 도정이 소설적 줄거리를 형성하고, 또한 '유기적 미학체계'라는 것을 무시하는 듯하면서 은연중에 체계 없는 체계랄까 혹은 열린 체계를 만들어놓고 있다는 것이다.

최인훈은 『화두』가 이산문학상을 받게 된 자리의 '수상 소감'에서 20세기의 낙관과 비관이 뒤섞인 혼돈과 착란의 상황을 말하고, 이러한 시대 속에서 자신의 문학적 선택과 결단이 『화두』와 어떻게 연결되는지를 밝히고 있다.

20세기를 이제 몇 해 남겨놓지 않은 이 시점에서도 20세기의 두 얼굴은 마치 우리를 유혹하는 악마의 얼굴처럼, 천사의 얼굴처럼 우리를 착란과 희망의 소용돌이 속으로 몰아넣는 듯싶다.

각자에게는 각자의 대처 방법이 있을 것이다.

살다 보니 나에게 가장 손에 익은 방법은 '문학'이라는 돛대에 자

기 몸을 묶는 일이 이 소용돌이를 벗어나는── 적어도 직시하는──
길이었다.

『화두』는 그러한 항해자의 기록이다. 나는 이 작품에서 소용돌이
의 여러 깊이에 주의하려고 하였다. 그 표면, 그 중간쯤, 그 저류,
그리고 물론 바다 밑의 지형 말이다.

20세기라고 하지마는, 20세기라는 바다의 어느 수역에 있는가에
따라서 항해자의 주의사항과 항로 선택은 다를 수밖에 없다.

『화두』에서 나는 이 점──내가 위치한 해역의 좌표──에 가장 민
감하려고 노력하였다. 생각건대 결국 배는 바다에 있는 것이지 선
실에 있는 것이 아니기 때문이다. (I: 10)

이러한 소감의 핵심은 『화두』가 20세기라는 바다에서 자신이
"위치한 해역의 좌표"를 알려고 애쓴 한 지식인의 정신적 항해의
기록이라는 것이다. 물론, 그 항해자의 관점은 문학적 관점이다.
이 시대의 파고에 난파되거나 실종되지 않으려면 파도의 흐름을
직시하고, 파도 위에 떠 있는 자신의 좌표와 정체성을 인식해야
한다. 최인훈은 『화두』를 발간한 후의 어느 대담에서, 그러한 인식
과 관련되는 표현으로, 자신은 "사람이라는 것을 위기적인 존재로
파악"한다고 말한다. 위기적인 존재라고 말한 까닭은 이 시대에
인간의 "정체성이라고 하는 것" 자체가 "언제나 뒤집어질 수 있는
가능성이 있는 것"이기 때문이다. 가령 이 시대가 환란의 시대가
아니라 안정과 불변의 시대라면 인간의 정체성 파악이 용이하고,
그러한 정체성이 변화할 위험도 덜할 것이다. 그러나 20세기처럼

급변하는 혼돈과 상실의 시대 속에서 인간의 정체성은 불확실한 것일 수밖에 없다. 이러한 시대일수록 좌표와 정체성을 찾으려는 노력은 그만큼 소중한 것이다. 이러한 노력의 소중함을 강조하는 까닭은 단순히 잃어버린 자아를 찾는다거나, 이 격랑의 시대에서 자기를 보존하는 일이 그만큼 중요하다고 인식되기 때문이 아니라, 불확실성의 시대를 살아가기 위해서는 무엇보다 시대와 '나,' 사회와 '나,' 현실과 '나'의 연결 관계를 깨닫는 일이 그만큼 중요하기 때문이다. 그러한 깨달음이 없는 상태는 최인훈의 표현을 빌리자면 주인이 아닌 노예 상태나 다름없다. 현실과 사회와 시대를 알려는 노력은 '나'와의 관계 속에서 가능한 일이고, '나'를 알려는 노력 역시 그러한 외적 배경과의 관련 속에서 의미를 갖는다. 그 관계가 절연되어 있거나, 다른 한쪽을 무시하고 초월한 상태에서 이루어진 인식은 결국 대상에 대한 올바른 인식이 될 수가 없다. 『화두』에서 화자가 어린 시절의 기억을 토대로 '나'에 대한 집요한 탐구와 더불어 20세기의 큰 이데올로기를 양분하여 떠맡듯이 했던 미국과 소련으로의 여행과 그곳에서의 여러 관찰과 성찰이 큰 부분을 차지하도록 서술한 까닭은, 바로 그러한 양분된 상황과 이데올로기의 대립과의 상호 관련성이 그만큼 밀접한 것이었으며, '나'의 정신적 상황과 관련된 그러한 문제가 『화두』의 중심축을 형성한 것이었음을 보여준다. 정주민이 아니라 실향민 혹은 피난민 의식을 갖고 있는 주인공의 모습은 어쩌면 자신의 정체성 찾기와 세계 인식이라는 정신적 모험을 수행하기에 적절한 존재일 것이다. 실제로 피난민이 아니더라도, 난민 의식이야말로 20세기 격변의 소용돌이 속에서 자신의 정체성을 끊임없이 의식하는 사람들의 공통된 정신적 편향이라고 말할 수 있기 때문이다. 그의 의식은 과거로 쏠려 있으면서 현실과 세계로 부단히 열려 있다. 그의 의식은 분주하고 활동적이다. 그 의식의 활동으로 과거는 현재 속에 살아 움직여 변형되고, 현재 역시 살아 있는 과거와의 관련 속에서 혹은 과거의 조명에 의해서 의미 있는 시간과 공간의 구조로 태어나고 문학적으로 형상화된다. 작가의 말을 빌려서 표현하자면, 그것은 생물학에서 발생의 개념을 의식에 적용하고, 의식의 발생을 반복하는 일이다. "'발생'이라는 개념으로 의식 현상을 이해하는 것이 지금의 나에게 제일 생산적으로 느껴진다. 의식의 발생과정의 가장 분명한 궤적이 언어라는 생각이다. 언어 이전에도 의식은 있었지만, 언어의 발생을 분수령으로 해서 의식은 동물의 감각과 갈라진다"(Ⅱ: 25). 이 말은, 이 작품의 여러 부분에서 강조되어 있듯이, 의식의 끊임없는 발생과 진전이 중요하고, 작가의 고유한 임무는 그러한 의식의 생성을 언어에 담아 전개시켜야 한다는 것이다. '의식의 발생현상학'이라고 말할 수 있는 이러한 논리는, 결국 최인훈의 문학적 특징을 보여주면서 현실을 묘사하는 소설이 아닌 의식을 앞세우는 소설에의 편향을 뒷받침해준다. 의식의 힘과 의식의 가치는 다각적으로 표현되고 그것이 주인공의 내면적, 외면적 삶으로 연속되어 소설의 중심 골격을 이룬다. 물론 그렇게 의식이 강조되더라도, 현실이 무시된다거나 의식의 과잉이 나열되어 있지 않음은 분명한 사실이다.

2

『화두』는 조명희의 단편소설 「낙동강」의 인용으로부터 시작된다. 화자는 "낙동강 700리, 길이길이 흐르는 물……"로 시작되는 문장을 인용하면서, "북한의 항구도시 W시의 고등학교 1학년 교실에서 창밖의 큰 오동나무 그림자가 어룽지는 국어 교과서의 책장 위에서 배우던"(I: 23) 40년 전의 정경을 기억한다. 이러한 기억과 「낙동강」에 대한 성찰, 작가 조명희에 대한 탐구는 『화두』가 전개되는 동안 여러 부분에서 거듭 발견되고, 그만큼 중요한 의미로 부각된다. 「낙동강」의 주인공인 사회운동가 '박성운'은 화자의 인격이나 자아와 일치되는 부분을 많이 갖고 있다고 할 만큼 화자와 가까운 인물로 표현되고 또한 그러한 주인공을 만들어낸 작가에 대한 애정과 이해, 동일시와 존경심의 표현도 여러 곳에서 발견된다. 그가 해방 전에 소련으로 망명하였다가 그곳에서 일본 첩자의 누명을 쓰고 처형당했다는 소식을 접했을 때에 화자가 깊은 애도 감을 나타낸 부분이나 러시아를 방문했을 때 그의 죽음에 대한 기록을 집요하게 찾아보려 했다든가 하는 것은 모두 화자의 정신 속에서 조명희가 차지하는 비중이 얼마나 높은지를 짐작하게 한다. 또한 『화두』의 끝부분에서 화자가 조명희의 모습을 떠올리고, 다시 「낙동강」의 첫 구절을 인용하면서 원고지를 꺼내놓고 소설 쓰기를 결심하는 장면 역시 그것의 의미 깊은 중요성을 반영하는 예가 된다. 『화두』에서 조명희와 「낙동강」은 왜 그렇게 중요한 의미로 부각되어 있는 것일까?

　서두에서 「낙동강」이 인용되고 기억되는 것은, 화자가 밝힌 것처럼, 그 작품이 화자로 하여금 작가의 꿈을 키우고 작가의식을 갖게 한 결정적 계기가 되었기 때문이다. 「낙동강」을 읽고 감상문을 써오라는 숙제에 대해 감상문이 아닌 화자의 독특한 작문이 선생님으로부터 "작문의 수준을 넘어섰으며 이것은 이미 유망한 신진 소설가의 소설"이라는 평가를 받게 되었다는 것이다. 감수성이 특히 예민하던 성장기에 선생님의 이러한 평가는 어느 학생에게나 예언적인 기능을 하는 법이다. 특히 「낙동강」의 주인공이 보여준 삶과 의식에 대한 감동으로 그 이야기를 엮어낸 작가에 대한 존경심이 컸던 시절에 "유망한 신진 소설가의 소설"이라는 칭찬을 받는 일처럼 문학에 대한 자신감과 감동을 주는 사건이란 흔치 않을 것이다. 이러한 체험은 최인훈의 작가적 동기를 밝히는 데 있어서 그 어느 요인보다 중요하게 고려될 수 있다. 그렇다면 『화두』의 끝 장면에서 「낙동강」이 인용된 까닭은 무엇일까? 이것은 거의 20년 동안 소설 작업을 중단한 작가가 동구권의 몰락과 소련의 체제 변화를 충격적으로 바라보게 된 러시아 여행 중에 조명희의 삶을 생각하고 문학의 역할과 삶의 불안정성, 주체의 의미와 가치를 새롭게 깨달은 사실과 관련된다. 다시 말해서, 화자가 자기 스스로 주체의 의지와 함께 일어서려는 노력이나 각성의 움직임, 작가가 주체로 살아 있으려는 노력은 무엇보다 글을 쓰는 일로 연결된다. "나 자신의 주인일 수 있을 때 써둬야지. 아니 주인이 되기 위해 써야 한다. 기억의 밀림 속에 옳은 맥락을 찾아내어 그 맥락이 기억들 사이에 옳은 연대를 만들어내게 함으로써만 나는 나 자신의 주인이 될 수 있겠다. 그 맥락, 그것이 '나'다. 주인이 된 나다" (Ⅱ: 586). 이러한 언급이 보인 다음 몇 줄 지나지 않아서 "이 소설은 어느 가을밤에 그렇게 시작되었다."는 문장으로 완결되어 있는 것은 결국 『화두』를 쓰게 된 계기 혹은 작가가 20년 만에 다시 집필 작업에 착수한 동기를 설명해주는 부분이다. 기억하는 일, 주체가 되는 일은 글쓰기로 이어지고, 그러한 글쓰기의 의지 속에 조명희의 「낙동강」이 자리 잡고 있는 것이다. 「낙동강」은 이처럼 『화두』의 시작과 끝을 열고 닫는 동일한 문이다. 그 문은 기억의 통로와 이어져 있다.

「낙동강」에 관련된 기억이 화자에게 즐겁고 감동적으로 떠오르는 것이라면, '자아 비판회' 사건은 화자의 의식 속에서 어둡고 강박적인 공포의 기억으로 남아 있다. 화자가 「낙동강」에 대한 훌륭한 감상문을 쓴 것이 축복이라면, 부르주아 출신이라는 가족의 신분이 밝혀지고 그것이 자아비판의 대상이 되어 급우들로부터 소외당하기 시작한 사건은 어두운 자기 단죄의 행위로 부각된다. 자아 비판회라는 문화가 얼마나 폭력적인 것이고, 그것으로 인한 좌절감이나 상처가 얼마나 심각한 것인지는 소설의 여러 부분에서 악몽처럼 떠오르는 이미지 속에 잘 표현되어 있다. "방과 후의 교실이다. 밤이다. 교탁 위에 촛불이 있다. 또 정전인 모양이다. 〔……〕 소년은 강요된 회상을 하고 있다"(Ⅱ: 82). 이 장면은 "변호인이 없는 재판"처럼 계속적으로 기억되고 이러한 기억은 주인공의 자아에 대한 이중적 의식의 습관을 갖게 만든다. 그는 어떤 때는 자신의 무죄를 변명하다가 또 어떤 때는 자신을 철저히 단죄하기도 한다. 이러한 의식의 반복적 습관을 통해서 그의 내면세계 혹은 의식의 활동은 자신을 재판하는 사람들 앞에서 '자아'를 지키려 하거나 그들이 요구하는 방향으로 '자아'를 놓아두기도 한다. 그 어느 경우이건, 중요한 것은 그러한 체험이 주인공에게 회피의 대상으로 되지 않고, 끈질긴 자아 탐구와 자아 검증의 방법에 익숙하도록 만들었다는 점이다. 그것은 충격적 사건을 체험한 사람이 세월의 흐름에 맡겨 충격을 망각하려는 소극적 행위가 아니라, 충격의 원인을 정면에서 응시함으로써 그러한 상태를 극복하기 위한 적극적 의식의 반영인 것이다.

결국 주인공이 W시의 고등학교 1학년 때 겪은 이러한 두 가지 사건은 두 가지의 중요한 화두가 되어 주인공의 기억 속에 뚜렷이 자리 잡고 움직이면서 의식의 수면으로 커다랗게 떠오르는 주제가 된다. 그 화두에 응답하려는 노력은 주인공의 엄청난 책읽기로 나타날 수도 있고, 풍부한 의식과 사유의 활동으로 나타날 수도 있을 것이다. 그러한 주제를 탐구하고, 과거의 사건을 현재화하는 방식과 관련하여 이 소설의 전체적 주제를 이해하려 할 때, 아무래도 기억의 문제가 다시 거론되지 않을 수 없다. 작가는 이 세계에 존재하는 모든 대상에 대해 깨어 있는 기억으로 대면하면서 그 대상을 생생하게 만드는 방법을 '기억의 현상학'이라거나 '기억의 리얼리즘'이라고 말한다. 덧붙여서 말한다면, 그것은 '기억의 탐구'일 수도 있다. 이러한 시각과 방법에 의해서 씌어진 『화두』야말로 무엇보다도 풍부한 기억의 세계를 담고 있는 소설이다. 이 소설의 모든 이야기가 화자의 기억이란 범주에서 이해할 필요는 없겠지만, 기억의 형상화가 그만큼 중요한 것은 사실이다. 특히 기억의 가치를 풍부하게 보여주는 대목은 주로 월남하기 전의 이북에서 있었던 일이다. "그곳에서 지낸 생활은 자동적으로 망각을 뿌리치고 되풀이해서 나타나면서 그 의미가 규정되기를 요구하는 그런 기억으로 나를 지배해왔다. 내가 나이를 먹으면 먹을수록, 나에게 사후에 얻은 지식이 늘어나면 날수록, 북한 생활의 기억은 더 구조화되고, 더 극劇화된 모습으로 나타난다"(Ⅱ: 81∼82). 이러한 인식은 최인훈의 뿌리 깊은 피난민 의식에서 비롯된 것일 수 있다. 더욱이 감수성이 극도로 예민하고 기억의 능력이 왕성했던 시절의 북한에서의 일들은, 망각의 그늘 속에 지워져버리는 것이 아니라 내면 의식 속에 살아 있으면서 '더 구조화되고' '더 극화된' 형태를 취하게 된다. 어떤 때는 기억의 내용이 독자의 긴장된 주의를 요구하듯이 추론과 반성으로 서술되는가 하면, 또 어떤 때는 독자로 하여금 긴장을 떠나서 편안하게 마치 어린 시절 할머니의 옛날이야기를 들을 때처럼 정겨운 느낌 속에 빠져들게 한다.

『화두』는 이러한 기억의 이야기들이 큰 비중을 담고 서술되어 있지만, 그렇다고 해서 허구적이거나 상상적인 요소가 배제된 것은 아니다. 아무리 정확한 기억에 의존한 자전적 소설이라 하더라도, 그것이 소설인 한 인위적인 구상이나 주제 설정에 의해서 만들어지고, 상상력이 관여된 작품이라고 생각할 수 있다. 이야기된 모든 사건이나 상념에 반성이나 의식의 흐름이 설사 화자의 기억으로 철저히 서술된 소설이라 하더라도, 왜 기억의 어떤 내용은 소설 속에 수용되고, 다른 어떤 내용은 배제되었는지를 고려해야만 한다. 또한 소설 속에 전개된 기억의 담화일 경우에도, 그 모든 것이 동질적인 기억의 산물이라고 생각할 수는 없다. 그것이 단순히 과거를 꼼꼼히 되살리는 기억이 아니라, 삶을 깊이 체험한 사람이 그 체험을 기억화하여 어떤 작가적 의도에서 재구성함으로써 의식의 내면 세계를 살아 있고 의미 있는 것으로 만든 작업이라면 우리는 그 기억의 질을 변별화할 줄 알아야 한다. 우리가 잘 알고 있듯이, 베르그송은 이러한 기억의 문제를 다루면서 의식의 내면 세계가 지속의 흐름이 되어 기억으로 탈바꿈한 현상을 설명하였다. 그는 인간의 기억을 두 가지로 분류하였는데 하나는 반복적 학습과 암기의 연습으로 이루어진 '습관적 기억'이고, 다른 하나는, 기계적 운동에 의해 습관화된 것이 아니라, 일회적 사건이 그대로 추억처럼 현재적 삶 속에 존재하는 '정신적 기억'이다. '정신적 기억'은 개인의 고유한 체험이나 실존적 사건을 회상하게 하는 정신적 직관의 기억이라고 말할 수 있다. '습관적 기억'이 외국어를 배울 때처럼 일정한 질서와 반복된 연습으로 기억의 대상이 과거 속에 자리 잡을 수 없고 현재적 행동이 되는 것이라면, '정신적 기억'은 현재에 행동화되는 것도 아니고, 달력의 객관적 시간과도 무관하게 순수한 과거 속에 남아 있으면서 주관적이고 실존적인 시간의 흐름으로 작동한다. 그런 점에서 '정신적 기억'은 '순수한 기억'이라고도 하고, '추억의 기억'이라고도 한다. 바로 이러한 기억이 프루스트의 『잃어버린 시간을 찾아서』에서 '무의지적 기억'이 되고 있음은 많이 알려진 사실이다. 프루스트 소설의 처음 몇 장은 이러한 기억의 개념을 도입하여, 화자가 유년기의 얼마 동안을 보냈던 꽁브레 마을을 되살리는 데 얼마나 유익한 것인지를 보여 준다. 그 유명한 마들렌느 과자의 맛을 통해, 의지적인 기억으로 이끌어낼 수 없었던 과거가 온전히 살아나게 되는 경험은 마치 육안으로 보이지 않는 별들을 망원경으로 뚜렷하게 볼 수 있게 된 것과 같다. 시간의 깊숙한 곳에 있어서 완전히 망각된 것처럼 보였던 무의식적 현상이 어느 날 문득 우연한 계기에 의해서 회생되는 기적을 어떻게 설명할 수 있을까? 프루스트는 바로 이러한 시간을 묘사하면서, 그것이 예외적이고 비현실적인 것이 아니라, 우리들 누구나 자신의 현재적 삶 속에서 그것을 발견할 수 있는 것처럼 설명한다. 사실 그것은 천재적인 작가의 특이한 체험이 아니라, 일상인의 삶과 현실에서도 얼마든지 가능할 수 있는 체험이다. 모든 과거는 소멸되고 사라지는 것이 아니라, 기억으로 보존되는 것이며, 우리가 지금 기억하지 못한다 하더라도 그것은 '지속'으로서 우리의 정신 속에 흐르고, 우리의 현재적 상황에서 보이지 않으면서 연속적으로 작용하고 있기 때문이다.

『화두』에서 최인훈이 바로 이와 같은 기억의 문제를 다루면서 꼼꼼히 찾고자 했던 것은 무엇일까? 그는 베르그송이나 프루스트처럼, 우리의 과거가 우리의 현재에 접목되어서 변화의 계속성을 이루고 우리의 현재적 모습을 형성하는 것이라고 믿는다. 그러한 기억이 중요한 것은 단순히 우리의 정체성을 인식하는 데 도움이 된다는 이유에서뿐 아니라 우리와 삶과 세계를 바르게 이해하고, 자아와 세계와의 참된 긴장 관계를 맺으면서 끊임없이 의식을 새롭게 태어나도록 해야 한다는 작가적 신념과 필요성 때문이다. 『화두』는 그런 점에서 기억의 내용을 보여주려는 데 중점을 둔 것이라기보다 기억하는 방법이나 기억의 논리 혹은 기억하는 일의 의미를 탐색하는 데 더 가치를 부여한 것처럼 보인다.

> 첫 기억이 언제였던가를 가끔 생각해본다. 그때마다 같은 순서로 떠오르는 기억들이 있다.
> 나는 길인지 공터인지 그런 데 서 있다. 내 앞에는 내 또래 여자 어린이가 서 있다. 우리는 마주 보고 있다. 여자아이와 나는 그저 마주 보고 있을 뿐인데 들판에서 서로 관계없는 작은 동물이 우연히 만난 장면 같다. 우리를 둘러싸듯 어른들이 서 있는데 그들은 우리를 내려다보고 있다. 그들의 무릎쯤이 나의 눈높이에 있다. (II: 99)

화자가 세 살 때쯤의 일로 기억하는 이 장면은 아무리 되풀이 떠올려도 새로운 사실이 발견되지 않고, "어른들은 모두 아낙네들"이었다는 어머니의 이야기와 그 "어른들이 굉장히 키가 커" 보인다는 느낌의 이야기만 언급되고 있을 뿐이다. 이것은 화자의 성장 과정에서 이성에 대한 자각과 어른들의 세계에 대한 인식의 단초가 아닐까 하는 짐작을 자아내게 한다. 그다음 두번째 기억은 유치원 입학식 때 여자아이들과 함께 춤추기 싫다고, 문 앞에서 동행한 삼촌의 말을 듣지 않고 돌아서는 예닐곱 살 때의 장면이다. 이것은 주인공이 일찍부터 자의식이 많았던 것을 보여주는 대목이다. 세번째 기억은 삼촌이 '나'를 병원에 데려갔던 일과, 그때 주사를 놔주었던 간호부가 '작은 엄마'가 되었다는 것이며, 네번째 기억은 그 작은 엄마에게 만화를 읽어달라고 졸랐던 장면이다. 그러한 기억의 끝인 다섯번째는 사람에 대한 것이 아니라, 온갖 형태의 풍성한 그림이 수록된 사전과 같은 책에 관한 것이다. 이처럼 책에 대한 뚜렷한 기억이 덧붙여진 것은 일찍부터 주인공의 책에 대한 몰입이 있었음을 짐작하게 하는 부분이다. 이 다섯 가지 기억이 "문자 해독 전의 나의 기억"의 전부를 이룬다고 한다. 이러한 다섯 가지 기억들에 대해 동질적인 어떤 의미를 부여한다면 그것은 무엇일까? 주인공이 문자 해독 이전에 갖게 된 이러한 자발적 정신의 기억은 순수 기억일 뿐 현실적 행동과의 연계성을 갖지 못한다. 순간적인 인상이 현실적으로 분별없이 떠오른 것이기 때문에 그것은 아직 의미 있고 뚜렷한 어떤 추억과 접목되지 않는다고 말할 수 있을지 모른다. 여하간 이 다섯 가지 기억의 공통점은 집 안에서의 일이건, 집 밖에서의 일이건, 타인과 세계에 대한 어떤 두려움이나 어두운 충격적 체험의 요소가 전혀 없다는 점이다. 다시 말해서 주인공의 삶과 세계에 대한 최초의 기억은 어떤 따뜻함과 믿음, 사물이나 인간에 대한 적극적인 호기심 등의 긍정적인 형태로 정리될 수 있을 것이다.

주인공이 국민학교를 다니면서부터 피난하기 전 고등학교를 다니던 때까지의 기억은 여러 가지로 떠오른다. 그가 많은 소설을 쓴 작가가 되어 1970년대의 한두 해 동안 미국에서 지낼 때거나 귀국하여 어느 예술전문대학 문예창작과 교수로 지내던 1970년대 말과 1980년대의 일상적 삶에서 혹은 어느 여행 길에서도 계기만 있으면 화자는 이북에서의 어린 시절과 성장 과정에서의 몇 가지 사건과 에피소드의 기억을 거듭 서술한다. 기억 속에 떠오르는 과거의 '나'는 그때마다 다르게 나타난다. 그러나 그 모든 것이 바로 '나'의 모습들이다. 화자의 표현을 빌리면 그것은 바로 개미 구멍 속의 '나'이다. "눈 감고라도, 하고 흔히 말하듯이 일정한 인생의 어느 시기에 수없이 오가는 길과 그 길 끝에 있는 장소—학교, 예배당, 막사, 직장. 그런 곳에다 사람들은 자기를 조금씩 남기면서 살아간다. 그렇게 말해야 좋을지, 아니면 그런 것과 어우러져 그 순간마다의 이른바 '나'가 그때마다 이루어진 연속으로서의 나. 집과 학교 사이에 개미들의 행렬처럼 이어진 나, 나, 나, 나, 나, 나…… 학교에, 예배당에, 막사에 도착하면, 그 마지막 '나'만 남고 다른 나들은 모두 그 마지막 '나' 속으로 마치 개미굴 속으로 들어가는 개미들처럼 차례로 들어와 겹친다. 그래서 마치 작은 구멍만 남는 것처럼, 구멍에 보초처럼 서 있는 마지막 나가 '나'로 통한다, 이렇게 말하는 것이 옳을지. 이 개미구멍 속의 '나'들이 우리가 '기억'이라 부르는 물건이다"(I: 224~25). 이 모든 '나'는 이질성이나 불연속성을 보여주는 것 같지만, 그것은 결코 단편적으로 나뉜 것이 아니라, 계속적으로 이어진 동질성의 모습이다. 다시 말해서 '나'는 다른 모습의 이질성을 보이는 듯하면서 내면 속으로는 일치하는 흐름의 동질성이기도 한 것이다. '나'는 다르면서 같고, 같으면서 또한 다른 것이다. '나'는 개체이면서 전체이고, 또한 전체의 한 부분이기도 하다. 그 '나'의 여러 가지 모습들은 바로 인생이라는 소설 속의 주인공들과 다름없다. 그 소설에는

'나'만 등장하는 것이 아니다. 어머니와 아버지의 모습도 있고, 선생님과 친구의 모습도 있다. 물론 배경이나 시각적인 인상도 선명하다. 『화두』에서는 기억된 사연들이 어둡고 아픈 내용으로 된 것도 있지만, 대체로 기억의 시간이 환기시키는 정감적이고 푸근한 분위기로 떠오른다. 그 이야기를 서술하는 화자의 여유 있는 마음의 어조가 그러한 분위기를 자아내게 하는 것일지 모른다. 가령 미국에서 이민 간 가족들과 함께 지낼 때, 어머니와 할머니에 대한 기억과, 그분들이 과거를 기억하며 화제를 삼던 일을 떠올리는 장면이 있다. "그녀들에게는 과거라는 것은 지나간 시간이 아니라 살면서 매만지는 세간살이 같은 것이었다. 때 맞춰서 볕쬐기도 하고 빨기도 해야 하고 다듬이질을 한다거나 어쩌면 기워주기도 해야 하는 옷가지 같은 것이었다. 옛날 사람들이라 한번 지은 것은 평생 입으려니 하고 그 대신 손질이 많이 가야 하는데 그 손질인즉슨 되풀이해서 태깔이 살아 있게 하는 일이었다." 기억에 대한 이러한 서술이야말로 그 어떤 철학적 개념보다 기억의 논리를 핵심적으로 설명한 것처럼 보인다. 삶의 과거를 되살리는 일은, 그 내용이 아무리 보잘것없는 것이라도 당사자에게는 소중한 '세간살이' 같아서, "되풀이해서 태깔이 살아 있게" 할 만한 가치가 있는 일일 것이다.

기억 속의 '나'와 함께 떠오른 독특한 체험으로, 주인공이 해방 전, H에서 살던 때의 일을 살펴볼 필요가 있다. 그때의 일은 일상의 에피소드와는 달리 어떤 '영원'의 체험처럼 떠오른 것이기 때문이다. 국민학교 3학년 때쯤이던 '나'는 어머니와 시골길을 걸어가게 되었다. 날씨는 덥고 다리가 아파, '나'는 심하게 투정을 부렸고 어머니는 '나'를 달래다가 질책의 시늉으로 잠시 모습을 감추게 된다. "어느 사이엔지 어머니가 곁에 보이지 않았다. 하얗게 햇빛이 부신 한낮이었다. 나는 뒤처졌는가 싶어 시골길 풀이 우거진 모퉁이까지 달려갔다. 먼지가 하얀 흙길에는 눈 닿는 멀리까지 인적이 없었다. 나는 오던 길을 되돌아 달려갔다. 지나온 길만 휑하니 멀리 그쪽에 보일 뿐이다. 아무도 없는 그 하얀 시골길. 나는 그 자리에서 허둥거렸다. 그때 바로 옆 풀숲에서 어머니가 나오셨다. 나는 달려가 매달리면서 울음을 터뜨렸다. 〔……〕 어머니가 없는 것을 알고 난 다음 그녀가 다시 나타날 때까지의 사이, 그것이 아마 '영원'이라는 것이었던 듯싶다. 그런데 이 '영원'은 비어 있다. 나에게 나타난 영원의 형식은 비어 있음, 이라는 모습이었다. 비어 있다고 해서 있던 것들이 사라지고 아무것도 없게 되었다는 말이 아니다. 어머니가 사라진 것을 알고 달려가서 풀숲 모퉁이를 돌아섰을 때 길의 저 앞쪽에 있던 철교와 그 밑으로 빠져나가 오른쪽으로 휘어지는 길이 지금도 따라갈 수 있을 것처럼 보인다. 뒤돌아가서 보았을 때 저쪽 숲 모퉁이로 사라지는 길 위에 하얗던, 바랠 줄 모르는 햇빛이 눈에 부시다. 그런데도 그것들은 없는 것이나 마찬가지였다"(I: 317~18). 다소 길게 인용한 듯이 보일지 모르겠는데, 이렇게 인용한 까닭은, 이 장면이 독특한 서정과 아름다움을 담고 있으면서 삶의 어느 순간에 문득 체험하는 외로움, 슬픔, 무서움, 그리움, 혹은 어떤 근원적인 진실의 깨달음을 드러내주기 때문이나. 그것은 베냐민이「기술복제 시대의 예술

작품」에서 말한 아우라의 개념처럼 "가까운 것일 수도 있는 어느 먼 것의 일회적 나타남"의 느낌을 연상시킨다. 그것은 순간적이고 일회적인 체험이지만, 멀리 있는 영원성이 갑자기 현존하여 나타나듯이, 자신의 벌거벗은 영혼과 대면하였을 때의 충격을 표현한다. "하얀 시골길," "길 위에 하얗던 바랠 줄 모르는 햇빛"의 강렬한 인상은 그 순간의 충격을 찍어낸 사진의 형상과 같다. 얼마 전까지만 해도 곁에 있던 어머니가 사라진 다음에 어떻게 세계는 그대로 존재할 수 있을까? 물론 세계는 그대로 존재하지 않는다. 세계는 아주 낯설게 느껴지고, 세계와 존재의 움직임은 갑자기 정지해버린 것 같다. 어린 소년이 자신의 삶을 의존하고, 존재의 근거로 삼을 수 있었던 어머니가 사라진 세계 속에 혼자 남게 되었다는 순간적 체험은 아마도 소년의 의식 속에서 특이한 울림으로 작용해 일찍 어른이 되게 만드는 계기가 되었을지 모른다. 소년이 겪은 그때의 막막한 고립감이 훗날 세계와 맞서 외롭게 싸워야 한다는 작가적 의지로 발전한 것이라고 말한다면 지나친 해석일까?

3

어떤 의미에서 『화두』의 중심적 주제는 '나'는 어떻게 작가가 되었는가? '나'의 자아란 무엇인가? 작가적 의식과 정신의 내면 풍경은 어떻게 형성되었으며, 삶과 세계에 대한 작가적 시각은 무엇인가? 등등의 문제들로 압축해볼 수 있을 것이다. 한 작가의 자전적 소설이라고 하더라도 그 안에 담긴 모든 이야기가 이처럼 오로지 작가를 중심으로 전개되는 내용이 되기는 어렵다. 얼핏 보아 이질적인 형식의 담화들을 뒤섞고, 이야기의 흐름이나 주제의 변화도 비조직적으로 구성되어 있는 것처럼 보이지만 최인훈의 의도는 오직 그와 같은 '작가'의 의식과 정신에 관한 종합적 삶과 시각을 제시하려 했던 것처럼 보인다. 그런 점에서 소설의 골격은 산만하거나 이완된 형태이기는커녕 절제된 엄격성의 정신적 편향까지 드러낼 정도이다. 예를 들어 주인공이 미국에서 돌아와 문예창작과 교수로 지내게 된 어느 하루의 일상사를 꼼꼼하고 치밀하게 서술하는 부분은 있지만 그가 출근하기 전이나 퇴근 후 집에서 보내는 시간과 가족 생활에 대한 이야기는 생략되거나 아주 간략하게 서술되어 있을 뿐이다. 그것은 집안 이야기를 노출하지 않겠다는 작가적 결벽증의 반영이 아니라 그러한 이야기가 이 소설의 주제인 작가적 모습과 직접적인 관련이 없다고 생각되기 때문일 것이다. 주인공이 월남하기 전의 모든 사건과 이야기는 그것들이 바로 작가 정신을 형성하는 데 중요한 자장이 되던 탓이다. 독서 체험의 경우도 예외가 아니다. 무수한 독서 체험을 통해 현실을 의식 속으로 끌어들이며 사유하고 정리하고 비판하는 태도는 바로 그의 작가적 개성을 이해하는 데 중요한 관건일 수 있는 것이다.

　주인공의 성장 과정에서 책은 대단히 중요한 역할을 한다. 책은 진정한 의미에서 학교이다. 그것은 정신을 자라게 하고 살지게 하면서 또한 정신을 변화시키고 비판의식을 날카롭게 만든다. 책은 언제나 새로운 의식의 탄생을 북돋는 도구이다.

도서관에서 나는 무엇인가가 되기 위해서 태어나가고 있었다. 도서관은 큰 책이다. 너무 커서 들고 다닐 수 없기 때문에 한 곳에 놓아두고 있는 큰 책이다. 도서관 지붕은 책의 등이고 도서관 벽은 책의 겉장이고 도서관 문은 이 큰 책의 안 표지고, 목록은 이 책의 목차다. 이 집은 아기집[胎]이다. 이 속에서 사람은 사람이 된다. (I: 62)

도서관을 책으로 비유하고 동시에 아기집으로 비유한 점에서 알 수 있듯이, 책은 사람의 '태어남'을 도와준다. 육체적인 차원이 아닌 정신적 차원에서 사람은 언제나 거듭 태어날 수 있다. 『쿠오 바디스』와 『죄와 벌』『대위의 딸』과 『예브게니 오네긴』『강철은 어떻게 단련되었는가』『홍길동』『마인』『흙』 등은 때로는 도서관에서 때로는 도서관 밖에서 주인공이 중학 시절을 전후하여 읽었던 책들이다. 그러나 그 소설의 세계는 '현실의 거울'이 아니라, 말의 힘만으로 존재하는 '그 자신으로서의 현실'처럼 인식된다. '나'는 일찍부터 물질의 세계가 우선하고, 그 세계를 위해서 문학이 봉사한다거나, 그 세계를 문학이 반영한다는 생각보다 문학 자체의 현실이 따로 있으며, 그 문학의 현실은 실제의 현실보다 훨씬 풍부하고 다채로우며 가치 있는 것이라고 생각한다. 이것은 최인훈의 문학관 그대로이다.

그러한 사고 방식에 익숙해진 '나'는 심지어 미국에 갔을 때, 미국인들의 "생활을 내가 책 속에서 읽은 현실의 불완전한 모사처럼"(I: 140) 느끼게 될 정도이고, 또한 "책 속에 있는 사람을 굳이 책 밖의 사람들의 탁본拓本이라고 생각지 못하고 다른 방식으로일 망정 책 바깥 사람들에 못지않은 힘과 권리를 가지고 살아 있는 사람으로 알고 싶어 한 '책환상'"(I: 67)을 고백할 정도이다. 이러한 '나'는 중학 시절만 해도 '책 속의 세계'와 '현실의 세계' 사이의 관계를 읽을 힘이 없었지만, 서서히 그 관계를 이해하고 분석하고 해명하는 능력을 갖추게 되었다고 한다. 그러한 능력의 발아는, 작문이나 독후감 같은 초보적인 글쓰기의 연습을 통해서 이루어졌다는 점이 주목된다. 특히 앞에서 여러 번 언급한 바 있는 「낙동강」에 대한 감상을 작문하게 된 것이 그러한 과정에서 결정적인 계기가 되었던 셈인데, 결국 중요한 것은 '현실'과 '책읽기'의 관계에 대한 올바른 인식은 '글쓰기'의 요소가 개입됨으로써 가능해졌다는 점이다.

　　'현실'과 '책읽기'와 '글쓰기' 사이를 잇는 실핏줄이 생겨나는 움
　직임 비슷한 일이 국어시간에 일어났다. (I: 91)

　이 체험은 국어 선생님의 수업 방식을 통해서 이루어진 것이지만 현실과 문학의 올바른 관련성을 인식하는 데 있어서 글쓰기의 방법, 혹은 작가적 시각이 그만큼 필요했음을 역설하는 내용이 된다. 그러나 그 양자 간의 관계에 있어서 책 속의 세계 혹은 책의 논리는 주인공에게서 현실의 논리보다 종종 더 우월한 것으로 나타난다. 그렇다고 해서 그가 현실을 무시한다거나 현실적 삶의 가

치를 배제했다는 것이 아니다. 오히려 독서광이라고 할 만큼 무수히 많은 책을 읽고, 책을 통해 현실을 사색하며, 현실의 논리를 차원 높게 반성하는 '나'의 의식이야말로 책과 현실의 변증법적 관계를 긴장되게 추구하는 정신의 한 범례를 이룬다고 볼 수 있다.

책과 문학에 대한 열렬한 관심 속에서 작가가 된 '나'는, 『쿠오바디스』에 나오는 노예철학자에 대한 인식을 종종 작가적 인식으로 받아들인다. 우리 민족이 처한 노예적 상황이나 노예적 삶을 염두에 둔 이러한 표현은, 그 민족의 일원인 그 자신도 "어쩌다 이 사슬에서 풀려 자기 있던 자리를 바라보게 된 노예"(I: 413)에 불과하다는 것에서도 확인되는 점이다. 간단히 말하면 노예철학자는 노예임을 아는 사람이다. 최인훈은 식민지 시대의 그러한 노예철학자와 같은 지식인 작가로서 임화와 조명희를 꼽는다. 그들은 그 시대에서 "받아들인 체계의 노예가 아니라 그 체계의 주인이 될 수 있는 경지에 접근해갈 수 있는 유연성이 엿보이기 때문이다"(II: 77). 인간은 자신이 노예임을 알게 됨으로써 노예를 벗어날 수 있다. 바로 이러한 인식과 깨달음으로 이어진 작가의 절실한 문제의식은 월북 시인으로서 「오랑캐꽃」을 쓴 이용악, 『천변풍경』과 『소설과 구보씨의 일일』을 쓴 박태원, 그리고 『문장강화』와 「해방전후」를 쓴 이태준 등의 작가들에 대한 공감적 인식으로 확산된다. 최인훈은 이러한 식민지 지식인들과 심리적 자기 동일성을 느끼고, 그들이 "인생을 던져 풀려고 그렇게 몸부림쳤던, 〔……〕 그 '몸부림' 자체가 나의 몸으로 알아진 상태"(II: 227)를 표현한다. 말하자면, 노예의 상태를 진정한 주체로 전환시키려는 과정에서,

선배 세대의 문학인들이 식민지적 상황을 어떻게 극복하였는지가 중요한 관심사로 떠오른 것이다. 그들의 비극적 삶에 대한 추적과 문학에 대한 날카로운 검증을 거쳐, 그는 그들의 고귀한 작가 정신에 대해 깊은 애정과 존경심 혹은 비애를 드러낸다. 그가 그 시대에 태어났더라도 비슷한 작가적 운명을 겪었을 것이라는 공감의 의식 때문이다. 그러므로 러시아로 망명했건, 월북했건, 그 땅에서 그들이 당했을 핍박과 고난, 짓밟힌 삶과 꺾인 의지를 상상하기란 주인공에게 어려운 일이 아니다. 그리하여 그는 어떤 경우에는 "문학 안에서나 문학 밖에서나 온갖 어려움이 있었을 텐데 이 시인은 어쩌면 이토록 단단히 자기 모습을 응시할 수 있었을까"(Ⅱ: 49). 하는 감탄을 나타내다가, 또 어떤 때는 "그들을 거울 삼아 나를 짐작하는 일이 가장 실감나는 자기 파악일 것 같다는 생각"(Ⅱ: 52)을 해보기도 한다. 그들에 대한 동일시는 결국 이 시대의 '나,' 즉 상황은 바뀌었어도 피난민 노예철학자의 신분은 여전하다고 생각하는 '나'를 올바르게 인식하는 방법으로 이어진다. 그가 삼선교 근처에서 이태준이 살던 집을 찾아간다거나 공산 체제가 무너진 러시아를 방문 중에 「낙동강」의 작가 포석 조명희가 처형된 기록을 구하려는 집요한 노력은 결국 자신의 모습을 찾고 자신의 작가적 운명을 감내하려는 절실한 시도에 다름 아니다. 그 것은 철저히 '나'를 찾기 위해 나의 정신 형성에 관여했던 여러 가지 사람과 사건을 돌아보는 끈질긴 작업의 연장일 뿐이다. 『화두』의 1부에서 큰 부분을 차지하는 미국 체류의 이야기나 마찬가지로 2부에서의 러시아 여행은 새로운 세계에 대한 호기심으로 떠난 것이라기보다, 그곳이 '나'의 문학 형성에 큰 영향을 미쳤던 작가들의 나라이자 우리들 정신의 한구석에 크게 자리잡고 있는 이데올로기의 나라이기 때문일 것이다. 분단 시대에 살고 있는 우리들에게 미국이나 러시아처럼 중요하게 생각되고, 우리의 정신에 큰 영향을 미친 나라들이 어디 있겠는가? 앞에서 잠시 언급했듯이, 러시아를 여행하면서 주인공이 기억의 문제를 논의하고 러시아에 다녀온 지 보름쯤 지나서 소설 쓰기를 결심한 것은 의미심장하게 해석될 수 있는 부분들이다.

뒤돌아보지 말라, 고 옛날 얘기책들은 말한다. 뒤돌아보지 말라는 말을 어겼기 때문에 불행해진 얘기로 뭇 고장의 신화 전설은 가득차 있다. 왜 그런 금기가 그토록 널리 퍼져 있을까. 〔……〕'뒤돌아보는 것'만이 이 암흑에서 그가 의지할 수 있는 힘의 근원이다. 그 뒤돌아봄이 그의 이성의 방식이다. 〔……〕트로이 성은 트로이 성에만 있지 않다. 그것은 우리 기억 속에 있다. 우리가 가는 곳이면 어디서나 트로이 성은 다시 지을 수 있다. 그러므로 우리 자신이 트로이 성이다. (II: 569~74)

나 자신의 주인일 수 있을 때 써둬야지. 아니 주인이 되기 위해 써야 한다. 기억의 밀림 속에 옳은 맥락을 찾아내어 그 맥락이 기억들 사이에 옳은 연대를 만들어내게 함으로써만 나는 나 자신의 주인이 될 수 있겠다. 그 맥락, 그것이 '나'다. 주인이 된 나다. (II: 586)

삶을 뒤돌아볼 수 있는 능력이야말로 인간의 이성적 능력이다. 인간은 뒤돌아보고 반성함으로써 올바른 의미에서 인간이 된다. 시간의 흐름 속에서 시대와 사회의 격랑 속에서, 우리가 정신의 방향을 잃고 좌절할 때, 작가의 표현 그대로 그것은 결국 노예의 삶을 수락하는 일이나 다름없다. '나'를 찾는 삶, 끊임없는 자기 발견과 자기 확인의 삶이야말로 이 혼돈의 세계 속에서 깨어 있으려는 인간적 노력이고 이 세계와 맞서 싸우려는 적극적 의지이다. 그것을 기록하는 글쓰기의 필요성을 역설하는 것은 그런 의미에서 엄숙한 인간 선언이자 동시에 작가 선언처럼 보인다. 그리하여 인간이 비로소 인간답게 살고, 노예가 아닌 주인의 상태를 획득할 수 있는 정신의 편력은 『화두』의 당당하고 치열한 서사시적 의식의 전개가 된다. 우리는 여기서 풍성한 사유와 끈질긴 의식의 전개, 실감 있는 추억의 현재화를 통해 여러 가지로 구성하기 힘든 요소들을 부자연스러운 결합의 느낌 없이 종합해놓은 작가적 역량과 문학적 성과를 다시 확인할 수 있다.

〔1994〕

한국 지식인 소설의 가장 드높은 자리

김명인
(문학평론가)

살아오면서 참 많은 책들을 읽었다. 때로는 노동으로, 때로는 휴식으로 책장을 열었다 닫는 동안 어느새 마흔을 훨씬 넘긴 갈 데 없는 중년이 되어버렸다. 그렇게 늘 접하는 책, 그중엔 첫 페이지부터 마지막 페이지까지 단숨에 읽어내린 것들도 있고, 띄엄띄엄 읽은 것들도 있고, 서문만 읽고 놓아둔 것도 있고, 욕심껏 사들였다가 언젠간 읽어야지 하는 동안 뽀얗게 먼지만 뒤집어쓴 것들도 있다. 마치 일생을 통해 만난 수많은 사람들과 같다. 그 책들 중에서 '생애의 책'들이란 게 있다. 평생을 가도 잊혀질 수 없는, 나처럼 읽은 책들로 이루어진 '걸어다니는 책'에게는 마치 척추뼈나 대퇴골, 혹은 심장과 두뇌에 해당되는 역할을 하는 그런 책들이 있는 것이다. 다시 펼쳐보면 가슴이 미어지는 책.

그런 책을 만나는 행운은 쉽지 않다. 그냥 많은 것을 깨우쳐준다고 해서, 또 어느 순간 섬광같이 눈부신 감동을 주었다고 해서 생애의 책이 되는 것은 아니기 때문이다. 그 책 한 권이 부분이 아닌 전체로서 무겁고 깊게 내 생의 깊은 밑바닥에 철렁 소리를 내며 내려앉을 수 있어야 하는 것이다. 그런 책, 나는 최근에 모처럼 그런 생애의 책을 만날 수 있었다.

그 책은 최인훈 선생의 장편소설 『화두』였다.

명색이 문학평론가면서도 나는 이 책을 그동안 읽지 못했다. 물론 1994년 이 책이 간행되었을 때 바로 사두기는 했다. 하지만 이론서도 아닌 소설을 8년이 넘도록 서가에서 먼지를 씌우는 일은 나로서는 좀 예외에 속하는 일이었다. 당시 한동안 평론 쓰기를 접고 있었던 때라 제때 읽어야 한다는 강박도 없었고, 차일피일하다가 때를 놓친 것이다. 그리고 무엇보다 이 작가의 그때까지의 작품세계나 문체에 대한 일정한 거리감도 이 책을 선뜻 손에 쥐지 못하게 하는 데 한몫했다. 패러디나 풍자수법을 쓴 소설을 기본적으로 좋아하지 않는 나로서는 『광장』 이후 오래도록 패러디 소설을 써온 이 작가의 작품을 솔직히 즐겨 읽을 수가 없었던 것이다. 그러던 그 책을 묵은 빚을 갚는 심정으로 8년 만에 마침내 읽었다. 나는 그 책을 읽는 약 닷새 동안 다른 일들을 잘 손에 잡을 수 없었다. 그래 이 책이다, 나는 책을 읽어가는 동안 몇 번이나 이렇게 속으로 외쳤다.

한 사람 속에는 인류가 살아온 계통발생의 전 과정이 들어 있다는 말이 있다. 『화두』를 보면 한 사람이 자신의 내면 속에 얼마나 깊은 지층을 숨기고 있는지 알 수 있다. 최인훈 선생의 가감 없는 자전적 기록이라고 할 수 있는 이 소설에는 작가 자신이기도 한 주인공이 1940년대 후반 십대의 소년기에서 1990년대 초반 오십대에 이르기까지 보낸 40년이 넘는 시간이 들어 있다. 그 시간은 한 예민하고 내성적인 정신이 20세기 후반, 분단과 전쟁과 냉전과 이념대립, 그리고 탈냉전이라는 한반도와 세계의 숨가쁜 역정을 고독하게 종단해온 시간이기도 하다.

이 짧지 않은 소설은 문득, 식민지시대의 작가 포석 조명희의 소설 「낙동강」의 허두로부터 시작한다. 그것은 전쟁 전 북한 지역 W시의 한 고등학교 국어교과서에 실린 소설이다. 일제의 고문으로 몸을 망쳐 낙동강변 고향에 돌아온 한 혁명가 박성운의 죽음과 그를 이어 다시 혁명의 길로 나서게 되는 그의 연인 로사의 이야기인 이 「낙동강」의 이야기는 그 독후감 때문에 국어 교사로부터 소설가의 길을 예시받은 이 소년의 영혼 깊이 아로새겨진다. 「낙동강」은 그에게 인간을 사랑하고 그 사랑을 위해 모든 것을 바치는 일이 얼마나 아름다운 일인가를 가르치는 참된 교과서였던 것이다.

이 소설의 마지막 부분은 노작가의 반열에 든 그가 소비에트공화국의 깃발을 내린 러시아를 여행하면서 이 「낙동강」의 작가 조명희의 자취를 더듬는 이야기이다. 조국을 식민지로부터 해방시키기 위해 소련으로 망명했다가 스탈린 체제하에서 숙청당한 비극의 작가 조명희의 흔적을 찾는 일은 그에게는 소년 시대 자신의 영혼을 사로잡았던 그 슬프고 아름다운 사람들의 약속이 20세기의 혼돈의 역사 속에서 지켜졌는지, 자신의 신산스러운 삶 속에서 과연 지켜졌는지 확인하는 일이었다. 물론 20세기는 그 약속을 지키지 않았다. 그리고 자신의 삶도 그 약속을 그저 기억하는 삶일 뿐이었을 것이다. 다만 그 선배작가 조명희만이 그 약속을 위해 순교했다는 사실을 그는 아프게 깨달았다.

이「낙동강」삽화를 처음과 끝에 두고, 이 소설은 그 사이에 전쟁과 월남, 분단된 남쪽에서의 신산스런 삶과 가족들과의 이산이라는 개인사와 민족사의 고된 갈피들 속에서 이 주인공이 펼쳐나간 개인, 민족, 세계에 대한 깊고도 전면적인 사유 과정을 배치하고 있다. 이 고통스러운 사변의 과정을 따라가며 나는 지난 1990년대 이래 오래도록 멀리했던 위대한 역사철학적 사유들과 다시 뜨겁게 만나는 벅찬 지적 감동을 누릴 수 있었다. 그리고 사변적 작가로만 알고 있었던 최인훈 선생이 그 생애의 안쪽에서 얼마나 견고하게 조명희, 임화, 이용악, 이태준, 박태원 등 우리 문학사의 진보적 전통들과 연결되어 있는지 알게 된 것도 이 소설이 내게 준 큰 선물이었다.

무엇보다 이 소설은 한국 현대소설사에서는 참으로 찾아보기 힘든 깊은 지적 사유가 담겨 있는 지식인 소설이다. 『광장』은 1960년대라는 엄혹한 냉전체제 속에서, 남북 양체제에서 인간은 어떻게 살 수 있는가 하는 위태롭고 위험한 질문을 던졌던 기념비적 작품이었다. 그러나 그로부터 40년이란 시간이 지났는데도, 그 작품이 그때 보여준 인간과 역사와 세계에 관한 지적 성찰을 시원스럽게 넘어서는 작품을 좀처럼 만날 수 없었다. 오직 같은 작가가 30년을 훌쩍 넘어 다시 쓴 이 소설 『화두』만이 『광장』을 넘어서 한국 지식인 소설의 가장 드높은 자리에 올라설 수 있었던 것이다.

지성이 결여된 채 일차원적이고 몽매한 일상의 감각들만을 수사학적 세련 위에 얹어놓은 값싼 작품들이 횡행하는 이 시대에, 『화두』는 지성의 단련 위에서 견고하게 구축된 고고한 격조로 홀로 빛나고 있는 외로운 고전古典이라고 할 수 있다.

〔2002〕